BASTEI
LÜBBE

Catherine Asaro

Der PSI-Faktor

Roman

Ins Deutsche übertragen
von Ulf Ritgen

BASTEI
LÜBBE

BASTEI LÜBBE TASCHENBUCH
Band 24 309

1. Auflage: Dezember 2002

Vollständige Taschenbuchausgabe

Bastei Lübbe Taschenbücher ist ein Imprint der
Verlagsgruppe Lübbe

Deutsche Erstveröffentlichung
Titel der amerikanischen Originalausgabe:
Primary Inversion

This book was negotiated through
Literary Agency Thomas Schlück GmbH, 30827 Garbsen
Lektorat: Beate Brandenburg / Stefan Bauer
Titelillustration: David Mattingly, Agentur Schlück
Umschlaggestaltung: QuadroGrafik, Bensberg
Satz: Wildpanner, München
Druck und Verarbeitung:
Brodard & Taupin, La Flèche, Frankreich
Printed in France
ISBN 3-404-24309-9

Sie finden uns im Internet unter
http://www.luebbe.de

Der Preis dieses Bandes versteht sich einschließlich
der gesetzlichen Mehrwertsteuer

Meinem Ehemann
John Kendall Cabbizzo
in Liebe

Danksagungen

Ich möchte mich bei denen bedanken, die mir bei den erforderlichen Recherchen und beim Schreiben dieses Buches hilfreich zur Seite standen: Alis Rasmussen, Al Chou, Deborah Wheeler, Jim Brunet, Shawna McCarthy, Gerald David Nordley, Florrie Michaelis, Geoffrey Landis, Kate Elliott, James Cannizzo, Marianne Dyson, Lawrence Schimel, Susan Shwartz, Dave Truedale, Joan Slonczewski, Lawrence Watt-Evans, Sheridan Simon und alle, die mir Fragen zum GEnie SFRT beantwortet haben.

Ein besonderer Dank geht an Clair Maier, die mich ausgiebig in den Genuss ihrer Fachkenntnisse der Neurowissenschaften hat kommen lassen, und vor allem an meinen Herausgeber David G. Hartwell.

Inhalt

Teil I: Delos

1 Zuflucht 13
2 Tams Station 42
3 Psibernaut 61
4 Luzifers Vermächtnis 94
5 Weigerungen 139
6 Zabo-Staffel 159
7 Nachwirkungen 205

Teil II: Forshires

8 Eine Zeit, zu suchen 241
9 Eine Zeit, zu weinen 271
10 Eine Zeit, zu heilen 285
11 Eine Zeit, zu reden 317
12 Eine Zeit fürs Pflanzen 340

Teil III: Diesha

13 Die Faust des Netzwerks 361
14 Der Geist des Netzwerks 401
15 Ketten und Seide 430
16 Das Herz des Netzwerks 455
17 Bis zum morgigen Tag 481

Teil I

Delos

Kapitel 1

Zuflucht

Obwohl mir Delos schon seit vielen Jahren ein Begriff war, etwa seit ich mich erwachsen fühlte, war dies das erste Mal, dass ich den Planeten besuchte. Delos gehört zum Planetenverband der Erde, der beständig Neutralität wahrt im Krieg zwischen den Händlern und meinem Volk, den Skolianern. Obwohl wir alle Menschen sind – die Verbandler, die Händler und die Skolianer – haben wir doch wenig gemein. Deswegen hat die Erde Delos zur Neutralen Zone erklärt, einem Zufluchtsort, an dem Händler und Skolianer gemeinsam in Eintracht leben können.

›Eintracht‹ war der Begriff, den *sie* gewählt hatten, nicht wir. Niemals wäre möglich gewesen, dass sich einer von uns mit einem Soldaten der Händler abgegeben hätte – weder ›einträchtig‹, noch sonst irgendwie.

Doch Delos war der Planet, der für uns am leichtesten zu erreichen gewesen war. Meine Staffel hatte in der Nähe gerade Flugübungen durchgeführt, um Taas, unser neuestes Mitglied, in die Gruppe zu integrieren. Also waren wir nach Delos gekommen, um uns ein wenig wohlverdiente Ruhe und Erholung zu gönnen.

Es war ein warmer Abend, an dem wir zu viert unter den Arkaden entlanggingen. Eine bunt zusammengewürfelte Mischung aus Verkaufsständen und Geschäften erstreckte sich den Bürgersteig entlang; von den Dachvorsprüngen hingen hölzerne Windspiele, die in der sanften Brise klapperten, daran befestigte bunte Bänder in Grün, Gelb, Blau und in Rettungskapsel-rot flatterten im Wind. Auf vielen der Dächer standen kleine

Türmchen, von deren Spitzen Stangen in den Himmel ragten. An diesen Stangen hingen kleine Metallplättchen, die aneinander klirrten, wenn sie sich im Wind bewegten, und das leise Geräusch wurde eins mit den Stimmen der Leute, die zwischen den Geschäften und Spielbuden umherschlenderten. An diesem Ort wurde gefeiert und gelacht, es war eine Oase für glücklich lächelnde Frauen in wehenden gelben Röcken, denen stramme junge Männer in bauschigen Hosen folgten, um heftig mit ihnen zu flirten.

Während wir den Bürgersteig entlanggingen, bewegte sich dessen Nervoplex-Oberfläche sanft unter unseren Füßen, und ich biss die Zähne zusammen. Ich hatte nie verstanden, warum die meisten Leute dieses Zeug mochten. Nein, das stimmte nicht ganz. Ich verstand es schon, nur mir ging es eben nicht so. Nervoplex soll eigentlich das Wohlbefinden steigern. Das Netzwerk aus Molekular-Fasern und Nanochips, das in das Gewebe eingebettet ist, reagiert auf das Gewicht, das auf ihm lastet, sodass der Bürgersteig, auf dem wir gingen, mit uns wie mit allen anderen Fußgängern nach einer Analyse interagierte, fast als sei er in der Lage, die jeweiligen Stimmungen zu spüren.

Auf einem offenen Platz zu unserer Rechten drängten sich die Leute um zwei Ringer, der eine rot, der andere grün gekleidet; sie veranstalteten gerade einen Schaukampf. Während die Menge wogte und tobte, kräuselte sich das Nervoplex, sodass den Zuschauern die Show gleich noch besser gefiel.

Wir vier – Rex, Helda, Taas und ich – gingen ganz alleine unter den Arkaden entlang. Unter uns blieb der Bürgersteig starr und reglos. Ich wünschte, wir hätten Zivilkleidung getragen, denn wir waren schließlich nicht mehr im Dienst. Aber wir hatten nur unsere Jagernaut-Uniformen: schwarze Hosen, die in die schwarzen

Stiefel gesteckt getragen wurden, schwarze Westen, schwarze Jacken. Unser einheitliches Schwarz erregte in dieser bunten Menge Aufsehen wie ein Stein, der in stehendes Wasser fällt. Und der Strom der Fußgänger teilte sich auch um uns wie Wasser in einem Kanal, in dessen Mitte Felsbrocken liegen. Bei den meisten Menschen um uns herum handelte es sich um Bürger der Erde – Leute, die aller Wahrscheinlichkeit nach noch nie einen Jagernaut gesehen hatten, geschweige denn vier auf einmal.

Rex blickte zu mir hinüber, und über sein gut aussehendes Gesicht huschte ein boshaftes Grinsen. »Du solltest jetzt anfangen, herumzubrüllen und dabei Schaum vor dem Mund kriegen, Soz. Dann wäre dieser Platz hier ganz schnell menschenleer.«

Ich warf ihm einen wütenden Blick zu. Der Handlungsstrang ›Jagernaut läuft Amok‹ war in den Holofilmen äußerst beliebt. Wir waren biotechnisch optimierte Jagdflieger – Eliteoffiziere in der *Space Command* von Skolia. Die Vorstellung, einer wie wir könne verrückt werden und jedermann um sich herum angreifen, hat ärgerlicherweise viele Holofilm-Produzenten sehr reich gemacht.

»Ich verpass dir gleich Schaum vor *deinen* Mund«, grollte ich.

»Das klingt interessant«, grinste Rex.

»Ihr erinnert euch an Garth Byler?«, fragte Helda mit ihrem kehligen Akzent.

Rex blickte sie an. »Der ist in dem Jahr an die Militärakademie von Diesha gekommen, als ich gerade meinen Abschluss gemacht habe.«

Helda nickte. Sie war genau so groß wie Rex und überragte damit Taas und mich. »Er ist zu einem Herzschrittmacher gegangen.«

Das Nervoplex unter meinen Füßen versteifte sich. Ich verlangsamte meinen Schritt und strengte mich an, mich wieder zu beruhigen. Eigentlich gab es keinen Grund zur Aufregung: ›Herzschrittmacher‹ war nur unser Jargon-Ausdruck für die Psychiater, die Jagernauts behandelten, die die Anspannung, die der Krieg mit sich brachte, hatte zusammenbrechen lassen – eines Krieges, der sich schon längst in eine Richtung entwickelt hatte, das normale Menschen ihn gar nicht mehr führen konnten. Aber wenn einer von uns zusammenklappte – und das passierte häufiger, als *Space Command* das zugab –, dann geschah das unbemerkt. Jegliche Gewalt wurde fast immer nur nach innen getragen, nicht gegen andere gerichtet.

»Und was ist mit ihm passiert?«, fragte Taas.

»Ist ins Krankenhaus gekommen«, sagte Helda. »Dann hat er den Dienst quittiert.«

Ich wischte mir mit dem Handrücken über die Stirn und war kaum in der Lage, dem Gespräch zu folgen. Mein Puls und meine Atmung hatten sich beschleunigt, Schweiß stand mir auf der Stirn und benetzte einige meiner Locken. Was war denn los mit mir?

Dann sah ich es. Von der anderen Seite der Arkaden beobachteten uns zwei Menschen: ein junger Mann und eine junge Frau, beide in importierten Jeans und Hotshirts. Sie sahen aus, als seien sie Studenten. Vielleicht ein Liebespaar auf einem Spaziergang. Keiner der beiden lächelte. Sie standen nur da und starrten uns an; ihre Süßigkeiten in der Hand hatten sie ganz vergessen.

Mein Brustkorb zog sich zusammen, als schließe sich ein enges Metallband darum. Ich blieb stehen und atmete tief ein. *Block*, dachte ich.

Ich erhielt nicht die Reaktion, die ich erwartet hatte. Alles, was ich hätte sehen sollen, als ich den *Block*-Befehl gegeben hatte, wäre ein Psicon gewesen, ein kleines Bild, ähnlich den Icons beim Computer – nur dass Psicons eben nur im Verstand auftauchten, sozusagen vor dem geistigen Auge. Es hätte kurz aufleuchten und dann sofort wieder verschwinden sollen. Stattdessen bildete sich in meinem Verstand ein vollständiges Computer-Menü. Ich schloss die Augen, und das Menü flackerte wie ein Nachbild, wenn man zu lange in ein helles Licht geschaut hatte. Als ich die Augen wieder öffnete, veränderte sich meine Wahrnehmung ein wenig, so dass ich das Menü vor mir in der Luft hängen sah wie ein holografisches Bild. Es zeigte drei Befehls-Optionen:

Transfer
Block
Ende

Die Buchstaben erschienen in dem von mir persönlich ausgewählten Schriftsatz – sie sahen aus, als seien sie in einen Bernstein hineingeschnitzt worden. Neben dem Wort Block sah ich das kleine Bild einer Synapse, bei der sich zwischen Axon und Dendrit eine stilisierte Wand befand. Dieses Bild wäre das ›Block‹-Psicon gewesen, von dem ich erwartet hatte, dass es kurz vor meinem geistigen Auge aufleuchten würde. Stattdessen blieb es stehen und schwebte in der Luft – Teil eines Menüs, das darauf wartete, dass ich mich damit beschäftigte. Rex und Helda waren neben mir stehen geblieben und unterhielten sich – die Worte, die für mich zwischen ihnen in der Luft standen, nahmen sie natürlich nicht wahr.

Die Erdenbürger haben für derartige Situationen einen passenden Ausdruck: ›Verfluchte Raketen!‹ Noch besser: ›Dreimal verfluchte Raketen!‹ Warum war dieses Menü immer noch da? Nein, das war die falsche Frage. Ich *wusste,* warum es noch da war. Der Computer-Knoten, der in mein Rückgrat implantiert worden war, hatte dieses Menü erscheinen lassen, als ich den Befehl Block gedacht hatte. Dieser Knoten griff auf meinen Sehnerv zu, damit das Menü vor meinen Augen erscheinen konnte.

Nur hätte das eben nicht passieren sollen. Ich hatte mein System so eingestellt, dass es diese Abfrage umging. Es war viel zu ineffizient – von ›irritierend‹ gar nicht zu reden –, ständig dieses Menü abzuarbeiten, wenn ich meinem Spinal-Knoten einen Befehl geben wollte. Das Einzige, was ich hätte sehen sollen, wäre ein kurzes Aufflackern des Synapsen/Wand-Psicons gewesen, um mich zu informieren, dass der Knoten arbeitete.

Wenn ich über diesen Computer in meinem Rückgrat nachdachte, nannte ich ihn geistig immer nur ›den Knoten‹. Den meisten Computern, mit denen ich arbeitete, hatte ich Namen gegeben, aber diesem hier nicht. Es wäre mir viel zu sehr vorgekommen, als würde ich mich selbst mit einem anderen Namen ansprechen – als gäbe es mich doppelt, oder ich hätte eine gespaltene Persönlichkeit.

Ich formulierte einen weiteren Gedanken für den Knoten. *Auf Info-Modus umschalten.*

Die Antwort erschien in meinem Kopf, als sei es mein eigener Gedanke, jedoch in der üblichen, knochentrockenen Ausdrucksweise des Knotens. Verifizierungs-Modus empfohlen. Seit der letzten Ausführung des Block-Befehls ist eine zu große Zeitspanne vergangen.

Aha. Der Knoten wollte also eine Kontrolle durchführen lassen. Diese Prozedur kannte ich schon: Der Knoten würde mir jetzt jeden Abschnitt des Befehls einzeln anzeigen, wenn er den Block-Befehl aktivierte. Normalerweise verlief die Befehlsweitergabe nahezu mit Lichtgeschwindigkeit – schneller konnten Signale nicht entlang der Glasfaser-Verbindungen in meinem Körper übertragen werden. Aber jetzt wollte der Knoten, dass ich Schrittchen für Schrittchen die ganze entsetzliche Routine durchging, um sicherzustellen, dass wirklich keine Fehler darin auftraten.

Na gut, dachte ich. *Dann führ die Kontrolle durch.*

Das Menü verblasste. Dann produzierte der Knoten ein neues Bild. Auch dieses hing in der Luft wie ein Holo – es waren die blauen Silhouetten der beiden Studenten, die uns immer noch anstarrten. Der Knoten überlagerte die Körper der beiden mit diesen Silhouetten, sodass es aussah, als leuchteten die beiden in einem schwachen Blau.

Input dieser beiden Quellen übersteigt Sicherheitstoleranzschwelle, dachte der Knoten.

Ich weiß. Für eine Empathin wie mich bestand der von den beiden Studenten ausgehende ›Input‹ in ihrer Angst: Ich spürte sie so deutlich, dass mir Schweiß auf die Stirn getreten war und mir den Nacken herablief.

Diesen Input blockieren, dachte ich.

Ich werde Pharmaka freisetzen, um den Einfluss von Psiamin auf die Neuronen in den Para-Zentren deines Hirns sowie die Anlagerung an P1-Rezeptoren zu inhibieren. Die Inhibition wird anhalten, bis der externe Input unterhalb der Sicherheitstoleranzschwelle fällt.

Ich verzog das Gesicht. *Kannst du nicht einfach sagen, dass du es blockierst?*

Ich blockiere, gehorchte der Knoten.

Der Ansturm von Furcht nahm ab. Während sich meine Schultern wieder entspannten und mein Herzschlag normalere Werte annahm, dachte ich: *Verifizierung abgeschlossen. Jetzt auf Info-Modus umschalten.*

Es wurde auf Info-Modus umgeschaltet.

Endlich. Ich blickte zu den anderen hinüber. Taas stand neben mir und blickte starr ein Türmchen auf einem der Verkaufsstände an. Er strahlte die Angst der beiden Studenten ab wie glühendheißer Stahl Hitze.

Ich legte ihm die Hand auf den Arm. »Blend sie aus.«

Er bewegte sich nicht. Sein Gesicht wirkte trotz des Oliv-Tones seiner Haut blass.

»Das ist ein Befehl«, sagte ich. »Blockierung einleiten.«

Taas zuckte zusammen. Dann schloss er die Augen. Einen Moment später sah er mich an, und die Farbe kehrte in sein Gesicht zurück.

»Alles in Ordnung?«, fragte ich.

»Ja.« Er verzog das Gesicht. »Das war so heftig. Die haben mich völlig überrascht.«

»Mich auch.«

Rex blickte von mir zu Taas. Dann wandte er sich wieder den Studenten zu, und ich spürte, dass auch er ihren Input blockierte. Obwohl ich Heldas Gefühle nicht ganz so einfach empfangen konnte, verriet mir ihr kurzer, glasiger Blick, dass auch sie auf ihren Spinal-Knoten zugriff. Keiner von ihnen brauchte länger als einen Sekundenbruchteil, um die Blockierung zu aktivieren; scheinbar wurden sie nicht von ihren Knoten mit der Frage nach Verifizierung belästigt.

Na ja, vielleicht war ›belästigt‹ nicht der richtige Ausdruck. Schließlich hatte ich meinem Knoten selbst befohlen, mich zu warnen, wenn die letzte Kontrolle zu lang zurücklag.

Mit leiser Stimme sagte Taas: »Ich weiß nicht, wie mir so ein Schnitzer unterlaufen konnte.«

»Das liegt an diesem verdammten Nervoplex.« Ich deutete auf den Bürgersteig. »Das wirkt bei dieser Menschenmasse wie ein Stimmungs-Verstärker.« Taas und ich waren für diesen Effekt empfänglicher als die anderen; er, weil er das am wenigsten erfahrene Mitglied unserer Staffel war, und ich, weil meine Empathie-Fähigkeiten am ausgeprägtesten waren.

Helda deutete in Richtung der Studenten. »Warum regen sich die beiden da drüben so auf? Was glauben sie denn, was wir mit ihnen vorhaben?«

Rex drehte sich wieder zu uns um, er sprach mit sonderbar ruhiger Stimme. »Ich bin es langsam satt, immer diese Reaktion hervorzurufen.« Er fuhr sich mit der Hand durch das Haar und brachte seine schwarzen Locken durcheinander. Nein, nicht ganz schwarz. Jeden Tag wurden seine Schläfen ein wenig grauer.

Und was war das jetzt? Wieso grinste Taas so komisch? »Was ist denn los?«, fragte ich.

Er errötete. »Ma'am?«

»Warum grinst du so?«

Sofort verschwand das Grinsen. »Nichts, Ma'am.«

Ich lachte. »Taas, du brauchst mich nicht ›Ma'am‹ zu nennen.« Bei einer so eng zusammenarbeitenden Gruppe war es völlig unsinnig, so förmlich zu sein. »Was war denn so komisch?«

Er zögerte, dann deutete er auf die Studenten. »Der Junge hat auf dich deutlich anders reagiert als auf den Rest von uns.«

»Anders?« Ich blinzelte. »Wie denn?«

»Er denkt, du … äh …«

Ich wartete. »Ja?«

Taas lief rot an. »Er findet dich sexy.«

Ich spürte, wie mir die Röte ins Gesicht schoss. »Ich bin alt genug, um seine Mutter zu sein.«

Helda lachte. »Ya, aber du siehst viel jünger aus, Soz.«

Ich grinste. »Tu ich nicht.« In Wirklichkeit war Helda nicht die Erste, die mir das sagte.

Rex lächelte, und ich spürte, wie Taas sich entspannte. Die Anspannung in unserer Gruppe schwand. Als Rex gerade etwas sagen wollte, blickte er an meinem Kopf vorbei in die Ferne – und sein Lächeln verschwand so abrupt, als sei eine Tür zugeschlagen. Ich drehte mich um und schaute in die gleiche Richtung.

Händler.

Natürlich nannten sie sich selbst nicht ›Händler‹. Sie waren Eubianer, Mitglieder der Gesellschaft, die beschönigend ›Eubianische Harmonie‹ genannt wurde. Sie waren zu fünft, alle trugen sie graue Uniformen mit blauen Paspeln an den Hosen und purpurnen Tressen an den Ärmeln. Obwohl es schwierig war, auf diese Entfernung ihre Augenfarben zu erkennen, glaubte ich nicht, darunter jemanden gesehen zu haben, der die roten Augen eines Aristo besaß – einem Mitglied der höchsten Kaste in der strengen Hierarchie der ›Harmonie‹. Einer von ihnen hatte jedoch die feingeschnittenen Züge eines Aristo, ebenso das schwarze Haar, sogar die typische arrogante Haltung. Und sein Haar glänzte. Aber es schimmerte nicht ganz so, als sei es feucht, und das war ein typisches Erkennungsmerkmal eines Aristo.

Vielleicht gehörten sie zu einer Aristo-Leibwache. Das war einer der angesehensten Posten, die ein Mitglied der niederen Händler-Kasten bekleiden durfte. Ich vermutete, es handle sich um Aufgabenerfüller – Kinder, die aus der Verbindung eines Aristo mit einem Mitglied der niederen Händler-Kasten hervorgegangen waren.

Sie standen auf der anderen Seite der Arkaden und starrten uns an. Die Menschenmenge um uns herum ging weiterhin ihren Geschäften nach und eilten auf dem Bürgersteig zwischen uns und den Händlern hin und her.

Eine sonderbare Furcht ergriff mich – eine Art Furcht, die mir trotz ihrer drängenden Intensität noch unbekannt war. Während ich spürte, wie sich mein Puls beschleunigte, schaute ich mich um und sah eine Frau, die gerade mehrere Kinder aus diesem Teil der Arkaden herausschob. Sie blickte kurz zu den Händlern, dann zu uns, dann drängte sie die Kinder zu noch größerer Eile. Der kleinste Junge sträubte sich und versuchte, einen Verkaufsstand zu erreichen, in dem Zuckerkerzen von einem Draht herabhingen – äußerst schmackhafte Süßigkeiten, bei denen Zucker anstelle von Wachs herabtropfte. Die Frau zog ihn mit sich und ignorierte seinen lautstarken Protest, während sie ihn durch die Menschenmenge schob.

Taas blickte die Händler finster an. »Die können doch nicht einfach hier so auftauchen und herumspazieren.«

»Was denn? Meinst du, sie bräuchten dafür eine Genehmigung?«, fragte Helda. Dann fügte sie hinzu: »Wir leben doch in ›Eintracht‹ hier, erinnerst du dich?«

»Vielleicht spionieren sie hier«, mutmaßte Taas.

Rex schaute mich prüfend an. »Was ist los?«

Ich musste schlucken. »Der Lange da drüben. Der sieht aus wie Tarque.«

Rex versteifte sich. »Tarque ist tot.«

Ja, schon lange. Schon seit zehn Jahren. Ich hatte ihn getötet.

»Wer ist Tarque?«, wollte Helda wissen. »Der Name klingt wie der von einem Aristo.«

Irgendwie schaffte ich es, meine Stimme unter Kontrolle zu halten. »Ist auch einer.«

Rex stieß sanft in meine Gedanken vor. Nachdem wir schon seit Jahren eng zusammengearbeitet hatten, standen wir uns nah genug, dass ich seine Gedanken empfangen konnte, wenn er sie mir hinreichend kräftig sandte.

Ist alles in Ordnung?, fragte er.

Ich atmete tief ein und bemühte mich, meinen Puls wieder auf ein Normalmaß zu bringen. *Ja.*

»Von wo kennst du diesen Tarque?«, fragte Helda mich.

»Ich war vor zehn Jahren *undercover* auf Tams Station eingesetzt.«

»Tams?«, fragte Taas. »Meinst du den Händler-Planeten?«

Ich nickte. »Ich wurde … aufgegriffen.«

»Deine Deckung ist aufgeflogen?«, hakte Taas nach.

»Nein. So habe ich das mit ›aufgegriffen‹ nicht gemeint.« Ich brauchte einen Augenblick, bevor ich fortfahren konnte. »Vor zehn Jahren haben die Händler einen Aristo-Gouverneur auf Tams eingesetzt – einen Mann namens Kryx Tarque. Seine Leute haben alle Städte durchsucht, um Diener für seine Landgüter auszuwählen.« ›Diener‹ war der Oberbegriff, den die Aristos für alle Angehörigen der niederen Kasten verwendeten, und das schloss in ihrem Weltbild alle Personen des gesamten Universums ein, die nicht Aristos waren. »Und bei einer dieser Durchsuchungsaktionen wurde ich aufgegriffen.«

Taas starrte mich an. »Du hast als *Dienerin* für die Händler gearbeitet?«

»Nein.« Ich widersprach ihm mit einer Gelassenheit, die ich wahrhaftig nicht empfand. »Als Versorgerin.«

Taas erbleichte, und Heldas Schultermuskulatur spannte sich unter ihrer Jacke an – so kräftig, dass die Jacke selbst ein Stück verrutschte. ›Versorger‹ war ein weiterer der beschönigenden Aristo-Ausdrücke – ein Ausdruck, über den ich nie wieder nachdenken wollte.

Helda ließ die Schultern kreisen wie ein Kämpfer, der verspannte Muskeln lockern wollte. »Wie bist du entkommen?«

Ich schüttelte nur den Kopf. Ich konnte nicht darüber reden. Auf der anderen Seite der Arkaden sprachen die Händler miteinander, beobachteten uns dabei aber immer noch.

Peinlich berührt sagte Taas: »Das tut mir Leid, Primärin Valdoria. Das mit Tams.«

Ich bemühte mich, meine Stimme unbeschwert klingen zu lassen. »Taas, nenn mich doch Soz, ja?« Ich hatte ihm das schon so oft gesagt, dass ich nicht mehr mitzählen konnte.

Er lief rot an. »Ja, Ma'am.«

Heldas Denken berührte kurz das meine, allerdings

viel schwächer, als Rex es gerade eben getan hatte: *Tut mir auch Leid.* Dann, deutlich heiterer: *Lass Taas Zeit. Du machst ihn ja schon zittern wie Wespenlaub.*

Taas blinzelte. *Wespenlaub?*

Rex schickte der ganzen Gruppe geistig ein Grinsen. *Fliegende Blätter??*

Ich zwang mich zu einem Lächeln. Ich wusste, dass Rex versuchte, die Spannung zu lockern. Und eigentlich hätte ich mich auch freuen sollen: Es war das erste Mal, dass Taas es geschafft hatte, sich in unsere Gedanken einzuklinken, ohne dass er die Hilfe der Hardware in unseren Schiffen benötigt hätte. Aber ich konnte nicht aufhören, die Händler anzustarren. Sie brachen gerade wieder auf, behielten uns aber weiterhin im Auge, während sie in der Menschenmenge verschwanden.

»Sieht aus, als ob wir sie langweilen«, sagte Helda.

Taas trat von einem Bein auf das andere, wie ein Ballspieler, der auf die Aktion seines Gegners wartete. »Wir können sie nicht einfach weggehen lassen.«

»Was für eine Rechtfertigung hättest du denn, etwas anderes als genau das zu tun?«

»Es sind Händler«, antwortete Taas. »Reicht das nicht?«

Ich neigte den Kopf in Richtung der Verbandler-Polizisten, die inzwischen erschienen waren, und deren blausilberne Uniformen sich leicht in der Menschenmenge erkennen ließen. »Ich bezweifle, dass die da das genauso sehen würden.«

Taas blickte wieder finster drein. »Wenn wir nicht gewesen wären, hätten die Händler die Planeten des Verbands schon längst eingenommen. Die sollten dankbar sein, dass wir hier sind.«

»Wenn wir uns nicht ständig mit den Händlern beschäftigen müssten«, wand ich ein, »hätten wir die Planeten des Verbandes vielleicht schon selbst eingenommen.«

Taas runzelte die Stirn. »Hasst du die Händler etwa nicht?« Er zögerte. »Gerade nach …«

»Sich auf offener Straße zu prügeln, würde doch überhaupt nichts bringen«, erklärte ich. »Und außerdem ist das hier zufälligerweise illegal.«

Helda blickte zu Taas und zuckte mit den Schultern. »Wir können mit unserer Zeit Besseres anfangen, Hoiya. Ich würde gerne etwas trinken.«

Ich hatte nie herausfinden können, was ›Hoiya‹ in Heldas Muttersprache bedeutete, aber ich glaubte, es war so etwas ähnliches wie ›süßer Kleiner‹. Taas musste erst noch lernen, dass es mehr war als nur ein Nonsens-Wort, das sie gelegentlich in ihre Sätze einstreute. Es dürfte interessant werden, zu beobachte, wie sie sich herausreden würde, wenn er begriff, dass sie ihn einen ›süßen Jungen‹ nannte.

Rex grinste. »Heya, Helda, Hoiya, willst du dich betrinken?«

»Selber Hoiya«, grummelte Helda. Doch dann lächelte sie. »Vielleicht ein paar Drinks, was?«

»Ich hätte nichts gegen einen Drink einzuwenden«, sagte ich. Einen Drink, der Erinnerungen auslöschte.

Seit über einer Stunde senkte sich der Sonnenuntergang über die Straßen und verdunkelte immer mehr einen rötlich-purpurnen Horizont. Ein Tag dauerte hier zweiundsechzig Stunden, so dass Sonnenuntergänge sehr, sehr lange dauerten, als weigere sich der Planet, das Licht aufzugeben. Die Arkaden waren jetzt noch überfüllter – Leute, die genießen wollten, dass sie jetzt vorerst ein wenig von der Hitze erlöst waren. Bei dreißig Stunden Sonnenlicht am Tag war es normalerweise nur am Abend, in der Nacht und am frühen Morgen für Menschen erträglich temperiert.

Der Himmel über uns war tief violett gefärbt. Die Sonne von Delos strahlt mehr violettes Licht ab als normalerweise üblich bei Planeten, die von Menschen besiedelt sind, und die dünne Atmosphäre des Planeten streute dieses Licht auch weniger. Dadurch erhielt der Himmel eine purpurne Tönung, als hielten wir uns hoch oben in den Bergen auf und nicht auf Höhe des Meeresspiegels. Wolken zogen über den Horizont, und an ihren Rändern glommen sie in einem leuchtenden Rosa, das immer dunkler wurde, je mehr sich die Sonne hinter die Dächer der Arkaden zurückzog.

Wir gingen in der Dämmerung an einer Reihe Bars vorbei. Holowerbetafeln erhellten das Zwielicht: eine grellrosa-farbene Blume über einer Tür, golden glänzende Insekten in ellipsoiden Kreisbahnen, ein Cluster blaugrüner Planeten, die einen Blauen Riesenstern eng umkreisen – in Wirklichkeit hätte ein solcher Stern niemals ein derartiges Sonnensystem besitzen können. Hologramm-Wände standen auch an den Seiten der meisten Bars, sodass überall Holos auftauchten: Lichtsäulen rotierten zwischen den Gebäuden, wirbelten mit farbenprächtigen purpurnen und roten Streifen, und Lichtbögen überspannten die Dächer. Winzige hüpfende Tiere sprühten Funken und machten Geräusche wie kleine Feuerwerkskörper, während sie die Hauswände hinauf und hinab liefen oder sich in verschiedene andere Tiere verwandelten.

Uns klang Musik entgegen, wilde Harmonien vermischten sich mit sanften, verführerischen Melodien. Klänge schienen uns anzuspringen, während wir uns einzelnen Lokalen näherten, und wenn wir daran vorbeigegangen waren, fielen sie zurück in das allgemeine Lautgewirr. Straßenhändler boten aus Hauseingängen heraus ihre Ware feil, dabei sprachen sie Dutzende unterschiedlicher Sprachen. Wenn ich etwas verstand, ging es um Alkoholika, um rauchbare Substanzen und um die Samen der Ölkraut-Pflanze, die einem zu wunderbaren Träumen verhalfen oder den Konsumenten dazu befähigten, sich stundenlang dem Liebesspiel hinzugeben. Der Duft von gekochtem Fleisch und Gewürzen hing in der Luft.

Die meisten Holotafeln konnte ich nicht lesen. Vor meinem geistigen Auge rief ich ein Übersetzungs-Menü auf und überlagerte es mit einer eleganten Werbetafel, auf der CONSTANTINIDES stand.

Übersetzen, dachte ich.

Griechisch, antwortete der Knoten. **Übersetzung: Constantinides.**

»Na, das ist ja aufschlussreich«, murmelte ich.

»Wohin wollen gehen?«, fragte Helda.

Ich deutete auf ein rostfarbenes Gebäude. Auf dessen Dach stand ein Stab, an dessen Ende einige Metallkreisel hingen, die sich im Wind klirrend drehten. Die Holotafel oberhalb der Tür war in englischer Sprache beschriftet, und das war die einzige Sprache, die ich bisher bei den Bars lesen konnte, ohne ein Übersetzerprogramm in Anspruch nehmen zu müssen.

»JACK'S PLACE«, sagte ich.

Rex sah sich die Bar etwas genauer an. »Das sieht nach guter, alter Erde aus.«

Helda schnaubte. »Es sieht nach einem guten, alten Trümmerhaufen aus.«

»Komm schon, Helda«, lachte Rex. »Sei tapfer!«

»Warum ihr wollt in diese Kneipe gehen?«, wollte sie wissen.

»Weil«, entgegnete Rex, »sie so aussieht, als habe sie die echte Atmosphäre der alten Erde.«

»Ist das gut?«, fragte Helda.

Ich lächelte. »Kommt, wir sehen's uns einfach mal an.«

Also stießen wir die Schwingtür unterhalb der Holotafel auf und gingen hinein. Im Inneren stand entlang der einen Wand eine lange Theke, deren schwarze Oberfläche durch jahrelangen Gebrauch schon zahlreiche Kerben und Dellen aufwies. Entlang dieser Theke standen Hocker, alle waren sie mit einem roten Material bezogen, das so abgewetzt war, das es im Licht glänzte. Auf den Tischen im übrigen Raum lagen rotweiße Decken. Hinter der Theke stand ein Mann und polierte ein Glas; das Tuch, das er dazu benutzte, war fleckig, und auch auf der weißen Schürze, die sich über seinen riesigen Bauch spannte, waren deutlich Flecken zu erkennen.

Auf einer leicht erhobenen Bühne in der Ecke spielte eine Band. Die Instrumente kannte ich nicht: ein Saiteninstrument, dessen Form entfernt an einen Flaschenkürbis erinnerte, goldene Hörner, deren kolbenartige Ventile sich auf und ab bewegten, dazu riesige Trommeln. Die Musik hatte einen mitreißenden Rhythmus, der sich mit einem sinnlichen Klang vermischte und mich dazu brachte, dass ich am liebsten mit dem jungen Mann getanzt hätte, der zu dieser Musik sang. Grellbunte Zeichentrick-Holos flackerten vor den Brettern, die die Bühne begrenzten.

Eine Frau im kurzen Rock bediente an den Tischen. Taas betrachtete sie lächelnd. »Hier gefällt's mir«, sagte er.

Rex gab ihm grinsend Recht. »Kommt, wir setzen uns.«

Helda lächelte Taas an und neigte ihren Kopf in Richtung der Kellnerin. »Nett, hmm? Aber wir sollten nicht streiten. Heben wir uns für Händler auf. Ich bin sowieso viel zu größer für dich.«

Taas blinzelte sie an. »Was?«

»Sie will nicht mit dir um die Kellnerin streiten«, erklärte ich.

»Warum sollten Helda und ich uns um die Kellnerin streiten?«

Ich zuckte mit den Schultern. »Keine Ahnung.« Ob eine Frau gut aussah, konnte ich nicht beurteilen. Aber die Kellnerin sah für mich nur aus wie eine zu junge Frau in einem zu engen Rock. Dieses Ding musste ihr doch eigentlich das Blut abschnüren.

Rex lachte. »Vielleicht sollten wir drei uns zur Auswahl stellen und *sie* wählen lassen.«

Ich lächelte. »Warum sollte sie jemanden von euch auswählen?«

»Wir *drei?*«, fragte Taas.

Helda beugte sich zu ihm hinüber. »Ich, du, Rex. Verstehst?«

Taas wurde knallrot. »Du magst Frauen? Keine Männer?«

»Natürlich«, sagte Helda.

»Oh.« Taas kratzte sich am Kinn. »Na gut, du magst vielleicht größer sein als ich, aber ich habe mehr Stil.«

Die Kellnerin kam zu uns hinüber und sprach Rex scheu auf Englisch an. »Möchten Sie einen Tisch?«

Rex antwortete auf Skolianisch und warf ihr ein schalkhaftes Grinsen zu. »Ich habe keine Ahnung, was du da gerade sagst, aber es klingt wunderbar.«

»Sie möchte wissen, ob wir die Tische mögen«, sagte ich. Was auch immer das bedeuten mochte. Ich rief mein Übersetzungs-Menü auf. Es hing mitten im Raum, überlagerte die Kellnerin, die jetzt von mir zu Taas, dann zu Helda blickte. Ich nahm an, ich hatte gerade wohl den gleichen glasigen Gesichtsausdruck, den ich bei den beiden anderen sah.

Wartestellung, gab mir mein Spinal-Knoten zur Antwort.

Rex lächelte die Kellnerin an. »Sie meditieren«, sagte er auf Skolianisch.

Sie blinzelte ihn an, dann schaute sie sich um, ob ihr vielleicht jemand würde helfen können.

Übersetze: ›Wir hätten gerne Getränke und etwas zu Essen‹, dachte ich.

Die Kellnerin wandte sich wieder an Rex. »Was kann ich für Sie tun?« Die Übersetzung ihrer Worte ins Skolianische erschien in meinen Gedanken und störte mich dabei, das, was ich sagen wollte, ins Englische zu übertragen. Währenddessen wurde die Kellnerin immer roter.

»Pah!«, murmelte ich. Mein Spinal-Knoten war für den Kampf optimiert, nicht für Übersetzungen. Vielleicht sollte ich mir doch dieses Diplomatie-Modul zulegen. Das würde meine soziale Kompetenz steigern und meine Sprachbegabung verbessern. Aber mein Spinal-Knoten hatte bis zur Kapazitätsgrenze Kampf-Module und entsprechende Datenbanken geladen, und ich hatte nicht vor, auch nur ein Stückchen davon aufzugeben. Vielleicht würde eines Tages mein Leben davon abhängen. Und den Knoten wollte ich auch nicht vergrößern lassen. Mein biomechanisches System hatte die Grenze dessen erreicht, was noch als ›im Rahmen der Sicherheitsparameter akzeptabel‹ betrachtet wurde, selbst wenn man die neueste Biotechnologie verwendete.

Außerdem konnte es nicht schaden, wenn ich mein Englisch ein wenig trainierte, selbst wenn mir kein Computer die Worte ins Ohr ›flüsterte‹. *Programm beenden*, dachte ich. Als das Menü verschwunden war, sprach ich die Kellnerin im besten Englisch an, das ich ohne Hilfe zu bewerkstelligen in der Lage war. »Ist okay, wenn dort wir sitzen?« Ich deutete auf eine Nische an der gegenüberliegenden Wand.

»Aber natürlich.« Die Röte schwand aus ihrem Gesicht, und auch meine Wangen kühlten sich allmählich ab. Sie blickte kurz zu Taas und Helda, die beide wieder normal wirkten, und ihre Schultern senkten sich ein wenig. Auch die Muskeln in meinem Kiefer entspannten sich.

Sie holte von einem Tisch in der Nähe riesige Speisekarten und ging auf die Nische zu. Als wir ihr folgten, blickte sie wieder zu Rex und errötete erneut.

Ich folgte ihrem Blick und stellte fest, wie eng seine Uniformhosen saßen. Sie umspannten seine muskulösen Beine wie geschmeidiges schwarzes Leder, es wirkte zugleich bedrohlich und sexy. Und diese großen Hände! Wie es sich wohl anfühlen mochte, wenn er ...«

»Warum starrst du mich an?«, fragte Rex.

»Was?«, fragte ich, und das Blut schoss mir ins Gesicht. »Das hab ich nicht.« *Block*, dachte ich. Als das Blockieren-Psicon vor meinem geistigen Auge auftauchte, trat die Reaktion der Kellnerin auf Rex in den Hintergrund. Seine Hosen sahen wieder ganz normal aus. Na ja, fast normal. Sie hatte Recht; es sah wirklich sexy aus, wie sie ihm passten. Vorher war mir das nicht aufgefallen – zumindest nicht bewusst.

»Immer das Gleiche«, murmelte Helda, während wir zu der Nische hinübergingen. »Immer wollen sie ihn.«

»Meinst du Rex?«, fragte Taas.

»Ya. Immer.« Sie neigte ihren Kopf zu mir herüber. »Und die Jungs wollen immer sie.«

Ich lachte. »Also, mir fallen da auch ein paar Jungs ein, die *Rex* wollten.«

Als sie mein Lachen hörte, zuckte die Kellnerin zusammen wie ein scheues Fohlen. Sie blieb bei der Nische stehen und ließ ungeschickt die Karten, die sie mitgenommen hatte, auf den zerkratzten Tisch fallen. Dann hielt sie inne und sah uns blinzelnd an. Also blieben wir alle stehen und betrachteten sie, um zu schauen, was sie als Nächstes tun würde. Einen kurzen Augenblick später lief sie wieder rot an.

»Sie möchte, dass wir uns setzen«, beschloss Taas.

»Na gut, dann setzen wir uns.« Rex drängte sich an ihr vorbei und legte ihr im Vorbeigehen die Hand auf ihre winzige Taille. Ihr Gesicht schlug von Rot nach Purpur um. Dann setzten wir uns auch.

Die Kellnerin wandte sich an Rex. »Möchten Sie etwas trinken?«

Er antwortete auf Skolianisch. »Ihre Stimme lässt mich wünschen, ich könne sie die ganze Nacht festhalten.«

»Und wenn du dich bei ihm langweilst«, fügte Helda hinzu, »kannst du uns haben.« Sie deutete auf Taas, der ihr gegenübersaß. »Mich und ihn. Er hat Stil, ich hab Muskeln.«

»Wie bitte?«, fragte die Kellnerin auf Englisch.

»Lasst sie in Ruhe«, sagte ich. Dann nahm ich eine der Karten auf, die sie über den Tisch verstreut hatte. Die Überschrift stand in einer klaren Röhre, die mit einem fluoreszierenden gelben Gas gefüllt war. JACK'S PLACE, verkündete sie. Projizierte Holos schwebten über buntgescheckten Ausschnitten der Karte, und jedes 3D-Bild zeigte eine Mahlzeit. Als ich die Karte ein wenig drehte, zeigten die Holos eine andere Ansicht vom Angebot des Hauses.

Mein Übersetzer-Programm lieferte mir ›synthetisches Fleisch-Sandwich‹ als Bedeutung für ›Hamburger‹. Ich schaute mir den ›Hot Dog‹ an und erhielt die Erklärung ›synthetisches Fleisch-Sandwich‹. Als *Rindfleisch Spezial* sich als ›synthetisches Fleisch-Sandwich‹ herausstellte, gab ich auf. Gab es bei Jack nichts anderes? Ich schaute den Rest der Gruppe an. »Was möchtet ihr?«

»Ale ist okay«, sagte Rex. Helda und Taas nickten zustimmend.

Ich wandte mich an die Kellnerin. »Machen du Ale?«

Sie schaute mich angestrengt an. »Entschuldigung, was haben Sie gesagt?«

»Ale«, wiederholte ich. »Haben du?«

»Meinen Sie Bier?«

Ich blickte sie mit zusammengekniffenen Augen an. »Ich glaube.«

»Dunkles oder helles?«

Was hieß *das* denn schon wieder? »Egal. Du Scheide!« Nein, das war irgendwie falsch. Sie lief wieder rot an. Ich versuchte es noch einmal. »Du entscheide.« Ich deutete mit der Hand auf die anderen. »Vier Bier.«

»Okay.« Und sie machte sich auf den Weg, warf aber vorher Rex erneut ein schüchternes Lächeln zu.

Auf der anderen Seite des Raumes öffnete sich die Tür. Eine Gruppe betrat die Bar – und als sich diesmal meine Schultern versteiften, lag es an meiner eigenen Reaktion, nicht an der eines anderen.

Händler. Jetzt waren sie zu sechst, die fünf, die wir vorher schon gesehen hatten, dazu ein Mann, den sie bewachten. Ein Mann mit glänzendem schwarzen Haar und roten Augen.

Ein Aristo.

Sobald sie uns erblickten, blieben die Händler stehen. Wir starrten einander an. Der Barkeeper hörte auf, das Glas zu polieren und stellte es hinter der Theke ab.

Hasst du die Händler etwa nicht?, hatte Taas gefragt. ›Hass‹ war ein zu mildes Wort. Ich sah diesen Aristo, und in meinem Verstand erschienen glühendheiß Bilder von Tarque, dem Aristo-Gouverneur von Tams. Drei Wochen reine Folter. Dieser Aristo starrte mich mit seinen perfekten Rubinaugen an, sein perfektes schwarzes Haar schimmerte und sein perfekter Körper entspannte sich. Ich wollte jeden perfekten Knochen in seinem perfekten Gesicht zertrümmern.

Ganz ruhig, wies ich mich selbst an. Ganz ruhig.

Einer der Leibwächter des Aristo beugte sich zu ihm hinüber und flüsterte ihm etwas zu. Ich brauchte kein

Telepath zu sein, um zu wissen, dass er ihm vorschlug, eine Bar mit besserem Klientel zu finden. Doch der Aristo schüttelte den Kopf. Dann setzte er sich auf einen der Hocker an der Theke.

»Ich kann nicht einfach hier sitzen bleiben und ihnen beim Trinken zusehen.« Taas zerknüllte eine Speisekarte in der Hand. »Das schaff ich nicht.«

Rex nickte. »Kommt, wir gehen.«

Helda stand auf.

»Hinsetzen«, sagte ich.

Sie starrten mich an. Alle. Dann setzte Helda sich wieder hin.

Ich spürte, dass Rex wieder sanft in meine Gedanken einzudringen versuchte, aber ich ließ es nicht zu. Meine Gedanken über Händler waren meine Privatsache, auch Rex gegenüber. Zu behaupten, ich hätte keine Lust, weiter in dieser Bar zu bleiben, wäre die Untertreibung des Jahrhunderts gewesen. Aber das war auch völlig unerheblich. »Aristos kommen nicht nach Delos, um ein bisschen Urlaub zu machen«, sagte ich. »Er muss einen Grund haben, hier zu sein. Und unser Job ist es, den herauszufinden.«

Ein Muskel in Rex' Wange zuckte. Diese Zuckungen hatte er, seit er gesehen hatte, was Tarque mir auf Tams angetan hatte, seit er gesehen hatte, dass ich vor lauter Schock wie gelähmt und so voller Angst gewesen war, dass ich nicht einmal mehr sprechen konnte.

Helda fasste nach ihrem Gürtel, an dem normalerweise ihr Holster hing. Aber keiner von uns war mit mehr bewaffnet als mit versteckt getragenen Messern. Selbst ohne Diplomatie-Modul wusste ich, wie bedrohlich es ausgesehen hätte, wenn wir auf den Bürgersteigen von Delos mit Zerleger-Gewehren herumspaziert wären.

Und auch die Händler waren unbewaffnet gewesen,

als wir sie vorhin gesehen hatten. Doch jetzt hatten sie jemanden bei sich, den sie beschützen mussten, jemand, der offensichtlich so weit oben in der Hierarchie ihrer Gesellschaft stand, dass sie sich genötigt fühlten, Laserbrenner zu tragen, komplett mit Energiezellen, die an ihren Gürteln hingen.

»Beobachtet sie einfach nur«, wies ich meine Leute an. »Schaut, ob ihr irgendetwas herausfinden könnt.«

Die Kellnerin erschien wieder an unserem Tisch und stellte mir einen Drink hin – ein Glas, das mit bernsteinfarbener Flüssigkeit gefüllt war. Ich wusste nicht viel über die Destillationsprozesse auf der Erde, aber ein paar hochprozentige Getränke kannte ich. Was sie mir dort hingestellt hatte, war kein Ale. Das war Rum.

Mein Englisch musste noch viel schlechter sein, als ich gedacht hatte. Ich schüttelte den Kopf, sodass sie es deutlich mitbekam. »Wir Bier haben.« Ich deutete auf die anderen. »Bier. Für alle.«

Sie schluckte. »Das ist …« Ihre Stimme überschlug sich. »Der Mann … hat es für Sie bestellt.«

»Welcher Mann?«

Sie neigte den Kopf in Richtung des Aristo. »Der da.«

Ich starrte sie an. Dann gab ich ihr das Glas mit dem Rum zurück. Ich musste mich sehr anstrengen, ihr das Glas nicht mit so viel Schwung in die Hand zu drücken, dass der Inhalt sich über den ganzen Tisch verteilt hätte.

Rex stand auf und nahm ihr das Glas aus der Hand. Er griff ihr unter den Ellenbogen und führte sie zur Bar zurück; dort stellt er den Rum ab. Dann zog er sie in eine Ecke des Raumes und führte sie durch eine Tür, die, so vermutete ich, zur Küche führte. Ich verstand sehr gut, warum er wollte, dass sie aus dem Blickfeld verschwand – wenn sie auf den Aristo die gleiche Wirkung entfaltete wie auf uns, konnte es sein, dass sie ganz schön in Schwierigkeiten kam.

Aber der Aristo hatte sie noch nicht einmal angeblickt. Ich war diejenige, die er beobachtete. Ich hatte das Gefühl, tausende kleiner Insekten würden mir über die Haut kriechen.

Taas knautschte seine Speisekarte immer weiter zusammen, und die Holos verwandelten sich in ein unentwirrbares Farbengemisch. »Und was sollen wir jetzt tun?«

»Merkt euch alles, was euch an ihnen auffällt«, sagte ich. »Welche Kleidung sie tragen, wie sie sitzen, wie sie sich bewegen, wie sie sprechen. Speichert das in eurer Erinnerung ab und erstellt eine Sicherheitskopie. Wir werden das später ins Netz einspeisen und schauen, was wir herausfinden.«

Helda deutet auf einige Holospiele in einer Ecke des Raumes. »Von da ich habe einen anderen Blick.«

Ich nickte. »Los.«

Auf der gegenüberliegenden Seite des Raumes beendeten die Musiker ihr Lied. Sie blieben auf der Bühne stehen und schauten die Händler an, dann uns, dann einander. Der Schlagzeuger sagte etwas zu dem Hornspieler, und plötzlich durchzuckte mich der Gedanke *nichts wie raus hier!*, sodass meine Beine sich verkrampften, als wolle ich wirklich gerade losrennen. Ich musste mich tatsächlich zwingen, ruhig sitzen zu bleiben.

Vielleicht war das aber auch keine gute Idee. Von der Bühne aus konnte man die Händler sehr gut beobachten.

»Diesen Teil des Raumes kann ich sichern«, sagte Taas.

»Gut.« Ich lächelte ein wenig. »Ich denke, ich werd mal ein bisschen die Musik würdigen gehen.«

Als ich den Raum durchquerte, spürte ich, dass der Aristo mich beobachtete. Dann erreichte ich die Bühne und sprach den Sänger an – einen Mann mit dunklen Haaren.

»Können Du Lied spielen?«

»Was hätten Sie denn gerne?«, fragte er.

»Du entscheiden.«

Er nickte, aber ich hatte das Gefühl, was er *wirklich* wollte, war, dass wir alle jetzt die Bar verließen – sowohl meine Staffel, als auch die Händler. Und ich konnte es ihm auch nicht verübeln.

Die Band setzte zu einem neuen Lied an, ein langsameres Stück mit einer sehr schönen Melodie. Der Mann sang in einem gut ausgebildeten Bariton. Hätte die Situation anders ausgesehen, hätte ich es genießen können.

Aus dem Augenwinkel beobachtete ich die Händler-Gruppe. Deswegen sah ich auch, dass der Aristo sich erhob und auf mich zu kam. Als er sich näherte, drehte ich mich um, damit ich ihn ansehen konnte.

Er blieb vor mir stehen und sprach mich in perfektem Skolianisch an, wenn auch mit einem deutlich erkennbaren Akzent. »Sehr hübsch, oder?« Der Akzent verriet, dass er wirklich ein Aristo war, ein ganz echter Aristo der elitären Highton-Kaste, der Aristokratie unter den Aristokraten, den Oberherren der Aristo-Hierarchie.

Ich konnte mich gerade noch beherrschen, nicht das Messer zu ziehen, das ich in meinem Stiefel versteckt hatte. »Was wollen Sie?«

»Sie kennen lernen.«

»Warum?«

Er zögerte. »Ich wollte Sie nicht beleidigen.«

Das passte nicht. Ich hatte viele Aristos kennen gelernt, normalerweise über Fern-Kommunikation, gelegentlich aber auch persönlich – während der sporadischen und durchweg gescheiterten Versuche, mit den Händlern Frieden zu schließen. Sie sprachen immer voller Arroganz, oft sogar voller offener Verachtung. Dieser Aristo hier schien beim Training, immer überlegen aufzutreten, gefehlt zu haben.

Doch seine Wachen waren voll einsatzbereit. Sie standen in Formation mit gezogenen Waffen an der Bar, bereit, sofort loszuschlagen. Der Aristo musste ihnen befohlen haben, sich zurückzuhalten, sonst hätten sie niemals zugelassen, dass ein Jagernaut mit ihm alleine sprach. *Block,* dachte ich. Sofort nahm ich ihre Feindseligkeit weniger deutlich wahr, doch das Blockieren-Psicon blinkte in meinem Verstand auf, um mich zu warnen, dass mein System nicht den gesamten Ansturm ihrer Gefühle würde unterdrücken können. Um das zu erreichen, hätte so viel von dem Pharmakon, das die Psi-spezifischen Rezeptoren meiner Neuronen hemmte, freigesetzt werden müssen, dass es meine Denkfähigkeit behindert hätte.

Die anderen Gäste im JACK'S hatten das Etablissement entweder verlassen oder sich in den hinteren Teil der Bar zurückgezogen. Rex war wieder zurückgekehrt, er hielt ein großes Messer in der Hand, das er aus der Küche geholt haben musste. Taas und Helda hatten ihre Messer ebenfalls gezogen, kleinere jedoch – wie das, das ich in meinem Stiefel trug. Es waren fünf Händler mit Laserwaffen und nur vier von uns mit Messern, doch wir hatten einen Vorteil: Der Aristo stand in meiner Reichweite. Sein Perfekter Körper würde eine Perfekte Geisel abgeben.

»Warum wollen Sie mich kennen lernen?«, fragte ich ihn.

»Wegen Ihres Haares.« Seine Miene hellte sich auf. »Ich habe noch nie etwas Derartiges gesehen.«

Ich versteifte mich. Tarque hatte zu mir genau das gleiche gesagt. Mein Haar war schwarz und gelockt und ein wenig mehr als schulterlang. Aber etwa auf der halben Länge wurde es weinrot, und die Haarspitzen waren golden. Das hatte Tarque fasziniert. Suchte dieser Aristo etwa auch nach Versorgern? Er war jung, kaum älter als zwanzig, aber das war auf jeden Fall alt genug. Aristos bedienten sich normalerweise ihrer ersten Versorger, wenn sie die Pubertät erreichten.

Aber irgendetwas an ihm passte nicht zusammen. Ich kam nicht darauf. Seine fein geschnittenen Gesichtszüge waren die eines Highton. Sein Akzent passte perfekt dazu, seine Körperhaltung passte perfekt dazu, seine Stimme passte perfekt dazu. Und trotzdem war irgendetwas *falsch.*

»Was ist mit meinem Haar?«, fragte ich.

»Es ist hübsch.« Er schüttelte den Kopf. »Sie sind so schön. Warum wollen Sie Soldatin sein?«

Vor meinem geistigen Auge sah ich wieder dieses Bild – das Bild, das immer wieder meine Erinnerungen heimsuchte: Tarque, der mit seinem langen Finger auf mich zeigt. *Die da. Ich will die da.*

Ich musste mich anstrengen, meine Stimme ruhig zu halten. »Und ich nehme an, Sie würden mir gerne Alternativen zu diesem Leben zeigen, ja?«

Er lächelte. »Vielleicht für diesen einen Abend? Schließlich ist das hier Delos. Hier können wir uns, wenigstens für eine Nacht, wie Freunde begegnen.«

Klar, dachte ich. Aristos geben sich immer nur mit ihrer eigenen Kaste ab. Punkt. Leute wie uns nutzten sie nur als Tauschobjekte. Dachte er wirklich, ich würde einfach mit ihm in die Nacht hinausspazieren? Ich würde nie wieder frei sein.

»Nein, danke«, sagte ich. »Ich habe heute Abend keine Zeit.«

Er schien enttäuscht, aber nicht überrascht. »Vielleicht eines Tages.«

Dann verneigte er sich und ging zu seiner Gruppe zurück. Während ich ihn noch beobachtete, nahmen seine Wachen ihn in die Mitte und hasteten mit ihm Richtung Tür.

Erst als sie die Bar verlassen hatten, begriff ich, dass er sich vor mir verneigt hatte. Aristos verbeugten sich nur voreinander, als Zeichen des Respekts. Kein Aristo, den ich jemals kennen gelernt hatte, hätte sich vor einem von uns verbeugt, auch nicht, wenn sein Leben davon abgehangen hätte.

Rex kam zu mir herüber, das Riesenmesser immer noch in der Hand. »Ist alles in Ordnung?«

»Alles bestens«, sagte ich.

»Was wollte er denn?«

Ich spreizte meine Finger. »Er wollte mich aufreißen.«

Rex versteifte sich. »Hat er dich bedroht?«

»Nein. Überhaupt nicht. Ich habe noch nie einen Aristo wie ihn erlebt. Er klang ganz normal. Sehr höflich.«

Helda und Taas kamen ebenfalls zu mir herüber und stellten sich neben mich. »Du denkst, das war ein Trick?«, fragte Helda.

»Ich weiß es nicht«, sagte ich langsam. »Aber wenn ich nicht schon mit Händlern Erfahrung hätte, hätte er mich vielleicht dazu gebracht, mit ihm zu gehen.«

»Wir sollten die Arkaden-Polizei informieren«, sagte Taas. »Bevor er noch irgendjemanden von hier dazu bringt, mit ihm zu gehen.«

Ich nickte. Taas hatte natürlich Recht. Aber irgendwie glaubte ich nicht, dass dieser Aristo noch jemand anderen ansprechen würde. Etwas an ihm passte einfach nicht, passte einfach ganz und gar nicht.

Kapitel 2

Tams Station

Die Stadt Athen grenzte im Norden und Osten an die Arkaden. Ich hatte keine Ahnung, warum die Verbandler diesen Ort ›Athen‹ genannt hatten: Er war in dem Maße hässlich, wie seine Namensschwester auf der Erde als schön gegolten hatte. Die Stadt war in von Nervoplex-Straßen gebildeten Quadraten angelegt; die Straßen wurden von kastenartigen, schmucklosen Lampen erhellt. Während Rex und ich durch die Straßen gingen, über denen die Nacht hereinbrach, summten Schwebewagen an uns vorbei; ihre Luftkissen ließen wellenförmige Muster auf dem Nervoplex erscheinen, die zwischen den Bordsteinkanten hin und her liefen. Vielleicht mochten die Leute, die hier wohnten, diesen Effekt – ich bekam davon Kopfschmerzen.

Die Polizeiwache war ein eingeschossiges Gebäude, das in den gleichen Farben verchromt war, die auch die Arkaden-Polizei trug: Blau und Silber. Wir durchquerten die Lobby, bis wir vor einem Schalter standen. Sobald wir den Raum betreten hatten, verfolgte eine Holokamera von ihrer Position in einer Ecke unterhalb der Decke des Raumes jede unserer Bewegungen.

Eine Frau mit ergrauendem Haar begrüßte uns. »Boro na sas voetheso?«, fragte sie.

Übersetzen, dachte ich.

Griechisch, meldete mein Spinal-Knoten. Übersetzung: Kann ich Ihnen behilflich sein?

Die Frau schaute von Rex zu mir, ihr Blick wanderte über unsere Uniformen, dann wieder zurück zu unseren Gesichtern. Sie wiederholte ihre Frage, und ihre Stimme klang jetzt ein wenig schriller. Was wollten wir denn hier, einfach in diesem Aufzug hier reinzuspazieren …

Block, dachte ich. Das Psicon leuchtete auf, und ich kam mir nicht mehr wie eine Straftäterin vor.

Übersetze ins Griechische: ›Wir würden gerne eine Meldung machen‹, dachte ich. Als mein Spinal-Knoten mir die Übersetzung lieferte, sprach ich stockend und bemühte mich, die Worte so exakt wie möglich nachzusprechen. Aber es klang nicht allzu sehr so, wie der Knoten es ›ausgesprochen‹ hatte.

»Ti?«, fragte die Frau. Der Spinal-Knoten übersetzte es: **Was?**

Ich fuhr mir mit der Hand durch das Haar. »Skolianisch?«

Sie schüttelte den Kopf. »Okhi Skolianisch.«

Kein Skolianisch, übersetzte der Knoten.

»Englisch?«, fragte ich.

»Okhi Englisch.«

Was heißt ›Dolmetscher‹ auf Griechisch?, dachte ich.

Diermeneas, antwortete der Knoten.

Ich betrachtete die Frau. »Diermeneas? Skolianisch. Diermeneas.«

»Epanalabete?«, fragte sie. Der Spinal-Knoten machte daraus ein **Wie bitte?**

Ich versuchte es noch einmal. »Diermeneas.«

»Ah.« Ihre gerunzelte Stirn glättete sich. Dann bedeutete sie uns, ihr zu folgen.

Sie führte uns in einen kleinen Raum mit einem Tisch, um den herum Nervoplex-Stühle standen. Drei der Wände waren kahl, die vierte Wand bestand aus undurchsichtigem Glas. Wahrscheinlich war das Glas von der anderen Seite betrachtet sehr wohl durchsichtig, denn der Raum sah aus wie ein Vernehmungszimmer.

Als die Frau den Raum verlassen hatte, bedachte Rex die Stühle mit einem finsteren Blick.

Ich lächelte. *Gefällt dir das Dekor nicht?*

Er schnitt eine Grimasse. *Es ist schon schwer genug, die Reaktionen der Leute auszublenden, wenn sie nicht auch noch durch die Sitzpolster verstärkt werden.*

Ich strich mit dem Finger über die Nervoplex-Lehne eines der Stühle, und der Bezug versteifte sich sofort. In Wirklichkeit konnte dieses Material nichts anderes, als auf die Anspannung unserer Muskeln reagieren. Empathen neigten dazu, sich von Nervoplex beeinflussen zu lassen: Sie verkrampften sich, wenn das Material versuchte, ihre Muskeln zu entspannen, und entspannten sich, wenn das Nervoplex sich versteifte. So ergab sich eine Rückkopplung, die alles verstärkte, was wir fühlten. Aber Jagernauts funktionierten wie Schwämme: Die Gefühle anderer Menschen wurden zu unseren eigenen. Selbst die diszipliniertesten Soldaten, die für andere scheinbar keinerlei Emotionen zeigten, veränderten in geringem Maße ihre Körperhaltung und die Spannung in ihren Muskeln, wenn sie Gefühle empfingen.

Die Tür öffnete sich, und ein junger Mann betrat den Raum. Er ging zu Rex hinüber, lächelte und streckte ihm die Hand entgegen. »Es freut mich, Sie kennen zu lernen«, sagte er in perfektem Skolianisch. »Ich bin Tiller Smith.«

Rex blinzelte ihn an, dann schaute er zu mir.

Leg deine Hand in seine und beweg sie auf und ab, dachte ich.

Rex ergriff Tillers Hand und pumpte sie heftig. »Gracias«, sagte er und verwendete so eines der wenigen Erdenworte, die er kannte.

Tiller zuckte zusammen und befreite seine Hand aus Rex' Griff. »Mrs. Karpozilos sagte, sie wollten ein Verbrechen melden.«

Warum redet er mit mir?, dachte Rex. Sieht er nicht, dass du einen höheren Rang bekleidest als ich?

Vielleicht kennt er unser militärisches Protokoll nicht. Laut sagte ich: »Wir wollen kein Verbrechen melden. Wir hoffen nur, eines zu vermeiden.«

Tiller blickte zu mir, lief rot an und wandte den Blick wieder ab. Er betrachtete den Arm von Rex' Jacke, dann meinen, dann wieder den von Rex. Schließlich sagte er: »Es tut mir Leid ... ich habe bisher nie als Dolmetscher gearbeitet. Ich bin hier nur das Mädchen für alles. Ich ... ja, ich weiß nicht genau, wie man hier so vorgehen muss.« Er spreizte die Finger. »Ich kann nicht einmal ihre Identifikationen lesen.«

Identifikationen? Ich schaute an meiner Jacke hinab. Die einzigen Kennzeichnungen auf dem schwarzen Material waren einige silberne Knöpfe und natürlich der goldene Streifen an jedem meiner Oberarme, die meinen Dienstgrad angaben. Rex' Jacke war identisch, nur dass er zwei schmalere Streifen an jedem Arm hatte. Meinte Tiller unsere Dienstgrade?

»Ich bin Sauscony Valdoria, Primärin.« Ich deutete auf Rex. »Rex Blackstone, Sekundär.«

Tiller starrte mich staunend an. »*Sie* sind ein Admiral?«

»Ein Primärin. Das ist nicht das Gleiche.«

»Aber ist ›Primär‹ nicht ein anderes Wort für ›Admiral‹?«

»Der Dienstgrad ist ähnlich«, erklärte ich. »Aber es ist nicht das Gleiche. »Ein ›Primär‹ ist immer ein Jagernaut. Immer.«

»Cyber-Kämpfer.« Tillers Stimme klang jetzt aufgeregt. »Telepatisch gesteuerte Computer, richtig? Ich habe darüber gelesen, als ich ... ach!« Er schlug sich mit der Handfläche gegen die Stirn. »Ich schweife ab. Sie sind nicht hierher gekommen, um sich von mir ausfragen zu lassen. Ich bitte um Verzeihung.«

»Das ist schon in Ordnung«, sagte ich. Es war sogar

richtig angenehm, endlich einmal jemanden kennen zu lernen, der sich nicht sofort wünschte, dass wir wieder verschwinden würden.

Er deutete auf die Stühle. »Wollen wir uns setzen?«

Rex und ich schauten einander an. Keiner von uns machte Anstalten, sich zu setzen. Einen Augenblick später sagte Tiller: »Ich habe eine bessere Idee. Warum gehen wir nicht in mein Büro? Da habe ich richtig schöne Sessel.« Er blickte kurz auf die Nervoplex-Bezüge und fügte hinzu: »Meine sind mit richtigem Stoff gepolstert.«

»Sehr gerne«, sagte ich.

Tillers ›Büro‹ war ein winziges Kämmerchen, größenordnungsmäßig irgendwo zwischen einer Toilette und einem Wandschrank. An den Wänden hingen Regale, übervoll von Holobüchern und altmodischen, noch auf Papier gedruckten Texten. Überall lagen Ausrüstungsgegenstände: Optikwerkzeuge, zerlegte Holobildschirme, Teile von Computer-Konsolen, Stecker für Mensch/Computer-Verbindungen, Einzelteile von Laserbrennern. Jede auch nur annähernd freie Stelle des Raumes war genutzt worden, und an jedem Gegenstand, der auch nur entfernt an einen Haken erinnerte, waren Dinge aufgehängt. Schwach hing der Geruch von Schmieröl in der Luft. Die Sessel, die Tiller uns in Aussicht gestellt hatte, waren unter Kisten voller Holofilme begraben.

»Hier.« Tiller räumte drei Sessel frei und stellte die Kisten auf den ohnehin schon hoffnungslos überfüllten Schreibtisch.

Ich suchte mir einen Sessel mit abgewetzter Polsterung aus; er knarrte, als ich mich setzte. Rex ließ sich in einem grünen Sessel nieder. Als Tiller seinen Sitz herangezogen hatte, saßen wir in einen kleinen Kreis. Tiller zog einen kleinen Stab aus seiner Tasche und tippte damit gegen sein Knie. Der Stab summte, dann entrollte er sich zu einem flexiblen Schirm, der auf Tillers Schoß lag. Dunkle Buchstaben erschienen darauf, die etwa einen Millimeter über dem Schirm zu schweben schienen. In einer Ecke leuchtete das Icon einer Holokamera – das bedeutet wohl, dass Tiller gleichzeitig auch eine visuelle Aufnahme vornahm.

»Okay.« Während Tiller sprach, erschienen seine Worte auf dem Schirm. »Erzählen Sie mir, was passiert ist.«

»Ein Händler-Aristo hält sich in den Arkaden auf«, sagte ich.

Tiller versteifte sich. »Und?«

Ich sah ihn einen Augenblick nachdenklich an. »Wissen Sie, warum wir die Eubianer immer ›Händler‹ nennen?«

Er nickte. »Ich kenne … kannte mal … jemanden, der sich an Bord eines Schiffes befand, das von einem Eubianischen Jagdraumer aufgebracht wurde. Seine Familie versucht seit inzwischen sechs Jahren, ihn zu finden. Von offizieller Stelle heißt es, er sei vermutlich an einen Aristo verkauft worden.«

»Das tut mir Leid.« Ich wusste, die Chancen, seinen Freund wiederzufinden, waren gleich Null. »Wir glauben, der Aristo könnte deswegen hier sein. Um Versorger zu finden.«

Als Tillers Hand sich um die Armlehne seines Sessels verkrampfte, begannen auch meine eigenen Fingerknöchel zu schmerzen. »Glauben Sie, er plant, jemanden hier zu entführen?«, fragte Tiller.

Rex rieb seine Handflächen aneinander und massierte dann seine Fingerknöchel. »Das wäre möglich.«

»Ich verstehe das nicht«, sagte Tiller. »Warum sollte ein Aristo dafür nach Delos kommen?«

»Versorger müssen Empathen sein«, erklärte Rex.

»Und Empathen sind rar, vor allem unter den Händlern. Vielleicht hat er gedacht, er habe bessere Chancen, hier jemanden zu finden.«

»Empathen?«, fragte Tiller vorsichtig. »In den offiziellen Verlautbarungen des Planetenverbandes heißt es immer, dass es so etwas nicht gibt.«

Rex zuckte mit den Schultern. »Das ist *euer* Problem.«

Tiller hob beschwichtigend die Hände. »Ich will damit nicht sagen, dass wir das alle glauben. Nur unsere Experten sind derzeit noch nicht offiziell davon überzeugt, dass es so etwas wie Empathen wirklich gibt.«

Ich fragte mich, wie eine offizielle Überzeugung sich von einer inoffiziellen unterschied. »Es gibt eine ganze Reihe verschiedener Stufen – von einfachen Empathen bis hin zu Individuen, die gelegentlich sogar in der Lage sind, die zu einer Emotion gehörenden Gedanken zu lesen.«

Eine Welle von Aufregung sorgte dafür, dass mein Magen sich so anfühlte, als tanzten Leuchtfliegen darin. Im gleichen Augenblick fragte Tiller: »Sie meinen Telepathie, oder? Sind Sie …« Er beherrschte sich. »Ich will nicht neugierig sein. Ich habe nur noch nie einen Telepathen kennen gelernt. Ich meine, Sie müssen doch Telepathen sein, oder? Wenn Sie Jagernauts sind?«

Ich konnte mir ein Lächeln nicht verkneifen. Ich mochte diesen Tiller. Die meisten Menschen wollten von uns so weit weg sein wie möglich, weil sie Angst hatten, wir könnten in ihre Privatsphäre eindringen – oder noch Schlimmeres anstellen. Ich hatte schon von den wildesten Fähigkeiten gehört, die man Jagernauts zuschrieb, vom Versetzen ganzer Berge bis hin zu Eingriffen in die Zukunft. In Wirklichkeit war das Höchste, was wir tun konnten, ungewöhnlich starke Gedanken aufzufangen, und selbst das war schwierig, wenn der ›Sender‹ nicht zugleich selbst ein hinreichend starker Empath war, in der Lage, Gedanken und Emotionen gleichermaßen auszustrahlen.

»Ein Jagernaut muss mindestens fünf auf der Skala erreichen«, erklärte Rex.

»Skala?«, fragte Tiller.

»Die Empathie-Empfangs- und Ausdrucksskala nach Kyle«, sagte ich. »Die meisten nennen sie nur die ›Psi-Skala‹. Danach wird das Potenzial eines Empathen gemessen. Die Skala ist invers exponentiell, deswegen sind hohe Zahlen selten. Neunundneunzig Prozent aller Menschen liegen darauf zwischen Null und Zwei. Nur jeder Einhunderttausendste liegt oberhalb von Fünf. Was die meisten als ›Telepathen‹ bezeichnen, liegt bei Sechs oder darüber.«

Tiller schaute von Rex zu mir. »Und Sie liegen beide bei Sechs?«

Weder Rex noch ich antworteten. Nach einem Augenblick fragte Tiller: »Stimmt etwas nicht?«

»Was würden Sie tun«, fragte ich, »wenn ich Sie fragen würde, wie oft Sie letzte Nacht Sex hatten?«

Er errötete, und plötzlich schämte ich mich, als hätte ich heimlich in sein Schlafzimmer geschaut. »Ich bitte um Verzeihung«, sagte er dann. »Ich wusste nicht, dass es so intim ist.«

»Ich wurde auf ›Zehn‹ eingestuft«, sagte Rex.

Ich starrte ihn an. Was war in ihn gefahren, dass er das preisgab? Ich wusste die Einstufungen meiner Staffel: Taas lag bei Sieben, Helda bei Sechs. Mit Zehn war Rex der Telepath schlechthin – so etwas kam mit einer Chance von eins zu einer Milliarde vor. Aber ihre Einstufungen zu wissen, gehörte zu meiner Aufgabe als Staffelführerin. Ich bezweifelte, dass Rex Taas seinen Wert jemals erzählt hatte, vielleicht noch nicht einmal Helda.

Tiller schaute mich an – und da spürte ich es. Eine

Rückkopplung. Er gab mir meine Überraschung spürbar zurück.

Spürst du das auch?, dachte Rex. Ich wollte ihn aus der Reserve locken.

Du könntest ihn einfach fragen, dachte ich.

Viel zu persönlich.

Ich glaube, dass er es wissen will. Und mit dir scheint er besser klar zu kommen.

Rex dachte darüber nach. Dann sprach er Tiller an. »Wie lange wissen Sie schon, dass Sie ein Empath sind?«

»Was?« Tiller lief rot an. »Ich habe niemals behauptet ...«

»Sie stecken gerade mit uns in einer Rückkopplung«, sagte Rex. »Sie fangen unsere Emotionen auf und schicken sie uns zurück.«

Tiller starrte uns mit offenem Mund an. »Sie machen doch wohl *Scherze.*«

»Überhaupt nicht«, erwiderte ich. »Wussten Sie etwa nichts davon?«

»Natürlich nicht.« Er hielt inne. »Na ja, ich meine, ich hab immer so was vermutet, zumindest habe ich gedacht ... aber man läuft doch nicht durch die Gegend und erzählt so etwas. Die Leute lachen einen aus.«

Ich war auf einmal wie außer Atem – es fühlte sich an wie ein Gemisch aus Angst und Hoffnung gleichermaßen. Es war ein sonderbares Gefühl, in gewisser Weise angenehm, aber gleichzeitig auch fremdartig. In genau diesem Moment fragte Tiller: »Glauben Sie wirklich, ich könnte ein Empath sein?«

Rex lächelte, und um seine Augen herum bildeten sich Lachfältchen. »Sie sollten getestet werden.«

»Darüber habe ich schon nachgedacht. Deswegen habe ich auch so viel Zeit damit verbracht, Skolianisch zu lernen. Aber ich kann mir die Reise zu einem Skolianischen Planeten nicht leisten.« Er schaute von mir zu

Rex. »Wahrscheinlich mache ich mir nur etwas vor. Ich meine, ich sehe einfach keinen Hinweis darauf, dass ich irgendwie anders bin als die anderen.«

»So etwas sieht man auch nicht«, sagte Rex. »Das liegt in Ihrem Gehirn.«

»Mit meinem Gehirn stimmt irgendetwas nicht?«

»So kann man das eigentlich nicht sagen«, widersprach ich. Obwohl das vielleicht auch eine Frage des Standpunktes war. »In Ihrem Gehirn befinden sich zwei zusätzliche Organe.«

Tiller lachte. »In meinem Schädel? Da ist doch gar kein Platz!«

Ich musste lächeln. »Diese Organe sind mikroskopisch klein. Viele Leute haben sie, ohne es zu wissen. Den Kyle-Afferenz-Stamm und den Kyle-Efferenz-Stamm. Der KAS empfängt Input, der KES sendet ihn aus.«

»Welchen ›Input‹?«, wollte Tiller wissen.

»Wenn Sie denken, feuern die Neuronen Ihres Gehirns«, erklärte Rex. »Und mein KAS empfängt das.«

»Warum?«, fragte Tiller. »Woher weiß es denn, dass meine Neuronen gerade gefeuert haben?«

»Die Moleküle im Gehirn werden durch eine Quanten-Wahrscheinlichkeitsverteilung beschrieben, die …«

»Moment.« Tiller hob die Hand, um ihn zu bremsen. »Ich verstehe den Ausdruck ›Quanten‹ nicht.«

»Stellen Sie sich einen unsichtbaren Hügel vor, der genau in der Mitte Ihres Hirns steht«, führte Rex aus. »Das ist die Wahrscheinlichkeitsverteilung. Die ›Ausläufer‹ dieses Hügels erstrecken sich in alle Richtungen. Diese werden so schnell ganz klein, dass sie in einigen hundert Metern Entfernung von Ihrem Gehirn fast bei Null angekommen sind. Je näher Sie mir sind, um so besser können diese Ausläufer mit meinem Gehirn überlappen. Wenn Sie denken, verändert das die Form dieser Hügel, und mein KAS empfängt das.«

Tiller dachte darüber nach. »Und warum überlappt dieser ›Quantenhügel‹ dann nicht mit allen Menschen?«

»Das tut er ja«, sagte Rex. »Aber ohne KAS kann man das nicht lesen. Je intensiver Ihre Gefühle sind, um so mehr Rezeptoren werden in meinem KAS angeregt. Der KAS übermittelt dann Signale an Neural-Strukturen in meinem Hirn, die als ›Para-Zentren‹ bezeichnet werden. Nur Empathen besitzen diese Zentren. Meine Paras interpretieren dann diesen Input als Ihre Emotionen.«

»Und der KES?«, fragte Tiller.

»Wirkt wie ein Verstärker«, schaltete ich mich ein. »Er steigert die Reichweite und die Intensität des Signals, das Sie anderen Empathen übermitteln, sodass sie gegebenenfalls sogar in der Lage sind, Ihre Gedanken daraus zu entschlüsseln. KES sendet. KAS empfängt.«

Tiller grinste. »Kein Wunder, dass ich so langsam bin. Mit all diesem zusätzlichen Hirnaktivitäten kann ich ja kaum zum Denken kommen.«

Rex lachte. »Um die Wahrheit zu sagen, ist es sehr gut möglich, dass die zusätzlichen Hirnzellen in ihrem Kortex sie sogar überdurchschnittlich intelligent machen.«

»Mich doch nicht«, widersprach Tiller. »Nicht im Vergleich zu meinen Geschwistern. Meine Schwester ist ein Mathe-Genie, und mein Bruder ist Philosoph.«

»Unterschätzen Sie sich nicht«, sagte Rex. »Diese Eigenschaften sind erblich.«

»Das ist ja merkwürdig.« Tiller spreizte wieder die Hände. »Mein Eltern sind ganz normale Durchschnittsmenschen. Sie sind über ihre Kinder ebenso erstaunt wie alle anderen.«

»Diese Gene sind rezessiv«, sagte ich. »Wie bei einer blauäugigen Person, deren Eltern beide braune Augen haben. Durch Untersuchungen an Psionikern wurde inzwischen herausgefunden, dass hunderte von Genen für diese Eigenschaften verantwortlich sind.«

»Wenn bekannt ist, *welche* Gene dafür verantwortlich sind«, warf Tiller ein, »warum schafft man nicht mittels Gentechnik eine Rasse Super-Telepathen?«

»Das wurde bereits versucht.« Auf diese Weise wurde meine Großmutter ›geboren‹. »Aber diese Gene sind an letale Rezessive gebunden. Selbst wenn der Fötus überleben sollte, ist das Gehirn oft abnorm. Die Skolianische Konvention wurde geschlossen, um Regierungen davon abzuhalten, Psioniker zu entwickeln.«

Tiller neigte den Kopf. »Ich dachte, es sollte einen Protest gegen die Gründung der Aristo-Regierung der Händler darstellen.«

Ein Schweißtropfen rollte mir den Nacken hinab. »Das sollte es auch.«

»Die Aristos wurden im Rahmen des Rhon-Projektes geschaffen«, sagte Rex. »Rhon hat versucht, Menschen zu entwickeln, die immens widerstandsfähig gegen jede Art von Schmerzen waren. Das andere Ziel dieses Projektes war es, Empathie zu etablieren.«

»Rhon?« Tiller setzte sich in seinem Sessel auf. »Meinen Sie die *Skolianische* Regierung?«

»Nein«, widersprach Rex.

»Wird Ihre Regierung denn nicht ›Rhon‹ genannt?«

Soz?, dachte Rex. *Möchtest du, dass ich aufhöre?*

Ich versuchte, mich zu entspannen. *Nein. Mach nur weiter.*

»Unsere Regierung wird ›die Versammlung‹ genannt«, sagte Rex. »Es ist eine Ratsversammlung der Regenten aller führenden Skolianischen Planeten.«

»Und was ist dann ein ›Rhon‹?«

»Rhon war ein Genetiker«, erklärte Rex. »Heutzutage wird dieses Wort auch auf die wenigen verbliebenen Nachkommen einer Menschendynastie angewendet, die vor fünftausend Jahre den Planeten Raylicon regiert hat.«

»Und diese Dynastie ging ihrer modernen Regierung voraus?«, fragte Tiller.

»Ganz genau«, stimmte ich ihm zu. »Vor sechstausend Jahren hat eine uns unbekannte Rasse Menschen aus Mittelamerika von der Erde entführt, diese auf dem Planeten Raylicon angesiedelt und ist dann verschwunden.«

»Warum?«, fragte Tiller.

Ich hob die Schultern. »Das haben wir bisher noch nicht herausgefunden.« Ich glaubte nicht, dass sich die Verbandler schon von dem Schock erholt hatten, denn als sie im einundzwanzigsten Jahrhundert endlich Botschafter zu den Sternen schickten, war das für sie ein ganz schön harter Schlag: Wir waren schon da. Wir und die Verbandler hatten in der Folgezeit schnell unsere jeweiligen Kulturen und unsere DNA vermischt, bis es inzwischen, weniger als zwei Jahrhunderte später, kaum noch zu glauben war, dass wir jahrtausendelang voneinander getrennt gewesen waren. Aber es gab immer noch Unterschiede, die allerdings tief unter der Oberfläche verborgen lagen. Es würde noch lange dauern, bis wir aufhören würden, einander zu misstrauen.

Rex beugte sich vor. »Die Menschen, die auf diese Weise auf Raylicon gestrandet waren, haben dann die Raumfahrt entwickelt, um sich auf die Suche nach der Erde zu machen. Aber sie haben sie nicht gefunden. Während eurer Steinzeit blühte die zerbrechliche Zivilisation auf Raylicon auf – und verging wieder.« Er hielt inne. »Erst vor vierhundert Jahren haben wir uns wieder zu den Sternen hinausbegeben. Damals begann Rhon mit seinen Studien. Er hat an den Nachkommen der Raylicanischen Dynastie gearbeitet, um die empathischen Eigenschaften wieder zum Vorschein zu bringen, die sie einst legendär gemacht hatten. Deswegen nennen die Leute die Wenigen, die heute noch leben, auch ›die

Rhon‹. Es bezieht sich auf ihre Psi-Einstufung. Als Rhon mit ihnen fertig war, waren ihre Eigenschaften so ausgeprägt, dass sie nicht mehr quantifizierbar waren.«

»Ich habe immer gedacht, ›Rhon‹ sei der Name der Herrscherfamilie.«

Rex schüttelte den Kopf. »Eigentlich ist ›Skolia‹ der Name der Familie. Deswegen wird das Reich auch das ›Skolianische Reich‹ genannt.« Er blickte kurz zu mir. »Obwohl nicht alle Skolias im Alltag ihren vollständigen Namen führen.«

Tiller dachte kurz nach. »Also hat Rhon nach Empathie selektiert und Skolianer bekommen, und als er nach Schmerzunempfindlichkeit selektiert hat, sind Aristos dabei herausgekommen? Das verstehe ich immer noch nicht ganz. Wozu brauchen Aristos denn Empathen?«

»Aristos besitzen einen KAS, aber keinen KES und keine Paras«, erklärte ich. »Und ihr KAS ist abnorm. Er fängt nur Emotionen auf, die von Schmerzen hervorgerufen werden. Aber diesen Input können sie nicht verarbeiten. Ihr Thalamus versucht, ihre Sensibilität diesem Input gegenüber zu senken, indem er die Daten an das Lustzentrum ihres Hirns weiterleitet. Das löst einen Orgasmus aus.« Ich knirschte mit den Zähnen. »Das sind alles Sadisten. Die stehen drauf, Leute zu quälen.«

»Aber warum Empathen?«, beharrte Tiller.

Ein Ventilator an der Wand surrte unregelmäßig – als habe er Schluckauf. Das ging mir auf die Nerven. Ich hatte Schwierigkeiten, gleichmäßig zu atmen. »Wir senden stärkere Signale aus.« Ich konnte meine Stimme nicht länger unter Kontrolle halten. »Wir – versorgen sie. Je stärker der Empath – desto stärker die Verbindung – und desto mehr genießt der Aristo …« Ich krampfte meine Hände zusammen, und auch meine Worte schienen sich zusammenzuballen.

Tiller wartete. Doch weder Rex noch ich fuhren fort.

Tiller rutschte unruhig in seinem Sessel herum. Schließlich spähte er auf seinen Schirm und fuhr mit seinem Finger durch ein Icon, an dem ich kleine Flügel erkennen konnte. »Ich habe eine Kopie dieses Berichts an den Dienststellenleiter geschickt.« Er betrachtete mich besorgt. »Aber solange dieser Aristo keine Gesetze bricht, können wir nicht viel tun.«

Ich nickte. Es war ihre Sache, was sie mit dieser Warnung anfingen. Wir hatten sie ihnen zumindest zukommen lassen.

Nachdem wir Tillers Büro verlassen hatten, steuerten wir auf die Lobby zu, doch wir waren kaum paar Meter gegangen, als ich plötzlich stehen blieb. »Rex, wir treffen uns im Hotel.«

»Was ist los?

»Nichts. Ich habe nur vergessen, Tiller etwas zu erzählen.«

Rex berührte meine Wange. »Soz ...«

»Es ist alles in Ordnung. Wirklich.«

»Bist du sicher?«

»Ja. Mir geht's gut.«

Er strich mir eine Locke aus dem Gesicht. Dann sprach er sehr behutsam. »Wir sehen uns dann später, ja?«

Warum schaute er mich so sonderbar, so zärtlich an? »Natürlich.« Es war ja nicht so, als würde ich irgendwohin gehen.

Die Tür zu Tillers Büro stand immer noch offen. Er saß auf der Kante seines Schreibtischs und las in einem Buch.

»Tiller?«, fragte ich.

Er blickte auf, und seine freudige Überraschung hob meine Stimmung wie ein kühler Windhauch an einem schwülen Tag. »Gibt es noch etwas?«

»Nein.« Ich ging zu ihm hinüber. »Ich dachte, sie wollten, dass ich zurückkomme.«

Er verzog das Gesicht. »Bin ich so leicht zu lesen?«

Ich lächelte. »Nur für einen anderen Empathen.«

»Ich hatte nur gedacht …« Seine Stimme wurde sanfter. »Es hat Sie viel Überwindung gekostet, hierher zu kommen und das zu tun, was Sie getan haben.«

»Wir haben doch nur geredet.«

Er sprach sehr leise. »Jemand hat Ihnen große Schmerzen zugefügt, und durch unser Gespräch wurde das alles wieder aufgewühlt.«

Ich verspannte mich. »Mir geht es gut.«

»Ich wollte mich nur bedanken, das ist alles.« Tiller deutete auf ein Notizbuch, das in seinem Sessel lag. »Und auch dafür. Mit der Aufzeichnung zweier hochrangiger Reichs-Offiziere, die behaupten, ich sei ein Empath, könnte ich vielleicht ein Bewilligungskomitee an der Universität dazu bringen, mich ernst zu nehmen – vielleicht würden sie sogar die Tests finanzieren.«

»Na ja. Prima.« Ich wusste nicht, was ich sonst noch sagen sollte. Ich war es gewohnt, dass Leute auf dem Absatz kehrt machten, wenn sie mich sahen. ›Danke‹ war nicht gerade ein Wort, mit dem ich oft zu tun hatte.

»Hier.« Tiller reichte mir sein Buch.

Unbeholfen nahm ich es entgegen und fragte mich, was ich jetzt damit tun sollte. Es war ein altmodisches Buch – in weichen Stoff gebunden, der etwa elfenbeinfarben war, und im Inneren waren Seiten aus Papier, nicht etwa ein Holo-Computer-Bildschirm. Mein Übersetzer meldete mir, der Titel laute ›*Verses on a Windowpane*‹, es war in englischer Sprache geschrieben.

»Das ist sehr schön«, sagte ich.

Er lächelte. »Behalten Sie's. Als Dankeschön.«

Ein Geschenk? Dieser Bürger des Planetenverbandes der Erde, der mich überhaupt nicht kannte, machte mir ein Geschenk, einfach, weil ich mit ihm geredet hatte. Aus irgendeinem Grund fühlten sich meine Augen feucht an. *Block,* dachte ich. Aber das Psicon leuchtete nicht auf.

Die Nacht hüllte die Stadt in kühlende Dunkelheit, als ich mich auf den Weg zurück ins Hotel machte. Ich nahm eines der Laufbänder am Straßenrand, das Nervoplex mied ich. Ich wollte nicht fühlen müssen, was es mir über mich selbst sagen würde. Das wusste ich schon. Ich hatte Rex und Tiller angelogen. Es ging mir alles andere als gut. In meinem Verstand spielte sich wieder diese Szene ab – diese Szene, die ich unbedingt vergessen wollte, diese Szene, die ich schon seit so vielen Jahren in meinen Albträumen durchlebte.

Ich war damals, vor zehn Jahren, einen Trampelpfad auf Tams entlanggegangen, äußerlich eine ganz normale Bürgerin, die ihrer Arbeit nachging. Ein Flugwagen summte an mir vorbei, dann hielt er an und kam rückwärts langsam auf mich zu. Wie in Zeitlupe sah ich es immer und immer wieder geschehen: Kryx Tarque, der Aristo-Gouverneur von Tams, beugt sich aus dem Fahrzeug, um mich anzusehen, hebt seinen langen Finger und seine Lippen formen Worte: *Die da. Ich will die da.*

Die da. Mich. Sauscony Valdoria. Er wollte *die da.*

Ich lief los. Aber auch ein Jagernaut kann nicht sechs Soldaten und einem bewaffneten Aristo in einem Flugwagen entkommen. Als sie mich einfingen, stand ich vor einer Entscheidung, die mir seitdem nicht mehr aus dem Kopf ging: *Sollte ich kämpfen? Hätte ich damals kämpfen sollen?* Ich wollte ihnen Schmerzen zufügen, so wie Tarque vorhatte, mir Schmerzen zuzufügen. Aber damit hätte ich meine Militär-Ausbildung preisgegeben. Dann hätten sie gewusst, dass sie es mit jemandem zu tun hatten, der viel interessanter war als ein einfacher Bürger von Tams. Sie hätten nachgeforscht, bis sie meine wahre Identität herausgefunden hätten – nicht nur den militärischen Rang, den ich bekleidete, sondern auch den zivilen Titel, den ich trug. Und wenn ich nicht wartete, bis die Chancen für mich besser standen, hatte ich keine Chance zu entkommen.

Also hatte ich wie ein Zivilist gegen sie gekämpft, nicht wie ein Jagernaut. Tarque empfand das als amüsant. Er brachte mich zu seinem Gut in den Bergen oberhalb der Stadt und hielt mich drei Wochen gefangen. Es war tief in einer langen Nacht über Tams, irgendwann zwischen Sonnenuntergang und Sonnenaufgang, als ich endlich die Fesseln lösen konnte, mit denen er meine Handgelenke am Bett festgebunden hatte.

Dann habe ich ihn erwürgt.

Rex hatte mich in dieser Nacht gefunden, kurz nachdem ich aus dem Haus geflohen war. Er hatte nach mir gesucht, hatte verzweifelt versucht, sich irgendwie auf das Gelände zu schmuggeln. Er fand mich, als ich gerade blindlings über ein Feld rannte, und mein Verstand schrie immer noch voller Entsetzen über die Schmerzen. Er hatte mich festgehalten, so fest, dass ich fürchtete, ich würde einfach verschwinden, wenn er seinen Griff auch nur das geringste Bisschen lockerte. Seine Stimme zitterte, während er mir immer und immer wieder versicherte, ich würde wieder in Ordnung kommen, ich würde wieder in Ordnung kommen, ich würde wieder in Ordnung kommen.

Aber ich kam nicht wieder in Ordnung. Tarque war die Antithese eines Empathen, ein menschliches Wesen, das an der Stelle seines Verstandes, wo sein Mitgefühl hätte sein sollen, nur einen großen Hohlraum besaß. Sadist und Empath, Parasit und Wirt: Sein Verstand war das Negativ des meinen. Wenn er sich auf mich konzentrierte, stürzte ich in seine Leere, füllte sie für ihn aus, und verband uns so auf eine Weise, nach der er sich noch mehr sehnte als nach dem Orgasmus. Er murmelte sanft und liebevoll, während ich schrie und schrie und schrie …

Noch in dieser Nacht hatten wir Tams verlassen. Ich verbrachte nur ein paar Tage im Krankenhaus; Tarque hatte nicht gewollt, dass seine Versorgerin Narben davontrug, deswegen waren meine physischen Wunden nur oberflächlich. Aber die Ärzte wiesen mich an, einen Herzschrittmacher aufzusuchen. Als ich das nicht wollte, wurde es mir von meinem direkten Vorgesetzten befohlen. Also ging ich zu einer Herzschrittmacherin und erzählte ihr, was sie hören wollte; schließlich bin ich ja eine Empathin. In ihrem Bericht schrieb sie, ich würde wieder ganz in Ordnung kommen, und dass ich nur Zeit bräuchte, um wieder ganz zu genesen.

Wie ich aber *wirklich* über das dachte, was ich erlebt hatte – das war *meine* Sache. Nicht die meiner Vorgesetzten, nicht die der Herzschrittmacherin, nicht die von irgendjemand sonst.

Kapitel 3

Psibernaut

Auf dem Flur vor Rex' Zimmer lag ein so dicker Teppich, dass er meine Schritte wie eine weinrote Wolke dämpfte. Die glänzend rote Wandtäfelung bestand aus echtem Holz. Neben Rex' Tür zeigte ein Pager das handflächengroße Relief eines Mannes mit einem Fischschwanz. Er erhob sich aus der Gischt, riesige glitzernde Tropfen sprühten um seinen Kopf herum, und am ausgestreckten Arm hielt er einen riesigen Dreizack. Als ich den Pager berührte, hörte ich eine leise Türglocke, wie Glocken, die das Flüstern der Brandung am Ufer übertönten.

Aus einem verborgenen Lautsprecher erscholl Rex' Stimme: »Herein.«

Ich legte meine Handfläche gegen die Tür. Als sie sich öffnete, erblickte ich einen Raum, der ebenso sündhaft reichhaltig mit diesem Holz ausgekleidet war wie der Flur. Den Boden bedeckte ein Teppich, der mich an burgunderroten Samt erinnerte. Die einzige Beleuchtung des Raumes kam von einer Lampe mit Schirm aus rosa getöntem Glas. Rex saß mitten auf seinem Bett, den Kopf so gesenkt, dass er seine Arbeit genau betrachten konnte. Er reinigte gerade seinen Zerleger. Einzelteile des Gewehrs lagen rings um ihn auf dem Bett, das schwarze Metall glänzte in der dunklen Beleuchtung.

»Hast du vor, jemanden umzubringen?«, fragte ich.

Er blickte kurz auf, während ich die Tür schloss. »Du hast doch darauf bestanden, dass wir die verflixten Dinger ständig reinigen.«

Ich setzte mich neben ihn auf das Bett. »Ich habe einen

Guest-Account im Netzwerk des Hotels eingerichtet. Wir können die Daten über die Händler jetzt hochladen, sobald Taas und Helda vom Essen zurück sind.«

Rex nickte, immer noch über seine Waffe gebeugt. Er polierte gerade den Auswerfer, der in die Beschleuniger-D-Elektrode im Inneren das Zerlegers gehörte.

»Ich dachte, du seiest mit diesem Mädchen aus der Bar unterwegs«, sagte ich.

Er beendete seine Arbeit an dem Auswerfer und begann, sich mit dem Griff der Waffe zu beschäftigen. »Sie ist noch jung.«

»Ich dachte, du magst junge Frauen.«

Er polierte weiter. »Ich schätze, ich bin heute Abend einfach zu müde.«

Ich fragte mich, was in ihm vorgehen mochte. Er schien so gedämpfter Stimmung zu sein. Könnte es an dem liegen, was in dieser Bar abgelaufen war? Aber das ergab keinen Sinn; so wie ich Rex kannte, hätte die Begegnung mit einem Aristo bei ihm dazu führen müssen, dass er aufgedreht war. Irgendetwas anderes belastete ihn. Ich versuchte, sanft in seine Gedanken vorzustoßen, doch er blockierte mich, und seine geistigen Türen blieben mir verschlossen.

»Rex.« Ich legte meine Hand auf den Griff der Waffe, sodass er seine Arbeit unterbrechen musste. »Was ist los?«

Er blickte zu mir auf. Einen Augenblick lang betrachtete er nur mein Gesicht. Dann sagte er: »Ich werde den Dienst quittieren.«

»*Was?!*«

Er atmete tief aus. »Ich habe schon eine ganze Weile darüber nachgedacht. Bald werde ich siebenundvierzig. Alle anderen Offiziere, die zusammen mit mir die Kadettenzeit an der DMA durchgemacht haben, sind inzwischen im Ruhestand.« Keiner von uns beiden sprach das aus, was er nicht erwähnt hatte: *Oder sie waren tot.*

»Du kannst nicht den Dienst quittieren.« Ich bemühte mich, nicht daran zu denken, dass er ein Jahr nach mir an die Militär-Akademie auf Diesha gekommen war. »Ich brauche dich.«

Er fuhr sich durch sein ergrauendes Haar. »Ich bin nicht so wie du, Soz. Ich kann mir nicht selbst einreden, nicht älter zu werden.« Wieder atmete er tief aus. »Ich habe genug. Ich will nach Hause, will eine Familie haben und den ganzen Tag Löcher in meinen Garten graben.«

»Du kannst doch auch jetzt eine Familie haben.« Ich sprach viel zu schnell. »Du musst doch dafür nicht den Dienst quittieren. Und du kannst Löcher graben, wo immer du willst. Ich besorge dir eine spezielle Loch-Grabungs-Vollmacht.« Er war doch nicht *alt.* Er war nicht älter als ich. Na gut, ja, durch meine Genetik war meine wahrscheinliche Lebenserwartung doppelt so hoch wie bei Menschen üblich. Aber heutzutage lebten die meisten Menschen bis weit in ein zweites Lebensjahrhundert hinein. Rex hatte noch viel Zeit.

Rex lächelte, doch sein Lächeln passte zu der sonderbaren Stimmung, in der er sich heute Abend befand – es war sanft, nicht so wild wie sonst. Und dann tat er etwas völlig Unerwartetes: Mit seiner Hand umfasste er meinen Nacken, zog meinen Kopf näher an den seinen – und küsste mich.

»Hey.« Mein Protest wurde durch seine Lippen gedämpft. »Was tust du da?«

Er nahm seinen Kopf zurück und. »Dich küssen.«

»Warum?«

»Hmmm, lass mich mal nachdenken. Vielleicht ist das eine neue Methode, das Wetter vorherzusagen.«

»Sehr komisch. Warum verhältst du dich heute so sonderbar?«

Er sprach sehr ruhig. »Soz, ich möchte dich heiraten.«

Verflixte Raketen! »Du hast in dieser Bar zu viel getrunken.«

»Ich habe gar nichts getrunken. Wir haben unser Ale nie gekriegt.«

Er war verrückt geworden. Ich wusste nicht, wie ich reagieren sollte. »Ich kann dich nicht heiraten. Das verstößt gegen die Dienstbestimmungen.« Es gab gute Gründe dafür, Fraternisierungen innerhalb der Einheit zu verbieten. So etwas konnte leicht verhindern, dass Leute ihre Pflichten ordnungsgemäß erfüllten. Es passierte natürlich trotzdem, ungeachtet der Vorschriften, aber oft endete es dann in einer Katastrophe. Würde ich Rex heiraten, würde ich ihn nie wieder in ein Gefecht schicken können. Ich würde die ganze Zeit darüber nachdenken, ob er vielleicht verletzt werden könnte. Oder gar Schlimmeres.

Nur dass er eben den Dienst quittieren wollte.

»Ich will nicht aussteigen«, sagte ich. Ich war mir nicht einmal sicher, ob das wirklich so stimmte, aber es musste als Argument jetzt erst einmal ausreichen.

»Darum wollte ich dich auch gar nicht bitten«, erwiderte Rex.

Aha. Auf diese Tour wollte er mich also nicht davonkommen lassen. Wollte ich denn davonkommen? Ich versuchte, meine Gedanken zu entwirren. Konnte ich mir Rex als Ehemann vorstellen? Er war seit fünfzehn Jahren mein engster Freund, mein Vertrauter, jemand, auf den ich mich jederzeit verlassen konnte. Er war für mich wie ein Bruder. Er war mir sogar tatsächlich sehr viel näher als die meisten meiner vielen Brüder.

»Ich verstehe das nicht«, sagte ich. »Was ist mit all den Frauen passiert, denen du quer durch die Galaxis hinterhergeschmachtet hast?«

»Jetzt weichst du meiner Frage aus.«

»Warum willst du mich heiraten?«

Er schnaubte. »Weil ich ein Faible hab für Frauen, die etwa so romantisch sind wie ein Betonklotz.«

Ich konnte ein Grinsen nicht unterdrücken. »Dann sind wir in dieser Hinsicht schon mal kompatibel.«

»Sauscony, ich meine das ernst.«

Wenn er mich ›Sauscony‹ nannte, *musste* er es ernst meinen. Außer meinen Eltern nannte mich niemand ›Sauscony‹. »Ich fände es unerträglich, wenn du mich verlassen würdest.«

»Warum sollte ich das tun?«

Konnte ich es ihm sagen? Sechzehn Jahre waren vergangen – genügend Zeit, um den Schmerz zu dämpfen. »Mein erster Mann hat es getan.«

Seine Stimme wurde noch ruhiger. »Ich wusste nicht, dass du mehr als einmal verheiratet warst.«

»Zweimal.« Mein zweiter Mann war vor einigen Jahren gestorben – nur kurze Zeit, nachdem wir geheiratet hatten. Aber daran durfte ich jetzt nicht denken. Vielleicht niemals.

»Warum ist er gegangen?«, wollte Rex wissen.

»Das ist eine langweilige Geschichte. Die willst du gar nicht hören.«

Rex strich mir eine Locke aus dem Gesicht. »Erzähl's mir.«

Es dauerte einen Moment, bevor ich sprechen konnte. »Er hat meinen Beruf gehasst. Er hatte Angst, ich könnte fallen. Er hat mich gebeten, den Dienst zu quittieren.«

»Ich dachte, du *könntest* nicht aussteigen.«

Ich verspannte mich. »Ich bin nicht vertraglich gebunden. Ich kann in Ruhestand gehen, wenn ich will.«

»Aber wenn du das tust, verlierst du deinen Status in der Nachfolge des Imperators, oder?«

Ich wollte eigentlich sagen: *Na und?* Ich hatte nie darum gebeten, in eine Dynastie hineingeboren zu werden, die eigentlich schon vor dreitausend Jahren erloschen war. Derzeit trug mein Halbbruder Kurj den Titel ›Imperator‹. »Technisch gesehen besitzt Kurj keine direkten Erben. Er ist das einzige Kind meiner Mutter und ihres ersten Mannes, und er hat keine eigenen Kinder.« Zumindest keine ehelichen.

»Ich dachte, er habe dich zur Nachfolgerin bestimmt.«

Ich zuckte mit den Schultern. »Ich habe sieben leibliche Brüder und zwei leibliche Schwestern. Er hätte jeden von uns wählen können. Verdammt, wenn er wollte, könnte er meine *Mutter* zu seiner Nachfolgerin erklären.«

Rex warf mir sein verschlagenes Grinsen zu. »Dann würde es auch keine Kämpfe geben. Alle wären sie verliebt und viel zu sehr damit beschäftigt, sie anzusehen, um daran zu denken, in den Krieg zu ziehen.«

Ich blickte ihn finster an. »So etwas kann nur ein Mann sagen.«

Er lachte. »Da bin ich mir nicht so sicher. Es hätte auch von Helda kommen können.«

Ich musste lächeln. Und in Wirklichkeit konnte ich mir meine Mutter auch nicht als Befehlshaberin einer Kriegsflotte vorstellen. Sie war eine brillante Diplomatin und eine hinreißende Ballett-Tänzerin, aber alles Militärische war für sie ein Buch mit sieben Siegeln.

Bevor ich das erste Mal geheiratet hatte, hatte ich mich bemüht, herauszufinden, wie ich über mein Erbe dachte. Ich hatte alle meine Gedanken so geordnet, dass sie wie in einem Brettspiel vor mir standen. Es gab drei Haupt-Spielsteine: den Imperator, den Schlüssel zur Versammlung und den Schlüssel zum Netzwerk. Oder, wie sie üblicherweise genannt wurden: die *Faust*, der *Geist* und das *Herz von Skolia*. Die ›Triade‹. In seiner Funktion als Imperator befehligte mein Halbbruder Kurj die Skolianischen Streitkräfte. Meine Tante leitete die Versammlung. Als ihre Nachfolgerin hatte sie meine Mutter bestimmt. Mein Vater bildete die dritte Seite der Triade, den Schlüssel zum Netzwerk – doch dieser Titel war für ihn in erster Linie zeremonieller Natur.

Ich wusste, dass meine Mutter meinen Vater geheiratet hatte, weil er ein Rhon-Psioniker war, und das bedeutete, dass er ihr Rhon-Erben schenken konnte. Kurj hasste ihn – diesen Mann, der sein Stiefvater geworden war, als er nur halb so alt war wie Kurj. Wenn ich Rex heiratete, wie würde das für ihn werden? Die Tatsache, dass Rex kein Rhon war, konnte bedeuten, dass seine Stellung innerhalb der Familie sogar noch unangenehmer sein würde als die meines Vaters.

Aber war das ein fairer Vergleich? Als meine Eltern einander kennen gelernt hatten, lebte mein Vater noch auf einer primitiven Welt. Sein Volk bestand aus den Überresten einer Kolonie, die von den alten Raylicanischen Raumfahrern gegründet worden und dann Tausende von Jahren isoliert gewesen war – nach dem Untergang dieser fragilen Zivilisation. Im Laufe der Jahrtausende war die Kultur seines Volkes so weit niedergegangen, dass sie keinen elektrischen Strom mehr kannten, keine Dampfmaschinen, nicht einmal mehr eine Schriftsprache. Die Ehe mit meiner Mutter hatte ihn aus dieser einfachen Kultur mitten in das byzantinische Gewirr der Rhon-Politik befördert.

Rex war mit Intrigen des Imperialats sehr viel besser vertraut, vielleicht sogar mehr als ich selbst. Meine Eltern hatten uns auf der Heimatwelt meines Vaters aufgezogen, um uns das Ränkespiel der Skolianischen Politik zu ersparen. Sie hatten die Konsequenzen nicht vorausahnen können. Nur ich und einige meiner Brüder hatten es geschafft, sich an dieses Leben zu gewöhnen, das ganz anders war als das einfache Leben auf unserer Heimatwelt, und es war keinem von uns leicht gefallen.

In Kurjs unnachgiebiger Sicht des Universums waren alle Kinder meines Vaters fehlerbehaftet. Doch was seine Nachfolge betraf, waren wir die besten Anwärter.

»Kurj braucht einen Erben, der sich zum militärischen Oberbefehlshaber eignet«, sagte ich schließlich. »Jemand, der etwas davon versteht, wie es bei *Space Command* läuft.«

»Dich.«

»Nein.«

»Aber ich dachte …«

»Er hat *drei* Erben ausgewählt. Mich, und dazu zwei meiner Brüder, die auch Jagernauts geworden sind.«

»Warum drei? Nur einer von euch kann Imperator werden.«

Ich biss die Zähne zusammen. »Das ist richtig.«

Rex starrte mich an. Dann sagte er mit leiser Stimme: »Derjenige, der übrig bleibt.«

»Genau. Jetzt sind nur noch zwei übrig.« Meine Schultermuskulatur spannte sich unter meiner Jacke sichtbar an. »Kurj weiß, dass ich nicht ewig im aktiven Dienst bleiben kann. Außerdem habe ich mich mehr als ein Vierteljahrhundert bewiesen. Aber vor sechzehn Jahren war das anders.«

»Als dein Mann wollte, dass du aufhörst?«

Ich nickte. »Hätte ich aufgehört, als Jato mich darum gebeten hatte, ja, dann hätte das bedeutet, jeglichen Anspruch auf den Titel des Imperators aufzugeben.«

Rex stieß ein ungläubiges Geräusch aus. »Was hat dieser Jato denn erwartet, wenn er eine Erbin des Imperators heiratet?«

Ich blickte auf meine Hände. »Ich bin schwanger geworden. Ich wusste nichts davon. Dann bin ich im Kampf verwundet worden und habe das Kind verloren.« Ich zwang mich dazu, Rex anzusehen. »Das war einfach zu viel für ihn. Jato ist an meiner Seite geblieben, bis ich wieder auf den Beinen war. Und dann hat er mich verlassen.«

»Soz«, murmelte Rex. Er versuchte, mich in die Arme zu nehmen, doch ich wich ein Stück zurück. Ich hatte mich immer gefragt, ob mein Bruder gewusst hatte, wie sehr Jato und ich uns ein Kind gewünscht hatten. Aber das war eine weitere Datei in meinem geistigen Computerverzeichnis der Dinge, über die ich nicht nachdenken durfte.

»Du solltest wissen, dass ich dich nicht verlassen würde«, sagte Rex. »Ich erwarte nicht von dir, dass du den Dienst quittierst.«

Einen Moment spielte ich mit den Gedanken, Rex zu heiraten – wie ein Kind mit einer frisch geprägten Münze spielt. Kurj konnte mich nicht ständig bei Kampfhandlungen einsetzen. Bei meinem Dienstgrad und meiner Erfahrung war es viel sinnvoller, mein Einsatzgebiet langsam, aber sicher zu ändern, mir einen Schreibtischjob zu geben, damit ich mich um strategische Fragen kümmern konnte. Wenn er all seine Erben sterben ließ, war es sehr unwahrscheinlich, dass er rechtzeitig einen neuen Kandidaten finden würde – zumindest nicht unter seinen erwachsenen Verwandten. Und unter meinen übrigen Geschwistern gab es niemanden, der auch nur im Entferntesten qualifiziert war.

Rex war ein guter Mann. Ich wusste das, seit ich ihm das erste Mal begegnet war. Zudem war er ein starker Telepath – vielleicht der stärkste, den ich jemals finden konnte. Er war kein Rhon, aber ich durfte nicht den Rest meines Lebens damit verbringen, nach diesem einen ›Eins-zu-einer-Billion‹-Menschen zu suchen, dessen Geisteskräfte den meinen nahe kämen.

Das einzige Mal, dass mein Denken sich mit dem eines anderen Rhon vereinigt hatte, war ein Unfall gewesen; normalerweise standen nur Verliebte einander nahe genug, um diese Verbindung aufzubauen. Doch einmal, als mein kleiner Bruder Kelric sieben Jahre alt war, ich war sechzehn, waren wir zusammen in den Bergen wandern gegangen. Wir kamen in einen Sturm, blassblaue Graupeln stürzten vom Himmel auf uns herab. Wir suchten Schutz in einer Höhle zwischen den Felsen der *Backbone Mountains*. Als Kelric und ich uns in dieser Höhle zusammenkauerten und einander umarmten, um uns gegenseitig zu wärmen, erlebten wir, wie wir geistig verschmolzen.

Es hatte nur ein paar Stunden gedauert, und doch war es die befriedigendste Verbindung, die ich jemals mit einem anderen Menschen geknüpft hatte. Es war nie wieder geschehen; diese Art der Verbindung war viel zu intim, um sie mit einem Bruder zu teilen. Aber keiner von uns beiden hatte das Erlebnis je vergessen. Seit diesem Tag wusste ich: Ich würde das ganze Universum absuchen, um einen Partner zu finden, der auch ein Rhon war.

Nur dass es eben keinen gab. Bei allen Versuchsreihen, bei denen es darum ging, einen gesunden Rhon-Psioniker zu züchten, war meine Großmutter der einzige wirkliche Erfolg gewesen. Seit all den Generationen, die auf ihre Geburt gefolgt waren, hatten wir auf Tausenden von Welten und unter Milliarden verschiedener Völker nur von zwei natürlich geborenen Menschen erfahren (die auch die Geburt überlebt hatten), die echte Rhon gewesen waren, die vollständige Sätze Rhon-Genmaterials besaßen: mein Großvater und mein Vater. Alle anderen Rhon, insgesamt vierzehn, waren ihre Nachkommen.

»Soz?« Rex berührte sanft meine Wange. »Wo bist du mit deinen Gedanken?«

Ich schaute ihn an, schaute ihn *richtig* an, so wie ich es noch nie zuvor getan hatte. Dieser Mann hatte mir fünfzehn Jahre lang zur Seite gestanden, war mit mir in die

Schlacht gezogen, hatte mit mir gelacht, hatte mit mir getrauert. Wir waren gemeinsam quer durch Skolia gereist, im Dienst wie außerhalb, und wir waren einander vertraut geworden. Diese Intimität, die wir teilten, hatte nichts mit Sex zu tun. Konnte ich mir vorstellen, mit ihm zu schlafen? Die Antwort zu finden, fiel mir leicht – jetzt, wo ich darüber nachdachte. Das einzig Überraschende daran war, dass ich so lange gebraucht hatte, das zu begreifen.

Ich lächelte. »Wer sonst würde schon den Rest seines Lebens unter mir leiden wollen?«

»Worunter denn leiden?«

»Meinem Humor.«

Rex schnitt eine Grimasse. »Ich werde versuchen, den zu ertragen.«

»Ja.«

»Ja?« Er neigte den Kopf. »›Ja‹ was?«

»Wir machen's.«

»Machen *was?*«

»Du weißt schon. Wir ziehen das durch.«

»Ziehen *was* durch?«

»Du weißt schon.«

Er nahm mein Gesicht in beide Hände und brachte so meine Haare durcheinander. »Sag es!«

»Du weißt doch, was ich meine.«

»Na, nun mach schon!« Jetzt lachte er.

Ich blickte ihn finster an. »Mach so weiter, und ich überleg mir das noch mal!«

»Ich weiß nicht, Soz. Wenn du es nicht einmal *aussprechen* kannst, wie soll ich dann glauben, dass du es wirklich *tun* willst?«

»Schon *gut!* Ich werde dich heiraten. Zufrieden?«

Sein Grinsen verschwand, und wieder sprach er mit dieser ungewohnt sanften Stimme, die mir schon den ganzen Abend über aufgefallen war. »Ja.«

Hmmm. Es kam mir gar nicht mehr so komisch vor, nachdem es jetzt gesagt war. Ich berührte seine Brust und fuhr mit der Hand über den schwarzen Pullover, den er unter der Jacke trug. Er zog mich zu sich ins Bett und rollte sich auf den Rücken – mich hielt er mit beiden Armen umschlungen.

»Ich kann meine Absichtserklärung noch heute durchs Netz schicken«, sagte er. »Meine Kündigung gebe ich denen, wenn wir wieder nach *Headquarters City* kommen.«

›Absichtserklärung‹. So etwas von Rex zu hören, klang völlig ungewohnt. Aber der Zeitpunkt, den er dafür gewählt hatte, war durchaus sinnvoll. Sobald unser Landurlaub hier beendet war, mussten wir zurück zum Hauptquartier, um uns die Befehle für den nächsten Einsatz abzuholen. Rex hatte abgewartet, bis er wusste, dass wir nicht mehr zusammen in einen Kampfeinsatz gehen würden. Jetzt konnte ich ihn lieben. Ich würde ihn nie wieder in eine Schlacht schicken müssen.

Ein Piepsen erklang aus der Konsole am Bett. »Verdammt«, murmelte Rex. Er streckte den Arm aus und drückte auf die ANTWORTEN-Taste. »Was gibt's?«

Aus dem Lautsprecher erklang Heldas Stimme. »Ya, Rex. Weißt du, wo ist Soz?«

»Ich bin hier«, sagte ich. »Wir treffen uns in meinem Zimmer.«

Helda und Taas wartete bereits vor meiner Zimmertür, als wir dort ankamen. Helda sah mich sonderbar an. Ich wusste nicht genau, was sie aufgeschnappt hatte, aber irgendetwas musste sie gespürt haben. Alles hatte sich verändert. Ich würde Rex nie wieder so sehen können, wie ich es zuvor getan hatte.

Auf dem Pager an meiner Tür war eine dunkelhaarige Frau zu sehen, die am felsigen Ufer einer Insel stand und mich genau anblickte. Über ihren Rücken hing ein Köcher voller Pfeile, in ihrer Hand hielt sie einen wunderbar geschwungenen Bogen.

Ich legte meinen Finger auf die Wellen, die den Strand unter den Füßen der Frau umspielten. Ein kleiner Lichtblitz leuchtete in dem Pager auf, als ein Laser meine Fingerkuppe abtastete. Das Gerät brauchte nur einen Augenblick, um das Interferenzmuster zu erfassen, das sich durch meine Papillarlinien ergab, und es dann mit dem zu vergleichen, das der Computer des Hotels aufgenommen hatte. Dann öffnete sich meine Zimmertür.

Nach der geradezu sinnlichen Atmosphäre in Rex' Zimmer kam mir meines viel zu kalt vor. Auf den blaugrünen, polierten Keramikfliesen an den Wänden konnte man hie und da einige Schaumkronen erkennen, als ob Wellen darüber hinwegspülten. Die Computer-Konsole war in ein Rollpult eingelassen, das am Bett stand. Die waagerechte Oberfläche bestand aus einem Holoschirm, senkrecht davor waren die Steuerelemente angebracht. Die einzelnen Bedienelemente waren in sechs Sprachen beschriftet, darunter auch Skolianisch.

Ich setzte mich vor die Konsole und berührte die Taste, auf der das Bild einer Tür zu sehen war. »Auf meinen *Guest-Account* zugreifen. Dann Verbindung zu Skol-Net herstellen.«

»Hallo, Primärin Valdoria.« Der Computer sprach mich auf Skolianisch an. »Mein Name ist Homer. Willkommen im Ägäis-Hotel. Es ist mir eine Freude, auf Ihren *Account* zuzugreifen.« Nach einer Pause sagte er: »Ich stelle jetzt die Verbindung zu Skol-Net her. Bitte entschuldigen Sie die Verzögerung.«

»Hoy, das ist aber ein *höflicher* Computer«, sagte Helda.

Ich musste lächeln. Die Computer der Verbandler waren häufig freundlicher als die Knoten im Skol-Net, dem gewaltigen Computer-Netzwerk von Skolia. Wir hatten uns dieses Hotel ausgesucht, weil dessen Konsolen mit Psi-Fonen ausgestattet waren; und nur wenige Häuser im Hotelgewerbe dieses Verbandler-Planeten hatten sich diese Mühe gemacht. Ich öffnete eine kleine Klappe des Pultes und entnahm ihr ein Psi-Fon. Es war ein einfaches Modell – nicht mehr als ein transparenter Stecker, der über ein Kabel mit der Konsole verbunden war.

Als ich diesen Stecker in die Buchse auf der Innenseite meines Handgelenks einstöpselte, begann mein Arm zu kribbeln. Natürlich wusste ich, dass ich mir dieses Kribbeln nur einbildete. Doch jedes Mal, wenn ich ein Psi-Fon anschloss, bildete ich mir dieses Kribbeln aufs Neue ein.

Der Schriftzug Verbindungsaufbau erschien auf einem kleinen Bildschirm, der in das Pult eingelassen war.

»Sieht so aus, als ob es funktioniert«, sagte Taas.

»Bis jetzt schon«, erwiderte ich. Die Tatsache, dass Homer auf das Psi-Fon mit Schriftsprache reagierte, und nicht mit verbaler Sprache, ließ mich vermuten, dass die Verbandler sich nicht allzu viel Mühe damit gemacht hatten, das System einzurichten.

Ich rieb mir mit der Hand über den Arm – eine Angewohnheit, die ich schon seit Jahren hatte. Und auch viele andere Jagernauts hatten sich das angewöhnt. Der Gedanke an das biomechanische Netzwerk im Inneren meines Körpers war mir immer noch suspekt, und mein Verstand neigte dazu, sich wie ein Tier in einem Käfig sinnlos zu bewegen, wenn er wieder darauf hingewiesen wurde. Dieses Netzwerk bestand aus vier Teilen: Glasfaserkabeln, Anschlüssen an Handgelenken und Knöcheln, im Rückgrat und im Nacken, dem Spinal-Knoten und den Bioelektroden.

Die Glasfaserkabel waren biotechnisch in meinen Körper eingepflanzt worden. Homer sendete von einem

Ende des Psi-Fons Signale aus, die dann über die Buchse in meinem Handgelenk in diese Kabel eingespeist wurden. Von dort aus wurden die Signale dann entlang dieser Kabel in mein Gehirn oder meinen Spinal-Knoten weitergeleitet. Nanoelektroden in meinen Hirnzellen übersetzten die Nullen und Einsen dieses Inputs in Gedanken, indem sie meine Neuronen zum Feuern brachten. Wenn eine Elektrode eine ›1‹ empfing, verpasste sie dem Neuron ein kurzen, winzigen Schock; empfing es eine ›0‹, ließ es das Neuron in Ruhe. Auf ähnliche Weise wurden auch meine Gedanken in den Binärcode umgewandelt. Biohüllen umgaben die Elektroden, und neurotrophische Wirkstoffe hinderten sie daran, die Zellen in meinem Hirn zu schädigen. Mein internes Netzwerk schickte dann über das zweite Ende des Psi-Fon-Steckers Nachrichten an Homer zurück.

Wenn man bedachte, wie kompliziert die erforderlichen Operationen waren, ein solches Netz zu implantieren, und wie viele Jahre es dauerte zu lernen, es richtig anwenden, sofern keine Abstoßungsreaktionen auftraten – von der erforderlichen Sicherheitsstufe ganz zu schweigen – war es kein Wunder, dass nur wenige Menschen ein solches Netzwerk besaßen.

Eine weitere Nachricht erschien auf dem Schirm: Psi-Fon aktiviert

»Das ist aber langsam«, murmelte Helda.

Test, dachte ich.

Das Wort Test erschien unter Homers letzter Nachricht.

Parameter?, reagierte Homer dann. Seine Frage erschien in roter Schrift auf dem Schirm, meine Eingabe war in blauen Buchstaben geschrieben. Die Frage erschien keinesfalls wie erwartet gleichzeitig in meinem Verstand.

Spinal-Knoten-Verbindung verifizieren, dachte ich.

Verwandtschaft verifizieren erschien auf dem Schirm.

Rex lachte. »Die Verwandtschaft zu *wem* willst du verifizieren?«

»Er übersetzt nicht richtig.« *Diagnoseprogramm am Psi-Fon starten,* dachte ich.

Die Worte Diagonalprogrom starten leuchteten auf dem Schirm.

Bitte den Befehl wiederholen, forderte Homer mich auf.

Ich versuchte es mit Spracheingabe. »Das Diagnoseprogramm am Psi-Fon starten.«

»Gestartet«, meldete Homer. Dann: »Ich konnte keine Fehler finden.«

Mit zusammengebissenen Zähnen stieß ich einen leisen Fluch aus. Wenn es nicht am Psi-Fon lag, konnte etwas an meinem biomechanischen Netzwerk nicht stimmen. Und daran war eine Reparatur alles andere als einfach. Es konnte bedeuten, dass ich mich einer Operation unterziehen musste.

Ich zog den Stecker aus meinem Handgelenk und starrte ihn an. Eine dünne Staubschicht bedeckte die Kontakte. Ich bewegte sie vorsichtig zwischen meinen Fingern, rieb so den Staub ab und steckte den Stecker danach wieder in die Buchse.

Verbindung zum Spinal-Knoten bestätigen, dachte ich.

Verbindung zum Spinal-Knoten bestätigen erschien auf dem Bildschirm.

Bestätigt, meldete Homer kurz darauf.

Ich atmete hörbar aus. Gut.

Ich habe jetzt eine Verbindung zu Skol-Net, gab Homer aus. Wenn Sie mir ihren Account und das Passwort nennen, werde ich Sie in das System einloggen.

Das ist nicht notwendig. Ich drückte auf eine Taste der Konsole, die mit dem griechischen Buchstaben Ψ beschriftet war.

Die Worte Zugriff verweigert erschienen auf dem Schirm.

»›Zugriff verweigert‹?«, fragte Taas. »Was soll das denn heißen?«

Homer, dachte ich. *Warum kann ich nicht das Psiber-Gateway benutzen?*

Ich verstehe in diesem Kontext das Wort ›Gateway‹ nicht, gab Homer über den Schirm aus.

Ich möchte die Psiber-Funktionen des Psi-Fons nutzen.

Diese Funktionen sind nicht aktiviert.

Helda schnaubte. »Warum sie haben Psi-Fone, wenn sie sie nicht richtig einstellen?«

»Vielleicht wissen sie nicht, wie das geht«, mutmaßte ich. *Homer, kannst du die Psiber-Funktionen aktivieren?*

Das weiss ich nicht. Wofür sind Psiber-Funktionen da?

Das Psi-Fon sollte in der Lage sein, meine Gedanken in den Psiberspace zu senden.

Die einzige mir bekannte Übersetzung des Wortes ›Psiberspace‹ ist ›Hypothetisches Computer-Netzwerk‹.

»Pah«, murmelte Helda.

Der Psiberspace ist nicht hypothetisch, dachte ich. *Er existiert wirklich.*

Wo?

Außerhalb des Raum-Zeit-Kontinuums. Informationen werden innerhalb des Psiberspace' in Form von Gedanken-Wellenpaketen übertragen anstelle von Photonen oder Materiepartikeln.

Wenn dieser Psiberspace keine räumlichen Koordinaten besitzt, wie kann ich ihn dann finden?

Er existiert überall, erklärte ich in Gedanken. *Die anderen Knoten können unseren Input in Nullzeit empfangen, wo auch immer sie sich gerade befinden.*

Homer machte eine Pause. Gemäß meiner Physik-Datenbank erfordert dies Datenübertragung über interstellare Entfernungen in Nullzeit.

Das stimmt.

Das widerspricht den Gesetzen des Raum-Zeit-Kontinuums.

Der Psiberspace befindet sich nicht innerhalb des Raum-Zeit-Kontinuums.

Ich kann nicht auf etwas zugreifen, das sich außerhalb von Raum und Zeit befindet.

Ich versuchte, mir eine Erklärung einfallen zu lassen, die Homers Entwicklungsfähige Intelligenz verstehen konnte. Wenn man im Normalraum zwei Partikel betrachtet und die Quanteneigenschaften des einen misst, erhält man automatisch auch die Quanteneigenschaften des anderen, egal, wie weit entfernt vom Betrachter sich dieses andere Partikel befindet. Im Psiberspace ist die ›gemessene‹ Eigenschaft der Gedanke selbst: So schnell, wie ein Telepath einen Gedanken ausformen kann, kann jeder *User* im Skol-Net ihn auch empfangen, obwohl das Skol-Net sich über interstellare Entfernung erstreckt.

Trotz des Skeptizismus', den die Verbandler der Psibernetik entgegenbrachten, hatten sie verstanden, dass das Skol-Net der einzige Grund dafür war, dass mein Volk im Kampf gegen die Eubianer nicht unterlegen war. Die Truppenstärke und die Ausrüstung des Eubianischen Militärs ließen unsere Streitkräfte gänzlich unbedeutend erscheinen, und doch waren wir ihnen in der taktischen Beweglichkeit, in der Kommunikation und in der Planung allgemein überlegen. Schifffahrtstechnisch gesprochen dümpelten sie dahin, während wir segelten.

Die Aristos besaßen keinerlei Psiber-Fähigkeiten. Ihre Versorger schon, doch die Aristos weigerten sich, zu akzeptieren, dass Versorger etwas anderes konnten als nur versorgen. Trotzdem hätte es mich nicht überrascht, wenn sie oder die Verbandler versucht hätten, selbst ein Skol-Net einzurichten – und dabei gescheitert wären. Es bedurfte eines Rhon-Telepathen, um ein derartiges

Netzwerk aufrecht zu erhalten, und kein einziges meiner Familienmitglieder würde sich jemals bereit erklären, diese Aufgabe für sie zu übernehmen.

Das war auch der Grund, warum meine Familie immer noch so viel Einfluss in einer Welt der Modernen Politik besaß. Keine Maschine konnte unmittelbar auf dieses Netzwerk zugreifen. Die einzige Möglichkeit, Hardware an dieses Netz anzuschließen, war über den Verstand eines seiner *User*. Und ebenso wie ein Computer eine Zentraleinheit benötigt, braucht das Skol-Net mit seinen Milliarden an Knoten einen Rhon-Psioniker, der das Netzwerk kohärent hält. Nur wir besaßen die immensen mentalen Ressourcen, die für diese Aufgabe erforderlich waren. Ohne meine Familie gab es kein Skol-Net, und ohne Skol-Net gab es kein Skolianisches Imperialat.

Homer, versuch Folgendes, dachte ich. *Wähl Knoten PS42.mil im Skol-Net an. Wenn du die Meldung ›nur für den Dienstgebrauch‹ erhältst, stell sie bitte zu mir durch.* Vielleicht konnte ich eine Hintertür finden, die unser Geheimdienst in die Systeme der Verbandler eingebaut hatte.

Einwahl, ließ Homer auf dem Schirm erscheinen. Dann: Link wird übertragen.

Ein neuer Computer griff auf mein Denken zu, kalt und knapp: Identifizierung.

Auf meinen Spinal-Knoten zugreifen, dachte ich. *Mod 16, Pfad 0001HA9RS.*

Zugriff erfolgt. Verifiziert.

Meine Wahrnehmung des Raumes, der mich umgab, wurde undeutlich. Ich trieb in einem perlmuttfarbenen Meer, mein Verstand konzentrierte sich auf einen Knoten innerhalb eines schimmernden Netzes, das sich in alle Richtungen erstreckte. Lichtblitze funkelten in diesem Netz auf, wenn andere an mir vorbeinavigierten.

Ich war jetzt ein Quanten-Wellenpaket, ein runder ›Hügel‹, der kreisförmig von Ausläufern umgeben war, eben wie die Wellen auf einem Teich, wenn ein Stein hinein geworfen wird. Die kleineren Wellen bewegten sich immer weiter in alle Richtungen des unendlichen Psiberspace-›Sees‹, sie wurden immer kleiner, je weiter sie sich von der Spitze der Hauptwelle, die das Zentrum meiner Identität darstellte, entfernten.

Ein Licht blitzte auf – ein weiteres Wellenpaket. Dessen Wellen durchquerten die meinen, ohne dass Interferenzerscheinungen aufgetreten wären.

Sicherheits-Check, dachte ich.

Alle Leitungen gesichert, dachte PS42. Sie sind nicht wahrnehmbar für alle User, deren Sicherheitsstufe 47: Stufe B unterschreitet.

Zu IMGE durchstellen.

Meine gesamte Identitätswelle versank im Netz. Dann befand ich mich an einer anderen Stelle des Gitternetzwerkes, das Zentrum meiner Identität nur noch eine kleine gekräuselte Welle. Sie wuchs an, bildete wieder einen Wellenberg, und die kleineren Wellen, die diesen umgaben, verlagerten sich, bis sie wieder konzentrische Ringe um meinen neuen Identitätsfokus gebildet hatten.

Hier glänzte das Netzwerk, als sei es aus Metall. Ein scharfes Klicken war jedes Mal zu hören, wenn einer der Lichtblitze in meiner Nähe sich zu einer Welle ausbildete oder wieder verschwand.

Dann erschien ein Wellenhügel, der sich zu einem riesigen kobaltblauen Berg aus glänzendem Metall zu verdichten schien. Mir war es, als strahle er Kälte ab. Imperialer Geheimdienst A5a.mil. Unbefugter Zugriff auf diesen Knoten wird mit dem Tode bestraft.

Sicherheitsstufe M-16, D-30A5a, F-037, antwortete ich.

Sicherheitsstufe verifiziert. Sinn dieses Zugriffes?

Zugriff auf Comtrace.

Dieses Mal wechselte ich in ein weißes Netz aus geradezu schmerzhaft grellem Licht. *Comtrace, auf meinen Sehnerv zugreifen. Wahrnehmung so weit verändern, dass meine physikalische Umgebung abgebildet wird.*

Die Antwort von Comtrace drang wie Eis in meine Gedanken ein. Abgeschlossen.

Meine Wahrnehmung des Psiberspace' verblasste so weit, dass nur noch ein durchscheinendes Bild davon meinen Blick auf mein Zimmer überlagerte. Ich sah wieder Rex, der sich über mich beugte, um einen Blick auf die Konsole zu werfen. Helda stand neben ihm, sie wartete mit vor der Brust verschränkten Armen; Taas saß auf dem Bett und blätterte in dem Buch, das mir Tiller auf der Polizeiwache gegeben hatte. Keine meiner Interaktionen mit dem Netz waren auf dem Bildschirm erschienen: Die Textausgabe hatte mit meiner letzten Antwort auf Homers Frage aufgehört.

Audio aktivieren, dachte ich.

»Audio aktiviert.« Obwohl Comtrace sich der Stimme des Computers dieses Hotels bediente, hörte man doch einen deutlichen Unterschied zwischen dem eisigen Tonfall dieses Computers und Homers freundlicher Sprechweise.

Taas blickte von dem Buch auf. »Steht die Verbindung jetzt?«

Ich nickte. »Ich gebe jetzt meine Daten über diesen Aristo ein.« *Comtrace, Daten aus M-86, D-4427, F-1 speichern.*

Upload abgeschlossen.

Ich werde das Psi-Fon jetzt lösen. Nicht die Verbindung trennen.

Verstanden.

Ich stöpselte den Stecker aus und reichte ihn Rex. »Jetzt du.«

Es dauerte nur wenige Sekunden, bis er seine Erinnerungen an den Aristo hochgeladen hatte. Dann kam Helda, Taas bildete den Schluss. Als sie alle fertig waren, stöpselte ich mich wieder bei Homer ein. »Comtrace, basierend auf den hochgeladenen Daten die betreffende Person visualisieren.«

»Visualisierung gestartet«, antwortete Comtrace. Der Holoschirm auf dem Tisch wurde eingeschaltet, und dünne Linien und gefleckte Muster begannen sich darin abzuzeichnen. Ein Bild erschien, ein etwa fünfundzwanzig Zentimeter großes Holo des Aristo, den wir in der Bar gesehen hatten. Er stand auf dem Tisch vor mir, als sei er tatsächlich anwesend und würde uns beobachten.

»Seine Gesichtszüge waren nicht ganz so hart«, kommentierte Rex.

Die Konsole gab keine Meldung, das Hologramm blieb unverändert.

Comtrace, dachte ich. *Die drei Mitglieder meiner Einheit verifizieren, die in meiner Zabo-Einheit-Sicherheitsakte eingetragen sind. Auf verbalen Input reagieren.*

Blackstone, Rex: Verifizierung wird gestartet. Bjorstad, Heldagaard: Verifizierung wird gestartet. Moroto, Taas-ko-mar: Verifizierung wird gestartet. Reaktion auf Blackstone.

Diese Namen zu hören, war wie einen Mikrokosmos von Skolia zu betrachten. Rex' Name war die moderne Übersetzung eines uralten Namens auf dem Planeten Raylicon. Genau so wie Rex selbst war dieser Name ganz typisch raylicanisch: dunkel und kräftig. Heldas Name war die skolianisierte Version eines Erdennamens; ihre Eltern waren ein Verbandler-Ehepaar, das auf eine skolianische Kolonie emigriert war. Taas' Name war ein Gemisch: Einige seiner Vorfahren kamen von Raylicon, einige von alten Kolonien, auf die wir gestoßen waren, nachdem wir erneut die Raumfahrt entdeckt hatten, einige aus einem Land auf der Erde, das Japan hieß. Mein Name – Valdoria Skolia -war ebenfalls aus verschiedenen Komponenten zusammengesetzt. Obwohl meine Großmutter mütterlicherseits in einem Gentechnik-Labor auf die Welt gekommen war, ging ihr Stammbaum bis zu einer Dynastie zurück, die vor langer Zeit Raylicon regiert hatte. Mein Vater und mein Großvater mütterlicherseits stammten aus wiederentdeckten Kolonien, doch sie waren höchstwahrscheinlich ebenfalls Abkömmlinge eben dieser Dynastie.

Mitglieder der Einheit verifiziert, meldete Comtrace. Reaktion auf Blackstone.

Die Züge des Aristo wurden etwas weicher, sodass er nun aussah, als sei er etwa sechzehn Jahre alt.

»Zu jung«, korrigierte Taas. Comtrace ließ den Mann etwa drei Jahre altern.

»Immer noch zu jung«, sagte Helda. Comtrace fügte drei weitere Jahre hinzu.

»Längeres Haar«, fügte Helda hinzu. Comtrace ließ die Haare einige Zentimeter länger werden.

Gemeinsam betrachteten sie das Bild eine Weile. Schließlich sagte Rex: »Sieht ungefähr richtig aus.« Taas und Helda nickten übereinstimmend.

»Comtrace, einen ID-Check anhand dieses Bildes durchführen«, sagte ich. »Mit jeder verfügbaren Datei über die aktuelle Highton-Aristo-Kaste vergleichen.«

»Wird durchgeführt.« Nach einer Pause meldete Comtrace: »Es existieren keine hinreichend übereinstimmenden Aufzeichnungen, um eindeutige Identifizierung zu ermöglichen.«

Ich runzelte die Stirn. »Wurde jeder lebende Highton überprüft?«

»Ja.«

»Vielleicht haben wir nicht über alle Hightons Aufzeichnungen?«, meinte Taas.

»Ich war der Meinung, wir hätte sie alle«, sagte ich. »Das sind doch nur ein paar Hundert.«

»Wir uns vielleicht in der Kaste vertan?«, mutmaßte Helda.

Wäre das möglich? Obwohl die Hightons bei den Eubianern an erster Stelle stehen, gab es auch noch andere Kasten unter den Aristo, sodass es alles in allem mehrere Tausend Aristos gab. »Comtrace, wie hoch wird die Wahrscheinlichkeit eingeschätzt, dass es sich bei diesem Mann um einen Highton handelt?«

»Berechnung gestartet.«

Ich blickte zu Rex hinüber und deutete auf das Holo des Aristos. »Irgendetwas an ihm kommt mir bekannt vor. Ich komm nur nicht drauf, was es ist.«

Rex nickte. »Das hab ich auch sofort gedacht.«

Aber als ich Helda und Taas anblickte, schüttelten beide den Kopf. »Er sieht wie Aristo aus«, sagte Helda. »Mehr sehe ich nicht.«

»Berechnung abgeschlossen«, meldete Comtrace. »Basierend auf den Berichten über Erscheinungsbild, allgemeines Verhalten, Sprache sowie Art und Auftreten seines Gefolges ergibt sich eine Wahrscheinlichkeit von achtundneunzig Prozent, dass dieser Mann zur Kaste der Highton gehört. Basierend auf dem Gespräch von Primärin Valdoria ergibt sich eine Wahrscheinlichkeit von achtzig Prozent.«

Rex stieß einen erstaunten Pfiff aus. »Das ist bizarr.«

»Aber diese achtzig Prozent ergeben sich nur aufgrund meiner Erinnerungen an ihn«, gab ich zu bedenken. »Vielleicht hat meine Wahrnehmung das Bild verfälscht.«

»Wenn man deine persönlichen Erfahrungen bedenkt«, sagte Rex, »erscheint es mir doch sehr unwahrscheinlich, dass deine Wahrnehmung in eine Richtung verfälscht wurde, dass er dir weniger bedrohlich erschienen ist.«

Comtrace meldete sich wieder zu Wort. »Bei dieser

Analyse wurden auch Korrelationen berücksichtigt, die sich durch alle bisherigen Berichte der betreffenden Personen über Aristos ergeben haben können, ebenso die Konsistenz dieser Berichte mit anderen Aufzeichnungen, die über die betreffenden Aristos existieren, sowie die Konsistenz aller Berichte der hier Bericht erstattenden Personen zu anderen Themenbereichen mit den Berichten anderer Offiziere. Gemäß den hierzu erforderlichen Berechnungen beträgt die Wahrscheinlichkeit der Richtigkeit der hier berichteten Beobachtungen fünfundneunzig Prozent.«

Ich musste lächeln. »Du bist aber ein ganz schön fleißiger Computer.«

»Kann der auch berechnen, warum dieser Aristo hier ist?«, fragte Taas.

»Es ergibt sich eine Wahrscheinlichkeit von eins zu zwei, dass er auf der Suche nach einem außergewöhnlichen Versorger ist«, sagte Comtrace. »Mit einer Wahrscheinlichkeit von eins zu drei ging es ihm darum, Delos kennen zu lernen, mit einer Wahrscheinlichkeit von eins zu elf spioniert er gegen den Planetenverband, mit einer Wahrscheinlichkeit von eins zu sechzehn bedurfte sein Raumfahrzeug einer Reparatur.«

»Könnte es sein, dass er versuchen wollte, mich zu überreden, mit ihm zu kommen?«, fragte ich.

»Wahrscheinlichkeit eins zu vierhundertfünfzig. Ihr Dienstverhältnis war offenkundig. Anzunehmen, Sie könnten einer entsprechenden Hinterlist anheimfallen, würde eine Naivität erfordern, die bei einem Aristo anzutreffen unwahrscheinlich ist.«

»Und für wie wahrscheinlich hältst du es, dass er die Wahrheit gesagt hat und einfach nur mit mir ausgehen wollte?«

»Wahrscheinlichkeit eins zu siebentausend.« Comtrace machte eine Pause. »Wenn er sich auf der Suche nach Versorgern befand, ergibt sich eine Wahrscheinlichkeit von dreiundneunzig Prozent, dass er bei Ihnen nur üben wollte.«

Das klang plausibel, wenn man sich die Daten ansah. Nur dass ich es eben trotzdem nicht glauben konnte. Ich hatte keinerlei Rechtfertigung für meine Zweifel, aber sie waren trotzdem da.

Rex beugte sich über die Konsole. »Warum wurde die Wahrscheinlichkeit, er sei ein Spion, so niedrig eingeschätzt?«

»Es wird als unter der Würde eines Highton betrachtet, derartige Geheimaufträge durchzuführen«, erwiderte Comtrace. »Es sei denn, ein derartiger Einsatz diene einem unmittelbaren Machtgewinn. Wird die relativ kurze Distanz zwischen Delos und Tams Station ebenso berücksichtigt wie die aktuelle Krise auf Tams, wäre es denkbar, dass ein Highton hierher reist, um zu ermitteln, ob es einen Zusammenhang gibt zwischen den Mitgliedern des Planeten-Verbandes und der derzeitigen Situation. Eine derartige Information könnte für politische Entscheidungen als hilfreich erweisen.«

Aha. Es war schon geradezu ironisch, dass Tams, eine kleine Bergbau-Station, eine derartige Bedeutung hatte erlangen können. Dort lebten nur Sechshundertmillionen Menschen, Nachfahren einer uralten Raylican-Kolonie, die hartnäckig darum gekämpft hatte, allen gegenüber unabhängig zu sein: Skolianern, Händlern und Verbandlern. Vor fünfzehn Jahren hatten die Eubianer auf den Planeten Anspruch erhoben. Sie hatten es geschafft, die politische Situation dort so zu manipulieren, dass jede offene Reaktion unsererseits als Verletzung des ohnehin schon sehr zerbrechlichen Friedensvertrages gewertet werden konnte.

»Comtrace, wie lauten die letzten Informationen über Tams?«, fragte ich.

»IMGE meldet, die Rebellen hätten die Bodenverteidigung des Planeten erobert.«

Das hatte ich erwartet. Wir konnten ja auch auf andere Weise Hilfe leisten, nicht nur, indem wir militärisch offen eingriffen. Es war keine Sache des Glücks gewesen, dass es den ›unausgebildeten‹ Anführern der Tams-Rebellion gelungen war, die hoch entwickelten Verteidigungsanlagen der Eubianer einzunehmen und auch zu halten.

»Wie haben die Händler reagiert?«, fragte ich dann.

»Eubianische Saboteure haben die Fabrikanlagen in den *Red Hills* zerstört. Ebenso die Lagerhäuser in der *Sandrise* sowie im Docker- und im Metallverarbeitungs-Distrikt. Sie haben die Antriebe und die Piloten mit Entwicklungsfähiger Intelligenz aller raumtauglichen Schiffe in beiden Raumhäfen auf Tams ausgeschlachtet.«

Rex stieß erneut einen erstaunten Pfiff aus. »Sehr effizient.«

»Warum?«, fragte Taas. »Was wird in den Fabrikanlagen in den *Red Hills* hergestellt?«

Ich blickte kurz zu ihm hinüber. »Diese Fabrikanlagen sind ... oder waren ... die einzigen Anlagen auf Tams, in denen Ersatzteile für Inversions-Antriebe hergestellt werden konnten. Und in diesen Lagerhäusern wurden alle fertiggestellten Teile aufbewahrt.«

»Sobald die Rebellen die planetare Verteidigung in der Hand haben«, sagte Helda, »können sie Schiffe mit neuen EIs und neuen Maschinenteilen einfliegen.«

»Nicht, solange die Händler hinreichend viele Verteidigungsanlagen im Orbit kontrollieren«, widersprach Rex. »Es könnte sein, dass die Händler und die Rebellen sich dann in einer Patt-Situation befinden.«

»Comtrace«, sagte ich, »wie sind die offiziellen Verlautbarungen der Händler zu der Situation?«

»Offiziell existiert kein Aufstand«, erwiderte Comtrace.

»Warum verwundert mich das nicht?«, bemerkte Helda trocken.

»Es existiert eine Aufzeichnung von Ur Qox' letzter Rede«, sagte Comtrace. »Wird Wiedergabe gewünscht?«

Ich verzog das Gesicht. Ich hatte wahrhaftig nicht das Bedürfnis, Ur Qox dabei zuzusehen, wie er wieder eine seiner Reden hielt. Obwohl wir seinen Namen ›Ur Qox‹ schrieben, oder auch ›Ur Kox‹, so wie wir es aussprachen, wurde er eigentlich ›U'jir Qox‹ geschrieben, wobei das Apostroph anzeigte, dass er ein Highton war. Der oberste Highton. Der Kaiser. Doch egal, wie ich über den Kaiser der Händler dachte, wir mussten erfahren, was er zu sagen hatte.

»Ja«, wies ich Comtrace an. »Aufzeichnung abspielen.«

Das Bildnis des geheimnisvollen Aristo verschwand, stattdessen erschien ein hagerer Mann, der von einem gläsernen Podium aus sprach. Er war Ende vierzig, sein Haar schimmerte schwarz, seine Augen waren rot. Sein Highton-Akzent war erschreckend in seiner Perfektion. Auch Tarque war ein Highton gewesen, auch in seiner Stimme hatte unablässig diese unangenehme Arroganz mitgeschwungen, wie sein perfektes Gesicht sie ausgestrahlt hatte.

Einen Großteil der Rede verbrachte Qox damit, die Armee der Händler zu loben. Er stellte die Rebellen als Untermenschen dar und die Händler-Soldaten als Helden. In der gesamten Rede steckte kein Funken hilfreicher Information. Er hörte gar nicht mehr auf damit, beschwor den Ruhm des Eubianischen Imperiums und der Aristos und seiner selbst und den geschätzten Namen seines Vaters.

»Sein Vater ist wenigstens tot«, murmelte Rex.

Wenigstens das. Denn der letzte Kaiser war noch schlimmer gewesen als der aktuelle. Kaiser J'briol Qox, den wir ›Jaibriol‹ schrieben, hatte während seiner Regierungszeit fast eintausend Planeten erobert. Und er hatte meine Familie gehasst. Bei allen Göttern, und wie er uns gehasst hatte! Anscheinend hatte es ihn rasend gemacht, dass wir, die perfekten Versorger, nicht nur außerhalb seines Einflussbereiches lebten, sondern auch noch die Unverfrorenheit besessen hatten, eine Zivilisation aufzubauen, die es mit der seines eigenen Volkes aufnehmen konnte.

Ins Englische übertragen ergab ›J'briol Qox‹ ›Gabriel Cox‹. Aber die Verbandler verwendeten immer unsere Schreibweise, und auch das weiche ›J‹ unserer Aussprache hatten sie sich angeeignet. Ich hatte einmal eine Empfangsdame in einer Botschaft der Erde gefragt, warum sie ihre eigene Schreibweise vermieden. Sie erklärte mir, ›Gabriel‹ sei ein Name, der aus einem ihrer heiligen Bücher stamme und ›Gott ist meine Stärke‹ bedeute. Sie war der Ansicht gewesen, Jaibriol Qox hätte besser ›Luzifer‹ heißen sollen – nach dem gefallenen Engel, der aus dem Himmel in die Hölle gestürzt war. Diese Erklärung war mir äußerst einleuchtend erschienen.

»Wenigstens eines muss man diesem Qox zugute halten«, sagte Taas.

Helda schnaubte. »Das Einzige, was man ihm zugute halten könnte, wäre, wenn er sich freiwillig in einen Sarg legen würde.«

»Er hat keinen Erben«, erklärte Taas. »Fünfundzwanzig Jahre verheiratet und nicht ein einziges Kind.«

Rex nickte. »Man sollte annehmen, er hätte sich längst von der Kaiserin scheiden lassen und sich eine fruchtbarere Frau gesucht.«

»Warum?«, fragte Taas. »Alles, was die Hightons brauchen, sind ihre Eier und sein Sperma, um ein Baby zu zeugen. Sie braucht doch nicht im natürlichen Sinne fruchtbar zu sein!«

»Sie dürfen sich sowieso nicht lassen scheiden«, ergänzte Helda.

»Na ja, er könnte sich von ihr scheiden lassen, wenn sie sich weigern würde, ihm einen Erben zu schenken«, führte ich aus. »Vorsätzliche Unfruchtbarkeit wäre ein Grund, die kaiserlich Ehe aufzulösen. Der einzige Grund sogar.«

»Glaubst du etwa, er liebt sie wirklich?«, wollte Taas wissen.

»Hab ich ein Ballettröckchen an?«, empörte sich Helda.

Rex grinste sie an. »Das würde ich gerne sehen. Aber dann ein pinkfarbenes Tutu.«

Helda verschränkte wieder die Arme vor der Brust, ihre massigen Muskeln zeichneten sich unter ihrem Pullover ab. »Pah!«

Ich lächelte. »Was auch immer sein Grund sein mag, auf jeden Fall hat er Probleme.« Die Hightons waren fanatisch darauf bedacht, ihre Kaste rein zu halten, ihre Blutlinie ›unverschmutzt‹. Kein Kind wurde als Highton anerkannt, solange seine Abkunft nicht durch Gen-Tests von drei unterschiedlichen, unabhängigen Experten bestätigt wurde. Und natürlich musste das Geschlecht der Qox' das reinste Highton-Geschlecht von allen sein. Wenn Ur Qox nicht bald einen Erben zeugte, lief er Gefahr, seinen Anspruch auf den Titel des Kaisers zu verlieren.

»Wenigstens müssen wir uns um so was keine Sorgen machen«, sagte Taas.

»Wieso nicht?«, wollte ich wissen.

»Die Versammlung und das Skol-Net hängen ja nicht von irgendwelchen Erbanlagen ab.«

»Bei der Versammlung hast du Recht«, bestätigte ich ihn. »Was allerdings das Skol-Net angeht, liegst du falsch.«

Taas blinzelte verwirrt. »Was?«

»Die Erben des Imperators müssen Rhon-Psioniker sein«, erklärte ich. Warum wurde Rex jetzt so bleich? Er wusste das doch bereits, und ihm musste auch klar sein, dass seine und meine Kinder niemals zur Erbfolge gehören würden. Oder etwa nicht? Jetzt war mir plötzlich übel, als habe man mir in den Unterleib geschlagen.

Rex sprach sehr bedacht. »Mir war gar nicht klar, dass die Blutlinie für die Imperiale Familie so bedeutsam ist.«

Ich hätte mir selbst einen Tritt verpassen können. Ich hatte mich in seiner Gegenwart viel zu wohl gefühlt, und deswegen fälschlicherweise angenommen, er kenne mich besser. Aber warum sollte er etwas so Persönliches wissen? Meine Familie war mit unseren Schwächen niemals hausieren gegangen. Wir waren fast besessen von unserer Intimsphäre, und wir besaßen die Macht, dafür zu sorgen, dass niemand in sie eindringen konnte – wie sehr auch der Rest des Universums sich für unser Privatleben interessieren mochte.

Moroto und Bjorstad blockieren, dachte ich. Als Helda und Taas in meinem Bewusstsein ein wenig in der Hintergrund traten, versuchte ich, in Rex' Gedanken vorzudringen. Aber er blockierte mich.

Also sprach ich es laut aus. »Es geht uns nicht um die Blutlinie! Wir *müssen* unseren Genpool erweitern.« Die Worte *Inzest würde uns vernichten* lagen mir auf der Zunge. Stattdessen sagte ich: »Würden wir uns untereinander verbinden, könnten das katastrophale Folgen haben. Es liegen zu viele letale Rezessive auf den Rhon-Genen.«

»Aber wenn das wahr ist«, sagte Taas, »warum wollt ihr dann ...«

Helda unterbrach ihn. »Mir einfällt das gerade, Taas. Wir haben unsere *Accounts* nicht abgemeldet, als wir eben in meinem Zimmer nach NetMail geschaut haben.«

Taas warf ihr einen Blick zu. »Doch, haben wir.«

»Nein, ich denke, wir haben vergessen. Wir nachsehen besser.«

Er zuckte mit den Schultern. »Na gut.«

Nachdem die beiden den Raum verlassen hatten, lächelte ich Rex matt an. »Subtilität war nie ihre Stärke.«

»Wir haben über Jahre im Psiberlink gearbeitet«, sagte er. »Es ist nur natürlich, dass sie Spannungen sofort spürt.«

»Rex, es tut mir Leid.« Ich stellte mich dicht neben ihn.

»Ich war wohl etwas anmaßend.« Seine Stimme klang tonlos, seine Gefühle genauso ausgeblendet wie ich aus seinen Gedanken verbannt. »Ich habe wohl nach einem Stand gestrebt, der für mich nicht angemessen ist.«

»Ich kann mir keinen Mann vorstellen, der würdiger wäre, mein Gemahl zu sein.«

Langsam konnte ich Ärger in seiner Stimme spüren, das Gefühl färbte langsam seinen Tonfall – wie Wasser, das durch einen Damm sickert. »Aber unsere Kinder werden nicht würdig sein, den Namen ›Skolia‹ zu tragen?«

Ich hatte alles nur noch schlimmer gemacht. »Natürlich sind sie dessen würdig. Wenn es nach mir ginge, würden sie in die Erbfolge gehören. Aber die Imperiale Familie *muss* aus Rhon bestehen. Wir haben keine andere Wahl.«

Seine Emotionen durchbrachen die Barriere und schwappten wie Wellen gegen mich: ein Gemisch aus Ärger und Scham. »Ich hätte nicht gedacht, dass du Genetik über Blutsbande stellen würdest.«

Der Raum war so still – gedämpft durch die isolierten Wände und den dicken Teppich. »Das Skolianische Imperialat umfasst mehr als eintausend Planeten. Wenn die Versammlung und die Rhon es nicht vor den Händlern beschützen – wer soll es denn dann tun? Die Verbandler? Ur Qox würde sie zum Frühstück verspeisen!

Wenn wir jemals die Möglichkeit oder den Willen verlieren, das Skol-Net aufrecht zu erhalten, werden uns die Händler auslöschen wie eine Kerze, über die man eine Glocke stülpt.«

»Nein, unsere Kinder werden nicht in der Lage sein, das Netz aufrecht zu halten«, sagte Rex. »Aber was zum Teufel hat das mit ihrer Fähigkeit zu tun, zu regieren?«

»Sie können der Versammlung beitreten.«

Seine Stimme klang gepresst. »Das ist nicht das Gleiche!«

»Wenn sie nicht den gleichen Zugang zum Psiber-Net haben wie ein Rhon, können sie nicht ihre Aufgabe als Mitglieder der Triade erfüllen.« Ich sprach jetzt viel leiser. »Unsere Kinder werden keine Rhon sein, aber sie werden Empathen sein. Sehr starke Empathen! Umso mehr Gründe gibt es, die Stärke der Rhon zu sichern.« Ich musste schlucken. »Wenn Skolia Ur Qox in die Hände fällt, werden du, ich, alle Kinder, die wir haben werden – alle werden Versorger werden. Für immer.«

Ein Muskel unter Rex' Auge zuckte. »Das wird nicht geschehen. Wir werden das nicht zulassen!«

»Nein. Wir werden das nicht zulassen.«

Er blockierte mich noch immer, aber nicht mehr so extrem wie zuvor. Ich wollte keinen Druck auf ihn ausüben. Ich wollte, das alles für ihn in Ordnung war, ich wollte, dass das hier auch an der Stelle funktionierte, wo meine beiden anderen Ehen gescheitert waren. »Rex. Es tut mir Leid.«

»Ich muss nachdenken.« Er streichelte meine Wange. »Wir sehen uns morgen.«

Und dann ging er.«

Kapitel 4

Luzifers Vermächtnis

Der atemberaubende Sonnenuntergang war schließlich der Dunkelheit gewichen, und damit der Kühle der Nacht; Athen und die Arkaden wurden jetzt nur noch von Lampen und Holos beleuchtet. Aber ich konnte immer noch nicht schlafen. Der Begriff ›Tag‹ auf Delos hatte mit meiner inneren Uhr nicht das Geringste zu tun.

Ich fragte mich, ob Rex im Bett war. Was würde er morgen zu mir sagen, in den frühen, noch dunklen Stunden, wenn die Menschen hier ihren Tag begannen. Nackt lag ich in meinem Bett, tauchte tief in die blauen Meerschaumkronen der seidenen Betttücher und Decken ein. Ich drehte mich. Nochmal. Und nochmal. Ich wälzte mich so lange hin und her, bis die Decken so eng um meine Beine gewickelt waren, dass ich mich kaum noch bewegen konnte. Ich schlug die Decken zurück und drehte mich erneut um, jetzt lag ich mit dem Gesicht unmittelbar vor der Konsole. Die Luft kühlte meine blanke Haut.

Ein münzgroßer Knopf auf der Konsole leuchtete blau auf. Ich drückte ihn. »Ja?«

»Soz.« Rex' Stimme drang aus dem Lautsprecher.

Meine Schultermuskeln entspannten sich. »Heya.«

»Hast du geschlafen?«

»Nein. Ich habe nur hier gelegen.«

»Erinnerst du dich noch an Jo Santis? Die Offizierin, mit der du dir ein Quartier geteilt hast, als du vor ein paar Jahren diese Umschulung gemacht hast?«

»Schwach.« Was hatte ihn dazu gebracht, mir *so eine* Frage zu stellen? »Warum?«

»Sie hat mir etwas über dich erzählt. Und darüber denke ich die ganze Zeit nach.«

Das gefiel mir gar nicht. Was zum Raumfahrerhelm hatte ich getan, dass eine Frau, die ich kaum kannte, Rex erzählt haben konnte – und das ihn nach all den Jahren noch zum Grübeln anregen mochte? »Was hat sie gesagt?«

»Sie hat mir erzählt, dass du nackt schläfst.« Ich konnte sein schalkhaftes Grinsen fast sehen. »Stimmt das?«

Ah! Ich streckte die Arme aus. »Vielleicht.« Beinahe hätte ich hinzugefügt *Warum kommst du nicht rüber und findest es selbst 'raus?* Aber aus irgendeinem Grund kamen mir die Worte nicht über die Lippen. Stattdessen sagte ich: »Früher, als ich ein kleines Mädchen war, habe ich das immer gemacht, wenn es heiß war.« Wir hatten nicht einmal Ventilatoren gehabt, um das Haus meines Vaters zu kühlen.

»Soz ...«

»Ja?«

»Mit diesem Nachfolge-Zeug kann ich umgehen. Es hat mich einfach nur überrascht.«

Ich atmete hörbar aus. »Ich hätte es dir sagen sollen. Das war sehr dumm von mir.«

»Du bist nie ›dumm‹.« Er lachte. »Manchmal ›extrem schwer von Begriff‹ – aber nie ›dumm‹.«

»Hey!« Ich musste lächeln. »Nicht vergessen: Ich bin immer noch deine Vorgesetzte!«

»Ich hätte lieber eine Ehefrau.«

»Ich auch.« Wenn er den Dienst quittiert hätte, würde ich noch die Einwilligung meiner Familie brauchen, bevor wir würden heiraten können. Aber sie würden ihn akzeptieren. Selbst ich konnte sehen, wie gut wir beide zusammenpassten.

»Du hättest auch lieber eine Ehefrau?«, fragte Rex.

Ich lachte wieder. »Nein. Dich. Ehemann.«

Seine Stimme wurde sanfter. »Wir sehen uns morgen, Soz.«

»Gute Nacht.«

Nachdem die Verbindung unterbrochen worden war, konnte ich immer noch nicht schlafen. Jetzt aber lag es daran, dass ich mich erinnerte, wie eng seine Hosen gesessen hatten. Jetzt würde ich ganz bestimmt nicht mehr zur Ruhe kommen. Schließlich stand ich auf und schaltete die Lampe über dem Bett ein. Gedämpftes Licht strahlte aus dem blauen Glas.

Das Buch, das mir Tiller gegeben hatte, lag auf dem Nachttisch neben der Konsole. Ich schlug die Titelseite auf. *Verses on a Windowpane*. Eine Federzeichnung unter dem Buchtitel zeigte ein Fenster, das von Schnee und Eis überzogen war. Ein Schatten war undeutlich durch die Scheibe erkennbar, etwas oder jemand, der durch die zugefrorene Scheibe gerade wahrnehmbar war. Dieser Unbekannte malte auf dem Eis, Fingerspitzen zeichneten sich auf der Fensterscheibe ab.

Als ich in dem Buch blätterte, fiel ein Lesezeichen heraus – ein Kontrollabschnitt aus den Arkaden. Er lag an einer Stelle, an der auf der einen Seite ein Gedicht war, auf der anderen eine weitere Zeichnung des bereiften Fensters. Was immer sich auf der anderen Seite der Scheibe befunden hatte, nun war es fort. Die Scheibe war geborsten, die aufragenden Glassplitter glänzten vereist an den Kanten. Das Gedicht war in englischer Sprache verfasst, doch mein Knoten übersetzte es:

Ein Rahmen aus Stein.
Versilbertes Glas
überfroren mit eisigen Tränen.

Meine Faust schließt sich
um den Spiegel;
Fleisch umklammert Eis.
Klares Bersten
zerbrechender Tränen.
Nun sehe ich dich
hinter mir stehen:
stets beobachtest du,
stets wartest du,
niemals bist du zufrieden.

Ich umhülle mein Herz,
seine schutzlose Sanftheit
vom Eise bewacht.

»Oh verflixt.« Ich schloss das Buch. »Was für ein Gedicht ist das denn?« Ich ließ das Buch auf die Konsole fallen und legte mich wieder hin. Was machte Rex jetzt wohl gerade? Ob er schlief? Hatte er etwas an, wenn er schlief? Die fremdartige Bildersprache des Gedichtes vermischte sich in meinen Gedanken mit deutlich reizvolleren Bildern von Rex ohne Uniform.

Schließlich stand ich auf und zog mich an. Dann brach ich zu einem Spaziergang auf. Ich brauchte jetzt entweder so etwas oder eine kalte Dusche.

Statt den Menschenmassen unter den Arkaden waren nur noch vereinzelte Spaziergänger unterwegs. Ich durchquerte ein Viertel im Süden von Athen, dann beschleunigte ich meinen Schritt und trabte einen Pfad entlang, der durch die Stoppelfelder führte, die den Raumhafen von Delos umgaben. Als ich am ersten Terminal angekommen war, betrat ich die obere Etage, auf der sich die Ankunfts- und Abflugssteige befanden. Dieser Ort strahlte die besondere Nachtatmosphäre aus, die nur Raumhäfen besitzen – mit ihrer kalten Beleuchtung, die niemals erlischt, und den großen Hallen aus Chrom und Glas. Ich schritt durch die künstlich beleuchteten Korridore wie ein Schlägertyp – in schwarzen Stiefeln.

Schließlich kam ich zu einem der allgegenwärtigen Sicherheits-Checkpoints, einem schlichten, etwa zwei Meter hohen Bogen. Im Gegensatz zu seinen einfacheren Vorgängermodellen, die es vor Beginn des interstellaren Zeitalters gegeben hatte, machte dieser Bogen Aufzeichnungen der verschiedensten Art von jeder Person, die darunter hindurchging – von Kernresonanz-Scans bis zur vollständigen Analyse der Skelettstruktur der betreffenden Person. Die angeschlossenen Computer analysierten diese Daten, und ebenso das Verhalten der Reisenden, die den Bogen passierten.

Dort standen zwei Wachen, ein Mann und eine Frau, die eine Schlange gelangweilter Leute kontrollierten. Ich schloss mich dieser Schlange an, einfach nur, weil man von dort irgendwo anders hinkam. Alles war besser, als jetzt zum Hotel zurückzugehen, wo ich nichts Besseres zu tun finden konnte, als sonderbare Gedichte über ›schutzlose Herzen‹ zu lesen – was immer das bedeuten sollte.

Während die Schlange sich langsam vorwärts bewegte, stellten sich weitere Personen hinter mir an, die meisten sahen aus, als seien sie bereits im Halbschlaf. Als ich an die Reihe kam, ging ich unter dem Bogen hindurch und erweckte auf diese Weise die Steuerkonsole schlagartig zum Leben: Lichter blitzten auf und Alarmsirenen ertönten laut genug, um alle Leute in dem gesamten Raumhafenbereich aufzuwecken.

Die Wachen traten mir in den Weg. Die Frau schaute auf die Rangabzeichen auf meiner Jacke und sprach mich dann auf Englisch an. »Es tut mir Leid, Primärin. Aber wir dürfen sie nicht passieren lassen, solange wir nicht wissen, was den Alarm ausgelöst hat.«

Ich nickte. Obwohl es nach Skolianischem Gesetz allen Jagernauts gestattet war, in öffentlich zugänglichen Bereichen von Raumhäfen Waffen auch ohne ausdrückliche Genehmigung zu tragen, galt das nicht auch für die Gesetzgebung der Verbandler. Also schlossen wir einen Kompromiss: Die Wachen durften meine Waffen in Verwahrung nehmen, bis ich das Raumhafengebiet wieder verließ.

Ich zog das Springmesser aus meinem Stiefel hervor. Als ich mich, das Messer in der Hand, wieder aufrichtete, zogen beide Wachen ihre Brenn-Laser. Ich streckte der Frau die Waffe entgegen, sodass der Griff in ihre Richtung wies. Sie blinzelte, dann steckte sie ihren Laser zurück in den Halfter und nahm das Messer an sich. Als nächstes gab ich ihr die Dornen-Röhre, die ich im Ärmel meiner Jacke versteckt hatte, und den winzigen Pfeilwerfer, den ich unter dem Gürtel trug. Sie drehte die Waffen in ihren Händen, als wisse sie nicht genau, was sie damit nun tun solle.

»Sind das alle?«, fragte sie dann.

»Ja«, erwiderte ich.

Der Mann deutete auf die Metallbeschläge an meiner Jacke. »Die hier werden immer noch den Alarm auslösen.«

Ich zog die Jacke aus und reichte sie ihm. Darunter trug ich Dienstbekleidung Klasse Sechs, Oberkörper, Typ 3; mit anderen Worten, einen einfachen schwarzen Pullover. Doch als der Mann auf meine Hose blickte, an der ebenfalls Metallbeschläge waren, sagte ich: »Die ich nicht ausziehen.«

Er wurde rot. »Ich wollte nicht … natürlich nicht.«

Ich tippte mir an den Oberkörper, dann an den Kopf, dann an die Oberschenkel. »Da ist Biomechanik drin.«

Er stieß hörbar den Atem aus. »Na gut, wir versuchen's noch einmal und werden dann ja sehen, was passiert.«

Ich ging außen an dem Bogen vorbei und dann erneut darunter hindurch. Der Alarm war genau so laut wie zuvor. Die Wachen waren sehr höflich, als sie mich nach weiteren Waffen scannten. Sie waren sehr höflich, als sie mich drei weitere Male durch diesen Bogen schickten und mich drei weitere Male scannten, um sicherzustellen, dass es tatsächlich die Metallteile meiner Uniform und das Biomechanik-Netz in meinem Körper waren, die den Alarm auslösten. In der Zwischenzeit wurde die Schlange hinter mir immer länger.

Schließlich sagte die Frau: »Sie ist sauber.«

Der Mann nickte. »In Ordnung. Sie dürfen passieren, Primärin.«

Irgendjemand in der Schlange applaudierte. Ich lachte auf – und die Hälfte der Wartenden zuckte zusammen. Die mussten zu viele ›Jagernaut-läuft-Amok‹-Filme gesehen haben.

Als ich den Checkpoint hinter mir gelassen hatte, wusste ich überhaupt nicht, wo ich hingehen sollte. Also ging ich einfach weiter. Schließlich blieb ich vor einem fast menschenleeren Flugsteig stehen. Ich stellte mich vor die Tür und betrachtete mein Spiegelbild in der Glasscheibe, aus der die obere Hälfte der Tür bestand.

»Willst du den Dienst quittieren?«, fragte ich die Frau, die mich anstarrte. Vielleicht war die Zeit gekommen, loszulassen, zur Ruhe zu kommen, mir die Zeit zu geben, die ich brauchte, um endlich all diese unterdrückten Erinnerungen loszuwerden.

In meiner Nähe hörte ich leise Schritte. Eine Kinderstimme sprach mich auf Englisch an: »Hast du ein Motorrad?«

Ich blickte auf ein vielleicht fünfjähriges Mädchen hinab, das mich aus großen Augen anschaute. Ich lächelte und beschloss, mein Englisch auszuprobieren. »Was ist ›Motteratt‹?«

Sie lächelte zurück. »Das ist ein großes Fahrrad.«

»Oh.« Was ein ›Farratt‹ war, wusste ich auch nicht. »Hast du Motteratt?«

Sie schüttelte den Kopf. »Nur ein Dreirad. Ein rotes. Aber ich hatte ein Loch im Reifen.«

Reifen? Die Kleine sprach von einem *Rad*. Natürlich! »Tut mir Lied mit dem Loch.«

»Is' okay«, sagte sie. »Mein Papi hat das repariert. Der Reifen war ganz leer, und jetzt hat er ihn wieder vollgemacht.«

Irgendetwas von dem, was das Mädchen sagte, war wichtig, aber ich kam nicht darauf, was es war. Dann merkte ich, dass ein Mann durch die Halle auf uns zueilte. Er sprach schnell auf das Mädchen ein. »Kimberly, du darfst nicht die Soldatin belästigen.«

Ich lächelte. »Ist okay. Ich Spaß haben.«

Er starrte mich an, und ich fing kurz seine Gedanken auf: Überraschung darüber, dass ich wie ein normaler Mensch reagiert hatte.

Kimberly winkte mir zu. »Tschüß!«

»Tschüß!«, sagte ich.

Als das Mädchen mit ihrem Vater weiterging, wurde mir plötzlich klar, was an ihren Worten so wichtig geworden war. *Der war ganz leer, und jetzt hat er ihn wieder vollgemacht.* Das war es, was mir an dem Aristo einfach ›falsch‹ vorgekommen war. Er war nicht ›leer‹ gewesen. Er brauchte niemanden, der ihn ›auffüllte‹. Dieser Hohlraum, diese furchtbare Leere, *war einfach nicht da.*

Nach meinen Erlebnissen mit Tarque wusste ich nur allzu gut, wie sich der Verstand eines Aristo anfühlte. Er war eine leere Hülle. Aber dieser Aristo in der Bar war keine leere Hülle gewesen. Es war nicht so, als ob an ihm etwas *falsch* gewesen wäre – an ihm war etwas *richtig* gewesen.

»Das war kein Aristo«, erklärte ich dem leeren Korridor. »Mir ist egal, wie er aussieht, wie er redet oder wie er sich bewegt. Das war kein Aristo.«

Doch das machte den ganzen Zwischenfall nur noch merkwürdiger. Seine Wachen, die Gäste in der Bar, selbst die Leute aus meiner eigenen Staffel hatten ihn für einen Highton gehalten. Nur ein vollausgebildeter Psibernaut, der auch schon einmal als Versorger gearbeitet hatte, konnte merken, dass er ein Hochstapler war.

Wie hatte er das geschafft? Soviel ich wusste, wurden in dem strengen Kastensystem der Händler keine Ausnahmen gemacht. Bei Aristo-Babys wurde die DNA getestet, um sicherzustellen, dass es wirklich von Aristo-Eltern abstammte. Sein Erbgut musste gründlich überprüft worden sein, bevor die Hightons ihn als einen der ihren angesehen hatten. Diese Untersuchungen wurden in Eubianischen Krankenhäusern durchgeführt, von denen es hieß, sie seien unbestechlich, obwohl ich meine Zweifel hatte, dass es eine Gesellschaft gab, in der nicht ein einziges Mitglied einer Gruppe in Versuchung geführt werden konnte. Aber selbst wenn es ein Highton versucht hätte, wäre es nicht allzu glaubhaft, dass er drei unabhängige Beglaubigungen hätte erkaufen können.

Doch warum sollte sich jemand diese Mühe machen? Diese ganzen Prüfungen wurden durchgeführt, weil alle Aristos über dieses Thema gleich dachten: Sie wollten nicht, dass ihre Blutlinie durch Nicht-Aristos befleckt wurde. Mehr als jedes andere menschliche Volk handelten sie mehr wie ein Kollektiv, weniger wie Individuen.

Nichts davon ergab Sinn. Hier ging etwas Seltsames vor, und wenn die Händler etwas damit zu tun hatten, gefielen mir ›seltsame Vorgänge‹ überhaupt nicht. Es wurde Zeit herauszufinden, warum sie nach Delos gekommen waren.

Ich ging zurück zum Sicherheits-Checkpoint, ließ mir meine Waffen aushändigen und verließ dann den Raumhafen. Ich kehrte zum Hotel zurück, doch nur, um meinen Zerleger zu holen. Er passte zwar in den schwarzen Holster an meiner Hüfte, doch damit er sicherer saß, befestigte ich ihn mit einem zusätzlichen Haltegurt auch noch an meinem Oberschenkel. Ein Zerleger muss ziemlich groß sein – schließlich befindet sich in seinem Inneren ein Teilchenbeschleuniger. Doch trotz ihrer Größe waren Zerleger außerordentlich leicht – sie wurden aus Verbundmaterialien gegossen, die sie leichter machten als manche kleinere Waffe, die aus weniger teuren Legierungen hergestellt wurde.

Mein Zerleger wurde mit Abitonen betrieben, den Antiteilchen der Bitone. Diese Bitone sind winzige, subatomare Materiebausteine, die im einundzwanzigsten Jahrhundert entdeckt wurden. Kurz nach ihrer Entdeckung gerne scherzhaft ›Schwächlone‹ genannt, sind Bitone die am schwächsten miteinander interagierenden Teilchen, die mit dem elektromagnetischen Feld koppeln – zumindest nach dem derzeitigen Kenntnisstand. Ihre Tendenz zur Paarerzeugung ist extrem gering, und ebenso wie Quarks treten sie nur äußerst selten isoliert auf. Elektronen sind aus Bitonen aufgebaut – aus Hunderttausenden von Bitonen.

Wenn man den Feuerknopf eines Zerlegers drückt, treten Abitonen in den Beschleuniger ein und werden in einer immer breiter werdenden Spirale umhergepeitscht, bis sie schließlich in Form eines Strahls austreten. Abitonen und Bitonen heben einander auf, und bei der Reaktion von Materie und Antimaterie entstehen bekanntlich Photonen – das bedeutet, durch den Strahl eines Zerlegers werden Elektronen in Licht verwandelt. Selbst wenn der Zerleger-Strahl nur ein Bruchteil der Bitone eines Elektrons auf diese Weise vernichtet, werden die Überreste des betroffenen Elektrons so instabil, dass es in andere, subatomare Teilchen zerfällt.

Die Kollisionswahrscheinlichkeit von Abitonen und Bitonen ist klein genug, als dass ein Zerleger-Strahl eine kurze Strecke durch die Luft zurücklegen kann. Bei Festkörpern hingegen sieht das ganz anders aus. Wenn ein Zerleger-Strahl sich in Materie mit höherer Dichte als Luft hineinfrisst, lassen Coulomb-Abstoßung und die Instabilität der verstümmelten Elektronen die Materie schlicht explodieren. Die Waffe hatte auch ihren Namen daher bekommen, wie Feststoffe aussahen, nachdem sie davon getroffen worden waren.

Ich hatte nicht vor, auf den Aristo zu schießen. Egal, was die Leute hier zu denken schienen: Jagernauts sind nicht von Natur aus gewalttätig. Außerdem: Einen Aristo zu töten, auch wenn er nur ein Hochstapler sein mochte, würde lediglich die ohnehin wackligen Waffenstillstandsverhandlungen gefährden, die wir gelegentlich mit den Händlern aufzunehmen versuchten. Ich war auf der Suche nach Informationen, und der Zerleger würde ein exzellentes Druckmittel darstellen, ihn zu überzeugen, sie mir auch zu geben.

Natürlich konnte er, wenn ich erst einmal gegangen war, die Polizei rufen. Aber auch bei den Verbandlern waren Aristos nicht allzu beliebt. Ich setzte darauf, dass, wenn ich ihm nur ein paar Fragen stellte, die Polizei auf diesen Zwischenfall gar nicht weiter eingehen würde.

Ich brach wieder in die Stadt auf, dieses Mal in die Hügel von Athen, die ungefähr zehn Kilometer nördlich der Arkaden lagen. Die Gebäude in dieser Gegend waren Villen, die durch Parks voneinander getrennt waren – und diese Parks nahmen zusammen mehr Platz ein als der Raumhafen. Es war sehr viel wahrscheinlicher, dass ein Aristo eine dieser Villen gemietet hatte, als sich eine Suite in einem Hotel zu nehmen. Das Problem war nur, die richtige Villa zu finden.

Lampen erhellten die meisten Anwesen und beleuchteten die Straßen mit perlmuttartigem Licht. Die Häuser waren wie Schiffe geformt und aus grünen Steinen erbaut, die von einigen Farbakzenten durchzogen waren wie eine schaumige See. Der lichtdurchlässige Stein, der für die Dächer verwendet worden war, ließ an Himmel und Wolken denken, und auch an die filigranen Blätter blassgrüner Seeseide, die von der Brandung im Hafen hin und her getrieben wurde. Die ›Masten‹ dieser steinernen Schiffe bestanden aus goldenen Metallspitzen, jede davon geschmückt mit metallenen Scheiben, die platinfarben, silbern, grün, blau, weiß, ganz blass rosé und in allen Blautönen des Ozeans schimmerten, und alle erklangen gemeinsam in der schwachen Abendbrise.

Selbst die Nervoplex-Straßen waren schön: Lagen sie still, wie jetzt, da kein Schwebewagen-Verkehr unterwegs war, wirkten sie silbern und glatt; sobald ich den Boden betrat, schimmerten und kräuselten sie sich wie eine Flüssigkeit. Und trotzdem mochte ich dieses Zeug immer noch nicht. Ich fühlte mich dann so verwundbar.

Ich betrat einen der Parks und folgte einem Pfad, der sich durch die niedrigen Hügel wand. Ich wurde langsam schon müde. Die dünnere Atmosphäre dieses Planeten gab mir das Gefühl, ich sei in einem hohen Gebirge gejoggt. Auf einer Wiese voller duftiger Kleeblüten hielt ich an, und meine Brust hob und senkte sich rhythmisch, während ich nach Luft schnappte. Zwischen den Kleeblüten wuchsen eng gedrängt andere Blumen – und wenn der Wind über diese Wiese strich, *sangen* diese Blumen.

Ich kniete mich hin und betrachtete die Blüten dieser Pflanzen genauer. Jede einzelne bestand aus einer Vielzahl blass-purpurner Röhren, die einen Ton von sich gaben, wenn der Wind darüber strich; welcher Ton sich ergab, hing von Größe und Form der jeweiligen Röhre ab. Alles zusammen ergab eine sanfte Flötenmusik, die die Nacht erfüllte. Sie erinnerte mich an die Lieder, die mein Bruder Kelric früher auf seiner Rohrflöte gespielt hatte; er hatte dieses Instrument geliebt, als er ein kleiner Junge gewesen war. Das Wort ›klein‹ in Bezug auf Kelric brachte mich zum Schmunzeln: Er war zu einem geradezu riesenhaften Mann herangewachsen, der die ganze Flöte problemlos in seiner Handfläche verbergen konnte. Doch oft musste ich an ihn als Siebenjährigen denken – an den Tag, als wir vor dem Sturm in diese Höhle geflüchtet waren.

Ich musste schlucken. Jetzt sentimental zu werden, würde mir bestimmt auch nicht helfen, den Aristo zu finden, und genauso wenig würde es mir helfen, über Wiesen zu wandern oder mich wie ein Einbrecher in den Straßen herumzudrücken. Ich verließ die Wiese wieder und ging weiter den Pfad entlang. Während ich dahinschlenderte, ließ ich meinen Verstand in einen Zustand der Meditation gleiten. Die Szenerie machte es mir einfach, mich zu entspannen, und damit auch einfach, meine Gedanken in alle Richtungen auszustrecken. Ohne ein Psi-Fon, das meine Gedanken verstärkte, konnte ich wenig ausrichten, aber wenn ein hinreichend starker Psioniker in der Nähe war, konnte ich ja vielleicht eine Spur aufschnappen …

Schmerzen!

Sein Gesicht war genau über mir, seine Augen wie rostige Splitter, die sich von einem Verbrennungsofen ablösten. Dann das Eisen mit der rot glühenden Spitze … ich wandte meinen Kopf ab …

Mein Körper bäumte sich auf, als meine Haut versengt wurde, und der Geruch verbrannten Fleisches vermischte sich mit dem verschmorenden Nervoplex. Ich hörte Schreie, die raue Stimme eines Jugendlichen, der um Gnade bettelte, immer weiter bettelte – meine Stimme? Ich strengte mich an, den Schmerz nicht bewusst wahrzunehmen. Stattdessen stellte ich mir mich zu Hause auf Tams vor: Ein junger Mann, der im Ivory Garden *saß, entspannt, gemütlich, glücklich – NEIN! Meine Arme zuckten über meinen Kopf, versuchten, sich loszureißen und das Eisen von mir zu stoßen. Doch je mehr ich an den Fesseln riss, um so enger zogen sich die Nervoplex-Stränge um meine Handgelenke zusammen. Wieder kam er auf mich zu, und ich stürzte in dieses Loch in seinem Verstand, stürzte und stürzte …*

Irgendetwas Hartes prallte gegen meinen Körper. Ich lag auf dem Bauch, und ein Felsbrocken drückte gegen meine Wange. Mein Arm lag vor meinem Gesicht, der goldene Streifen am Ärmel meiner Jacke reflektierte das schwache Licht einer Lampe in der Ferne.

Der Pfad. Ich lag auf einem Pfad im Park. Ich setzte mich auf und zwang meinen Körper dazu, nicht weiter zu zittern. Ja, ich war in diesem Park. Hier. Und ich war Soz. Soz. Nicht dieser junge Mann da drüben, der gefesselt war und aus Leibeskräften schrie. Aber wo war ›*da drüben*‹? Und wessen Aristo-Gesicht hatte ich genau vor mir gesehen? Wenn ich mich zu erinnern versuchte, sah ich nur Tarque, aber der konnte es unmöglich sein.

Ich atmete tief ein. Ich hatte den Aristo gefunden – oder zumindest einen seiner Versorger.

Erinnerung wiederherstellen, dachte ich.

Erinnerungsdatei degradiert, meldete mein Spinal-Knoten.

Das kam nicht überraschend. Das menschliche Gehirn war nicht in der Lage, perfekte, vollständige Aufzeichnungen anzufertigen, selbst nicht mit Hilfe so fortgeschrittener Prozessoren wie meinem Spinal-Knoten, den ich erst vor wenigen Monaten hatte aufrüsten lassen. Aber bei einem derart heftigen Ereignis wie dem gerade erlebten sollte immer noch eine hinreichend detaillierte Aufzeichnung erfolgt sein.

Das vorliegende abspielen, dachte ich. *Filtern.*

Wiedergabe aktiviert.

Ich sah wieder das Gesicht des Aristo vor mir, spürte wieder, wie das Eisen meine Haut versengte. Doch durch den Filter wurde die ganze Erinnerung etwas diffuser, sodass ihre Intensität gerade noch erträglich war.

Standbild, dachte ich.

Die Erinnerung blieb stehen, sodass das Gesicht des Aristo deutlich erkennbar wurde. Es war nicht Tarque, aber es war auch nicht der ›falsche‹ Highton aus der Bar. Es war einer seiner Leibwächter – der hoch gewachsene, dessen Augen und dessen Haar gezeigt hatte, dass auch in ihm Aristo-Blut floss. War er das Kind eines Aristo und eines Dieners? Ich schätzte, dass er zumindest zur Hälfte ein Aristo war, wahrscheinlich sogar mehr. Auf jeden Fall war er genug ›Aristo‹, um einen Versorger zu wollen.

Abbrechen, dachte ich. Die Erinnerung verblasste.

Ich schloss die Augen und versuchte, erneut den Versorger zu erreichen. Er war der einzige Anhaltspunkt, den ich hatte, um das Haus dieses Aristos zu finden. Aber ich brachte es nicht fertig. Ich konnte mich nicht noch einmal dazu bringen, wieder in seinen Verstand einzudringen.

Schließlich kam ich wieder auf die Beine und ging weiter den Pfad entlang. Währenddessen beruhigte sich mein Puls, und auch mein Atem ging wieder weniger stoßweise. Ich rief das Status-Menü auf, dem ich dann entnehmen konnte, dass mein Adrenalinspiegel wieder fast auf den Normalwert gesunken war.

Nach einigen Minuten versuchte ich erneut, mein Denken und Fühlen auszustrecken. Dieses Mal suchte ich ganz vorsichtig, ich war vorbereitet – da! Ich zuckte vor dem Verstand des Versorgers zurück, aber nicht so heftig, dass ich den Kontakt wieder verlor, nur gerade so, dass ich nicht wieder völlig in seinen Verstand eintauchte.

Dann, ganz vorsichtig, sondierte ich den Leibwächter mit den rostroten Augen. Normalerweise hätte ich ihn auf eine solche Entfernung gar nicht erreichen können. Aber seine Verbindung zu dem Versorger wirkte für mich wie eine Brücke. Ich klammerte mich an den Rand seiner Hirnaktivitäten, so wie ein Schwimmer sich an einer Strebe festhält, um nicht in einen Strudel gezogen zu werden. Ein Schrei des Versorgers drang mir ins Bewusstsein, und der Leibwächter stöhnte wie ein Liebender, der gerade einen Orgasmus erlebt.

Ich war mir undeutlich des Parks um mich herum bewusst, eines Baumes, an dem ich stehen geblieben war und mich gegen den Stamm gelehnt hatte. Wie konnte ich diesen Leibwächter dazu bringen aufzuhören? Die Chemie seines Hirns konnte ich nicht ändern. Aber *irgendetwas* musste ich doch tun!

Langweilig! Ich schoss diesen Gedanken mit aller mir zur Verfügung stehender Kraft ab. *Langweilig! Dieser Versorger ist unglaublich, unangenehm, unerträglich LANGWEILIG geworden!*

Lethargie senkte sich über den Leibwächter, sein Interesse flaute ab, und damit auch meine Verbindung zu ihm. Ich verlor das Bild. Die Echos der Schmerzen des Versorgers hörten auf, und Erleichterung durchflutete ihn, mit einer solchen Intensität, dass ich nicht nur den Leibwächter wieder sah, sondern auch den Raum, in dem sich der Junge befand. Ein weiterer Versorger war dort, ein Mädchen, das mit einem Körpernetz an einen Diwan gefesselt war.

Als die Intensität der Reaktionen des Versorgers, mit dem ich in Kontakt stand, nachließ und er vor Erschöpfung fast ohnmächtig wurde, brach unsere Verbindung fast ganz ab. *Wo?*, fragte ich auf Eubianisch. *Wo bist du?*

Aber er stand kurz davor, ohnmächtig zu werden; bald würde ich ihn gar nicht mehr spüren können. Der Leibwächter hatte den Raum verlassen – Moment! Der zweite Versorger, das Mädchen – der Leibwächter musste sie befreit haben, bevor er gegangen war. Sie lief zu dem Jungen hinüber, und die Heftigkeit ihrer Besorgnis bot mir eine neue Verbindung.

Sofort klinkte ich mich in ihren Verstand ein. *Wo seid ihr? WO?*

Das Mädchen löste jetzt die Fesseln des Jungen, sie weinte und hielt ihn und wiegte ihn in ihren Armen. Als er ganz in sich zusammensank, wurde meine Verbindung zu den beiden wieder schwächer. Kurz bevor sie ganz abbrach, sah ich undeutlich das Bild einer Villa, die wie eine riesige Galeone geformt war. Ich wusste nicht, ob einer der beiden Versorger versucht hatte, mir dieses Bild zu senden; es fühlte sich eher an, als würden die Gedanken des aufgeregten Mädchen ›überlaufen‹. Aber warum auch immer ich diesen Gedanken erhalten hatte, ich hatte jetzt durch ihre nebelhaften Erinnerungen an das Haus einen Hinweis erhalten.

Nach einer Stunde Suchens hatte ich das Haus immer noch nicht gefunden. Schließlich beschloss ich, zum Hotel zurückzukehren. Ich konnte auch Morgen damit weitermachen. Wenn ich es richtig in Erinnerung hatte, musste ich in der Nähe einer Straße sein, die aus den Hügeln herausführte. Ich umrundete einen eleganten Springbrunnen, aus dem Düfte statt Wasser sprudelten, und trat dann auf eine Wiese voller Rosenglocken. Jenseits dieser Wiese glitzerte eine Straße im silbrigen Licht der Laternen.

Auf der anderen Seite dieser Straße lag das Anwesen, das ich gesucht hatte.

Das Haus schien in seinem Garten wie ein Schiff zu treiben: Es war von Büschen umgeben, die so geschnitten waren, dass sie wie Wellen wirkten, weiße Blüten auf den oberen Astspitzen erinnerten an Gischt. In den Masten leuchteten phosphoreszierende Maserungen, und die aufgerollten Segel sahen auf diese Entfernung aus, als seien sie aus purem Gold. Die Scheiben an den Masten schlugen sanft gegeneinander, und ihre Laute vermischte sich zu dem Klang von Wasser und Wind.

Ein schwaches Licht umspielte das Haus und einen Teil des Gartens – die Farben des Regenbogens, fast wie Aurora borealis. Ich kannte diese Farben: Ich hatte sie oft genug bei den Mitgliedern der Triade gesehen – meiner Tante, meinem Halbbruder und meinem Vater. Gemäß einer Anweisung der Versammlung wurden die Mitglieder der Triade, wenn sie denn in die Öffentlichkeit gingen, immer von diesen Farben begleitet. Diese Farben waren das Einzige, woran man erkennen konnte, dass eine Cybersperre eingeschaltet worden war – ein Hirnimplantat, das von einem externen Schlüssel aktiviert oder deaktiviert werden konnte. Wenn dieses Implantat aktiviert war, wurde ein Energiefeld aufgebaut, das auf die Hirnstrommuster des Besitzers eingestellt war. Ich besaß selbst eine solche Cybersperre, aber ich benutzte sie nur selten. Wer oder was auch immer in dieses dann aufgebaute Feld eindrang, löste die Sperre aus: Auf niedrigste Stufe eingestellt, wurde nur ein Alarm ausgelöst, auf mittlerer Stufe verhinderte die Sperre, dass das Feld durchdrungen wurde, auf hoher Stufe tötete sie den Eindringling augenblicklich.

War die Sperre hier auf den Highton eingestellt? Das würde bedeuten, dass er sich einer Hirnoperation unterzogen hatte, um das entsprechende Implantat einbauen zu lassen – eine äußerst zermürbende Prozedur, der sich nur wenige Leute freiwillig unterzogen. Dass ein derart junger Aristo so gründlich geschützt wurde, war ebenso verstörend wie alles andere an ihm.

Vögel durchquerten die regenbogenfarbenen Schimmer, also musste das Feld jetzt auf niedrigster Stufe eingestellt sein, um vor Eindringlingen zu warnen. Doch es umgab dennoch das gesamte Haus, sodass es keine Öffnung gab, durch die man hätte hindurchschlüpfen können.

Auf Kampf-Modus umschalten, dachte ich.

Umgeschaltet, antwortete mein Spinal-Knoten.

Ich betrachtete die Villa und versuchte, den besten Zugang zu finden. Wenn ich auf Kampf-Modus umgeschaltet war, arbeitete mein Körper mit biotechnischen Mechaniken, die in mein Skelett eingebaut worden waren – dazu gehörten auch eigenständig aktive Motoren, die ebenfalls an mein inneres Glasfasernetz angeschlossen waren. Meine Reaktionszeit war nur durch die Zeit beschränkt, die die Mechaniken brauchten, um meine Gliedmaßen zu bewegen – und das war schnell, viel schneller, als sich ein natürlicher Muskel kontrahieren konnte. Trotzdem arbeitete ich nur selten in diesem Modus; trotz aller mechanischer Verstärkungen in meinen Knochen und Gelenken beanspruchte dieses System mein Skelett immens.

Ich kämpfte dann nur nach Reflex, griff automatisch auf die riesige Datenbank der Kampfmanöver zu, die in meinem Spinal-Knoten gespeichert war. Auf diese Weise wurde meine Reaktionszeit sogar noch kürzer, als wenn mein Gehirn eigenständig Befehle hätten geben müssen. Natürlich reichten vorprogrammierte Reaktionen nicht immer aus, vor allem gegen etwas Unerwartetes. Und hier in diesem Park würden mir schnelle Reaktionen alleine auch nicht weiterhelfen. Wie also sollte ich in diese Villa hineinkommen?

Dann hatte ich eine Idee. Ich lächelte. Nein, das konnte ich nun doch nicht machen. Wirklich nicht.

»Na ja, warum eigentlich nicht?«, fragte ich mich selbst.

Die Rosenglocken klingelten leise, als ich zwischen ihnen hindurchwatete. Als ich die Straße überquerte, bewegte sich das Nervoplex unter meinen Füßen. Auf der anderen Seite ging ich einfach durch den Cybersperren-Regenbogen hindurch, genau auf dem Pfad, der zur Vordertür führte.

Dann klopfte ich an.

Sofort öffnete sich die Tür, vor mir standen zwei Wachen mit Laser-Karabinern. Ihre Verwirrung blies mir wie ein Windstoß entgegen: War seine Lordschaft etwa verrückt genug gewesen, mich hierhin einzuladen? War ich etwa verrückt genug gewesen, dieser Einladung gefolgt zu sein?

»Ich grüße Sie«, sagte ich – und ließ mein Bein hochschießen, sodass ich der einen Wache den Karabiner aus der Hand trat, während ich die andere mit einer Armbewegung zu Boden schleuderte.

Keiner der beiden hatte eine Chance, Verstärkung herbeizurufen, bevor ich sie niederschlug. Doch als ich in die Villa hineinstürmte, tauchten acht weitere Wachen auf; sie liefen die Treppe hinunter in die Eingangshalle oder kamen aus Bogengängen zu beiden Seiten. Was war denn hier los? Hightons reisten immer mit Leibwächtern, doch sie hatten normalerweise nur vier Mann dabei. Ich hatte nur mit den fünf gerechnet, die ich auch in der Bar gesehen hatte.

Als ich mich auf die Wachen konzentrierte, hörte mein Verstand auf, gleichzeitig mehrere Dinge zu durchdenken; stattdessen schaltete er auf Hochleistung um und veränderte meine Wahrnehmung so, dass sich alle außer mir in Zeitlupe zu bewegen schienen. Die Wachen reagierten, als befänden sie sich unter Wasser; mir war es, als bewegten sie sich kaum, während ich meinen Zerleger auf sie richtete.

Verbindung zur Waffe aufgebaut, meldete mein Spinal-

Knoten. Ein Fadenkreuz überlagerte meine Ansicht der Eingangshalle, und Statusberichte blitzten in einer Ecke meines Mental-Displays auf:

Treibstoff: Abiton
Restenergie: 1.9 eV
Ladung: 5.95 x 10-25 C
Maximalradius: 0.05 M

Ich ließ den Zerleger-Strahl vor den Wachen über den Boden streichen. Während er die Luft durchschnitt, waren nur orangefarbene Funken zu sehen, doch als er den Boden berührte, explodierte das polierte Parkett. Trümmer stoben in alle Richtungen, teilweise regneten sie in die Rinne zurück, die ich da gerade aushob. Staub umwirbelte uns. Ich bezweifelte, dass der Besitzer dieser Villa sie jemals wieder an diesen Aristo vermieten würde. Dessen Gäste wussten sich wirklich nicht zu benehmen.

Die Wachen schlitterten bis an den Rand der Rinne, sie fuchtelten in Zeitlupe mit den Armen, um sich vor den umherfliegenden Trümmern zu schützen. Aber das würde die Männer nicht lange aufhalten, und es waren zu viele, als dass ich sie alle hätte ausschalten können – nicht einmal mit meinen biomechanisch verbesserten Reflexen. Entweder musste ich auf die drastische Maßnahme zurückgreifen, sie zu erschießen, oder ich musste mir eine andere Möglichkeit ausdenken, an diesen Highton heranzukommen.

Ich rannte durch die Vordertür hinaus in den Garten. Ein Schuss eines Laser-Karabiners sauste so nah an meinem Ohr vorbei, dass ich hörte, wie eine versengte Haarsträhne knisterte. Jemand stieß einen Fluch aus und rief, er brauche mich so, dass ich noch reden könne, nicht knusprig gebraten, oder etwas in der Art.

Ich lief auf einen der Türme am südlichen Teil des Anwesens zu. Das musste das Sicherheitszentrum sein – Händler veränderten nur selten ihre Routinen. Das Konzept der Innovation begriffen sie nicht, stattdessen verließen sie sich immer allein auf ihre Stärke. Für uns war jedoch sehr bedauerlich, dass sie mit ihrer Stärke allein sehr weit kamen, egal wie sehr sie Einfallsreichtum vermissen ließen.

In Sekunden hatte ich den Turm erreicht und zerstörte das Türschloss. Eine weitere Wache befand sich im Inneren, den Karabiner bereits im Anschlag. Noch bevor mein Verstand überhaupt seine Anwesenheit registriert hatte, schoss mein Fuß schon nach oben. Die Ferse meines Stiefel schlug ihm den Karabiner aus der Hand, ein Schuss löste sich und versengte die Wand zu meiner Linken.

Dann schlug er so schnell gegen meinen Zerleger, dass ich ihn nur noch unscharf erkennen konnte, als dieser mir aus den Händen wirbelte. Ich konnte kaum die Schläge des Wachmanns abwehren, als er mich angriff. Dann ließ ich die Dornenröhre aus meinem Ärmel gleiten und schoss einen mikrofeinen Metallspan auf ihn ab. Er riss seinen Arm hoch und blockte das Geschoss mit seinem metallenen Handgelenkschoner ab, doch das verschaffte mir den Sekundenbruchteil, den ich brauchte: Während er die Nadel, deren Betäubungsmittelfüllung ihn sofort zu Boden gestreckt hätte, noch abwehrte, erwischte ich ihn mit meinem Pfeilwerfer. Der Pfeil traf ihn am Hals, und er zuckte mitten im Schlag zusammen, die erhobene Faust wedelte hilflos in der Luft, die Sehnen in seinem Nacken traten wie Kabel unter seiner Haut hervor. Dann brach er zusammen – er atmete, war jedoch bewusstlos.

Ein Blick auf die Konsole verriet mir, dass er das Verteidigungssystem dieses Anwesens überwacht hatte. Als

Erstes deaktivierte ich die Cybersperre. Dann nutzte ich die Geräte, um auf einen Notfall-Knoten im Skol-Net zuzugreifen, der geradezu lächerlich einfach zu erreichen war – wenn man wusste, wie und wo man zu suchen hatte. In dem Augenblick, in dem ich den Account gefunden hatte, den ich wollte, wurde von dem Knoten aus ein Virus in das Computer-System des Hightons eingespeist. Es war weniger als eine Minute vergangen, seit ich an die Haustür geklopft hatte.

Draußen ertönten Alarmsirenen. Ich nahm meinen Zerleger wieder auf und rannte aus dem Turm mitten in das Chaos hinein. Überall flammten Lichter auf, Alarmsirenen schrillten um Beachtung, Suchscheinwerfer wurden hektisch über den ganzen Garten gelenkt. Der Virus hatte jedes Warnsystem eines jeden Computers des gesamten Anwesens ausgelöst. Bei all dem Tumult würden sie nicht so leicht herausfinden, welche Sirene davon ernst zu nehmen war – welche davon sie tatsächlich vor *mir* warnen sollte.

Ich feuerte mit dem Zerleger quer über die Straße. Auf meiner Seite konnte man die Funken in der Luft nicht sehen, dafür waren die Flutlichter zu grell, doch auf der anderen Seite der Straße wurde das Licht plötzlich von einem orangefarbenen Blitz überstrahlt. In der Nähe des Duftspringbrunnens stürzten krachend dicke Äste eines Baumes in einer lautstarken Explosion zu Boden, und Blätter und Holzstückchen wurden in alle Richtungen gesprengt.

Ich schob den Zerleger wieder zurück in das Halfter, dann lief ich auf ein Fenster im zweiten Stock der Villa zu. Wenn dieser angebliche Highton sich wie ein typischer Aristo verhielt, sollte er sich im zweiten Stock aufhalten, und zwar in dem Raum, der sowohl vom Boden als auch von der Luft aus am wenigsten einfach zu erreichen war.

Ich kletterte an einem Pflanzenspalier zu dem entsprechenden Fenster hinauf. Das Spalier war aus Nervoplex und so programmiert, dass es unter meinem Gewicht vibrierte, um mich abzuschütteln. Hätte ich langsamere Reflexe besessen, wäre ihm das auch gelungen. Aber ich schaffte es bis auf den Balkon und kletterte über die Brüstung, dann ließ ich mich leise auf den polierten Fußboden gleiten. Die Vorhänge an der Kristalltür, die auf den Balkon hinausführte, hatte der Highton offengelassen. Ich sah, dass er mitten in seinem Schlafzimmer stand und die wild blinkende Konsole an der Wand anstarrte.

Zuerst zerstörte ich das Schloss der Doppeltür. Dann schob ich sie auf und trat ein. »Ich grüße Sie«, sagte ich in der Sprache der Hightons.

Er wirbelte herum. »Wie sind Sie hier hereingekommen?«

Ich deutete mit dem Kinn auf einen Schrank, der an der Wand stand. »Ich werde mich dahinter verstecken. Gleich wird eine Ihrer Wachen kommen und Ihnen berichten, ein Eindringling befinde sich auf dem Anwesen. Sie werden ihm sagen, Sie hätten mich in den Park laufen sehen und wollten, dass ich gefasst werde.«

»Ich werde nichts dergleichen sagen!«

»Doch, das werden Sie.« Ich schloss die Vorhänge vor der Balkontür und kroch dann rückwärts in den Spalt zwischen Schrank und Wand; währenddessen hielt ich meine Waffe unablässig auf seinen Kopf gerichtet. »Sonst werde ich Sie annihilieren.«

Er ließ sich nicht auf ein Streitgespräch ein. Das war auch gut so, denn mein Zerleger war leer. Ich hätte nicht einmal eine Staubflocke annihilieren können. Selbst eine Schwächlonen-getriebene Waffe kann nur eine begrenzte Menge Antimaterie aufnehmen.

Jemand klopfte an die Tür.

Der Highton drehte sich um. »Herein!«

Aus meinem Versteck konnte ich nur den Aristo sehen, dann hörte ich, wie die Tür geöffnet wurde.

»Wir bedauern, Sie stören zu müssen, Sir«, sagte eine Stimme. Es musste eine der Wachen sein.

Der Aristo machte den typischen Highton-Gesichtsausdruck des Missfallens und deutete wedelnd auf die plärrende Konsole. »Das hier stört mich weitaus mehr. Wo liegt das Problem? Wer war diese Frau, die ich im Garten gesehen habe? Sie sah aus wie ein Imperialer Jagernaut!«

»Sie ist auch einer«, sagte die Wache. »Die Primärin aus der Bar. Sie hat Schäden in der Eingangshalle verursacht und ist dann wieder aus dem Haus gelaufen.«

»Warum?« Der Aristo klang ernsthaft neugierig.

Eine zweite Stimme war jetzt zu hören. »Das wissen wir noch nicht, Sir. Wir werden sie verhören, sobald wir sie gefasst haben.« Seine Vorfreude drehte mir fast den Magen um. Ich erkannte diesen Verstand wieder, erkannte wieder, wie er sich anfühlte, obwohl ich diesen Wachmann noch nie mit eigenen Augen gesehen hatte. Das war die Wache mit den beiden Versorgern.

»Ich habe gesehen, dass sie in den Park auf der anderen Seite der Straße gelaufen ist«, sagte der Aristo.

»Wir werden ihn gründlich durchsuchen«, erwiderte die Wache.

»Gut. Und jetzt lassen Sie mich in Ruhe. Und kümmern Sie sich um diese Sirenen!«

»Wir haben bisher noch nicht den Virus identifizieren können, der uns diesen Ärger macht, Sir. Eventuell müssen wir das gesamte System abstellen und einen Neustart durchführen.«

Der Aristo hob die Augenbrauen. »Bei all diesem Tumult hätte sie einfach in diesen Raum hineinklettern können, ohne dass jemand sie bemerkt hätte.«

»Das Pflanzenspalier hätte sie abgeschüttelt, Sir«, sagte der erste Wächter mit beruhigender Stimme. »Und sie war nur sehr kurz auf dem Anwesen. Sie hätte gar keine Zeit gehabt, Ihnen zu nahe zu kommen.«

»Ich bin froh, dass Sie so von sich überzeugt sind«, erwiderte der Aristo trocken. »Und jetzt finden Sie sie!«

»Jawohl, Sir!« Ich hörte, wie die Wachen sich verbeugten – es war die Art und Weise, wie ihre Kleidung dabei raschelte, ganz typisch für Händler-Uniformen, wenn man sich in ihnen steif verbeugte. Fast lautlos schloss sich die Tür wieder, und ich hörte Stiefelschritte, die sich langsam entfernten.

Der Aristo wandte sich wieder mir zu. »Was wollen Sie?«

Ich ging zu der Konsole hinüber, die Waffe immer noch auf meine Geisel gerichtet, und schaltete die Lautsprecher aus. Im Rest des Hauses plärrten immer noch die Alarmsirenen, aber wenigstens in diesem Zimmer wurde es deutlich leiser.

»Setzen Sie sich«, sagte ich. »Wir werden uns unterhalten.«

Er bewegte sich nicht. »Ich habe Ihnen nichts zu sagen.«

»In der Bar haben Sie aber einen ganz anderen Eindruck gemacht.«

Unerwarteterweise lächelte er. »Ja, das stimmt.«

Es sollte ein Gesetz erlassen werden, das es Aristos verbot, ein so hübsches Lächeln zu haben. Nein, er konnte einfach kein Aristo sein. Nicht mit so einem Lächeln. »Ich glaube nicht, dass Sie ein Highton sind«, sagte ich.

»Warum?«

Er klang ehrlich überrascht. Wenn er ein Hochstapler war, wusste er es entweder selber nicht, oder er war ein erstaunlich guter Schauspieler. Auf kurze Distanz kann ich die Emotionen eines Aristos sehr leicht empfangen; nur weil sie selbst keinerlei Empathen-Fähigkeiten besitzen, heißt das nicht, dass ein Empath nicht ihre Empfindungen auffangen könnte. Aber von dem hier bekam ich rein gar nichts. Überhaupt nichts. Absolute Stille.

Ich ging auf die Balkontür zu und schob einen der Vorhänge ein Stück zur Seite. Unten im Garten sah ich einen Mann auf Patrouille. »Ihre Wachen sind gut.«

»Offensichtlich nicht gut genug.«

»Das ergibt doch alles keinen Sinn!« Ich ließ den Vorhang wieder los. »Sie haben elf Wachen, und mindestens einer von denen hat ein biomechanisches Netzwerk im Körper.« Dann dachte ich an die Wache mit den beiden Versorgern. »Eine andere steht bei einem sehr mächtigen Highton in Gunst – einem Highton, der sehr viel höher in der Hierarchie stehen muss, als Sie das in Ihrem Alter überhaupt könnten. Und nur wenige Menschen, vor allem in Ihrem Alter, würden sich freiwillig einer invasiven Hirnoperation unterziehen, um sich eine Cybersperre implantieren zu lassen. Da Ihre Wachen den Schlüssel besitzen, und nicht Sie selbst, müssen sie also ihre Befehle von jemand anderem erhalten.«

Er starrte mich an. »Woher wissen Sie das alles?«

Ich wusste es gar nicht. Das meiste davon hatte ich nur vermutet. Aber er hatte es jetzt gerade bestätigt. »Ich bin gut bei dem, was ich tue.«

»Ja. Das sind Sie.«

Ich blinzelte. Kein Aristo würde jemals offen einräumen, dass jemand wie ich, der eigentlich für die Aristos nicht mehr darstellte als ein Stück Tauschware, noch zu etwas anderem in der Lage sein könnte, als nur Aristos zu dienen. Sie wussten ganz genau, zu was wir imstande waren, aber sie gaben es niemals zu. Ja, dieser Mann hatte das Gehabe, die Haltung, den Akzent eines Hightons. Aber er strahlte nicht diese Verachtung anderen gegenüber aus. Ein echter Aristo hätte kein Geheimnis daraus gemacht, dass er mich für meine Handlungen würde bestrafen wollen. Ich hätte seine Geringschätzung mir gegenüber *gespürt*. Aber bei diesem hier spürte ich gar nichts. Er sah zugleich verärgert und neugierig aus, aber ich spürte nichts davon. Gar nichts. Es war fast schlimmer als diese sonst übliche Leere.

Dann begriff ich. Er hatte *Blocks* in seinem Verstand. Das waren nicht die instinktiven psychologischen Schutzwälle, die jedermann errichten konnte, ob nun Empath oder nicht. Dieser Mann wurde durch ausgefeilte geistige Barrieren geschützt. Man hatte ihm beigebracht, seinen KES daran zu hindern, an andere Empathen zu senden. Ich wusste, wie viel Zeit und wie viel Anstrengung erforderlich war, um eine derartige Blockierungstechnik zu erlernen. Es hatte mit zu meinem Jagernaut-Training gehört. Es war etwas anderes als die ›geistigen Türen‹, die ich schloss, um anderen Empathen zu bedeuten, meine Gefühle seien privater Natur. Hier ging es um eine verstärkte Abschirmung, die nur von einem stärkeren Verstand mit Gewalt durchbrochen werden konnte.

Aber nur Psioniker bauten derartige Barrieren auf. *Nur* Psioniker. Normale Menschen hatten weder Bedarf dafür noch die erforderlichen Fähigkeiten. Sogar mit biomechanischen Verstärkungen konnten die meisten Psibernauten nicht derart starke Barrieren errichten, wie ich sie in diesem Mann entdeckt hatte. Er schaffte es, sogar mich zu blockieren. Das bedeutete, dass er ein sehr starker Telepath sein musste. Aber kein Aristo konnte Psioniker sein. Das lag einfach nicht in ihrem so sehr geschätzten Genpool.

»Warum sehen Sie mich so sonderbar an?«, fragte der Aristo.

»Wieso ›sonderbar‹?«, fragte ich.

»Als sei ich ein Versuchstier in einem Labor.«

»Ich versuche gerade herauszufinden, warum ein Versorger sich als Highton ausgibt.«

Der Ärger war ihm deutlich anzumerken. »Sie kommen hier hinauf, beleidigen mich und wedeln mit einer Waffe, und jetzt machen Sie auch noch abfällige Bemerkungen über meine Blutlinie. Na ja, das beeindruckt mich nicht. Also los, schießen Sie! Das machen Jagernauts doch gerne, oder? Töten macht Ihnen doch nichts aus.«

Ich brauchte keine telepathischen Kräfte, um zu sehen, dass sein Ärger echt war. Er glaubte wirklich, ein Highton zu sein. »Töten macht uns sehr wohl etwas aus. Wie sollten wir völlig emotionslos töten? Wir sind Empathen! Wir fühlen das, was unsere Ziele fühlen, wenn wir sie treffen.«

»Das, was ihr ›Empathie‹ nennt … das schwächt den Geist.« Seine Stimme wurde leiser. »Es ist eine Schwäche. Diejenigen, die schwachen Geistes sind, müssen um so härter arbeiten, um stark zu werden – damit sie diese Schwäche überwinden.«

Wo kam denn so etwas her? »Haben Ihre Eltern Ihnen das gesagt, als sie Ihnen beigebracht haben, Ihre telepathischen Fähigkeiten zu verbergen?«

Er wurde bleich, und ich war mir sicher, genau ins Schwarze getroffen zu haben. Er war ein Psioniker, und das bedeutete, *keines* seiner Elternteile war ein Aristo. Aber irgendjemand hatte sich sehr große Mühe gegeben, diese Tatsache zu verschleiern. Warum? Ja, viele Hightons hatten Kinder von ihren Dienern, und manche machten aus diesen Kindern Mitglieder der Kaste der Aufgabenerfüller. Aber ein solches Kind als Highton auszugeben – von einem derartigen Fall hatte ich noch nie gehört. Das wäre eine beispiellose ›Befleckung‹ dieser unablässig verherrlichten Blutlinie.

»Wie lange, glauben Sie, hätten Sie das verbergen können?«, fragte ich.

Er starrte mich an. »Was haben Sie jetzt vor?«

Ich konnte es nicht glauben. Er hatte Angst vor mir. Ich hatte viele Emotionen von Hightons gespürt: Verachtung, Ärger, Begierde, Abscheu. Aber niemals zuvor Angst. Für sie war ich eine Versorgerin, und sie weigerten sich, zuzugeben, dass eine *Versorgerin* genügend Macht besitzen könnte, ihnen Angst einzujagen. Und trotzdem fühlte ich seine Angst so klar und scharf wie geborstenes Glas.

Ich *fühlte* ihn.

Schweiß trat mir auf die Stirn. Vor einem Augenblick noch waren seine mentalen Barrieren undurchdringlich gewesen. Jetzt lösten sie sich auf, für mich zumindest. Obwohl er eine mentale Festung war, die zu erobern einen gewaltigen Kampf unter Aufbietung aller Willenskräfte hätte erfordern müssen, fühlte ich ihn jetzt. Also musste er seine Schutzwälle mit Absicht abgebaut haben, denn ich hatte gar nichts getan. Trotzdem fühlte ich weder seine Absicht, diese Schilde fallen zu lassen, noch seine Erkenntnis, dass genau das gerade geschah.

Er betrachtete mich mit einem gesunden, sinnlichen Begehren, das mich völlig unvorbereitet traf. Das Blut schoss mir ins Gesicht und an einige deutlich intimere Körperzonen. *Block!* Das Synapse/Wand-Psicon leuchtete vor meinem geistigen Auge auf, dann blinkte es weiterhin, um mir anzuzeigen, dass der Block nicht funktioniere. Entweder war seine Begierde zu stark, oder ich spürte die meine ebenso wie die seine. Was passierte hier? Das war falsch, alles falsch! Nein, es war nicht falsch, es war genau richtig, und *das* war das Falsche daran.

Ich atmete tief ein. Ganz ruhig bleiben! Erst einmal herausfinden, wer er ist. Aber wie? Na ja, ich hatte einen guten Ansatzpunkt; wenn es jemanden gab, der wollte, dass er als Highton durchging, musste er einen Highton-Namen tragen.

»Was mich verwundert«, begann ich, »ist, dass Ihre Eltern Ihnen einen Namen gegeben haben, der Ihnen offensichtlich nicht zusteht.«

Diese Bemerkung rief bei ihm keinen Ärger hervor, obwohl ich das eigentlich gehofft hatte. »Er steht mir viel eher zu als den Hunderten anderer, die ihn tragen.«

Hunderte. Wenn man bedachte, dass es nur wenige Tausend Aristos gab, musste er einen weit verbreiteten Namen tragen. Was waren bekannte Aristo-Namen? Das war einfach. Kryx, wie bei Kryx Tarque. Diesen Namen würde ich niemals vergessen. Vitar war ein anderer, und Jaibriol, und …

Jaibriol. *Jaibriol.* Jetzt wusste ich, warum Rex und mir, anders als Helda und Taas, dieser Mann bekannt vorgekommen war. Dieser falsche Aristo, dieses Schaf im Wolfspelz, war eine lebende Erinnerung an einen verstorbenen Highton, einen Mann, der gestorben war, als Helda noch ein kleines Mädchen war und Taas noch gar nicht geboren. Comtrace war darauf nicht eingegangen, weil wir nach einem *lebenden* Highton gesucht hatten. Dieser Mann war fast eine jüngere Ausgabe des verstorbenen Kaisers Jaibriol Qox, dem Vater des amtierenden Kaisers.

Doch es gab einen gewaltigen Unterschied zwischen dem Händler, der jetzt vor mir stand, und den Holos, die ich von Jaibriol Qox gesehen hatte. Obwohl der inzwischen verstorbene Kaiser in seiner Jugend vielleicht gut aussehend gewesen sein mochte, hatten sich im Alter in seinem Gesicht tiefe Furchen und Falten abgezeichnet, die seiner wahren Natur eher entsprachen. Sein Sohn, der amtierende Kaiser, war ein hagerer Mann, ein stillerer, mit sanfter Stimme sprechender Herrscher – der jedoch nicht weniger verderbt war als sein Vater. Die Jahre hatten die Grausamkeit in seinen Gesichtszügen zum Vorschein gebracht, genauso, wie es bei seinem Vater geschehen war. Der Mann, der jetzt vor mir stand, zeigte keine Spur dieser Härte.

Der Gedanke, der sich gerade in meinem Verstand abzuzeichnen begann, war absurd. Das konnte doch nicht sein! Aber ich musste es überprüfen. »Wie wollen Sie denn jemals regieren, Jaibriol? Ihr Volk wird niemals einen Telepathen als Kaiser akzeptieren!«

Er lief rot an. »Mit meinem Verstand ist alles in Ordnung. Mein Volk *wird* mich akzeptieren!«

Nein. *Nein.* Das war eine Lüge. Das musste eine Lüge sein! Aber jetzt, wo sich sein Denken und Fühlen vor mir öffnete, blieb kein Spielraum für Fehlinterpretationen mehr. Wir hatten uns alle getäuscht. Alle.

Ur Qox hatte sehr wohl einen Erben.

Ich zwang mich, ruhig zu sprechen. »Sie sind ein Versorger. Das ist die einzige Möglichkeit, als Psioniker geboren zu werden. Sie brauchen die Gene von beiden Elternteilen.« Beiden. *Beiden.* Ich starrte ihn an. Jetzt, wo ich wusste, wonach ich suchte, waren alle charakteristischen Familienmerkmale zu erkennen – eindeutig ein Sohn von Qox. Er hatte nicht nur Ähnlichkeit mit Jaibriol Qox, ich sah auch noch die Ähnlichkeit mit dem amtierenden Kaiser. »Das bedeutet, Ihr Vater – der Kaiser – ist höchstens ein Halb-Highton. Damit können Sie höchstens zu einem Viertel ein Highton sein.«

»Aufhören!« Jaibriol ballte die Fäuste. »Hören Sie mit Ihren Beleidigungen auf!«

Seine Blocks lösten sich auf wie Salz in warmem Wasser. Ich fühlte ihn. Es war unglaublich. Wunderschön. Und sinnlich. Ich wollte ihn, so wie ein laichbereiter irdischer Lachs entgegen allen Widrigkeiten, entgegen allen Hindernissen, den Fluss hinaufschwimmt, um seinen Ursprungsort zu erreichen und sich dort fortzupflanzen. Ich hätte ihn dafür erschlagen können, ich war wütend darüber, dass er – der Erbe der Hightons – mich so sehr in Erregung versetzen konnte.

»Sie werden nach Ihren Schmerzen gieren.« Ich wusste, ich würde nicht mehr lange sachlich bleiben können. »Sie alle: Ihre Minister, Ihre Adligen, Ihre Frauen, Ihre Wachen, Ihre Generäle. Ihr Leben wird die Hölle sein.«

»Sie sind wahnsinnig!«, sagte er.

»Sie kennen das nicht. Sie hatten Schutzwälle, die Sie abgeschirmt haben. Aber das können Sie nicht ewig tun! Wenn Sie einen Fehler machen, einen einzigen Fehler, werden es alle wissen. Und dann werden Sie die Wahrheit über Ihre geschätzten Hightons herausfinden. Und auch über Ihren Vater. Dieser Mann ist ein Monster!«

Er deutete auf den Zerleger in meiner Hand. »Das ist alles, was Sie verstehen! Alles ist für Sie ›Krieg‹ und ›Hass‹. Mein Vater ist ein großartiger Mensch, viel großartiger, als Sie jemals verstehen könnten!«

»Wo waren Sie denn die letzten zwanzig Jahre? In einem Kokon?« Ich hätte ihn am liebsten geohrfeigt. »Hightons *foltern* Menschen. Ihr Vater hat vermutlich Ihre Mutter gefoltert, während er Sie gezeugt hat!«

Sein Gesicht wurde bleich. »Sie sind ja krank! Krank!«

»Glauben Sie, ich lüge?« Ich wedelte mit meiner Waffe. »Also gut! Kommen Sie mit in meinen Verstand, Sie Schwindel-Highton! Sie wollen wissen, wie es ist, Versorger zu sein? Kommen Sie, erleben Sie es selbst! Wenn Sie den Mut dazu haben!«

Er schaute mich an wie ein Mann, der an einem Abgrund balanciert. Dann fiel er.

Ich wollte ihn nur sehen lassen, was mir auf Tams widerfahren war, brauchte ihn nur den Schmerz dieser Erinnerung spüren zu lassen, so wie ich sie schmerzhaft verspürte. Aber ich konnte unsere Verbindung nicht wieder unterbrechen. Sein Geist war zu stark, noch stärker sogar als ich vermutet hatte, und das, obwohl mich die immense Stärke seiner Schutzwälle gewarnt hatte. Zusammen stürzten wir, wir verschmolzen während unseres Sturzes – ein Verschmelzen, das ich erst ein einziges Mal erlebt hatte, und das mit einem siebenjährigen Jungen. Diesmal jedoch verschmolz ich mit einem Erwachsenen, und die Intensität wurde durch meinen Ärger und meine sexuelle Begierde noch gesteigert, es traf mich wie eine Flutwelle.

Jaibriol Qox war ein Rhon.

Ich konnte ihn jetzt riechen, ein moschusartiger, maskuliner Geruch, der die Luft um uns durchdrang und mir die Sinne vernebelte. Pheromone, Rhon-Pheromone, ganz anders als die, die normale Menschen produzieren. Mein ganzer Körper reagierte darauf. Durch unsere geistige Verbindung erfuhr meine Erregung eine Rückkopplung, sodass ich noch erregter wurde. Es verstärkte auch Jaibriols Reaktion, wir waren in einer doppelten Rückkopplungsschleife gefangen, deren Intensität fast unerträglich wurde. Wären unsere Persönlichkeiten inkompatibel gewesen, *hätten* wir es als unerträglich empfunden. Aber er *passte* zu mir. Er war wie ein Aphrodisiakum, stark und männlich, warm, sinnlich, einladend …

Ich stürzte in seine Erinnerungen wie ein Taucher, der sich auf den Meeresgrund sinken lässt. Seine Gedanken wanden sich um mich, als sei ich eine Insel in diesem Meer der Einsamkeit, in dem er so lange gelebt hatte. Er hatte die gesamten zweiundzwanzig Jahre seines Lebens, bis vor wenigen Wochen, alleine verbracht … nur die Besuche seiner Hauslehrer hatten seine Einsamkeit unterbrochen … sein Vater hatte ihn nur selten besucht …

Die Aufgaben seines Lebens ließen ihm keine Zeit dafür,

dachte Jaibriol. *Er musste an mehr als nur an mich denken. Er ist der Kaiser von Eubia.*

Ich erkannte, was er nicht begreifen konnte: Für seinen Vater war er der ultimative Versorger. Irgendwo tief in seinem Inneren hatte Qox den Anstand besessen, sich nicht an seinem Sohn zu vergreifen; lieber vermied er den Kontakt mit ihm, als jemals dem Drang nachzugeben, seinen eigenen Sohn zu foltern.

Zu spät begriff ich, dass in dem Moment, in dem sich bei mir dieser Gedanke geformt hatte, Jaibriol ihn auch wusste. Er öffnete den Mund, dann schloss er ihn wieder. *Wie kannst du so etwas glauben?*, dachte er.

Jaibriol – es tut mir Leid. Ich musste mich aus dieser Verbindung lösen. Auf Distanz gehen. Ich durfte das nicht geschehen lassen. Ich konnte doch kein Mitleid mit diesem Highton-Erben haben.

Dann sah ich seine Mutter, die Kaiserin ... *hoch gewachsen, königlich in einem schwarzgoldenen Kleid, das sich eng an ihren perfekt geformten Körper schmiegte. Gold glitzerte an ihren Handgelenken und um ihren Hals, an ihren Ohren blitzten Diamanten. Ihr Haar fiel ihr wie schwarze Seide bis zur Hüfte. Ihre Augen waren wie Rubine, so rot und klar wie der makelloseste Edelstein. Und ihr Gesicht, so schön, so königlich, so kalt, eisig kalt, so hart wie ihre Diamanten. Warum hasst sie mich so? Was habe ich Schreckliches getan, dass meine Mutter jedes meiner Worte, jede meiner Bewegungen, jeden meiner Atemzüge so verachtete?*

Ich betrachtete sein Gesicht, wollte seine Wangen streicheln, seine Lippen berühren. *Jaibriol, verstehst du das nicht? Du hast nicht die geringste Ähnlichkeit mit Kaiserin Cox. Sie kann nicht deine Mutter sein, wenn sie eine Highton ist – du bist ein Rhon.*

Aufhören! Er umklammerte meine Unterarme, hielt sie fest, als sei ich die Mutter, die ihn so verabscheute. *Ich bin kein Versorger.*

Trotz seines Leugnens war ich mir sicher, dass er die Wahrheit ahnte. Wie lange hatte sein Großvater gebraucht, um eine Versorgerin zu finden oder gentechnisch entwickeln zu lassen, die Rhon-Gene besaß? Jahre? Jahrzehnte? Hätte er sich einen Rhon-Erben, einen Rhon-Nachfolger erschaffen können? Wahrscheinlich. Aber ich zweifelte nicht daran, dass er mit Hilfe dieser Versorgerin einen Sohn gezeugt hatte, der zur Hälfte Qox und zur Hälfte Rhon war. Das stellte nicht nur sicher, dass seine eigenen Gene der Qox-Blutlinie erhalten blieben, sondern auch, und das war viel wichtiger, dass es nur zu minimalen Abweichungen von den typischen Verhaltensweisen der Hightons kam. Dass es Jaibriols Großvater geschafft hatte, all diese tief verwurzelten Verhaltensmuster in dem Maße zu durchbrechen, dass es ihm gelungen war, einen Sohn zu zeugen, der nur zur Hälfte ein Highton war, versetzte mich in Erstaunen.

Der Sohn, den er sich erschaffen hatte – Jaibriols Vater – musste den Prozess dann vollendet haben. Wie? Hatte er seine eigenen Gene benutzt? Oder hatte er sich ebenfalls eine Versorgerin geschaffen, die ihm nicht nur Freuden bereiten, sondern auch seinen Rhon-Erben austragen konnte?

Ich konnte mir vorstellen, wie der Kaiser die Blutlinie gefälscht hatte: mit Drohungen und Bestechung. Qox standen Mittel zur Verfügung, über die kein anderer Highton verfügte. Ich zweifelte ebenfalls nicht daran, dass er später alle hatte töten lassen, von denen die Beglaubigungen erstellt worden waren; wahrscheinlich hatte er die Hinrichtungen persönlich vollstreckt, so dass es keine Zeugen mehr gab, die über die wahre Herkunft seines Sohnes hätten aussagen können.

Nein. Jaibriols Gedanken schimmerten wie Tränen, die sich auf einem Spiegel sammelten. *Das ist nicht wahr. Das ist nicht wahr!*

Jaibriol – es tut mir Leid! Götter, es tut mir so Leid! Ich schluckte und versuchte, mein Denken von dem seinen zu lösen. Aber das war unmöglich … so einsam … sein Leben war so einsam gewesen. Das Einzige, worauf er sich in seinem Leben hatte verlassen können, war sein Vater gewesen.

Ein großer Mann, dachte Jaibriol. *Ich werde mich vielleicht niemals seines Namens würdig erweisen.*

Du solltest ihn nicht verehren. Das wird dir nur Schmerzen bereiten.

Ich verehre ihn nicht. Ich liebe ihn!

Er hat dir niemanden gelassen.

Er hat mir Hauslehrer geschickt. In Jaibriols Gedanken zeichnete sich ein Bild ab, ein ältlicher Mann mit grauem Haar und großen Augen. *Marlin mochte ich am liebsten. Er hat mir das Singen beigebracht. Seine Stimme war großartig. Zu meinem sechsten Geburtstag hat er mir ein Jagdhund-Welpen geschenkt. Und er hat mich immer ermutigt, meinen Hobbys nachzugehen.*

Hobbys?

Jaibriol ließ mich seine Bibliothek sehen, ein Gebäudekomplex innerhalb des automatisierten Landguts, auf dem er gelebt hatte. Er zeigte mir Bilder von sich, wie er die Bücher durcharbeitete, wie er sang, las, schrieb, trainierte, Dinge konstruierte, wissenschaftliche Forschung betrieb. Seine ›Hobbys‹. Er hatte sonst nichts mit seiner Zeit anzufangen gewusst. Er beherrschte vierzehn Sprachen fließend, spielte sieben Instrumente, sein Stimmumfang betrug drei Oktaven, in sieben Sportarten war er ausgezeichnet. Er kannte Geschichte und Geographie von mehr als einhundert Planeten, hatte Mathematik und Naturwissenschaften so weit betrieben, dass ihm in beiden Bereichen ein Doktortitel zustand, und er konnte die Werke sowohl menschlicher wie auch nichtmenschlicher Philosophen auslegen.

Ich starrte ihn an. *Weißt du nicht, was du alles erreicht hast?*

Nichts habe ich erreicht! Er schien auf nichts davon stolz zu sein. Er besaß einfach keine Möglichkeit zum Vergleich. *Ich bin als Sohn und als Erbe eine Enttäuschung. Warum sonst sollte mein Vater mich verstecken? Er musste schlucken. Marlin ist eines Tages nicht mehr gekommen. So war das immer. Eine Zeitlang kamen sie, dann nicht mehr. Nur mein Vater ist immer wieder gekommen.* Sein nächster Gedanke wirkte etwas zusammenhanglos. *Mein Kindermädchen – Camyllia. Die war da, als ich noch ganz klein war. Sie ist mit mir spazieren gegangen, hat mit mir gespielt, hat mir zum Einschlafen etwas vorgesungen und hat mich getröstet, wenn ich mitten in der Nacht aus einem schlimmen Traum aufgewacht bin. Sie hat mir immer das Gefühl gegeben, jeder Moment, den wir zusammen verbrachten, sei wichtiger, als man es jemals in Worte hätte fassen können; als würde sie irgendwann niemals mehr zurückkommen, und deswegen musste sie die Zeit, die ihr blieb, so gut nutzen, wie sie konnte. Zitternd sog er den Atem ein. Dann kam sie auf einmal nicht mehr. Mein Vater hat mir erzählt, sie sei krank geworden … dann, dass sie … gestorben sei.*

Ich sah Camyllia vor seinem geistigen Auge, eine junge Frau, geradezu unglaublich schön – ein braunäugige, braunhaarige weibliche Version von Jaibriol. Hätte man ihr Haar und ihre Augen verändert, damit sie wie eine Highton aussah, hätte sie seine Zwillingsschwester sein können. Aber es gab keinen Zweifel, dass es Jaibriols Haare und Augen waren, die man verändert hatte. Denn ich war mir sicher, dass Camyllia nicht seine Schwester war. Sie war seine Mutter.

Sobald sich dieser Gedanke ausformte, stellte ich mir vor, eine Decke über meinen Verstand fallen zu lassen, damit Jaibriol diesen Gedanken nicht auffangen konnte. Sein Vater musste jeden töten, der um die wahre Identität seines Sohnes wusste. Dass Jaibriols Mutter seinen Vater dazu gebracht hatte, sie wenigstens lange genug leben zu lassen, dass das Kind sich noch an sie erinnerte, war erstaunlich – und es zerriss mir das Herz.

Doch Jaibriol konnte den Schutz durchdringen, mit dem ich meine Gedanken umgeben hatte. *Nein. Das ist nicht wahr.* Eine Träne rann über seine Wange, dann eine weitere. *Das ist nicht wahr!*

Dein Vater hat dich geliebt. Ich zwang mich, selbst zu glauben, was ich dachte, damit auch Jaibriol es glauben würde. *Er hat dich versteckt gehalten, weil das die einzige Möglichkeit war, sicherzustellen, dass niemand dir wehtun konnte. Wenn jemals irgendjemand erfährt, wer oder was du wirklich bist, wird dich das zerstören. Von seinem Vater ganz zu schweigen. Er musste dafür sorgen, dass du stark wirst, dafür sorgen, dass du lernst, dich selbst zu beschützen.*

Seine Hand, mit der er meinen Arm umklammert hielt, verkrampfte sich. *Wie kannst du überhaupt glauben, etwas darüber sagen zu können, ob meine Eltern mich geliebt haben? Du bist ein Jagernaut, ein Killer. Weißt du überhaupt, was Liebe ist?*

Sobald sich diese Frage in seinem Verstand gebildet hatte, antwortete der meine. Ich versuchte, die entstehenden Bilder zurückzudrängen, doch Jaibriol wurde von meinen Kindheitserinnerungen davongetragen. Er sah mich – ein Mädchen, das in einer lebhaften, liebevollen Familie aufwuchs. Er spürte, was es hieß, von anderen Empathen umgeben zu sein, dieses Gefühl der Erfüllung, das es mit sich brachte, und er spürte auch, welch große Lücke sich in seinem Leben bisher befunden hatte. Er sah Rex, Helda und Taas, und er begriff, wie nah wir einander waren. Er erlebte mit, wie wir zusammenarbeiteten, vor allem Rex und ich, sogar auf Tams …

Und dann fand er Tarque.

Seine Miene verzerrte sich; er sank auf die Knie, zog

mich mit sich zu Boden, bis wir, die Gesichter nahe beieinander, auf dem Teppich knieten. Er beugte seinen Kopf noch weiter, lehnte sich vornüber, und sein Griff um meinen Arm verstärkte sich noch mehr, bis seine Fingerknöchel weiß hervortraten. Selbst als seine Stirn gegen meine stieß, blickte er nicht auf, er starrte nur weiter auf den Boden. Ich ließ meinen Zerleger fallen und umklammerte seine Arme, während ich im Geiste zu leugnen versuchte, was er in meinen Erinnerungen zu lesen vermochte. Doch er wischte dieses Leugnen, das ich wie eine Decke über all diese Erlebnisse auszubreiten versuchte, einfach fort, so wie einen kleinen Stofffetzen, der vom Wind davon gerissen wird.

Während Jaibriol unter meinen Erinnerungen an Tarque litt, erzitterte auch ich, weil ich mich in meinem eigenen Albtraum wiederfand. Ich wusste, warum Jaibriol existierte. Es gab nur eine Erklärung. Er hatte ein Schicksal zu erfüllen, das sein Vater und sein Großvater für noch wichtiger erachtet hatten als die Reinheit der Qox-Blutlinie. Sie hatten ihn nur aus einem einzigen Grund erschaffen – er sollte Skol-Net in seine Gewalt bringen. Mit seiner Hilfe würden die Händler Skolia endlich erobern können.

Nach und nach, wie ein Sturm, der sich langsam legte, so langsam, dass ich zunächst gar nicht bemerkte, was passierte, lösten wir uns geistig voneinander. Niemand, nicht einmal die Rhon, konnten einen derart intensiven Kontakt lange Zeit aufrecht erhalten. Ich wurde mir langsam wieder des Raumes bewusst, in dem ich mich befand. Jaibriol und ich lehnten uns immer noch gegeneinander, er hielt mich im Arm, als seien wir ein Liebespaar. Ich hatte seine Ärmel so fest umklammert, dass der Stoff gerissen war. Sein Gesicht war tränennass, und auch auf meinen Wangen spürte ich Tränen. Mein Zerleger lag neben uns auf dem Boden.

Ich schaffte es nicht, das Zittern meiner Arme zu unterdrücken. Jaibriol setzte sich auf, immer noch hielt er sich an mir fest. »Mein Vater ist nicht böse.« Seine Stimme zitterte. »Hightons sind nicht böse. Du wirst sehen. Das ist nicht wahr!«

»Du warst doch mit mir da. Du hast es *gespürt.*«

Der Pager an der Tür ertönte, gefolgt von einer Stimme aus der Sprechanlage. »Lord Qox?«

Jaibriol ließ meine Arme fallen, als seien sie glühend heiß. Einen Moment lang fürchtete ich, er werde nicht antworten, so dass die Wachen gezwungen wären, hereinzukommen und herauszufinden, warum er nichts sagte. Dann sog er erschöpft Luft ein und sprach mit lauter Stimme: »Was gibt es?«

»Die Cybersperre kann jetzt reaktiviert werden, Sir.«

Jaibriol und ich erhoben uns gleichzeitig. Dann bückte er sich und hob meinen Zerleger auf.

Nein. O Götter, nein! Wie hatte es mir bloß passieren können, dass er meine Waffe in die Hände bekam? Er hätte sie natürlich selbst dann nicht benutzen können, wenn sie noch geladen gewesen wäre: Die Waffe war auf mein Hirnstrommuster eingestellt und konnte nur von mir aktiviert werden. Aber jetzt, wo er sie in Händen hielt, war mein Bluff wertlos. Und er wusste, wer ich war. Er brauchte nur »Die Primärin ist hier« zu sagen.

Jaibriol reichte mir den Zerleger. »Geh!«

Ich glitt wieder in mein Versteck hinter dem Schrank. »Im Garten sind die Wachen.«

Mit einem Ärmel wischte er sich die Tränen von den Wangen. Dann ging er zur Tür hinüber und betätigte einen Schalter, der neben dem Rahmen in der Wand eingelassen war. Das Licht ging aus, und als die Tür sich öffnete, lag sein Gesicht im Dunkeln.

Ich erkannte an dem raschelnden Geräusch, dass eine der Wachen sich verbeugte.

»Ich habe geschlafen«, sagte Jaibriol. »Sie werden mit dem Einschalten der Sperre bis Morgen früh warten müssen.«

»Ich bedaure, Sir.« Die Wache klang nervös. »Aber ich fürchte, wir werden das sofort durchführen müssen.«

Ein Gemisch aus Ärger und Furcht schoss mir durch den Kopf. Keine dieser Emotionen stammte von mir. Ich konnte in Jaibriols Denken hinreichend weit hineinschauen, um zu bemerken, dass er sich vor allen anderen Personen immer noch hinter Blockaden verbarg, doch wir, er und ich, standen in einer Art von Verbindung, die keiner von uns beenden konnte. Wenigstens war unsere geistige Verschmelzung auf ein erträgliches Maß zurückgegangen.

Fast erträglich. Die Erinnerung daran, wie seine Pheromone auf mich wirkten, die Erinnerung an seinen muskulösen Körper, den ich durch seine Kleidung hindurch gespürt hatte – mein Körper reagierte mit einer derart intensiven Welle des Begehrens, dass ich beinahe wieder meinen Zerleger hätte fallen lassen. *Block!* dachte ich. Das Psicon flackerte unregelmäßig vor meinem geistigen Auge, dann hörte ich im Geiste einen kleinen Knall und ein Zischen, als habe jemand einen feucht gewordenen Knallfrosch gezündet.

Und über dieser unerwünschten Erregung spürte ich noch eine andere Emotion – Jaibriols Hass auf die Cybersperre, *verhasst, erstickend, Schwindel verursachend …*

Lautlos holte ich tief Luft und versuchte, mich von seinen Gefühlen loszureißen. Ich wusste aus eigener Erfahrung, wie es sich an fühlte, wenn eine Cybersperre eingeschaltet wurde: Es war, als habe man einen fürchterlichen Schwindelanfall, der nicht mehr aufhörte, bis die Sperre deaktiviert wurde. Warum hatte Jaibriols Vater ihn hierher geschickt, wenn es hier so riskant war, dass er den Schutz einer Cybersperre benötigte? Bei unserer geistigen Verschmelzung hatte ich nur herausgefunden, dass Jaibriol es selbst nicht wusste.

»Sie werden bis morgen damit warten«, wies Jaibriol die Wache an.

»Ich … ich fürchte, das darf ich nicht, Sir.«

Jaibriol sprach mit einem erschreckend perfekten Highton-Akzent. »Ich befehle es Ihnen!«

»Ich bedauere, Sir. Ich bedauere außerordentlich! Aber ich habe Anweisungen Ihres Vaters.«

Schweigen. »Geben Sie mir sechs Stunden.«

»Das kann ich nicht, Sir. Es tut mir sehr Leid. Aber ich habe Befehle. In sechs Stunden kann viel passieren.«

»Zwei Stunden«, verlangte Jaibriol. »Oder ich werde sehr … ungehalten.«

»Sir, ich *darf* nicht. Wenn Ihnen irgendetwas zustieße, würde der Kaiser mich hinrichten lassen.«

»Nichts wird mir zustoßen.«

»Ich … ich kann nicht.«

Jaibriols Gesicht entspannte sich zu einem Lächeln. »Wie ich höre, ist Ihre Tochter eine talentierte Näherin.«

»Sir, meine Tochter hat niemals gegen die Gesetze verstoßen oder jemanden …«

»Nein, nein.« Jaibriol sprach mit äußerst freundlicher Stimme. »Ich habe nur Gutes über sie gehört. Hat sie sich bei der Schneider-Gilde beworben?«

»Ja, Sir.« Die Wache zögerte. »Sie wurde abgelehnt. Meine Tochter gehört nicht zu den Aufgabenerfüllern.«

»Na ja, vielleicht kann ich für sie beim Zunft-Meister ein gutes Wort einlegen.«

Einen Augenblick herrschte Schweigen. Dann raschelte die Uniform immer und immer wieder: zahlreiche Verbeugungen hintereinander. »Danke sehr, Sir. Hoheit. Eure Hoheit.« Die Worte überschlugen sich schier.

»Ja?« Nun klang Jaibriols Stimme nicht mehr so freundlich.

Die Wache holte tief Luft. »Lord Jaibriol, bevor wir die Cybersperre reaktivieren, muss ich die Reparaturen an unseren Sicherheitseinrichtungen überwachen. Das wird mindestens zwei Stunden in Anspruch nehmen. Mindestens.« Er hielt inne. »Vielleicht vier Stunden. Werden Sie meine Dienste vorher benötigen?«

Ich musste fast prusten. Obwohl der Virus, den ich ausgelöst hatte, durchaus effektiv war, bezweifelte ich, dass es länger als eine Stunde dauern würde, das System wieder auf Vordermann zu bringen.

Jaibriols Stimme klang wieder entspannter. »Nein, kümmern Sie sich um die Computer!«

»Jawohl, Sir.«

»Haben Sie die Primärin gefunden?«

»Nein, Sir. Sie ist in den Park geflüchtet und hat einige Bäume und einige Stromleitungen beschädigt. Dann ist sie verschwunden.«

»Wer ist die Wache, die ich gerade im Garten unter meinem Balkon gesehen habe?«

»Rak.«

Jaibriol versteifte sich, als habe er einen Schlag bekommen. Ein lebhaftes Bild erschien vor meinem geistigen Auge, ein Bild dieses Wachmannes mit seinen Versorgern. Ich spürte sein Unbehagen, *eine Furcht vor Rak, die er nie richtig verstanden hatte …*

Block!, dachte ich. Die Furcht nahm ab, aber das Psicon flackerte immer noch.

»Schicken Sie Rak zum Kontrollzentrum!«, sagte Jaibriol. »Ich will, dass seine Meldung über diese Primärin sofort aufgenommen wird.«

»Jawohl, Sir!« Wieder raschelte die Uniform.

Nachdem Jaibriol die Tür geschlossen hatte, kam er wieder zu mir herüber. »Sauscony …«

Es war beunruhigend, zu hören, wie ein Highton meinen Namen so voller Sehnsucht aussprach. »Ja?«

»Bleib bei mir!«
»Du weißt, dass das nicht geht.«
Einen Moment schaut er mich an. Dann berührte er sanft meine Wange. »Lebwohl.«
Ich musste schlucken. »Lebwohl.«
Ich ging durch die Balkontüren hinaus und warf einen prüfenden Blick auf das Gelände. Rak ging über den Rasen auf das Gebäude zu. Der Garten lag im Dunklen, entweder hatte mein Virus das System überlastet, oder irgendjemand hatte den Strom abgestellt, um die Scheinwerfer anzuhalten, die bis dahin wahllos und hektisch das Gelände bestrichen hatten. Flüchtig sah ich zwei weitere Wachen, die zwischen den Bäumen an der Grenze zu einem anderen Garten patrouillierten. Aber dadurch, dass in Jaibriols Schlafzimmer das Licht ebenso ausgeschaltet war wie im Garten, lagen auch der Balkon und das Pflanzenspalier im Dunkeln.
Ich brauchte nur Sekunden, um herauszuschlüpfen und das Spalier hinunterzuklettern. Dann glitt ich an der Außenwand der Villa entlang, nutzte immer wieder tiefere Schatten zur Deckung. Als ich freie Bahn hatte, rannte ich quer über die Straße in den dunklen Park.

Kapitel 5

Weigerungen

Es war bereits nach Mitternacht, als ich das Hotel erreichte. Eine Polizistin der Verbandler wartete an der Rezeption in der Lobby. Sobald ich eintrat, ging sie auf mich zu und sprach mich an. »Navarhos Valdoria?«

Ich schaute sie ausdruckslos an; ich war zu müde, mein Übersetzerprogramm zu bemühen.

Einen Augenblick später versuchte sie es mit *»¿Español?«*

»Un poco«, antwortete ich.

»Parlez-vous français?« Als ich sie weiterhin nur anstarrte, fragte sie: »Wie ist es mit Englisch?«

»Ja«, sagte ich, nicht etwa, weil mein Englisch besser wäre als mein Spanisch, sondern nur, weil ich nicht die ganze Nacht in der Lobby herumstehen wollte.

»Sind Sie Primärin Valdoria?«, fragte sie.

»Ja«, gab ich zur Antwort.

»Ich fürchte, ich muss sie leider festnehmen, Ma'am.«

»Geht nicht.« Das entsprach nicht ganz der Wahrheit, obwohl ich hoffte, sie damit abspeisen zu können. Sie musste wissen, dass nach skolianischem Gesetz kein Jagernaut festgenommen werden durfte; die Verbandler hatten deswegen während der Paktverhandlungen einen Riesenaufstand gemacht. *Niemand steht über dem Gesetz.* Diese Formulierung hatten sie gemocht. Doch diese Formulierung stammte von ihnen, nicht von uns. Deshalb konnten die Zivilbehörden, wenn ein Jagernaut gegen skolianische Gesetze verstieß, nichts weiter tun, als eine Beschwerde beim Imperialen Raumkommando einzureichen. Das bedeutete nicht, dass wir ungeschoren davonkamen; vielmehr hatte das IRK für uns einen Ehrenkodex aufgestellt, nachdem gewährleistet sein sollte, dass wir nur dann Gesetze brachen, wenn es galt, das Imperialat zu schützen. Doch damit jeglicher Gesetzesverstoß unsererseits zu einem Fall für das Militär, nicht für die Zivil-Polizei.

Das war natürlich skolianisches Recht. Jetzt befand ich mich jedoch im Territorium der Verbandler.

»Es tut mir Leid, Ma'am«, widersprach die Polizistin. »Aber gemäß Paragraph 436, Absatz G, Satz 16 des Paktes zwischen dem Verband und dem Imperialat bezüglich Militärangelegenheiten ist uns die Festnahme und Ausweisung eines jeden Imperialen Jagernaut gestattet, der schuldig befunden wurde, Gesetze des Verbandes …«

»Schon gut«, knurrte ich. Dann sah ich sie mit zusammengekniffenen Augen an. »Sie mich Handschellen?«

»Nein, ich glaube nicht, dass das notwendig sein wird.« Sie las mir meine Rechte vor; alles was ich aussagte, konnte und würde gegen mich verwendet werden und so weiter. Begeistert hatte der Nachtportier das Ganze beobachtet. Morgen würde vermutlich die ganze Stadt darüber Bescheid wissen: Imperiale Primärin ruiniert von Highton angemietete Villa. Ich hoffte bloß, dass die nicht wieder einen ihrer blöden ›Jagernaut-läuft-Amok‹-Filme daraus machen würden.

Die Polizistin brachte mich in ihrem Flugwagen zur Polizeiwache. Der Schirm, der den vorderen Teil des Wagens vom hinteren abtrennte, knisterte gelegentlich, als ob elektrische Entladungen stattfänden. Die Tasten, mit denen man die Türen öffnen konnte, waren im hinteren Teil des Fahrzeugs ausgebaut worden, sodass das Innere des Wagens hier nur aus einer glatten, kugelförmigen Kabine bestand, in dessen Mitte ein einzelner Sitz angebracht war; dort saß jetzt ich. Die Polizistin hatte mir ein Haltenetz umgelegt und etwas von »Vorschriften« gemurmelt, was fast wie eine Entschuldigung geklungen hatte, während mich das Netz immer fester umschlang.

Ich kam mir vor wie eine Idiotin. Ich fragte mich, was sie wohl tun würde, wenn ich ihr erzählte, dass ich eine Rhon-Erbin war. Das würde mich auf jeden Fall aus diesem Schlamassel herausholen. Aber dann würde mir mein Halbbruder eine Standpauke darüber halten, dass ich meinen Titel dazu genutzt hätte, einen Vertrag zwischen Imperialen und Verbandlern zu umgehen.

Auf der Polizeiwache war man überaus höflich zu mir, während man in den Akten vermerkte, was mir vorgeworfen wurde: Einbruch, Nötigung, Sachbeschädigung und Computermissbrauch. Es war sonderbar. Natürlich war ich zwar eine Primärin, aber nichtsdestotrotz hatte ich gerade eben ihre Gesetze mit Füßen getreten. Und trotzdem schienen sie mein Handeln fast zu billigen.

Sie machten Holo-Aufnahmen von mir, speicherten meine Fingerabdrücke und mein Retina-Muster, dazu nahmen sie eine kleine Gewebeprobe, um eine Chromosomanalyse durchzuführen. Dann brachten sie mich in einen anderen Raum, in dem bereits fünf weitere Personen warteten – allesamt Frauen mit dunklem Haar und eng sitzender Lederkleidung, die meiner Uniform ähnelte. Eine Polizistin forderte uns auf, uns vor einer verspiegelten Wand aufzustellen. Als ich meine Hände in die Taschen steckte und mürrisch geradeaus blickte, folgten alle fünf Frauen in der Reihe meinem Beispiel und ahmten mich nach. Das Ganze kam mir sehr unwirklich vor.

Ich konnte nicht sehen, was sich hinter diesem Spiegel befand, aber ich war bereit, all meinen Besitz darauf zu verwetten, dass dort jemand stand und uns beobachtete. Ich versuchte mich zu entspannen und ließ mein Denken den Raum hinter diesem Spiegel erkunden. Ich spürte die Anwesenheit mehrer Personen, doch alle nur schwach; es war kein Psioniker darunter.

Dann stieß ich auf die Leere.

Es war Jaibriols Wachmann, der mit den Versorgern. Die geistige Leere in ihm war weniger bedrohlich als die eines wahren Aristo, aber sie gab mir immer noch das Gefühl, Millionen von Insekten würden über meine Haut krabbeln. Und er war *verärgert*.

Ich zog mich zurück wie das sprichwörtliche Reh, das vor dem Jäger flüchtet. Während ich das tat, schickte ich dem Wachmann ein intensives Bild einer der Frauen, die neben mir standen. Aber ich war mir ziemlich sicher, dass es zu spät war – dass er mich bereits identifiziert hatte.

Als Nächstes brachten sie mich zum Polizeichef, einem korpulenten Mann mit kurzgeschorenen Haaren, die senkrecht von seinem Kopf abstanden. Diese waren oben so glatt abgeschnitten, dass er wie eine stoppelige Scheuerbürste aussah. Er sprach mich in einer Sprache an, die ich nicht verstand. Es klang so ähnlich wie das, was die Polizistin während der Festnahme zuerst zu mir gesagt hatte. Als ich den Kopf schüttelte, beugte sich ein Polizist, der hinter seinem Chef stand, ein Stück weit vor und sagte leise etwas zu ihm.

Der Polizeichef nickte. »Sie sprechen Englisch?«, fragte er mich dann.

»Wenig«, sagte ich.

»Woher wusste Sie, wo sich Lord Kyr aufhielt?«

Lord Kyr? »Der Highton?«

»Der Mann, dessen Haus Sie zusammengeschossen haben.«

Mein Spinal-Knoten bot mir mehrere Übersetzungen für ›zusammengeschossen‹ an, darunter Englische Umgangssprache für ›mehrere Patronen geschossen in‹.

Der Polizeichef musste sich auf das beziehen, was ich mit dem Gebäude gemacht hatte. »Lord Kyrs Haus. Also reiste Jaibriol unter falschem Namen. Na ja, er hätte auch verrückt sein müssen, bekannt zu geben, dass er der Erbe des Kaisers war.

»Versorger mir sagen wo«, sagte ich. »Ich sein Verstand kriegen.« Nein, das klang furchtbar. Mein Englisch war heute noch bruchstückhafter als sonst. Ich griff auf den Übersetzer zu und wiederholte, was er mir vorschlug. »Ich habe den Ort aus dem Verstand eines der Versorger der Wache erfahren.«

»Ich verstehe.« Das schien die Antwort zu sein, die der Polizeichef erwartet hatte. Anscheinend akzeptierten die Verbandler die Existenz von Telepathie sehr viel mehr, als sie öffentlich eingestanden. Aber warum hatte er diese Antwort erwartet? Er konnte nicht wissen, dass der Wachmann Versorger besaß, es sei denn, der hätte es ihm erzählt, und ich konnte mir nicht vorstellen, dass ein Händler mit der Verbandler-Polizei über seine Dienerschaft plauderte.

»Was hat sie Ihnen gesagt?«, fragte der Polizeichef weiter.

»Der Versorger?«, fragte ich nach.

»Ja.«

Sie? Ich griff wieder auf das Übersetzungsmodul zu, und das bestätigte mir, was ich mir schon gedacht hatte: *Sie* bezog sich hier auf ein weibliches Wesen. Aber der Versorger, mit dem ich zuerst in Kontakt getreten war, war ein Junge gewesen. Und ich hatte weder mit ihm noch mit dem Mädchen gesprochen. Stellte mir der Polizeichef mit Absicht irreführende Fragen? Woher hatte er seine Informationen? Die Wache konnte nicht wissen, dass ich mit seinem Versorger in Kontakt getreten war. Selbst wenn Jaibriol persönlich mit der Polizei gesprochen hätte, was ich bezweifelte, hätte auch er nicht wissen können, dass ich die Versorger kontaktiert hatte. Ich war mir nicht einmal sicher, ob die Versorger selbst es wussten.

Aber ich spürte nicht, dass der Polizeichef mich täuschen wollte – er wollte nur Fakten bestätigt wissen. Also sagte ich: »Ich nie spreche mit Versorger. Ich Verstand von Junge berühren. Dann Mädchen.«

Er nickte. »Das haben die beiden uns auch erzählt.«

Die beiden? Er hatte mit ihnen *gesprochen?* Wie? »Sie in Ordnung?«

»Dem Mädchen geht es besser als dem Jungen«, antwortete er. »Sie hätte das Krankenhaus schon verlassen können, wenn sie gewollt hätte. Aber sie wollte nicht von ihrem Bruder getrennt werden.« Er machte eine kurze Pause. »Die beiden würden Sie gerne sprechen. Ich glaube, sie wollen Ihnen danken.«

Kein Wunder, dass die Wache des Aristo verärgert war. Wenn seine Versorger in einem Krankenhaus auf Delos waren, befanden sie sich auf neutralem Boden, sodass man sie nicht zwingen konnte, wieder zu ihm zurückzukehren. Aber warum sollten sie mir danken wollen? Ich hatte sie ja nicht ins Krankenhaus gebracht.

Dann begriff ich, dass in all dem Chaos, das ich auf diesem Anwesen angerichtet hatte – alle Wachen suchten nach mir, alle Alarmsysteme liefen Amok –, die Versorger wohl hatten fliehen können.

»Ja«, sagte ich. »Ich sie sprechen.«

Das Krankenhaus lag nur einen kurzen Fußweg von der Polizeiwache entfernt. Wir waren vielleicht zehn Minuten unterwegs, die Nervoplex-Straßen schlummerten jetzt, lagen ganz ruhig unter unseren Füßen, nirgends waren Schwebewagen unterwegs. Selbst das Licht der Straßenlampen war gedämpft. Der große Mond hatte seinen Scheitelpunkt am Himmel überschritten und bewegte sich nun wieder auf den Horizont zu, und die blasse Scheibe warf orangefarbenes Licht auf die schlafende Stadt.

Während wir dahinschritten, blickte ich den Polizeichef kurz an. »Die Versorger – sie von Tams?«

»Ursprünglich nicht. Aber beide Elternteile waren Diener, die als Teil eines Aristo-Haushalts vor einigen Jahren nach Tams gebracht worden sind.«

»Also diese Versorger, sie geborene Diener?«

»Das ist alles, was sie jemals kennen gelernt haben.« Der Polizeichef verzog das Gesicht. »Lieber Gott, die beiden können kaum sprechen. Wie es scheint, hätten sie fast nicht Reißaus genommen, obwohl sie die Chance dazu bekommen haben.« Er sah mich aufmerksam an. »Für das, was die beiden gemacht haben, haben sie jede Menge Mut gebraucht.«

Übersetzen: ›Reißaus nehmen‹, dachte ich.

Insbesondere in diesem Kontext bedeutet es: ›Einen Fluchtversuch unternehmen‹, antwortete mein Spinal-Knoten.

Kein Wunder, dass der Polizeichef meinte, sie hätten jede Menge Mut. Allein schon an Flucht zu denken, erforderte, Jahre der Konditionierung zu durchbrechen. »Sie ihnen helfen?«, fragte ich.

Er nickte. »Sobald der Junge aus dem Krankenhaus entlassen wird, werden wir die beiden zur Erde schicken. Dort bekommen sie eine Gastfamilie und psychologische Beratung, damit sie sich besser in die Gesellschaft einfinden können.«

Dann hatte das Schlamassel, das ich heute Abend angerichtet hatte, doch noch sein Gutes. Jetzt hatten die Versorger eine Zuflucht – das war doch das Wort, das die Verbandler so gerne mochten. Die Erde war im Krieg zwischen meinem Volk und den Händlern stets neutral geblieben, dennoch boten sie jedem eine ›Zuflucht‹, der sie benötigte. Ich war ihnen gegenüber daher immer sehr misstrauisch gewesen. Da sie jedermann Zuflucht gewährten, war es mir immer so erschienen, als sei die Erde sehr praktisch für imperiale Unruhestifter, die vor ihren Verfolgern flüchten wollten.

Heute sah ich das anders.

Die Versorger aus dem Haus des Highton hatten im Krankenhaus ein Zimmer für sich allein. Schon als die Ärzte mich dorthin brachten, erkannte ich die beiden wieder. Sie sahen wie zweieiige Zwillinge aus, beide etwa achtzehn Jahre alt. Der Junge lag im Bett, das Mädchen saß auf einem Stuhl neben ihm und zeigte ihm ein Holobuch. Als die Tür sich öffnete, zuckten sie zusammen und wurden bleich.

Ich blieb einen Augenblick im Türrahmen stehen, dann trat ich ein. »Ich grüße Euch.« Ich sprach Eubianisch, die Sprache der Diener-Kaste. Diese Sprache war nach Eu'be Qox benannt, Jaibriols Urgroßvater, dem ersten Kaiser. ›Eubia‹ war auch der Name, den die Händler ihrem Imperium gegeben hatten – ›die Eubianische Harmonie‹. Dieser Name war eine ihrer besonders euphemistischen Kreationen. Ich bezweifelte, dass irgendjemand auf einem der Planeten, die sie erobert hatten, sich mit seinen Herren in ›Harmonie‹ befand.

Das Mädchen betrachtete mich aus Augen, die mich an blasses Perlmutt denken ließen. Ihr Bruder richtete sich langsam im Bett auf. Er trug einen Schlafanzug, der den größten Teil seines Körpers bedeckte, aber ich konnte Schwellungen an seinen Handgelenken erkennen und wusste, dass sein Körper unter der Kleidung noch viel schlimmer aussehen musste. Ich wollte mir gar nicht erst vorstellen, was sein Besitzer ihm angetan hatte – und ›Besitzer‹ war das richtige Wort, auch wenn die Aristos sich stets bemühten, den Rest des Universums davon zu überzeugen, ihre Versorger seien ›bevorzugte Untertanen‹, nicht etwa Sklaven.

Der Junge sprach mich ohne jede Spur von Selbstvertrauen an. »Sind Sie diejenige, die zum Haus gekommen ist?«

Ich nickte. »Ich bin froh, dass ihr da 'raus seid.«

Das Mädchen schaute mich an. »Es tut uns Leid, dass wir Ihnen so große Schwierigkeiten bereitet haben.«

»Es tut uns wirklich Leid«, ergänzte der Junge. »Wir wollten Ihnen keine Umstände machen.«

Ich konnte nicht glauben, dass die beiden sich bei mir entschuldigten. »Es tut mir Leid, dass ich nicht früher kommen konnte.« Am besten etwa achtzehn Jahre früher.

»Wir werden Ihnen keine weiteren Umstände mehr machen«, versicherte das Mädchen.

Ich musste schlucken. »Ihr habt mir keine Umstände gemacht. Wirklich nicht!«

Je länger ich mit den beiden sprach, um so schlechter fühlte ich mich. Sie entschuldigten sich immer und immer wieder. Beider Denken lag ganz offen vor mir, ohne jeden Schutz: Ich spürte, wie sehr sie sich schämten, Versorger gewesen zu sein, so viel Aufsehen erregt zu haben – einfach nur zu existieren. Zu behaupten, sie hätten sich selbst nicht leiden können, wäre die Untertreibung des Jahrhunderts gewesen. Was diese Wache ihnen angetan hatte, ging weit über ein paar blaue Flecken hinaus.

Hatte nicht der Herzschrittmacher, zu dem ich vor zehn Jahren gegangen war, nach meinen Erlebnissen mit Tarque, zu mir etwas Ähnliches gesagt? Ich wollte nicht darüber nachdenken.

Nachdem wir das Krankenhaus wieder verlassen hatten, setzte man mich wieder auf freien Fuß. Die Behörden hätten mich für meine Gesetzesübertretungen ausweisen können, aber das schienen sie gar nicht zu wollen. Ich hatte das Gefühl, lieber hätten sie den Wächter ausgewiesen, der Anzeige erstattet hatte.

Auf dem Weg zurück zum Hotel verfiel ich in Grübeleien. Wie sollte ich mit dem Wissen umgehen, dass der einzige lebende Mensch, der mein Rhon-Lebensgefährte sein konnte, alles verkörperte, was ich aus tiefster Seele hasste? Ich fragte mich, ob Jaibriols Vater sich der Ironie des Ganzen bewusst war: Bei dem Versuch, die perfekte Waffe zu erschaffen, mit der er mein Volk vernichten konnte, hatte er einen bemerkenswert anständigen Menschen herangezogen.

Wenn Jaibriol eines Tages offiziell als Erbe des Kaisers auftreten sollte, würde sein Leben die Hölle sein. Er würde wie ein Highton leben müssen, gefangen zwischen lauter Leuten, die ihn anwiderten. Um zu überleben, musste er den Schein wahren und sich in jeder Hinsicht wie sie benehmen. Sollten sie jemals die Wahrheit herausfinden, würden sie sich auf ihn stürzen und ihn zu einem Leben verdammen, gegen das das Schicksal der beiden Versorger, die ich heute kennen gelernt hatte, geradezu paradiesisch wirken würde. Was würde Jaibriol tun, wenn er sich der Wahrheit über die Zukunft, die ihm bevorstand, bewusst wurde?

Ich kannte die Antwort bereits. Ich hatte sie an meinem eigenen Halbbruder Kurj gesehen – vielleicht sogar bei mir selbst. Die Fähigkeit der menschlichen Seele zu verhärten, war unbegrenzt.

Aber ich wollte mir Jaibriol nicht als den vorstellen, der er dereinst werden würde. Ich wollte ihn so in Erinnerung behalten, wie ich ihn heute Abend kennen gelernt hatte. Vielleicht würde in ihm genügend Menschlichkeit übrig bleiben, dass er und der Imperator Skolias, wer immer das dann auch sein mochte, sich zusammen an einen Tisch setzen und Friedensverhandlungen würden führen können. Er wäre der einzige Highton-Kaiser, von dem ich mir vorstellen konnte, dass er aufrichtig mit uns über Frieden sprechen würde. Und das war ein weiterer Grund, weswegen ich nicht verraten durfte, was ich heute Abend über ihn erfahren hatte.

Ich ›kannte‹ Jaibriol, weil sein und mein Denken miteinander verschmolzen waren. Das war eine Erfahrung, die mein Halbbruder Kurj niemals mit mir teilen würde. Selbst in dem immens unwahrscheinlichen Fall, dass sich eine Gelegenheit dazu ergab, würde Kurj dem niemals zustimmen. Doch ohne diese Gelegenheit würde er niemals meine Überzeugung teilen können, dass Jaibriol unsere große Chance war, diesen Krieg ohne Niederlage zu beenden. Jaibriols Vater und sein Großvater hatten ihn erschaffen, um diesen Krieg zu beenden, das stand fest, aber nicht, indem Frieden geschlossen wurde. Sollte Kurj jemals erfahren, dass Ur Qox einen Erben gezeugt hatte, der das Skol-Net zu kontrollieren in der Lage wäre, so würde mein Halbbruder nicht ruhen, bis er sich über den leblosen Körper dieses Highton würde beugen können – vorzugsweise, nachdem dieser eines langen, qualvollen Todes gestorben war.

Ich konnte eine Barriere um mein Denken errichten und so mein Wissen verbergen. Aber das würde eine Mauer zwischen mir und all denen, die mir etwas bedeuteten, errichten. Rex würde sofort merken, dass etwas nicht in Ordnung war. Er würde die Wahrheit niemals erraten, aber er würde wissen, dass sich etwas geändert hatte.

Es war immer noch dunkel, lange nach Mitternacht, als ich schließlich wieder die Lobby in ihrer ganzen Samt überzogenen Goldholzpracht betrat. Als ich an der Rezeption vorbeiging, blickte das Dienst habende Mädchen von ihrem Holobuch auf, über dem sie zuvor mehr gedöst hatte, als es wirklich zu lesen. »Entschuldigen Sie, Ma'am«, sagte sie auf Englisch. Unter der Theke holte sie einen Umschlag hervor. »Das wurde vor etwa einer Stunde für Sie abgegeben.«

Wer auf Delos sollte mir mitten in der Nacht eine Nachricht zukommen lassen? »Danke.«

Während ich auf die Treppe zuging, riss ich den Umschlag auf. Darin befand sich ein Zettel mit einer handschriftlich Notiz. *Ich muss mit dir reden. Komm im Hafen zu Pier 4.* Eine Unterschrift gab es nicht.

Verdammt. Ich war erschöpft. Das Letzte, was ich jetzt tun wollte, war im Hafen herumzulaufen. Ich ging wieder zur Rezeption, an der das Mädchen über ihrem Buch erneut eingenickt war. »Miss?«

Sie öffnete die Augen. »Ja?«

Ich hielt den Umschlag hoch. »Wer das kommen?«

Sie sah mich mit zusammengekniffenen Augen an. »Entschuldigung?«

Ich habe nie verstanden, warum die Verbandler sich entschuldigen, wenn man selbst derjenige ist, der unverständliche Dinge von sich gibt. »Dieses Zettel«, sagte ich. »Wer damit kommen?«

»Ein Mann. Ich weiß nicht, wer das war.«

»Wie er aussehen?«

»Schwarzes Haar. Dunkle Augen. Klang türkisch.«

»Was türkisch?«

Sie lächelte. »Die Türkei ist ein Land auf der Erde.«

Warum sollte ein Mann von der Erde sich mit mir auf einem abgelegenen Pier treffen wollen? Das war doch verrückt. Ich sollte nach oben in mein Zimmer gehen und schlafen. Aber ich würde sowieso keinen Schlaf finden, bis ich herausgefunden hatte, was er wollte. Also verließ ich das Hotel ein weiteres Mal.

Ich brauchte zehn Minuten, um den Hafen zu erreichen, der in einer Bucht südöstlich der Arkaden lag. Die Brandung rollte über Riffe aus Messerkorallen, deren Spitzen aus dem Wasser ragten – manche nur wenige Zentimeter, andere mannshoch, wieder andere türmten sich zehn Meter oder mehr in den Himmel. Es schien, als glitzerten Funken in der Nacht, denn irisierende Insekten umschwirrten das Korallenriff. Ihr Leuchten stammte von körpereigenen Sekreten, und unter Wasser gaben die Überreste einiger Seetiere ähnliche Substanzen ab, sodass auch im Wasser leuchtende Farbflecken tanzten: blau und grün, purpur und pink, vereinzelt gelb. Die Wellen umspielten schäumend die Korallenspitzen, gelegentlich war sogar die Gischt gefärbt. Tore, Bögen und Kanäle waren in das Korallenriff hineingeschnitten worden, sodass sogar die größten Frachter in die Bucht einlaufen konnten.

Der Mond hing über dem Horizont wie ein orangefarbenes Portal, das mitten im Meer stand, groß genug, um eine ganze Flotte zu verschlingen. Die Luft roch so sehr nach Meer, dass ich das Salz schon fast auf meinen Lippen zu schmecken glaubte. Der süße Geruch von Seeseide stach mir in die Nase. Wedel dieser zierlichen Pflanzen lagen überall verstreut, biolumineszierende Insekten sammelten sich auf ihnen; die Pflanzen mussten von der Brandung angespült worden sein, oder sie waren während der Arbeit unbeabsichtigt von den Dockern an Land gebracht worden. .

Die meisten Piers lagen jetzt im Dunkeln, manche ungenutzt, in anderen waren dicht gedrängt Schiffe angedockt; man hörte, wie ihre Bordwände, vom Wind getrieben, gegeneinander schlugen. Pier 27 lag in grellem Licht, es beleuchtete eine Gruppe Schauermänner, die einen Frachter beluden, dessen Segel aus fluoreszierend purpurnem Nervoplex bestanden. Container baumelten, von Kränen gehoben, über dem Wasser, wurden dann in den Laderaum des Schiffes hinabgelassen, während die muskulösen Hafenarbeiter mit ihren blauen Mützen und ihren roten Jacken sich gegenseitig Anweisungen zubrüllten.

Pier Nummer Vier lag am anderen Ende des Hafens.

Dunkelheit hüllte diesen abgelegenen Teil des Hafens ein, und die Stille wurde nur vom Schwappen des Wassers an der Verpfahlung durchbrochen. Ich ging unter der Landungsbrücke entlang, sodass der Schatten mich verschluckte. Es wurde jetzt kalt, sodass ich meine Jacke enger um mich zusammenraffte. Gelegentlich leckten Wellen an meinen Stiefeln; bald bedeckte Wasser meinen Weg, bald zog es sich wieder zurück und enthüllte Juwelensand, der blaugolden im Mondlicht schimmerte.

»Sauscony?«

Ich blieb stehen. Eine hoch gewachsene Gestalt stand neben einem der Pfähle. Der Mann hatte den Kragen hochgeschlagen und eine Kapuze über den Kopf gezogen, trotzdem erkannte ich ihn sofort. Ich bezweifelte, dass es ihm möglich gewesen war, mich kommen zu hören, doch sah er sofort in meine Richtung, obwohl die Dunkelheit mich verbarg.

»Jaibriol?«, fragte ich zurück.

Er trat auf mich zu und schob seine Kapuze zurück. Hier im Schatten, wo ich weder sehen konnte, dass seine Augen rot waren, noch dass sein Haar glänzte, war er noch schöner als zuvor.

»Ich hatte schon gefürchtet, du würdest nicht kommen«, sagte er.

Ich hielt den Umschlag hoch. »Ich habe gerade erst deine Nachricht erhalten. Wie lange wartest du schon?«

»Eine Stunde.«

So lange? Warum? »Das Mädchen an der Rezeption hat gesagt, ein Mann von der Erde habe sie ihr gegeben.«

»Ich bin im Dunkeln zu deinem Hotel gegangen, damit mich niemand sieht. Dann habe ich einen Mann dafür bezahlt, dass er die Nachricht überbringt.«

»Aber wie bist du aus dem Haus gekommen, ohne dass deine Wachen es gemerkt haben? Ist die Cybersperre denn nicht aktiviert?«

»Ich habe sie überreden können, noch ein paar Stunden damit zu warten.« Mit trockener Stimme fügte er hinzu: »Ich werde langsam richtig gut darin. Wenn Rak nicht dabei ist.« Er verzog sein Gesicht. »Rak besteht immer darauf, dass das Feld aufgebaut ist. Ich habe fast das Gefühl, er genießt zu sehen, wie ich darunter leide.«

»Ist Rak nicht der Wachmann, der die beiden Versorger hat?«

»Hatte«, korrigierte Jaibriol. »Sie sind weggelaufen.«

Ich atmete tief aus. »Wahrscheinlich genießt er es, dich leiden zu sehen, selbst wenn er sich nicht einmal selbst eingesteht, dass das so ist. Du musst deine Gedanken besser gegen ihn abschirmen.«

Einen Augenblick lang sah er mich wortlos an. Dann sagte er: »Du erzählst mir, Aristos seien Sadisten. Du zeigst mir entsetzliche Dinge. Und Raks Versorger weigern sich, nach Hause zurückzukommen. Ich will das nicht glauben …« Er hielt inne. »Aber egal, was du sagst, meine *Wache* ist kein Aristo.«

»In seinen Adern fließt auch Aristo-Blut«, sagte ich. »Wahrscheinlich sogar mehr als in deinen.«

Ärger flammte in ihm auf. »Du beleidigst meine Blutlinie, ohne auch nur daran zu denken, was das für mich bedeutet.«

Ich legte meine Hand auf seinen Arm. »Es tut mir Leid. Aber das ist nun mal die Wahrheit.«

Als ich ihn berührte, erstarrte er. Dann seufzte er, als kapituliere er, und zog mich in seine Arme. Jetzt war ich diejenige, die erstarrte. Aber seinen warmen, festen Körper an meinem zu spüren, war zu viel. Ich lehnte meinen Kopf gegen seine Brust und umarmte seine Taille. Er neigte seinen Kopf, suchte mit unerwarteter Unbeholfenheit mein Gesicht. Sein ungeheurer Intellekt und seine Highton-Manieren ließen ihn älter erscheinen, alt genug, um mich völlig vergessen zu lassen, dass er kaum mehr als ein Teenager war – und dazu noch ein Teenager, der sein ganzes Leben allein verbracht hatte.

In dem Moment, als er mich küsste, vergaß ich sein Alter sofort wieder. Erneut verschmolz sein Geist mit meinem, und diese Intimität ließ meine Begierde nach ihm auflodern wie eine Flamme, die mit Öl in Berührung kommt.

Dann schoss mir ein Bild von Rex durch den Kopf. Mein Verlangen nach dem, was Jaibriol mir geben konnte, war bedeutungslos. Ich hatte Rex ein Versprechen gegeben.

Ich schob ihn von mir. »Es tut mir Leid.«

Erst wollte er mich nicht loslassen, doch schließlich ließ er seine Arme sinken. »Ich hoffe, dieser Rex weiß zu würdigen, was er an dir hat.«

»Ich hätte nicht herkommen sollen.«

»Bleib. Bitte!« Er griff in seine Tasche und zog eine Karte hervor. Es war ein V-Skript, der Ausdruck eines virtuellen Telegramms, das an seinen Computer gesendet worden war. »Das hier habe ich vor zwei Stunden erhalten. Ich möchte von dir gerne hören, was du davon hältst.«

Ich nahm das Skript entgegen – und erstarrte. Das Siegel darauf war unverkennbar; dieses Telegramm stammte von Jaibriols Vater, Kaiser Qox. Der Kopfzeile der Nachricht war zu entnehmen, dass sie von Jaibriols eigener Konsole dekodiert worden war, also musste sie vertraulich sein. Der Kaiser hatte gewiss niemals beabsichtigt, dass ein Imperialer Jagernaut sie zu Gesicht bekommen würde.

Die Nachricht war kurz: *Jaibriol – Ich habe Flaggen ausgeschickt, um die Situation auf Tams zu beruhigen. Reise zur Überwachung an.*

Ich schloss die Augen, dann öffnete ich sie wieder, um

sicherzugehen, dass ich die Nachricht richtig verstanden hatte. Eine ›Flagge‹ war ein Schlachtkreuzer mit den dazugehörigen Kriegsschiffen. »Hat man dir gesagt, was das bedeutet?«

»Man hat mir nichts gesagt. Aber ich kann es mir denken. ›Die Situation beruhigen‹ wird wohl bedeuten, dass er vorhat, sie einzuschüchtern – vielleicht soll der Planet beschossen werden.« Er sprach ganz offen, gab bereitwillig Informationen an einen feindlichen Offizier weiter, ohne dass er dabei auch nur den zurückhaltenden Tonfall an den Tag legte, den er ansonsten allen anderen gegenüber hatte. »Mein Vater will, dass ich dort erscheine, bevor das Eingreifen unserer Truppen beendet ist, damit ich mit eigenen Augen sehe, wie man solche Probleme wie auf Tams löst.« Er schien sich vor sich selbst zu ekeln. »Ich bin kein guter Thronfolger. Ich denke, er hat vor, das jetzt endlich zu ändern.«

»Du hältst Tams für ein Problem?«

»Ja.«

Ich ballte meine Faust und zerdrückte das V-Skript. »Dieses ›Problem‹ ist die Folge der Angst, die zahllose Verzweifelte vor den Highton-Eroberern haben.«

»Sauscony.« Er hielt mich an den Schultern fest. »Du siehst das so, weil du voreingenommen bist. Und ich weiß, dass du glaubst, du hättest Recht. Aber ich sehe die Sache anders.«

Ich riss mich von ihm los und fragte mich, ob ich ihn nicht doch hassen musste – trotz all dem, was wir zusammen erlebt hatten. »Dann sieh dir das hier genau an, Highton!« Ich presste ihm die Karte wieder in die Hand. »Wir haben diese kodierten Nachrichten schon öfter abgefangen. Willst du wissen, was ›beruhigen‹ bedeutet? Diese Kriegsschiffe werden die Atmosphäre von Tams zerstören.«

»Wie kannst du solche Lügen glauben?«

»Lügen?« Ich hätte ihn am liebsten durchgeschüttelt. »Ich habe es *gesehen!* Dein Vater hat das sowohl mit CJ4 als auch mit Bullseye gemacht, nachdem die Bewohner dort ihre Aristo-Herren gestürzt hatten.«

Wieder flammte sein Ärger auf. »Die Bewohner von CJ4 haben sich selbst durch chemische Kriegsführung ausgerottet. Von Bullseye habe ich noch nicht einmal *gehört*. Vielleicht haben sich das eure Propagandaminister ausgedacht.«

»Ich brauche dich nicht zu überzeugen.« Meine Stimme wurde ruhiger. »Dein Leben mag bisher sehr geschützt verlaufen sein, aber du bist nicht dumm. Sobald du anfängst, unter Hightons zu leben, wirst du die Wahrheit erkennen. Eigentlich musst du sie jetzt schon ahnen, egal was du sagst, sonst hättest du mich niemals gebeten, heute Nacht hierher zu kommen.«

In seinem Gesicht stand kein Hochmut zu lesen, nur Schmerz. »Wenn mein Vater die Wahrheit sagt, bist du ein Monstrum. Dann sollte ich dich jetzt sofort töten, bevor du die Chance hast, die Imperatorin von Skolia zu werden. Wenn du die Wahrheit sagst, dann ist mein Vater das Monstrum, und er ist derjenige, den ich töten sollte.« Er spreizte die Finger. »Wie soll ich einen Menschen töten, den ich liebe? Das könnte ich niemals. Nicht meinen Vater! Nicht dich!«

Ich starrte ihn an. »Wie kannst du glauben, du liebst mich? Du kennst mich doch erst seit ein paar Stunden!«

»Wir kennen uns schon unser ganzes Leben.« Er berührte sanft meine Schläfe. »Wir haben heute Abend unser beider Leben gemeinsam durchlebt.«

Ich schob seine Hand fort. Das konnte nicht wahr sein. Ich konnte niemals den Sohn des Händler-Kaisers lieben. Das war eine Lüge.

Jaibriol sprach leise weiter. »Das wird nicht aufhören,

Sauscony. Wie sehr du es auch leugnen magst, wir werden mit dem, was heute Abend passiert ist, den Rest unseres Lebens leben. Wenn ich Kaiser werde und du Imperatorin, dann werden wir damit leben müssen, selbst wenn wir schwören müssen, alles zu zerstören, was dem anderen am wichtigsten ist.«

»Du wirst nicht schätzen können, was du da erben wirst. Du wirst alles hassen, was es repräsentiert. Du wirst in einem Albtraum leben, denn du weißt, dass du immer nur eine Haaresbreite davon entfernt bist, deinem Erbe selbst zum Opfer zu fallen.«

»Wenn das wahr ist, dann werde ich es verändern.«

»Es verändern? Alle Götter, Jaibriol! Die ganze Struktur, auf der euer Kaiserreich basiert, von seiner Wurzel aufwärts, beruht auf dem Bedarf der Aristos nach Versorgern. Das ist kein soziales Problem, das man lösen könnte, und es geht auch nicht um ein paar bösartige Leute, die man ihres Amtes entheben müsste. Du kannst ihren Bedarf nach Versorgern ebenso wenig ändern wie ihr Bedürfnis nach Nahrung oder nach Schlaf. Wenn du das versuchst, werden sie dich kreuzigen.«

Er ballte die Fäuste. »Das ist nicht wahr!«

Ich sprach jetzt sanfter. »Es tut mir Leid, dass dein Leben so sein wird. Ich wünschte, ich könnte es ändern.«

»Ich will kein Mitleid. Ich will dich!«

Sein Verlangen war so stark, dass ich es fast körperlich spürte, der Schmerz eines Menschen, dem sein Leben lang der Kontakt mit anderen Menschen verwehrt gewesen war – ein Kind, dem vom Tage seiner Geburt an die Liebe verwehrt worden war. Und ich wollte ihn so sehr, dass es schmerzte. Doch wenn ich es zugab, selbst hier und jetzt, wo niemand außer mir und ihm es jemals erführe, würde ich niemandem von denen, die ich liebte, jemals wieder in die Augen sehen können.

»Ich kann nicht bei dir bleiben«, sagte ich.

Er atmete tief ein und sprach dann mit seinem kalten Highton-Akzent. »Dann geh.«

Irgendwie zwang ich mich dazu, mich umzudrehen und in den Schatten zu verschwinden.

Kapitel 6

Zabo-Staffel

Ich beeilte mich, zum Hotel zurückzukommen, und rief währenddessen geistig Rex, Helda und Taas zu: *Aufwachen! SOFORT!* Als ich in die Lobby kam, rannte Rex gerade die Treppe hinunter; der Bodenbelag dieser Treppe erinnerte mich an die Schleppe eines blutroten Hochzeitskleides. Ich lief an dem Mädchen an der Rezeption vorbei, das wieder schlief, und kam Rex auf der Treppe entgegen.

»Ich weiß jetzt, warum dieser Aristo hier ist.« Ich hielt inne, vom Laufen war ich außer Atem. »Er ist Qox' Sohn.«

Rex starrte mich an. *»Was?«*

»Der Thronfolger.« Jetzt, wo ich es laut aussprach, hörte ich, wie fantastisch das klang. »Der Mann, den wir gesehen haben – das ist der Erbe der Hightons.«

Helda und Taas erschienen auf dem Flur am oberen Ende der Treppe, sie bogen gerade rechtzeitig um die Ecke, um meine Behauptung mit anzuhören. Innerhalb von zwei Sekunden standen sie vor mir.

»Sein Name ist Jaibriol«, sagte ich. »Jaibriol Qox.« Ich schaute sie der Reihe nach an. »Deswegen ist er Rex und mir auch bekannt vorgekommen. Er sieht wie sein Großvater aus.«

»Wie du das alles herausgefunden?«, fragte Helda.

»Ich bin auf die Idee gekommen, ihn ausfindig zu machen und habe mir überlegt, wo er sich wohl aufhalten könnte. Dort bin ich dann in das Computer-System eingebrochen. Sein Vater hat ihm eine verschlüsselte Nachricht über Tams geschickt.«

»Du warst ja ganz schön fleißig«, sagte Rex.

Ich verzog das Gesicht. »Man hat mich festgenommen, Verbrecherfotos von mir gemacht, mich bei der Gegenüberstellung neben fünf Klone gestellt, die höflichsten Polizisten des Universums haben mich verhört, und ich war in dem Krankenhaus, um mit den beiden Versorgern zu sprechen, die entkommen konnten, als ich Qox' Villa zerlegt habe. Die beiden haben bei den Verbandlern um Zuflucht gebeten.«

»Das hast du alles in einer Nacht geschafft?«, fragte Taas.

Helda lächelte. »Wozu du uns noch brauchst, Soz?«

Ich atmete tief ein. »Weil Ur Qox Tams fluten will.«

»Was soll das heißen?«, wollte Taas wissen.

»Auf Bullseye hat er es geschafft, indem er einen Teil des Mondes von Bullseye in Wasserstoff verwandelt hat. Auf CJ4 hat er einen Asteroiden dazu benutzt. Sie fluten mit dem Wasserstoff die Atmosphäre und legen dann gewaltige elektrische Entladungen an das Gasgemisch, damit der Wasserstoff mit dem Atmosphären-Sauerstoff reagiert, sodass Wasser entsteht.« Ich verzog das Gesicht. »Es wird lange Zeit richtig heftig auf Tams regnen. Wenn der Regen aufhört, gibt es in der Atmosphäre keinen Sauerstoff mehr, und die gesamte Planetenoberfläche wird unter Wasser stehen.« Ich dachte an die religiösen Texte der Erde, die ich gelesen hatte. Auf Tams würde es keine Arche geben. Wenn Luzifer Gott spielt, überlebt das niemand.

Die Muskeln in Rex' Kiefer spannte sich sichtbar an. Er und ich hatten zu dem Bataillon gehört, das die Überreste von CJ4 entdeckt hatte. Das IRK hatte die Meldungen über unsere Entdeckungen dicht unter Verschluss gehalten. Wir wollten damals nicht, dass eine Panik ausbrach – und genau das würde passieren, wenn die Bürger Skolias begriffen, dass Qox, sobald es ihm erst einmal gelänge, unsere leicht zu durchbrechenden Verteidigungsanlagen zu zerstören, genau das Gleiche mit unseren Planeten würde tun können.

»Wann passiert das?«, fragte Helda.

»Er hat Flaggen ausgeschickt«, sagte ich. »Aber ich glaube nicht, dass sie schon eingetroffen sind.«

»Wir müssen eine Warnung nach Tams schicken«, sagte Taas. »Wir müssen ihnen sagen, dass sie den Planeten evakuieren müssen!«

Rex sprach mit völlig ruhiger Stimme. »In *was* denn?«

Effizient. Das war das Wort, mit dem Rex die Händler-Sabotage auf Tams kommentiert hatte, von der uns Comtrace berichtet hatte. Zu diesem Zeitpunkt hatte ich noch nicht begriffen, wie akkurat diese Beurteilung gewesen war. Wie sollte man Tams ohne funktionstüchtige Schiffe evakuieren?

Taas blickte von mir zu Rex. »Auch ohne ihre Fabriken müssen sie doch irgendwo versucht haben, Schiffsantriebe zu bauen.«

»Das Bauen der Antriebe ist nicht das Hauptproblem«, erklärte Rex. »Das Hauptproblem sind die Piloten mit Entwicklungsfähiger Intelligenz an Bord der Schiffe.«

Ich nickte. »Tams ist eine Bergbau-Station. Dort gibt es niemanden, der in der Lage wäre, einen EI-Piloten ohne Hilfe vollständig zu programmieren.«

»Wir können ihnen ein paar schicken«, schlug Helda vor. »Wir machen sie aus den EIs auf unseren eigenen Schiffen.«

»Ja.« Taas spannte sich an, als bereite er sich auf einen Schiffsstart vor. »Wir können sie in Robot-Drohnen stecken und ihren Start von der bewaffneten Bereitschafts-Plattform im E-Sektor koordinieren.«

Rex dachte darüber nach. »Wenn die Drohnen nicht durchkommen, haben wir keine Zeit mehr für einen zweiten Versuch, bevor die Händler-Flaggen eintreffen.«

»Die Rebellen haben doch die Bodenverteidigungsanlagen unter Kontrolle«, sagte Taas.

»Trotzdem«, widersprach Rex. »Die Verteidigungsanlagen im Orbit sind kein Kinderspiel. Und wir müssen es beim ersten Versuch schaffen. Wenn erst mal die Flaggen da sind, kommt da nichts mehr durch.«

Sie schauten mich an. Ich wusste, welche Entscheidung sie von mir hören wollten. Die Kriegsführung hatte sich in erschreckendem Maße weiterentwickelt – Menschen allein waren nicht mehr in der Lage, diesen Krieg zu führen. Obwohl Drohnen mit EI-Piloten dem menschlichen Verstand in keiner Weise überlegen waren, wenn es um Einfallsreichtum ging, aber bei den fast mit Lichtgeschwindigkeit ablaufenden Datenverarbeitungsprozessen konnte es kein Mensch mit einer Drohne aufnehmen, und ebenso wenig konnte er die immensen Beschleunigungen dieser Drohnen überleben.

Außer einem Jagernaut.

Durch die Kopplung des Gehirns an das Schiff wurde der Verstand des Piloten mit der EI des Schiffes kombiniert. Wenn man dazu noch die neuesten Entwicklungen in der Stasis-Technologie hinzufügte, erhielt man eine Waffe mit der Geschwindigkeit und Ausdauer einer Drohne und der überlegenen kreativen Denkvermögen eines menschlichen Verstandes.

»Wir sind die einzige Staffel in diesem Quadranten«, sagte ich.

»Wann brechen wir auf?«, fragte Taas.

Damit war die Entscheidung gefallen. Niemand sprach davon, dass unsere Erfolgschancen gleich Null waren. Sie wollten nur meine Entscheidung hören, sie warteten nur darauf, mir in eine Schlacht zu folgen, die wir nicht gewinnen konnten. Selbst wenn wir Tams rechtzeitig erreichten, würde man dort niemals rechtzeitig eine Evakuierung einleiten können.

Ein Gedanke von Rex drang zu mir durch. *Wenn wir auch nur ein Leben retten, ist es das Risiko wert.*

Rex … Irgendwie verhüllte ich meine Gedanken vor ihm. Ich hatte befürchtet, dass das, was ich in dieser Nacht erlebt hatte, meine Gefühle für ihn zerstören würde. Doch in dem Moment, als seine Gedanken die meinen berührt hatten, wusste ich, dass unsere Verbindung so stark war wie eh und je. Das war Rex, der mir seit Jahren zur Seite gestanden hatte, mehr als ein Freund, bald mein Ehemann. Jetzt musste ich genau das tun, wovon ich mir geschworen hatte, es niemals zuzulassen – ich musste den Mann, den ich liebte, in eine Schlacht schicken. Ja, das tat ich bereits seit Jahren, aber erst heute Nacht hatte ich es mir selbst gegenüber eingestanden.

Sie alle sahen mich an und warteten auf Anweisungen.

Ich atmete tief ein. »Zuerst schicken wir eine Meldung an das Hauptquartier.« Ich bezweifelte, dass Verstärkung rechtzeitig Tams würde erreichen können, aber wir mussten es versuchen. »Dann brechen wir auf.«

Der Sonnenaufgang war immer noch Stunden entfernt, als wir durch das Tor des Raumhafens hasteten. Unsere Schiffe standen in der Nähe des Terminals: Jag-Raumer, die einsitzigen Maschinen, von denen die Jagernauts ihren Namen erhalten hatten. Technisch hießen diese Raumschiffe ›Jäger JG-17‹; man hatte sie ›Jags‹ genannt, weil die Testpiloten dem Prototypen, JG-1, den Namen ›Lightning Jag‹, ›Lichtblitz‹, gegeben hatten.

Die Schiffe standen auf dem Rollfeld und wirkten wie Kunstwerke aus Alabaster. Gelandet besaßen sie eine langgestreckte Form, im Flug änderten sie ihre Form je nach den an sie gestellten Anforderungen: Die Tragflächen wurden für den Unterschallflug ausgebreitet, beim Ultraschallflug wurden sie an den Rumpf angelegt, für interstellaren Flug wurde eine rundere Form gewählt, um die Oberfläche zu minimieren, im Kampf, oder um sie als Tarnkappenflieger einzusetzen, wurden sie fast ganz kugelförmig. Jetzt, im inaktivierten Zustand, war die Oberfläche völlig glatt, die Waffensysteme waren zum Schutz in den Schiffsrumpf eingezogen.

Ich ging auf meinen Jag zu, meine Hand glitt sanft und ungehindert über die Außenhülle. Diese bestand aus Telleren, einem Verbundwerkstoff, der von einem mikroskopisch feinen Netz aus röhrenförmig verknüpften Fulleren-Molekülen durchzogen war. Telleren war leicht, ermüdungsbeständig und widerstand auch den hohen Temperaturen, die beim Wiedereintritt in die Atmosphäre mit Ultraschallgeschwindigkeit entstanden. Durch seine Zusammensetzung war es auch in der Lage, sich selbst zu reparieren: Das Netzwerk war so aufgebaut, dass sich im Falle eines Bindungsbruchs auf molekularer Ebene die ›offenen Enden‹ durch Selbstorganisation zusammenfügten, sodass das Netzwerk wieder stabilisiert wurde. Auf der Oberfläche des Schiffes waren kaum Dellen, Kratzer und andere Beschädigungen zu erkennen, die sich ansonsten bei der Raumfahrt zwangsläufig in der Außenhülle einstellten – diese glatte Oberfläche, die damit kaum Reibung erzeugte, war ein weiterer Faktor, der zu der außergewöhnlichen Leistungsfähigkeit des Schiffes beitrug. Ebenso wie die Piloten dieser Jag-Schiffe waren auch die Maschinen selbst äußerst selten, stets auf dem neuesten Stand der Technik, schnell und tödlich.

Auf halben Wege zwischen dem Bug und dem Heck des Schiffes blieb ich stehen. Hätte ich nichts von dem winzigen, silbernen Stecker gewusst, der dort aus der Hülle ragte, hätte ich ihn auf der völlig gleichförmigen

Oberfläche des Schiffes vielleicht niemals entdeckt. Sobald ich die Buchse in meinem Handgelenk gegen diesen Stecker drückte, rastete er ein.

Verbindung aufbauen, meldete mein Spinal-Knoten.

Verifiziert. Die Antwort kam von Zabo, der Entwicklungsfähigen Intelligenz des Schiffes.

Die Luftschleuse öffnete sich mit einem saugenden Geräusch; zuerst war da nur eine winzige, kreisförmige Öffnung, die sich so schnell zu einem menschengroßen Oval ausdehnte, dass die Innenkante der Öffnung zu verschwimmen schien. Außen- und Innentür öffneten sich gleichzeitig; Zabo hatte die Außenluft analysiert und für akzeptabel befunden.

Während ich in die Kabine kletterte, wurde die Innenhülle des Schiffes aktiviert und gab nun ein diffuses Licht ab. Die Kabine war sehr klein. Alle Flächen und alle Schotten waren genutzt: Kokonsessel und eine Koje, Ausrüstung, Handfeuerwaffen, Nahrungsmittelspender, Abfallaufbereitung, Wasserzufuhr – alles, was man braucht, um im All zu überleben.

Ich ging ins Cockpit. Als ich die Membran berührte, die sie von der Kabine abtrennte, öffnete sich diese auf die gleiche Weise, wie es zuvor die Außenluke getan hatte: wie der Verschluss einer Hochgeschwindigkeits-Holokamera. Im Cockpit ließ ich mich in den Pilotensitz gleiten. Er schmiegte sich wie ein Handschuh um mich, der Kokon wurde aufgebaut – er bestand aus einem gewobenen Material, das dick genug war, um meinen Körper gegen die bevorstehende Beschleunigung abzupolstern, aber nicht so dick, dass ich in meiner Bewegungsfreiheit behindert worden wäre. Dann rastete das Exoskelett ein, und ich war von meinen Instrumenten umgeben. Ein Visor senkte sich über meinen Kopf, über das Display flimmerten laufend Daten.

Sobald der Sitz mein Körpergewicht analysiert hatte,

schalteten sich die vorderen Holoschirme ein, sodass ich das Gebiet außerhalb des Schiffes dreidimensional wahrnehmen konnte. Rex' Schiff befand sich an Steuerbord, Taas' und Heldas an Backbord. Ich konnte den Raumhafen erkennen, die Rollfelder und Abschussrampen, die sich in der Ferne von der flachen Landschaft abhoben.

Die Manschette des Pilotensitzes schloss sich um meinen Hals, das Psi-Fon stöpselte sich in die Buchse knapp unterhalb meines Hirnstamms. In meinem Verstand ertönte Zabos vertraute ›Stimme‹, androgyn und ruhig: Zabo in Bereitschaft.

Bestätigt, dachte ich. Ich brauchte mich nicht weiter zu identifizieren, um mich auf das System einzuloggen – keine Sicherheitscodes, gar nichts. Zabo war auf mein Hirnstrommuster eingestellt; hätte irgendjemand anderes versucht, den Jag ohne Genehmigung zu benutzen, wäre jedes System des Schiffes automatisch gesperrt worden.

Einstellung auf Psiberspace, dachte Zabo.

Diesmal betrat ich das Skol-Net als schwarzes Wellenpaket, plätscherte in einem dunklen Hügel über das Netz. Als ich an anderen kleinen, glitzernden Wellenbergen vorbeikam, erkannte ich sie undeutlich durch das Dunkel meines eigenen Wellenpaketes. Ein Funke erschien neben mir, wuchs zu einem zweiten Wellenpaket an – es war rot, und feurige Funken sprühten darin. Als nächstes erschien ein goldfarbenes Paket, gefolgt von einem grünen.

ZaboRot hier, dachte Rex.

ZaboGold hier, dachte Helda.

ZaboGrün hier, dachte Taas.

Zabo bestätigt, antwortete ich. Unser Vier-Personen-›Funkverkehr‹ dauerte kaum einen Sekundenbruchteil.

Ein Psicon in Form eines kleines Schlosses leuchtete in

der Ecke meines Mental-Displays auf. Als ich diesem schnell meine Aufmerksamkeit zuwand, meldete Zabo: Tarnung auf maximaler Leistung. Anwesenheit von Zabo-Staffel durch andere Benutzer nicht wahrnehmbar.

Verbinden, dachte ich.

ZaboRot verbunden, antwortete Zabo. ZaboGold verbunden. ZaboGrün verbunden.

Dadurch, dass die Jags unsere Verbindung verstärkten, empfing ich Rex, Helda und Taas so deutlich, dass ihre Gedanken wie ein Murmeln im Hintergrund meiner eigenen Gedanken zu vernehmen waren. Als ich mich auf Taas' Stimme konzentrierte, nahm deren ›Lautstärke‹ zu, und ich erkannte, dass er ZaboGrün gerade Anweisungen erteilte. Ich wandte meine Konzentration wieder von ihm ab, und seine Stimme verschmolz mit dem restlichen Hintergrundgemurmel. Von allen meinen Leuten hatte ich die Mental-Displays zur Verfügung; sie lagen jetzt im Hintergrund, doch ich konnte sie jederzeit aufrufen, wenn es mir notwendig erschien.

Es hatte jahrelanges Training erfordert, meinen Verstand so zu disziplinieren, dass ich die Bilder, Geräusche, Gerüche, Geschmäcker und Gefühle dieses Mental-Displays – das, was die Jagernauts *Mindscape* nennen – von meiner eigenen Wahrnehmung der Umgebung trennen konnte. Ich musste meinen Verstand regelrecht umlernen lassen, damit ich vor dieser mentalen Lärmkulisse überhaupt meine eigenen Gedanken denken konnte. Die meisten Psibernauten schafften das nicht, und das war ein weiterer Grund, warum es so wenige Jag-Piloten gab.

Ich rieb mir die Schläfen. Wir mussten einen Preis zahlen für diese Verbindung; sie aufrecht zu halten, erforderte viel Energie – sowohl was den eigenen Verstand betraf als auch die Ressourcen des Schiffes, so viel Energie, dass nie mehr als vier Jagernauts zu einer Einheit gehören konnten. Und lange konnten Menschen diese elektronisch verstärkte Verbindung auch nicht ertragen. Sie nahm uns jegliche Privatsphäre, und das nicht nur untereinander: Wir spürten ungehindert auch jegliche Emotionen des Feindes. Doch solange diese Verbindung zwischen Mensch und Maschine bestand, war der Jag ein echtes Wunder. Wir konnten jederzeit und überall miteinander kommunizieren, und das ohne jegliche Zeitverzögerung.

Bereit?, dachte ich.

ZaboRot bereit, antwortete Rex.

ZaboGold bereit, antwortete Helda.

Nach einem Augenblick dachte ich: *Taas?*

Wieder eine Pause. Dann: *ZaboGrün bereit.*

Gibt es ein Problem?, fragte ich.

Nein. Brauchte nur ein bisschen Zeit, um mich einzugewöhnen.

Seine Verzögerung war normal für ein neues Staffelmitglied. Aber in einer Situation, wie die, in die wir uns jetzt begaben, konnte so etwas verhängnisvoll sein. Normalerweise hätte ich niemals von einem Piloten ohne Kampferfahrung verlangt, auf eine derartige Mission zu gehen. Aber wir hatten keine andere Wahl. Ich hoffte nur, sein Jungfernflug mit der Staffel würde nicht zugleich sein letzter sein.

Koordiniert eure Checks, dachte ich. Dadurch, dass jedes Schiff die flugvorbereitenden Checks aller anderen Staffelmitglieder verifizierte, wurde jede Maschine von vier Seiten auf Einsatzbereitschaft getestet. Wir gingen bei unseren Jags die einzelnen Schritte durch: Navigation, Cyber, Waffensysteme, Kommunikation, Hydraulik.

Dann meldete Zabo: Überprüfe Inversionsantrieb.

Inversion. Obwohl sie mir seit so vielen Jahren vertraut war, faszinierte sie mich jedes Mal wieder aufs Neue. Während Zabo die Antriebssysteme durchcheckte, folgte ich ihm in Gedanken, gebannt wie ein kleines Kind. Wir hatten das Problem der Überlichtgeschwindigkeit nicht mit klassischer Physik gelöst – wir hatten uns sozusagen um das Problem herumgedrückt. Um Supraluminalgeschwindigkeit zu erreichen, hätten unsere Schiffe theoretisch zunächst die Lichtgeschwindigkeit erreichen müssen, und in dem Moment, wo diese erreicht wäre, würde die Masse eines Schiffes im Vergleich zu langsameren Objekten unendlich, die Ausdehnung würde Null und die Zeit stünde still. Das war natürlich unmöglich. Jahrhundertelang hatten die Menschen gewusst, dass ein Schiff niemals schneller sein kann als das Licht.

Jahrhundertelang hatten sich die Menschen geirrt.

Die Lösung des Problems erwies sich als ganz einfach: Bei supraluminalen Geschwindigkeiten wurden Masse und Energie imaginär – sie mussten wie Quadratwurzeln negativer Zahlen behandelt werden. Um das Supraluminaluniversum zu erreichen, mussten wir unserer Geschwindigkeit lediglich einen Imaginärteil hinzufügen. Puff – schon verschwand das Singularitätsproblem, das sich beim Erreichen der Lichtgeschwindigkeit ergab. Ein Schiff wich der Lichtgeschwindigkeit etwa so aus wie ein Flugwagen, der von der Straße abwich, um einem Baum auszuweichen. Nur dass für Raumschiffe die ›Straße‹ eben das ganze reale Universum war.

Natürlich war die Theorie der dahinter stehenden Mathematik viel einfacher, als den Antrieb schließlich zu bauen – von den bizarren Effekten einer Fortbewegung oberhalb der Lichtgeschwindigkeit ganz zu schweigen. Doch als unsere Vorfahren letztendlich erfolgreich gewesen waren, stand uns der Weg zu den Sternen offen.

Wir hatten das Wort ›Inversion‹ von den Verbandlern übernommen, weil es so angemessen beschrieb, wie sich dieser Prozess anfühlte. Doch eigentlich hatte es einen viel sprachlich hermetischeren Ursprung. ›Inversion‹ bezog sich auf die mathematische Korrespondenz zwischen Superluminal- und Subluminalraum, die die Wissenschaftler auf der Erde in der zweiten Hälfte des zwanzigsten Jahrhunderts hergeleitet hatten.

Was dieser Antrieb eigentlich tat, war, das Schiff aus dem Realraum in einer Kreisbewegung in ein Imaginäruniversum zu katapultieren. Während dieser Rotation durchquerten wir eine ungenau definierte Existenzebene, in der wir zum Teil real und zum Teil imaginär waren. Dieser Übergang war, gelinde gesagt, verwirrend; ich hatte nicht die geringste Lust, herauszufinden, was passieren würde, wenn man sich länger als nur einen Augenblick dort aufhielte. Deswegen flogen wir so nah an den ›Baum‹ heran wie irgend möglich, bevor wir von der ›Straße‹ abwichen; wir beschleunigten so weit in Richtung Lichtgeschwindigkeit, wie es unser Treibstoff zuließ, bevor wir in den Superluminalraum rotierten; für den ›Rückweg‹ galt das Gleiche.

Bedauerlicherweise bedeutete dieses ›nahe an den Baum heranfliegen‹, dass wir mit relativistischer Geschwindigkeit aus der Inversion heraustraten, sodass wir währenddessen unsere gesamte Umgebung mit hochenergetischer Strahlung und hochenergiereichen Partikeln beschossen. Tat ein Pilot das zu nah an einem festen Körper, forderte er sein Schicksal heraus. Wenn man die Inversion nicht gerade in einem Fast-Vakuum durchführte, führte das dazu, dass das Schiff auch Moleküle der es umgebenden Materie mit explosiver Gewalt in jenes andere Universum mit sich riss – und dabei explodierte das Schiff ebenso wie die Materie, die es getroffen hatte.

Die Inversion hatte die Art der Kriegsführung drastisch verändert. Die Technologie hatte sich bis zu einem

Punkt weiterentwickelt, an dem normale Menschen dem Krieg nicht mehr gewachsen waren. Jetzt, wo es Kriegsschiffe und Geschosse gab, die fast mit Lichtgeschwindigkeit aus dem Supraluminalraum austreten konnten, war das Konzept einer fest umrissenen ›Front‹ überholt. Natürlich entwickelten sich die Verteidigungstechniken parallel zu den Angriffstechniken; dadurch besaßen wir wenigstens die Möglichkeit, unsere besiedelten Welten in bedingtem Maße zu schützen. Aber wir konnten nicht das gesamte Weltall im Auge behalten. Gewaltige Bereiche des Alls wurden immer noch umkämpft, und in diesen Bereichen existierten keine klaren Grenzen, was gerade zu Eubia gehörte, was zu Skolia und was zu den Verbandlern.

Überprüfung des Inversionsantriebs abgeschlossen, dachte Zabo.

Schubtriebwerke überprüfen. Obwohl Jags in Planetennähe unter Fusionsantrieb flogen, verließen wir uns im freien Raum auf Photonen-Schubtriebwerke.

Schubtriebwerke initialisiert und bereit, meldete Zabo.

Und wie steht's mit dem Treibstoff?

Positronen-Eindämmung stabil.

Gut.

Das Innere des magnetisch verschlossenen Eindämmungsbehälters war ein Universum für sich; ein Ort, der sowohl real als auch imaginär war, und der nur existierte, solange der Inversionsantrieb eingeschaltet war. Während des Fluges griff es auf den immensen Fluss kosmischer Strahlung im Komplexraum zurück und sammelte so weiteren Treibstoff. Der Behälter verteilte seinen Inhalt über den Komplexraum, indem er den imaginären Anteil von Ladung und Masse variierte, so dass er viel mehr Ladung aufnehmen konnte, als das im Realraum allein möglich gewesen wäre. Das Inversionsprinzip ließ sich hier natürlich einfacher anwenden als bei Menschen: Psychologisch relevante Traumata, die sich daraus ergaben, sowohl einen realen als auch einen imaginären Anteil zu besitzen, stellten für subatomare Partikel keine Bedrohung dar.

Ein Sortierer suchte sich relativistische Elektronen aus dem Realraum, während der Treibstoffbehälter Positronen in die Interaktionskammer hinzudosierte. Materie/Antimaterie. Die beiden interagieren in Form phantastischer Energieausbrüche, und dadurch entstand der Schub, den wir brauchten. Gammastrahlungs-Schutzschilde und supraleitende Netzwerke schützten das Schiff vor seiner eigenen Abwärme, während der entstehende Schub es unter extremer Beschleunigungsbelastung vorantrieb.

Das letzte wichtige Element der Inversionstechnologie war eine Stasis-Spule, die die quantenmechanische Wellenfunktion des Schiffes daran hinderte, sich während der Beschleunigung zu verändern. So konnte uns die Beschleunigungsbelastung nichts anhaben, denn unsere Molekularkonfiguration war während der Stasis fixiert. Wir waren nicht ›eingefroren‹, unsere Atome fuhren fort, genau so zu vibrieren, zu rotieren und sich anderweitig zu bewegen, wie sie es in dem Moment getan hatten, als die Spule aktiviert wurde. Die Atomuhr, die maß, wie viel Zeit wir in Stasis verbrachten, lief weiter. Aber keines unserer Atome konnte seinen Quantenzustand verändern, und das bedeutete, dass das Schiff und alles in seinem Inneren so hart wurde, dass nicht einmal diese gewaltigen Kräfte, denen es ausgesetzt war, etwas auszurichten vermochten. Ohne diesen Schutz hätte uns die Beschleunigungsbelastung zerquetscht.

Unterbrechung, dachte Zabo.

Was ist los?, fragte ich. Das Bild eines Verbandler-Satelliten tauchte vor meinem geistigen Auge auf, so detailgetreu, dass ich sogar die Bolzen an seiner Außenhülle erkennen konnte. Unter dem Satelliten erschien eine kodierte Nachricht. Während das Kauderwelsch durch mein Mental-Display lief, gab mir Zabo sowohl eine visuelle als auch eine verbale Übersetzung.

Verfluchte Raketen. In dieser Nachricht ging es um mich. Die Verbandler hatten dem Imperialen Raumkommando von meiner Festnahme berichtet. Die Übersetzung dieses Berichts aus dem Griechischen ins Skolianische hatte Tiller Smith vorgenommen.

Zabo, warum ist dieses Display jetzt erschienen?

Als diese Nachricht bei mir einging, hat dein Spinal-Knoten sie aufgefangen und sie wegen des Namens ›Tiller Smith‹ mit einem Marker versehen.

Den nächsten Gedanken richtete ich direkt an meinen Spinal-Knoten. *Warum hast du den Namen ›Tiller Smith‹ markiert?*

Dieser Name ist mit 82 Prozent auf deiner Interessens-Skala eingestuft, meldete der Knoten.

Das ergab keinen Sinn. Wie konnte der Knoten durch seine Berechnungen zu dem Schluss kommen, Tiller Smith interessiere mich so sehr? Das Letzte, was ich jetzt brauchte, war, dass mein Spinal-Knoten mir überflüssige Bilder von Satelliten in mein Mental-Display projizierte.

Lass ein Diagnoseprogramm über deine Marker-Routinen laufen, dachte ich. *Es gibt keinen Grund dafür, Tiller Smith so hoch einzustufen.*

Diagnoseprogramm läuft. Dann: Nicht der Name ›Tiller Smith‹ hat die Markierung bewirkt. Es war deine Reaktion auf die Daten in einem Buch, das er dir gegeben hat.

Warum sollte ein Buch voller unverständlicher Gedichte den Knoten so aufrühren? *Alle Marker löschen, die sich auf* Verses on a Windowpane *beziehen.*

Gelöscht. Das Display des Satelliten verschwand.

Primärin Valdoria, dachte Taas. *Ich erhalte von Ihrem*

Satelliten-Input einen Datenüberlauf auf meinem Netz. Ich kann ihn nicht abbrechen.

Welche Befehle hast du ausprobiert?, fragte ich.

Stop, Abbrechen, Anhalten, Beenden, Verlassen, Tschüss, Systemabbruch, Halt, Datenquelle wechseln, Abschließen, Datentransfer abbrechen und Fluch.

Fluch? Was ist das denn?

Ich hab' rumgeflucht.

Ich musste lächeln. *Versuch's mit ›Löschen‹.*

Das hat funktioniert. Sein ›Löschen‹-Psicon erschien vor meinem geistigen Auge, eine dralle Frau, die nur ein paar Stofffetzen am Leib trug und eine Farbsprühdose in der Hand hielt. Sie sprühte den Saum ihres Rocks an, der daraufhin verschwand und ihren Oberschenkel noch mehr enthüllte. Dann verschwand sie wieder in ZaboGrün.

Ich lachte. *Seid ihr alle startklar?*

Klar, dachte Rex.

Klar, dachte Helda.

Klar, dachte Taas.

Dann geht's jetzt los!, dachte ich.

Fusionsantrieb wird gezündet, dachte Zabo. Für Manöver in Planetennähe verwendeten die Jags Fusionsreaktoren, die mithilfe von erhitztem Plasma Schub erzeugten.

Der Tower gab uns Starterlaubnis auf Startrampe Zwölf. Aber während wir unsere Maschine dorthin rollen ließen, hörte ich knisternd die Stimme des Fluglotsen: »Ich bedaure, Primärin Valdoria. Sie vier werden warten müssen. Wir haben ein kleines Problem mit der Zwölf.«

»Bestätigt.« Als wir fast zum Stehen gekommen waren, dachte ich. *Was ist denn los?*

Zabo lieferte mir ein Bild mehrerer Schiffe, die auf einer Startrampe standen, an der wir vorbeirollen mussten, um zu Startrampe Zwölf zu gelangen. **Diese Schiffe treffen Startvorbereitungen.**

Das Händler-Wappen, ein sprungbereiter schwarzer Puma, schimmerte auf den Schiffsrümpfen. Die Schiffe standen wartend in der Dämmerung, das grelle Licht der Startrampenbeleuchtung ließ die Hüllen wie Eis glitzern. Am elegantesten sah ein *Streamliner* aus, das bevorzugte Raumschiffmodell der Highton-Aristos. Die drei schwereren Schiffe waren Geleitschiffe, die ›Leibwächter‹ des *Streamliners.* Wenn man berücksichtigte, dass die meisten Hightons nur mit einem Geleitschiff zu reisen pflegten, höchstens mit zweien, konnte ich mir sehr gut vorstellen, welchen Passagier dieser *Streamliner* befördern würde.

Ich meinem Geist hörte ich Rex' Stimme. *Qox.*

Ja, dachte ich.

Taas' Gedanke fühlte sich wie ein glühendes Stück Eisen an. *Wir sollten ihn von der Startrampe runterpusten.*

Heldas Gedanke klang grollend. *Ya.*

Ich verzog finster das Gesicht. *Ihr redet da gerade von Mord.*

Ya, stimmte Helda mir zu.

Also machen wir's, dachte Taas.

Ich konnte es einfach nicht glauben. Die meinten das ernst. Sie wollten tatsächlich und ohne jede Provokation ein Zivilschiff abschießen und so eine interstellare Führungspersönlichkeit ermorden. *Hört auf damit,* wies ich sie an.

Auf allen meinen Displays konnte ich erkennen, dass Startrampe Zwölf frei war. Ich war sicher, dass wir sie gefahrlos hätten benutzen können. Ich zweifelte ebenfalls nicht daran, dass der Tower uns nicht auch nur in der Nähe der Händlerschiffe wissen wollte. Dann erhob sich eines der Geleitschiffe in die Luft, hüllte die Startrampe in eine Abgaswolke und erhellte mit dem Flammenschein die ganze Gegend. Die anderen Schiffe folgten gestaffelt, und das Dröhnen des Starts erschütterte meinen Magen und mein ganzes Denken.

Wir jagten durch das Weltall und folgten den Chimären von Qox' ›Flaggen‹. Solange wir unter Inversionsantrieb flogen, konnten wir so schnell sein, wie wir wollten, nur niemals *langsamer* als Lichtgeschwindigkeit.

Wäre es möglich gewesen, uns von Delos aus zu beobachten, hätte es für diesen Beobachter gewirkt, als seien unsere Schiffe immer kürzer und ihre Masse immer größer geworden, je mehr wir uns der Lichtgeschwindigkeit näherten. Nach Erreichen der Superluminalgeschwindigkeit hätten unsere Schiffe durch diese Beschleunigung ausgesehen, als würden sie immer weiter in die Länge gezogen, während ihre Masse immer weiter dahingeschwunden wäre. Doch selbst als wir das Millionenfache der Lichtgeschwindigkeit erreicht hatten, erschien mir das Schiff ganz normal; natürlich befand ich mich relativ dazu gesehen auch in Ruhe. Aber für jeden Beobachter auf Delos hätte unsere Masse nur noch wenige Gramm betragen, während wir mehrere Tausend Kilometer lang erschienen wären.

Bei Geschwindigkeiten, die die Lichtgeschwindigkeit um mehr als 141 Prozent überschreiten, findet eine Zeitkontraktion statt. In unserem derzeitigen Tempo konnten wir ein ganzes Jahrhundert lang durch das Weltall jagen, während auf Delos nur eine Stunde verging. Sollten wir jemals unendliche Geschwindigkeit erreichen, würden unsere masselosen Jags durch das gesamte Universum reichen, und überall würde die Zeit stillstehen, während für uns die Ewigkeit verging.

Doch wir hatten ein Problem: In dem Bereich, in dem man die Lichtgeschwindigkeit fast erreichte, erlebte man das Gegenteil einer Kontraktion – eine Zeitdilatation. Die Zeit verging also für uns langsamer als für die Bewohner von Tams. Wir waren der Lichtgeschwindigkeit zu nahe gekommen, bevor wir invertiert hatten, und die Zeitdilatation hatte uns ein paar Stunden in die Zukunft geschickt und uns so wertvolle Zeit geraubt, die wir dringend benötigten.

Zabo, zeitlich rückwärtsgerichteten Kurs berechnen, dachte ich. *Zeitdilatation kompensieren.*

Kurs berechnet.

Gut. Wenn wir die Lichtgeschwindigkeit überschritten, konnten wir, relativ zu Tams, in die Vergangenheit reisen. Hätte jemand *das* beobachten können, so hätte er Folgendes gesehen: Nachdem wir Delos verlassen hatten und uns auf dem Weg nach Tams befanden, erschienen vier neue Schiffe und vier Schiffe aus Antimaterie im Tams-System, paar-erzeugt durch Photonen-Zerstrahlung in Planetennähe. Die Schiffe aus Materie und ihre Piloten waren identisch mit der Zabo-Staffel. Genauer gesagt: Sie *waren* wir.

Während die Materie-Schiffe weiter in Richtung Tams flogen, kehrte die Antimateriestaffel in einem zeitlich rückwärtigen Kurs nach Delos zurück, fuhr mit superluminaler Geschwindigkeit rückwärts und nahm dabei Treibstoff auf, statt ihn zu verbrauchen – als würde man einen Film rückwärts ablaufen lassen. Zu dem Zeitpunkt, an dem ich die Anweisung gegeben hatte, zu ›wenden‹ und zeitlich rückwärts gerichtet zu fliegen, hätte man auf Tams gesehen, dass wir auf die Antimaterieschiffe trafen und zerstrahlt wurden. Die Energie der Photonen, die bei unserer gegenseitigen Auslöschung entstanden, glich die Energie aus, die verbraucht wurde, als die neuen Schiffe und ihre Antimaterie-Zwillinge erzeugt wurden.

Da wir uns zu unseren Schiffen relativ gesehen in

Ruhe befanden, sahen wir keine absonderlichen Hervorbringungen oder Zerstörungen von Schiffen: Wir flogen einfach nur von Delos nach Tams. Das Endergebnis war auf jeden Fall das Gleiche: Unsere vier Jags kamen irgendwann auf Tams an, nachdem sie Delos verlassen hatten.

Ich wünschte mir von Herzen, wir könnten Tams erreichen, *bevor* wir Delos verließen, sodass uns genügend Zeit zur Evakuierung des Planeten bliebe. Aber bisher hatte es kein Raumschiff und kein Geschoss jemals geschafft, das Naturgesetz von Ursache und Wirkung zu unterlaufen, indem es aus der Inversion herauskam, bevor es dort eingetreten war. Das Beste, was bisher erreichbar war, bestand darin, einen Augenblick, nachdem man in der Nähe seines Ausgangspunktes invertiert hatte, in der Nähe seines Zieles aufzutauchen. Realiter dauerte es länger – Stunden oder Tage. Je weiter man reiste, desto mehr Fehler akkumulierten sich und desto größer wurden die Abweichungen. Ich hoffte einfach nur, dass wir es rechtzeitig schafften. Qox' ›Flaggen‹ hatten zwar einen weiteren Weg vor sich als wir, aber sie führten ganze Computer-Systeme mit sich, um die Raum-Zeit-Variablen zu optimieren.

Aber wir hatten einen Vorteil, der für sie völlig unerreichbar war.

Kein elektromagnetisches Signal konnte ein Schiff erreichen, das mit Superluminalgeschwindigkeit flog. Die einzige Möglichkeit zur Kommunikation bestand darin, einander mit Superluminal-Partikeln – Tachyonen – zu beschießen. Aber bisher hatte niemand herausgefunden, wie man Tachyonen dazu bringen konnte, Informationen verlässlich zu übertragen, vor allem, wenn man bedachte, dass es *während* der Inversion möglich war, dass Signale eintrafen, bevor sie abgesendet worden waren. Folglich flogen invertierte Schiffe durch eine

Art Limbus und entfernten sich währenddessen immer weiter voneinander. Eine Staffel, die in einer engen Formation invertierte, diffundierte während der Fahrt immer weiter auseinander, sowohl im Raum, als auch in der Zeit. Je größer die Zeitverschiebung war, desto länger mussten sie ihre ›Funksprüche‹ aussenden; je weiter sie sich im Raum voneinander entfernten, desto längere Strecken mussten diese ›Funksprüche‹ zurücklegen.

Außer bei Jags.

Rex, Helda, Taas und ich waren gemeinsam wie *eine* Person. Wir waren ein Teil von Skol-Net – das bedeutete, wir konnten auf Kommunikation in Nullzeit zurückgreifen, und das nicht nur untereinander, sondern auch mit allen anderen, die in dieses sternen-übergreifende Computer-Netzwerk eingeklinkt waren. Wir koordinierten unser Handeln mit einer Präzision, der sogar die Lichtgeschwindigkeit nichts anhaben konnte.

Aber der Psiberspace hatte seine Grenzen. Würden wir versuchen, etwas über unsere Zukunft herauszufinden, indem wir uns in das Skol-Net einklinkten, nachdem uns eine Zeitdilatation zeitlich vorwärts katapultiert hätte, würden wir uns damit auch in eine zukünftige Zeitlinie einklinken und uns *immer noch* dort befinden, wenn wir zurück in die ›Gegenwart‹ bewegten. Die Zeit, die wir benötigen würden, die Verbindung aufzuheben und uns wieder erneut einzuklinken, könnte uns töten. Alles, was wir durch unseren kurzen Blick in die Zukunft herausfinden würden, wäre, dass wir im Kampf gestorben wären – weil wir keine Ahnung gehabt hätten, was die Schiffe, mit denen wir uns gerade im Kampf befänden, in dem Moment getan hätten, als der Kampf begonnen hätte.

Wir konnten einen Blick in die Zukunft werfen, dann die Verbindung zu Skol-Net unterbrechen und uns wieder neu einklinken, nachdem wir in die Gegenwart zurückgekehrt waren. Aber das würde bedeuten, ohne Psi-Link die Inversion zu durchqueren. Wir würden durch Zeit und Raum treiben und genau das aufgeben, was unsere größte Stärke darstellte. Allein schon die Tatsache, dass wir in unsere Zukunft schauen würden, würde die Wahrscheinlichkeit erhöhen, dass wir erfahren würden, im Kampf gefallen zu sein.

Zabo, dachte ich. *Das Netz überprüfen. Irgendwelche Daten über Qox' Flaggen?*

Ein imperialer Wachposten hat eubianische Kriegsschiffe gesichtet. Ihre Flugbahn durchschneidet den Orbit von Tams. Die geschätzte Ankunftszeit erschien auf meinem Mental-Display.

Wie viele Schiffe?, fragte ich.

Verschiedene Darstellungen der Händler-Schiffe erschienen. Zwei Schlachtkreuzer, eine Orbital-Plattform und drei Schild-Schiffe. Dazu ein Labor-Schiff.

Ich verzog das Gesicht. Das mussten die Händler-Flaggen sein. Ein Labor-Schiff konnte einen Asteroiden oder einen Mond in Wasserstoff umwandeln, der dann mit der Atmosphäre von Tams reagieren sollte. Zumindest wussten die Flaggen nicht, dass wir kamen. Ich wollte Tams schon wieder verlassen haben, bevor sie auftauchten.

Was ist mit dem Streamliner, der von Delos abgehoben hat?, fragte ich dann.

Zabo ersetzte das Bild der Händlerschiffe durch ein Bild von Jaibriols Schiffen. Auf ihrem aktuellen Kurs werden sie Tams etwa zeitgleich mit den eubianischen Flaggen erreichen.

Liegen Daten über die Situation auf Tams vor?

Den neuesten Berichten des Nachrichtendienstes zufolge haben die Rebellen immer noch die Bodenverteidigungsanlagen unter Kontrolle. Alle Tams-Links zu Skol-Net sind jedoch derzeit nicht funktionsfähig.

Das kam nicht überraschend. Die Händler hatten diese Links gewiss so schnell wie möglich zerstört, um sicherzustellen, dass die Meldungen unseres Nachrichtendienstes veraltet waren.

Taas sendete mir einen Gedanken: *Wie sieht es mit den Verteidigungsanlagen im Orbit aus?*

Er klang ruhig, aber ich spürte, wie angespannt er war. Zabo reagierte auf meinen Gedanken, indem er mir Taas in seinem Cockpit zeigte. Unter diesem Bild leuchteten Daten auf: Puls, Blutdruck, Körpertemperatur, Atemfrequenz, Hirnaktivität.

Hey, dachte Taas. *Mir geht's gut.*

Im Orbit werden rudelweise Knallbonbons sein, dachte ich. Diese nahezu wertlosen Köder-Satelliten, die man normalerweise mit einem Geschoss oder einem altmodischen Laser abschießen konnte, waren mit elektronischen Signaturen ausgestattet, die sie einem feindlichen Schiff oder Geschoss als äußerst lohnenswerte Ziele erscheinen ließen. *Robot-Drohnen auch. Wahrscheinlich ein Wachposten mit Robot-Mannschaft.*

Warum ein Wachposten?, fragte Helda. *Eine Plattform im Orbit einzusetzen, macht sie angreifbar.*

Zabo gab uns Rex' Sachkenntnis durch: *Sie haben keinen Grund, einen Angriff zu erwarten,* dachte er. *Es gibt hier keine Monde, auf denen man Stützpunkte errichten könnte. Deswegen kann es sein, dass sie sich eher die strategische Blöße ein leicht angreifbaren Wachpostens geben als die Tatsache zu akzeptieren, dass die Rebellen die Bodenverteidigungsanlagen kontrollieren.*

Wie steht's mit bemannten Solos?, fragte Taas.

Nur ein paar, dachte Rex. *Normalerweise nur auf dem Boden. Aber vielleicht werden sie hier auch im Orbit eingesetzt.*

Vor allem, wenn man bedenkt, dass sie mit EIs ausgestattet sind, dachte ich. Die Rebellen brauchten nur einen einzigen Solo zu erbeuten, und sie verfügten über eine EI, die sie für ihre eigenen Schiffe nutzen konnten.

Die Möglichkeit, dass es einen Wachposten geben könnte, beunruhigte mich. Eine derartige Plattform würde das Orbital-Verteidigungssystem noch gefährlicher, noch tödlicher machen. Theoretisch konnte es eine Jag-Staffel, die gerade aus der Inversion heraustrat, mit einer Orbital-Plattform aufnehmen und das sogar überleben; realistisch gesehen fielen unsere Überlebenschancen, wenn wir die Plattform nicht sofort kampfunfähig machten, solange wir noch das Überraschungsmoment auf unserer Seite hatten, ins Bodenlose.

Das Beste wäre wohl, so nah an Tams wie nur irgend möglich zu re-invertieren und dann sofort einen Schwarm selbstlenkender Geschosse abzufeuern. Die gewaltige kinetische Energie unserer Geschwindigkeit, die fast an die Lichtgeschwindigkeit grenzte, würde unsere Geschosse in Raketen mit einer Sprengkraft von Megatonnen verwandeln. Dicht besiedelte Planeten besaßen Verteidigungssysteme gegen diese Art relativistischer Angriffe; aber Tams war nur eine kleine Bergbau-Station in einem hinterwäldlerischen Teil des Weltalls. Außerdem wussten die Händler, dass es in unserem Interesse lag, nicht offen gegen sie vorzugehen. Im Moment konzentrierten sie sich wahrscheinlich gerade auf die Rebellen.

All das bedeutete, dass wir eine gewisse Erfolgschance hatten. Ob diese Chance allerdings nur verschwindend gering war oder nicht, stand auf einem anderen Blatt. Ich hatte die Daten über das OVS von Tams, das Orbitale Verteidigungs-System, gelesen. Das war alles andere als unbedeutend. Und da Tams von Skol-Net abgeschnitten war, waren auch unsere Informationen über den aktuellen Status des OVS unvollständig.

Was ist mit Tau-Geschossen?, fragte Helda.

Sie haben welche, dachte ich. *Ich hoffe nur, nicht zu viele davon.* Taus waren mit Inversionsantrieben ausgestattet. Angesichts der Probleme, denen sich die Händler auf der Planeten-Oberfläche ausgesetzt sahen, hoffte ich, dass sie die teuren und sperrigen Tau-Geschosse ziemlich weit unten auf ihrer Prioritätenliste angesiedelt haben würden.

Sie hätten natürlich mit der ganzen Rebellion kurzen Prozess machen können, indem sie ein Tau mit relativistischer Geschwindigkeit in Tams hineingejagt hätten. Die Rebellen waren von derselben Annahme wie alle anderen in diesem Universum ausgegangen: Ur Qox würde ein nutzbares Territorium nicht zerstören.

Wir hatten uns getäuscht – wir alle. Der Widerstand auf Tams war ein Symbol, eine offene Herausforderung – eine Herausforderung, die in Qox' besessenem Verstand so wirksam war, dass er diese auf so dramatische Weise wie nur irgend möglich vernichtet wissen wollte – als Warnsignal für alle anderen, die in Erwägung zogen, sich seiner Herrschaft zu widersetzen.

All diese Schlussfolgerungen gab ich an das Link weiter. *Sobald wir Tams erreicht haben, bestehen unsere Vorteile aus dem Überraschungsmoment, unserer Geschwindigkeit und unserem Jag-Link. Nachteile: Wir sind vier Jags und haben es mit einem voll einsatzbereiten OVS zu tun, und wir können mit Tams keinen Kontakt aufnehmen, bevor wir nicht aus der Inversion herausgetreten sind. Strategie: Wir reinvertieren in Planetennähe, in nur zwanzig Millionen Kilometern Entfernung, sodass unsere Schiffe jeweils etwa einhunderttausend Kilometer voneinander entfernt sind. Wir schicken den Rebellen eine Warnung mit Hilfe von Neutrino-Kommunikatoren und Abgasstrahlungs-Modulation.* Die Händler würden ganz schön in Bedrängnis geraten, wenn sie versuchten, auch nur eines dieser Kommunikationsmittel auszuschalten; die Gammastrahlen aus unseren Düsen würden ein eindrucksvolles Leuchtfeuer abgeben, und Neutrinos durchdrangen so gut wie alles.

Sobald wir re-invertiert haben, setzen wir einen Schwarm MIRVs mit 0.89c ab. Diese MIRVs würden mit 89 Prozent der Lichtgeschwindigkeit vorwärts schießen, wodurch sie energetisch Megatonnenbomben gleichkamen. *Sobald wir das OVS ausgeschaltet haben, liefern wir die EIs ab.*

Verstanden. Die Antwort kam zeitgleich von allen Staffelmitgliedern.

Bereit zur Re-Inversion, meldete Zabo.

Ich zündete die Photonen-Triebwerke – und wurde in Stasis versetzt. Ich merkte nur an der sprunghaften Veränderung der Geschwindigkeitsanzeige auf meinen Displays, dass ich nicht während des gesamten Bremsvorganges bei Bewusstsein war. Wieder zündete ich die Triebwerke, und der Jag bremste weiter, und obwohl er es schubweise tat, nahm ich als kontinuierlichen Prozess wahr.

Die Sterne bewegten sich vorwärts, konvergierten zu einem Punkt unmittelbar vor dem Bug des Schiffes. Alle Sterne schienen zunächst eine blauen Farbe anzunehmen, dann wurden sie ultraviolett und verschwanden von meinen Schirmen. Zabo überlagerte die Holokarten mit einem Gitter, auf dem ich die Position der Sterne ablesen konnte, die gerade in einem Punkt zusammenfielen …

… und wir traten in perfekter Formation aus der Inversion heraus, absolut zeitgleich, und während wir auf den Planeten zujagten, schickten wir unsere Warnung gen Tams und ließen einen Schwarm MIRVs folgen.

Zabo überflutete meinen Verstand mit Daten; das OVS über Tams schien uns eine ganze Flotte Wachposten entgegenzuschicken. Aber ich erkannte die Energiesignaturen: Die meisten stammten von Ködern, dessen war ich mir sicher.

Taus gesichtet – sind verschwunden, meldete Zabo.

Ausweichmanöver!

... und ich kam wieder aus der Stasis heraus. Zabo hatte mit meinem Jag einen so abrupten Kurswechsel vorgenommen, dass die Stasis-Spule aktiviert worden war, um mich vor der anderenfalls tödlichen Beschleunigungsbelastung zu schützen.

Taus an Backbord detoniert, dachte Zabo. Daten kamen herein, die mir einen Lagebericht lieferten, und das viel schneller, als mein Hirn diese hätte aufnehmen können, wäre es nicht ›aktiviert‹, also künstlich in seiner Leistungsfähigkeit gesteigert gewesen. Mit Inversionsantrieben ausgestattete Tau-Geschosse fingen unsere MIRVs ab und invertierten. Sie peilten unsere Position an und re-invertierten, sodass sie und die von ihnen eingefangenen MIRVs in einer gewaltigen Strahlenexplosion detonierten.

Bei diesen Geschwindigkeiten mussten die Taus invertieren, um uns einzuholen. Doch dieser Ausflug in die relativistischen und superluminalen Regionen brachte sie vom Kurs ab. Wären sie in der Lage gewesen, uns auch dann noch zu verfolgen, während sie unter Inversionsantrieb flogen, hätten unsere Ausweichmanöver vergeblich gewesen sein können. So jedoch kamen sie einige Sekunden zu spät. Wir waren an dem Punkt vorbeigeschossen, an dem sie uns erwarteten.

Wir waren jetzt weit hinter den Orbit des Planeten gelangt und flogen weiter, auf die Sonne von Tams zu. Wir beschleunigten wieder und gingen immer wieder kurzzeitig in Stasis, während wir uns immer weiter der Lichtgeschwindigkeit näherten.

Invertieren, dachte ich.

Sofort spürte ich dieses vertraute Gefühl, wie mein Magen die Bewegung nachvollzog. Wir traten in den Superluminalraum ein und beschleunigten weiter, bis wir das Millionenfache der Lichtgeschwindigkeit erreicht hatten. Hier verging die Zeit für uns schneller als auf Tams, deswegen konnten wir einen großen Bogen fliegen und wieder in das System eintreten, obwohl nur Sekunden vergangen waren, seit wir es verlassen hatten.

Bei der Re-Inversion kamen wir einige Millionen Kilometer von Tams entfernt wieder in den Normalraum, wir flogen von der Sonne aus auf den Planeten zu und schossen unsere letzten MIRVs in einem Schwarm vor uns her.

OVS kampfunfähig, meldete Zabo.

Verifizieren! Dieser Gedanke kam von uns allen gleichzeitig.

Verifiziert. Zabo gab die Daten an uns weiter. Wir hatten das gesamte System eliminiert: Taus, Köder, Drohnen und eine Wachposten-Orbitplattform.

Ich hörte über den Audio-Kommunikationskanal, dass jemand Luft durch die Zähne sog; ein Blick auf die Anzeigen verriet mir, dass das Geräusch aus Taas' Jag kam. Helda jauchzte und Rex schickte mir ein Bild von ihm, auf dem er geradezu unverschämt triumphierend grinste. Wir hatten es geschafft!

In meinem Verstand hörte ich Taas' Lachen. *Da waren zwar OVSs, aber wir waren genau so OVS – ›ohne Verluste siegreich‹!*

Ich musste lächeln. *Beim Anflug auf Tams weiterhin Geschwindigkeit drosseln.*

Wir ›bremsten‹ ab, wurden während des Bremsvorganges wieder in Stasis versetzt, immer und immer wieder, jetzt näherten wir uns Tams, waren schon fast langsam genug für den Eintritt in die Atmosphäre …

Ich kam aus der Stasis und hörte Alarmsirenen schrillen. Über mein Mental-Display jagten Daten: Solos und Robo-Drohnen rasten von der Planetenoberfläche auf uns zu.

Verdammt! *Tarnung aktivieren!*

Drei Stimmen antworteten mir gedanklich mit Lichtgeschwindigkeit. *Aktiviert.*

Wir verschwanden. Schwarzkörper-Abschirmung verwandelte den alabasterfarbenen Schimmer unserer Außenhülle in Oberflächen, die keinerlei Licht reflektierten. Bestenfalls erreichten wir damit ein Minimum an Unauffälligkeit – die Händler wussten, dass wir hier waren, und jedes Mal, wenn wir beschleunigten, verrieten uns die Abgasstrahlen unserer Triebwerke.

Helda, geh so schnell runter, wie du kannst, dachte ich. *Wir geben dir Deckung. Und schick die EIs in einer Drohne runter.* Ob die Rebellen sie dann auch würden bergen können, war etwas anderes. Aber wir hatten jetzt keine andere Wahl. Wir hatten unsere Vorteile Geschwindigkeit und Überraschungsmoment verloren, und unsere MIRVs hatten wir verschossen. Wir konnte auch keine Inversions-Tricks mehr anwenden; um zu invertieren, mussten wir fast auf Lichtgeschwindigkeit beschleunigen, und das würde bedeuten, Helda völlig schutzlos zu lassen, während sie versuchte, die EIs abzusetzen.

Die Solos und Drohnen kamen aus einer unterirdischen Basis. Der Situationsanalyse zufolge handelte es sich um die Überreste der Bodenverteidigungsanlagen. Ein Scan zeigte, dass der Großteil dieser Anlagen zerstört waren. Zabo berechnete eine Wahrscheinlichkeit von 84 Prozent, dass die Rebellen bezwungen worden waren und die Anlagen lieber gesprengt hatten, als sie wieder von den Händlern einnehmen zu lassen.

Annihilatoren auf Einsatz vorbereiten, dachte ich. Wie Zerleger und Photonen-Triebwerke basierten diese Waffen auf dem Prinzip der Paarvernichtung. Die Inversions-Technologie hatte den Weg zu effizienten Antimaterie-Waffen geebnet. Annihilatoren verwendeten Antiprotonen, deren Energiegehalt den von Positronen um das Zweihundertfache überstieg – sie waren millionenfach energiereicher als die schwächlichen Bitonen in den Zerlegern. Nach der Beschleunigung wurde der Partikelstrahl neutralisiert und fokussiert, indem er durch verspiegelte Folien gelenkt wurde, wo er Positronen aufnahm.

Trotz der Nachteile von Strahlenwaffen, denen leichter auszuweichen war als etwa selbst lenkenden Geschossen, waren Annihilatoren das beste Angriffswaffen gegen Schiffe, die über Stasis-›Schilde‹ verfügten. Ein Objekt, das sich in Stasis befand, konnte unglaublichen Kräften standhalten – einschließlich feindlichen Geschossen. Obwohl ein Schiff, das sich in Stasis befand, anfälliger gegen Beschädigung durch Geschütztreffer als durch Beschleunigungsbelastung war, war es doch in diesem Zustand nur schwer zu zerstören. In Stasis befindliche Materie einfach aufzulösen, eben zu *annihilieren*, war deutlich einfacher als sie bis zur Unbrauchbarkeit zu verformen, und das ließ diese Strahlenwaffen im Kampf so bedeutend werden.

Zabo, dachte ich. *Gibt es unter den Drohnen oder Solos auch welche, die über Inversionstechnik verfügen?*

Ja. Zabo zeigte mir vier Drohnen und fünf Solos, an denen Photonen-Triebwerke erkennbar waren. Drei dieser Solos trugen MIRVs.

Rex stieß einen Fluch aus, und ich ballte meine Hände zu Fäusten. Diese drei Solos konnten den gleichen Trick versuchen, mit dem wir das OVS ausgeschaltet hatten. Ja, wir waren gewarnt und konnten Köder-Staub einsetzen, um ihre MIRVs zu stören, aber ich brauchte keine EI-Analyse, um zu erkennen, wie dürftig unsere Chancen waren. Wir hatten einen Vorteil: Die Solos konnten sich nicht während der Inversion koordinieren. Sie konnten nicht simultan invertieren oder re-invertieren, vor allem nicht, während wir sie bedrängten, und das bedeutete, dass der Erste von ihnen, der seine MIRVs abfeuerte, sehr wahrscheinlich zusammen mit uns auch die anderen Solos vernichten würde.

Die Frage war nur: Waren sie bereit, einander zu töten, um uns zu erledigen?

Das wollte ich nicht auf die harte Tour herausfinden. Wir mussten sie zerstören, bevor sie eine Chance hatten, uns zu vernichten.

Als Rot und Gold sich jeweils einem Solo näherten, gab mir Zabo das Bild einer Drohne, die sich zu uns auf einem Abfangkurs befand. Feuer!, dachte Zabo.

Mein Annihilator durchschnitt die magnetische Feldabschirmung der Drohne. Kein Annihilator-Strahl kann vollständig neutral sein, und geladene Partikel werden von Magnetschilden abgelenkt. Aber ein Großteil meines Schusses fand trotzdem sein Ziel. Wo er auftraf, erschienen bei dem Zerstörungsprozess Pionen-Funken, die andere zerstörerische Hochenergieprozesse in Gang setzten, sodass Partikel und Strahlung entstanden, die den Fusionsantrieb zerrissen, die Waffen, die Inversionsantriebe, die Generatoren, die das Eindämmungsfeld für die Antimaterie antrieben …

… und die Drohne verschwand in einer lautlosen Explosion aus Strahlung und Trümmerteilen. Einige davon verschwanden mit dem unheimlichen ›Wegsaug‹-Effekt-, der entsteht, wenn reale Materie im Komplexraum innerhalb eines Treibstoff-Eindämmungsbehälters kollabiert.

Warnung, dachte Zabo. ZaboGrün wurde als Ziel erfasst.

Taas feuerte auf einen der MIRV-Solos, obwohl es noch mehrere Hunderttausend Kilometer entfernt war. Zabo hob sein Geschoss farblich auf meinem Display hervor – rot für ein Tau-Geschoss. Es sauste wie ein winziges – und sehr vergängliches – Raumschiff dahin. Taus waren zu sperrig, als dass ein Jag viele davon hätte aufnehmen können; Taas hatte gerade ein Viertel seiner Ressourcen verbraucht.

Und verlor ein Viertel seiner Ressourcen. Das Solo erwischte Taas' Geschoss mit einem Annihilator-Schuss. Das Tau explodierte in hinreichender Nähe, um das Solo eigentlich zerstört haben zu müssen, doch das Schiff blieb unbeschädigt, da seine EI es in Stasis versetzt hatte. Es entfernte sich von Taas und jagte nun auf mich zu – wie ein starrer Körper, der ohne jede Reibung in Bewegung versetzt worden war.

Dann kam das Solo aus der Stasis heraus – und ich schnappte nach Luft, als nackte Angst mich durchfuhr, reines Entsetzen; ein sonderbares, fremdartiges Gefühl, das mir zugleich in unheimlicher Weise vertraut vorkam.

Block, dachte Zabo. Das ›Block‹-Psicon blinkte vor meinem geistigen Auge auf und blieb dann blinkend in meinem Display stehen. Obwohl die Furcht abnahm, verschwand das Psicon nicht; jetzt, wo ich meine ›aktivierte‹ Konzentration so direkt auf das Solo gerichtet hatte, war es mir unmöglich, die Reaktion des Piloten auszublenden.

Es traf mich mit der Wucht eines voll beschleunigten Schwebezuges. Der Pilot war so verängstigt, so *jung*. Kaum erwachsen – jemand, der bei einem so einfachen Auftrag wie Tams niemals mit Kampfhandlungen gerechnet hatte … *nie habe ich ein Solo fliegen wollen, nie auch nur einem nahe kommen. Wie konnte ich jemals glauben, dadurch könnten meine Träume wahr werden – dadurch könnte ich in die Kaste der Aufgabenerfüller aufsteigen … jetzt muss ich für diesen Traum bezahlen …*

Zabo, Block! Tränen strömten mir die Wangen hinunter – die Tränen meines Feindes. Das ›Block‹-Psicon flackerte ergebnislos vor meinem geistigen Auge, immer und immer wieder.

Feuer!, dachte Zabo.

Mein Annihilator erwischte das Solo aus nächster Nähe und ließ es explodieren. Ich rang nach Luft, als der Todesschrei des Jungen in meinem Verstand widerhallte.

Zabo. Schluchzend sog ich Luft in meine Lungen. *Gefühlszentren abschalten.*

Abgeschaltet.

Dann war der Teil meines Gehirns, der gegen den Tod protestierte, in einem gläsernen Gefängnis eingesperrt – er konnte zwar noch wahrnehmen, doch seine Proteste nahm ich nicht mehr wahr, so dass sie mich nicht davon abhalten konnten, das zu tun, was notwendig war.

Rot und Gold wurden als Ziele erfasst. Zabo schickte mir Bilder von Helda und Rex, die sich im Nahkampf mit zwei Drohnen und einem Solo mit MIRV-Schächten befanden. Ich konnte Zabos Daten auch entnehmen, dass sich drei weitere Drohnen auf Abfangkurs zu uns befanden.

Auf Ausweich-Schema Zwei umschalten, dachte ich. Zabo zündete die Steuerdüsen, ›kalte‹ Stöße des Fusionsantriebs, sodass das Schiff etwa in Sekundenabstand zufallsgeneriert immer wieder den Kurs wechselte. Der Kokon schützte mich vor weniger drastischen Beschleunigungsbelastungen, und wann immer diese lebensgefährlich wurden, versetzte Zabo das Schiff in Stasis. Mein Annihilator schoss erneut einen Strahl ab, und eine der Drohnen explodierte in einem heftigen Strahlenblitz.

Der Schuss eines Annihilators einer anderen Drohne traf die Stelle, an der wir uns nur Sekundebruchteile zuvor befunden hatten. Robot-Schiffe benötigen keine Stasis-Ausrüstung, um den Piloten am Leben zu erhalten, so dass sie manövrierfähiger sind als Jags. Aber ihre Kampftaktik ist auf die Fähigkeiten und den Einfallsreichtum von EIs beschränkt. Wenngleich eine voll entwickelte, gut ausgebildete EI einem Menschen in Bezug auf das Denkvermögen recht nahe kommt, reicht das allein jedoch noch nicht aus. Zabo und ich hatten seit mehr als zwei Jahrzehnten zusammengearbeitet, wir wurden beide jährlich auf den neuesten Stand der Technik gebracht, und es hatte sich eine Synthese ergeben, die weit über das hinausging, was eine EI oder ein Mensch alleine zu vollbringen in der Lage gewesen wäre.

Mein Jag raste auf die dritte Drohne zu und erwischte sie mit einem Annihilator-Schuss. Während die Drohne noch explodierte, zeigte mir Zabo ein weiteres MIRV-Solo an. Es war noch mehrere Tausend Kilometer entfernt und flog im Schleichfahrt-Modus, mit aktivierter Tarnvorrichtung, auf mich zu. Selbst wenn Zabo mich nicht informiert hätte, hätte ich gewusst, dass es dort war. Ich fühlte den Piloten. Er war ein Aufgabenerfüller, und ganz offensichtlich floss auch Aristo-Blut in seinen Adern – so wie bei Jaibriols Wachen.

Auf Impaktor umschalten, dachte ich. Mein Annihilator war leer. Selbst mit der fortgeschrittensten Inversions-Technologie an Bord konnte ein Jag nur eine begrenzte Menge Antimaterie transportieren, und ein Großteil davon wurde für unseren Positronen-Treibstoff benötigt.

Das Solo kam auf mich zu wie ein Ritter in einem lautlosen Lanzengang. Als wir aneinander vorbeirasten, mit einem Abstand von mehr als Tausend Kilometern, löste ich den Impaktor aus; der setzte eine Reihe selbstlenkender Cluster ab, die beim Aufprall wie kleine Wasserstoffbomben fusionierten. Das Solo drehte ab, es hatte ebenfalls ein Programm mit Ausweichmanövern aktiviert; dabei setzte es selbstlenkenden Köderstaub ab, der die Automatik meiner Zielerfassung störte. Mein erster Schuss verfehlte sein Ziel und jagte nutzlos in die Tiefen des Alls davon.

Das Solo hatte seinen Annihilator abgefeuert. Der Schuss streifte meine Magnetabschirmung, und einige, winzige Bruchstücke wurden davongerissen, doch entstand kein wirklicher Schaden. Mein Datendisplay verriet mir, dass ich während der letzten Sekunden mehrmals in Stasis versetzt worden war.

Die Cluster meines Impaktors verfolgten jetzt das Solo. Sein Köderstaub reagierte, ein Teil davon löste meine Cluster-Bomben aus, der andere Teil verfolgte uns weiterhin. Während wir davonwirbelten, setzte Zabo ebenfalls Köderstaub ab, der sich hinter uns kegelförmig verteilte, als würden wir eine Explosionswelle hinter uns herziehen.

ZaboGold wurde getroffen, meldete Zabo.

Gold, Lagebericht!, dachte ich.

Magnetabschirmung und Annihilatoren ausgefallen, antwortete Helda.

Ein Blick auf ihre Daten verriet mir alles: Das auf ihren Jag eingestellte Alarm-Display blinkte bunt wie eine Festtagsbeleuchtung. *Helda, raus hier! Flieg zurück zum Hauptquartier und erstatte Meldung! Rex, gib ihr Deckung!*

Verstanden, dachte Rex.

ZaboGrün wurde getroffen, gab mir Zabo durch. Taas' Daten verrieten mir, dass er deutlich weniger Schaden davongetragen hatte als Helda.

Taas?, dachte ich.

Mir geht's gut, antwortete er – und unterstrich diese Behauptung, indem er einer Drohne einen Volltreffer verpasste. In einer grellen Detonation ging das Schiff in die historischen Datenbanken ein.

Solo an Backbord, warnte mich Zabo.

Ich konzentrierte mich auf den neuen Solo. *Impaktor, Entladungsmuster K. Köderstaub freisetzen.*

Dieses neue Solo wich meinem Schuss aus. Der Pilot feuerte seinen Impaktor ab, doch die Cluster schossen nicht auf meinen Jag zu. Er hatte stattdessen auf eine Stelle backbord von mir gezielt – und hätte mich beinahe erwischt, weil mein Schiff genau in diesem Moment in einem plötzlichen Ausweichmanöver fast genau auf diese Stelle zuraste.

Ich stieß einen Fluch aus. Dieser Pilot war gut. Zu gut. *Zabo, Ausweichmuster Q.*

Stirb, süßer Jagernaut.

Der Gedanke aus dem Cockpit des Solos traf mich wie ein Waffenhieb. Diesen Gedanken hatte kein Telepath geschickt, auch niemand, der nur im Entferntesten einem Telepathen ähnlich war. Doch der Gedanke hatte sich so zielgerichtet in meinem Verstand geformt, dass ich, ›aktiviert‹ wie ich war, nicht anders konnte: Ich fing ihn auf. Der Gedanke hüllte mich ein, in erstickende Verachtung und in so intensiv erlebter Lust, dass mir davon schwindlig wurde: *Stirb, süßer Jagernaut. Stirb. Jetzt. Langsam. Qualvoll. Stirb, süßer Empath.*

Die Herren waren eingetroffen. Dieser Pilot war ein Aristo-Krieger.

Impaktor abfeuern. Ich zitterte am ganzen Leib und strengte mich an, mich von dem Gefühlskonzentrat des Aristos loszureißen. Aber es gelang mir nicht. Ich hätte es nur schaffen können, indem ich mich von Zabo abkoppelte, und das wäre Selbstmord gewesen.

Das Solo schleuderte auf seinem Ausweichkurs herum, und mein Schuss streifte das Schiff nur knapp. Mehrere meiner Cluster explodierten beim Aufprall, doch das Aristo-Schiff blieb weiterhin stasis-geschützt.

Meine Detektoren entdeckten ein weiteres Solo, das sich ebenso geschickt wie das erste an meine Geschwindigkeit anpasste. Eine zweite ›Stimme‹ erklang: *Stirb, Jagernaut.*

… und ich fiel, fiel, fiel in einen Hohlraum, ein schwarzes Loch, eingeschlossen, gefangen …

Block, dachte Zabo. Das Psicon leuchtete vor meinem geistigen Auge auf, und das Gefühl zu fallen nahm ab.

Zabo, Impak …

Der Jag ruckte, ich schlug mit meiner Schulter gegen das gepolsterte Exoskelett, das meinen Körper vollständig umgab. Den Daten konnte ich entnehmen, dass ich fast eine Sekunde lang in Stasis gewesen war. Alarmsirenen schrillten im Cockpit und flackerten über mein Mental-Display. Treffer durch Backbord-Solo, berichtete Zabo. Impaktor an Steuerbord zerstört.

Süßer Jagernaut. Der Gedanke glitt über meinen Verstand wie eine ölige Liebkosung. *Du gehörst mir.* Ein zweiter Gedanke wiederholte es, hungrig: *Mir.*

Dann durchfuhr mich ein weiterer Gedanke: *Stirb, kleiner Jagernaut* – und ein drittes Solo materialisierte sich, feuerte aus seiner Schleichfahrt auf mich; einer Schleichfahrt, die nicht einmal Zabo bemerkt hatte.

Mein Jag erzitterte heftig, alle Alarmsirenen schrillten noch greller. Treffer an Steuerbord, meldete Zabo. Annihilatoren ausgefallen.

Taus abfeuern, dachte ich. *Alle drei anvisieren.*

Drei meiner Kanonen feuerten, spuckten Taus aus. Die Geschosse wurden immer wieder in Stasis versetzt, während sie hinter den Aristo-Schiffen herjagten. Eines der Solos verließ die Gruppe, beschleunigte in Richtung tiefes All, das Tau folgte ihm. Das zweite Solo zerstörte mein Geschoss, bevor es einschlagen konnte. Das dritte Geschoss fand sein Ziel, eines der MIRV-Solos, und ließ das Schiff in einer grellen Detonation explodieren.

Das Solo, das mein Tau zerstört hatte, wirbelte davon, den Zorn des Piloten fühlte ich überdeutlich: *Stirb, Jagernaut! Stirb qualvoll!*

… und das erste Solo tauchte wieder auf, kam in einigen Tausend Kilometern Entfernung wieder aus der Inversion und bestrich das ganze Gebiet mit hochenergiereichen Abgasstrahlen, die mein Jag sofort zerstört hätten, wäre das Solo mir näher gewesen.

… und dann explodierte eben dieses Solo in einem Strahlenblitz.

Hab' ihn!, dachte Rex. *Ich …*

Rot wurde getroffen, meldete Zabo.

REX! Seine Daten jagten über mein Mental-Display: Schilde 8 Prozent, Lebenserhaltungssysteme 4 Prozent, Stabilität der Außenhülle 14 Prozent. Sein Eindämmungsfeld für die Antimaterie stand kurz vor dem Zusammenbruch.

Tau abfeuern, dachte ich. Als ich mein letztes Geschoss abfeuerte, schoss auch das Solo, von dem Rex getroffen worden war, ein Tau ab. Die beiden Geschosse passten ihre Geschwindigkeiten einander an, trafen sich – und invertierten. An Steuerbord tauchten sie wieder auf und detonierten gemeinsam, doch mitten im Geschehen verschwand die Explosion vor meinem geistigen Auge, als Zabo mich wieder in Stasis versetzte.

Drohnen backbords, meldete er dann – und ich befand mich auf der Flucht vor zwei Drohnen, die soeben aus der Inversion herausgetreten waren; ihre Impaktor-Strahlen kreuzten einander an genau der Stelle, an der sich noch vor wenigen Sekunden mein Jag befunden hatte. Mit ihren Schüssen trafen sie sich gegenseitig, beide explodierten.

Mir wurde übel davon, immer wieder in Stasis versetzt und dann wieder herausgerissen zu werden. Mein Spinal-Knoten bemühte sich, diese Übelkeit zu kompensieren, indem er mein traumatisiertes Hirn anwies, Endorphine freizusetzen, aber das reichte nicht aus.

Warnung! Zabo zeigte mir ein Solo, das sich mit zunehmender Geschwindigkeit von Tams entfernte – und es war mit MIRVs ausgestattet. Es raste auf die Sonne zu und war offensichtlich bemüht, relativistische Geschwindigkeit zu erreichen.

Einfangen, dachte ich. Wir jagten dem Solo hinterher,

beschleunigten fieberhaft. Taus standen mir nicht mehr zur Verfügung, Annihilatoren auch nicht, nichts mehr; wenn es notwendig war, würde ich ihn rammen, verflucht!

ZaboGold tauchte so schnell aus dem Nichts auf – wenn Zabo nicht die Daten heruntergerattert hätte, hätte ich nie begriffen, was gerade passierte. Ich sah nur, dass das Solo plötzlich explodierte, als habe eine unsichtbare Kanone es genau am Bug erwischt.

Was ich nicht sofort begriff, erklärte mir dann Zabo: Helda war unmittelbar vor dem Solo aus der Inversion herausgetreten – mit einer Präzision, die eigentlich nicht möglich war; es sei denn, man arbeitete mit einem Psi-Link. Sie hatte die genaue Position des Solos einfach meinen Gedanken entnommen. Ihr Jag invertierte mit 80 Prozent der Lichtgeschwindigkeit und erwischte das Solo mit den Abgasstrahlen ihres Photonen-Triebwerks. Noch bevor die Explosion des Händler-Schiffes abgeklungen war, war Helda schon wieder verschwunden.

Das grenzte an Selbstmord. Hätte sie sich auch nur um ein paar Meter verrechnet, wäre sie genau auf dem Solo re-invertiert und hätte ihr eigenes Schiff zusammen mit dem gegnerischen zerstört. Genauso gut hätte sie bei einer Fehlberechnung mein Schiff erwischen können – oder das, was von Rex' Schiff noch übrig war.

Aber ich hatte weder Zeit, sie dafür anzufahren, dass sie einen direkten Befehl missachtet hatte, noch ihr meine Dankbarkeit auszudrücken. Der Jag begann Übelkeit erregend zu schlingern, ich wurde gegen die Polster in meinem Exoskelett geschleudert.

Treffer an Steuerbord. Die Daten sagten mir alles: Noch ein Treffer und wir wären nicht mehr als eine sich ausdehnende Gaswolke und ein wenig Strahlung.

Soz. Rex' Gedanke schoss mir durch den Kopf, schwach aber deutlich wahrnehmbar.

Er lebte noch! *Er lebte!* Ich unterdrückte ein fast schon hysterisches Auflachen, dann ein Weinen.

Plötzlich zündete Zabo die Triebwerke – und wir machten einen Satz, sogar noch bevor ein Solo auf uns feuerte.

Glück gehabt, Jagernaut. Als das Solo an uns vorbeiraste, durchfuhr der Gedanke mein Hirn, höhnisch, gierig, schmierig wie Öl.

Schweißtropfen rannen von meiner Stirn. Es war nicht das erste Mal, dass Zabo einen feindlichen Schuss vorausgeahnt hatte. Die Händler kannten unsere Schwäche: Im Kampf machte unsere künstlich gesteigerte geistige Leistungsfähigkeit uns zugleich angreifbar. Sie nutzten das weidlich aus, verhöhnten uns, quälten uns, versuchten, uns aus dem Gleichgewicht zu bringen. Aber jeder Pilot, der sich zu sehr auf einen ›aktivierten‹ Jagernaut konzentrierte, vor allem auf einen Jagernaut, der über derart viel Erfahrung verfügte wie ich, riskierte, dass der Jagernaut auch die Gedanken eben dieses Händlerpiloten auffing, selbst die verborgenen – einschließlich des Gedankens, welches Ziel er gerade anvisierte.

Gold, zurück zum Hauptquartier, dachte ich. *Hörst du, Helda? JETZT. Keine weiteren Heldentaten mehr. Es kann sein, dass du die Einzige bist, die eine Meldung wird erstatten können.*

Bin schon weg, antwortete Helda.

Sowohl die Drohne, die mein Schiff getroffen hatte, als auch das Solo, das mich verfehlt hatte, waren jetzt außer Reichweite. Nicht, dass das einen Unterschied gemacht hätte. Ich hatte nichts mehr, womit ich hätte schießen können. Soweit meine Scans das beurteilen konnten, waren das die letzten beiden Händler-Schiffe. Die Drohne befand sich auf einem Abfangkurs zu Taas. Das Solo, das meinen Daten zufolge nicht mit MIRVs ausgestattet war, entfernte sich von Planeten. Ich zweifelte nicht daran, dass der Pilot vorhatte, Heldas Trick mit der Inversion nachzuahmen. Eine schnelle Analyse zeigte mir auch, auf wen es das Solo abgesehen hatte: Jag ZaboRot, der hilflos und deshalb einladend im Raum trieb.

Solo abfangen, dachte ich. *Schnapp ihn dir, Zabo.*

Wir jagten dem Händler-Schiff hinterher. Zabo versetzte mich in Stasis. Und wieder. Und wieder. Mir wurde übel von diesem Gefühl des nur sporadisch vorhandenen Bewusstseins, mir war schwindlig, meine Kehle trocken. Ein kleiner, metallener Schlauch klappte von meinem Helm herab und ließ Wasser in meinen Mund strömen.

Ich leckte mir über die Lippen. *Positronen-Treibstoff in den Annihilator pumpen.*

Annihilatoren nicht mehr einsatzfähig, dachte Zabo.

Dann pump Positronen in irgendetwas, um das sich ein Stabilisatoren-Energiefeld aufbauen lässt, und lade das in einen Tau-Abschussschacht.

Zabo gab mir die Daten durch. Das Stabilisatoren-Energiefeld wird nicht lange aufrecht zu erhalten sein.

Das ist auch nicht nötig.

Solo erreicht Inversionsgeschwindigkeit in 3.1 Sekunden.

Verfolgen.

Dann ließ ich alle mentalen Barrieren fallen.

Ich öffnete mein Denken und Fühlen und zog so den Solo-Piloten an, als sei ich die Abflussöffnung eines säuregefüllten Fasses. Er ergoss sich in meinen Verstand wie ein ätzender Strudel: Schmerz, Jagernaut. *Schmerz und Angst und Entsetzen. Stirb …*

Wir invertierten, Zabo erfasste das Solo durch die Verbindung seines Piloten mit mir. Lautlos jagten wir durch den imaginären Raum, verfolgten das Solo, als es seinen Kurvenflug beendet hatte und wieder auf Tams zuhielt.

Wir erreichen wieder das Tams-System, meldete Zabo.

Reinvertieren, befahl ich.

Wir schafften es, einen Sekundenbruchteil früher als das Solo aus dem Imaginärraum herauszutreten, aber es war mir nicht gelungen, mich so vor ihn zu manövrieren, dass ich meine Abgasstrahlen gegen ihn hätte einsetzen können. Als das Solo re-invertierte, dachte ich: *Auf den zündfertigen Tau-Abschussschacht feuern. Dann nichts wie weg hier.*

Im gleichen Moment, in dem mein Notbehelfs-Geschoss in den Abschussschacht des Solos hineinglitt, verließ das Händler-Schiff die Stasis und feuerte die Tau-Kanone ab. Das Positronen-Geschoss und das Tau krachten ineinander – und das Solo verschwand in einer heftigen Strahlenexplosion.

Ich keuchte erstickt auf.

Zehn oberflächen-stationierte Drohnen nähern sich von der Tagseite des Planeten, meldete Zabo.

ZEHN? Bei allen Göttern Skolias! *Wie viel Zeit bleibt, bis sie in Schussweite sind?*

Vier Minuten, kam die Antwort von Zabo. In drei Minuten ist der Sauerstoff der Notfalltanks von Sekundär Blackstone erschöpft.

Grün, Lagebericht!

Meine Drohne bedrohnt uns nicht mehr, dachte Taas.

Taas, du musst eine EI zu den Rebellen schaffen. Du hast vier Minuten, um so weit runterzugehen wie möglich, sie abzuwerfen und abzuhauen.

Kapiert, sagte Taas.

Soz, mach doch keinen Blödsinn. Rex' Gedanke drang schwach in meinen Verstand ein. *Du gehst runter. Lass dir von Grün Deckung geben.*

Ich bewegte mich näher an Rex' Schiff heran, manövrierte mein Jag so vorsichtig, wie nur irgend möglich.

Ich musste ganz nah heran, so nah, dass die Schiffe sich fast berührten. Ziehharmonika ausfahren, dachte ich. An Rot andocken.

Ausgefahren, antwortete Zabo.

Soz. Wieder empfing ich einen Gedanken von Rex. *Tams ist wichtiger als ein alternder Jagernaut. Geh mit Taas runter. Er schafft das nicht alleine.*

Du solltest ihm ein bisschen mehr zutrauen.

Die Ziehharmonika-Brücke entfaltete sich aus meiner Luftschleuse. Als sie gegen die Außenhülle von Rex' Jag prallte, gab Zabo durch: Luftdruck in Rot bei Null Bar. Ihr Raumanzug wird jetzt versiegelt. Die Luft in Blackstones Tanks reicht noch Eins Komma Zwei Minuten.

Rex, geh in die Ziehharmonika, dachte ich.

Ich kann mich nicht bewegen, lautete Rex' Antwort.

Zabo, öffne die Schleuse von Rot. Dann Instrumente einfahren.

Geöffnet und eingefahren. Als das Exoskelett von meinem Körper zurückgefahren wurde, wurde auch das Psi-Fon aus der Buchse in meinem Rückgrat gezogen. Ich stemmte mich aus dem Sessel und quetschte mich durch die Cockpit-Membran. Dann zog ich mich quer durch die Kabine.

Zabo öffnete die Innen- und die Außentür der Schleuse. Ich schwebte so schnell wie möglich durch sie hindurch und in die Ziehharmonika-Brücke hinein, die Rex' Jag mit meinem verband wie ein durchsichtiger Tunnel. Die Luftschleusen von Rex' Jag standen ebenfalls weit offen. Ich schoss so schnell ich konnte in ZaboRots Inneres – und befand mich mitten im Chaos.

Überall schwebten Ausrüstungsgegenstände, mit denen ich immer wieder kollidierte, während ich die Kabine durchquerte. Ein Teil der Innenhülle war nach innen eingebrochen. Als ich mich ins Cockpit zwängte, sah ich, wie Rex versuchte, sich aus dem Pilotensitz zu hebeln. Die gesamte Automatik des Sitzes schien zusammengebrochen zu sein, und das Exoskelett hielt Rex jetzt wie in einem Schraubstock gefangen. Rex griff nach meinen Armen, und mit vereinten Kräften gelang es uns, ihn herauszuziehen. Doch selbst, nachdem er aus dem Sessel befreit war, hingen seine Beine immer noch nutzlos herab. Ich versuchte, ihn über das Funksprechgerät des Raumanzuges anzusprechen, erhielt aber keine Antwort.

Stattdessen hörte ich Zabo über das Funkgerät: »Blackstone hat weder in seinen Anzug noch in seiner Notreserve weiteren Sauerstoff.«

Durch den Helm konnte ich Rex' Gesicht erkennen und sah, wie er nach Luft rang. Er zog sich durch das Innere des Schiffes, dann in die Ziehharmonika – so schnell, dass ich an ein menschliches Geschoss denken musste. Er schwebte in die Luftschleuse meines Jags, ich war unmittelbar hinter ihm. Als Zabo die äußere Schleusentür geschlossen hatte, stieß Rex gegen eine Innenwand der Schleuse und rührte sich dann nicht mehr.

»Zabo, *Luft!*« Ich griff nach Rex und riss hektisch an seinem Raumanzug. Arm in Arm schwebte ich mit ihm in die Kabine, gemeinsam taumelten wir unkontrolliert umher.

Dann war es mir endlich gelungen, Rex den Helm abzunehmen. Gegen die Innenwand gestützt, riss ich mir auch meinen eigenen Helm herunter. Ich verankerte uns mehr oder weniger fest, indem ich ein Bein um die Medi-Liege schlang, die bereits ausgefahren wurde Dann fasste ich nach seinem Kopf, hielt ihm die Nase zu und atmete in seinen Mund, nahm vorher einen tiefen Atemzug für seine große Lunge. Ich stützte uns an einem Schott ab. Einatmen. Ausatmen. Ein. Aus. Rex, atme. *Alle Götter, atme!* Ein. Aus …

»Schiff nähert sich; in fünfundvierzig Sekunden in Schussweite«, sagte Zabo.

Ein. Aus …

Rex schnappte zitternd, aber kräftig nach Luft. Als ich ihn loslies, öffnete er die Augen und sah mich an, im kalten Licht der Kabine sah sein Gesicht ganz bleich aus.

»Zabo, kümmer dich um Rex!« Noch während ich sprach, umschlang die Liege ihn schon mit ihren Instrumenten.

»Drohnen in zweiunddreißig Sekunden in Schussweite«, sagte Zabo. »Zielerfassung wurde aktiviert.«

Ich eilte ins Cockpit und glitt in den Pilotensitz. Sobald ich wieder mit dem Schiff verbunden war, jagte ich einen Gedanken über das Psi-Link: *Taas! Hochziehen! Sofort!*

Keine Antwort.

Die Drohnen feuern, meldete Zabo, als die Beschleunigung einsetzte …

Keuchend spürte ich, wie mir schwindlig wurde – Nachwirkungen davon, zu lange in Stasis gewesen zu sein. Die molekularen Wellenfunktionen eines Menschen über einen längeren Zeitraum zu fixieren, konnte verhängnisvoll sein; sobald die Stasis aufgehoben wurde, musste der Körper sich sofort an die in der neuen Umgebung wirksamen Kräfte anpassen. Wenn diese Umgebung sich in zu drastischer Weise geändert hatte, war es möglich, dass die Fluktuationen des sich umgewöhnenden Systems den Menschen auseinander rissen – Atom für Atom.

Meine Moleküle schafften es, beieinander zu bleiben, aber ich fühlte mich schrecklich. Mein Gesichtsfeld war zu verschwommen, als dass ich die Instrumente hätte ablesen können, doch mein Mental-Display verriet mir alles, was ich wissen musste: Zabo hatte uns in die Inversion beschleunigt und gleich noch weit darüber hinaus, alles in einem Schritt, und die ganze Zeit über hatte ich mich in Stasis befunden.

ZaboGrün, Lagebericht!, dachte ich. Ich wartete, dann sandte ich einen neuen Gedanken aus. Taas?

Keine Antwort.

Positionsbestimmung von ZaboGrün nicht möglich, meldete Zabo.

Gold?

Positionsbestimmung nicht möglich.

Ich musste schlucken. Weder Helda noch Taas hätten freiwillig das Link aufgegeben. Helda konnte vielleicht gelandet sein, aber wenn man bedachte, welchen Schaden ihr Schiff genommen hatte, war klar, dass es genauso gut auseinander gebrochen sein konnte.

Wie geht es Rex?, fragte ich.

Seine Vitalfunktionen nehmen ab.

Hilf ihm!

Er benötigt mehr Hilfe, als ich zu geben in der Lage bin.

NEIN! War das Einzige, was ich mit diesem aus der Verzweiflung geborenen Auftrag geschafft hatte, meine ganze Staffel auszulöschen? Nein. Nicht jetzt, nicht nach allem, was wir zusammen durchgemacht hatten.

Ich atmete tief ein. *Zabo, versetz uns wieder in Stasis.* Für Rex machte jetzt keine Zeitdilatation und kein anderer Effekt noch einen Unterschied. Jetzt war nur noch von Bedeutung, wie lange er hier auf diesem Jag in der Falle saß. *Hol uns nicht wieder raus, bevor wir angekommen sind.*

Weder bei Ihnen noch bei Commander Blackstone ist sichergestellt, ob Sie einen weiteren Aufenthalt in St …

Hat Blackstone eine Überlebenschance, wenn du ihn nicht in Stasis versetzt?

Nein. Aber Sie.

Versetz uns in Stasis, Zabo. Dann brich jeden Streckenrekord, der jemals aufgestellt wurde, und bring uns zum Krankenhaus im Hauptquartier.

Das war der letzte Gedanke, den ich formulieren konnte, bevor die Stasis-Spule aktiviert wurde.

Kapitel 7

Nachwirkungen

Ich erbrach mich, als wir aus der Stasis taumelten. Die Sterilisatoren in meinem Raumanzug surrten, als sie die Schweinerei beseitigten.

Wir jagten in das Diesha-System und pflügten durch alle Sicherheitssysteme, indem ich meine Freigaben und meine Sicherheitsstufe lautstark durch das Netz ›brüllte‹. Ich ließ Zabo mitten in der Nacht auf dem Dach des Krankenhauses landen und setzte in den Lichtkegeln greller Scheinwerfer auf. Rex lag reglos auf der Medi-Liege, seine muskulösen Arme wirkten wie ein Polster, während er von intravenösen Schläuchen durch Buchsen in seinem Raumanzug versorgt wurde.

Als ich die Luftschleuse öffnete, sah ich Leute auf dem Dach, die auf uns zuliefen. Innerhalb von Sekunden beförderten sie Rex auf eine Luftkissen-Trage. Ich schloss mich ihnen an, rannte neben der Trage her, während Ärzte tatsächlich versuchten, dabei meine Vitalfunktionen zu messen.

Alles ging zu schnell für mich. Wir liefen einen grellweißen Flur entlang auf den OP zu; dann befand ich mich in einem runden Raum mit weißen Wänden, weißer Decke, weißem Boden, und ein Rudel Mediziner in weißen Uniformen stand um mich herum. Ich versuchte mich aus dem Griff eines dieser Medizinmänner zu befreien, der meine Arme festhielt. Als er nicht loslassen wollte, beugte ich mich vor und warf ihn über meinen Rücken, wobei ich sein Körpergewicht gegen ihn einsetzte. Mit einem dumpfen Schlag prallte er auf den Boden; sein Overall war an den Nähten eingerissen.

Die anderen drei Mediziner, zwei Frauen und ein Mann, umklammerten jetzt meine Arme. Der, den ich zu Boden geschickt hatte, stand wieder auf, und eine dritte Medizinerin versuchte, eine Pressluftspritze gegen meinen Arm zu drücken.

»Nein!« Ich riss meinen Arm zurück, damit ich nicht ihre Spritze mit dem K.O.-Beruhigungsmittel abbekam. Ich musste bei Bewusstsein bleiben, musste wissen, was mit Rex war.

»Primärin Valdoria, bitte!« Die Frau mit der Pressluftspritze wischte sich ihre durcheinander geratenen grauen Locken aus den Augen. »Sie brauchen medizinische Versor …«

»Legen Sie diese verdammte Spritze weg«, sagte ich. »Oder ich lasse Sie wegen ›tätlichen Angriffs auf einen Imperialen Erben‹ inhaftieren!«

Die Frau erbleichte und ließ den Arm sinken. Zu mehr ließ sie sich jedoch nicht erweichen. Als die anderen vier Mediziner versuchten, mich zu einem Stuhl hinüberzuziehen, stieß ich einen Fluch aus.

»Hinsetzen«, befahl die Spritzenschwingerin. »Versuchen Sie sich zu entspannen!«

War die völlig verrückt?! Rex lag im Sterben, und diese Wahnsinnige verlangte von mir, mich zu entspannen?! Wieder versuchte ich, mich von den Medis loszureißen, doch sie hielten mich fest.

»Soz.« Eine Hand senkte sich schwer auf meine Schulter.

Ich fuhr, von den Medis immer noch festgehalten, herum und blickte auf.

Helda.

Ich schloss die Augen, öffnete sie dann wieder, um sicherzugehen, dass sie es wirklich war. Ich hatte sie nicht alle getötet.

»Hast du deine Meldung erstattet?«

»Ya.« Sie zögerte. »Taas?«

»Er hat nicht mehr reagiert, als ich ihm befohlen habe hochzuziehen.«

Sie atmete hörbar aus. »Tut mir Leid.«

Leise sagte ich: »Mir auch.« ›Tut mir Leid‹ war ein viel zu schwacher Ausdruck.

Helda deutete auf ein geschwungenes weißes Sofa, das an einer der geschwungenen weißen Wände stand. »Du wartest mit mir?«

Ich nickte und riss mich mit einem Ruck von den Medis los, die sich dem endlich nicht mehr widersetzten. Dann ging ich mit Helda zu dem Sofa hinüber. Als wir uns setzten, bewegte sich der Nervoplex-Bezug unter mir; vergeblich bemühte er sich, meine verspannten Muskeln ein wenig zu lockern.

Und dann warteten wir.

Und warteten.

Wir saßen acht Stunden dort. Jemand kam herein, stellte mir einige Fragen und nahm meinen Bericht auf. Dann gingen sie wieder. Während all dieser langen Stunden durchlebte ich den Kampf immer und immer wieder – den Augenblick, als ich Taas seine Befehle erteilt hatte, oder Rex die seinen. Ich versuchte, mir zu überlegen, wie ich es hätte anders machen können, andere Befehle erteilen, die zu einem anderen Ausgang der Situation hätten führen können – einen, bei dem sie und Tams eine Überlebenschance gehabt hätten.

Ich versuchte, meinen Verstand auszuschalten. Aber ich hörte immer noch den Todesschrei dieses Kinderpiloten in dem Solo. Zeitgleich mit seinem Tod sah ich die Gedankenwelten der Aristo-Kriegsherren, die Zabo und mich fast zerstört hätten; ihre Begierde, mich sterben zu sehen, war wie ein unangenehmer Geschmack im Mund, den ich nie würde loswerden können, niemals, nicht in tausend Jahren, genauso wenig, wie ich diesen Hass jemals würde loswerden können, der aus all diesen anderen Schlachten stammte, die ich seit einem Vierteljahrhundert gegen sie geführt hatte.

Es war früh am Morgen, etwa eine Stunde nach Sonnenaufgang, als ich eindöste. Mein Kopf fiel gegen die Lehne des Sofas, doch als mein Gesicht den Nervoplex-Bezug berührte, ertappte ich mich beim Einschlafen und setzte mich wieder auf. Dann ließ ich den Kopf wieder zurücksinken und schloss die Augen.

»Möchten Sie einen Kaffee?«, fragte eine Stimme.

Ich riss die Augen auf. Diese Stimme kannte ich.

»Primärin Valdoria? Ich habe Kaffee gebr…«

»Taas!« Ich sprang auf.

Er grinste und hielt mir einen Plastikbecher mit diesem scheußlichen Gebräu entgegen, das die Verbandler unseren Import-Shops aufgedrängt hatten. Taas trug immer noch seinen Raumanzug. Ich umarmte ihn, dann tat Helda das Gleiche, wobei sie ihn fast umwarf. Der Kaffee schwappte über und bespritzte uns alle drei, ebenso den Fußboden.

»He da!« Seine Stimme klang gedämpft, was nicht verwunderlich war, wenn man bedachte, dass sein Kopf zwischen Heldas großen Brüsten steckte. »Ich kriege keine Luft mehr!«

Helda ließ ihn los. »Ist nicht gut, wenn erstickst du ausgerechnet jetzt, was? Nicht nachdem du auferstanden von den Toten bist.«

Er blinzelte. »Von den Toten?«

Ich lachte unsicher. »Ich dachte, du wärst tot, nachdem du das Psi-Link aufgegeben hast.«

»Eine Drohne hat mich erwischt, als ich gerade hochziehen wollte«, berichtete Taas. »Und das hat mich aus dem Link geworfen.«

Ich starrte ihn an. Er hatte nur aus dem Link geworfen werden können, wenn ZaboGrün so schwer beschädigt gewesen wäre, dass er nicht mehr auf Skol-Net zugreifen konnte. »Du hast es mit einem beschädigten Computer hierher geschafft?«

Taas lächelte. »So schlimm war das nicht. Ich musste nur ein paar Berechnungen im Kopf anstellen.«

Im Kopf? »Du musst ja ganz schön was in der Birne haben.« Aber das hatte ich schon gewusst, als ich ihn für die Staffel ausgewählt hatte. »Hast du die EIs nach Tams durchbringen können?«

Er nickte. »Ich weiß nicht, ob das etwas gebracht hat. Ich habe noch keine Berichte erhalten.«

»Soz.« Helda berührte mich am Arm.

Als ich zu ihr hinüberschaute, nickte sie in Richtung Tür. Ich drehte mich um und sah, dass ein Arzt auf uns zukam. Vor mir blieb er stehen. »Primärin Valdoria?«

Ich spannte mich innerlich an. »Ja?«

»Wir sind im OP jetzt fertig.«

»Und?« Sag mir, dass er noch lebt, dachte ich. Sag mir, dass er wieder in Ordnung kommt.

Der Arzt fuhr sich mit der Hand durch die Haare. »Er hat Prellungen, Knochenbrüche, innere Blutungen. Nichts davon war allzu schlimm.«

Aber? Ich spürte, dass etwas unausgesprochen geblieben war. »Was ist mit seinen Beinen?«

»Das Problem sind nicht seine Beine«, sagte der Arzt. »Es liegt an der Psi-Fon-Buchse, die in die Lumbalregion seiner Wirbelsäule implantiert wurde. Sie wurde ihm aus dem Körper gerissen, und dadurch wurden die absteigenden Neuralfasern zwischen der zervikalen und der lumbalen Intumeszenz durchtrennt.«

Ich rieb mir die Schläfen, als könne das irgendwie mein Hirn wieder funktionstüchtig machen. »Erklären Sie es mir so, dass ich es auch verstehe.«

»Das Implantat hat sein Rückenmark durchschnitten.«

»Das kriegen Sie doch wieder hin, oder?«

Der Doktor atmete hörbar aus. »Normalerweise können wir inzwischen sogar Nervenzellen regenerieren, indem wir sie glauben lassen, sie befänden sich noch im Embryonalstadium. Wir haben versucht, die Nerven und sein Rückenmark zu regenerieren. Aber es hat nicht funktioniert. Dann haben wir in drei unterschiedlichen Operationen versucht, die Endstücke bio-optisch zu verbinden. Aber sein Körper stößt die erforderlichen Implantate ab.«

»Aber irgendwann werden Sie den Schaden doch beheben können, oder? Sobald er auf die Behandlung anspricht, meine ich.«

Er zögerte. »Normalerweise würde ich sagen, ja. Bedauerlicherweise kann ein derart ausgedehntes biomechanisches System, wie Sie es in sich tragen, unerwartete Auswirkungen auf den Körper haben. Allzu genaues wissen wir darüber noch nicht. Aber es haben so viele invasive Eingriffe in das Nervensystem und das biomechanische Netzwerk von Sekundär Blackstone stattgefunden, dass er toxische Reaktionen auf einige der Medikamente zeigt, die wir verwenden, um die Zellregeneration zu fördern. Und wenn wir weitere Veränderungen an seinem Netzwerk vornehmen, kann es sein, dass sein Körper das gesamte System abstößt – nicht nur an den Stellen, an denen wir versuchen, es zu reparieren oder zu erweitern.«

Ich starrte ihn an. »Was wollen Sie mir damit sagen?«

Er sprach mit ruhiger Stimme. »Sekundär Blackstone ist von der Taille abwärts gelähmt. Es ist sehr gut möglich, dass er seine Beine nie wieder wird benutzen können.«

»Nein.« Das konnte nicht wahr sein. Die wollten mir erzählen, dass Rex zum Krüppel geworden war – einen Tag, bevor er den Dienst quittieren wollte? Und dass das biomechanische Netzwerk daran schuld war – das Sinnbild aller Unterschiede zwischen uns und den Händlern? … Nein, das konnte nicht sein.

Helda sprach sehr leise. »Wann Sie lassen uns ihn sehen?«

Der Arzt schaute zu ihr auf. »Er schläft jetzt. Wir sagen Ihnen Bescheid, sobald er Besuch empfangen kann.« Er blickte wieder zu mir. »Primärin …«

Ich wusste, was jetzt kommen würde. Besorgnis. Das konnte ich nicht ertragen, nicht jetzt. Ich schaute ihn unerbittlich an. »Was?«

»Mir wurde gesagt, Ihrem Logbuch zufolge haben Sie seit mehr als fünfzig Stunden nicht geschlafen.« Er machte eine Pause. »Unseren ersten, vorläufigen Untersuchungen zufolge haben Sie zwei gebrochene Rippen, zahlreiche Prellungen, dazu noch innere Gewebeschäden, weil Sie zu lange in Stasis waren. Sie brauchen ärztliche Versorgung und Schlaf.«

Schlaf? Ich war zu aufgeregt, um mich auch nur hinzusetzen. »Mir geht's gut.«

»Ma'am, Ihnen geht es *nicht* gut. Sie stehen kurz davor zusammenzuklappen.« Als ich gerade widersprechen wollte, hob er abwehrend die Hand. »Wir können Ihnen hier ein Bett geben.«

Ich blickte ihn finster an. »Ich will kein Bett.«

Aus seinem Denken drang ein lebhaftes Bild davon, wie ich für ihn aussah, zu mir herüber: wie ein verletzter Felsenhirsch, ein wildes, schönes Tier, das Abwehrlaute ausstieß, während er versuchte, es nahe genug heranzulocken, um seine Wunden versorgen zu können. Das Bild überraschte mich so, dass ich ihn nur anblinzeln konnte. Wie die Verbandler es ausdrücken würden: Es nahm mir den sprichwörtlichen Wind aus meinen ebenso sprichwörtlichen Segeln – wie dumm diese Metapher war: Schließlich sah er in mir einen Felsenhirschen und nicht ein Schiff!

Ich stieß hörbar die Luft aus. Vielleicht war ich tatsächlich erschöpfter als ich dachte – sogar zu müde, um zusammenhängend denken zu können.

»Na gut«, sagte ich. »Ich werde mich ausruhen. Ein bisschen.«

Die Vorhänge dämpften das grelle Licht der Sonne Dieshas ein wenig, ließen aber genügend Licht hindurch, den ganzen Raum taghell erscheinen zu lassen. Ich lag in der wohltuenden Wärme, erwachte langsam aus dem Schlaf und fragte mich, warum ich mich so miserabel fühlte.

Dann fiel es mir wieder ein.

Es lag an diesem ›Knochenbrecher‹. Im Schlaf ließ mein Verstand die mentalen Barrieren wenigstens teilweise fallen, zumindest weit genug, um hin und wieder Input aufzunehmen, den ich, wäre ich bei vollem Bewusstsein, blockiert hätte. Gelegentlich erkundeten meine Träume sogar die eine oder andere mögliche Zukunft – das war das Höchste, was ich bisher an Präkognition erlebt hatte. Während solcher Träume fing ich Ereignisse auf, die entweder gerade geschahen oder kurz davor standen zu geschehen. Je intensiver die Gefühle der Beteiligten – und je näher ich ihnen stand –, desto lebhafter war der Traum.

Aber viel zu oft hatten intensive Gefühle mit Unglück zu tun. Ich hasste solche Träume. Statt erfrischt aufzuwachen, öffnete ich die Augen und sah nur Elend, denn ich wusste, dass ich oder jemand, der mir sehr nahe war, gerade verletzt wurde oder bald verletzt werden würde. Ich nannte solche Träume ›Knochenbrecher‹, weil ich mich danach immer so fühlte, als hätte man mir alle Knochen im Leib gebrochen. Und heute erwachte ich und durchlebte dabei wieder einen solchen Knochenbrecher.

Schließlich hatte ich mich so weit gesammelt, um zu erkennen, dass sich jemand in meinem Zimmer befand, und die Präsenz dieser Person gab mir das Gefühl, als habe jemand eine eiserne Decke über mein Denken geworfen. Ich drehte mich um.

Mein Gast stand neben dem Bett, ein Riese von über zwei Metern, mit einer so ausgeprägten Muskulatur, dass er unmöglich auf einem Planeten mit Standard-Schwerkraft aufgewachsen sein konnte. Er schien eher aus Metall zu bestehen, denn ein Mensch zu sein: Seine Haut schimmerte, als wäre sie eine Legierung aus Epidermis und Gold; und obwohl seine Augen geöffnet waren, bedeckten Innenlider sie wie Schilde aus schimmerndem Gold, die völlig undurchsichtig wirkten. Ich wusste, dass er ungehindert damit sehen konnte; für jeden anderen außer mir waren seine Augen gänzlich ausdruckslos. Sein Gesicht hätte man als gut aussehend bezeichnet, hätte es nicht so hart und kalt gewirkt, ohne eine Spur von Güte, die sein maskenartiges Gesicht sanfter gemacht hätte. Er trug eine schlichte Uniform, beigefarbene Hosen und einen Pullover ohne jegliche Abzeichen, schmucklos, nichts, was verraten hätte, wer er war – abgesehen von goldenen Streifen an beiden Oberarmen, die noch breiter waren als die Streifen an meiner Uniform, die mich als Primärin kenntlich machten.

Der Imperator von Skolia war zu mir gekommen.

Ich setzte mich auf und zuckte zusammen, als Schmerz meinen Oberkörper durchfuhr. Dann grüßte ich, indem ich meine Hände zu Fäusten ballte und dann die Handgelenke kreuzte, rechts über links, und sie ihm entgegenstreckte.

Kurj neigte den Kopf. Obwohl ich ihn schon so lange kannte, fiel es mir immer wieder schwer, zu glauben, dass wir verwandt waren. Obwohl wir die gleiche Mutter hatten, hatten wir fast keinerlei Ähnlichkeit miteinander; Kurj kam nach unserem Großvater, ich nach unserer Großmutter.

Seine Hautfarbe stammte von genetischen Adaptionen, der sich die Vorfahren unseres Großvaters unterzogen hatten, als sie einen Planeten kolonialisierten, dessen Sonne zu grell war. Der metallische Glanz der Haut und der Haare sorgte dafür, dass ein Teil des Sonnenlichtes reflektiert wurde, und die Innenlider schützten die Augen. Sein Äußeres betonte zusätzlich auch noch die innere Wahrheit: Er war zur Hälfte eine Maschine, zur Hälfte ein Mensch – er trug ein biomechanisches Netzwerk in sich, dass noch ausgedehnter war als meines. Sein Äußeres war zu einem politischen Symbol geworden – die metallene Faust von Skolia, der harte Imperator ohne jede menschliche Weichheit, die die Händler hätten ausnutzen können.

Kurj betrachtete mich mit seinen geschützten Augen. »Wie fühlst du dich?«

»Gut.« Geistesabwesend fuhr ich mit der Hand über die strammen Verbände, die meinen Oberkörper umschlangen, um meine Rippen an ihrem Platz zu halten. Ich konnte mich nicht daran erinnern, dass jemand sie mir angelegt hatte. Natürlich nicht, schoss es mir dann durch den Kopf. Ich war so überdreht gewesen, dass die Medis mich schließlich mit irgendeinem Gebräu aus einer Pressluftspritze ins Land der Träume geschickt hatten.

Ich schaute mich im Zimmer um. Die Regenbogenfarben einer Cybersperre schimmerten an den Wänden, der Decke, dem Boden; wir waren im Inneren des Feldes eingeschlossen. Die Farben schimmerten intensiver als die, die ich um Jaibriols Villa auf Delos gesehen hatte: Kurjs Cybersperre war auf ›Töten‹ eingestellt.

»Die Ärzte haben mir von Rex Blackstone berichtet«, sagte Kurj.

Sofort war meine Aufmerksamkeit ganz auf ihn gerichtet. »Hast du ihn schon gesehen?«

»Er schläft noch.«

Ich wollte ihn fragen, was er noch wusste. Aber ich brachte die Frage nicht heraus. Angesichts von Kurjs unbewegtem metallischen Gesicht blieben mir die Worte im Halse stecken.

Stattdessen fragte ich: »Hat Taas' EI-Abwurf geholfen?«

»Ein wenig.« Kurjs Stimme klang gepresst. »Als unsere Einheiten eintrafen, hatten Qox' Flaggen den Planeten bereits geflutet. Wir konnten niemanden mehr von der Oberfläche retten. Aber wir konnten die Flüchtlings-Schiffe beschützen, die bereits abgehoben hatten und versuchten, das System zu verlassen.«

Mir graute vor dem, was er unausgesprochen gelassen hatte. »Wie viele sind gestorben?«

Mit ruhiger Stimme antwortete er: »Zwei Drittel der Bevölkerung.«

Zwei Drittel. Die Worte trafen mich wie Schläge. Zwei Drittel. Auf Tams hatten Sechshundertmillionen Menschen gelebt. Ich fragte mich, wie Jaibriol jetzt wohl über seinen Vater dachte.

»Ich habe auch deinen Bericht über diesen Aristo gelesen«, fuhr Kurj fort.

Das war alles. *Ich habe deinen Bericht gelesen.* Doch das bedeutete, dass er die Wahrheit wusste. Ur Qox hatte einen Erben. Der Teufel hatte sich fortgepflanzt.

Kein Wunder, dass der Kaiser sich niemals hatte scheiden lassen. Seine Gemahlin wusste, dass ihr ›Sohn‹ von einer anderen Frau stammte. Wahrscheinlich nahm sie an, Qox hätte sich eine Highton zur Geliebten gemacht. Hatte er seine Gattin monatelang versteckt gehalten und dann das Kind auftauchen lassen? Hätte sie das Kind nicht als ihres ausgegeben, hätte das dazu geführt, dass dieser Erbe der Hightons aufs Genaueste untersucht worden wäre, und das musste Qox um jeden Peis vermeiden. Ich war überrascht, dass er die Kaiserin nicht auch hatte töten lassen. Hatte Taas Recht und Ur Qox liebte seine Frau wirklich? Oder hatte er lediglich bezweifelt, mit diesem Mord durchzukommen? Die Kaiserin musste über ihren eigenen Stab verfügen, ihre eigene politische Maschinerie, und ihr Einfluss war dem seinen vermutlich fast ebenbürtig. Also hatte er einen Teufelspakt mit ihr geschlossen: Wenn sie schwieg, behielt sie ihren Titel.

Es hatte eine Zeit gegeben, in der ich versucht hatte, mich selbst davon zu überzeugen, dass die Frauen unter den Aristos die sanftmütigeren waren. Sie verachteten alles Militärische, und das bedeutete, dass wir nur selten mit ihnen zu tun hatten. Deswegen umgab sie etwas Mystisches. Doch die drei Wochen, die ich auf Tarques Anwesen verbracht hatte, hatten mich eines Besseren belehrt. Kein Aristo hatte irgendetwas sanftmütiges. Die Frauen waren ebenso grausam wie die Männer. Nichts, weder Größe, noch Figur, noch Geschlecht noch irgendetwas anderes machte da auch nur den geringsten Unterschied.

Kurj betrachtete mich. »Die Behörden von Delos haben uns eine Meldung über deine Aktivitäten in der Villa dieses Hightons geschickt.« Er sah mich nachdenklich an. »Deine Vorgehensweise war nicht gerade subtil.«

»Wird man mir einen Verweis erteilen, Herr?«

»Nein.«

Das überraschte mich nicht. Kurj hatte noch nie viel für Subtilität übrig gehabt.

»Ich habe dafür gesorgt, dass die Zabo-Staffel eine Belobigung erhält«, sagte Kurj. »Wir werden die Zeremonie in allen Holo-Nachrichten bringen lassen.«

Aha. Wir sollten also zu Helden gemacht werden.

So wie Kurj das Universum sah, ergab das durchaus Sinn. Dadurch erhielt das IRK ein besseres Image. Ich fühlte mich etwa so heldenhaft wie eine Nacktschnecke.

Ungebeten drang Kurj in meine Gedanken ein. *Jedes Mal, wenn ihr eine Mission fliegt, riskiert ihr euer Leben. Du weißt das. Deine Staffel weiß das.* Er machte eine Pause. *Blackstone weiß das.*

Ja, Herr. Den Rest meiner Gedanken hielt ich vor ihm verborgen. Was sollte ich sonst noch sagen? Dass Rex wusste, auf welche Gefahren wir uns einließen, machte das, was geschehen war, kein bisschen einfacher.

»Soz.« Seine Stimme klang jetzt milder. »Ihr verdient diese Belobigung.«

Ein Lämpchen leuchtete an einem der drei Armreifen auf, die Kurjs linkes Handgelenk umschlossen. Er trug solche Armreifen an beiden Handgelenken, es waren Metallstreifen, die direkt in seine Haut implantiert waren. Als er das Lämpchen berührte, erklang im Raum eine Männerstimme. »Eine Medizinerin möchte Sie sprechen, Herr. Den Codes zufolge darf sie passieren.«

»Schickt sie herein!«, sagte Kurj.

Am anderen Ende des Raumes verblasste das Energiefeld der Cybersperre, sodass eine Öffnung entstand. In der Wand dort erschien ein Loch, das sich zu einer ovalen ›Tür‹ verbreiterte, die vom Boden bis zur Decke reichte. Zwei Jagernauts traten hindurch. Ich kannte sie beide, sie gehörten zu Kurjs vierköpfiger Leibwache.

Dann erschien eine Frau, eigentlich eher ein Mädchen. Sie betrat den Raum, das Blut schoss ihr ins Gesicht, und sie starrte zu Boden. Sie war eine echte Schönheit, ihr Gesicht umspielt von langen, seidenweichen goldenen Locken, die ihr bis zur Taille reichten; ein atemberaubend schönes Gesicht, sanft und lieblich und gülden. Sie sah aus wie eine zartere, jüngere Version meiner Mutter, und das in einem Maße, dass mir der Atem stockte.

Doch sie wirkte nicht so kraftvoll, so energiegeladen wie meine Mutter, hatte nicht dieses Selbstvertrauen, das meine Mutter wie ein Lichtschein umgab und die Menschen anzog, so wie Motten das warme Licht einer Lampe suchen, die die Nacht erhellt. Dieses Mädchen sah viel zerbrechlicher aus.

Kurj nickte seinen Wachen zu. »Ihr dürft gehen.«

Nachdem die Jagernauts den Raum verlassen hatten, schloss sich die Wand wieder, und das Energiefeld der Cybersperre intensivierte sich an der Stelle der Öffnung erneut, sodass das Mädchen jetzt zusammen mit uns eingeschlossen war. Furcht umschloss mich, so wie Glas, das ein Insekt gefangen hält. Ich konnte mich nicht bewegen, konnte nicht atmen …

Block, dachte ich. Die Furcht schwand, und meine Muskeln entspannten sich wieder. Doch das Mädchen blieb wie angewurzelt stehen und starrte weiter auf den Boden. Sie war noch nicht einmal in der Lage, Kurj zu grüßen, und dieses Versäumnis machte sie zu einer Kriminellen, die mit Gefängnis hätte bestraft werden können. Eigentlich hätte Kurj sie zu allem verurteilen können, wonach ihm der Sinn stand, er hätte sie sogar hinrichten lassen können. Niemand hätte protestiert. Aber ich hatte das Gefühl, dass das überhaupt nicht das war, was er mit dem Mädchen vorhatte.

Er betrachtete die Kleine. »Komm her.«

Zuerst bewegte sie sich nicht. Dann atmete sie tief ein und setzte einen Fuß vor den anderen, den Blick immer noch auf den Boden geheftet. Vor meinem Halbbruder blieb sie stehen und kniete sich hin; zunächst beugte sie ein Knie, und als er ihr nicht die Erlaubnis erteilte, sich zu erheben, auch noch das andere. Ihre Schultern bebten, sodass der Spitzenausschnitt ihres weißen Kleides ein Stück aufklaffte und ihre Brüste nun für jedermann sichtbar waren, der auf sie herabblicken konnte.

Eine Weile blickte Kurj schweigend auf sie hinunter. Schließlich sagte er: »Bist du das Mädchen, das ich in der Säuglingsstation gesehen habe?«

»Ja, H ...Herr.«

»Wie heißt du?«

»Charissa Deirdre.«

»Du hast eine Nachricht für mich?«

»Ja, H ...Herr.« Sie sprach sehr leise.

»Was gibt es?«

»Ihre Wache ... der Jagernaut ... der größte von denen. Er hat mir gesagt, dass ... dass Sie mir einen Auftrag gegeben haben. Ich ... ich soll Sie informieren, w ... wenn ...« Sie atmete tief durch, »Wenn die ... die Übertragung anfängt, die Sie s ... sehen wollen.«

»Und? Fängt sie an?«

»Ja, Herr.«

Übertragung? Was machte Kurj denn da? Wenn er irgendeine Nachrichtenübertragung hätte sehen wollen, hätte er doch nur die Konsole in meinem Zimmer einzuschaltenbrauchen, wenn es losging. Was hatte es denn für einen Sinn, ein Mädchen aus der Säuglingsstation herüberzubefehlen, nur damit sie ihn informierte? Falsche Frage. Natürlich wusste ich, welchen Sinn das hatte. Manche Männer laden Frauen, für die sie sich interessieren, zum Essen ein. Kurj hatte da andere Methoden.

»Steh auf«, sagte Kurj.

Das Mädchen stand auf, den Blick immer noch zu Boden gerichtet. Sie war jung genug, um seine Urenkelin zu sein, vielleicht seine Ur-Urenkelin; obwohl Kurj aussah wie ein durchtrainierter Vierzigjähriger, war er in Wirklichkeit neunzig Jahre alt. Er überragte sie um mehr als einen halben Meter, sodass ihr Kopf kaum bis zu seiner kräftigen Brust reichte.

»Schau mich an«, sagte er.

Sie schaute auf, mit großen, wunderschönen Augen, braune, gold gesprenkelte Augen. Ihre Wangen schienen zu glühen. Kurj umschloss ihr Kinn mit der linken Hand und streichelte mit dem Daumen ihre Wange. Seine Hand war so groß, dass seine Fingerspitzen ihr rechtes Ohrläppchen berührten und sein Daumen in der Bewegung auch das linke Ohrläppchen streifte. Mit der anderen Hand berührte er einen Knopf auf einem der in seine Handgelenke implantierten Metallbänder.

»Ja, Herr?« Die Stimme einer seiner Leibwachen drang aus dem eingebauten Kommunikator.

»Das Mädchen kann jetzt gehen«, sagte Kurj.

Die Cybersperre öffnete sich wieder, und die beiden Jagernauts betraten erneut den Raum. Kurj ignorierte sie, seine Aufmerksamkeit galt immer noch Charissa. Sie starrte ihn an wie eine Flüchter-Gazelle, die im Schein einer Jagdlampe gefangen war.

Kurj beugte sich vor und küsste sie, es war ein langer Kuss, bei dem er sich Zeit nahm. Dann richtete er sich wieder auf und blickte kurz zu den Jagernauts hinüber. »Lasst sie zum Palast bringen.«

»Ja, Herr«, sagte der größere der beiden Wachleute.

Charissa ging schweigend mit ihnen, schaute niemanden an, als sie aus dem Raum geführt wurde. Als sie fort war, hatte ich meine Hände unter der Bettdecke zu Fäusten geballt.

Kurj drehte sich zu mir um. Nach einem Augenblick sagte er: »Du missbilligst das?«

»Du bist ein Empath«, sagte ich. »Du musst gespürt haben, wie verängstigt sie war.«

Er zuckte mit den Schultern. »Vielleicht.«

Vielleicht? Wie konnte er dort stehen, von ihrem Entsetzen praktisch überschwemmt, und überhaupt nicht darauf reagieren?

Und wer war ich, über ihn zu richten? Ich hatte einen

verängstigten Piloten getötet, der kaum mehr als ein Kind gewesen war, und ich hatte bewusst meine Gefühle ausgeschaltet, damit ich sein Schiff zerstören konnte.

»Wenn du ihn nicht getötet hättest«, sagte Kurj, »hätte er dich getötet.«

Ich musste an die Aristos denken. »Also werden wir zu dem, was wir bekämpfen.«

»Wir setzen uns zur Wehr.«

Der Satz rutschte mir einfach heraus: »Und ›zur Wehr setzen‹ bedeutet auch, jede Frau zu vergewaltigen, die dich reizt?«

Kurjs Kinnmuskulatur spannte sich sichtbar an. »Jetzt gehst du zu weit.«

Die da. Schmerzhaft kam mir wieder Tarques Gesicht in den Sinn. Er hatte mich vor ihm niederknien lassen, und ich musste ihm mit jedem schändlichen ›Ehrentitel‹ huldigen, der ihm einfiel; er hatte mir eine Pause von den Schmerzen versprochen, wenn ich täte, was er wolle.

Kurj stieß hörbar die Luft aus. Er ging zum Fenster hinüber, zog die Vorhänge zur Seite, und schmerzhaft grelles Sonnenlicht strömte in den Raum. Er stellte sich in das Licht, eine gold glänzende Statue, die Hände hinter dem Rücken verschränkt, und starrte hinaus auf die scharfkantigen Gebäude aus Hartbeton und Chrom, die das IRK-Krankenhaus umgaben.

Dann fragte er: »Du vergleichst mich mit einem Highton?«

Ich schüttelte nur den Kopf. Ich konnte mit ihm nicht über Tarque reden.

Er drehte sich um, eine Silhouette in dem gleißenden Sonnenlicht. »Hast du jemals daran gedacht, dass ich Gesellschaft brauchen könnte?«

Ich starrte ihn an. Ich wusste nicht, was mich mehr

überraschte: dass er zugab, einsam zu sein, oder seine Art und Weise, diese Einsamkeit zu lindern. Was für eine Art Gesellschaft würde diese Charissa wohl darstellen, wenn sie so traumatisiert war, dass sie kaum atmen konnte, wenn sie mit ihm in einem Zimmer war?

»Dir wäre es lieber, wenn ich sie umwerben würde«, sagte Kurj. »Ihr ›den Hof machte‹. Sie dazu brächte, freiwillig zu mir zu kommen.« Er sprach jetzt mit sehr schroffem Ton. »Ich verneige mich vor niemandem. Nicht vor Ur Qox, nicht vor der Präsidentin der Verbandler – und ganz gewiss nicht vor Charissa Deirdre!«

Denkst du so über die Liebe?, dachte ich. Hältst du sie für einen ›Kontrollverlust‹? Oder strafst du dieses Mädchen dafür, dass sie genauso aussieht wie die Frau, die du am liebsten im Bett hättest, die du aber niemals wirst haben können? Aber ich ließ diese Gedanken nicht so frei, dass er sie hätte aufspüren können. Vielleicht stimmte es, dass ich mit Kurj offener sprechen konnte als fast jeder andere noch lebende Mensch. Trotzdem: Die Grenzen, was ich über ihn sagen – oder ungehindert denken – durfte, waren viel zu eng gesteckt, um gewisse Wahrheiten ans Licht kommen zu lassen.

Trotz all der Jahre, die ich Kurj schon kannte, war er für mich ein Rätsel. Er war ein brillanter Kriegsherr, ein Vorgesetzter, der alle Offiziere zu uneingeschränkter Loyalität anspornte. Ich musste das allerdings noch in meinem Denken mit seiner dunkleren Seite in Einklang bringen.

Auf der anderen Seite des Raumes aktivierten sich die VR-Geräte, ein geflecktes Muster und dünne Linien wirbelten über den Bildschirm, der vom Boden bis zur Decke reichte. Dann entstand davor ein Hologramm, das dreidimensionale Abbild eines glänzend schwarzen Pumas mit roten Augen. Er fletschte die Zähne, Reißzähne wurden sichtbar, die wie polierte Dolche glitzerten. Aus den Wandlautsprechern drang Musik, die beklemmenden Töne der Händler-Hymne.

Aha. Also *hatte* Kurj die Konsole bereits programmiert. Er betrachtete jetzt den Schirm, die Arme vor der Brust verschränkt, den Blick gebannt auf das Hoheitszeichen des Feindes gerichtet. Charissa hatte er bereits vergessen; seine Aufmerksamkeit galt nun etwas anderem.

Ich konnte sie nicht so leicht aus meinen Gedanken verbannen. Ich sah immer noch ihr angsterfülltes Gesicht vor mir, fühlte immer noch dieses entsetzlich beklemmende Gefühl, das sie verspürt hatte, als sie Kurjs Worte hörte: *Lasst sie zum Palast bringen.*

Block, dachte ich. Das Psicon flackerte kurz vor meinem geistigen Auge auf, doch das war auch schon alles. Die Erinnerung blieb so klar wie zuvor. Mein Blockierer wirkte nur auf Emotionen. Erinnerungen künstlich zu löschen war zu gefährlich, weil bei diesem Prozess auch versehentlich wichtige, noch benötigte Informationen hätten verloren gehen können.

Vor dem Schirm streckte der Puma eine Pfote aus, die Krallen verlängerten sich zu einem Fächer aus scharfen Spitzen, während die Hymne der Händler immer lauter wurde.

Ich sprach so neutral, wie es mir möglich war. »Wer überträgt das?«

Kurj betrachtete weiter den Puma. »Wir haben es aus den Händler-Übertragungen isoliert.«

»Spricht Qox?«

»Ja.«

Wir erhielten diese Übertragung vermutlich eher als viele der Händler-Welten. Um es auf mehr als nur einen Planeten zu übertragen, musste Qox zunächst eine Aufzeichnung erstellen, und diese musste dann in Raumschiffen überall dorthin gebracht werden, wo er sie gezeigt wissen wollte. Doch sobald wir sie empfangen hatten, konnten wir sie ohne Zeitverlust in das Skol-Net einspeisen, wo sie dann von den ›TelVers‹, den telepathischen Vermittlern, aufgefangen wurden, die eigens dafür ausgebildet waren, Psiber-Net-Kommunikationen zu empfangen.

In dieser Übertragung musste es um Tams gehen. Diesmal konnte Qox sich nicht verstecken. Zweihundertmillionen Zeugen hatten seine letzten Massenmord überlebt. Ihre Aussagen mussten beweisen, dass er log.

Das Bild des Pumas schimmerte – und dann waren wir *dort,* saßen in einer großen, runden Halle, in der deutlich Echos widerhallten. Hoch über unseren Köpfen wölbte sich die Decke zu einer weißen Kuppel. Weiße Steinbänke mit hohen Rückenlehnen füllten diese Halle aus, sie waren in konzentrischen Ringen um die Mitte des Raumes angeordnet; der kleinste Kreis hatte einen Durchmesser von nur wenigen Metern, der größte verlief an der Außenwand der Halle entlang. Rote Kissen polsterten die Sitze und die Rückenlehnen, blutrote Plüschkissen.

In den Bänken saßen Aristos. Dutzende, Hunderte, Tausende Aristos. Sie saßen Seite an Seite, wie Bestandteile einer Maschine, alle schwarz gekleidet, mit schimmerndem schwarzen Haar und rubinroten Augen, alle saßen sie auf blutroten Kissen in einer weißen, steinernen Halle.

In der Mitte der Ringe reichte eine Kristallsäule vom Boden bis fast zur Decke. Der Kristall war so klar, dass er fast unsichtbar gewesen wäre, hätte nicht alles, was sich dahinter befand, durch die Brechung des hindurchfallenden Lichtes verzerrt gewirkt. Alles auf der anderen Seite der Säule schien uns aus unserem Blickwinkel verschoben und vergrößert.

Der Puma kauerte sich in der Luft schwebend hinter der Säule zusammen. Dann spannte sich das Tier an, wurde größer, seine Proportionen veränderten sich. Seine gestreckten Hinterbeine wurden in die Länge gezogen, der Körper wurde aufgerichtet, die Vorderbeine wurden wie Arme ausgestreckt, das Fell wich immer mehr zurück, bis es ein Haarschopf geworden war – und dann stand dort ein Mann, zwei Meter groß, drei Meter, vier. Als er nicht mehr weiter wuchs, war er fünf Meter groß, sein Kopf schien fast die Decke der Halle zu berühren.

Er stellte sich hinter die Säule und nutzte sie als Podium. Er war schlank, fast hager. Seine Gesichtszüge wiesen ihn unverkennbar als Highton aus, aber sonst war nichts Bemerkenswertes an seinem Gesicht. Was ihn von allen andern abhob, war seine Persönlichkeit. Er strahlte unbestreitbar Autorität aus, und daran erkannte man sofort, wer er war: Ur Qox, Kaiser von Eubia.

Die Musik verstummte. Qox wartete einen Augenblick, dann begann er in der Sprache der Highton zu sprechen: »Mein Volk, ich stehe heute mit großem Stolz vor euch. Es gibt wahrhaftig Grund zur Freude. Wir, die Kinder Eubias, wurden auserwählt. Uns allen wurde ungeahnte Ehre zuteil: die Ehre, in der größten Zivilisation der Galaxis zu leben, dem kulturellen Zentrum des Universums.« Er machte eine Pause. »Wir haben hart gearbeitet, um unseren Ruhm zu begründen. Um dort zu strahlen, wo dereinst Finsternis die Sterne eingehüllt hatte. Wir behaupten uns selbst gegen die schändlichsten Bedrohungen dessen, was wir geleistet und uns an Wohlergehen verdient haben.«

Er fuhr fort, sprach weiter und weiter, und seine Ehrerbietung gegenüber dem Kaiserreich wurde immer pompöser. Tams erwähnte er nicht einmal. Glaubte er wirklich, dass er das einfach totschweigen könne? Ich wünschte, er würde endlich mit dieser verdammten Rede fertig werden. Selbst jetzt, wo es schon einige Zeit her war, dass er diese Aufnahme hatte anfertigen lassen, verursachte mir allein schon sein Anblick das Gefühl, Maden würden sich in mein Fleisch graben. Er, die Hightons, all diese Aristos – sie zu sehen reichte schon aus, uns Angst und Schrecken einzujagen, als ob der Verstand eines jeden Empathen bereits auf unterbewusster Ebene begreifen könnte, zu welchen Taten diese Wesen fähig waren, selbst wenn unser bewusstes Sein noch versuchte, es zu leugnen.

»Ich trete heute mit großen Neuigkeiten vor euch«, kam Qox plötzlich zum eigentlichen Thema. »Unserem Feind, dieser andauernden Bedrohung, mit der wir leben müssen, diesem boshaften Feind, der uns stets zu versklaven droht, wurde eine große Niederlage beigebracht.« Seine Miene wurde hart – es war die Miene eines Heerführers, der gerechten Zorn in sich spürte. »Das letzte Opfer der skrupellosen Imperialen Streitkräfte wurde Tams Station, eines der verwundbarsten Mitglieder der Eubianischen Harmonie. Gestern hat das Imperiale Skolia die schutzlose Station ohne jeden Anlass angegriffen.«

Ich konnte nicht glauben, was ich da hörte. Er machte *uns* verantwortlich! In dem ›Sitz‹ neben mir erstarrte Kurj. Rings um uns klickten die Aristos mit den Zierringen an ihren Fingern Zustimmung, klick, klick, klick; es klang wie ein Schwarm aufgeregter Insekten.

Nun klang Trauer in Qox' Stimme. »Mit großem Kummer überbringe ich euch diese Nachricht. Tams hat den Großteil seiner Bevölkerung verloren. Ja, mein Volk, *Vierhundert Millionen* unschuldige Bürger sind durch der Hand des Imperators von Skolia umgekommen.«

Mit geschützten Augen betrachtete Kurj den Sprecher, sein Gesicht war eine metallene Maske. Aber ich war ein Empath, von gleichem Blut wie er. Wie gründlich er auch seinen Zorn zu blockieren versuchte, ich spürte ihn trotzdem.

Nun war in Qox' Gesicht Triumph zu lesen. »Aber unsere heldenhaften Streitkräfte haben diese Kriegstreiber in die Flucht geschlagen. Wir haben zweihundert Millionen unserer tapferen Bürger gerettet.«

Ich knirschte mit den Zähnen. Das war sogar noch schlimmer, als ich erwartet hatte.

Stolz klang jetzt in Qox' Stimme mit. »Mein Volk, ich darf mir die Rettung von Tams nicht als Verdienst anrechnen. Nein, dieser Ruhm steht einem Helden zu, wie ihr ihn nie zuvor gesehen habt, einem Mann, dessen Größe erst gerade zu erstrahlen beginnt, ein Stern, der aufging, als Tams' dunkelste Stunde gekommen schien.« Er gab jemandem außerhalb des Blickfeldes der Kamera ein Zeichen. Einen dramatischen Moment lang stand er dort und wartete mit ausgestreckter Hand.

Dann erschien Jaibriol vor dem Podium.

Qox blickte über die versammelte Aristokratie seines Kaiserreiches. »Dieser Mann hat den Einsatz geleitet, der Tams Station gerettet hat.« Er legte Jaibriol die Hand auf den Arm. »Ich präsentiere euch: Lord J'briol U'jir Qox. Meinen Sohn. Den Erben der Hightons.«

»Nein«, sagte Kurj.

Ein erstauntes Raunen entrang sich den Kehlen aller versammelten Aristos; es klang wie ein Vogelschwarm, der an seinem Ruheplatz aufgeschreckt wurde und sich nun mit heftigen Flügelschlägen in die Luft erhob. Dann klickten alle wieder mit ihren Ringen, klick-klick-klick, klick-klick-klick.

Jaibriol schwieg. Er sah kaum aus wie der Mann, den ich auf Delos kennen gelernt hatte. Unter den Augen hatte er große, dunkle Ringe. Er stand neben seinem Vater, leblos wie eine Statue, grimmig und schweigsam.

Qox beschrieb, wie er die Geburt seines Sohnes verheimlicht hätte; Imperiale Mörder seien ausgeschickt worden, um den Erben der Hightons zu töten, doch nun seien diese Mörder tot, seien im erbitterten Kampf mit tapferen Soldaten Eubias gefallen, die Jaibriol Qox unter Einsatz ihres eigenen Lebens verteidigt hätten. Er beschloss seine Rede mit einer erneuten Beteuerung seiner eigenen Größe und der seiner Vorfahren, der Hightons und Eubias.

Die ganze Zeit über stand Jaibriol dort, ohne sich zu rühren, ohne zu lächeln; er war hoch gewachsen und breitschultrig, ein Abbild seiner verehrten Vorfahren, der perfekte Held – der außergewöhnlich gut aussehende Erbe der Qox-Dynastie. Die Händler würden gar nicht anders können als ihn anbeten.

Gnädigerweise endete die Übertragung schließlich, und die Versammlungshalle verwandelte sich wieder in die Realität meines Krankenzimmers. Ich saß auf meinem Bett, zu sehr demoralisiert, um ein Wort zu sagen.

Schließlich sprach Kurj. »Er macht uns für Tams verantwortlich.«

»Damit kommt er nicht durch«, sagte ich. »Es gibt zweihundert Millionen Zeugen.«

»Trotzdem.«

Trotzdem.

Vielleicht wird sein Sohn in irgendeiner Schlacht einen jämmerlichen Tod finden, dachte Kurj.

Ich musste schlucken. Ein derartiger Verlust wäre für Qox viel niederschmetternder, als Kurj wusste. Es würde alle sorgfältig geschmiedeten Pläne zerstören, für die zwei Kaiser in Folge ihre verdammte Blutlinie geopfert hatten, damit sie einen Rhon-Erben erhalten konnten. Mir war klar, dass Qox ein derartiges Risiko niemals einzugehen bereit wäre. Jaibriol würde niemals in einen Kampf ziehen.

Ich fragte mich, was Ur Qox wohl tun würde, wenn er erführe, dass es nur deswegen Zeugen für seine Verbrechen auf Tams gab, weil sein Sohn, der ›Stern, der aufging, als Tams' dunkelste Stunde gekommen schien‹, seine Pläne an einen Imperialen Erben verraten hatte.

Rex lag mit geschlossenen Augen auf dem Rücken, seine Brust hob und senkte sich unter der Decke. Sein Gesicht sah so schmal aus, so viel blasser, als ich es in Erinnerung hatte. Ein goldenes Tuch bedeckte den Großteil seines Körpers, sodass ich nur seine Schultern und seinen Kopf sah. Sein blaues Krankenhaus-Nachthemdes war im Nacken nicht geschlossen, und dadurch sah er irgendwie noch verwundbarer aus.

Er lag in einem Schwebebett, dessen Laken und Decken von einem Luftkissen gehalten wurden, in einer Ecke war darin ein Computer-Chip eingelassen. Das Netzwerk aus Supraleitern, das in das gesamte Bettzeug eingewoben war, sorgte dafür, dass das Bett auf jede seiner Bewegungen reagierte – so wurden die Beine ein wenig abgesenkt, wenn er das wollte, oder das ›Kissen‹ unter seinem Rücken nach Bedarf ein wenig härter. Zusätzlich schaukelte das Schwebebett ein wenig, etwa so, als schlügen Wellen sanft gegen ein Boot. Die meisten Empathen zogen ein Schwebebett einem nervoplexbezogenen herkömmlichen Bett vor, weil sich ein Schwebebett wie eine unbelebte Maschine anfühlte, nicht wie etwas Lebendiges.

Ich wusste nicht, ob ich bleiben oder lieber später wiederkommen sollte, wenn er wach wäre. Einen Moment zögerte ich, dann drehte ich mich um. Als ich einen Schritt zur Tür gemacht hatte, hörte ich hinter mir seine Stimme. »Soz.«

Ich drehte mich wieder um und lächelte ihn an. »Du bist ja wach.«

Er sah mich mit unbewegtem Gesicht an. »Anscheinend.«

»Wie fühlst du dich?«
»Gut.«
Ich biss mir auf die Lippe. *Rex … Es tut mir Leid.*
»Was tut dir Leid?«, fragte er. »Dass du mir das Leben gerettet hast?«
»Ich bin daran schuld, dass du … so …« Ich betrachtete die Konturen seiner Beine unter der Decke. »… dass du jetzt … so bist.«
»Gelähmt«, sagte Rex. »Man nennt so etwas *gelähmt.*«
Mir schoss das Blut ins Gesicht. »Es tut mir Leid.«
»Hör auf.« Er schob sich eine Haarsträhne aus den Augen. Das Bett passte sich seiner neuen Position an und bemühte sich, seine Verspannungen zu lösen. »Hör auf, mich für deine Schuldgefühle verantwortlich zu machen. Ich kann damit nicht umgehen.«
Ich wollte etwas sagen, dann wurde mir klar, *was* ich da beinahe gesagt hätte, und lächelte stattdessen.
»Findest du das komisch?«, fragte Rex.
»Ich wollte mich gerade dafür entschuldigen, dass ich mich entschuldige.«
Sein Gesicht entspannte sich ein wenig, es war fast schon ein Lächeln. »Bitte tu's nicht.«
Ich setzte mich auf die Bettkante, mein Hüfte berührte die seine, und ich sank ein wenig tiefer in die ›Matratze‹, als das Schwebebett sich meinem Gewicht anpasste. Dann legte ich seine Hand auf meinen Schoß. »Rex, wir werden damit klarkommen. Wir brauchen nur ein bisschen Zeit, uns umzustellen.«
Seine Finger schlossen sich um meine. »Soz …«
Seine Stimme machte mich nervös. In ihr schwang etwas mit, was mich warnte: Er wollte etwas sagen, was mir nicht gefallen würde. »Ja?«
»Ich denke, wir sollten das mit dem Heiraten lassen.«
»Das meinst du doch nicht ernst!«
»Sag mir nicht, was ich ernst meine!«

»Dass du deine Beine nicht mehr bewegen kannst, ändert doch nichts daran, was ich für dich empfinde.«

Er atmete laut aus. »Immer wenn ich dich sehe … wird es mich daran erinnern, was ich verloren habe.«

»Wir können neue Erinnerungen schaffen.« *Rex,* dachte ich.

Doch die Türen zu seinem Denken und Fühlen waren verschlossen. »Du sitzt hier … so schön … so vollkommen … und ich kann es nicht ertragen … dich auch nur zu sehen.«

Ich hob seine Hand an meine Lippen und küsste seine Fingerknöchel. »Ich weiß, dass es schwer werden wird. Aber wir können das schaffen.«

Er schluckte. »Diesmal nicht.«

Rex, gemeinsam sind wir stark. Wir können lernen, damit umzugehen. Wir brauchen einander.

Sein Griff um meine Hand verstärkte sich. *Begreifst du denn nicht?*

Nein. Nein, ich begreife nicht. Du hast mir versprochen, mich nicht zu verlassen.

»Dich verlassen? Ich kann noch nicht einmal alleine dieses Zimmer verlassen!«

»Deswegen liebe ich dich doch nicht weniger!«

Er biss die Zähne zusammen. »Soz, ich kann nicht mehr das machen, was Ehemänner so machen.«

»Das könnte sich ändern.«

»Und wenn nicht?«

»Ich will *dich* heiraten, nicht dein Fortpflanzungsorgan.«

Er sah mich ungläubig an. »Du hast den Körper und die körperlichen Bedürfnisse einer jungen Frau. Die wirst du auch noch haben, wenn ich ein tatteriger alter Mann bin. Was willst du denn machen? Den Rest deines Lebens im Zölibat leben? Nein, das musst du nicht. Du hast nie begriffen, welche Wirkung du auf Männer hast!« Ein Muskel in seinem Gesicht zuckte. »Ich will nicht mit ansehen müssen, wie du dir Liebhaber suchst.«

Ich starrte ihn an. »Du solltest mich besser kennen.«

»Du bist ein Mensch. Keine Heilige.«

Da würde ich ihm gewiss nicht widersprechen wollen. Aber dennoch lag er falsch, was Liebhaber anging. Unbeholfen versuchte ich es weiter. »Wie soll ich das sagen? Du hast einen Ruf, der in der halben Galaxis bekannt ist.«

»Was soll denn das heißen?«

Ich musste lächeln. »Gerade du solltest wissen, dass es mehr als eine Methode gibt, eine Frau zu befriedigen.«

»Das ist nicht das Gleiche.«

»Das ist mir egal.« *Rex.* Ich versuchte, ihn zu erreichen und stieß gegen eine massive Wand.

»Schon vorher konnte ich dir keinen Erben schenken«, sagte Rex. »Jetzt kann ich dir überhaupt keine Kinder mehr schenken.«

»Das weißt du doch gar nicht.« Ich sprach schon wieder zu schnell. »Vielleicht brauchen wir ein wenig ärztliche Hilfe dazu, aber wir können das immer noch hinkriegen.«

»Verdammt noch mal, Soz! Hörst du mir jetzt endlich mal zu?« Er stütze sich auf die Ellenbogen. »Ich werde nicht der verkrüppelte Ehemann der Imperatorin sein.«

»Ich bin nicht die Imperatorin.«

»Deinen Bruder Althor und dich kann man doch überhaupt nicht vergleichen. Natürlich wirst du die Imperatorin werden. Und du brauchst einen Gemahl, der dieser Stellung würdig ist.«

»Erzähl mir nicht so etwas.« Ich musste mich anstrengen, um meine Stimme ruhig zu halten. »Selbst wenn ich eines Tages Imperatorin werden sollte, macht das doch überhaupt keinen Unterschied. Das mit deinen Beinen … das macht mir doch *überhaupt nichts* aus.«

»Aber mir.«

Rex. Wir kriegen das hin. Ich bin mir ganz sicher.

Er ließ sich wieder in die Kissen zurücksinken und starrte an die Decke. Schließlich, endlich, öffnete er seinen Geist, ganz weit. Ich konnte jetzt fühlen, wie es für ihn war, hilflos hier zu liegen, sich daran zu erinnern, wie es früher mit uns gewesen war, sich vorzustellen, wie unser Leben jetzt aussehen würde. Ich fühlte seine Frustration, seine Scham, den Schmerz, den es ihm bereitete, mich auch nur anzusehen. Ich war wie ein Laserstrahl, der ihn langsam in Stücke schnitt. Dieses Gefühl wünschte ich keinem Menschen, schon gar nicht dem Mann, den ich liebte.

»Lebwohl, Sauscony«, sagte er.

Mir versagte die Stimme. »Lebwohl.«

Wie blind verließ ich den Raum, alles vor meinen Augen war plötzlich unscharf geworden.

Das Büro des Imperators war riesig, riesig und doch so gut wie leer. Es gab keine Teppiche, keinen Zimmerschmuck, fast keine Möbel. Die Wände bestanden weder aus Glas noch aus Metall, sondern aus irgendetwas dazwischen mit einer glatten Oberfläche. Diese Wände leuchteten orange-golden und zeigten Wüstenlandschaften von der Welt, die einst die Heimat unseres Großvaters gewesen war .Vor fünfundfünfzig Jahren war dies auch dessen Büro gewesen. Das war, bevor Kurj – ob nun durch einen Unfall oder nicht – ihn getötet hatte, um selbst Imperator zu werden.

Manchmal fragte ich mich, wie unsere Mutter mit dem Wissen umging, dass ihr Erstgeborener ihren Vater getötet hatte. Die Versammlung hatte entschieden, es als Unfall anzusehen. Doch als ich die Protokolle ihrer Beratungen durchsah, wusste ich nicht, ob sie zu diesem

Schluss gekommen waren, weil sie es wirklich so sahen, oder weil sie durch Kurjs Einfluss auf das Skol-Net und das Militär so eingeschüchtert gewesen waren.

So viel war jedoch klar: All die Leiden, die damals meine Familie auseinander gerissen hatten – Großvaters Tod, die Flucht meiner entsetzten Mutter vor Kurj, ihre heimliche Hochzeit mit meinem Vater –, all das war eine unmittelbare Bedrohung für das Überleben des Skolianischen Imperialats gewesen. Wenn die Rhon sich selbst zerstörten, würde das Skol-Net zusammenbrechen, und ohne Skol-Net würde Skolia dem überlegenen Militär der Händler wie eine reife Frucht in die Hände fallen. Ich bezweifelte nicht, dass die Versammlung alles tat, was sie für notwendig erachtete, um das Überleben der ungestümen Familie zu retten, die das Netz am Leben erhielt.

Meine Mutter sprach nie über den Tod meines Großvaters. Quälte sein unerwarteter Tod sie selbst noch nach all den Jahren? Hatte Kurj meinen Großvater ermordet, um vor der Zeit die Macht zu ergreifen und Imperator zu werden? Oder war es wirklich ein Unfall gewesen? Nur meine Mutter kannte die Wahrheit.

Wie auch immer die aussehen mochte, wie auch immer meine Mutter darüber denken mochte, sie liebte Kurj immer noch, dessen war ich mir sicher. Nur die Götter wussten warum, aber sie liebte ihn immer noch.

Kurj saß in seinem Sessel und schaute mich an. Der Tisch vor ihm nahm die gesamte Länge des Raumes ein, die Tischplatte dreißig Zentimeter dickes Glas, das auf ebenfalls gläsernen Tischbeinen ruhte; in das Möbelstück waren Konsolen-Bildschirme und Kontrollen eingelassen. Die Wand hinter ihm bestand aus einem Fenster, dessen Scheibe dicker war als eine Faust; das Glas war polarisiert, um das grelle Licht der Sonne Dieshas zu dämpfen. Das Büro lag hoch oben, in der obersten

Etage eines Turmes – dem höchsten der gewaltigen gläsernen Türme der Metropole, die ›das Hauptquartier‹ war. Durch das Fenster konnte ich eine Landschaft aus Rechtecken erkennen, alles Türme oder niedrigere Gebäude, alle funktionell, ganz aus Glas und Stahl und Hartbeton. Jenseits der Stadtgrenze begann die Rote Wüste, die sich bis zum Horizont erstreckte, eben und unfruchtbar.

Hinter einem der näher gelegenen Türme tauchte in einer sanften Kurve ein Flieger auf. Sonnenlicht spiegelte sich in seinem glänzend schwarzen Rumpf. Die silbernen Insignien des Imperialen Raumkommandos glänzten am Bug, die Buchstaben IRK innerhalb eines Dreiecks, das wiederum von einer explodierenden Sonne umgeben war.

An den Fenstern des imperialen Büros gab es keine Vorhänge. Kurj hatte für so etwas keine Verwendung. Er nutzte dieses Fenster wie ein Werkzeug. Die Polarisation hatte er so eingestellt, dass das Licht nicht mehr grell war, aber es war nur so weit gedämpft, dass es gerade eben nicht blendete. Ich stand in Grundstellung vor seinem Schreibtisch und bemühte mich, die Augen nicht zusammenzukneifen. Selbst mit den technisch verbesserten Sehnerven weigerten sich meine Augen, die hell erleuchtete Landschaft hinter dem Fenster und Kurjs im Schatten liegendes Gesicht gleichzeitig scharf zu stellen. Ich sah nur eine dunkle Silhouette in einem Sessel, weder in seinem Gesicht noch in seinem Denken konnte ich lesen.

»Forshires Hold«, wiederholte Kurj. »Ich möchte, dass du JMI-Kadetten ausbildest.«

Diese neuen Instruktionen wollte ich nicht. Ich hatte wahrhaftig keine Lust, Kadetten an einer Militär-Akademie auszubilden. »Darf ich offen sprechen?«

»Bitte.«

»Ich möchte wieder mit der Staffel eingesetzt werden.«

Kurj blickte mich nur an. Sein Denken drückte wie ein Gewicht auf das meine.

Aber das war mir egal. Ich wollte nur wieder raus und kämpfen und kämpfen und kämpfen, bis jeder Händler gelitten hatte, so wie jeder Versorger litt, so wie alle Menschen, die je von den Händlern gefoltert worden waren, gelitten hatten. So wie Rex litt. Ich wollte wieder mit der Staffel losziehen und diese Mistkerle abschießen.

»Du willst also wieder einen Kampfeinsatz«, sagte Kurj.

»Ja, Herr.«

»Du willst gegen die Händler kämpfen.«

»Ja, Herr.«

»Du willst sie töten.«

»Ja, Herr.«

»Sie zerstören.«

»Ja, Herr.«

Kurj betrachtete mich. »Das gleiche Gespräch hatte ich schon einmal mit Blackstone.«

Das warf mich aus dem Gleichgewicht. »Herr?«

Kurj stand auf und ging zum Fenster hinüber. Er blickte hinaus, die Hände auf dem Rücken verschränkt, und starrte auf die Stadt hinunter. Seine Stadt. Sein Planet. Sein Imperialat.

»Das war, nachdem ihr beide von Tams Station zurückgekehrt wart«, sagte er. »Nachdem du Kryx Tarques Versorgerin gewesen warst.«

Ich erstarrte. Kurj und ich hatten niemals darüber gesprochen, was auf Tams geschehen war. Er kannte jedes Detail aus meinen Berichten. Aber ich hatte nie mit ihm darüber gesprochen. Ich hatte nicht vor, jetzt damit anzufangen.

»Du glaubst, dass es mir um Rache geht.«

»Etwa nicht?«

»Warum auch nicht?«

»Rachegelüste vernebeln den Verstand.«

»An meinem Verstand gibt es nichts auszusetzen.«

»Blackstone hat das Gleiche gesagt.«

»Das ist nicht das Gleiche.«

»Nein, das ist es nicht.« Kurj drehte sich zu mir um. »Ich brauche dich einsatzfähig. Mit einem gesunden Körper. Mit einem gesunden Verstand.«

»Du machst dir Gedanken über Probleme, die gar nicht existieren.«

Kurj antwortete nicht. Er bewegte sich nicht einmal. Er betrachtete mich nur mit seinem metallenen Gesicht.

Warnung, meldete mein Spinal-Knoten. Externe Quelle führt invasive Gedankenmustersuche durch.

Lass ihn suchen, dachte ich. Es stimmte, dass kein anderer Telepath Kurjs rohe Kraft besaß. Aber diese mentale Kraft war wie seine körperliche Stärke: grob und schwerfällig. Er besaß nicht das Feingefühl, das notwendig gewesen wäre, um das aufzudecken, was ich vor ihm verborgen hielt.

Lange Zeit stand er da, regungslos. Schließlich sprach er wieder. »Also gut. Ich behalte mir die Möglichkeit vor, dich wieder in den Kampf zu schicken. Aber zunächst brauche ich dich am JMI. Ich brauche dort eine gute Ausbilderin.«

»Ja, Herr.« Ich war klug genug, ihn nicht weiter zu bedrängen. Doch hinter meinen mentalen Barriere und Schutzwällen, verborgen in dieser Festung aus Eis, die meine Emotionen umgab, dachte ich bei mir: *Ich komme wieder. Es ist noch zu viel unerledigt.*

Teil II

Forshires Hold

Kapitel 8

Eine Zeit, zu suchen

Auf den Planeten Forshires Hold zurückzukehren, war wie nach Hause zu kommen. Ich war dort stationiert worden, nur wenige Jahre, nachdem ich mein Offizierspatent erhalten hatte. Die Kaserne, in der ich damals stationiert war, hatte zu einem beengten Gebäudekomplex draußen auf dem Land gehört, in der Nähe von Jacobs Militär-Akademie, etwa zwanzig Kilometer von der Stadt Eos entfernt. Jetzt lag mein ›Quartier‹ im Reichenviertel der Stadt, in einem altehrwürdigen Gebäude mit Luxus-Apartments.

Ich wäre lieber in der Kaserne draußen beim JMI untergebracht worden.

Man hatte mir die Aufgabe übertragen, ein Trainingsprogramm aufzustellen, das die Kadetten des JMI physisch richtig in Form brachte. Zwei Tage der Acht-Tage-Woche arbeitete ich mit ihnen, in der restlichen Zeit trainierten Ausbilder nach meinem Programm mit ihnen. Es war ein wirklich gutes Programm. Das brachte auch wirklich jeden Kadetten richtig in Form. Doch sobald ich dieses Programm ausgearbeitet hatte, wusste ich mit meiner Zeit nichts mehr anzufangen.

Also saß ich sechs Tage der Woche in meinem Penthaus und grübelte. Ich wusste, was Kurj vorhatte. Er wollte, dass ich mich von meinem ›Stress‹ erholte – von dem ›Stress‹, von dem er glaubte, dieser würde meine ›Funktionstüchtigkeit‹ beeinträchtigen. Ich war ein wichtiges Rädchen in seiner Kriegsmaschinerie, ein Rädchen, bei dem er zu der Ansicht gekommen war, es müsse überholt werden. Also hatte er mir diesen lächerlichen Auftrag erteilt, mich in eine wunderschöne Stadt auf einen wunderschönen Planeten abgeschoben und sich gedacht, jetzt werde die Natur sich schon um den Rest kümmern.

Aber da hatte er sich getäuscht. Die Natur machte gar nichts. Ich saß in meinem Apartment und starrte die Wandtäfelung an, bis ich kurz davor stand zu explodieren. Es war eine dumme Idee von mir gewesen, auch nur in Erwägung zu ziehen, das Kämpfen aufzugeben. Ich konnte nicht den Dienst quittieren. So etwas ließ einem viel zu viel Zeit zum Nachdenken.

Mit einem hatte Kurj jedoch Recht gehabt: Das Trainingsprogramm am JMI musste dringend überarbeitet werden. Ich stellte den gesamten Plan der Kadetten um, angefangen damit, was sie zum Frühstück bekamen, bis hin zu der Länge der Strecke, die sie laufen mussten, bevor sie an den Gerüsten klettern durften. Als ich sie das erste Mal testete, entsprachen nur 14 Prozent den Anforderungen, die das Programm an sie stellte.

Eines Nachmittags bat mich Char Iaki, der Kommandant des JMI, in sein Büro. Er deutete mit dem Kinn zum Fenster. Dort, im goldenen Licht der untergehenden Sonne Forshires', waren Kadetten zu erkennen, die über den Innenhof gingen – zu ihren Kursen, in die Bibliothek, in die Simulatoren-Räume.

»Sie brauchen mehr Zeit, um ihre Kurse durchzuarbeiten«, sagte Iaki. »Abends sind sie zu erschöpft, sich auch nur zu bewegen, vom Lernen ganz zu schweigen.«

»An der DMA wurden härtere Anforderungen an uns gestellt«, sagte ich. Es ist wahr, dass an der Militär-Akademie auf Diesha, an der Jagernauts ausgebildet wurden, bis zum Abschluss etwa die Hälfte aller Kadetten aufgaben. Doch das hatte seine Gründe. »Diese Männer und Frauen hier müssen unsere Besten sein. Wenn sie es nicht schaffen, dann sollten wir das lieber jetzt herausfinden, und nicht erst, wenn Leben davon abhängen, dass sie auch unter Stress arbeiten können.«

»Sie zu trainieren und sie zu brechen sind zwei unterschiedliche Dinge«, hatte Iaki leise erwidert.

Also saß ich jetzt in meinem Apartment und fragte mich, ob ich kurz davor stand überzuschnappen. Warum machten wir uns überhaupt noch die Mühe, Kadetten auszubilden? Die Händler waren unerbittlich. Sie würden uns erledigen, egal wie hart wir gegen sie kämpften. Was hatte das alles für einen Sinn? Wir würden sowieso alle sterben oder, was noch schlimmer wäre, von der Aristo-Kriegsmaschinerie aufgefressen werden.

Hör auf damit, herrschte ich mich selbst an. Ich nahm das Holobuch auf, das ich letzte Nacht auf das Sofa geworfen hatte. Der Titel leuchtete in rosenroten Buchstaben: IDIOME AUS WEITER FERNE. Es war mein Hobby, Metaphern und dergleichen aus anderen Sprachen zu lernen. Mein Bruder Kelric und ich hatten uns in unserer Jungend dauernd damit beschäftigt, wir waren immer auf der Suche nach geistreichen Formulierungen. *Sauscony está construyendo castillos en el aire.* Sauscony baut Luftschlösser. In manchen Sprachen geht das. Dafür gab es andere Idiome, dieses hier aus dem Englischen beispielsweise, deren Bildersprache mir dagegen spanisch vorkamen: *Shot to high heaven* – Alltag für Piloten.

Ich atmete hörbar aus und legte das Buch zur Seite. Dann stand ich auf und ging zum Südfenster meines Wohnzimmers; von hier aus hatte ich einen herrlichen Blick auf die Landschaft. Das Gebäude, in dem, ich jetzt wohnte, lag am Rande von *Jacob's Shire,* einem Park aus sanften, mit Wolkengras bedeckten Hügeln; das Gras wiegte sich im Wind wie goldene Wolken, die über das Land geweht wurden. Es war früh am Abend, ein milder Abend, milder als die Abende auf Diesha, kürzer als die auf Delos. Die bernsteinfarbene Sonne hing im Südwesten über dem Horizont.

Von allen Orten, an denen ich je gelebt hatte, von der Heimat meiner Kindheit einmal abgesehen, mochte ich Forshires am liebsten. Es war der zweite Planet eines orangefarbenen Sterns, den sein Entdecker ›Ruth‹ genannt hatte. Bevor das IRK diesen Planeten übernommen hatte, hatten dessen Bewohner ihre dreiundzwanzig Städte durchnummeriert, nach der Reihenfolge ihrer Errichtung. Irgendein poetisch angehauchter Verwaltungsbeamter im Imperialen Raumfahrt-Kommando hatte diese Stadt in ›Eos‹ umgetauft, nach der Göttin der Morgenröte, über die er anscheinend etwas in einem Werk über die Mythologie der Verbandler gelesen hatte.

Mein Bruder Kurj trug keinen Funken Poesie in sich, und er hätte normalerweise systematische Namen stets bevorzugt. Doch die Erden-Mythologie hatte ihn schon immer fasziniert, vor allem die Werke eines Tragödiendichters namens Seneca. Ich habe das Zeug nie gelesen, und ich bezweifelte, dass Kurj selbst wusste, warum diese Mythologie ihn so faszinierte. Aus welchem Grund auch immer, auf jeden Fall beließ er es für diese Stadt bei ›Eos‹, obwohl sie vorher schlicht Ruth-2, Nr. 17 geheißen hatte.

Ich verstand, warum manche an diesem Ort romantische Gefühle entwickelten. Allein schon das Farbspiel des Himmels war Inspiration genug, und so verfassten die Bewohner dieses Planeten, Nachfahren unabhängiger Kolonisten, die sich hier vor etwa einhundert Jahren niedergelassen hatten, seitenweise Gedichte darüber. In diesen Breitengraden, 30 Grad nördlicher Breite, bildeten die Ringe, die den Planeten umspannten, eine Brücke, dessen höchster Punkt genau im Süden lag. Hätte ich mich jetzt am Äquator aufgehalten, so hätte ich diese Ringe genau über mir in Form eines so dünnen

Streifens gesehen, dass sie fast unsichtbar gewesen wären. Hier formte ihr Bogen ein ausgedehnteres Band, genau im Süden war er am breitesten; die untere Kante lag 41 Grad oberhalb des Horizonts, die obere 45 Grad. Der größte Teil dieser Brücke war blässlich-weißgolden gefärbt, doch folgte man ihr bis zu den Bergen am östlichen oder westlichen Horizont, vertieften sich die Farben – zunächst wurde sie orangefarben, dann blassrot, schließlich tiefrot.

Ich fragte mich, wie es wohl gewesen sein musste, als vor all diesen Jahrhunderten dieser Komet die Oberfläche Forshires' gestreift hatte. Allzu katastrophal konnte es nicht gewesen sein, wenn man bedachte, wie sehr sich der Planet inzwischen davon erholt hatte; nur die Ringe waren noch sichtbarer Beweis für dieses Ereignis.

Flora und Fauna des Planeten mussten sich jedoch immer noch der Tatsache anpassen, dass nun Ringe um den Planeten existierten, und viel mehr Staub in der Luft lag. Die Bewegungen der oberen Atmosphärenschichten und gelegentliche Kollisionen der Gesteinsbrocken im Orbit sorgten dafür, dass immer noch vereinzelt Bruchstücke des ehemaligen Asteroiden auf den Planeten herabstürzten. Am Nachthimmel konnte man sie wie Sternschnuppen erkennen. Doch nun enthielt die Atmosphäre Staub, chemische Verunreinigungen und Asche, die den ganzen Planeten in einen natürlichen Smog einhüllten, der sich niemals legte. Das bernsteinfarbene Sonnenlicht hatte auch einen höheren Rotlichtanteil als die durchschnittlichen Sonnen der von Menschen bewohnbaren Planeten. Alles zusammen führte dazu, dass Forshires einen sattgoldenen Himmel besaß statt des üblicheren blauen Himmels anderer Planeten mit Sauerstoff-Stickstoff-Atmosphäre.

Doch trotz all seiner Schönheit erschien mir der Himmel fremdartig, nicht richtig, nicht wie zu Hause. Ich wollte mir jetzt sowieso keinen hübschen Himmel ansehen. Ich wollte Leute sehen. Richtige Leute. Nicht Roboter oder Maschinen oder Jagernauts. Normale Leute.

Ich bückte mich und massierte meine Wade, um einen Krampf zu lösen. Die Schwerkraft auf diesem Planeten lag etwas höher als der Standard, jedoch nicht mehr als auf der Welt, auf der ich meine Kindheit verbracht hatte. Aber ich brauchte normalerweise immer eine Weile, bis ich mich an Derartiges gewöhnt hatte, wenn ich zuvor auf Diesha oder im All gewesen war.

Ich ging zu einem Fenster hinüber, von dem aus ich nach Westen schauen konnte – auf die Stadt hinunter. Von hier aus sah ich weit unter mir eine Allee, die im goldenen Abendlicht lag. Viel von dieser Straße konnte ich jedoch nicht erkennen; das Laub der Bäume war dicht und saftig und bildete einen grünen Baldachin, der nur wenige Meter unterhalb meines Apartments anfing und sich kilometerweit nach Westen und Norden erstreckte. Es war, als befände ich mich über den Wolken, nur dass es hier belaubte grüne Wolken waren.

In der Nähe durchstieß ein Turm diese grüne Wolkendecke, und in der Ferne waren weitere Türme zu erkennen. Obwohl ich wusste, dass sie so ähnlich konstruiert waren wie der Turm, in dem ich jetzt wohnte – Metall und Hartbeton –, wirkten sie wie zierliche Gebilde aus Rosenholz, Elfenbein und Ebenholz, die mit zarten grünen Farbakzenten geschmückt waren, als habe ein Künstler sie in den kleinsten Einzelheiten so geschaffen, dass sie sich gegen den goldenen Himmel abzeichneten. Jeder Turm erhob sich halbmondförmig in den Himmel und erinnerte so an die Ringe. Die konvexe Seite des Turmes, der mir am nächsten stand, war nach Westen ausgerichtet, die anderen wiesen in andere Richtungen.

Ich spähte auf die Allee hinunter. War denn *niemand* unterwegs? Wenn der Wind das Laub ein wenig zur

Seite wehte, schimmerten hier und dort die blauen Steine hindurch, mit denen die Straße gepflastert war.

Ein Pärchen erschien, es spazierte die Allee entlang. Die beiden waren in äußerst knapp geschnittene Kleidung gehüllt; deren Art erinnerte mich an rosenfarbene und graue Blütenblätter, die in der Brise wehten. Es war aus dieser Höhe nur schwer erkennbar, aber es schien mir, als lache die Frau. Dann begann auch der Mann zu lachen, ein hoch gewachsener Mann mit dunklen Haaren, der ein breites Lachen zu haben schien. Wie Rex.

Ich wandte mich von dem Fenster ab. Was war bloß in Kurj gefahren, mich hierher zu schicken, wo ich nichts anderes tun konnte als nachdenken?

Na ja, ich brauchte hier ja nicht untätig herumzusitzen. Ich konnte ausgehen. Irgendetwas unternehmen. Nur was? Die einzigen Leute, die ich auf Forshires kannte, waren Militärangehörige. Ich wurde immer wieder zu offiziellen Essen in die Imperiale Botschaft eingeladen, bei denen ich dann in meiner goldenen Paradeuniform herumstand – glitzernde Hosen, Uniformjacke und Schärpe, dazu auch noch einen Säbel, der an meiner Seite hing und zu nichts weiter gut war, als zusammen mit allem anderen zu glitzern. Es war furchtbar.

Ich warf einen Blick auf die Konsole, die in der Wand eingelassen war. Der Computer war ein Pak 20. Der konnte alles für mich tun. Na ja, fast alles. Ich bezweifelte, dass er mir auch einen Ehemann würde verschaffen können. Vielleicht aber sogar das. *Virtual Reality* für das Schlafzimmer.

»Pako«, sagte ich. »Ich brauche Kleidung.«

Ein Lämpchen leuchtete auf der Konsole auf. »Dienstanzug oder Paradeuniform?«, fragte Pako.

»Keine Uniform. Kleidung. Du weißt schon, was normale Leute so tragen.«

»Welcher Stil?«

Stil? »Weiß ich nicht. Such etwas aus. Was eine Frau tragen würde, die hier einen Spaziergang machen will.«

Pakos Bildschirm schaltete sich ein, und ein Holo erschien darauf: Ein Bild von mir, wie ich nackt mitten im Raum stand. Ich blinzelte es verwundert an, weil ich so erstaunlich jung aussah.

Dann erschien ein Kleidungsstück, ein trägerloses Wickelkleid, das kaum meine Brüste und mein Hinterteil bedeckte. »Ist das akzeptabel?«, fragte Pako.

Ich lief rot an. »Ich habe von ›Kleidung‹ gesprochen. Nicht von ›Fetzen‹.«

Das Wickelkleid verwandelte sich in ein hauchdünnes blaues Kleid, das mir fast bis zu den Knien reichte. »Ist das akzeptabel?«

Es bestand immer noch aus deutlich weniger Stoff als das, was ich normalerweise zu tragen pflegte, aber im Vergleich zu dem, was ich an den Spaziergängern unter mir gesehen – oder eher nicht gesehen – hatte, war es geradezu konservativ. »Ich schätze schon. Lass es rüberschicken.«

Es traf wenige Minuten später ein, geliefert wurde es von einem jungen Mann in blauer Uniform, der mich scheu anlächelte. Mit dem Kleid wurden passende Schuhe geliefert, blaue Slipper mit kleinen silbernen Glöckchen, mit denen die Oberkante der Schuhe am Knöchel gesäumt war. Als der Austräger gegangen war, zog ich das Kleid an. Das ganze verdammte Ding bestand nur aus Spitze. Was hatte das denn für eine Funktion? Der Ausschnitt war auch zu tief. Und es hatte keine Ärmel, nur Träger, die über dem Rücken gekreuzt waren. Ich kam mir nackt vor.

»Na und?«, murmelte ich. Dann brach ich zu meinem Spaziergang auf.

Als ich jedoch erst einmal das Gebäude verlassen hatte, wusste ich überhaupt nicht, wo ich hingehen sollte. Es gab in diesem Stadtviertel nicht allzu viele Gebäude, hauptsächlich Bäume, dazu Plätze, die mit diesen blauen Steinen gepflastert waren. Hier und da entdeckte ich ein geschwungenes Muster aus rosafarbenen und goldenen Steinen in der blauen Pflasterung. Bei jedem meiner Schritte klingelten leise die Glöckchen an meinen Knöcheln. Gnädigerweise war nirgends auch nur ein Stück Nervoplex in der Nähe.

Ich überquerte die Allee und ging zum Park auf der anderen Straßenseite. Eine Zeit lang folgte ich einem Pfad unter den Bäumen entlang. Die Luft war klar, es lag so wenig Staub darin, dass ich ihn kaum wahrnahm. Leute schlenderten an mir vorbei, nickten mir zu, wünschten mir einen schönen Abend. Männer lächelten mich an. Alle trugen diese Schuhe mit den Glöckchen, und so war der ganze Park von einer süßen, leisen Musik durchzogen. Diese Glöckchen mussten eine neue Mode sein; ich hatte sie früher auf Forshires nie gesehen. Andererseits bin ich früher auch nie einfach so spazieren gewesen. Ich kam mir wie ein Eindringling vor. Ich gehörte hier nicht hin. Dieser herrliche Abend gehörte den normalen Leuten.

Schließlich kam ich zu einem Café mit einem Schild aus Goldholz, auf dem HEATHERS TRAUM stand. Ich fragte mich, was Heather wohl gerade träumen mochte. Neugierig stieß ich die Tür auf.

Eine massige Frau mit Schürze erschien vor mir und lächelte breit. Sie nahm mich am Arm. »Gut. Sie kommen gerade rechtzeitig.«

»Tu' ich das?«

Sie schob mich zu einem halbmondförmigen Tisch aus grobem Holz und wies mir einen Stuhl an der konkaven Seite zu. »Bitte sehr.«

Ein Jugendlicher, der nicht älter als zwanzig sein konnte, ließ sich neben mich gleiten. »Hallo«, sagte er. »Ich bin Pulli.«

Als ich ihn verständnislos anblinzelte, fragte die Frau: »Möchte jemand von Ihnen etwas trinken?«

»Ich hätte gerne einen Wurzelbeersaft«, sagte Pulli.

Wurzelbeersaft? Leute, die Wurzelbeersaft tranken, nahmen ständig Vitamine und aßen widerliches Gemüse, das aussah wie kleine Kohlköpfe. Warum hatte die Frau mich hier zu diesem komischen ›Pulli‹ gesetzt?

Bevor ich flüchten konnte, tauchten weitere Leute auf, dann noch welche, und dann immer mehr. Sie alle drängten sich um diesen Tisch, an der konkaven und an der konvexen Seite, bestellten Getränke und stellten einander vor. In kürzester Zeit war ich von einem Rudel Wurzelbeersaft-Trinker umzingelt. Alle redeten durcheinander, erzählten, woher sie kämen, was sie beruflich täten und auf welche Schule sie gingen. Es waren Studenten und junge Berufstätige, und alle strotzten nur so vor Gesundheit.

Ein schlaksiger Mann faltete sich zu meiner Linken auf die Bank und grinste mich an. »Sag mal, Grünauge, hast du auch 'nen Namen?«

»Auf jeden Fall nicht ›Grünauge‹«, sagte ich.

Er lachte. »Ich bin Hilten. Raik Hilten. Aber alle nennen mich Hilt.«

Ich nickte nur und fragte mich, wie ich Hilt und seinen gesunden Freunden am besten würde entrinnen können.

Am anderen Ende des Tisches stand eine Frau auf. »Also gut, Leute, dann jetzt zur Sache. Ich bin Delia, eure Ausflugsleiterin. Heute Abend werden wir nur ein paar Kilometer gehen. Das nächste Mal machen wir dann einen richtigen Ausflug, aber ich wollte, das ihr euch erst 'mal kennen lernen könnt.« Sie lächelte. »Also dann, ihr fröhlichen Wanderer, auf geht's!«

Verflixte Raketen. Ich war in die Hände einer Horde Wurzelbeersaft trinkender, fröhlicher Wanderer gefallen.

Als die Gruppe sich aus der Sitzecke drängte, bereitete ich mich darauf vor, den Fluchtweg anzutreten.

Hilt stand auf und hielt meinen Arm fest. »Hör zu, Grünauge. Du kannst die Ehre haben, heute Nacht meine Partnerin zu sein.«

»Danke, aber ich habe keine Zeit.« Nenn mich noch einmal ›Grünauge‹, dachte ich, und ich schütte dir einen Krug Wurzelbeersaft über den Schädel.

Ich spürte, dass jemand sanft in meine Gedanken vorstieß, dazu ein lautloses Lachen über das Bild eines mit Wurzelbeersaft übergossenen Hilt. Ich drehte mich um und schaute einen jungen Mann an, der auf der anderen Seite der geschäftigen Gruppe stand, ein Mann mit bronzefarbenen Locken und braunen Augen.

Er lächelte mich an. Seine kurze Berührung meines Denkens war nicht stark gewesen, aber stark genug, um mir zu verraten, dass er ein Empath war. Zudem sah er hinreißend aus, wirkte dabei aber schüchtern, hatte eine fabelhafte Figur, und nicht die geringste Ähnlichkeit mit Rex oder Jaibriol. Ich erwiderte das Lächeln. Vielleicht blieb ich doch noch ein wenig bei der Gruppe.

Also ging ich auf Wanderung mit einer Gruppe überaus gesunder Leute, die ich nie zuvor in meinem Leben gesehen hatte. Es war eine ganz anspruchslose Strecke auf Trampelpfaden, die sich durch die Wolkengras-Wiesen von *Jacob's Shire* schlängelten – eine gute Möglichkeit für die Mitglieder einer neuen Wandergesellschaft, einander kennen zu lernen. Der Jugendliche, der kurz in meine Gedanke vorgestoßen war, hieß Jarith und war Musikstudent am Konservatorium.

Ich hätte den Spaziergang genießen müssen. Obwohl ich weniger als alle anderen an die Schwerkraft hier gewöhnt war, reichte diese einfache Strecke nicht aus, mich anzustrengen. Hier war ich nun, an einem wunderschönen Abend an einem wunderschönen Ort, umgeben von wunderschönen Menschen. Aber ich konnte mich nicht entspannen. Was machte ich denn hier – so tun, als wäre ich normal? Ich war eine Hochstaplerin! Ich tat so, als hätte ich das Recht, mich so zu benehmen wie jede andere auch.

Hör auf damit, wies ich mich selbst zurecht. Ich habe mir einen Abend Ruhe verdient.

Erklär das Rex, dachte ich. Erklär das den Versorgern, während sie schreien.

Ich fuhr mir mit der Hand durch das Haar. Dann merkte ich, wie mein Arm zitterte. Was war denn *los* mit mir? Hilt hatte seit mehreren Minuten auf mich eingeredet, und ich hatte keinen blassen Schimmer, wovon er sprach. Wie konnte es sein, dass ich auf Tausend verschiedene Arten dem Tod im Kampf ins Auge sehen konnte und nicht einmal mit einem einfachen Gespräch zurande kam?

Wir kletterten auf einen Hügel, der uns einen guten Ausblick auf die ganze Gegend bot. Die Sonne ging am Horizont unter, im Westen, wo die Ringe die Berge zu berühren schienen, wenngleich sie so früh im Sommer zu sehr im Norden stand, um hinter dem großen Bogen zu versinken. Weit im Südwesten spiegelten sich die Strahlen der untergehenden Sonne auf den Dächern von Jacob's Militär-Institut wie auf flüssigem Glas.

Hilt deutete auf das JMI. »Schau mal, Soz. Da drüben bilden sie die Roboter aus.«

Ich schaute ihn an. »Roboter?«

Jetzt lächelte er nicht mehr. »Genau. Roboter, die auf ›Salutieren‹ und ›Töten‹ programmiert sind.«

Es bedurfte einer bewussten Anstrengung, Ruhe zu bewahren – eine Anstrengung, die in keinem Verhältnis zu seiner Bemerkung stand. »Diese Kadetten, die du ›Roboter‹ nennst, sind das Einzige, was zwischen euch und den Händlern steht.«

Hilt machte ein verdrießliches Gesicht. »Sag mir nicht, du bist eine von denen.«

»Eine von was?«

»Eine von diesen Imperialats-Papageien, die alles nachplappern, was ihnen unsere geliebte Militärdiktatur vorkaut.«

Eine Frau namens Mika mischte sich ein. »Du hast das alles falsch verstanden, Hilt. Um in einer Diktatur zu leben, braucht man einen Diktator. Wir haben keinen Diktator. Wir haben eine Triade.« Trocken fügte sie hinzu: »Das wären dann also drei Diktatoren, mein Freund.«

»Das ist doch absurd«, ließ sich Pulli vernehmen. »Skolia wird von der Versammlung regiert. Nicht von der Triade.«

»Wenn du das glaubst, bist du wirklich herzerfrischend naiv«, sagte Mika.

»Welche Triade denn?«, wollte Hilt wissen. »Jeder weiß doch, dass Lord Valdoria nur das Propaganda-Aushängeschild ist, das sie uns geben, weil die Leute ihn lieben.«

Ich erstarrte. Er sprach gerade von meinem *Vater*. Lord Eldrinson Althor Valdoria. Es stimmte, er war durch Zufall zum interstellaren Machthaber geworden. Als einfacher Bauer auf einem Hinterwäldler-Planeten hatte er weder das Interesse noch die nötigen Kenntnisse, um das Imperialat zu regieren. Bevor er den Titel als ›Schlüssel zum Netzwerk‹ angenommen hatte, war der einzige Grund für ihn, sein Zuhause zu verlassen, seine Epilepsie gewesen; ohne Behandlung erlitt er solch schwere Krämpfe, dass er kaum arbeiten konnte.

Lebhaft kam die Erinnerung zurück: Vor siebenundzwanzig Jahren hatten die Händler ein Attentat auf Kurj verübt. Damals gab es nur eine Dyade: Kurj als Imperator, meine Tante als der Schlüssel zur Versammlung.

Nach dem Attentat, als Kurj mit dem Tode rang, hatten die Händler einen Angriff auf den Planeten durchgeführt, auf dem sich die Versammlung getroffen hatte. In dem nachfolgenden Chaos hatten die Leibwächter meiner Tante sie schnellstens auf den versteckten Stützpunkt *Safelanding* gebracht.

Dann hatten die Händler unser Computer-Verteidigungssystem überwunden – und das Skol-Net zusammenbrechen lassen.

Das gesamte System kam zum Erliegen – sowohl das elektronische Netzwerk, als auch das Psiber-Net. Hier und da waren einige Reparaturen geglückt, doch nur Kurj und meine Tante besaßen sowohl die Stärke eines Rhon als auch den Zugriff eines Dyaden-Mitglieds, die beide notwendig waren, um das gesamte System neu zu starten. Aber meine Tante war auf *Safelanding* unerreichbar, und Kurj rang mit dem Tode. Skolia blieb taub und blind zurück und zappelte wie ein verwundetes Tier, dessen Hirn verletzt worden war, während die Händler kurz davor standen, uns zur Strecke zu bringen.

Aber sie hatten sich verrechnet. Mein Vater – der ›Niemand‹ unter den Rhon – befand sich gerade in einem IRK-Krankenhaus, ein widerwilliger Patient von Ärzten, die darauf bestanden, ihn regelmäßig zu untersuchen, damit sie seine Epilepsie besser überwachen konnten. Als das Skol-Net zusammenbrach, war er nur wenige Hundert Meter von der Kommandozentrale entfernt. Deswegen stöpselte ihn eine Mannschaft verzweifelter Techniker in das Psi-Link ein, von dem aus das System aufrecht erhalten wurde.

Niemand hatte damals gewusst, was geschähe, wenn mein Vater sich dem privaten Machtzirkel von Kurj und meiner Tante anschließen würde. Es wäre möglich gewesen, dass das Link sich aufgelöst hätte, weil es nicht in der Lage gewesen wäre, sich auf drei derart grundverschiedene Denkstrukturen aufzuteilen. Es hätte auch sein können, dass es sich überladen hätte, sodass alle drei in einem galaxis-weiten Kurzschluss getötet worden wären. Oder vielleicht, nur vielleicht, würde mein Vater diese Prozedur ja auch lange genug überleben, um das System wenigstens wieder zu starten. Es war ihnen damals völlig egal, dass er keine Vorstellung davon gehabt hatte, wie es eigentlich funktionierte, ebenso war egal, dass er aus einer Kultur stammte, die so primitiv war, dass sie noch nicht einmal Elektrizität kannte, es war auch egal, dass er ohne Schwierigkeiten an einer mentalen Überladung hätte sterben können, selbst wenn der Rest des Systems überlebt hätte. Es hatte nur die Wahl gegeben, ihn einzustöpseln oder Skolia in die Hände der Händler fallen zu lassen.

Niemand hatte mit dem gerechnet, was dann tatsächlich passiert war. Mein Vater hat mir später erzählt, ihn habe das Netz daran erinnert, wie wir als Kinder mit den Fingern ›Fäden abheben‹ gespielt hatten. Nur dass dieses funkelnde Netz geborsten gewesen war. Also hatte er es geflickt – und dadurch das sternen-umfassende Hirn von Skolia.

Die Technologie verstand er nicht, versuchte es auch gar nicht. Bis heute kann er auf das Netz nicht ohne fremde Hilfe zugreifen. Aber das ist auch völlig unerheblich. Wenn er einmal den Psiberspace betritt, *wird* er zum Psiberspace, trägt das Skol-Net so, wie ein Ozean ein Netz trägt, das in ihm treibt. Mein Vater hält das Netzwerk mit einer ihm angeborenen Gabe zusammen, die in unserer Familie nicht ihresgleichen hat.

Ich sprach mit einer Stimme, von der sogar ich selbst merkte, dass sie frostig genug war, um Eis zu kühlen. »Ohne diesen Mann, den du so unbekümmert ein ›Propaganda-Aushängeschild‹ nennst, würdest du dich nicht mehr in Freiheit befinden und die Rhon beleidigen können. Du wärst ein Sklave der Händler, Meister!«

Hilt schnaubte. »Ich frage mich immer, ob Leute, die nur Imperiale Propaganda ausspucken, überhaupt einen Sinn für die Realität besitzen.«

Als Pulli das Wort ergriff, war deutlich zu spüren, dass ihm die ganze Sache unangenehm war. »Vielleicht sollten wir lieber nicht darüber diskutieren.«

»Ganz genau *darum* geht es doch!«, erwiderte Hilt, und seine Stimme überschlug sich. »Wir werden von den Rhon so unterdrückt, dass wir sogar Angst haben, über sie zu reden. Man gestattet uns lediglich, ihnen zu huldigen. Also, ich huldige Tyrannen nicht!«

»Warum glaubst du, die Rhon würden euch unterdrücken?«, fragte ich.

»Ich weiß, was du jetzt sagen willst«, erklärte Hilt mir.

Das war wirklich eine Meisterleistung, denn ich wusste es noch nicht. »Was?«

»Dass die Kriegsmaschinerie die Planeten nur zu deren eigenem Besten ›übernimmt‹.«

»Wir leben nun einmal nicht in einem friedfertigen Universum«, sagte ich. »Wenn wir überleben wollen, brauchen wir Macht, und dazu gehören auch Territorien und Personal. Was wir nicht zuerst bekommen, werden die Händler oder die Verbandler sich holen.«

»Das ist ja eine tolle Rechtfertigung«, sagte Hilt. »Was macht es denn richtiger, dass die Rhon etwas erobern, als wenn es die Händler oder die Verbandler tun?«

Rebeka, eine andere Frau aus der Gruppe, meldete sich nun zu Wort. »Die Verbandler erobern niemanden. Sie bieten Bürgerrechte an, für die man sich entscheiden kann. Man hat die Wahl.«

Ich schaute kurz zu ihr hinüber. »Und du meinst, wir sollten das auch so machen?«

Sie sprach sehr bedächtig. »Stört es dich nicht, dass

wir Gesetze befolgen müssen, die Eroberer uns geben, obwohl sie uns nie die Wahl gelassen haben?«

»Hältst du die Imperiale Gesetzgebung für ungerecht?«, fragte ich.

»Darum geht es mir gar nicht«, widersprach Rebeka. »Sie haben uns alles genommen, sogar den Namen unseres Planeten. Wir hatten niemals die Wahl.«

»Wahl zwischen was?« Warum war ich so wütend? »Wenn Forshires nicht Teil des Skolianischen Imperialats geworden wäre, würdet ihr immer noch ums Überleben kämpfen, statt den Wohlstand genießen zu können, der es euch erlaubt, Wandervereine zu gründen und eure Zeit damit zu verbringen, über Wiesen zu spazieren.«

Rebeka antwortete mir ganz ruhig. »Nein, reich waren wir vorher nicht. Aber wir hatten das Recht, wir selbst zu sein.«

Hilt betrachtete mich. »Warum fällt es dir so schwer, zu verstehen, dass die Leucht für ihr eigenes Leben selbst die Verantwortung übernehmen wollen?«

»Die Verbandler besitzen einen Luxus, den wir nicht haben.« Selbst ich konnte erkennen, wie verbittert meine Stimme klang. »So lange wir und die Händler uns gegenseitig an die Gurgel gehen, kann die Erde tun und lassen, was sie will. Also gut. Schön für die Erde. Wenn wir aber jemals ihre Handlungsweisen übernehmen würden, würde uns das umbringen.«

»Du bist aber ganz schön zynisch«, meinte Mika.

Hilt schnaubte wieder. »Ich bin mir nicht sicher, ob die Händler wirklich eine so große Bedrohung darstellen. Hätten die Rhon ein besseres Feindbild aufbauen können als die Aristos, um von ihren eigenen Fehlern abzulenken?«

Ich fühlte, wie mir das Blut ins Gesicht schoss. »Wenn du glaubst, die Händler würden keine Bedrohung darstellen, bist du ein Idiot.«

»Na klar«, sagte Hilt. »Und jetzt wirst du gleich die ganze Liste der Aristo-Sünden runterrasseln. Komm schon, Soz. Ich meine, hast du jemals wirklich einen Versorger *gesehen?*«

Ich erstarrte, und die Erinnerungen gingen mir schlagartig wieder durch den Kopf: Tarque, der über mir auf dem Bett kniete, während ich schrie und schrie und *schrie* …

»Lasst sie in Ruhe!«

Alle wirbelten herum. Es war Jarith, der gesprochen hatte, der Jugendliche von der Musikschule.

Die anderen starrten den Musiker an, der sonst immer nur leise sprach. Jarith wurde rot, machte aber keinen Rückzieher. »Hört auf!«

»Warum?«, wollte Hilt wissen.

Leise sagte Rebeka zu Hilt: »Er ist ein Empath.«

Hilt blinzelte Jarith an. Dann drehte er sich wieder zu mir um. »Was habe ich denn gesagt?«

Ich musste schlucken. »Du hast mich gefragt, ob ich jemals einen Versorger gesehen hätte. Die Antwort lautet ja.«

Daraufhin schwiegen alle. Ich hatte nicht die Absicht, weiter darauf einzugehen, und niemand bat mich darum. Jariths Gesichtsausdruck war genug, ihnen klarzumachen, dass Details besser unausgesprochen blieben.

Rebeka deutete auf die andere Seite des Hügels, auf der der Rest der Gruppe bereits wieder aufgebrochen war. »Sie gehen los.«

Also folgten wir ihnen. Langsam entwickelten sich wieder Gespräche, zunächst nur sporadisch, dann müheloser, als man sich weniger brisanten Themen zuwandte. Ich hielt mich raus. Ich hatte schon vorher wenig Lust gehabt zu reden, und jetzt wollte ich nur noch hier weg. Das Schlimmste war, dass sie Recht hatten. Die Menschen brauchten Freiheit, um sich entwickeln zu können. Aber sie hatten Unrecht, was die Rhon betraf. Wir waren auch nicht freier als sie. Wir steckten in einem Krieg fest, der niemandem eine Wahl ließ – weder den Eroberten, noch den Eroberern.

War ich wirklich naiv genug zu glauben, Jaibriol könne daran etwas ändern? Er war derjenige, der sich ändern würde. Er würde tun, was notwendig war, um zu überleben. Er würde ein Highton werden. Und ich würde zusehen müssen und mich dafür hassen, dass ich etwas anderes glauben wollte, mich dafür hassen, dass ich ihn liebte.

Ich halte das nicht aus, dachte ich. Gleich wird mein Verstand implodieren.

Jarith ließ sich ein wenig zurückfallen, um neben mir gehen zu können. »Es tut mir Leid. Dass ich gelauscht habe, meine ich.«

»Gelauscht?«

»Dein Bild … von diesem Aristo.« Er wurde bleich. »Aber es war so intensiv.«

»Du brauchst dich nicht zu entschuldigen«, sagte ich. »Ich habe es dir ja praktisch entgegengeschrieen.«

Er drang nicht in meine Gedanken vor, doch ich fühlte, was er mich fragen wollte. *Warst du das auf dem Bett?* Ich schüttelte den Kopf, wollte nicht weiter auf das Thema eingehen und überließ es ihm, die Geste zu deuten.

»Ich hoffe, du bist über die anderen nicht verärgert«, sagt er. »Sie sind es nur nicht gewohnt, so Konservatives zu hören.«

»Du hältst mich für konservativ?«

Er musste lachen. »Ultra!« Dann verzog er sein Gesicht, es war, als husche ein Wolkenfetzen kurz vor die Sonne. »Mach dir wegen Hilt keine Sorgen. Der pfeift mich auch manchmal ganz schön an.«

Jariths letzten Satz übersetzen, dachte ich.

Umgangssprache, antwortete mein Spinal-Knoten.

»Jemanden anpfeifen«: Sich jemandem gegenüber aggressiv in Konfrontation begeben, jemandem hart zusetzen.

Es war mir ein Rätsel, warum jemand Jarith aus irgendeinem Grunde hart zusetzen sollte. »Weswegen?«, fragte ich.

»Er sagt, ich sei zu teilnahmslos. Er glaubt, ich müsse für das kämpfen, woran ich glaube.« Jarith zuckte mit den Schultern. »Ich schätze, ich bin einfach unpolitisch. Ich singe lieber.«

Ich seufzte. Da war dieser liebenswürdige Junge mit dem Gesicht eines Engels und ohne politische Meinung. Pako hätte keinen besseren Gesellschafter für mich finden können, selbst wenn ich ihn darauf programmiert hätte, den ganzen Planeten abzusuchen.

Also gut, dachte ich. Wo liegt das Problem, Soz? Kannst du nicht mit jemandem umgehen, der eine Herausforderung darstellt?

Ich knirschte mit den Zähnen. Ich hatte ständig mit Leuten zu tun, die eine Herausforderung für mich darstellten. Den ganzen Tag, jeden Tag, jedes Jahr, jedes Jahrzehnt. Ich hatte es verdient, mich ein wenig auszuruhen.

Du ruhst dich doch gar nicht aus, antwortete meine innere Stimme. Du versteckst dich.

Halt die Klappe, wies ich sie an.

Wieder sprach Jarith. »Ein paar von uns gehen heute Abend zu einem Holofilm.« Er zögerte. »Hast du Lust mitzukommen?«

Alle Götter. Er hat mich um eine Verabredung gebeten. Zumindest hatte ich das Gefühl, dass er das gerade getan hatte. Es war so viele Jahre her, dass ich mit jemandem auf diese Weise Umgang gepflegt hatte, dass ich mir nicht sicher war, noch zu wissen, ab wann etwas als ›Verabredung‹ zählte. Wenn man in einer Gruppe ausging, hieß das dann vielleicht anders? ›Gruppen-Verabredung‹? Nein, das klang blöd.

Was machte es denn, wie es hieß? Was war denn mit mir los, dass ich in Gedanken dauernd Zwiegespräche führte?

»Ja«, sagte ich. »Ich komme gerne mit.« Ich hatte mit diesen Leuten wenig gemeinsam, aber jetzt mit irgendwem ins Kino zu gehen, war besser, als in ein leeres Apartment zurückzukehren.

Nachdem wir wieder bei dem Café angekommen waren und uns Hände und Gesicht gewaschen hatten, schlenderten wir durch den Park. Jarith kam mit, ebenso Hilt und Rebeka, dazu eine Hand voll der anderen Wanderer, und alle trugen jetzt diese klingenden Schuhe statt ihrer Wanderstiefel. Als die Sonne hinter den Hügeln versank, erglühte der Horizont in einem atemberaubend roten Feuer, und der Himmel über uns nahm einen dunkel-bronzenen Farbton an. Die leuchtenden Ringe durchschnitten den Himmel in einem sanft geschwungenen Bogen, blass-bernsteinfarben an ihrem Scheitelpunkt, je weiter zum Horizont man ihren Bogen folgte, desto tiefer der Farbton. Am Horizont im Westen leuchteten die Ringe in einem satten Karmesinrot, im Osten, wo der Schatten von Forshires darauf fiel, sah der Bogen aus, als habe einer der sagenhaften Drachen ein Stück herausgebissen. Die Kanten der Bissspur waren rot, doch zum Inneren der Ringe wurden die Farben dunkler, und ganz in der Mitte waren sie völlig schwarz.

Als die Sonne hinter den Bergen versank, wurde der Abend kühler, und Hilt lieh mir seinen Pullover. Gnädigerweise blieben die Gespräche oberflächlich, nur eine halbherzig geführte Diskussion darüber, welchen Film man sich ansehen solle. Schließlich lösten wir das Problem, indem wir zum nächsten Kino gingen, das wir sahen – ein Kino mitten im Park, in dem ein Film lief, der

Brain Warp hieß. Die Holos vor dem Eingang zeigten einen Jagernaut, der mit breit gespreizten Beinen seinen Zerleger abfeuerte. Aber schließlich ging es in der Hälfte aller heutzutage produzierten Holofilme um Jagernauts.

Wir setzten uns auf einen Plüschteppich in dem runden Saal, in dem noch etwa zweihundert weitere Besucher waren. Jarith und ich lehnten uns gegen Kissen und unterhielten uns über die Kurse, die er an der Universität besuchte. Rebeka und Hilt aßen etwas, und Pulli holte sich noch ein Glas von diesem furchtbaren Wurzelbeersaft.

Nach einige Augenblicken wurde das Licht gedämpft, dann erlosch es ganz. Musik ertönte, ein drängendes Trommelschlagen, über dem eine Melodie lag, die von Hörnern und Streichern getragen wurde. Dann, plötzlich, waren wir mitten auf einem Feld in der Nähe des JMI. Ein Jagernaut stand dort, ein gut aussehender Mann mit dunklem Haar, Muskeln, wie sie ein Bildhauer nicht besser hätte ausformen können, und einem Zerleger, der in seinem Hüfthalfter steckte. Er lief los, und wir ›liefen‹ ihm hinterher, in einer Entfernung, die der Regisseur dieses Holofilms wohl für die Idealdistanz gehalten hatte, in der wir alles perfekt würden mit ansehen können.

Nach wenigen Minuten wusste ich, dass es ein Fehler gewesen war mitzukommen. Ich wusste, wie dieser Film ausgehen würde, fast in dem Augenblick, in dem er angefangen hatte. Der Jagernaut bekam den Auftrag, eine wunderschöne und bemerkenswert vollbusige Frau zu retten, die angeblich von den Händlern entführt worden, in Wirklichkeit jedoch ein Highton-Spion war. Die Händler nahmen den Jagernaut gefangen, implantierten ihm einen Zünder im Hirn und ließen ihn frei. Wir sollten uns natürlich fragen, was wohl Furchtbares mit unserem nichtsahnenden Helden geschehen würde, wenn die Schurken diesen Zünder auslösten.

Dieser Film bemühte sich nicht einmal um Exaktheit. Als der Jagernaut einen Herzschrittmacher aufsuchte, befand sich dessen Praxis in einem Krankenhaus. Es war ohnehin schon schwer genug, einen von uns davon zu überzeugen, dass er wirklich Hilfe bräuchte. Hätte er dafür in ein Krankenhaus gehen müssen, was einem offenkundigen ›Ja, ich bin verkorkst‹ gleichgekommen wäre, wären die meisten von uns vermutlich in die entgegengesetzte Richtung gerannt. Ein echter Herzschrittmacher hatte seine Praxis an irgendeinem unauffälligen Ort, in einem Gebäude, das man in keiner Weise mit der Psychiatrie in Verbindung brachte, üblicherweise in einem Regierungsgebäude.

Doch das war noch nicht das Schlimmste. Der ›Held‹ verbrachte die meiste Zeit damit, gegen den Ehrenkodex zu verstoßen, nach dem wir alle lebten. Er log und betrog, behandelte seine Geliebten wie Dreck und verspürte keinerlei Gewissensbisse, wenn er einen Kampf ausfocht. Das war völlig absurd. Dabei sollte er doch ein *Empath* sein, verdammt noch mal.

Aber was mir am meisten zu schaffen machte, war, dass der Hauptdarsteller wie Rex aussah, und der würde sich niemals zu einem derartigen Verhalten herablassen, wie es unser ›Held‹ es an den Tag legte und damit die ganze Galaxis beleidigte. Ja, Rex hatte überall Frauen. Und ja, sie fühlten sich zu ihm hingezogen, weil er eine schillernde Persönlichkeit war, gut aussehend und charmant. Aber sie verliebten sich in ihn, weil er ein anständiger Mensch war, der Leute respektvoll behandelte. Dieser abgeschmackte Holofilm war eine Beleidigung für ihn.

Als der Film seinen Höhepunkt erreichte: die große Überraschung! Der Jagernaut lief Amok. Die Händler lösten seinen Zünder aus, und er wurde mitten auf einem belebten Platz verrückt und mähte ganze Gebäude mit seinem Zerleger nieder. Ich war so wütend, dass ich noch während dieser Szene aufstand und das Kino verließ; ich ging mitten durch diesen ›Jagernaut‹ hindurch und hörte die lauten Protestrufe der anderen Zuschauer.

Als ich das Foyer durchquerte, kam Jarith aus dem Saal und folgte mir mit großen Schritten. »Soz! Warte!«

Am Ausgang blieb ich stehen und wartete, bis er mich eingeholt hatte. Als er mich erreicht hatte, kamen auch Hilt und Rebeka in das Foyer. Sie schauten sich um, bis sie uns sahen, dann kamen sie auf uns zu.

Mit leiser Stimme fragte mich Jarith: »Was ist los? Was zerreißt dich innerlich so?«

»Nichts zerreißt mich innerlich.« Ich war so wütend, dass ich kaum sprechen konnte. »Ich seh' mir nur nicht gerne solchen Dreck an, das ist alles.«

Hilt und Rebeka kamen gerade rechtzeitig bei uns an, um meinen letzten Satz zu hören. Hilt sah mich verärgert an. »Weißt du, langsam wird mir deine Art und Weise lästig.«

Ich hätte ihm ins Gesicht schlagen mögen. So wütend war ich schon seit wer weiß wie lange nicht mehr gewesen. Aber warum? Es war doch nur ein blöder Film. Na und? »Fahr zur Hölle!«, sagte ich.

Rebeka legte mir ihre Hand auf den Arm. »Es ist doch nur ein Holofilm.«

Ich riss mich von ihr los. »Das ist eine Beleidigung für die, die da rausgehen und jeden Tag ihr Leben riskieren, damit Kinder wie ihr sicher, gesund und frei leben könnenund euch solche sinnlosen Filme ansehen.«

Ich erwartete, dass Hilt mir sagte, ich sei eine Idiotin. Doch er zuckte nur mit den Schultern. »Ich weiß nicht, warum du dich darüber so aufregst. Niemand hat je gesagt, *Brain Warp* habe eine politische Aussage oder sei ein Kunstwerk.«

Rebeka sah mich nachdenklich an. »Hört mal, vielleicht haben wir das alles ja einfach falsch angefangen. Wir wär's, wenn wir es einfach noch einmal von vorne versuchen würden? Warum vergessen wir diesen Film nicht einfach und gehen irgendwo was trinken?«

Ich wusste, das Letzte, womit ich jetzt zurechtkäme, wäre, mit ihnen noch etwas trinken zu gehen. Ich ließ meine Stimme bedauernd klingen. »Ich bin ziemlich müde. Ich schätze, ich bin ein bisschen gereizt. Ich sollte nach Hause gehen und ein wenig schlafen.« Das war nur ein Vorwand. Ich würde ganz bestimmt nicht schlafen. Aber ich musste ja schließlich irgendetwas sagen.

Weder Rebeka noch Hilt wirkten sonderlich enttäuscht, dass ich nicht mehr mit ihnen mitkommen wollte. Jarith beobachtete mich weiter. Schweigend stand er dabei, während ich mich von den anderen verabschiedete, doch als sie wieder in den Kinosaal zurückgingen, fragte er: »Darf ich dich nach Hause bringen?«

Meine Schultern entspannten sich. »Ja. Das würde mir gefallen.«

Während wir durch den Park schlenderten, versuchte ich, mir irgendetwas einfallen zu lassen, was ich sagen konnte. Aber mir fiel nichts Geistreiches ein. Um genau zu sein, fiel mir auch nichts Dummes ein.

Als wir schließlich vor dem Apartment-Gebäude stehen blieben, starrte Jarith es mit offenem Mund an. »*Hier* wohnst du?«

»Wenn ich auf Forshires bin«, sagte ich.

Er schaute mich an. »Reist du viel?«

»Geht so.« Ich wollte, dass er mit hinaufkam und mir Gesellschaft leistete, richtige Gesellschaft, die Art Gesellschaft, die ein Mann einer Frau geben konnte, um die dunkele Einsamkeit der Nacht fernzuhalten. Ich wollte, dass er mit mir schlief, immer und immer wieder, bis seine warme Männlichkeit die bösen Geister vertrieb, die mir durch den Kopf spukten.

Jarith stieß einen Pfiff aus. »Ich habe noch nie jemanden kennen gelernt, der sich so eine Wohnung leisten konnte.«

Bestens, sagte ich mir. Das ist deine Chance. Frag ihn, ob er mitkommt.

Aber was, wenn er ›nein‹ sagte.

»Gehst du wieder zurück zu dem Kino?«, fragte ich.

»Nur um meine Jacke zu holen.« Er verzog das Gesicht. »Ich habe ein paar Leuten versprochen, mich später zum Proben mit ihnen zu treffen. Wir haben morgen ein Musik-Examen.«

»Oh.« Was war denn bloß mit mir los – hinter einem Künstler her zu sein, jemandem, der alle schöngeistigen Fähigkeiten besaß, die mir fehlten? Das konnte doch niemals funktionieren.

Jarith zögerte. »Wollen wir uns wiedersehen?«

Ich brachte es nicht übers Herz. »Ja.«

»Ein paar von uns fahren morgen zum Strand von Tillsmorn. Willst du nicht mitkommen? Wir können uns ja morgen Mittag hier treffen.«

Ich lächelte. »Einverstanden.«

»Ja. Gut.« Er grinste mich an und winkte mir zum Abschied zu. »Bis morgen dann.« Und er ging fort, marschierte auf das Kino zu.

Nachdem er gegangen war, fuhr ich nach oben. Meine Wohnung erschien mir sogar dann noch dunkel, als ich alle, wirklich alle, Lichter eingeschaltet hatte. Ich hatte überall Lampen, elegante Glasblumen, deren Glas genug getönt war, um das Licht in ein angenehmes Schimmern zu verwandeln. Die Wände waren mit Goldholz getäfelt, das die Farbe von Sonnenschein hatte. Überall wölbten sich Fenster, sodass viel von dem Licht der Ringe am Nachthimmel hereinflutete. Der Teppich war weiß, die Seidenkissen auf den Möbeln waren weiß, die Zierleisten an den Türen waren weiß. Die Wohnung war fabelhaft. Aber heute erschien sie mir finster und kalt und leer.

Ich stand gerade an der Hausbar und goss mir einen Whiskey ein, als Pako meldete: »Sie haben Besuch.«

Ich schaute auf. Hatte Jarith es sich anders überlegt und war zurückgekommen, um mir meine Einsamkeit zu vertreiben? »Wer ist da?«

Pakos Bildschirm leuchtete auf und zeigte mir die Stufen vor dem Apartment-Gebäude. Dort stand Hilt, der in der kühlen Luft zitterte.

»Verdammt«, murmelte ich. Ich ging zu der Konsole hinüber und schaltete den Kommunikator ein, der mit dem Haupteingang verbunden war. »Ja?«

Seine Stimme drang aus dem Lautsprecher. »Du hast vergessen, mir meinen Pullover wiederzugeben.«

Ich blinzelte erstaunt. Ich hatte nicht einmal gemerkt, dass ich ihn immer noch trug. »Pako, lass ihn rein.«

Einen Augenblick später hörte ich ein Klopfen an meiner Tür. Als ich öffnete, stand dort grinsend Hilt. »Hey, Grünauge, hast ja 'ne schöne Wohnung.«

»Woher weißt du, wo ich wohne?«

»Jarith hat's mir erzählt.«

Ich zog den Pullover aus und reichte ihn ihm. »Danke, dass du ihn mir geliehen hast.« Dann wollte ich die Tür wieder schließen.

Hilt stieß die Tür wieder auf und ging an mir vorbei in mein Apartment. »Weißt du, jetzt ergibt dein ganzes Gerede deutlich mehr Sinn.«

Ich betrachtete ihn von der geschwungenen Tür aus. »Ich kann mich nicht erinnern, dich hereingebeten zu haben.«

»Kein Wunder, dass du so eine Traditionalistin bist. Du hast richtig Geld.« Er drehte sich zu mir um. »Ich wette, deine ganze Familie hat richtig Geld.«

»Gute Nacht, Hilt.«

Er kam zu mir herüber. »Die Eisprinzessin. Natürlich unterstützt du die Rhon-Politik.« Sein Finger strich über einen Träger meines Kleides, folgte ihm, bis seine Hand zwischen meinen Brüsten zu liegen kam. »Du hast ein persönliches Interesse daran, den *Status Quo* zu erhalten.«

Ich schob seine Hand fort. »Raus.«

Er drückte mich gegen die Wand, sein Gesicht so nah an meinem, dass er mich fast küsste. »Irgendjemand sollte dieser Eiszicke hier mal die Eiskruste zertrümmern.«

Ich rastete aus. Ich hätte das nicht tun sollen, aber ich tat es. Meine Kampfreflexe hätten nicht ohne meinen Befehl aktiviert werden dürfen, solange ich nicht unmittelbar gewalttätiger Bedrohung ausgesetzt war. Und eine Bedrohung stellte Hilt nicht dar. Er war aggressiv und widerlich und ich mochte ihn nicht, aber er war kein Vergewaltiger. Ein einfaches ›Schluss jetzt!‹ hätte ausgereicht.

Aber ich habe nicht ›Schluss jetzt‹ gesagt. Ich habe versucht, ihn zu töten.

Als mein Hirn endlich registrierte, was meine Reflexe da taten, hatte ich mein Whiskeyglas schon an der Wand zerschlagen und diese gläsernen Dolch gegen Hilts Brust gerichtet. Blut strömte aus meiner Hand, wo das Glas meine Haut in Fetzen gerissen hatte. Als das Signal aus meinem Hirn endlich meinen Hieb stoppte, war die Glasscherbe weniger als einen Zentimeter von Hilts Körper entfernt.

Es ging so schnell, dass selbst, als ich schon innehielt, Hilt immer noch nur da stand und den Glasdolch anstarrte , den ich über seine Brust hielt. Schließlich atmete er langsam ein. Dann nahm er mir das Glas aus der Hand. Ich schaute auf das Blut, das über meine Hand strömte, meinen Arm, mein Kleid.

»Du solltest lieber einen Arzt holen«, sagte Hilt.

»Das ist nichts. Das mach ich nur sauber.«

Ich hatte erwartet, dass er dann die Polizei rufen werde. Stattdessen sprach er mit sehr ruhiger Stimme. »Es tut mir Leid. Ich bin zu weit gegangen.«

Er war zu weit gegangen? Ich hätte ihn gerade beinahe getötet. Was war denn *los* mit mir?

»Ich rufe das Krankenhaus an«, sagte er dann.

Ich musste mich zusammennehmen, um meine Stimme ruhig zu halten. »Nein. Geh einfach.«

Er betrachtete das Blut, das immer noch aus meiner Hand schoss. »Ich denke, du soll…«

»Geh!«

»Also gut.« Hilt öffnete die Tür. »Ich seh dann Morgen nach dir.«

»Fein.« Ich schloss die Tür und verriegelte sie.

Pako meldete sich zu Wort. »Ich kann innerhalb einer Minute ärztliche Hilfe herbeiordern.«

Ich ging zur Hausbar, öffnete einen Soda-Siphon und hielt meine Hand unter den herausschießenden Wasserstrahl. »Nein. Mir geht es gut.« Das Wasser, das in die Spüle lief, färbte sich rot.

Nachdem ich meine Hand gereinigt und verbunden hatte, goss ich mir noch einen Drink ein. Wenn ich betrunken genug war, würde ich nicht mehr denken können. Und jetzt wollte ich wirklich nicht denken.

»Es liegen noch einige Angelegenheiten an«, sagte Pako. »Seit sechs Stunden liegen NetMails für Sie vor.«

»Ich werde sie morgen durchsehen.«

»Eine Ihrer Nachrichten erfordert Ihre sofortige Beachtung.«

Ich schaute die Konsole finster an. »Also gut. Spiel sie ab.«

Die Stimme von Char Iaki, dem Kommandanten des JMI, drang in den Raum. »Es tut mir Leid, Sie zu stören, Primärin Valdoria. Wir mussten die morgigen Trainingsstunde mit den Fliegern wegen eines Triebwerkschadens absagen. Könnten Sie morgen stattdessen ihre Vorlesung halten?«

Er musste die Vorlesung meinen, die ich über Cyber-Mensch-Verbindungen halten sollte. »Pako, teil ihm mit, ich werd' sie morgen Nachmittag halten.«

Und dann betrank ich mich. Aber so richtig.

Kapitel 9

Eine Zeit, zu weinen

»Aber ist das nicht gefährlich?«, fragte der weibliche Kadett. Sie beugte sich vor. »Die Glasfasern und die mechanischen Teile sind doch Fremdkörper, oder? Stößt Ihr Körper die nicht ab?«

Die gewaltige Zahl der Fragen, die mir die Kadetten stellten, hatte mich überrascht. Ich stand vorne im Hörsaal, halb saß ich auf der Tischkante, während ich ihre Fragen beantwortete. Iaki hatte mir ein Podium angeboten, aber so fühlte ich mich wohler. Und ich fühlte mich *wirklich* wohl. Ich genoss es, diese Vorlesung zu halten.

»Die meisten Teile des biomechanischen Netzwerks wurden aus meinem eigenen Genmaterial gezüchtet oder mit Biohüllen aus diesem Material überzogen«, erklärte ich. »Es ist ähnlich, als hätte man, sagen wir, ein regeneriertes Organ im Körper. Natürlich ist ein biomechanisches Netzwerk viel ausgedehnter. Nicht jeder Körper akzeptiert etwas Derartiges.«

Ein Kadett aus einer der hinteren Reihen des Hörsaals hob die Hand. Als ich ihm zunickte, fragte er: »Was ist, wenn die Glasfaserkabel eine Fehlfunktion haben?«

»Sie leiten Signale weiter«, sagte ich. »Wie Nerven. Wenn etwas schief läuft, geben sie einfach keine Signale mehr weiter.«

»Kann Ihr Hirn diese Signale nicht fehlinterpretieren?«, fragte er weiter.

»Möglich wäre das«, gab ich zu. »Aber es könnte Signale von jedem Teil meines Nervensystems fehlinterpretieren, ob nun natürlichen oder synthetischen Ursprungs.«

Seine Banknachbarin ergriff als Nächste das Wort. »Was ist, wenn mit einer Person etwas schief läuft, die all diese Erweiterungen besitzt? Wenn man Leute erschreckt – na ja, meistens zucken sie dann nur zusammen. Aber wenn man Leute so verdrahtet, dass sie auf Töten spezialisiert sind, läuft man dann nicht Gefahr, dass, wenn ihr Gehirn eine Fehlfunktion hat, es ihnen mit dem Rest des Systems ebenso ergeht? Ein wahnsinniger Jagernaut könnte eine Menge Schaden anrichten.«

Was zum Teufel war denn das für eine blöde Frage? »Unsere Reflexe aktivieren sich *ausschließlich,* wenn unser Leben in Gefahr ist. Wir werden darauf trainiert, in anderen Situationen *nicht* zu reagieren.« Ich warf einen kurzen Blick auf die Wanduhr über Char Iaki, der am anderen Ende des Hörsaals an der Tür stand. Iaki hatte nicht versucht, die Fragestunde zu beenden, obwohl wir schon doppelt so lange damit beschäftigt waren, als eigentlich im Zeitplan vorgesehen.

Ich drehte mich wieder zu den Kadetten um. »Wir reden jetzt schon seit mehr als zwei Stunden. Es wird Zeit, Schluss zu machen.«

Ein enttäuschtes Murmeln durchzog den Hörsaal. Dann begannen sie zu applaudieren. Und sie machten immer weiter. Ich stand da und wusste überhaupt nicht, wie ich mich verhalten sollte. Ich war es nicht gewohnt, dass man mir applaudierte. Normalerweise wünschten sich die Leute, dass ich möglichst schnell wegginge, oder aber sie waren Händler und wollten mich töten. Gesellschaftlich schien ich in letzter Zeit alle Leute nur zu belästigen.

Doch diese Kadetten applaudierten weiter. Ich grinste, froh, dass wenigstens irgendjemand mich nicht unerträglich fand.

Als die Kadetten in Reihe den Hörsaal verließen, kam Char zu mir herüber. »Sie sind von Ihnen fasziniert.«

»Ich hatte nicht mit so vielen Fragen gerechnet«, gab ich zu.

Er musste lächeln. »Man hat nicht jeden Tag die Möglichkeit, mit einem biosynthetischen Wunderwerk zu sprechen.«

»Danke. Glaub' ich.« Seine Bemerkung hinterließ in mir das selbe sonderbare Gefühl wie die Frage des letzten Kadetten – als ob ich eine Fehlfunktion haben könnte wie das Triebwerk von diesem Flieger. Ich rieb mir den Nacken und ließ meinen Daumen über die Buchse dort gleiten.

»Soll ich Sie in die Stadt mitnehmen?«, fragte Char. »Ich habe gesehen, dass Sie heute Morgen nicht mit ihrem Flugwagen gekommen sind.«

»Danke, aber nein. U-Bahn ist völlig in Ordnung.« Eigentlich verabscheute ich U-Bahn-Fahren. Aber ich wollte nicht den Flugwagen nehmen. Als ich heute Morgen mein Apartment verlassen hatte, um zum JMI aufzubrechen, hatte ich bestimmt fünf Minuten einfach vor meinem Flugwagen gestanden und versucht, mich zum Einsteigen zu motivieren. Aber irgendwie hatte ich es nicht fertig gebracht.

Also hatte ich stattdessen die U-Bahn genommen. Die Pendler hatten mich angestarrt, als hätte ich zwei Köpfe und sechs Augen. Zugegeben, die meisten Pendler waren keine Jagernauts in kompletter Kampfmontur. Ich war von Kopf bis Fuß in eng sitzendes, glänzendes Schwarz gekleidet. Ich hatte sogar extra die zugehörigen schwarzen Handschuhe angezogen, um den Verband an meiner Hand zu verbergen. Der Zerleger an meiner Hüfte machte es auch nicht gerade besser. Ich hatte ihn mitgenommen, weil ich mir vorgenommen hatte, im Zuge meiner Vorlesung auch zu erklären, wie er mit meinem Gehirn verbunden war. Aber als ich erst einmal den Zug bestiegen hatte, wünschte ich mir, ich hätte ihn nicht mitgenommen. Die Leute um mich herum wirkten alle verängstigt. Na gut, die meisten Pendler führten keinen antimaterie-geladenen Teilchenbeschleuniger mit sich. Aber ich hatte den Sicherungsbügel umgelegt. Von der Waffe ging keine Gefahr aus.

Es war Abend, als ich schließlich das JMI verließ. Die Luft war klar, die untergehende Sonne war immer noch warm, sie hing als bernsteinfarbene Kugel über dem Horizont. Warum sollte ich die U-Bahn nehmen? Quer durch *Jacob's Shire* waren es nur zwanzig Kilometer bis zu meinem Apartment. Die Strecke konnte ich in weniger als zwei Stunden joggen. Oder ich konnte die Straße nehmen, eher ein Fußpfad, der sich über fünfundzwanzig Kilometer durch die Landschaft schlängelte, bis man darauf die Stadt Eos erreichte. Sollte ich müde werden, konnte ich immer noch in den Flugbus einsteigen, der alle paar Stunden vorbeikam.

Ich machte mich auf den Weg zur Straße, ging an Wiesen voller Wolkengras vorbei, die allmählich im abendlichen Schatten versanken, doppelte Schatten, der eine davon lang, den die untergehende Sonne erzeugte, der von den Ringen geworfene blasser. Vögel mit braunen, grauen und goldenen Federn hüpften durch das Gras, gelegentlich schlugen sie genug mit den Flügeln, um ein paar Meter zu fliegen. Tiere mit purpurnem Fell und großen Ohren sprangen ihnen hinterher, segelten bei jedem Sprung über den Boden; sie zeichneten sich gegen den bronzefarbenen Himmel ab, dann verschwanden sie wieder zwischen den gräsernen Wolken. Die Szenerie wirkte unwirklich, als wäre es eine Einstellung aus einem Holofilm, die durch einen goldenen Filter aufgenommen worden war.

Nach etwa einer Stunde kam ich zu einem Gebäude an der Straße, eine Kombination aus Restaurant und Kaufhaus. Als ich aus dem Inneren Gesang hörte, hielt ich inne, wollte gerne hineingehen, verspürte jedoch wenig Lust, angestarrt zu werden. Schließlich gewann die Einsamkeit die Oberhand. Ich ging zu der Tür und stieß sie auf.

Im Inneren waren entlang der Wände Tische aufgestellt, ein paar zusätzliche Tische standen mitten im Raum. Alles war nur mit Kerzen beleuchtet, sternförmige Schalen mit purpurnem Wachs, das bis in die Spitzen des Sterns reichte. Dadurch, dass der Abend allmählich in die Nacht überging, fiel auch von draußen nur wenig Licht herein. Ein Mann mit braunen Locken saß auf einem Hocker, der auf einem hölzernen Podest am anderen Ende des Raumes stand, entspannt und ungezwungen, und sang mit heiserem Bariton. Nur wenige Leute befanden sich im Raum, sie sprachen miteinander oder lauschten der Musik. Ich glitt auf einen Stuhl hinter einem freien Tisch an der Wand, ohne dass man mich bemerkt hätte.

Als die Kellnerin kam, schaute sie kaum auf den Primärs-Streifen an meiner Jacke. In einem Restaurant, das so in der Nähe des JMI lag, war sie wahrscheinlich gewohnt, Offiziere zu sehen.

Ich bestellte ein Glas Gold-Rum. Und trank ihn. Und bestellte mehr davon. Und trank. Und bestellte mehr. Es war so sonderbar. In den letzten zwei Tagen hatte ich mehr Alkohol getrunken als im ganzen halben Jahr davor. Aber ich fühlte mich wohl hier, versteckt in diesem staubigen Raum, in dem ich nichts anderes zu tun hatte, als diesem Kerl beim Singen zuzuhören. Er erinnerte mich an Jarith. Er sah eigentlich nicht wie Jarith aus, abgesehen von den dicken Locken, aber er war ein Sänger, und er sah gut aus.

Ich winkte die Kellnerin an meinen Tisch. »Ich hätte gerne noch einen Drink.«

»Rum?«, fragte sie.

»Ja.« Ich deutete auf den Sänger. »Würden Sie … wenn er fertig ist, meine ich … würden Sie ihn fragen, ob er mit mir etwas trinken würde?« Dann zögerte ich. Was, wenn er nicht würde kommen wollen? Hastig fügte ich hinzu: »Wenn er sich nicht auf die nächsten Nummern vorbereiten muss.«

Die Kellnerin lächelte. »Ich werd's ihm sagen.«

Ich hatte bereits zwei weitere Drinks hinter mich gebracht, als der Mann zu singen aufhörte. Die Kellnerin winkte ihn heran. Nachdem sie mit ihm gesprochen hatte, drehte er sich um und spähte quer durch den Raum zu mir herüber. Dann nickte er ihr zu und verschwand hinter der Bühne.

Ich zuckte zusammen. Doch bevor ich noch viel Zeit damit verbringen konnte, mir dumm vorzukommen, ihn einladen zu wollen, erschien er wieder und kam auf mich zu. Vor meinem Tisch blieb er stehen und verbeugte sich. »N'Abend, Ma'am.«

Ich musste lächeln. »Soz.« Ich deutete auf einen Sitz. »Möchten Sie sich setzen?«

»Es wäre mir ein Vergnügen.« Er setzte sich mir gegenüber an den Tisch. »Ich heiße Nik.«

»Nik.« Klang gut. »Was möchten Sie trinken?«

»Ale wäre gut.«

Ich winkte die Kellnerin wieder heran. »Bringen Sie uns Ale und Rum.«

»Ja, Ma'am.« Sie sah mich an, wie es Kellnerinnen immer tun, wenn sie der Ansicht sind, man habe bereits genug getrunken.

Nik sah meine leeren Gläser, dann blickte er zu der Kellnerin auf, dann schaute er zu mir. »Eigentlich würde ich lieber einen Kaffee nehmen.« Er lächelte. »Schließen Sie sich mir an?«

»Nein danke«, erwiderte ich. »Rum ist in Ordnung.«

Nachdem die Kellnerin gegangen war, versuchte ich

mir etwas Geistreiches einfallen zu lassen. Aber mein Verstand spielte nicht mit. Die Gedanken blieben wirr. Alles, was mir einfiel, war: »Sie singen sehr gut.«

»Danke«, sagte Nik.

»Ich habe einen Bruder, der singt auch. Balladen und so was.« Ich verzog das Gesicht. »Ich versuche immer, niemandem meine Stimme aufzubürden. Das erschreckt sie so.«

Nik lachte, als hätte ich etwas Komisches gesagt. »Ich wette, Sie haben eine sehr schöne Stimme.«

»Schön schief.« Sie erschreckte sogar mich selbst, so schlimm war sie. »Der einzige Mensch, dem ich jemals 'was vorgesungen habe, war mein kleiner Bruder Kelric, als er noch ein Baby war.« Ich sah Kelric jetzt vor meinem geistigen Auge, er lächelte dieses Lächeln, das ich so geliebt hatte. »Ihm war's wohl egal. Als er zwei war und ich elf, ist er immer zu mir gelaufen, um sich umarmen zu lassen, wenn er mich gesehen hat.«

Niks Gesicht wurde sehr sanft. »Das klingt hübsch.«

Die Erinnerung wärmte mich innerlich. »War es auch.«

Obwohl wir uns weiter unterhielten, hatte ich Schwierigkeiten mit der Sprache. Sie wurde immer undeutlicher. Aber aus irgendeinem Grund schien Nik meine Gesellschaft zu genießen, obwohl ich unfähig war, wie ein intelligentes menschliches Wesen zu kommunizieren.

Als die Kellnerin mit unseren Getränken zurückkam, sah Nik sie sonderbar an. Sein Blick erinnerte mich an meinen ›kleinen‹ Bruder – er hatte immer so geschaut, wenn ihn etwas beunruhigte. ›Klein‹. Hui. Kelric war zu einem Riesen herangewachsen, fast so groß wie Kurj. Aber so wie Kurj nur aus Härte und Metall zu bestehen schien, war Kelric Sonnenlicht und Lachen.

Es war allerdings sonderbar, Kelrics Mimik an diesem Nik zu sehen. Was immer er wollte, die Kellnerin schien ihn zu verstehen. Sie nickte kurz und verließ den Tisch.

Ich nahm einen Schluck von dem Rum. »Kelric hat diesen See auch gemocht.«

»See?«, fragte Nik.

»Es war ein ... dieser große See eben.« Meine Gedanken wurden schon wieder wirr. Ich sah die Kellnerin auf der anderen Seite des Raumes, sie sprach mit einem Mann mit beginnender Glatze und einem dicken Bauch, der so wirkte, als sei er der Inhaber. Er nickte, dann kam er auf unseren Tisch zu.

»Sie sind mit ihrem Bruder an einem See gewesen?«, fragte Nik nach.

»Wir ... ja.« Der Inhaber kam eindeutig auf unseren Tisch zu. »Er kommt her.«

»Ihr Bruder?«

»Neeeeein.«

Der Inhaber hatte unseren Tisch erreicht. Er verbeugte sich tief vor mir. »N'Abend, Ma'am. Willkommen in meinem Haus.«

»'Lo«, sagte ich. Der Raum hinter ihm schien sich schräg zu stellen.

Er lächelte breit. »Es freut mich, dass sie Niks Auftritt genossen haben.«

»Ja.« Ich wünschte, er würde weggehen, damit ich Nik genießen konnte.

»Vielleicht möchten Sie etwas anderes als Rum?«, schlug er vor. »Wir haben ausgezeichnetes Mineralwasser.«

»Rum ist in Ordnung.« Blubberwasser war fast so schlimm wie Wurzelbeersaft.

Der Inhaber versuchte es erneut. »Vielleicht ein wen...«

»Vielen Dank«, unterbrach ich ihn. »Aber mir geh's gut. Richich gut.«

Er atmete hörbar aus. »Ja. Gut.« Dann verbeugte er sich und ging.

Warum wollten mich denn alle heute ärgern? Ich zog meinen Zerleger aus dem Halfter und legte ihn auf den Tisch. Natürlich wollte ich ihn nicht benutzen. Aber so etwas hielt wunderbar unerwünschte Besucher ab.

Nik starrte die Waffe an, dann schaute er zu mir auf.

»Schon mal eins von diesen Prachtexemplaren gesehen?«, fragte ich.

Er schüttelte den Kopf. »Nicht so aus der Nähe.« Er sah aus, als wolle er es auch jetzt lieber nicht sehen.

»Tut doch nicht weh.« Ich hob den Zerleger und tippte damit gegen meine Schläfe. »Wir sind innem See immer Schwimmen gewesen.«

Nik erbleichte. »Soz ... der Sicherungsbügel ...«

»Was?« Es war ganz schön schwierig, die Hand ruhig zu halten. Die Waffe rutschte mir weg, der Lauf stieß mir gegen den Kopf.

Der Inhaber tauchte plötzlich wieder auf, er sprach sehr schnell. »Warum geben Sie das nicht mir?«

Ich starrte ihn an; es erstaunte mich, dass er nach meiner Waffe fragte. Als er danach griff, zuckte ich zurück, sodass er nur die Waffe von meinem Kopf fortstoßen konnte.

Und dann legte er den Sicherungsbügel um.

Lange Zeit saß ich nur dort und starrte wie Waffe in meiner Hand an. Die Waffe war entsichert gewesen. Aktiv. *Aktiv.* Ich hatte mir einen geladenen Zerleger entsichert an die Schläfe gehalten.

Ich musste schlucken und schob den Zerleger zurück in sein Halfter. Dann stand ich auf und sah den Inhaber an. »Kann ich mich hier irgendwo hinlegen?«

Er atmete offensichtlich erleichtert aus. »Selbstverständlich. Folgen Sie mir bitte.«

Er führte mich in ein kleines Zimmer im hinteren Teil

des Hauses. Es schien mir zu seiner eigenen Wohnung zu gehören, die vom Lokal nur durch einen Flur abgetrennt war. Als ich mich auf das Sofa fallen ließ, hörte ich leise wieder Niks Gesang. Der Inhaber brachte mir einen Krug mit irgendeinem heißen Getränk, aber ich konnte mich nicht überwinden, etwas davon hinunterzuwürgen.

Ich legte mich nicht richtig hin, aber ich musste mindestens eine Stunde dort gesessen haben, während mein Kopf langsam wieder klarer wurde. Schließlich hob ich den Kopf und sah mich um. Der Inhaber saß in einem Sessel am anderen Ende des Raumes und beobachtete mich.

»Wie fühlen Sie sich?«, fragte er dann.

»Betrunken.« Langsam begann ich zu begreifen, was ich getan hatte. Ein kurzes Fingerzucken, und ich hätte mir meinen biosynthetischen Schädel weggeblasen. Ich stützte meine Ellbogen auf die Knie und meine Stirn in meine Handflächen. Ich spürte die Handschuhe auf meiner Haut, den ledernen Schutz, der den Verband an meiner Hand verdeckte.

Der Inhaber kam zu mir herüber und setzte sich neben mich auf das Sofa. »Soll ich jemanden rufen, der Sie abholt?«

»Nein.« Ich stand auf, blieb dann reglos stehen, als Übelkeit in mir aufstieg. Als mein Magen sich wieder beruhigt hatte, ging ich auf die Tür zu; nicht die, die zurück ins Restaurant führte, sondern die am anderen Ende des Raumes.

Der Inhaber folgte mir. »Bis morgen Früh fahren keine Busse mehr zurück zur Stadt. Wollen Sie nicht lieber hier auf dem Sofa schlafen?«

Ich schüttelte den Kopf. »Vielen Dank für Ihre Hilfe. Aber ich muss jetzt ...« Muss jetzt *was?* »Muss jetzt ein bisschen an die frische Luft. Mich bewegen.«

»Sind Sie sicher?«

»Ja.« Ich deutete mit dem Kopf auf die Tür zum Restaurant. » Grüßen Sie Nik von mir.«

»Das mach' ich.« Er öffnete die Tür, und ich trat auf ein Feld hinter dem Restaurant hinaus. Hier waren mehr Sterne zu erkennen als von Eos aus, obwohl sie im Schein der Ringe immer noch nur schwer auszumachen waren. Ich schätzte, dass es fast Mitternacht sein musste; Forshires' Schatten auf den Ringen war den Bogen hinaufgewandert, sodass er jetzt fast in der Mitte durchschnitten schien. Die beiden Seiten des Bogens trafen sich hoch über mir, wie zwei Sicheln, die man, die Spitzen zueinander, gen Himmel aufgerichtet hatte. Die Luft roch nach Wolkengras, und überall hörte ich das Zwitschern und das Rascheln der ländlichen Nacht.

Ich machte mich auf den Heimweg, immer noch betrunken genug, dass mein Hirn abgestumpft war. Ich wollte nicht denken. Ich wollte nicht wissen, was mich dazu gebracht hatte, mir einen schussbereiten Zerleger an den Kopf zu halten. Stattdessen ließ ich mein Hirn lieber benommen und vernebelt.

Ich musste stundenlang gegangen sein. Schließlich verbreiterte sich die Straße zu einem Highway, das bedeutete, ich war noch etwa fünf Kilometer von Eos entfernt. Zu meiner Linken glomm das gedämpfte Licht von *Soldier's Green.* Es war ein riesiger Park, der hauptsächlich aus großen Rasenflächen bestand, zwischen denen weitläufig Blumenbeete und mit Kacheln ausgelegte Teiche angelegt waren. Der Park war wunderschön. Aber er existierte nicht nur um der Schönheit Willen. *Soldier's Green* war ein Ehrenmal für die Soldaten des IRK, die im Kampf gefallen waren.

Ich blieb am Rande des Highways stehen und schaute hinüber. Ich hatte *Soldier's Green* noch nie aufgesucht, obwohl ich schon so oft auf Forshires gewesen war. Ich wollte auch jetzt nicht dorthin. Aber meine Füße trugen mich trotzdem hinein, ich ging auf Kieswegen an einem der kleinen Blumengärten nach dem anderen vorbei. Den Denkmälern und Statuen wich ich aus, auch den Skulpturen und Gedenktafeln und Obelisken. Ich gestattete mir nur, den Rasen und die Blumen zu sehen.

Doch an der ›Kuppel‹ blieb ich stehen.

Es war eigentlich keine richtige Kuppel. Es war ein runder Bau von etwa zehn Metern Durchmesser, so hoch wie ein zweigeschossiges Gebäude. Die Wände bestanden aus Tafeln, die fast, aber nicht ganz, bis zum Kuppeldach hinaufreichten. Es gab neunundzwanzig Tafeln, jede einen Meter breit, die über Säulen mit dem Dach verbunden waren; zwischen den Tafeln war jeweils eine Hand breit Platz. Die dreizehnte Tafel fehlte, sodass es einen breiten Eingang gab, den man über drei Stufen erreichen konnte. Das ganze Monument war aus glattem weißen Stein errichtet. Und das war alles.

Abgesehen von den Namen.

Sie standen auf der Innenseite. Nur etwa die Hälfte der Tafeln war voll, doch jedes Jahr wurde der ungenutzte Platz kleiner. Was würden wir tun, wenn auch die letzte Tafel mit Namen gefüllt war? Wie viele weitere Kuppeln würden wir brauchen, um die Imperialen Jagernauts aufzuzählen, die im Kampf gefallen waren? Denn das war der einzige Grund, weswegen dieses Monument existierte – um die verstobenen biosynthetischen Wunderwerke des Imperialen Skolias zu ehren.

Ich schritt die Stufen hinauf und betrat das Monument. Ich wollte die Tafeln nicht sehen. Doch ich ging weiter, konnte nicht stehen bleiben. Ich ging zu der Tafel auf der gegenüberliegenden Seite des Einganges und las die Gravuren im Marmor. Die Todestage neben den Namen lagen weit zurück – Jahrzehnte. Und dennoch erkannte ich viel zu viele davon wieder.

Ich begann zu zittern. Es war nicht kalt, doch mein Körper zitterte, als sei er von Eis bedeckt. Ich schritt die Wände der Kuppel ab, betrachtete die Tafeln, sah, dass die Daten immer jünger wurden, immer mehr Namen mir vertraut waren. So viele. *So viele.* Warum musste ich so viele von ihnen kennen? Ich erinnerte mich an ihre Gesichter, ihr Lachen, ihren Gang, ihre Sprechweise. Jeder Name verfluchte mich, eine Anklage dafür, dass ich noch lebte, während sie tot waren.

Ich wollte von diesem Ort fortlaufen, mich verstecken, wollte vergessen, einfach nur vergessen, notfalls durch Alkohol, notfalls durch den Tod. Aber ich konnte nicht aufhören zu lesen oder weiterzugehen oder mich zu erinnern. Ich kam der letzten Tafel immer näher, unerbittlich, unfähig, mich davon fernzuhalten. Ich wollte nicht näher herangehen, doch ich konnte nicht anders.

Und dann war ich dort. Die Todesdaten stammten aus dem letzten Jahr. Sein Name war auf Augenhöhe eingraviert, nur ein Name, wie alle anderen.

Kelricson Garlin Valdoria Skolia, Jagernaut Tertiär.

Kelric. Mein kleiner Bruder.

Er war Kurjs dritter Erbe gewesen. Die einzige Person außer Jaibriol Qox, die jemals mit mir diese wunderbare geistige Verschmelzung geteilt hatte, wie sie nur zwei Rhon-Psioniker miteinander erleben können.

Ich zog meine Handschuhe aus und berührte die Marmortafel, fuhr mit den Fingerspitzen über seinen Namen. Dann, langsam, sank ich in die Knie, meine Hand schrammte schmerzhaft die Wand entlang, meine Fingernägel blieben an jedem einzelnen Namen kurz hängen. Am Boden angekommen sank ich zusammen, die Hände zu Fäusten geballt, den Kopf gesenkt. Und ich fing an zu weinen. Ich kniete dort, meine Schultern zuckten, und ich weinte, bis es schmerzte.

Es dauerte lange, bis meine Tränen versiegten. Aber

schließlich drehte ich mich um und lehnte mich mit dem Rücken an die Tafel. Dann zog ich die Knie an die Brust und legte meinen Kopf darauf.

Kapitel 10

Eine Zeit, zu heilen

Das Zwitschern eines Vogels weckte mich. Ich hob den Kopf, verwirrt. Warum war ich so steif? Ich stellte fest, dass mein Blick auf einen steinernen Boden fiel, ließ ihn daran entlangwandern, bis er an einer steinernen Tafel hängen blieb. Dann fiel es mir wieder ein.

Obwohl die Sonne noch nicht aufgegangen war, war es doch schon so hell, dass die Morgendämmerung in wenigen Minuten einsetzen musste. Ich zog meine Handschuhe an, stand auf und verließ mit steifen Schritten die Kuppel; mein Verstand erwachte zusammen mit dem neuen Tag. Die Kühle der Morgendämmerung lag in der Luft, und Tautropfen bedeckten meine Uniform. Ich fühlte mich, als wäre ich die ganze Nacht gerannt.

Ich ging über einen Rasen zum Highway, Richtung Eos. Um diese Zeit waren nur wenige Flugwagen auf der Straße, sie summten auf Luftkissen über die blauen Pflastersteine hinweg. Die Leute in den Wagen drehten sich um und starrten mich an, aber heute machte ich mir darüber keine Gedanken. Ich hatte nicht mehr die Kraft, mir darüber Gedanken zu machen. Nichts war mehr wichtig, außer diesem Weg, den zu gehen ich mir vorgenommen hatte. Ich ließ meinen Verstand bewusst wie betäubt, weil ich fürchtete, wenn ich ihn einmal wieder richtig funktionieren ließe, würde ich niemals das beenden, was ich angefangen hatte.

Als ich in Eos ankam, war die Sonne aufgegangen. Die Straße ging in eine breite Allee über, die mitten durch das Stadtzentrum führte. Auch hier säumten Bäume die Straße, dennoch waren es hier weniger als in dem Stadtteil, in dem ich wohnte. Überall waren breite Rasenstücke mit kurzgeschnittenem Wolkengras zu sehen, erstreckten sich zwischen Regierungsgebäuden und um halbmondförmige Denkmäler. Schwebewagen-Verkehr war in diesem Teil der Stadt erlaubt, und Flugwagen summten auf der Straße an mir vorbei. Fußgänger überholten mich auf dem Gehweg, einige schauten vorsichtig kurz zu mir, andere waren in Gedanken versunken.

Ich ging weiter.

Schließlich erreichte ich die Imperiale Botschaft. Ich stieg die breiten Stufen hinauf und ging zwischen den Säulen hindurch in eine überwölbte Vorhalle hinein, deren Decke hoch über meinem Kopf lag. An den Wänden standen Bänke, auf denen Leute saßen, die mit ihren eigenen Angelegenheiten beschäftigt waren: Sie unterhielten sich, lasen, warteten. Am anderen Ende der Vorhalle wartete eine Menschenschlange darauf, die eigentliche Botschaft betreten zu dürfen, um sich um das zu kümmern, weswegen sie hierher gekommen waren – was immer es auch sein mochte. Ich durchquerte die Vorhalle, meine Schritte hallten auf dem Marmorboden wider, und ich stellte mich an.

Ich hätte an der Schlange einfach vorbeigehen können. Ich hätte zum Haupteingang oder einem der anderen Eingänge gehen können, ich hätte sogar nach Hause gehen und mich von jemandem abholen lassen können, nachdem ich ein wenig geschlafen hatte. Doch stattdessen wartete ich. Wenn ich jetzt von meinem Weg abwich, würde ich ihn nie bis zum Ende gehen.

Die Schlange zog sich eine Treppe hinauf, an deren Ende eine Frau hinter einem Pult stand. Sie erklärte jedem, wo er oder sie hingehen müsse, und schickte sie dann durch eine Sicherheitssperre, durch die man in die Botschaft gelangte.

Es dauerte nur ein paar Minuten, bis ich an der Reihe

war. Die Frau lächelte und sprach mich an, als sei es völlig normal, dass ein Jagernaut-Primär zu ihr kam. »Was können wir für Sie tun?«

Ich konnte nicht mehr weiter. So weit hatte ich es geschafft, aber weiter konnte ich nicht.

Sie versuchte es noch einmal. »Darf ich Ihnen den Weg zu dem Büro weisen, zu dem Sie wollen?«

»Ich möchte den Herzschrittmacher sprechen«, sagte ich.

Die Leute in der Schlange hinter mir unterbrachen ihre Gespräche. Alle in Hörweite drehten sich zu mir um. Plötzlich war nirgends mehr ein Geräusch zu hören.

Wer auch immer die Angestellten der Botschaft ausgesucht hatte, er hatte gute Arbeit geleistet. Die Frau wirkte nicht einmal erstaunt. Es war sehr gut möglich, dass es das erste Mal war, dass sie danach gefragt worden war, doch sie zögerte keinen Augenblick. Sie berührte eine Taste an ihrem Podium, dann sprach sie mich an. »Eine Eskorte wird sie zu Tager bringen.«

Hinter ihr erstreckte sich eine große Halle, deren polierte Marmorwände bis tief in die Botschaft hineinreichten. Vier Männer erschienen am anderen Ende und schritten auf uns zu. Sie waren groß. Ich zweifelte nicht daran, dass sie auch bewaffnet waren.

Sie deutete auf die Sicherheitssperre. »Sie dürfen passieren, Primärin.«

Diese Schleuse bestand wie üblich aus einem ›Torbogen‹, neben dem zwei Wachen standen. Als ich hindurchtrat, blinkten Lichter auf, Alarmglocken schrillten, Summer summten. Ich hatte nicht einmal daran gedacht, meinen Zerleger abzulegen. Die beiden Wachen griffen nach ihren Waffen, und die Eskorten, die mich abholen sollten, beschleunigten ihren Schritt. Ich stand nur dort und bemühte mich, weiterhin wie betäubt zu bleiben.

Niemand sprach mich an . Niemand bat mich, meine Waffen abzugeben. Niemand sagte ein Wort. Die Leute in der Schlange starrten mich an, die Frau hinter dem Pult blieb ruhig stehen, die Wachen beobachteten mich. Ich fühlte ihre Emotionen wie Schmirgelpapier auf einer offenen Wunde. Sie fürchteten, wenn sie jetzt etwas Falsches täten, würde ich wie eine Bombe hochgehen. Niemand verstand, was wirklich in mir vorging – die Wahrheit war, dass für *mich* Gefahr bestand, nicht für *sie*. Ein falsches Wort, ein falscher Blick, eine falsche Bewegung, und ich wäre hier so schnell hinausgerannt, dass sie hätten hören können, wie die Luft an meiner Kleidung vorbeipfiff.

Dann erreichte uns die Eskorte, und der größte von ihnen verbeugte sich. »Willkommen.« Er bedeutete mir, in die Halle zu gehen, aus der er gerade gekommen war, bot mir den Arm an, als sei ich ein Gast auf einem der offiziellen Empfänge in der Botschaft und er der Gastgeber. Ich wusste genau, dass er zu der Elitegarde der Sicherheitskräfte der Botschaft gehörte. Aber nichts an seiner Zivilkleidung oder an seinem kultivierten Verhalten verriet das.

Also ging ich mit ihnen. Sie führten mich durch Gewölbegänge und über polierte Flure, bis wir zu einem Büro kamen. Dessen Wände bestanden aus Glas, das jedoch von außen undurchsichtig war. Ich war mir jedoch sicher, dass man von Innen herausschauen konnte.

Eine Tür in der Glaswand öffnete sich. Inmitten des Raumes stand ein Mann und schaute uns an. Als meine Eskorte an der Tür stehen blieb, schaute ich zu ihnen, erst nach rechts, dann nach links. Aber sie standen einfach nur dort.

Also ging ich allein in dieses Büro. Es war ein großer Raum, der weiße Teppich war so dick, dass ich meine Stiefelspitzen nicht mehr sehen konnte, als ich ihn betrat.

In den gläsernen Regalen standen zierliche Vasen, gläserne Statuen und anderer Schnickschnack. Die Gemälde an den Wänden waren gerade reizvoll genug, das Auge zu erfreuen, ohne den Betrachter abzulenken.

Ich ging zu dem Mann hinüber. Er war ein normal aussehender, eher magerer Mensch mit braunem Haar.

»Sind Sie ein Herzschrittmacher?«, fragte ich. Das war natürlich nicht die richtige Berufsbezeichnung. Offiziell hieß eine derartige Position ›Imperiales Raumfahrt-Kommando, Psychiater der Klasse A6‹.

Er nickte. »Ja. Ich bin Jak Tager.« Er schaute kurz zu meiner Eskorte und hob die Hand. Sofort schloss sich die Schiebetür, und ich konnte unter vier Augen mit Jak Tager sprechen, dem Herzschrittmacher der Klasse 6A.

Ich ging zu einem der Regale und betrachtete eine Glasvase. »Sie haben viel zerbrechliches Zeug hier.«

Er folgte mir. »Ja, das stimmt wohl.«

Ich betrachtete ihn flüchtig. Er sah kaum wie ein erstklassiger Experte für geistige Gesundheit aus. Die Frau an der Sicherheitssperre hatte ihn nur ›Tager‹ genannt. »Sind Sie Arzt?«

Er nickte. »Ich habe in Medizin und in Psychologie promoviert.«

»Wie viele Patienten haben Sie?«

Er lächelte schwach. »Einen.«

»Mich eingeschlossen?«

»Ja.«

Ich schnaubte. »Und was machen Sie mit all der Zeit, die Ihnen da bleibt?«

»Forschen.« Mein Interesse schien ihm zu gefallen. »Ich studiere die psychischen Auswirkungen biomechanischer Implantate.«

Alle Götter! *Der* Tager war er also. Ich hatte seine Arbeiten selbst gelesen. Der Mann war der unangefochtene Experte auf dem Gebiet, welchen Einfluss biomechanische Systeme auf die Personen hatten, denen sie implantiert worden waren. Ich hatte nie begriffen, dass er als Herzschrittmacher tätig war. Das bedeutete, dass er neben all seinen wissenschaftlichen Leistungen auch noch ein Offizierspatent des IRK vorzuweisen hatte, höchstwahrscheinlich vom JMI oder der Diesha-Militär-Akademie.

Ich wusste nicht, was ich von ihm halten sollte. Er sah so normal aus. Vor zehn Jahren, als ich nach dem Zwischenfall auf Tams zu der Herzschrittmacherin gegangen war, hatte ich sie gefragt, wie viele Patienten sie während ihres gesamten Berufslebens gehabt hatte. Sie hatte ›acht‹ gesagt. *Acht.* Acht in fünfundzwanzig Jahren, und dabei war ich schon mitgezählt, obwohl ich nur genau zweimal bei ihr gewesen war.

Ich hatte nicht zu ihr gehen wollen. Ich war dorthin gegangen, weil man mich gezwungen hatte. Ja, mein Vorgesetzter hatte eine gute Wahl mit ihr getroffen. Wäre ich auch nur ein wenig geneigt gewesen, Hilfe anzunehmen, hätte diese Herzschrittmacherin sie mir sicherlich geben können. Mit *ihr* hätte ich jetzt gerne geredet. Aber das war unerheblich. Tager war der Einzige, der zur Verfügung stand, und aus irgendeinem blöden Grund wollte ich nicht mit einem Mann darüber sprechen. Ich wusste nicht warum. Ich wollte es nur einfach nicht.

Ich atmete aus. »Vielleicht war es ein Fehler, hierher zu kommen. Ich vergeude nur Ihre Zeit.«

Er betrachtete mich. »Was hat Sie dazu bewogen zu kommen?«

Ich zuckte mit den Schultern. »Es gibt eigentlich kein richtiges Problem.« Nach kurzem Zögern fügte ich hinzu: »Ich habe in letzter Zeit ein paar Dinge gemacht, die … ein bisschen ungewöhnlich sind.«

»In welcher Hinsicht ungewöhnlich?«

»Gestern Abend habe ich mir einen schussbereiten Zerleger an die Schläfe gehalten.«

Tager sprach sehr ruhig. »Erzählen Sie mir davon.«

»Ich habe in einer Kneipe mit einem Sänger gesprochen. Ich war betrunken. Ich habe mir die Waffe an den Kopf gehalten, ohne dass der Sicherungsbügel umgelegt war. Meine Hand hat gezittert.« Ich stockte. Ich wollte nicht mit diesem Fremden reden, weder über den gestrigen Abend noch über irgendetwas anderes.

Nur dass ich diesmal aus freien Stücken gekommen war – ich war auf der Suche; ich wusste zwar nicht, wonach ich suchte, aber ich würde es ganz bestimmt nicht finden, wenn ich mich nicht wenigstens bemühte. Ich holte tief Luft und versuchte es noch einmal. »Vorgestern habe ich beinahe einen Mann getötet, einen ganz normalen Mann, einen Zivilisten, nur weil er mich gegen die Wand gedrückt hat. Ich weiß nicht warum. Na gut, er war mir nicht gerade sympathisch. Gibt's doch: Ich mag ihn nicht, er mag mich nicht. Aber das war's auch schon!«

Tager beobachtete mich immer noch, und er machte ein Gesicht, als wolle er wirklich etwas verstehen. Na ja, das war ja auch sein Job. Er musste so ein Gesicht machen.

»Wie ist das passiert?«, wollte er wissen.

»Mir hat nicht gefallen, wie er mich angefasst hat.« Das Ganze wurde mir unangenehm, richtig unangenehm – viel mehr als angemessen, wenn man bedachte, was ich da erzählte. »Ich bin ausgerastet. Ich weiß nicht warum.«

»Was haben Sie getan?«

»Ich habe ein Glas zerschlagen und ihn damit fast erstochen.«

»Was hat Ihnen daran nicht gefallen, wie er Sie angefasst hat?« Tager sprach sehr bedächtig, aber nicht so wie die Leute bei der Sicherheitskontrolle, die Angst gehabt hatten, ich könne explodieren, wenn sie etwas Falsches sagten. Bei Tager kam es mir eher so vor, als sei ich jemand, den er respektierte, und das war einfach absurd, schließlich kannte er mich gerade mal fünf Minuten. Respekt muss man sich verdienen, und ich hatte bisher nichts getan, was mir seinen Respekt hätte einbringen können.

»Er hat den Träger meines Kleides berührt.« Jetzt, wo ich diesen Zwischenfall beschrieb, kam ich mir albern vor. Zu behaupten, ich hätte überreagiert, war eine echte Untertreibung. »Dann hat er seine Hand zwischen meine Brüste gelegt und mich gegen die Wand gedrückt.«

Tager starrte mich an. »Wusste er, dass Sie eine Primärin sind?«

»Nein. Ich hatte ihn gerade erst in einer Wandergesellschaft kennen gelernt.«

»Hat er Sie bedroht?«

»Nein.«

»Sind Sie sicher?«

»Natürlich bin ich sicher!«

»Warum?«

Ich sah ihn finster an. »Was meinen Sie mit ›Warum‹? Weil ich es weiß!«

»Wie das?«

Warum fragte er mich dauernd so was? »Ich bin Empathin, deswegen weiß ich das!« Ich verzog das Gesicht. »Er hat eine Bemerkung gemacht, ich sei eine Zicke. Aber er hätte niemals Gewalt angewendet.«

»Sind Sie sich da sicher?«

»Ja, ich bin mir da sicher! Haben Sie irgendein Problem damit?«

»Ihre Reflexe hätten sich nicht grundlos aktiviert.«

Verdiente er auf diese Weise sein astronomisches Gehalt? Indem er seiner einzigen Patientin etwas erzählte, was für sie nichts Neues war? »Sie sind der Herzschrittmacher. Erklären Sie mir, wo das Problem liegt.«

Tager atmete aus. »Sie müssen mir schon ein wenig helfen.«

»Ist das alles, was Sie gelernt haben, während Sie all Ihre Doktortitel gemacht haben? Dass der Patient sich selbst diagnostizieren soll?«

Er zeigte keinen Ärger, er fuhr nur mit dieser ruhigen und respektvollen Stimme fort. »Sie müssen mir mehr erzählen.«

Es war etwas Sonderbares an der Art, in der er mich ansah. Ich erinnerte mich an einen Blick dieser Art. Aus irgendeinem Grunde ließ er meinen Ärger schwinden. »Was, zum Beispiel?«

»Haben Sie in letzter Zeit etwas getan, was für Sie untypisch ist?«

Endlich erkannte ich diesen Gesichtsausdruck. Meine Mutter hatte immer so geschaut, wenn jemand, um den sie sich Sorgen machte, litt. Und seine Besorgnis schien mir echt zu sein. Das war keine antrainierte Maske, die er für seine Patienten aufsetzte. Ich war ihm wichtig. Aber warum? Warum sollte er Mitleid mit mir haben, mit einer Person, die er niemals zuvor gesehen hatte, einem biosynthetischen Wunderwerk vorgetäuschter Menschlichkeit?

»Nein«, antwortete ich. »Ich habe nichts Außergewöhnliches getan. Ich bin nur ich selbst.« Das war schon seltsam genug. »Vielleicht sollte ich nach Hause gehen. Ich bin nur müde, das ist alles. Ich bin gestern sehr weit zu Fuß gegangen.«

Er lächelte. »Mit diesen Wanderern?«

Wanderer? Er musste die Wurzelbeersaft-Trinker meinen. »Nein. Ich bin vom JMI zu Fuß hierher gegangen. Eigentlich bin ich zu *Soldier's Green* gegangen. Da habe ich geschlafen.«

»Warum?«

Ich wünschte, er würde aufhören, mich das zu fragen. »Ich war müde.«

Er stand nur da, sah mich an und wartete.

»Ich bin mit der U-Bahn zum JMI gefahren«, sagte ich. »Aber ich mag es nicht, wenn man mich anstarrt. Deswegen bin ich nach Hause gelaufen.«

»Haben Sie keinen Flugwagen?«

»Doch, das schon. Aber gestern Morgen brachte ich es einfach nicht fertig einzusteigen.«

»Fahren Sie oft damit?«

»Ständig.«

»Ist Ihnen mal etwas in einem Flugwagen passiert?«

»Natürlich nicht!«

»Aber gestern konnten Sie in Ihren eigenen Flugwagen nicht einsteigen.«

Auf einmal hätte ich ihn am liebsten durchgeschüttelt. »Was ist denn daran so schlimm?«

»Primärin ...« Er hielt inne, offensichtlich suchte er nach einem Namen. Ich sah ihn unerbittlich an. Schließlich fuhr er fort. »Mit mir zu sprechen, kann sehr wohl dazu führen, dass Sie sich unwohl fühlen. Aber wenn ich Ihnen helfen soll, muss ich Ihnen Fragen stellen.«

Plötzlich fühlte ich mich bedrängt. Ich atmete tief ein, drehte mich um und entfernte mich einige Schritte von ihm. Als sein Schreibtisch meinen Rückzug aufhielt, blieb ich stehen und stützte meine Hände auf die Tischkante.

Nach einem kurzen Augenblick drehte ich mich wieder zu ihm um. Ich sprach langsam, wie ein Taucher, der vorsichtig die Wassertemperatur prüft. »Ein Mann namens Kryx Tarque hat mich einmal in seinem Flugwagen mitgenommen.«

Tager blieb, wo er war, er bedrängte mich nicht. »Das ist ein Highton-Name.«

»Er war auch ein Highton.« Meine Hände fühlte sich kalt an. »Er hat mich auf einer Straße auf Tams Station aufgesammelt. Ich war dort *undercover* eingesetzt. Ich war … Ich …« Ich zwang mich dazu, es auszusprechen. »Ich war drei Wochen lang seine Versorgerin. Jede Nacht, und immer fast die ganze Nacht. Manchmal auch noch bei Tag.«

Tager war sehr gut darin, angemessen zu reagieren. Wirklich sehr gut. Dieser Mann hätte, ohne mit der Wimper zu zucken, einen Schwebezug auf sich zurasen sehen können. Aber selbst er konnte seine Reaktion nicht verbergen. »Wie sind Sie entkommen?«, fragte er mit der selben ruhigen Stimme, die er einsetzte, seit wir miteinander sprachen, doch ich fühlte, wie entsetzt er war.

Meine Stimme überschlug sich. »Ich habe ihn erwürgt, während er mich gefickt hat.«

Tager kam zu mir herüber. »Es tut mir Leid.«

»Was?«

»Dass Sie so etwas durchmachen mussten.«

»Das war mein Job.«

»Das ist ein furchtbarer Job.«

»Hören Sie«, sagte ich. »Das ist vor zehn Jahren passiert. Es ist mir jetzt schon lange gut gegangen. Es gibt wirklich keinen Grund dafür, dass es jetzt anfangen sollte, mir Schwierigkeiten zu machen.«

»Dieser Mann, den Sie beinahe erstochen hätten – ähnelt er in irgendeiner Weise Tarque?«

»Nein.« Obwohl das eigentlich nicht ganz stimmte. Hilt hatte dunkle Haare und war sehr muskulös, genau wie Tarque. Und als er an diesem Abend in mein Apartment hineinspaziert war, hatte mich das an die Arroganz erinnert, die ich an Tarque so gehasst hatte; Tarque, der stets geglaubt hatte, er könne alles, was er wolle, mit Menschen tun, die er für minderwertig hielt. Aber diese Ähnlichkeit war nur oberflächlich. Hilt war sehr herausfordernd, das stimmte; aber obwohl ich ihn erst seit wenigen Stunden kannte, konnte ich doch beurteilen, dass er eigentlich ein ganz anständiger Mensch war. »Die beiden ähneln einander wirklich überhaupt nicht.«

»Was ist mit diesem Sänger in dem Café?«, fragte Tager dann. »Hatte er in irgendeiner Weise Ähnlichkeit mit Tarque?«

Ich schnaubte wieder. »Sie jagen da nach etwas, das gar nicht da ist. Dieser Mann war genau das Gegenteil eines Aristo. Er hatte goldbraune Augen und eine goldene Stimme. Ich glaube, er könnte noch nicht einmal einem Leuchtfalter etwas zu Leide tun.«

»Sie klingen wütend.«

»Wütend?« Ich starrte ihn an. »Warum sollte ich wütend sein? Ich wollte ihm nichts tun. Ich wollte mit ihm schlafen!«

»Erzählen Sie mir von ihm.«

»Ich weiß überhaupt nichts über ihn.«

Tager wartete. Ich verzog das Gesicht und verschränkte die Arme. Nach einem Moment des Schweigens versuchte er es auf andere Weise. »Das heißt, Sie haben keinen Ehemann?«

War es so offensichtlich, dass niemand mich wollte? »Was soll *das* denn heißen?«

»Sie kommen mir nicht vor wie jemand, der auf der Suche nach einem potenziellen Liebhaber ist, wenn er bereits mit jemand anderem eine Bindung eingegangen ist.«

»Ach.« Woher wusste er das denn? »Na und? Erwarten Sie, dass ich verheiratet bin?«

»Warum verärgert Sie das?«

»Hören Sie auf, Herzschrittmacher zu spielen, und beantworten Sie meine Frage, verdammt! Sie wollen, dass ich ehrlich zu Ihnen bin? Dann seien Sie auch ehrlich zu mir!«

Er sprach mit sehr sanfter Stimme. »Ja, ich bin überrascht, dass Sie nicht verheiratet sind.«

Immer bekam ich den gleichen Müll zu hören: Wie kann denn jemand wie Sie einsam sein? »Hören Sie auf, Tager!«

»Warum macht Sie das so wütend?«

»Ich bin nicht wütend! Hören Sie auf, mich das zu fragen!«

»Sie sehen ungehalten aus.«

»Klar«, sagte ich. »Natürlich! Hol dir diese scharfe Primärin ins Bett! Was für ein Fang! Oder sie wollen das, was Hilt wollte: mich dafür bestrafen.« Ich ballte die Fäuste. »Vielleicht sollte ich mir ein paar Narben ins Gesicht schneiden und Lumpen anziehen – mal sehen, ob mich dann immer noch jemand will.«

Er fuhr mit seiner unerträglich liebenswürdigen Stimme fort. »Wer ist Hilt?«

Jetzt war ich auf Tager und seine dummen Fragen wütend. »Hilt ist der Mistkerl, der mich gegen die Wand gedrückt und mich eine ›Eiszicke mit richtig Geld‹ genannt hat.«

»Das sind Sie nicht.«

Ich kam mir vor wie ein Schwebezug, der gerade in eine Steinmauer gedonnert war. »Was?«

»Ich bin darüber erstaunt, dass Sie nicht verheiratet sind, weil nur wenige Empathen mit einer derart ausgeprägten Sensibilität es ertragen, alleine zu leben.«

»Ich bin ungefähr so sensibel wie ein Betonblock.«

Er lächelte. »Das ist ein ungewöhnlicher Block.«

»Ich mache keine Witze.«

»Ich auch nicht.«

»Wieso glauben Sie etwas über mich zu wissen?«

Tager spreizte die Finger. »Ich gehe nach Erfahrung, Ausbildung und meinem Bauch vor. Außerdem bin ich Empath.«

»Ach.« Natürlich. Für seinen Beruf musste er ein Empath sein. »Ich glaube nicht, dass ich weiterreden möchte.« Ihm von mir zu erzählen, war anstrengender als vom JMI nach Eos zu laufen. Ich wollte nur noch nach Hause und schlafen. »Ich weiß nicht, ob ich wiederkomme.«

»Ich denke, das sollten Sie«, sagte Tager.

Das bremste mich völlig aus. Das hatte ich nicht erwartet. Ich hatte gedacht, er werde das sagen, was Kurj angedeutet hatte: Ich sei bloß überarbeitet und sollte einfach mal versuchen, ein normales Leben zu führen. Ausgehen. Entspannen. Ausruhen. Ich hatte erwartet, Tager werde mir taktvoll erklären, es gebe keinen Grund dafür, seine Zeit mit meiner hoffnungslos übertriebenen Besorgnis zu verschwenden, ich sei unfähig, zu anderen Menschen eine richtige Beziehung aufzubauen.

Stattdessen wollte er, dass ich wiederkam.

Aber mit ihm zu reden, erschöpfte mich zu sehr. »Ich weiß nicht, ob ich Zeit dafür habe.«

»Ich glaube nicht, dass es klug wäre, jetzt aufzuhören.«

Ich starrte ihn an. »Warum?«

Wieder hatte er diesen Blick, wie meine Mutter. »Ich muss Sie öfter sehen, bevor ich wirklich verstehe, warum Sie so wütend sind. Aber so viel kann ich Ihnen schon sagen: Wenn Sie sich nicht damit auseinander setzen, wird jemand darunter leiden müssen.«

Innerlich spannte ich mich an. »Glauben Sie, ich könnte jemandem Schaden zufügen?

»Das wäre möglich.«

Ich wusste es. Ich hatte es die ganze Zeit gewusst. Ich zwang mich dazu, es auszusprechen: »Sie glauben, ich könnte die Kontrolle verlieren und jemanden töten, oder?«

»Ich glaube nicht, dass Sie fähig wären, ohne Anlass

zu töten.« Dann, ohne ein Wort der Warnung, nahm er meine Hand und zog mir den Handschuh aus, sodass der Verband sichtbar wurde. »Wie ist das passiert?«

Wie hatte er erraten können, dass ich verletzt war? War er *so* empathisch? Konnte er so gut meine Körpersprache lesen? Ich riss meine Hand zurück. »Habe ich Ihnen erzählt. Ich habe ein Glas zerschlagen.«

»Wie?«

»Geht Sie gar nichts an!« Schon wieder wollte ich ihn durchschütteln. »Was hat *das* denn damit zu tun?«

Er sprach mit diesem unerträglichen Mitleid in der Stimme. »Die Person, von der ich befürchte, Sie könnten ihr Schaden zufügen, sind Sie selbst.«

Ich war so wütend, dass meine Stimme sich überschlug. »Sie wissen überhaupt nichts über mich.«

»Ich kann Sie nicht zwingen wiederzukommen«, sagte Tager. »Selbst wenn ich das könnte, wäre das nicht gut. Ich bin sicher, Sie können mir alles über Ihren geistigen Gesundheitszustand vorspielen, was Sie möchten. Aber Sie wären nicht hierher gekommen, wenn Sie nicht Hilfe würden haben wollen.«

Ich klang verbittert. »Ich bin eine Maschine mit einer Fehlfunktion. Ich brauche eine Überholung.«

Güte lag jetzt in seinem Gesicht. »Sie sind keine Maschine.«

Ich zog meinen anderen Handschuh ab und streckte die Hand aus, die Handfläche nach oben, sodass er die Buchse in meinem Handgelenk sehen konnte. »Hier: eine Maschine.«

»Ihr biomechanisches Netzwerk macht Sie nicht weniger menschlich. Es verstärkt nur die Gaben, mit denen Sie geboren wurden.«

»Gaben? *Gaben?*« Ich ließ den Arm sinken. »Immer wenn jemand, den ich kenne, leidet, leide ich. Immer wenn jemand mir Schaden zufügen will, fühle ich das.

Oft weiß ich noch nicht einmal, woher es kommt. Wissen Sie, was es heißt, so zu leben?« Die Worte sprudelten hervor, ohne dass ich sie aufhalten konnte. »Haben Sie eine Vorstellung davon, wie es ist, in einer Jag-Staffel zu fliegen? Wie es ist, Aristos zu fühlen, wenn man sich im Kampf befinden? Die *genießen* es, uns zu töten. Das ist besser für sie als Sex. Oder aber der Pilot ist ein Sklave, der die einmalige Chance hat, sein Leben zu verbessern. Und ich muss ihn töten.« Ich schaffte es nicht mehr, das Zittern in meiner Stimme zu unterdrücken. »Ich fühle jeden getöteten Händler. Ich bin tausend Mal und mehr da draußen gestorben. Es gibt nichts, was ich mir antun könnte, was ich nicht schon erlebt hätte.«

»Mir ist Derartiges natürlich nur teilweise bekannt«, gab Tager zu. »Aber ich habe gesehen, was es Empathen antut, ein Leben wie das Ihre zu leben. Dass irgendjemand von Ihnen überlebt, ist ein Wunder.«

Danach wusste ich nicht mehr, was ich sagen sollte. Ich war müde. Müde. Ich konnte nicht mehr reden. »Ich muss jetzt gehen.«

»Werden Sie wiederkommen?«

»Ich … werde darüber nachdenken.«

»Ich bin jeden Tag hier. Sie könne mich jederzeit erreichen. Tag und Nacht, immer.«

Ich nickte. Ich wusste nicht, was ich sonst hätte sagen sollen. Ich wusste nicht, ob ich es ertragen würde, wiederzukommen.

Es war später Vormittag, als ich die Botschaft verließ. Ich ging am Hafen entlang nach Hause und beobachtete die Schiffe an den Docks. Seeleute drängten sich an den Piers, stolzierten in ihren weißen Hosen und ihren gestreiften Hemden an mir vorbei, ihre blauen Kappen hatten sie keck tief ins Gesicht gezogen, um ihre Augen zu schützen. Pärchen, Familien und Singles schlenderten am Strand entlang oder tummelten sich im Wasser, oder sie lagen auf dem goldenen Sand unter dem goldenen Himmel, über den sich leuchtend die Ringe wölbten. Überall liefen Kinder in bunter Kleidung umher, sie wedelten mit sich selbst aufblasenden Luftballons, lachten und schrien und ärgerten die Straßenmusiker. Der Duft von den offiziell genehmigten Imbissbuden mischte sich mit dem Salzgeruch der Luft. Dieser Ort *lebte,* er lebte, wuchs und gedieh, dort lebten Menschen, er pulsierte von Energie.

Lange Zeit stand ich an einem hölzernen Geländer auf dem Bürgersteig und beobachtete das Treiben. Langsam wurde ich mir eines sonderbaren Gefühls bewusst, das in mir aufstieg.

Erleichterung.

Aus irgendeinem sonderbaren Grund *erleichterte* es mich ungemein, dass Tager meinte, ich hätte echte Probleme. Warum? Warum sollte ich mich darüber freuen, richtig am Ende zu sein?

Weil, wenn ich krank war, ich auch geheilt werden konnte.

Das war der springende Punkt. Ein Problem konnte gelöst werden. Wenn es gar kein Problem gab, hätte das bedeutet, so zu fühlen wie ich, sei normal, nicht etwas, das sich ändern ließe. Und ich glaube nicht, dass ich damit hätte leben können.

Vielleicht, nur vielleicht, konnte ich wirklich noch einmal zu Tager gehen.

Schließlich ging ich wieder los. Ich freute mich darauf, aus meiner Uniform herauszukommen und mich in einem ruhigen Apartment zu entspannen. Der Hafen war nur einen Kilometer von dem Apartmentgebäude entfernt, deswegen dauerte es nicht lange, bis ich zu Hause ankam.

Als ich mich dem Gebäude näherte, sah ich eine Gruppe junger Leute, die auf den Treppenstufen vor der

Eingangstür wartete. Erst als ich sie fast schon erreicht hatte – ich war völlig in Gedanken versunken –, begriff ich, wer sie waren und warum sie mich anstarrten. Es waren Jarith und seine Freunde, einschließlich Rebeka und Hilt. Ich hatte ganz vergessen, dass Jarith mich ja eingeladen hatte, mit ihnen an den Strand zu gehen.

Ich blieb vor ihnen stehen und schaute sie peinlich berührt an. »Tut mir Leid, dass ich so spät bin. Ich hoffe, ihr habt nicht zu lange gewartet.«

Jarith starrte die Streifen auf meiner Jacke an. »Nein, nicht lange.«

Ich fuhr mir mit der Hand durch das Haar. »Ich fürchte, ich wäre heute keine gute Gesellschaft. Vielleicht solltet ihr ohne mich gehen.«

Sie nickten. Niemand schien zu wissen, was er oder sie sagen sollte. Jarith war das Ganze peinlich, das schrie mir sein Geist fast zu; er kam sich vor wie ein Riesenidiot, weil er verrückt genug gewesen war, eine Imperiale Primärin um eine Verabredung zu bitten.

Das ist nicht gut, dachte ich. Dann lächelte ich ihn an. »Möchtest du mit 'raufkommen?«

Jarith blinzelte erstaunt. »Du meinst in dein Apartment?«

»Ja.«

Er lief rot an. »Oh.« Dann lächelte er. »Einverstanden.«

Die anderen sahen ihn an, dann mich. Schließlich fasste Rebeka sich ein Herz. »Ja ... Wir ... äh ... bis später dann, Jar.«

Als Jarith nickte, verbeugten sich die anderen in meine Richtung und gingen. Alle außer Hilt, und der war derjenige, von dem ich am meisten hoffte, dass er verschwand.

»Ich möchte mit dir reden«, sagte Hilt. Er schaute kurz zu Jarith, dann zu mir. »Allein.«

Wenn man bedachte, was ich ihm beinahe angetan

hatte, schuldete ich ihm zumindest ein Gespräch. »Na gut.«

Ich ging mit ihm an der Treppe vorbei und blieb im Schatten eines Baumes stehen. »Was gibt's?«

»Verpasst du uns 'ne Karte?«, fragte Hilt.

›'Ne Karte verpassen‹? »Was meinst du damit?«

»Eine Karteikarte. Für das, was wir gesagt haben. Bei der Wanderung.«

Dann begriff ich. Er wollte wissen, ob ich vorhatte, über sie einen Bericht zu schreiben. Es war eine durchaus begründete Frage. Ich kannte Offiziere, die Aussagen von Systemkritikern in ihre Berichte aufnahmen.

»Nein«, sagte ich. »Ich werde gar nichts tun.«

»Warum nicht?«

Ich zuckte mit den Schultern. »Ich habt das Recht, eure Meinung zu sagen.«

Er klang verbittert. »Haben wir das?«

Ich wollte erwidern: »Natürlich habt ihr das.« Aber ich brachte es nicht über die Lippen. Stattdessen sagte ich: »Ihr habt Dinge gesagt, die ich dringend hören musste. Nichts davon werde ich jemals weitererzählen.«

»Schwör's!«

Ich runzelte die Stirn. »Was soll das denn heißen?«

»Ihr Jagernauts behauptet doch immer, ihr würdet nach irgendeinem Ehrenkodex leben. Also schwör mir bei diesem Kodex, dass du die Wahrheit sagst!«

Wer war er denn, mein Wort anzuzweifeln? »Fahr zur Hölle!«

Er schnaubte. »Das hab' ich mir gedacht.«

Hör auf, sagte ich mir selbst. »Na gut. Ich schwöre es bei meiner Ehre als Jagernaut.«

Er blinzelte erstaunt. Doch sein Körper entspannte sich sichtlich. Er zögerte einen Augenblick, dann schaute er auf meine Hand. »Wie ist es?«

»Prima.«

»Du hättest mich töten können, oder?«
»Ja.«
»Warum hast du's nicht getan?«
Ich starrte ihn an. »Du musst mich wirklich für ein Ungeheuer halten.«
Er schüttelte den Kopf. »Glaub's mir oder glaub's mir nicht: Ich habe Respekt vor Leuten, die für das kämpfen, woran sie glauben. Aber du verkörperst für mich das Schlimmste unserer Unterdrücker. Meine Eltern haben zehn Jahre im Gefängnis verbracht, als Ruth-2 gerade vom Imperialat geschluckt worden ist. Ihr einziges Verbrechen bestand darin, dass sie gegen den Einmarsch des Imperialen Raumkommandos protestierten, weil wir nichts anderes tun wollten, als nur schöpferisch und friedlich zu leben.«
Kein Wunder, dass er mich nicht mochte. »Das tut mir Leid.«
»›Das tut mir Leid‹ bringt ihnen diese zehn Jahre nicht wieder zurück.« Er musste schlucken. »Und mir auch nicht.«
Irgendetwas in seiner Stimme versetzte meinem Herzen einen Stich. »Wie alt warst du, als sie deine Eltern abgeholt haben?«
Er sprach angestrengt. »Vier.«
Ich starrte ihn an. Ich wusste, dass das IRK harsch mit seinen Kritikern umging, aber was Hilt hier beschrieben hatte, ging über jedes vernünftige Maß hinaus. »Du hast Recht, ich kann euch diese verlorenen Jahren nicht zurückgeben. Aber ich werde nicht vergessen, was du mir erzählt hast.«
»Na und? Was ändert das schon?«
»Vielleicht mehr als du denkst.«
Er zuckte mit den Schultern. »Kann sein.« Er klang nicht gerade überzeugt.
Nachdem Hilt gegangen war, gingen Jarith und ich ins

Innere der Eingangshalle. Wir durchquerten sie und gingen auf eine Doppeltür aus undurchsichtigem Glas zu. Ich zog meinen Ausweis hervor, eine quadratische Karte, in die meine Fingerabdrücke eingeprägt waren, und schob sie in einen Schlitz neben der Tür. Man hörte ein Surren, als der Scanner die Muster las, die ein Laserstrahl erzeugte, während er die Karte abtastete. Dann öffneten sich gleitend die Türen.

Wir betraten einen Raum, dessen Wände alle aus Glas bestanden. »Oberstes Stockwerk«, sagte ich. Die Türen schlossen sich, und der Raum hob sich geräuschlos an. Hervorgerufen durch das elektrische Feld, das der Aufzug erzeugte, ordneten sich die Flüssigkristalle zwischen den Doppelglasscheiben um, die Polarisation des Glases änderte sich und wir konnten hindurchsehen. Unter uns breitete sich die Eingangshalle aus, ein Blick auf elegante dicke Teppiche und vergoldete Möbel. Dann durchfuhr der Aufzug die Decke der Eingangshalle und gelangte so auf die Außenseite des Gebäudes, sodass wir einen beeindruckenden Ausblick auf die Baumwipfel und die ganze Landschaft hatten.

Jarith und ich standen schweigend nebeneinander. Seine Nervosität hing wie ein feiner Nebel in der Luft. Nach einem Augenblick unangenehm berührten Schweigens fragte ich: »Und? Wie ist deine Prüfung gelaufen?«

»Ich habe ein ›Bestanden Plus‹.« Sein Gesicht entspannte sich, und er lächelte. »Hab' gute Noten im Teil ›Musiktheorie‹.«

»Ja. Gut.« Ich wusste nicht, was ich sonst noch sagen sollte. Es war mehr als ein Vierteljahrhundert her, dass ich mir um Prüfungen Gedanken gemacht hatte.

Die Aufzugstüren öffneten sich, und wir blickten in einen Flur. Dort gab es nur eine Tür, eine altmodische Holztür mit einem kupferfarbenen Knauf. Als wir davor standen, schob ich meine Karte in einen Schlitz unter

dem Schlüsselloch und wartete, während der Scanner sie überprüfte. Dann hörte man ein Klicken, und die Tür schwang nach Innen.

Als wir hineingingen, fiel Jarith die Kinnlade herunter. »Das ist ja wunderschön!«

Ich musste lächeln. Jetzt erschien mir der Raum nicht mehr finster. Bernsteinfarbenes Sonnenlicht und das Licht der Ringe strömten durch die Fenster und schienen das Goldholz zum Leuchten zu bringen. »Mir gefällt's.« Ich schloss die Tür und ging zur Hausbar. »Möchtest du 'was trinken?«

Er kam auf die andere Seite der kleinen Theke. »Hast du Wurzelbeersaft?«

»Verflixte Raketen! Nein! Wie kannst du so ein Zeug nur trinken?«

Er lachte. »Das ist lecker!«

Mein Herz schmolz dahin beim Anblick dieses engelsgleichen Lächelns in seinem engelsgleichen Gesicht. Für ihn hätte ich Pako sogar angewiesen, Wurzelbeersaft aufzutreiben.

»Wie steht's mit Mineralwasser?«, fragte Jarith.

»Ja, das habe ich.« Ich goss ihm ein Glas ein, dann nahm ich mir die Whiskyflasche. Einen Moment lang starrte ich sie an, dann überlegte ich es mir anders und goss mir auch ein Glas von diesem Blubberwasser ein.

Wir setzten uns gemeinsam auf das Sofa. Ich schaffte es, meine Hände bei mir zu behalten, bis er ausgetrunken hatte, doch das war dann auch die Grenze. Als er sich vorbeugte, um das Glas auf den Tisch zu stellen, fuhr ich ihm mit den Fingern durch das Haar. Er sah mich erschrocken an. Dann lehnte er sich zurück, griff nach mir und legte seinen Arm sanft um meine Taille. Als ich meine Arme um seinen Hals legte, neigte er den Kopf, um mich zu küssen. Und das war der Moment, wo ich herausfand, wie Wurzelbeersaft-Trinker küssen.

Kein Wunder, dass sie alle dieses Zeug so in sich hineinschütten.

Schließlich hielten wir inne und umarmten einander nur. Ich lehnte meinen Kopf gegen seine Schulter und war unglaublich erleichtert. Götter, ich war so einsam gewesen.

Jarith murmelte mir etwas ins Ohr. »Du fühlst dich gar nicht wie eine Primärin an.«

Ich küsste seinen Nacken. »Wie fühle ich mich denn an?«

»Gut.«

Ich seufzte. »Ach, Hypron, es ist so lange her.«

Jarith versteifte sich. Nachdem ich einen Augenblick gewartet hatte, ob er sich wieder entspannen oder etwas sagen würde, kuschelte ich mich wieder in seine Arme. »Was ist los?«

Er betrachtete mein Gesicht. »Warum hast du das gesagt?«

Ich versuchte mich zu erinnern, was ich gesagt hatte: *Es ist so lange her.* »Ich hatte in letzter Zeit nicht viel Gesellschaft.«

Er schaute mich an, als suche er eine Antwort. Dann lief er rot an. »Ich schätze, ich bin bloß nervös. Ich kann einfach nicht glauben, dass ich jetzt hier bei dir bin.«

Ich streichelte sein Gesicht. »Ich bin froh, dass du hier bist.«

Er nahm meine Hand, schloss seine Finger um meine und zog mich für einen weiteren Kuss zu sich heran. Als wir beide nach Luft schnappten, lächelte ich. »Ich schätze, jetzt ist der richtige Zeitpunkt, dich zu fragen, ob du meine Briefmarkensammlung sehen willst.«

Jarith schien fasziniert. »Frag nur!«

Also fragte ich. Er hatte keine Bedenken.

Mein Schlafzimmer war wie ein Atrium gebaut, luftig und voller Pflanzen. In den Wänden waren geschwungene Fenster mit Goldholz-Rahmen und Kupferbeschlägen, und durch ein Oberlicht über dem Bett fiel noch mehr Helligkeit in den Raum. Auf dem Bett zu liegen, umgeben von all den weißen, weichen Kissen und Decken, war, als sei man von Wolken eingehüllt.

Jarith und ich kuschelten uns aneinander, bloße Haut an bloßer Haut, und erkundeten einander, nahmen uns die Zeit in der Nachmittagssonne, die durch die Fenster fiel. Er passte perfekt in mich, seine Hüften streichelten meine Oberschenkel, seine Hände streichelten meine Haut. Ich bewegte mich mit ihm, dann wurde ich langsamer, hielt mich zurück, wurde von der Gier nach mehr fast verrückt, ließ mich zusammen mit ihm immer wieder bis an die Grenze treiben, bis wir schließlich beide nachgaben und uns in einen Höhepunkt reißen ließen, der wie eine Welle befriedigend über uns hinwegbrandete.

Anschließend lagen wir zwischen den Decken, Jarith auf dem Rücken, die Augen geschlossen, und ich kuschelte mich zufrieden in seine Armbeuge.

»Soz?«

Schläfrig rührte ich mich.

»Soz, wach auf.«

»Hmmm ...?«

»Essenszeit«, sagte er.

Ich stieß einen protestierenden Laut aus. Doch er knuffte mich erneut und ließ seine Hände über meine Haut gleiten. Zuerst wollte er mich wohl nur wecken, doch bald wurden seinen Bewegungen zu Liebkosungen. Ich seufzte: »Ach, Hypron ...«

Sein Streicheln hörte so abrupt auf, dass ich schlagartig wach wurde. Ich öffnete die Augen, war erstaunt, auf einmal einen kühlen Luftzug an meiner Seite zu spüren. Jarith saß neben mir und starrte geradeaus.

Ich zupfte an seinem Arm und versuchte, ihn dazu zu bewegen, sich wieder hinzulegen. »Was ist los?«

Er sah mich an. »Das ist das zweite Mal, dass du das gemacht hast.«

»Was gemacht?«

»Mich ›Hypron‹ genannt.«

Mein angenehmes, schläfriges Gefühl verschwand schlagartig. »Ich habe dich ›Hypron‹ genannt?« Aber ja, jetzt, wo ich darüber nachdachte, fiel es mir auf: Ich *hatte* ›Hypron‹ gesagt. Ich erschauerte in der kühlen Luft. »Das tut mir Leid.«

Er legte sich neben mich und zog die Decke über uns beide. »Wer ist Hypron?«

Unter der Decke, in seine Arme geschmiegt, fühlte ich mich sicher, vielleicht sicher genug, ihm zu erzählen, was er wissen wollte. Ich wagte mich an diesen versteckten Ort in meinem Sein heran, als würde ich ganz langsam eine Schublade aufziehen. Eine Sonne schien darin, abgedunkelt, fast schwarz. Ich schloss diese Schublade wieder.

»Soz?« Jarith sah mich mit einem sonderbaren Gesichtsausdruck an, wie jemand, der geglaubt hatte, er habe irgendwie das große Los gezogen, um dann herauszufinden, dass alles nur ein Irrtum gewesen war.

»Hypron war mein Mann«, sagte ich.

»War?«

Ich sprach sehr sanft. »Ich wäre jetzt nicht hier bei dir, wenn es einen anderen Mann in meinem Leben gäbe.«

Die angespannten Muskeln seiner Arme lockerten sich. »Warum hast du ihn verlassen?«

»Warum glaubst du, ich hätte ihn verlassen?«

»Wer um alles in der Welt würde dich verlassen?«

Ich musste schlucken. »Ich bin froh, dass es in diesem Universum wenigstens einen gibt, der so denkt.«

»Soz ...« Sein Verstand berührte kurz den meinen.

»Warum bist du so voller Schmerz?«

»Hypron ist vor drei Jahren gestorben.« So. Ich hatte es gesagt. Die Welt war nicht untergegangen. »Das war weniger als ein Jahr nach unserer Hochzeit.«

»Das tut mir Leid.«

Ich versuchte, mit den Schultern zu zucken, was normalerweise meine übliche Reaktion war, aber das erwies sich als schwierig, weil Jarith mich so eng festhielt. Stattdessen gab ich eine sehr viel ehrlichere Antwort. »Mir auch.«

Er zögerte. »Darf ich fragen, was passiert ist?«

Es dauerte einen Moment, bis ich antwortete – aber ich antwortete wirklich. »Meine Staffel sollte eine Kolonie im T-Hea-Sektor überprüfen. Hypron arbeitete dort als Landwirtschaftsexperte.« Hypron. Er hatte mich von dem Augenblick an zum Lächeln gebracht, als wir uns das erste Mal begegneten. Und ich war nicht in der Lage gewesen, meine Hände bei mir zu behalten. Es war nicht so, dass er besonders gut aussehend gewesen wäre, obwohl er für mich immer unwiderstehlich gewirkt hatte mit seinem spitzbübischen Grinsen. Irgendetwas an ihm sorgte dafür, dass ich mich gut gefühlt hatte – dieses gute Gefühl ganz tief in einem, das einen so richtig wärmt.

»Zwei Wochen, nachdem wir uns kennen gelernt hatten, waren wir verheiratet«, sagte ich. »Keiner von uns beiden hatte gewusst, dass er krank war. Diese Kolonisten hatte eine miserable medizinische Versorgung, und niemand wusste, dass die Therapie seines Immunsystems, die für die Kolonisierung wichtig war, nicht richtig angeschlagen hatte. Als wir endlich feststellten, dass er Schwierigkeiten hatte, war es zu spät.« Ich sprach sehr leise. »Und dann ist er gestorben.«

»Das tut mir Leid.« Jarith lehnte seinen Kopf gegen meinen und hielt mich unter der Decke im Arm. Und schließlich, schließlich öffnete ich diese geistige Schublade mit der verdunkelten Sonne ganz weit. Alle Erinnerungen waren da, Erinnerungen an so viel Freude und so viel Leid. Aber ich konnte sie mir wieder ansehen. Jetzt konnte ich sie mir wieder ansehen.

Nach einer Weile sagte ich: »Weißt du, als ich dich das erste Mal gesehen habe, dachte ich sofort, dass du ein Empath sein müsstest.«

»Ich bin ein Empath.« Er stockte. »Also eigentlich ist ›Empathischer Heiler‹ die offizielle Bezeichnung im Kyle-Register.«

Ich lag in seinen warmen Armen. »Das habe ich mir gedacht.«

Er sprach sanft weiter. »Wenn andere Menschen leiden, emotional meine ich, kann ich das nicht ertragen. Ich muss dann versuchen, zu ihnen durchzudringen, ihren Schmerz zu vertreiben. Aber ich weiß nicht, ob ich das überhaupt richtig kann.«

Ich küsste ihn. »Oh ja.«

Er lächelte. »Du bist alles drei.«

»Drei was?«

»Empath, Heiler, Telepath.« Er streichelte mein Haar. »Ich habe das Gefühl, mitten in einer Nova zu stehen, wenn du deine Barrieren fallen lässt.«

»Ich habe meine Barrieren fallen lassen?«

»Als wir miteinander geschlafen haben.«

»Oh.« Darauf musste ich achten. Auf der anderen Seite, warum eigentlich? Vielleicht sollte es tatsächlich einen Zeitpunkt geben, zu dem man seine Abwehrmechanismen mal vernachlässigen durfte.

Eine körperlose Stimme unterbrach unser Gespräch. »Soz.«

Jarith sprang fast aus dem Bett. »Wer ist *das* denn?«

Ich musste lachen. »Bloß mein Computer.« Ich sprach in den Raum hinein. »Pako, nicht jetzt.«

Pakos Stimme drang aus einer Konsole, die unauffällig in die gegenüberliegende Wand des Raumes eingebaut worden war. »Qox ist im Begriff, eine Rede zu übertragen.«

Verdammt noch mal. Ich hatte Pako angewiesen, mir Bescheid zu geben, wenn es irgendwelche Neuigkeiten bezüglich Qox gab. Und natürlich musste dieser verwünschte Kaiser unbedingt eine Rede halten, wenn ich gerade mit Jarith im Bett war.

»Na gut«, grollte ich. »Spiel's ab!«

Der Holoschirm auf der anderen Seite des Raumes wurde aktiviert, und wieder projizierte er zunächst das schimmernde Abbild eines sprungbereiten Pumas. Die Händler-Hymne ertönte, diese Melodie, die einen so verfolgen konnte, erfüllte den ganzen Raum. Wie war es nur möglich, dass derart furchtbare Leute so wunderschöne Musik erschufen?

Jarith erschauerte. »Warum willst du dir das ansehen?«

»Ich muss. Ich muss wissen, was sie zu sagen haben.« Und das stimmte auch, egal, wie sehr ich diese Tatsache verabscheute.

»Immer, wenn ich einen von denen sehe oder höre, habe ich das Gefühl, ich würde …« Jarith stockte, er suchte das treffende Wort. »Es fühlt sich an, als würde ich …«

»Vergewaltigt?«

Er sah mich erstaunt an. »Ja.«

Der Puma verwandelte sich in das Abbild zweier Personen. Doch keiner von ihnen war Ur Qox. Der Mann zur Linken, war Kryx Quaëlen, der Wirtschaftsminister der Händler.

Der Sprecher, der Mann, der am Podium stand, war Jaibriol.

Jarith stand aus dem Bett auf und zog seine Hose an.

»Ich kann mir das nicht ansehen. Nicht hier. Es tut mir Leid. Ich warte im Wohnzimmer auf dich.«

Warum musste Jaibriol wieder in mein Leben eindringen, gerade jetzt, wo ich eine Chance hatte, ihn zu vergessen? Ich stand auf, ging zu meinem Kleiderschrank und nahm mir das Erste, was ich fand – ein einfaches Hängekleid. »Du brauchst doch nicht zu gehen.« Ich zog mir das Kleid über den Kopf. »*Ich* werde gehen. Du kannst bleiben.«

»Warum gehen wir nicht einfach zusammen ins Wohnzimmer?«

Dann begriff ich. Er wollte nicht, dass die Hightons in unserem Schlafzimmer waren, dem Raum, in dem wir gerade miteinander geschlafen hatten. »Einverstanden.«

Ich verpasste nur ein kurzes Stück der Ansprache. Ich saß auf dem Sofa und starrte auf den Holoschirm, während Jarith sich ein Getränk nahm. Es steckte nicht viel hinter dem, was Jaibriol erzählte, nur das übliche Händler-Gerede, wie wunderbar sie doch alle seien. Und es klang überhaupt nicht nach Jaibriol. Aber es war nicht die Art und Weise, wie er klang, die mich frösteln ließ. Für jemanden, der ihn nicht kannte, und das traf auf den Großteil der Galaxis zu, musste er wie ein normaler Highton wirken. Ich wusste, dass es in Wirklichkeit anders war. Ich kannte sein Innerstes, seit dieser Nacht auf Delos in seinem Schlafzimmer. Der Mann, der diese Ansprache hielt, stand unter Drogen.

Jarith setzte sich neben mich, sein Glas in der Hand. Er hatte sich einen Whisky eingeschüttet, nahm nun einen Schluck davon und betrachtete den Schirm, als sei er in Trance, unfähig, den Blick abzuwenden. Aber auf Jaibriol achtete er kaum. Es war Quaëlen, der ihn in seinem Bann zu halten schien.

Welche Macht übten diese Hightons aus, dass sie sogar durch eine Übertragung solches Entsetzen in uns hervorrufen konnten? Lag es an ihrer Körpersprache, ihrer Körperhaltung, ihrer Sprachmelodie, an den Bewegungen ihrer Hände? Auf irgendeiner Ebene, eher unterbewusst als bewusst, *erkannten wir ihre Überlegenheit an.* Alleine schon Quaëlens Namen zu hören, reichte aus, mir eine Gänsehaut zu verschaffen. Warum stand er dort mit Jaibriol? In welcher Verbindung stand er zu dem Erben der Hightons?

Ein grauenhafter Gedanke ging mir durch den Kopf. Vielleicht hatte Ur Qox Jaibriol in Quaëlens Obhut gegeben. Der Kaiser von Eubia, der entsetzliche Anführer der Händler, trug die rezessiven Gene eines Psionikers in sich. Er war nur zur Hälfte ein Rhon; diese Gene hatte er von seiner Mutter geerbt, deswegen konnte sich keines seiner Rhon-Merkmale richtig ausprägen. Aber er besaß *alle* Rhon-Gene, jedes einzelne. Konnte es sein, dass er zumindest eine Spur empathisch veranlagt war? Machte ihn das vielleicht menschlich genug, um Mitleid mit seinem Sohn zu empfinden? Vielleicht hatte er seinen Erben in Quaëlens Obhut gegeben, weil er es nicht übers Herz brachte, seinem Sohn die Rolle aufzuzwingen, für die dieser eigentlich gezeugt worden war.

Ich wollte mir nicht vorstellen, wie Jaibriols Leben aussehen würde, wenn er Kryx Quaëlen als ›Mentor‹ hatte. Ich konnte mir ausmalen, was passiert war: Jaibriol hatte sich geweigert, diese Ansprache zu halten, und Quaëlen hatte ihn unter Drogen gesetzt, um ihn dazu zu zwingen; vielleicht hatte er auch noch mit Drohungen oder physischer Gewalt gearbeitet. Was es noch erschreckender machte, war die Tatsache, dass ich bezweifelte, Quaëlen habe Drogen oder Gewaltandrohung nötig. Er verbracht wahrscheinlich sehr viel Zeit mit Jaibriol. Er konnte problemlos genügend Daten von ihm zusammentragen, um eine überzeugende Computer-Simulation des Highton-Erbens anzufertigen, die dann jede Ansprache hielt, die Quaëlen brauchte – sollte es ihm tatsächlich nur darum gehen, dessen Worte zu kontrollieren.

Neben mir saß Jarith, er starrte Quaëlen an, und sein Gesicht wurde immer bleicher. Schließlich sagte ich: »Pako, schalt die Übertragung ab.«

Der Bildschirm wurde dunkel. Jarith schaute mich kurz an, und ich spürte die Erleichterung, die mir sein Verstand sendete. »Musst du dir wirkliche jede Ansprache ansehen, die sie halten?«

Ich nickte. »Na ja, ›seine Feinde studieren‹ und so.«

»Es war vorher schon schlimm genug, als Qox noch keinen Erben hatte. Da konnten wir wenigstens noch hoffen, dass er der letzte Kaiser der Hightons sei. Aber jetzt, wo plötzlich dieser Erbe aus dem Nichts aufgetaucht ist ...« Jarith erschauerte. »Manchmal frage mich, ob es jemals aufhören wird.«

Wie sollte es denn aufhören? Wenn Qox keinen Erben hervorgebracht hätte, hätte ein anderer Highton seinen Titel beansprucht. Der neue Kaiser wäre nicht besser gewesen als Ur Qox, vielleicht sogar schlimmer. Die Hoffnung, die Hightons würden sich zu sanftmütigeren Wesen entwickeln, war aus der Verzweiflung geboren. Aristos waren genetisch darauf programmiert, Aristos zu sein. Auch die Zeit würde ihren Gen-Pool nicht verwässern. Ihre Besessenheit, ihre Blutlinie rein zu halten, rührte von viel mehr als von ihrer Arroganz. Sie waren wirklich eine pathologische Lebensform: Wenn sie sich so fortpflanzten, dass dies zu einer Erweiterung ihres Gen-Pools führte, also mit ihren Versorgern zusammen Kinder zeugten, würden sie Nachkommen hervorbringen, die zu zerstören sie gezwungen waren.

Und jetzt stand Jaibriol dort, unter Drogen und verwundbar, die einzige Person in diesem ganzen sternenumspannenden Krieg des Hasses, der diesen zu einem

Ende bringen konnte – entweder, indem er sich mit uns an den runden Tisch setzte, um Friedensverhandlungen zu führen, oder indem er das Imperiale Skolia in die Knie zwang.

Kapitel 11

Eine Zeit, zu reden

»Manche Leute überleben viel Schlimmeres«, sagte ich. »Ich musste das nur drei Wochen durchstehen.«

Tager betrachtete mich. »Sie denken, weil Sie es drei Wochen und nicht drei Jahre erduldet haben, wäre es Ihnen nicht erlaubt, richtige Narben davonzutragen?«

Ich beobachtete ihn von meinem sicheren Posten neben dem Bücherregal aus. Bei den fünf Besuchen, die ich inzwischen hinter mich gebracht hatte, hatte ich mich nie gesetzt. Dabei hätte ich mich verwundbar gefühlt. Tager blieb normalerweise ebenfalls stehen, so wie jetzt, in der Nähe seines Schreibtisches, er bedrängte mich nicht, er zwang mich zu nichts.

»Hören Sie«, sagte ich. »Die meisten Versorger verbringen ihr ganzes Leben in Gefangenschaft. Was ich erlebt habe, war doch gar nichts.«

Er kam zu mir herüber. »Das ist nicht wahr.«

»Ich bin dafür ausgebildet, Dinge …«

»Das ist doch Scheiße!«

Ich musste blinzeln, die Art seiner Reaktion verblüffte mich ebenso wie ihre Heftigkeit. Beides schien überhaupt nicht zu ihm zu passen, zumindest nicht zu dem Tager, den er mir bisher gezeigt hatte. »Warum haben Sie das gesagt?«

»Keine Ausbildung im ganzen Universum macht Sie immun gegen das, was Tarque Ihnen angetan hat«, erklärte Tager. »Ja, Ihr Panzer ist wirklich hart. Aber unter diesem Panzer lebt ein echter Mensch. Sie wurden physisch und sexuell misshandelt, und die Tatsache, dass Sie eine Primärin sind und dass es nur drei Wochen gedauert hat und dass es zu Ihrer Ausbildung gehört, auch äußerst missliche Situationen zu ertragen, und dass es anderen Leuten schon viel schlechter gegangen ist … nichts davon macht die Verletzung, die Sie davongetragen haben, auch nur ein bisschen kleiner.«

»Das war vor zehn Jahren«, sagte ich. »Ich sollte das längst überwunden haben.«

»Warum?«

Warum? Da war wieder diese unerträgliche Frage. »Weil die Zeit alle Wunden heilt.«

»Nur, wenn man diese Wunden auch behandelt.« Tagers Stimme wurde wieder sehr sanft. »Das Erlebte zu verdrängen ist ein Überlebensmechanismus, eine Möglichkeit, weiterzuleben wie bisher. Aber wie sehr Sie es auch verleugnen mögen, was passiert ist, betrifft Sie dennoch. Es kann Ihre Selbstachtung schmälern, Sie in Ihrer ›Funktionstüchtigkeit‹ beeinträchtigen, es kann es auch schwierig machen, Beziehungen aufrecht zu erhalten.«

»Sie glauben, ich habe deswegen ein Problem damit, mich auf Leute einzulassen?«

»Das wäre möglich.«

Ich trat einen Schritt zurück, fühlte mich auf einmal bedrängt. »Ich bin nur übersensibel.«

»Warum sagen Sie das?«

Ich schnaubte. »Vor einem Monat habe ich mir einen Holofilm angesehen. Das war einer von diesen ›Jagernaut wird wahnsinnig‹-Dingern. Er hat mich wütend gemacht. Ich bin rausgegangen und habe ihn damit den anderen verdorben, die mit mir im Kino waren. Dann hätte ich fast jemanden die Zähne eingeschlagen, nur weil er mir gesagt hat, ihm würde mein Verhalten nicht passen. Nennen Sie das etwa nicht ›überreagieren‹?«

»Nein«, sagte Tager. »Nicht, wenn man die Kampferfahrung bedenkt, die Sie haben.«

»Die Leute, mit denen ich im Kino war, dachten, ich sei verrückt.«

»Die Tatsache, dass diese Leute nicht verstehen, warum Sie so reagiert haben, macht Ihre Reaktion nicht unsinnig.«

Warum konnte ich ihm das nicht begreiflich machen? »Sie verstehen mich nicht. Ich hätte fast einen Mann erstochen, nur weil ich ihn widerlich fand.«

»Sie haben ihn fast erstochen«, widersprach Tager, »weil sein Verhalten Sie an eine schreckliche Erfahrung erinnert hat, bei der Sie wiederholt brutal missbraucht wurden.«

Glaubte er wirklich, Hilt hätte Erinnerungen an Tarque wachgerufen? Hatte dieser Highton jetzt immer noch so viel Macht über mich, nachdem er schon so viele Jahre tot und begraben war? »Nein. Das kann nicht sein.«

Tager sprach sehr ruhig. »Sie hatten keine Kontrolle darüber, was mit Ihnen geschah, als Tarque Sie entführt hat. Hätte man Ihnen nur irgendwelche Besitztümer geraubt, hätten Sie sie wiederbeschaffen oder ersetzen können. Aber wenn man Ihnen die Selbstachtung nimmt oder Ihr Gefühl der Sicherheit, Ihre Würde – woher bekommen Sie so etwas wieder?«

»Ich wusste, in welche Gefahr ich mich begab, als ich nach Tams ging. Ich hätte vorsichtiger sein müssen.« Ich sprach den Gedanken aus, der mich schon so lange gequält hatte. »Was passiert ist, war meine eigene Schuld.«

Tager schüttelte den Kopf. »Es hat niemals an Ihnen gelegen. Was Tarque Ihnen angetan hat, war falsch. Schluss. Aus.« Er sah mich fest an. »Es war nicht Ihre Schuld. Was immer er zu Ihnen gesagt haben mag, wie immer er Sie auch genannt haben mag, was immer wer auch immer Ihnen dazu gesagt haben mag – *es war nicht Ihre Schuld.*«

Ich wagte meine Gedanken in Bereiche vor, die ich jahrelang unberührt gelassen hatte. »Aber warum sollte das alles gerade jetzt hochkommen, wenn es mir doch so lange gut gegangen ist?«

»Wieso glauben Sie, dass es Ihnen bisher gut gegangen ist?«

»Meine Güte, natürlich ging es mir bisher gut!«

»Dann erklären Sie mir bitte«, fuhr Tager fort, »warum es sieben Jahre gedauert hat, bis Sie sich auf eine Beziehung zu einem Mann einlassen konnten.«

»Sie meinen Hypron?«

Er nickte. »Sieben Jahre allein zu sein, sind für jeden eine lange Zeit. Für einen Empathen ist es geradezu beispiellos.«

Beinahe hätte ich widersprochen. Ich hatte schon immer einen Bogen um Menschenmassen gemacht oder um Situationen, in denen ich mich mit den Emotionen von Menschen auseinander setzen musste, die ich nicht mochte. Aber ich wusste, was Tager meinte. Wenn es um Liebe ging, war Empathie eine Gabe, vor allem, wenn der andere ebenfalls ein Empath war und mich so fühlen konnte wie ich ihn. Wenn das fehlte, entstand eine Einsamkeit, die so groß war, dass sie wie eine offene Wunde schmerzte. Jarith und ich etwa waren auf einer mich in ganz anderer Weise erfüllenden Ebene miteinander verbunden, die ich mit einem normalen Menschen nicht würde erreichen können.

Ich dachte an den versteckten Ort in meinem Sein, der dort in der Dunkelheit schwärte. Ich wusste, was die Dinge an diesem Ort aufgerüttelt und so einen Schwall Erinnerungen freigesetzt hatte, die ich unbedingt unterdrücken wollte. Jaibriol Qox.

Doch alles, was ich sagte, war nur: »Es kann nicht alles an Tams liegen.«

Ausnahmsweise widersprach Tager mir nicht. »Gegen

Aristos in den Kampf zu ziehen, zu spüren, wie Menschen sterben … das muss ein Albtraum sein.« Er betrachtete mich wieder voller Mitleid, das bei ihm keine Grenzen zu kennen schien. »Sie haben tausende Male die Hölle durchlebt. Dass Sie das überlebt haben, dass Sie keinen psychischen Schaden davongetragen haben, ist ein Wunder.«

Ich starrte ihn an. Es gab nichts ›Wunderbares‹ an mir. Ich war am Ende. »Jedermann hat Probleme im Leben. Aber deswegen läuft nicht jedermann durch die Gegend und hält sich einen Zerleger an den Kopf.«

»Primärin, das ist …«

»Soz«, unterbrach ich ihn.

»Soz?«

»So heiße ich. Soz.«

»Ja. Gut. Soz.«

Das war die einzige sichtbare Reaktion, die er zeigte: ein freundliches Nicken. Doch ich fing seine wirkliche Empfindung auf, obwohl er glaubte, sie verborgen gehalten zu haben. Sein Puls hatte sich deutlich beschleunigt. Er hatte einen Durchbruch bei mir erzielt, einen richtig großen. Und das bedeutete ihm etwas. Es *bedeutete ihm etwas.*

»Warum?«, fragte ich.

Er blinzelte. »Warum Sie ›Soz‹ heißen?«

»Nein. Warum interessiert es Sie überhaupt, was mit mir passiert?«

»Weil ich denke, dass Sie eine bemerkenswerte Person sind.«

»Wie können Sie mich für ›bemerkenswert‹ halten? Sie kennen mich doch kaum.«

Er lächelte. »Ich bin dafür ausgebildet, Menschen zu verstehen.«

»Das ist mehr als nur eine Frage der Ausbildung.«

Er sah mich neugierig an. »Warum sagen Sie das?«

Ich zögerte, suchte nach den richtigen Worten. »Ich glaube, Sie machen sich naturgemäß Gedanken über andere Menschen. Das bin ich nicht gewohnt. Ich bin Händler gewohnt. Oder IRK-Politiker.« Ich schnitt eine Grimasse. »Beide können ganz schön unerträglich werden.« Ich dachte an Rex, an Hypron, an meinen ersten Ehemann, Jato. »Wenn ich Liebe finde, dann … bleibt sie nicht lange. Die einzige Person, mit der ich derzeit in der Lage bin, eine Beziehung zu führen, ist ein Junge, der halb so alt ist wie ich, keinerlei politische Meinung hat und so anders als ein Aristo aussieht, wie es nur menschenmöglich ist.«

»Was ist daran falsch?«

»Das ist doch nicht normal.«

»Warum nicht?«

»Ich sollte einen reiferen Liebhaber haben.« Wie Rex. Aber Rex wollte mich nicht mehr.

»Warum?«

Warum fragte er mich das andauernd? »Ich *weiß* nicht warum. Weil es peinlich ist, wenn tatterige alte Jagernauts irgendwelchen hübschen Jungs hinterhersteigen, deswegen.«

Tager lachte richtig auf, als hätte ich einen Witz gemacht. »Ich würde Sie kaum als ›tatterig‹ bezeichnen.«

»Ich bin fast achtundvierzig.«

»Ich hätte Sie für jünger gehalten. Aber selbst achtundvierzig ist für Ihren Dienstgrad jung.«

Ich zuckte mit den Schultern. »Ich bin gut bei dem, was ich mache.«

»Warum verärgert Sie das?«

»Verärgern? Das verärgert mich nicht.« Das war eine Lüge, und ich wusste es, und Tager wusste es auch. Trotzdem hatte ich bisher niemals bewusst darüber nachgedacht, dass mein Dienstgrad mich *verärgern* könnte. Warum sollte er auch?

Ich sprach langsam, wie jemand, der ein Buch las, das er zwar schon Jahre besessen, aber nie zuvor den Mut aufgebracht hatte, es aufzuschlagen. »Er hat mich nach Tams geschickt, obwohl er wusste, was passieren konnte. Er schickt mich zu den Händlern an die Front, seit Jahren schon, viel länger als die meisten Offiziere, und er hat meinen Bruder Althor rausgeschickt, und er hat meinen Bruder Kelric rausgeschickt.« Ich zwang mich dazu, weiter zu sprechen. »Und Kelric ist nicht wieder zurückgekommen.«

In Tagers Stimme schwang wieder sein ruhiges Mitgefühl mit. »Wer ist ›er‹?«

»Mein Bruder.«

»Althor?«

Ich schüttelte den Kopf. »Nein. Mein Halbbruder. Kurj. Der Imperator.«

Tager erbleichte. Jetzt hatte ich ihn mehr als nur erschüttert – ich hatte ihn mitten in ein Erdbeben geworfen. Aber er hatte Recht. Ich war verärgert. *Verärgert.* Jetzt strömten die Worte nur so aus mir heraus, ließen den Damm bersten, den ich um sie herum errichtet hatte.

»Ich habe mein erstes Kind verloren«, sagt ich. »Das einzige Kind, das ich jemals zu empfangen gewagt habe, weil Kurj mir gesagt hat, wenn ich jemals aus dem aktiven Dienst ausscheiden würde, würde ich damit meinen Anspruch auf den Titel aufgeben. Ich habe deswegen meinen ersten Mann verloren; ich habe Rex verloren, weil er nicht mein verkrüppelter Gemahl sein wollte; ich habe meinen kleinen Bruder verloren, weil er getötet worden ist; ich habe meinen großen Bruder verloren, weil ich ihm nicht mehr trauen kann; ich habe die Fähigkeit verloren, wie ein *normaler* Mensch Beziehungen einzugehen ...« Meine Stimme zitterte. »Kurj würde mir meine *Seele* wegnehmen, wenn er könnte. *Er hat kein Recht dazu.*«

Tager starrte mich an. Es dauerte lange, bis er antwortete. Dass er überhaupt sprach, grenzte schon an ein Wunder. Seine jetzige Position war der Albtraum eines jeden Herzschrittmachers – er wusste, durch ein einziges falsches Wort konnte er sich den Zorn des Imperators zuziehen. Ich hatte nicht vor, Kurj jemals zu erzählen, dass ich zu Tager ging, aber egal, wie stark Tager als Empath war, es gab für ihn keine Möglichkeit, sich dessen sicher zu sein. Und doch gab er nicht auf, auch jetzt nicht, wo er sich der Gefahr bewusst geworden war. Auf diese Weise hatte er sich für alle Zeiten meinen Respekt verdient.

»Warum verlangt er so viel von Ihnen?«, fragte Tager.

»Weil, wenn ich es ihm nicht zu geben in der Lage bin, ich niemals stark genug sein werde, Ur Qox entgegenzutreten.« Ich spreizte die Hände. »Es ist ja nicht so, als ob ich sagen könnte: ›Ach nein, ich hab's mir anders überlegt. Ich will das nicht mehr machen.‹ Wenn weder Althor noch ich nach Kurj Imperator werden, wer soll es denn dann werden? Wer sonst hat die Militär-Ausbildung, die Rhon-Eigenschaften, das Wissen, all das zusammen? Eintausend Planeten, Tager. Und wie viele Menschen auf jedem davon? Einhundert? Eine Million? Zehn Milliarden? Muss ich die Bürde jedes Einzelnen auf mich nehmen?«

Tager sprach sehr ruhig. »Sie sind die Erbin des Imperators.« Er machte eine Feststellung daraus, keine Frage.

»Ich bin einer der Erben, ja. Es gibt zwei.« Zwei waren noch übrig. Von dreien. »Wie gefällt Ihnen das? Die Zukunft des ganzen Universums liegt vielleicht in der Hand einer Verrückten.«

»Glauben Sie, dass Sie verrückt sind?«

»Bin ich das nicht?«

Er sprach, als ginge er durch einen Wald aus lauter zerbrechlichen, kristallenen Bäumen, deren Äste bei der geringsten Berührung abbrechen konnten und deren Bruchstellen scharfkantig und tödlich waren, jederzeit bereit, seine Haut zu zerfetzen und seinen Körper aufzuspießen.

»Sie wurden verletzt, ja. Sie leiden an so vielen verschiedenen Formen der nervösen Erschöpfung, dass ich nicht sicher bin, ob ich überhaupt alle würde aufzählen können. Und selbst für eine Psionikerin sind Sie außergewöhnlich sensibel – so sensibel, dass Sie vermutlich niemals in der Lage sein werden, Menschenmassen oder deren weniger erfreuliche Emotionen zu ertragen, ohne sich selbst emotional zurückzuziehen. Aber ›verrückt‹? Nein. Etwas zu durchleben wie das, was Sie durchlebt haben, und dann auch nur im herkömmlichen Sinne zu ›funktionieren‹, erfordert bereits einen unglaublich widerstandsfähigen Verstand.«

Ich musste schlucken. Er stand nur dort, vor mir, ließ seine Empathie auf mich einwirken, und ich wusste nicht, was ich sagen sollte. Also sah ich ihn einfach nur an. Und er ließ es zu. Er sagte nichts, er bedrängte mich nicht, er zog sich nicht zurück, er drehte sich nicht um.

Schließlich sagte ich nur: »Na ja.« Das war nicht die tiefsinnigste aller Bemerkungen, aber es war das Beste, was ich zustande brachte. Tager lächelte, als hätte ich etwas sehr Intelligentes gesagt.

Ich ging in eine Ecke seines Büros hinüber, in der die Wände in einem spitzen Winkel aufeinander trafen. Durch das gefärbte Glas sah ich die langgestreckten Flure der Botschaft. Hier an der Innenseite des Raumes stand ein Spiegel auf einem kleinen Regal, ein altmodischer Spiegel aus versilbertem Glas in einem Rahmen aus Jade. Als ich mein Spiegelbild anschaute, konnte ich fast Kurj hinter mir stehen sehen; stets beobachtete er, stets wartete er, nie war er zufrieden.

Pass gut auf, Bruder, dachte ich. Sonst überrasche ich dich doch noch.

Als Jarith das Schlafzimmer betrat, wachte ich gerade auf. Ich lag zwischen den warmen Laken und genoss den Anblick, ihn quer durch den Raum auf mich zukommen zu sehen. Es war ein schöner Anblick. Er trug nur eine eng sitzende Hose. Das Sonnenlicht spielte schimmernd auf dem goldenen Flaum seiner muskulösen Brust.

Doch sein Gesicht war gerötet. Richtig rot. Feuerrot sogar. Er wirkte geradezu verzweifelt. Er starrte gebannt auf unsere Kleidungsstücke, die vor dem Bett auf dem Boden lagen. Als er sie erreicht hatte, wühlte er hektisch darin herum und warf sie in alle Richtungen.

Ich beobachtete ihn über die Bettkante. »Was ist los?«

Er sprang auf. »Du bist ja wach!«

Ich lächelte. »Kaum. Komm zurück und mach uns wieder müde, hmmm?«

»Soz.« Sein Gesicht wurde noch roter. »Wir haben Besuch!«

»Besuch?« Warum war er denn so außer sich? »Was meinst du damit?«

»Da drüben!« Er deutete auf das Wohnzimmer. »Als ich wach war, bin ich rübergegangen, um mir was zu trinken zu holen – und *sie* war da. Saß da mit einem Holobuch!«

Ich starrte ihn an. »Jemand ist *in* meinem Apartment?« Was zum Teufel war das denn? Ich kletterte aus dem Bett, schnappte mir die Unterwäsche und den Overall, den Jarith vorhin auf den Boden geworfen hatte – nachdem er mir das alles vom Körper gestreichelt hatte. »Wer ist es denn?«

Er hatte endlich das gefunden, wonach er gesucht

hatte, seinen Pullover. »Sie hat gesagt, ihr Name sei Cya Liessa.«

Ich hielt inne und streckte mich. »Ach so.«

Er zog sich den Pullover über den Kopf. »›Ach so‹?«

»Das erklärt deine Reaktion.«

»Tut es das?«

Ich musste lachen. »Jarith, diese Wirkung hat sie auf absolut alle.« Ich zog mich zu Ende an und ging ins Wohnzimmer hinüber.

Ich sah sie schon, als ich durch den Durchgangsbogen trat, der von meinem Schlafzimmer in den Flur zum Wohnzimmer führte. Sie stand jetzt an einem der Fenster und schaute auf *Jacob's Shire* hinunter. Goldenes Haar umspielte ihr Schultern, ihre Arme, ihren Rücken, ihre Hüften; glänzendes, gelocktes Haar, das wie gesponnenes Sonnenlicht aussah oder gesponnenes Gold, oder beides zusammen, dazwischen waren einige kupferfarbene Strähnchen. Wo das Licht der Ringe auf die Haare traf, leuchteten sie auf.

Sie trug ein rosenfarbenes Kleid im aktuellen Stile von Forshires, mit genau der gleichen Spitze und den gleichen Trägern, in denen ich mich so unpassend gekleidet gefühlt hatte. Nichts an ihr wirkte unpassend. Sie hatte das Gesicht eines Engels, den Körper einer Göttin des erotischen Holofilms und die Grazie einer Balletttänzerin – was auch genau das war, womit sie sich ihren Lebensunterhalt verdiente. Sie trat unter dem Pseudonym ›Cya Liessa‹ auf.

»Ich grüße Dich, Mutter«, sagte ich.

Jarith stieß ein ersticktes Geräusch aus. *»Mutter?«*

Sie drehte sich zu uns um. »Sauscony.« Ihr Blick wanderte zu Jarith, der hinter mir stand, ein wenig zu meiner Rechten, als wolle er sich hinter mir vor dieser Erscheinung verstecken, die so plötzlich in meinem Apartment aufgetaucht war. Ein Lächeln umspielte ihre

Lippen. »Deinen Freund habe ich bereits kennen gelernt.«

Selbst in meinem Alter bekam ich Schuldgefühlte, weil meine Mutter mich mit meinem Liebhaber angetroffen hatte. »Wie bist du hereingekommen?«

»Pako hat mich hereingelassen.«

Pako? Bevor Jarith und ich ins Bett gegangen waren, hatte ich Pako gesagt, wir wollten nicht gestört werden. Warum hatte er sie hereingelassen? Natürlich sollte seine Entwicklungsfähige Intelligenz meine Wünsche so gut sie konnte vorausahnen. Aber selbst ich war mir meiner Wünsche in diesem Falle nicht ganz im Klaren. »Was hat Pako dir gesagt?«

»Dass du derzeit nicht zu sprechen seiest, ich aber warten könne.« Sie schaute kurz zu Jarith hinüber. »Ich kann später wiederkommen ...«

»Nein. Mach das nicht.« Ich deutete auf die Bar am anderen Ende des Raumes. »Möchtest du etwas trinken?«

Sauscony.

Ihr Gedanke kamen mir so klar wie Sonnenlicht in den Sinn, er brachte die Düfte und die Ausblicke und die Laute von Lyshriol mit sich, der Heimatwelt meines Vaters, dem Planeten, auf dem ich aufgewachsen war. Ich sah die silbrige Prärie, die sich von der Stadt Dalvador im Osten und Süden bis zum Horizont dahinzog, im Westen bis zu *Rider's Forest,* dahinter weiter bis zu den *Backbone Mountains,* im Norden bis zu dem gewaltigen Gebirgszug, den wir *Rider's Lost Memory* nannten. Leuchtfalter huschten über die Felder, ihre hauchdünnen Flügel schillerten im Sonnenlicht. Zuhause, mit all der Liebe und all den Schmerzen, der Freude und dem Verlust – der Ort, an den ich mich in meinen Träumen in die Sicherheit der Kindheit zurückflüchtete, in die schützenden Arme der goldenen Frau, die mir das Leben geschenkt hatte.

Hinter mir stieß Jarith ein leises Geräusch aus, als hätte man ihm ein wunderschönes Bild gezeigt. Er berührte meine Schulter. »Soz, ich habe heute Abend noch eine Musikstunde. Ich sollte noch ein wenig üben.«

Ich drehte mich zu ihm um. Er lächelte jetzt, sein Gesicht war nicht mehr rot. Aber er wirkte auch traurig. Warum war er traurig? Und warum musste er üben? Er hatte den ganzen Morgen auf seiner Lytar gespielt.

»Kann ich dich heute Abend anrufen?«, fragte er.

»Ja, natürlich.« Ich wollte ihn gerade küssen, da fiel mir wieder ein, wer uns zusah, und beschloss, das Küssen für später aufzuheben. »Wir reden dann.«

Jarith holte seine Sachen aus dem Schlafzimmer. Doch als er versuchte, mein Apartment zu verlassen, lief er den beiden Leibwächtern meiner Mutter in die Arme, zwei breitschultrigen Jagernauts, die vor der Tür standen. Während sie ihn durchsuchten, warf Jarith mir einen verwirrten Blick zu.

Tut mir Leid, dachte ich. *Sie ist eine Tänzerin. Eine Berühmtheit. Die sind bloß vorsichtig.* Das war eine faule Ausrede. Obwohl meine Mutter eine wunderbare Tänzerin war, besaß sie doch zu viele weibliche Rundungen, um als eine der Besten zu gelten. Balletttänzerin war nicht gerade ein Beruf, mit dem man allzu viel Berühmtheit erntete, es sei denn, man war wirklich ganz oben an der Spitze.

Den wahren Grund für die Leibesvisitation hielt ich vor Jarith verborgen. Mehr als nur ein ›Freund‹ unserer Familie hatte schon versucht, einen Holofilm oder eine Audioaufzeichnung unseres Privatlebens herauszuschmuggeln – Informationen, für die phänomenale Preise auf dem Medien-Schwarzmarkt gezahlt wurden. Aber das zu erklären, hätte auch erfordert, die Frage nach dem ›Warum‹ zu beantworten, und ich hatte nicht vor, Jarith zu erzählen, dass ich eine Rhon war.

Wenn Kurj seinen Erben erwählt haben würde, würde die betreffende Person den Rest seines oder ihres Lebens so verbringen müssen wie er, meine Tante und meine Eltern es jetzt taten – Tag und Nacht bewacht. Ich wollte, dass weder Kurj noch die Versammlung mir das früher als unbedingt notwendig auferlegten. Vielleicht würde ich eines Tages keine andere Wahl haben, aber bis dahin wollte ich sicher gehen, dass ich nichts tat, was irgendjemanden zu dem Ergebnis brachte, das Risiko, ich könnte ermordet werden, sei gewichtiger geworden als meine Weigerung, Leibwächter zu akzeptieren.

»Alles in Ordnung.« Die ältere der beiden Wachen verbeugte sich vor Jarith. »Sie dürfen passieren.«

Jarith blinzelte sie an, die Verbeugung schien ihn mehr zu erstaunen als die Durchsuchung. Dann lächelte er mich an. »Sehen wir uns heute Abend?«

Ich nickte. »Heute Abend.«

Nachdem Jarith gegangen war, ging ich zur Bar hinüber und goss mir ein Glas Ale ein. Dann blickte ich meine Mutter an. »Möchtest du auch?«

Sie schüttelte den Kopf, und ihr volles Haar umspielte sie, eine goldene Kaskade. »Nein, danke.« Das Licht der Ringe schimmerte auf ihrer goldenen Haut, es spiegelte sich auf diesem metallischen Glanz, genauso wie das Licht sich auf Kurjs Haut widerspiegelte. Ihre Augen hatten goldene Iriden und schwarze Pupillen, ebenso wie Kurjs Augen unter dem Schutzschild ihrer Innenlider. Meine Mutter hatte diese Innenlider nicht von ihrem Vater geerbt, doch ansonsten hätten sie und Kurj zweieiige Zwillinge sein können, nicht Mutter und Sohn.

Doch wo Kurj hart wirkte, wirkte meine Mutter einfach nur strahlend. Ich hatte das Bedürfnis, zu ihr hinüberzugehen, meinen Kopf in ihren Schoß zu legen, wie ich es als kleines Mädchen so oft gemacht hatte, um von ihr getröstet zu werden. Nur war ich kein kleines Kind mehr, ich war eine erwachsene Frau, und ich hatte nicht vor, jedes Mal zu meiner Mutter zu laufen, wenn ich mir nur ein wenig den Fuß gestoßen hatte.

»Warum bist du hier?«, fragte ich.

Sie lächelte. »Na ja, ich war zufällig auf Forshires, und da dachte ich, ...«

»Mutter.« Laut setzte ich mein Glas auf der Theke der Hausbar ab. »Es gibt absolut keinen Grund für dich, jetzt auf Forshires zu sein. Also warum bist du hier?«

Sie kam zur Hausbar herüber und setzte sich auf einen der hohen Stühle, sie glitt elegant darauf, obwohl diese Stühle so hoch waren; mit 180 Zentimetern war sie größer als ich, größer als meine Schwestern, so groß wie mein Vater. Sie sprach mit derselben sanften Stimme, mit der sie mich früher immer getröstet hatte, als ich noch klein war. »Kurj hat mir von Rex erzählt. Es tut mir Leid.«

Ich fuhr mit dem Finger über den Rand meines Glases. »Es war seine Entscheidung, ein Jagernaut zu werden. Er kannte die Risiken.«

»Sauscony. Ich bin nicht Kurj.«

Ich blickte zu ihr auf. »Was soll *das* denn heißen?«

»Du leidest. Ich fühle es doch.«

»Das ist etwas Persönliches.« Als sie wieder zu sprechen ansetzte, hob ich abwehrend die Hände. »Ich meine das ernst. Hör auf!«

»Also gut.« Sie betrachtete mich mit diesem suchenden Blick, den ich so gut kannte. Sie suchte nach einem Thema, das mich nicht reizen würde, suchte nach einer Möglichkeit, mit ihrer Tochter zu sprechen. Je älter ich wurde, desto öfter bekam ich diesen Gesichtsausdruck zu sehen.

»Dein Freund Jarith sieht sehr gut aus«, sagte sie schließlich.

Ich zuckte mit den Schultern. »Ja, schätze schon.«

Ist aber ganz schön jung, dachte sie; sie suchte die Vertrautheit einer geistigen Verbindung.

Hör auf, Mutter!

Sauscony, ich bin doch nicht deine Feindin.

Block, dachte ich. Das Synapse/Wand-Psicon flackerte auf und schaltete ihre Besorgnis ab.

Meine Mutter biss sich auf die Lippen. Sie sagte nichts mehr, betrachtete mich nur mit dieser lieblichen Sorge. Ich blickte sie finster an und hielt mein Glas unter den Hahn, um Ale nachzufüllen. Dann kam ich steifbeinig hinter der Theke hervor, ging zum Sofa und setzte mich. Einen Augenblick später kam meine Mutter nach und setzte sich in einen der Sessel. Sie sah aus wie ein Gemälde, wie die Verkörperung des Inbegriffes der Schönheit in den Augen eines Malers, ihr Körper entspannt, alle Linien perfekt, ihr engelsgleiches Gesicht gedankenvoll, eine goldenen Frau mit goldenem vollem Haar, das sich fächerförmig über den ganzen Sessel ergoss. Ich fragte mich, ob sie sich vorstellen konnte, wie schwer es war, ihre Tochter zu sein.

»Wie ist das so?«, fragte ich.

Sie lächelte. »Wie ist ›was‹ so?«

»Von allen geliebt zu werden, denen man begegnet.«

Ungläubigkeit. Es war plötzlich, als würden sich Wellen dieser Ungläubigkeit über mir brechen. »Wie kommst du darauf, alle, denen ich begegne, würden mich lieben?«

»Ist es denn nicht so?«

»Nein.«

Ich atmete hörbar aus. »Darf ich dich etwas Persönliches fragen?«

»Das hat etwas von Doppelmoral, oder?«

Ich versteifte mich. »Schon gut. Vergiss es.«

»Sauscony.« Sie spreizte die Hände. »Nur zu!«

»Wie ist das, wenn man von einem Rhon-Psioniker geliebt wird?«

Die Veränderung ihrer Miene war in gleichem Maße spektakulär, wie sie fein war. Ich hatte nicht bemerkt, wie sehr sie sich im Verlauf unseres Gespräches angespannt hatte, bis ich erkannte, wie diese Anspannung sie verließ – ihre ganze Haltung änderte sich, als würde die Anspannung sie körperlich verlassen, als ströme Wasser aus einem Gefäß.

Sie sprach sehr sanft. »Dein Vater ergänzt mich. Er erfüllt mich.«

»Wie ist das mit Sex?«

Sie wurde rot. »Ich denke, das war jetzt persönlich genug für heute.«

»Tut mir Leid.«

Ihre Mundwinkel zuckten nach oben. »Lass es mich so ausdrücken: Zehn Kinder zu haben, ist mir leicht gefallen.«

Darf ich dich noch etwas anderes fragen?, dachte ich.

Sie lächelte. *Das hängt davon ab.*

Es geht um Kurj.

Plötzlich verspannte sie sich wieder. *Was ist mit ihm?*

War es wirklich ein Unfall?

War was ein Unfall? Ihre Erregung traf in sich kräuselnden Wellen auf meinen Geist. *Wie soll ich mit dir reden, Sauscony, wenn du mir immer nur halbe Fragen stellst?*

Großvaters Tod, dachte ich. *War das wirklich ein Unfall?*

Meine Mutter sprang fast aus ihrem Stuhl wie eine zu straff gespannte Feder, die schließlich auf einmal all ihre Energie freisetzt. Sie ging zum Fenster hinüber und schaute auf *Jacob's Shire* hinab. »Natürlich war es ein Unfall!«

»Kurj muss gewusst haben, dass er das Link überladen könnte.« Das war vor fünfundfünfzig Jahren gewesen. Jetzt, zu diesem Zeitpunkt, war er Teil des Machtzirkels, der das Skol-Net am Leben erhielten, Teil der Triade: Kurj, meine Tante und mein Vater; die Faust, der Geist und das Herz von Skolia. Es war mehr als nur Zufall, dass diese drei sich in ihrem Denken und Fühlen, in der Art, wie sie ihre Gedanken ordneten, so sehr unterschieden. Wären die drei, die zu diesem Link gehörten, sich zu ähnlich gewesen, hätte das zu einer Resonanzkatastrophe geführt, wie bei einem immer weiter angetriebenen Oszillator. Irgendwann wäre das Link zerbrochen, weil die, die es hätten aufrechterhalten sollen, statt einander zu stützen, sich gegeneinander aufgeschaukelt hätten.

Vor fünfundfünfzig Jahren waren meine Großeltern die Einzigen gewesen, die zu diesem Link gehört hatten. Kurj hatte versucht, der dritte zu werden.

»Er muss es gewusst haben«, wiederholte ich. »Die Wahrscheinlichkeit, dass sowohl er als auch Großvater überleben würden, war viel zu gering. Kurj wusste das. Er *wusste* es. Und er war jünger. Viel jünger. Viel stärker. Die Wahrscheinlichkeit, dass er überleben würde, war viel höher als bei Großvater.«

Meine Mutter wirbelte herum. »Hör auf!«

Ich konnte nicht aufhören. Eines Tages mochte mein Leben davon abhängen, dass ich die Wahrheit wusste. »Warum ist er so versessen darauf, Althor und mich gegeneinander auszuspielen? Weil er denkt, wir werden zu beschäftigt sein, gegeneinander zu kämpfen, um uns gegen ihn zu wenden?« Ich zwang mich, die Worte auszusprechen. »Weil er fürchtet, einer von uns könnte versuchen, den Titel des Imperators zu erlangen, indem er Brudermord begeht? So wie Kurj Vatermord begangen hat?«

Meine Mutter kam zu mir herüber – und schlug mir ins Gesicht. Sie zitterte, ihr ganzer Körper bebte, als sie wieder in ihren Sessel sank. Ich presste meine Handfläche gegen die Wange, gegen die schmerzende Stelle, und hasste mich dafür, dass ich wissen wollte, was ich wissen musste.

Ihre Augen waren tränennass. »Du wirst nie, *nie* wieder so etwas sagen! Du wirst nie wieder deine widerlichen Beschuldigungen aussprechen, und auch nicht deine widerlichen Andeutungen. Kurjs *Vater* war ein Scout vom IRK, ein guter, anständiger Mann, der im Dienst gefallen ist.«

Ich musste schlucken. »Mutter … ich habe die Akten gelesen.«

Sie versteifte sich. »Was?!«

»Die Akten. Die Aufzeichnungen. Die gleichen Aufzeichnungen, die Kurj gefunden hat – an dem Tag, an dem er den Mann tötete, der ihn gezeugt hat.«

»Wovon redest du überhaupt?«

Alle Götter, wie ich das hasste. Kurj hatte Recht: Wir lernten, uns zur Wehr zu setzen – nicht nur gegen die Händler, sondern auch gegen einander. Mein Talent, dessen Kurj sich so oft bedient hatte, wann immer er einen Spion gegen die Händler hatte einsetzen wollen, ließ sich ebenso gut gegen ihn einsetzen. »Kurjs gesetzlicher Vater kann ihn nicht gezeugt haben. Dieser Mann war kein Rhon-Psioniker.«

Sie schaute mich nicht an. »Mein erster Ehemann trug zumindest eine Kopie von jedem Rhon-Gen. Die Ärzte haben die richtigen isoliert. Dann zeugten wir auf diese Weise ein Kind. Kurj.«

Wie oft hatte ich diese ›offizielle‹ Erklärung gehört – warum Kurj ein Rhon war, auch wenn sein Vater keiner war. Das Imperialat brauchte Rhon-Erben, und wir waren ihr Zuchtmaterial. Aber die gefährlichen Rezessive der Rhon machten Inzucht riskant, doch wenn man diese Rezessive aus dem Genom entfernte, entfernte man zugleich das, was einen Rhon zu einem Rhon machte.

Nach langer Suche war ein Mann gefunden worden, der Varianten der Rhon-Gene trug. Sein Genom war unterschiedlich genug, um die Wahrscheinlichkeit zu senken, dass die Rezessive das Kind töten oder entstellen würden, das er mit einer beliebigen Frau der imperialen Familie würde zeugen können. Er besaß nicht jedes Gen doppelt, also war er kein Rhon-Psioniker, aber er trug zumindest jedes Gen in einfacher Ausfertigung in sich. Mit Hilfe genetischer Chirurgie konnte er ein Rhon-Kind zeugen. Meine Großeltern arrangierten eine Heirat zwischen ihm und meiner Mutter.

Für die offiziellen Verlautbarungen war es völlig egal, dass die Wahrscheinlichkeit, einen solchen Mann zu finden, fast gleich Null gewesen war. Kurj galt als lebender Beweis dafür, dass dieser Mann existiert hatte.

Ich sah meine Mutter fest an. »Zu diesen Aufzeichnungen gehört auch die Analyse der DNA deines ersten Mannes. Er hat fast keines der Rhon-Gene besessen. Und das weißt du. Du weißt, dass Kurj nicht sein Sohn sein kann.«

»Was macht das denn jetzt noch für einen Unterschied?« Tränen strömten ihr über das Gesicht. »Es ist geschehen. Und damit ist es vorbei.«

Ich wollte mich voller Scham verstecken, wollte so tun, als sei alles nur ein großer Irrtum gewesen, als hätte ich mich getäuscht. Das letzte Mal, dass ich sie offen hatte weinen sehen, war bei der Gedenkfeier für meinen Bruder Kelric gewesen. Aber die Wahrheit zu leugnen, würde das Geschehene nicht ungeschehen machen. Kurj traute weder Althor noch mir, und ich musste begreifen, warum. Was Kurj anging, machte ich mir nichts vor: Sollte ich ihm gegenüber jemals einen Fehler machen, konnte das meinen Tod bedeuten.

Ich sprach sehr sanft auf meine Mutter ein. »Bitte. Ich muss es wissen.«

Meine Mutter wischte sich mit den Händen über das Gesicht, dann über die Knie. Sie starrte auf den Fußboden vor ihrem Sessel, immer noch standen ihr Tränen in den Augen.

Schließlich sah sie mich an und begann zu sprechen: »Als mein Vater Imperator war, erwählte er Kurj als seinen Erben.« Sie atmete aus. »Kurj begehrte diese Macht. Das Einzige, was ihn davon abhielt, meinen Vater zu entthronen, war Loyalität der Familie gegenüber. Die Liebe zur Familie. Werte, die ihn der Mann gelehrt hatte, von dem er glaubte, es sei sein Vater – ein Mann, den er sehr geliebt hat.«

»Deinen ersten Ehemann.«

Meine Mutter nickte. »Er war ein guter Vater. Ein guter Ehemann.« Sie spreizte die Finger. »Meine Eltern haben besser für mich gewählt als ich selbst. Ich war nicht so wie du, als ich jung war, Sauscony. Nicht so stark und so selbstsicher. Ich habe dumme Fehler gemacht. Mehrere Jahre, nachdem mein erster Mann gestorben war, habe ich wieder geheiratet. Aber ich … es kam zu Gewalt. Ich wusste nicht, bevor ich ihn geheiratet habe, wie er wirklich war. Als ich es herausfand, habe ich mich geschämt.«

»Also hast du ihn verlassen?«

»Imperiale Erben lassen sich nicht scheiden.«

Ich dachte an meine erste Ehe, die so jämmerlich gescheitert war. »Erzähl das Jato.«

Ihre Stimme wurde sanfter. »Ich war töricht, so darüber zu denken, jetzt weiß ich das. Aber damals dachte ich, ich hätte keine andere Wahl.« Sie schluckte. »Und Kurj war so jung, so verwundbar. Er sah alles und fühlte sich zu hilflos, um es aufzuhalten.«

Kurj verwundbar, Kurj hilflos? »Das ist schwer vorstellbar.«

»Er war nur ein kleiner Junge.« Sie zögerte. »Zuerst ließ mein Mann ihn in Ruhe. Aber als Kurj in die Pubertät kam, änderte sich das. Er wuchs so schnell, war schon so groß wie ich. Mein Mann dachte ... ich weiß nicht. Doch, ich weiß es. Er hat Kurj als ... als ...«

»Als Konkurrenten gesehen?«

Sie erstarrte und betrachtete mich mit ihren großen Augen, wie eine Taube, die man aus ihrem Versteck aufscheucht. »Ja.« Dann wurde ihre Stimme wieder härter. »Dieser Mann hat mein Kind geschlagen. Also habe ich ihn verlassen.«

»Was ist mit ihm passiert?«

»Er ist ins Gefängnis gekommen.«

»Und Kurj?«

»Danach hasste Kurj jeden, von dem er glaubte, er könne mir auf irgendeine Weise weh tun. Was ich nicht verstand, war, warum er sich *selbst* so sehr hasste. Damals begriff ich noch nicht, was meine ... Anwesenheit ... für eine Wirkung auf ihn ausübte.« Sie rieb sich die Unterarme, als sei ihr kalt. »Oder vielleicht wollte ich es mir auch nur selbst nicht eingestehen. Manchmal glaube ich, das einzig Beständige in seinem Leben, das Einzige, was seinem Charakter Festigkeit verlieh, waren die Erinnerungen an meinen ersten Mann. Fast ein Vierteljahrhundert lang, während Kurj Macht als Erbe des Imperators zusammentrug ... während all dieser Zeit hielt er sich an den Erinnerungen an seinen Vater fest, als wären sie eine Rettungsweste.«

Ich begann jetzt endlich zu verstehen. »Und dann hat er diese Aufzeichnungen gefunden, in denen er herausfand, wer sein biologischer Vater war.«

Sie nickte. »Alle Götter, er war so wütend! Er hat nie geglaubt, in dem Labor seien meine Eizellen mit denen meiner Mutter vertauscht worden. Er fühlte sich betrogen, von jedem Menschen, den er liebte.« Ihre Stimme bebte. »So wie er die Dinge sah, so wie er das Universum sah, hatte sich dieser Mann, der besaß, was Kurj so sehr begehrte – den Titel des Imperators – mit Gewalt auch noch das Einzige genommen, was Kurj ebenso begehrte wie den Titel. Etwas, das verboten war. Ihnen beiden.«

Ihre Hände zitterten, als sie sich eine Locke aus den Augen strich. »Ob er sich selbst gesagt hat: ›Ich werde diesen Mann töten‹? Ich … glaube das nicht. Aber er wusste um die Risiken … und dennoch hat er sich in das Netz-Link hineingedrängt.« Eine Träne rann ihr über das Gesicht. »Ich habe gesehen, wie er vor der Leiche unseres Vaters kniete. Er hat geweint.« Ihre Stimme brach. »Trotz allem … als Kurj ein Baby war, habe ich ihn gehalten, ihn gefüttert, ihn geliebt. Ach, Sauscony, er war mein ganzer Stolz: Mein Erstgeborener, mein Sonnenschein. Aber er hat sich verändert. Stück für Stück, Tag für Tag, Jahr für Jahr, Jahrzehnt für Jahrzehnt.« Sie schloss die Augen, um sie gleich wieder zu öffnen. »Bis ich ihn schließlich ganz verloren hatte.«

Ganz leise sagte ich: »Es tut mir Leid. Alles.«

Tränen hinterließen glänzende Spuren auf ihren Wangen. »Mir auch.«

Kapitel 12

Eine Zeit fürs Pflanzen

»Wollen Sie Imperatorin werden?«, fragte Tager.

Jetzt bewegten wir uns auf gefährlichem Terrain. Ich fuhr fort, die Statuetten in seinem Regal zu betrachten, hob sie einzeln hoch, drehte jede Figur zwischen meinen Fingern und stellte sie dann wieder zurück. Diese Sammlung stellte das Landleben dar, jede einzelne Figur war bis ins kleinste Detail perfekt in Formgebung und Bemalung, bis hin zu den Wimpern und Fingernägeln. ›Der Ackerbauer‹ bückte sich gerade, in der knorrigen Hand hielt er einen kleinen Pflug. ›Die Pflanzerin‹ trug ein wadenlanges Kleid mit Volantrock. Einen dieser Volants hielt sie wie eine Schale vor sich hoch, , in der sie die Saat trug. ›Die Erntearbeiterin‹ ging an einer Reihe Pflanzen mit schweren Kornkolben entlang; so hoch wie sie selbst, bogen sich die Stängel unter dem Gewicht der reifen Kolben. Einen dieser Kolben hielt sie in der einen Hand, mit der anderen trug sie einen Sack, aus dem weitere dieser Kolben hervorquollen.

»Woher haben Sie die?«, fragte ich.

»Im Süden von *Jacob's Shire* lebt eine kleine Gemeinschaft von Cammish-Farmern«, erklärte Tager. »Abgesehen vom Ackerbau leben sie davon, diese Statuetten anzufertigen.«

Ich drehte mich zu ihm um und sah ihn an. Er hatte sich an seinen Schreibtisch gelehnt, halb saß er auf der Tischplatte. »Die sind wunderschön«, sagte ich.

Wieder hatte er diesen Gesichtsausdruck, als wolle er den Grund für meine Gedankensprünge enträtseln. »Ja, das sind sie.«

Ich ging in seinem Büro umher und betrachtete den anderen Nippes. »Wir können pflügen und pflanzen und ernten. Mit dem Land und den Jahreszeiten leben und zu einem Teil des Lebenskreislaufs werden.« Ich hielt inne und sah Tager nachdenklich an. »Oder wir können das alles lassen und auf Lebensmittelverarbeitungsanlagen vertrauen.« So vorgehen wie Kurj. Leute. Städte. Planeten. Für ihn waren das alles nur unbearbeitete Rohstoffe, die er seinen eigenen Notwendigkeiten anpasste. »Lebensmittel auf dem Land anzubauen ist ineffizient.«

Tager lächelte. »Es schmeckt viel besser.«

»Vielleicht ist ›Geschmack‹ ein Luxus, den wir uns nicht leisten können.«

»Warum?«

»Wir brauchen das nicht. Lebensmittel dienen der Ernährung – es sind keine Kunstwerke.«

»Es gibt Gründe dafür, dass sich unser Geschmacksinn entwickelt hat. Genauso, wie wir Gründe dafür hatten, mit dem Land leben zu lernen. Die Tatsache, dass uns jetzt auch andere Möglichkeiten offen stehen, bedeutet nicht, das Bedürfnis mancher, immer noch nach den alten Bräuchen zu leben, sei unsinnig.« Tager sah mich an. »Vielleicht steckt mehr dahinter, als nur zu pflügen, zu säen und zu ernten. Vielleicht gehen wir damit tief in unserem Inneren auf etwas ein, das uns menschlich macht.«

»Oder aber«, widersprach ich, »das alles ist bloß reine Zeitverschwendung.«

»Glauben Sie das?«

Ich begann, wieder auf und ab zu gehen. »Ich glaube, Skolia braucht beides. Ackerbauern in alter Tradition und Lebensmittelverarbeitungsanlagen der modernen Zeit.«

»Und wohin gehören Sie?«

Ich blieb unmittelbar vor ihm stehen. »Zu beidem.«

Er sprach sehr ruhig. »Das beantwortet die Frage nach dem ›wie‹. Aber nicht: ›Wollen Sie das auch?‹«

Wollte ich Imperatorin werden? Ich wusste die Antwort – aber ich war noch nicht bereit, mich mit ihr auseinander zu setzen. Mein Verstand schien im Kreis um diese Antwort herumzulaufen, näherte sich, ging dann wieder fort, augenscheinlich noch nicht bereit, sich festzulegen.

Nach einem Augenblick, in dem ich einfach nur vor ihm stand, versuchte Tager es auf eine andere Weise. »Was ist mit Ihrem Bruder Althor?«

Ich verschränkte die Arme vor der Brust. »Was soll mit ihm sein?«

Tager sprach jetzt, als ginge er über rohe Eier. »Was, wenn Imperator Skolia sich *nie* entscheidet? Was, wenn er stirbt, bevor er die Frage nach seiner Nachfolge beantwortet?« Er hielt inne. »Oder was, wenn er darauf wartet, dass sich die Frage von selbst beantwortet?«

»Althor ist mein Bruder.« Mein *Bruder,* den ich geliebt habe, als ich ein Kind war, den ich immer noch liebte, trotz all dem, was Kurj getan hatte, um uns auseinander zu treiben.

»Das ist der Imperator auch«, sagte Tager.

»Dem Namen nach.«

Tager setzte sich wortlos hin, geduldig, ohne Druck auf mich auszuüben. Nach einem Augenblick sagte ich: »Althor ist das zweite Kind meiner Eltern. Das zweite von zehn. Er ist mit achtzehn von Zuhause weggegangen. Er hat den Planeten verlassen, um auf die DMA zu gehen.«

»Also ist er Jagernaut geworden.«

Ich nickte. »Ich war elf, als er wegging. Ich habe ihn nicht wiedergesehen, bis er uns besuchen kam.« Mein Gesicht entspannte sich, wurde zu einem Lächeln. »Er war so froh, Lyshriol wiederzusehen.«

»Lyshriol?«

»Der Heimatplanet meines Vaters.«

»Ich kann mich nicht daran erinnern, den Namen schon einmal gehört zu haben.«

Es gab auch keinen Grund dafür, das zu erwarten. Wir behandelten alle Informationen über diesen Planeten vertraulich. »Es ist eine der ältesten Kolonien. Sie war fast viertausend Jahre isoliert, bevor das Imperialat sie wiederentdeckte. Wir glauben, der Kern dieser Kolonie war mal eine kleine Farmersiedlung. Als die Kolonie wiederentdeckt wurde, hatten sich die Bewohner kulturell gesehen so weit zurückentwickelt, dass sie sich nicht einmal an ihre Herkunft erinnerten.«

»Das klingt ja geradezu primitiv.«

»Ja, wahrscheinlich. Die einzigen Computer auf dem ganzen Planeten waren die, die meine Mutter im Haus hatte installieren lassen.«

»›Haus‹?«

»Wo wir gewohnt haben.«

Tager lächelte. »Meinen Sie ›Palast‹?«

»Nein. Haus. In dem Gebäude gab es gerade 'mal elektrischen Strom.«

Er blinzelte verwundert. »Und *da* sind Sie aufgewachsen?«

»Ganz genau. Meine Mutter ließ eine Schule und ein Krankenhaus in der Nähe des Dorfes bauen, aber ansonsten hat sie nichts auf diesem Planeten verändert.«

Seine Neugier umspülte mein Denken in Wellen. »Warum nicht?«

»Warum *sollte* sie dort etwas verändern? Der Planet ist ein echtes Idyll. Man darf ohne ausdrückliche Erlaubnis meiner Familie dort nicht einmal hinreisen.«

»Vermissen Sie dieses Zuhause?«

Ich seufzte. »Manchmal. Aber ich war dort völlig fehl am Platze. Ich wusste schon immer, dass ich einmal zu den Jagernauts gehören wollte. Als ich zehn Jahre alt war, konnte ich einen Zerleger auseinander bauen und erklären, wie er funktioniert. Als ich zwölf war, konnte ich die Gleichungen herleiten, auf denen der Inversionsantrieb beruht. Und das auf einem Planeten, auf dem Armeen mit Schwertern oder Pfeil und Bogen aufeinander losgingen.« Mein Bruder hatte im Grunde alle Kriege auf Lyshriol beendet, als er im Alter von sechzehn Jahren nicht nur mit einem Schwert, sondern zusätzlich auch noch mit einem Laser-Karabiner in der Hand in die Schlacht geritten war. »Ich glaube, für Althor muss es ähnlich gewesen sein.«

»Erzählen Sie mir von ihm«, bat mich Tager.

Meine Erinnerungen blätterten sich vor meinem geistigen Auge auf wie eine uralte, zerfallende Chronik – ein altmodisches, in Leder eingeschlagenes Buch. Ich sah Althor in seiner Jagernaut-Uniform vor mir, einen Zerleger an der Hüfte, er begrüßte meinen Vater mit gebeugtem Knie, den Kopf respektvoll gesenkt, wie traditionsgemäß auf Lyshriol der aus dem Krieg heimkehrende Sohn seinen Vater zu grüßen hatte. Unser Vater stand dort, er wirkte so stolz, als wolle er gleich allen Dorfbewohnern etwas zurufen – und zugleich so verwirrt; er bemühte sich, seinen Sohn zu verstehen, der aus dem Himmel zu ihm zurückgekehrt war.

»Damals war ich siebzehn. Ich dachte, Althor sei der großartigste Mensch, den ich jemals gesehen hatte. Ich wollte genauso werden wie er.« Ich spreizte die Finger. »Dann, eines Tages, hatte ich ihn irgendwie überholt. Ich war plötzlich Primärin, er nur Sekundär.« Von da an beobachtete Kurj uns, um zu sehen, was wir tun würden, und Althor und ich umkreisten einander seither misstrauisch, so viel zwischen uns blieb unausgesprochen.

»Sehen Sie ihn noch?«

»Nur selten. Wir haben einander nicht mehr viel zu

sagen.« Zwischen Althor und mir gab es zu viel Argwohn, um jetzt noch die Nähe zu spüren, die wir als Kinder gekannt hatten. Aber es gab noch zu viele Erinnerungen an diese Liebe, um uns auch in dieser Situation noch weiter auseinander treiben zu lassen. Kurj täuschte sich. Althor und ich würden niemals gegeneinander intrigieren, bis nur noch einer von uns übrig geblieben wäre. Wenn Kurj darauf wartete, dass wir ihm diese Entscheidung abnahmen, konnte er ewig warten.

Letztendlich war es meine Mutter, die leiden musste; sie war gezwungen, dieses unschöne Spiel um Macht und Tod mit anzusehen, das ihre Kinder spielten, die sie so von Herzen liebte.

Ich begann wieder, auf und ab zu gehen. »Meine Mutter hat mich besucht.«

Tager wusste sehr geschickt mit meinen Gedankensprüngen umzugehen. »Wie haben Sie sich dabei gefühlt?«

Ich betrachtete eine Vase in einem der Regale genauer. Sie war äußerst fein gearbeitet, aus rosenfarbenem Glas, das von goldenen Fäden durchzogen war. Ihre Oberfläche schimmerte, das Licht brach sich in unterschiedlichen Farben darauf, wenn ich die Blickrichtung veränderte. Sie war so fein gearbeitet, so zierlich.

Ich schaute Tager stirnrunzelnd an. »Warum stellen Sie das hierher? Wenn Sie gegen das Regal stoßen, könnte sie runterfallen.« Dann würde diese wunderschöne Arbeit auf dem Boden zerspringen, und der Mensch, der sie am liebsten mochte, wäre Schuld daran.

Er sah mich wieder an, mit diesem Blick, als müsse er einen Code in mir entschlüsseln. »Ich bin vorsichtig.«

»Aber wie wollen Sie sicher gehen, dass niemand anders sie kaputt macht?« Ich schüttelte den Kopf. »Manche Dinge sind einfach zu wertvoll, um sie irgendwo hinzustellen, wo man sie versehentlich umstoßen kann.«

»Weil sie beschädigt werden könnten?«

»Ja.«

»Diese Vase ist stabiler, als sie aussieht. Die ist schon öfters runtergefallen. Und sie ist nicht kaputtgegangen.«

Ich verschränkte wieder die Arme, rieb mir über die Oberarme, als sei mir kalt. »Das bedeutet nicht, dass sie nicht doch beschädigt wurde. Sie wird diese Stürze nur ein paar Mal überstehen, bis dann im Inneren etwas kaputtgeht. Man sollte sie pflegen. Beschützen.« Ich zeigte auf die Vase. »Angenommen, jemand würde hereinkommen und mit Ihnen um diese Vase kämpfen, jemand, der jenseits aller Vernunft von ihr besessen ist, der sie unbedingt haben will. Und in diesem Kampf stoßen Sie beide diese Vase um. Was tun Sie denn, wenn sie dann zerbricht? Wie wollen Sie sie wieder zusammensetzen?«

»Ich würde nicht kämpfen.«

Ich versuchte zu lächeln, aber die Art und Weise, wie sich dabei meine Haut über meinem Gesicht spannte, fühlte sich irgendwie falsch an. »Aber Sie sind kein Rhon.«

»Nein«, sagte er leise, »das bin ich nicht.«

Wieder ging ich auf und ab. Tager beobachtete mich, ließ mir Zeit, ließ mir Raum. Schließlich sagte ich: »Kurj glaubt, mein Vater sei ein Einfaltspinsel.«

»Ihr Vater ist der Stiefvater des Imperators, nicht wahr?«

Das ließ mich innehalten. Ich stand mitten im Raum und lachte. Aber komisch war das eigentlich nicht. »Mein Vater war achtzehn, als meine Mutter ihn geheiratet hat. Achtzehn! Kurj war fünfunddreißig. Die Trauung fand nur wenige Tage nach dem Tod meines Großvaters statt.« Nur wenige Tage, nachdem Kurj Imperator geworden war. »Kurj hasst ihn.«

»Ihren Vater?«

»Ja.« Aber wie auch immer Kurj empfinden mochte, er hatte kein zweites Mal Vatermord verübt. Er hatte sich zurückgehalten. Und jetzt brauchte er meinen Vater, der mühelos, und für den Rest der Triade gefahrlos, das Skol-Net aufrecht erhalten konnte.

Die Faust, der Geist und das Herz von Skolia. Genauso wenig wie zwei Elementarteilchen die gleichen Quantenzahlen besitzen können, können zwei ›Gedankenwesen‹ im gleichen Bereich des Psiberspace' existieren. Kurjs Geist war dem Geist meines Großvaters zu ähnlich gewesen, roh und ungeschliffen. Der Geist meiner Tante bestand nur aus Zartheit, intellektueller Brillanz, er war ein komplexes Muster. Zwischen ihr und Kurj existierten im Psiberspace praktisch keine Überlappungen. Sie konnten die gleichen Funktionen nutzen, die selben ›Orte‹ aufsuchen, denn ihre Art zu existieren war so unterschiedlich, dass die ›Anwesenheit‹ des einen niemals mit der des anderen interferierte.

Das Imperialat benötigte jedoch drei Personen in diesem Link. Skolia war kleiner gewesen, als mein Vater sich der Triade angeschlossen hatte, aber selbst damals mussten Kurj und meine Tante sich anstrengen, um ihre Aufgaben zu erfüllen. Kurj befahl über eine Armee, die jetzt fast eintausend Planeten beschützte. Meine Tante war die Verbindung zwischen der Versammlung und einem Computer-Netzwerk, das sich nicht nur über Skolia erstreckte, sondern auch über die Planeten der Verbandler und der Händler. Und das kam noch zu der Beanspruchung hinzu, die das Skol-Net selbst an sie stellte, das niemals ruhte, niemals Zeit für eine Pause bot, das niemals ruhiger wurde, nur Jahr für Jahr immer größer, und ein unersättlicher Ozean war, so tief wie das Weltall selbst.

Keiner von ihnen hätte willentlich diese Position aufgegeben. Aber niemand, wie ehrgeizig er oder sie auch sein mochte, wie engagiert oder stark er oder sie auch war, besaß die Mittel, diesen Balanceakt lange allein auszuüben. Schließlich hätte es sie beide getötet, langsam und unerbittlich, so wie es bereits zu geschehen begann, bevor mein Vater aus diesem Machtgefüge eine Triade gemacht hatte.

Ungeachtet der Probleme in meiner Familie mussten wir das Skol-Net aufrecht erhalten. Die Alternativen dazu waren unerträglich. Ich würde lieber sterben, als in einem Universum zu leben, wo alle, von einer Hand voll Aristos abgesehen, Diener oder Versorger waren.

Plötzlich war ich müde. Ich ging zu einem Stuhl hinüber und setzte mich, versank fast in dem weichen Stoffpolster. Ich lehnte mich nach vorne, stützte meine Ellbogen auf meine Knie und starrte zu Boden.

Tager kam zu mir herüber und setzte sich in den Stuhl neben mich; er saß so auf der Kante, dass er mir in die Augen blicken konnte. »Worüber denken Sie nach?«

»Über meine Familie.« Ich sah ihn an. »Das ist doch alles das reinste Chaos.«

Tager sprach mit sanfter Stimme. »Sie wie Ihre ganze Familie kommen mir vor wie Leute, die ohne jegliche schützende Haut in ein Universum hineingeboren wurden, das darauf keinerlei Rücksicht nimmt. Fast alle anderen haben diese schützende Haut, deswegen können sie gar nicht wissen, wie schädlich ihre ganz normale Art zu leben für Sie und Ihre Familie ist. Um zu überleben, müssen Sie sich entweder völlig isolieren oder aber einen drastischen Schutzmechanismus entwickeln.«

Ich musste an Jaibriol denken und an sein Leben in der Einsamkeit. Er war wahrscheinlich der einzige Rhon-Psioniker, der normal war. Aber der Preis, den er dafür bezahlt hatte, diese mörderische Einsamkeit, war mir zu hoch. »Diese Schutzmechanismen zerreißen uns.«

»Sie alle haben die Verantwortung, ein Imperium zu

verteidigen, das Ihnen aufgedrängt wurde, nicht etwa, weil Sie besser dafür geeignet wären, es zu verteidigen, als jeder andere, sondern weil eben genau die Merkmale, die es für Sie so schwer machen, mit dem Leben umzugehen, die Quelle für die einzige Verteidigung gegen die Aristos darstellen. Alle Götter, das würde jede Familie belasten!«

Ich dachte darüber nach. »Als wir alle noch zusammen waren, meine Eltern und wir Kinder, hatten wir etwas Besonderes. Ich weiß nicht, wie ich das nennen soll: Eine Rhon-Gemeinschaft? Wir waren glücklich. Dann sind wir alle groß geworden und haben unser Zuhause verlassen. Die Wirklichkeit hat sich in unser Leben gedrängt.« Ich schaute Tager an. »Meine Eltern haben einander. Aber die Gemeinschaft ist verschwunden. Meine Eltern leben – der Rest von uns überlebt nur. Ich will mehr, als nur ›überleben‹.«

»Wenn Sie einen Rhon-Lebensgefährten meinen, oder eine Rhon-Gesellschaft ...«

»Ja, ich weiß. So etwas werde ich nicht finden.« Wieder ging mir Jaibriol durch den Kopf. Wenn Sie nur wüssten, Dr. Herzschrittmacher! »Meine Eltern sind Menschen, keine Zuchtmaschinen. Sie werden nicht ewig Kanonenfutter für das Skol-Net liefern können. Meinen Sie, die beiden wollen all ihren Kindern beim Sterben zusehen? Was ist, wenn sowohl Althor als auch ich am Ende tot sind? Was dann?«

»Ich weiß es nicht.«

Ich stand auf und ging zu dem Regal hinüber, in dem die Cammish-Figuren standen. »Ich auch nicht.« Ich drehte mich zu ihm um. »Ich will nicht sterben. Ich will eine Antwort finden. Auf alles. Auf den Schmerz, den Zorn, das Entsetzen. Auf diesen Krieg, der nie zu Ende geht. Ich will eine Antwort auf die Aristos finden.« Ich holte tief Luft. »Ich will eine Antwort auf Tams.«

»Glauben Sie, Sie können sie finden?«

»Ich glaube, ich habe eine bessere Chance dafür als Althor.« *Oder Kurj.* Verbittert fügte ich hinzu: »Und: Ja, ich will diese Macht um ihrer selbst Willen. Es ist immer noch tausend Mal besser, als nur ein Opfer zu sein.« Ich sah ihn fest an. »Ja, ich will Imperatorin werden.«

Als ich in die Eingangshalle des Hauses kam, in dem ich wohnte, traf ich auf jemanden, der auf mich wartete. Meine Besucherin saß in einem Sessel und las ein Holomagazin, ihre Füße lagen auf dem unverschämt teuren Tisch, der vor ihr stand. In dem Moment, als ich sie sah, blickte sie von ihrer Lektüre auf.

»Helda!« Zügig ging ich zu ihr hinüber. »Was machst du denn hier?«

Sie stand auf, und ein Grinsen erschien auf ihrem Gesicht. »Heya, Soz.«

»Ich wäre fast an dir vorbeigegangen.« Ich war es nicht gewohnt, sie in etwas anderem als ihrer Uniform zu sehen. Von allen unmöglichen Kleidungsstücken, die sie hätte anziehen können, trug sie ausgerechnet *Blue Jeans.* Die musste sie in einem dieser Import-Shops gekauft haben, die Verbandler-Jeans und Verbandler-Kaffee verkauften – bei meinem Volk die beliebtesten Exportartikel der Erde. Jeans und Kaffee – und ihre Hamburger. Ich bezweifelte, dass es auch nur eine größere Stadt auf irgendeinem dichter besiedelten Planeten gab, in der nicht mindestens eines dieser Hamburger-Restaurants stand. Manchmal, wenn mein Zynismus wieder einmal die Oberhand hatte, war ich überzeugt davon, dass, während wir und die Händler damit beschäftigt waren, uns gegenseitig Planeten fressende Armeen entgegenzuschleudern, die Erde unsere beiden Machtblöcke in aller Seelenruhe erobern würde, indem sie uns mit ›Fast Food‹ überschwemmten und uns davon überzeugten, wir könnten ohne dergleichen nicht mehr leben.

Helda gluckste. »Manche Leute gehen mit Absicht an mir vorbei. Ich habe gerade einen Goldjungen verschreckt.« Sie wies mit ihrem Kinn zu den Aufzügen. »Hat gesagt, er wartet oben.«

War Jarith gekommen, um mich zu besuchen? Aber wo war er hingegangen? Obwohl die Eingangshalle tagsüber geöffnet war, konnte er ohne eine Zugangsberechtigungskarte keinen weiteren Raum dieses Gebäudes betreten. Und ich hatte ihm keine gegeben.

»Komm mit rauf.« Ich lächelte. »Vielleicht finden wir diesen geheimnisvollen Kerl.«

Während wir zu den Pressluftaufzügen gingen, wählte ich meine Worte sehr vorsichtig. »Wie geht es Rex?«

»Gut. Er hat jetzt so komische Dinger für die Beine bekommen. Damit kann er gehen, wenn er gelernt hat, sie richtig zu benutzen.«

»Ist er glücklich?« Was ich wirklich wissen wollte, war, ob es eine Frau in seinem Leben gab. Aber das konnte ich nicht fragen.

»Ya, ihm geht's gut.« Helda gluckste. »Das Übliche. Alle Krankenschwestern sind verrückt nach ihm. Nach einer fragt er öfter.«

Ich versuchte, mich selbst davon zu überzeugen, dass es nicht wehtat. Schließlich hatte ich jetzt Jarith. Dann dachte ich *Ach, hör schon auf!* Du weißt, dass es wehtut. Dann soll es halt wehtun. Das wird dich schon nicht umbringen. Und du hast Recht, du hast ja wirklich jetzt Jarith.

Als sich die Aufzugstüren auf meiner Etage öffneten, sah ich Jarith, der ein Stück weiter den Flur hinunter vor meiner Tür saß, seine Tasche im Schoß; er las ein Holobuch. Wir gingen zu ihm hinüber, der Teppich dämpfte unsere Schritte.

Als er zu uns aufschaute, lächelte ich. »Wie hast du den Fahrstuhl ans Laufen gekriegt?«

Er stand auf und betrachtete Helda. »Ich weiß nicht. Pako hat mich einfach rauffahren lassen.«

Das war interessant. Ich hatte dem Computer nie gesagt, er solle Jarith in den Aufzug lassen. Nicht, dass ich etwas dagegen hatte. Pako konnte ihn meinetwegen sogar in mein Apartment lassen, wenn seine EI das für richtig hielt.

Helda grinste Jarith an. »Heya, Hoiya. So trifft man sich wieder.«

Jarith errötete. »Ich grüße Sie.«

»Das ist Helda«, erklärte ich. »Sie gehört zu meiner Staffel.«

»Genau.« Helda warf mir einen verärgerten Blick zu, während ich die Tür öffnete. »Wir deswegen fliegen seit Monaten nirgendwo mehr hin.«

Ich gab den Blick zurück. »Kurj hat dich und Taas nicht einer anderen Staffel zugeteilt?«

Jarith ließ seine Tasche fallen, seine Holobücher und seine Holonotenblätter verteilten sich über den Fußboden. Er lief rot an und ging auf die Knie, um seine Sachen wieder einzusammeln.

Helda und ich knieten uns dazu und halfen ihm dabei. Doch als ich ihm einen fragenden Blick zuwarf, reagierte er nicht darauf. Was hatte ich denn getan, um ihn aufzuregen? Manchmal war es sehr schwer, seine Launen zu verstehen.

Helda legte ihm schwungvoll das letzte Buch in die Arme. »Er hat Taas mit der Achten Staffel rausgeschickt.« Sie stand zusammen mit Jarith und mir auf. »Mich hatte er in eine Denkfabrik gestopft. Militärstrategie. Aber ich vermisse das Fliegen.«

Ich schloss die Tür. »Ich auch.«

Jarith ging quer durch den Raum und ließ uns beide allein. Helda sah ihm dabei zu, wie er seine Bücher auf einem Tisch ablegte. Dann sprach sie mich leise an. »Imperator Skolia hat mich beauftragt, dir eine Nachricht zu überbringen.«

Eine Nachricht? Warum sollte Kurj eine Nachricht von einem Kurier überbringen lassen? Es wäre viel effizienter gewesen, die Nachricht über das Netz zu schicken. Wenn er ganz sicher hätte gehen wollen, hätte er diese auf mein Hirnmuster abstimmen können, mit einer Sperrvorrichtung, die nur ich öffnen konnte.

Ich warf einen Blick auf Jarith. »Vielleicht sollten wir damit warten.«

»Sie besteht nur aus dreizehn Worten.«

»Was?«

»Er hat gesagt: ›Komm sofort zum Hauptquartier zurück. Unauffällig. Erzähl niemandem, dass ich das angeordnet habe.‹«

»Das ist alles?«

Sie nickte. »Das ist alles.«

Aha. Kurj streckte also seinen langen Arm aus und holte mich wieder zurück. Ich konnte ihn förmlich vor mir sehen, Metall in einer Uniform, durch sein abgeschirmtes Hirn rasten Berechnungen, anhand derer er uns alle auf Flugbahnen schickte, deren Ziele nur er kannte.

Aber vielleicht war es an der Zeit, ihm gegenüberzutreten. Vielleicht wurde es Zeit, meine eigene Flugbahn selbst zu berechnen. »Warum hat er dich geschickt, um mir das ausrichten zu lassen?«

»Ich weiß nicht.« Helda blickte über meine Schulter, und ihre Stimme veränderte sich. »Sollen wir uns ein paar Sehenswürdigkeiten anschauen?«

Ich drehte mich um und sah, dass Jarith auf uns zukam. Als er bei uns angekommen war, lächelte ich. »Willst du mit Helda und mir mitkommen? Wir wollen uns ein paar Sehenswürdigkeiten anschauen.«

Misstrauisch schaute er Helda an. »Einverstanden.«

Also gingen wir zur Strandpromenade. Wir schlenderten an den Piers entlang, kauften uns selbst aufblasende Luftballons, ließen sie fliegen, lachten viel und rannten über den Strand.

Doch die ganze Zeit über hatte ich ein sonderbares Gefühl, das unerklärliche Gefühl, irgendetwas gehe hier zu Ende, obwohl ich noch nicht wusste, was.

Jarith setzte sich auf mein Bett. »Ich mag deine Freundin.«

Ich reichte meinen Pullover dem Robot-Arm im Kleiderschrank, der ihn dann richtig in den Schrank hängte. »Ich dachte, als du sie das erste Mal gesehen hast, seist du wie eine Wind-Antilope davongelaufen.«

»Bin ich auch.« Er lächelte. »Aber die ist in Ordnung.«

»War das der Grund, warum du heute Nachmittag deine Bücher hast fallen lassen?«

»Ach, das meinst du.« Er wandte den Blick ab. »Nein. Ich war bloß ungeschickt.«

Ich ging zu ihm hinüber und setzte mich mit gekreuzten Beinen neben ihn. »Nein, das war nicht der Grund.«

»Warum sagst du das?«

»Irgendetwas stimmt doch nicht. Das spüre ich.«

»Es ... es ist nichts.« Er betrachtete eingehend das Muster der Steppdecke, die auf meinem Bett lag.

»Jarith.« Ich legte meine Hand unter sein Kinn und drehte sein Gesicht so, dass er mich ansehen musste. »Was ist los?«

»Was du gesagt hast, hat mich nur überrascht. Das ist alles.«

Ich ließ meine Hand fallen. »Was ich gesagt habe? Was meinst du?«

»Diesen Namen.«

»Welchen Namen?«

»Kurj.«

Ich erstarrte. Das war jemand, über den ich mit niemandem reden wollte, auch nicht mit Jarith. Tager hatte bereits alles an Energie bekommen, was ich zu diesem Thema aufbringen konnte. »Was ist mit ihm?«

»Im Kontext eures Gespräches kann damit nur eine Person gemeint sein.«

»Ich bin Soldatin. Er ist mein Vorgesetzter.«

Jarith warf mir einen ungläubigen Blick zu. »Selbst Primärinnen sprechen den Imperator von Skolia nicht mit seinem *Vornamen* an.«

Das ließ mich innehalten. Natürlich sprach ich Kurj nie mit diesem Namen an, wenn er zu mir als mein Befehlshaber sprach. Aber in einer zwanglosen Unterhaltung mit Helda kam es mir ebenso wenig in den Sinn, seinen Titel zu benutzen, wie ich einen meinen Brüder ›Prinz Wieauchimmer‹ genannt hätte.

»Du lebst in einem Penthouse, das selbst für eine Imperiale Primärin teuer ist«, fuhr Jarith fort. »Du hast einen Dienstgrad, der ebenso angesehen ist wie der eines Admirals, obwohl du gerade mal dreißig bist. Und du sprichst den Imperator mit seinem Vornamen an.«

Ich stand vom Bett auf und ging zum Fenster. Draußen erstreckte sich *Jacob's Shire* wie ein Märchenland, im Licht der untergehenden Sonne glitzerte es fast wie Gold.

»Soz?«, fragte Jarith.

»Ich weiß nicht, was du jetzt von mir hören willst.«

Jarith holte tief Luft. »Imperator Skolia … sind du und er … habe ich mich da in etwas … hineingedrängt …?«

Verflixte Raketen! Er dachte, Kurj sei mein *Freund*. Ich

hätte beinahe gelacht. Doch stattdessen ging ich zurück zum Bett und setzte mich wieder neben ihn. »Nein. Du hast dich in nichts hineingedrängt. Ich kenne nur Lord Skolia seit vielen Jahren, das ist alles.«

»Du bist älter, als du aussiehst, oder?«

»In ein paar Tagen werde ich achtundvierzig.«

Ihm klappte der Mund auf. »Du machst *Witze.*«

»Nein.« Ich blickte ihn argwöhnisch an. »Macht dir das etwas aus?«

Jarith verlagerte sein Gewicht auf dem Bett. »Ich weiß nicht. Du bist älter als meine Mutter.«

Alle Götter! Wahrscheinlich würde als Nächstes das Ethik-Dezernat des IRK nach mir suchen. *Sie stehen unter Arrest, Ma'am. Sie haben sich an kleinen Kindern vergriffen.*

Doch was er gesagt hatte, hatte mich in anderer Hinsicht verletzt. Ich musste erst noch ein Kind bekommen, und eine Frau, die jünger war als ich, hatte einen Sohn, der alt genug war, um selbst Kinder zu zeugen. Obwohl meine verlängerte Lebenserwartung es mir erlaubte, mit einer Schwangerschaft länger zu warten als die meisten Frauen, konnte auch ich nicht ewig warten. Aber ich hatte keine Familie gründen wollen, solange ich noch mit der Staffel flog, nicht nach dem, was beim ersten Mal passiert war, nicht, solange ich wusste, dass mein Kind jedes Mal seine Mutter würde verlieren können, wenn ich zu einem Einsatz beordert worden wäre.

Jarith betrachtete mein Gesicht. »Soz?«

Ich atmete aus. »Ich weiß nicht, wie ich das sagen soll.«

Er spannte sich an. »Sag's einfach.«

»Helda hat mir eine Nachricht von meiner Familie überbracht. Ich muss noch heute Abend nach Diesha aufbrechen.«

»Du wirst den Planeten verlassen? Noch *heute?*«

»Sobald ich gepackt habe.«

Er legte seine Hände auf meine Schultern. »Liegt es an

dem, was ich gesagt habe? Ich kann mit dem Altersunterschied umgehen lernen. Wirklich!«

»Es liegt nicht an dem, was du gesagt hast.«

Er wollte noch mehr sagen, doch dann hielt er inne. Ich spürte, was er nicht sagte. Er wollte mit mir kommen. Und ein Teil von mir wollte auch, dass er mitkam. Aber das hätte bedeutet, von ihm zu verlangen, auf einem fremden Planeten ganz von vorne anzufangen, wo er niemanden kannte. Ich konnte diese Veränderung nicht von ihm verlangen, solange ich nicht willens war, ihm mehr zu bieten als das, was wir jetzt gerade hatten. Und das war ich nicht. Dafür gab es in meinem Leben noch zu viel Ungewissheit.

»Du bedeutest mir sehr viel«, sagte ich.

»Mach es nicht.«

»Mach was nicht?«

»Sag jetzt nichts, was auf so was hinausläuft wie: ›Wir können ja Freunde bleiben‹ .«

»Wir sollten aber genau das bleiben.«

Mit zusammengebissenen Zähnen stieß Jarith einen Fluch aus. »Soz, hör auf!«

»Begreifst du, womit ich mir meinen Lebensunterhalt verdiene? Jedes Mal, wenn ich einen Einsatz habe, könnte ich sterben. Kannst du damit leben?«

»Nein. Aber ich würde versuchen, es zu lernen.«

Ich sprach sehr leise. »Ich weiß nicht, ob *ich* damit leben kann.«

Er atmete aus. Dann nahm er mich fest in die Arme. »Wirst du nach Forshires zurückkommen?«

Ich lehnte meinen Kopf an seine Schulter. »Das hoffe ich.«

Wir hielten einander lange Zeit fest. Schließlich legte Jarith sich auf das Bett und zog mich zu sich. Wir liebten uns in den Wolken und ließen uns zum letzten Mal von den Wellen treiben.

Teil III

Diesha

Kapitel 13

Die Faust des Netzwerks

Helda und ich nahmen einen Linienflug nach Diesha, wir reisten wie Zivilisten und taten nichts, womit wir die Aufmerksamkeit anderer auf uns gezogen hätten. Obwohl Kurj keinerlei Anweisungen erteilt hatte, in welcher Art und auf welchem Wege ich anreisen sollte, war es offensichtlich, dass es ihm darum ging, möglichst wenig Aufsehen zu erregen. Warum? Was hatte er vor?

Unser Schiff kam auf einer Landebahn an, die weit von jedem Terminal des Raumhafens entfernt lag. Als wir aufsetzten, kletterte ich aus meiner Hängematte und ging in die winzige Kabine, die jemand großzügig den ›Aufenthaltsraum‹ des Schiffes getauft hatte. Die Einrichtung bestand aus drei Stühlen und einem Tisch, die allesamt an dem festgenietet waren, was innerhalb eines Schwerkraftfeldes als Deck fungierte. Ich schaute durch ein Bullauge und sah einen Flugbus, der sich uns von einem weiter entfernten Terminal her näherte; er schoss auf seinem Luftkissen wie ein Projektil aus schwarzem und silbernem Metall auf uns zu.

»Bitte bereiten Sie sich darauf vor, von Bord zu gehen«, sagte der Stewart über die Bordsprechanlage; seine sinnliche Stimme stellte eine willkommene Abwechslung zu den abgehackten Computer-Stimmen dar, die ich von den Militärtransportern gewohnt war, in denen ich üblicherweise nach Diesha kam.

Als wir uns in die Schlange vor der Luftschleuse einreihten, erschien der Stewart, ein junger Mann in einer schneidigen blauen Uniform. Als dieser die Schleuse öffnete, strömte frische Luft in das Schiff, eine herrliche Erfrischung nach all den Flugtagen, in denen wir nur aufbereitete Luft zu atmen bekommen hatten.

Der Flugbus ging längsseits zum Schiff. Als er auf unser Höhenniveau stieg, sah ich einen Offizier in der offenen Tür stehen, eine Frau in der dunkelroten Uniform der IRK-Sicherheitskräfte. Sie war mit einem Laser-Karabiner bewaffnet.

Der Flugbus entfaltete eine Fluggast-Brücke, deren Endstück schließlich an unserer Luftschleuse andockte. Nachdem der Stewart sie ordnungsgemäß befestigt hatte, lächelte er uns zu. »Willkommen am Zivil-Terminal des Flug- und Raumhafens von Diesha. Wir hoffen, Sie werden Ihren Aufenthalt genießen.«

Die Sicherheitskräfte überprüften jeden Einzelnen von uns, bevor wir den Bus besteigen durften; mit ihren Handscannern fuhren sie über unsere Kleidung und unser Gepäck. Als wir alle eingestiegen waren, fuhr der Bus seine Brücke wieder ein, schloss die Tür, ließ sich wieder mehr in Bodennähe sinken und bewegte sich dann auf die Flug- und Raumhafengebäude zu. Wir alle saßen in unseren Nervoplex-Sesseln und sahen aus dem Fenster oder auf den Fußboden – Hauptsache, man musste einander nicht ansehen.

Ein zweiter Flugbus fing uns auf halber Strecke zum Terminal ab. Während die beiden Fahrzeuge auf dem Rollfeld einander gegenüberstanden wie zwei riesige Krieger, die kurz, bevor sie aufeinander losgingen, noch die obligatorischen Drohungen ausstießen, stiegen wir aus dem ersten Bus aus und in den zweiten ein, und wieder mussten wir die ganzen Sicherheitsüberprüfungen über uns ergehen lassen.

Helda murrte, während wir darauf warteten, von dem Sicherheitsoffizier gescannt zu werden. »Nie wieder«, murmelte sie zwischen zusammengebissenen Zähnen.

Der zweite Bus brachte uns bis etwa zehn Meter vor

das eigentliche Terminal. Den Rest des Weges legten wir zu Fuß zurück; wir gingen dabei an Masten vorbei, die blinkten und piepsten, als wir sie passierten. Der Weg endete vor einer Sicherheitssperre, die den Eingang zum eigentlichen Terminal-Gebäude darstellte.

Hinter dem Schalter auf der anderen Seite des Bogens standen ein stämmiger Mann und eine beleibte Frau, beide in IRK-Uniformen. Die Frau stand an der Computer-Konsole hinter dem Schalter, der Mann stand davor; er hatte seine Aufmerksamkeit ganz auf unsere kleine Gruppe gerichtet. Als ich unter dem Bogen hindurchging, bedeutete er mir, stehen zu bleiben. »Gepäckkontrolle.«

Ich warf meinen Seesack auf den Schalter. Die Frau berührte ein Tastfeld ihrer Konsole, und Holos erschienen darüber; sie drehten sich langsam und zeigten den gesamten Inhalt meiner Tasche, jedes einzelne Detail, einschließlich meiner Unterwäsche und anderer privater Besitztümer.

»Öffnen«, sagte der Mann.

Musste jeder Zivilist, der nach Diesha kam, das über sich ergehen lassen? Ich löste die Laschen, und der Sack lag offen vor ihm. Während der Mann meine Sachen durchwühlte, scrollten Daten über die Konsole der Frau. »Valdoria, Sauscony«, verlas sie. »Jacob's Shire, Eos, Forshires Hold.« Sie warf mir einen Blick zu. »Ganz schön weit weg von zu Hause, nicht?«

»Ja«, sagte ich.

Jemand stieß mir gegen die Schulter und drückte mich gegen den Schalter. Ich blickte mich flüchtig um und sah eine Passagierin, die sich an mir vorbei zum Terminal drängte. Obwohl sie wie eine Zivilistin gekleidet war, verrieten Abzeichen auf ihrer Schulter ihre Militärzugehörigkeit. Ich erkannte sie wieder: Sie war mit uns an Bord des Schiffes gewesen und hatte ziemlich am Ende der Schlange gestanden, als wir darauf warteten, zum Terminal zu kommen. Draußen, vor der Sicherheitssperre, standen andere Zivilpassagiere aufgereiht, sie kniffen in dem grellen Sonnenlicht die Augen zusammen und warteten.

Ich drehte gerade rechtzeitig meinen Kopf, um zu sehen, dass dieser Sicherheitsoffizier meine Brieftasche aus dem Seesack nahm. Er klappte sie auf, das Mini-Holoalbum wurde aktiviert und zeigte der Reihe nach alle Aufnahmen. Zuerst erschien ein Abbild von Jarith, dann mehrere von uns beiden gemeinsam, dann eines von Helda und Jarith, schließlich eines von meiner Mutter. An dieser Stelle ließ der Mann den Projektor anhalten, sodass ein winziges Abbild meiner Mutter über dem Holoschirm zu schweben schien, der in meine Brieftasche integriert war. Er hatte sie auf seine Handfläche gelegt, sodass es wirkte, als stünde meine Mutter darauf.

»Wer ist das?«, fragte er.

»Meine Mutter.«

»Sie machen Witze.« Er reichte die Brieftasche der Frau hinter dem Schalter; als er mit dem Arm das Energiefeld durchdrang, das den Schalter umgab, waren kleine, wellenförmige Muster erkennbar. »Kannst du die identifizieren?«

Sie legte meine Brieftasche auf einen horizontalen Schirm. Dort schwebte das Hologramm meiner Mutter; sie schien aus purem Gold zu bestehen und lächelte. Dann wurde das Abbild unscharf, als ein Laserstrahl es abtastete.

»Korrelation abgeschlossen«, meldete der Computer. »Name: Cya Liessa. Beruf: Tänzerin am Imperialen Ballett von Parthonia. Keine Adressangabe.«

»Eine Ballerina, ja?« Der Mann lächelte. »Sie ist hübsch.«

Hübsch? Das war alles, was er zu sagen hatte, nachdem man auf diese Weise in die Privatsphäre meiner Mutter eingedrungen war, als ginge es hier nur um ein Holomagazin?

Die Frau warf meine Brieftasche zurück in den Seesack und verschloss ihn dann. »Alles in Ordnung. Gehen Sie weiter.«

Ich verkrampfte meine Hand um den Griff und warf mir den Seesack wieder über die Schulter. Dann machte ich mich auf den Weg zu den Flugsteigen, an denen die Schiffe ankamen. Menschenmassen drängten sich in diesem Bereich des Gebäudes, der nur aus Chrom und Glas zu bestehen schien, sie standen dort und unterhielten sich, saßen in Sesseln, schauten auf eine Holovideotafel in der Ecke oder bestiegen Laufbänder.

Helda kam an meine Seite. »Pah.«

»Haben sie dir auch Schwierigkeiten gemacht?«

Sie warf mir einen finsteren Blick zu. »Die haben Glück, dass wir Befehl haben, unauffällig zu sein wie Murmelmäuse.«

Als ich versuchte, mir Helda als Murmelmaus vorzustellen, musste ich lächeln. »Wie lange noch, bis dein Anschlussflug geht?«

Sie neigte den Kopf ein wenig, und die vertraute ausdruckslose Miene, die sie aufsetzte, verriet mir, dass sie auf ihren Spinal-Knoten zugriff. »Ungefähr zwanzig Minuten.«

Zwanzig Minuten. Dann war sie wieder weg – auf Urlaub. »Ich wünschte, du würdest noch bleiben.«

Helda lachte. »Heya, Soz, wirst du mir bisschen sentimental?« Sie deutete auf eines der Laufbänder. »Komm mit mir zum Flugsteig!«

Ich wollte nicht mit ihr mitgehen. Ich wusste nicht warum, ich hatte nur dieses komische Gefühl, wenn sie jetzt ging, würde ich sie nie wieder sehen. Als wir auf das Laufband traten, wählte ich meine Worte mit Bedacht. »Du und Rex, und auch Taas drüben – ich hatte mich daran gewöhnt, Tag und Nacht mit euch zusammen zu sein. Die Hälfte der Zeit waren wir ja sowieso geistig eins. Jetzt ist das vorbei.« Ich mühte mich, ein Gefühl auszudrücken, das ich nur ganz unscharf selbst wahrnahm, wie einen Nebel. »Irgendwas geht zu Ende, Helda. Aber ich weiß nicht was.«

»Zu Ende?« Ich sah, wie hinter ihr die Wand an uns vorbeizog, während das Laufband uns in Richtung ihres Flugsteiges beförderte. »Du klingst heute komisch.«

Ich zwang mich zu lächeln. »Ja, wahrscheinlich.«

Wir redeten nicht mehr viel, nur noch Oberflächliches. Sie erzählte mir, was sie über Taas wusste, der jetzt zu einer anderen Staffel gehörte und sich langsam den Ruf erwarb, ein guter Pilot zu sein.

»Wenn du ihn siehst, wünsch ihm von mir alles Gute«, bat ich sie.

»Wenn du willst.« Sie zuckte mit den Schultern. »Wahrscheinlich siehst du ihn im Hauptquartier eher als ich.«

»Ich weiß. Aber mach's trotzdem. Nur für den Fall.«

»Für welchen Fall?«

Ich wusste nicht, was ich darauf antworten sollte. Stattdessen rang ich mir ein Lachen ab. »Ach, man weiß ja nie, was einem noch so dazwischen kommen kann.«

Als wir am Flugsteig angekommen waren, hatten sich die Passagiere, die auch mit Heldas Maschine abreisen wollten, bereits in einer Schlange aufgestellt, um in den Flugbus einzusteigen, der sie zum Schiff bringen sollte. Nachdem Helda durch die Sicherheitssperre gegangen war, winkte sie mir zu. Ich stand in der Halle, hinter mir kugelsicheres, bruchsicheres, laser-resistentes, faustdickes, getöntes Glas, und winkte zurück. Dann stieg sie in den Bus. Sekunden später war er nur noch ein verchromtes Riesengeschoss unter vielen, die über das Rollfeld sausten.

Ich ging zum Laufband zurück. Diesmal ging ich mit großen Schritten darauf vorwärts, sodass meine Geschwindigkeit sich zu der des Bandes addierte und ich mit mehr als zehn Stundenkilometern vorankam. Ich wusste nicht, warum ich mich beeilte, ich wollte nur so schnell wie möglich von diesem Raumhafen fort, von diesem Ort, wo man sich verabschiedete, wo Dinge zu Ende gingen.

Ich brauchte nur ein paar Minuten, um die Haltestelle der MagBahn zu erreichen, die vor dem Terminal lag. Der Bahnsteig thronte auf einem Hartbeton-Turm, der ebenso hoch war wie das Raumhafen-Gebäude. Riesige Schienen senkten sich in einer sanften Kurve aus dem Himmel zum Bahnsteig hinunter, liefen einige Meter parallel dazu, schwangen sich dann wieder in den Himmel hinauf und führten in einem weiten silbernen Bogen über den Raumhafen; dieser silberne Bogen aus Schienen wirkte wie eine Skulptur.

In der Ferne konnte ich den MagZug erkennen, aufgereihte Geschosse aus blau gefärbtem Chrom. Ein gleichmäßiges vibrierendes Summen war zu vernehmen, als der Zug den Bahnsteig erreichte, auf dem ich mit einer Hand voll anderer Reisender wartete; mit ihrem charakteristischen Zischen öffneten sich die Türen wie Kameraverschlüsse, um uns einsteigen zu lassen. Wenige Sekunden später jagten wir schon den silbernen Bogen entlang und sausten über den Raumhafen hinweg.

Die meisten Zivilisten stiegen in den Vororten aus. An der Grenze zum Gebiet des Hauptquartiers der IRK bremsten wir an einer Haltestelle, die von gepanzerten Wachen mit Laser-Karabinern gesichert wurde. Die Rüstungen umgaben sie am ganzen Körper, so dass sie fast zweieinhalb Meter groß waren, Riesen, die aus spiegelndem schwarzen Metall und Silber gebaut worden waren, ohne Gesichter; an der Stelle, wo sich die Augen hätten befinden müssen, waren nur undurchsichtige Visoren zu erkennen.

Zu diesem Zeitpunkt war ich der einzige ›Zivilist‹ an Bord der Magnetschwebebahn. Als die Wachen in den Wagen kamen, standen alle Passagiere auf. Einer dieser Riesen kam mit großen Schritten zu mir herüber, seine schweren Stiefel klirrten über den metallenen Fußboden. Er oder sie – ich konnte es nicht feststellen – sprach durch einen Filter, der die Stimme klingen ließ, als sei sie maschinell erzeugt. »Identifizierung.«

Ich drehte meine Handfläche so, dass sie nach oben zeigte und spannte meine Handgelenkmuskeln an, dadurch sprang mein ID-Chip aus seiner Halterung und glitt auf meine Handfläche. Die Buchse an meinem Handgelenk war deutlich erkennbar, und damit war klar, dass ich entweder ein TelVer oder ein Jagernaut sein musste. Es war unmöglich, die Reaktion der Wache zu erkennen; die Rüstung machte Körpersprache und Mimik völlig unkenntlich, und der Filter entfernte alle emotionalen Nuancen aus der Stimme. Die Wache schob meine Karte in ein kleines Kästchen, das an ihrem Gürtel befestigt war. Obwohl ich diese Überprüfungen schon oft hinter mich gebracht hatte, fühlte ich mich heute dabei unbehaglich, als würde man mich auf eine kleine quadratische Karte reduzieren.

Alle Passagiere dieses Wagens konnten die notwendige Sicherheitsstufe zum Betreten des Hauptquartiers vorweisen. Das war nicht überraschend. Nur jemand, der sehr naiv oder sehr dumm war, würde versuchen, ohne korrekte ID in die Stadt zu kommen.

Der Zug brachte uns mitten in ›das Hauptquartier‹. Ich stieg an einer Haltestelle in Nähe der Stadtmitte aus. Als der Zug wieder davonschwebte, kam ein ganzes

Rudel Automaten-Taxis angeschossen und begann, um Fahrgäste zu wetteifern. Ich ignorierte sie und ging stattdessen zu einer der Pressluft-Röhren vor dem Mag-Bahn-Turm. Er brachte mich nach unten, Pressluftdüsen bremsten meinen Abstieg. Auf diese Weise mit Luft ›heruntergespült‹ zu werden, empfanden viele, gelinde gesagt, als unangenehm, und nur wenige vertrauten darauf, dass diese Pressluft-Röhren einen nicht abstürzen ließen. Aber ich mochte sie, wahrscheinlich aus dem gleichen Grund, der mich Loopings und Rollen genießen ließ, wenn ich ein Flugzeug steuerte – es musste etwas mit dem Risiko und der Herausforderung zu tun haben, oder vielleicht auch nur mit dem Adrenalinstoß.

Und einen Adrenalinstoß hatte ich jetzt bitter nötig. Die ungewöhnliche Art und Weise meines Bruders, mich hierher zu zitieren, die unpersönlichen Sicherheitsmaßnahmen bei der Ankunft auf Diesha, der Abschied von Helda und dann auch noch die gesichtslose Wache in ihrer Rüstung – das alles hatte ein unangenehmes Gefühl hinterlassen, als ob ich mich selbst in eine Maschine verwandeln würde, als ob meine ganze Menschlichkeit auf einen ID-Chip extrahiert und komprimiert worden sei.

An einem Automaten am Fuße des Turms erstand ich einen verspiegelten Visor. Für den Träger war er natürlich lichtdurchlässig, sodass ich dadurch die Stadt bernsteinfarben getönt sah; ein guter Schutz gegen das grelle Sonnenlicht Dieshas. Jeder, der mich ansah, bekam jedoch nur einen dunklen, verspiegelten Metallstreifen zu sehen, der meine Augen bedeckte. Auf den Hartbeton-Straßen war dichter Verkehr, doch statt mir ein Taxi zu rufen, nahm ich die Laufbänder. Überall waren Fußgänger, fast alles Militärangehörige. Ihre ebenfalls durch Visoren geschützten Gesichter waren wie ausdruckslose Masken, nicht zu entziffern, wie das Gesicht von Kurj, wenn er seine Innenlider geschlossen hatte.

Der Turm, in dem ich auf Diesha wohnte, besaß keine Eingangshalle, nur eine Tür, die sich zügig öffnete, als sie meinen ID-Chip abgetastet hatte, sodass ich einen gläsernen Schacht betreten konnte. Der Aufzug brachte mich bis zur obersten Etage, von dort aus trat ich in einen Gang, dessen Wände allesamt aus bernsteinfarbenem Glas bestanden. Man konnte aus dem Gebäude hinausschauen: ›Das Hauptquartier‹ erstreckte sich in alle Himmelsrichtungen, ein endloses Muster aus Quadraten und Rechtecken, die horizontal wie vertikal aufgestellt waren, nirgends ein auflockernder grüner Fleck, überall nur Schwarz und Silber und Weiß. Hinter dem Turm tauchte ein Flieger auf, er kam dem Gebäude so nah, dass die Glaswände vibrierten. Dann schwenkte er ab und flog über die weiten Hartbeton-Flächen davon.

Nur zwei Personen besaßen auf dieser Etage eine Wohnung: Ich und ein General a. D., der jetzt als oberster Ratgeber für Spionagefragen im Dienste meines Bruders stand. Meine Wohnungstür überprüfte meinen ID-Chip, meine Fingerabdrücke und mein Retinamuster, bevor sie sich schließlich öffnete. Das Wohnzimmer sah aus wie immer, alles bestand aus Chrom und Glas, dazwischen weiße Möbel und schimmernde Tischplatten.

»Willkommen zu Hause, Primärin Valdoria«, sagte eine Stimme, während sich die Tür hinter mir schloss.

»Heya, Mak.« Dieser Name war das Persönlichste, was mir für die EI, Modell IRK-MA4K, eingefallen war, die sich um die Wohnung kümmerte. Ich ließ meinen Seesack auf den Boden plumpsen und warf mich dann auf das Sofa. »Sind Nachrichten für mich eingetroffen?« Obwohl Mak während der fünf Monate, die ich auf Forshires verbracht hatte, meine NetMail weitergeleitet hatte, war vielleicht noch nicht alles bei mir angekommen.

»Zwei Nachrichten«, meldete Mak.

»Stammt eine davon von Imperator Skolia?«

»Nein.«

Vielleicht wusste er noch nicht, dass ich schon angekommen war. Das erschien mir jedoch unwahrscheinlich; wenn er mich so dringend hier haben wollte, wie Helda das angedeutet hatte, war es anzunehmen, dass er meine Anreise verfolgt hatte. Bedachte man, wie wichtig es ihm gewesen war, diese Aufforderung geheim zu halten, bezweifelte ich , dass es ihm recht gewesen wäre, wenn ich meine Anwesenheit jetzt kundtat.

»Mak, schick meinen Eltern im Palast eine Nachricht.« Sie hielten sich dort nicht auf, beide reisten sie nicht gerne nach Diesha. Aber Kurj war vermutlich dort, es sei denn, irgendeine Krise machte es erforderlich, dass er sich in der Nähe des Hauptquartiers aufhielt. Selbst auf Diesha war der Palast aber der einzige Ort, der sicher genug war, um sich ohne Leibwache auch sicher zu fühlen. Der Palast lag hoch in den Bergen, war von allen Seiten von unbesiedeltem Land und verborgenen Sicherheitsanlagen umgeben, und er war vollautomatisiert. Es bedurfte keinerlei menschlichen Personals. Es war der einzige Ort, wo Kurj das fand, wonach wir alle strebten: seine Privatsphäre – völlige Abgeschiedenheit und Ruhe.

»Inhalt der Nachricht?«, fragte Mak.

»›Ich grüße Euch, Mutter und Vater. Ich bin wieder auf Diesha, um Rex zu besuchen. Wollen wir uns treffen, solange ich noch hier bin? In Liebe, Sauscony.‹ Ende der Nachricht. Abschicken.«

»Abgeschickt.«

Verspätet fiel mir das Mädchen wieder ein, das aus dem Krankenhaus, das Kurj in den Palast ›eingeladen‹ hatte. Wie war ihr Name gewesen? Cyliessa? Nein … Charissa. Das war's. Charissa Deirdre. Wenn Sie diese Nachricht vorfand, konnte es sein, dass sie sie tatsächlich an meine Eltern weiterleitete. »Mak, wer wohnt derzeit im Palast?«

»Imperator Skolia.«

»Noch jemand, entweder jetzt oder innerhalb der letzten fünf Monate?«

»Eine Frau namens Charissa Deirdre ist einhundertsechs Tage dort geblieben.«

Einhundertsechs. Sie musste Kurj gefallen haben. Ich fragte mich, wie sie über ihn denken mochte: Fand sie ihn abstoßend? Hatte sie vielleicht nach und nach Gefallen an ihm gefunden? Liebte sie ihn? Möglich war das schon. Liebe war eine Emotion, die bizarr genug war, um sogar in den unerwartetesten Augenblicken zuzuschlagen.

»Wo ist Deirdre jetzt?«

»Sie arbeitet in der Entbindungsstation des IRK-Krankenhauses und wohnt bei ihren Eltern in Vorort 14.«

Bei ihren *Eltern?* »Wie alt ist sie?«

»Siebzehn.«

Alle Götter! Erst in drei Jahren würde sie rechtlich als ›Erwachsene‹ gelten. Ich fragte mich, ob Kurj sich überhaupt um all die Gesetze scherte, die er gebrochen hatte, als er sie in den Palast zu sich bringen ließ. Hatten ihre Eltern gewusst, warum sie verschwunden war? Es war schwer vorstellbar, welcher Gedanke schlimmer für sie gewesen wäre: Überhaupt nicht zu wissen, was passiert war, oder zu wissen, dass sie eine Gefangene des neunzigjährigen Kriegsherrn von Skolia war.

Aber jetzt war Deirdre frei, und außerdem ging mich das alles nichts an. Sie hatte schließlich in ihr altes Leben zurückgefunden. Vielleicht mochte sie Kurj ja sogar.

Auf der anderen Seite vielleicht aber auch nicht.

»Mak, hast du noch weitere Informationen über Deirdre?«

»Ich überprüfe.« Dann: »Vor ihrem Aufenthalt bei

Imperator Skolia hatte Charissa Deirdre ein Graduierten-Studium an der Berufsschule in Vorort 23 aufgenommen; sie strebte einen Abschluss als Pflegerin für Kleinkinder an. Anfang diesen Jahres hat sie einen Preis für außergewöhnliche Studienleistungen erhalten. Sie war Schriftführerin eines Vereins für soziale Dienstleistungen und Mitglied eines Sportvereins. Ein Junge namens ›Jayms Procal‹ hatte um die Genehmigung gebeten, sie heiraten zu dürfen, wenn sie beide das zwanzigste Lebensjahr erreicht haben.«

Es klang, als hätte sie mit Kurj nichts gemein. »Was ist passiert, nachdem sie vorerst in den Palast gezogen war?«

»Sie wurde wegen unerlaubten Fehlens und mangelnder Reaktion auf Vorladungen der Verwaltung der Berufsschule verwiesen. Die Relegation wurde in den Status ›Person vermisst‹ umgewandelt, nachdem ihre Eltern Kontakt mit der Schule aufgenommen hatten. Auf Ersuchen des Imperators wurde sie an der Schule wieder aufgenommen, nachdem sie nach Hause zurückgekehrt war. Seitdem sinkt ihr Notenspiegel, derzeit leistet sie weniger, als für ihren weiteren Verbleib als notwendig erachtet wird. Dennoch wurden bisher keine Versuche unternommen, sie der Schule zu verweisen.«

Kein vernünftiger Mensch würde einen Studenten der Schule verweisen, wenn er auf direkten Befehl des Imperators wieder aufgenommen worden war. »Was ist mit ihren anderen Betätigungen?«

»Sie hat ihre Arbeitsstelle im Krankenhaus verloren, erhielt sie jedoch auf Wunsch des Imperators Skolia zurück. Sie ist immer noch Mitglied des Vereins für soziale Dienstleistungen, ihre Mitgliedschaft im Sportverein hat sie jedoch erlöschen lassen. Ich habe keine Aufzeichnungen darüber, dass sie seit ihrer Heimkehr in einem der Vereine aktiv geworden wäre. Der Antrag des

Jungen, der um eine Heiratsgenehmigung gebeten hatte, wurde abgelehnt.«

»Stand ihr Name auch auf dem Antrag?« Es konnte ja sein, dass er die Genehmigung ohne ihr Wissen beantragt hatte, weil er sie mit seinem Heiratsantrag überraschen wollte. Aber wenn nicht die Unterschriften beider Personen auf dem Antrag gestanden hatten, wäre er auch dann ungültig gewesen, wenn er genehmigt worden wäre.

»Beide Namen sind verzeichnet«, meldete Mak. »Ursprünglich war der Antrag genehmigt worden. Einen Tag, nachdem sie jedoch in den Palast eingezogen war, wurde die Genehmigung widerrufen.«

»Wie ist der aktuelle Status?«

»Vor elf Tagen wurde von den beiden erneut ein Antrag gestellt. Er wurde abgelehnt.«

»Mit welcher Begründung?«

»Dass auch der vorherige Antrag abgelehnt worden sei.«

Na ja, das war nicht überraschend. Wenn Kurj sich beim ersten Antrag eingemischt hatte, würde niemand riskieren, ihn beim zweiten Mal durchgehen zu lassen.

Ich fragte mich, ob Kurj sich auch nur vorstellen konnte, wie sehr er diesem Mädchen das Leben versaut hatte. Ihre verletzten Gefühle konnte ich nicht heilen, aber es gab etwas, das ich tun konnte. »Mak, stell eine Verbindung zum Heiratsinstitut her und lass für Deirdre und ihren Freund eine Genehmigung erteilen – auf meine Verantwortung.« Natürlich konnte Kurj diese Genehmigung jederzeit für nichtig erklären. Aber ich kannte ihn. Wenn er von diesem Mädchen genug hatte, würde er sich nicht weiter darum kümmern, vor allem, wenn er sie immerhin gern genug gehabt hatte, um zu ihren Gunsten bei der Berufsschule und ihrer Arbeitsstelle zu intervenieren. Ich war diejenige, um die er sich dann kümmern würde.

»Genehmigung abgeschickt.« Mak machte eine Pause. »Selbst eine Kurzanalyse dieser Situation lässt darauf schließen, dass Imperator Skolia Ihre Einmischung in sein Privatleben nicht gutheißen wird.«

Ich verzog das Gesicht. Ich hatte auf jeden Fall eine sehr viel effizientere Methode gefunden, ihn wissen zu lassen, dass ich hier war, als so zu tun, als seien meine Eltern im Palast. Ich legte meine Füße auf den Tisch, der vor dem Sofa stand, und versuchte mich zu entspannen. Aber das klappte nicht. Ich war so angespannt wie eine Sprungfeder. »Lies mir die beiden Nachrichten aus meinem Briefkasten vor. Systemmeldungen der Kopfzeilen überspringen.«

»Erste Nachricht.« Ein Klicken ertönte, dann hörte ich eine ausdruckslose Stimme. »Nachricht an alle Bewohner. Aufgrund von Wartungsarbeiten werden am 30.06.383 die Pressluft-Aufzüge von ein bis drei Uhr abgeschaltet. Versuchen Sie während dieses Zeitraums nicht, die Aufzüge zu benutzen.«

»Mak, lösch das.« Diese Nachricht war mehrere Monate alt.

»Gelöscht. Zweite Nachricht.« Jetzt erklang eine Männerstimme. »Ich grüße Sie, Primärin Valdoria. Ich wusste nicht genau, wohin ich diese Nachricht schicken sollte, deswegen habe ich sie an die Allgemeine Auskunftsstelle von Diesha geschickt. Ich hoffe, sie erreicht Sie trotzdem. Ich dachte, es könnte Sie vielleicht interessieren, dass ich es dank des Gesprächs mit Ihnen und Sekundär Blackstone geschafft habe. Die Universität von Athen hat mir bewilligt, für einen Test ans Parthonia zu kommen. Und wissen Sie was? Ich erreiche 7,2 auf Ihrer Psi-Skala. Ich weiß natürlich noch nicht genau, was ich damit anfangen werde. Aber das Parthonia-Institut hat mich zur Ausbildung zugelassen. Auf jeden Fall vielen Dank, Tiller Smith!«

»Na, wie gefällt dir das?«, fragte ich.

»Ich empfinde keinerlei emotionale Reaktion aufgrund dieser Nachricht«, antwortete Mak.

Ich musste lächeln. »Ich schon. Eine angenehme Reaktion. Warum wurde mir diese Nachricht nicht nach Forshires weitergeleitet? Wann wurde sie abgeschickt?«

»Die Nachricht hat die Allgemeine Auskunftsstelle vor dreiundfünfzig Tagen erreicht. Die Allgemeine Auskunftsstelle hat sie zur Militär-Auskunftsstelle weitergeleitet, die es zur Offiziers-Auskunftsstelle weitergeleitet hat, die es zur Sammelstelle für ungesicherte Dokumente weitergeleitet hat, die es zur Sammelstelle für Zivilisten-Dokumente weitergeleitet hat, die ...«

»Mak, kannst du das ein bisschen kürzer halten?«

»Die Nachricht wurde dreimal zur Allgemeinen Auskunftsstelle zurückgeleitet, danach hat ein Sicherheitsbeauftragter sie markiert und zur Nachforschungsstelle geschickt. Von ihr wurde der Absender einer Sicherheitsüberprüfung unterzogen ...«

»Moment mal«, unterbrach ich. »Willst du mir damit sagen, die Sicherheitsabteilung hat Tiller überprüfen lassen, bloß weil er mir einen Brief geschickt hat?«

»Ja. Wünschen Sie das Ergebnis zu erfahren?«

»Na gut. Aber mach's kurz.«

»Tiller Smith, Alter: zweiunddreißig; Inhaber der Bürgerrechte des Planetenverbandes der Erde, wohnhaft auf Delos. Es gibt keinerlei Aufzeichnungen über subversive Aktivitäten. Er wurde jedoch vor zwei Jahren für das Abstellen eines Flugwagens im Parkverbot verwarnt, und als er vier Jahre alt war, wurde er einer Arkaden-Bar verwiesen, in die er sich verlaufen hatte.«

»Verdammt noch mal!« Hatte die Nachforschungsstelle nichts Besseres zu tun? »Und wann hat man dann schließlich beschlossen, mich davon in Kenntnis zu setzen, dass es eine Nachricht für mich gab?«

»Nachdem die Nachforschungsstelle die Nachricht genehmigt hatte, wurde sie zur Militär-Zentrale weitergeleitet, die sie dann hierher geschickt hat. Sie ist vor vier Tagen eingetroffen; zu diesem Zeitpunkt habe ich eine Genehmigung für die interplanetare Weiterleitung beantragt, damit sie auf Forshires empfangen werden kann. Soll ich diesen Antrag annullieren?«

»Ja, natürlich.« Ich dachte einen Moment nach. »Kannst du auf die Datenbanken des Parthonia-Instituts zugreifen?«

»Ja? Wonach soll ich suchen?«

»Ich möchte wissen, wer die Schirmherrschaft von Tiller übernommen hat.«

»Verbindung zu interplanetarem TelVer wird aufgebaut«, meldete Mak.

Ich wusste nicht um die Details der Gepflogenheiten in diesem Institut; meine Psiber-Ausbildung hatte ich als Kind von Privatlehrern erhalten. Aber ich war mir ziemlich sicher, dass Tiller jemanden brauchte, der ihn förderte und ihn unter seine Fittiche nahm, um das Institut besuchen zu können. Bedauerlicherweise würde er als Bürger des Planetenverbandes nicht viele Mentoren finden können, vor allem nicht als Verbandler, der nicht einmal bei seinen eigenen Leuten ein hohes Ansehen genoss – mit seinen Fähigkeiten wohl eher das Gegenteil, und das half ihm bei meinem Volk auch nicht gerade weiter. Ohne Mentoren jedoch würde er es nicht lange am Parthonia aushalten. Das Psiber-Net bedeutete Macht – politische, militärische, akademische, soziale und ökonomische Macht –, und das bedeutete, dass es bei allem, was damit zu tun hatte, um hohe Einsätze ging und um viele ungeschriebene Regeln. Tiller konnte damit in keiner Weise konkurrieren.

»Informationsübertragung abgeschlossen«, meldete Mak. »Tiller Smith hat eine Mentorin namens Marya

Pulivok; die Prüferin, die seine Einstufung ermittelt hat.«

Eine einzige Mentorin? Und dann auch noch eine ohne jeglichen politischen Einfluss! Die würden Tiller am Parthonia zum Frühstück verspeisen und die Reste bis nach Delos zurückspucken! »Setz mich auf die Liste von Tillers Mentoren.«

»Nachricht abgeschickt.« Nach einer kurzen Pause ergänzte Mak: »Und bestätigt.«

»Gut.« Mit einer imperialen Erbin als Mentorin würden sie um die Ehre kämpfen, Tiller als bevorzugten Studenten haben zu dürfen.

Ich ging zu einem Bücherschrank, der an der Wand stand. Das Buch, das Tiller mir geschenkt hatte, stand ordentlich zwischen einem Jade-Drachen und einem umständlichen Text über mathemagische Theorien über Paralleldimensionen. Ich zog *Verses on a Windowpane* hervor und schlug die Seite auf, die Tiller an jenem Tag in seinem Büro gelesen hatte, das Gedicht, das mit einem Kontrollabschnitt aus der Arkade markiert gewesen war:

Ein Rahmen aus Stein.
Versilbertes Glas
überfroren mit eisigen Tränen.

Meine Faust schließt sich
um den Spiegel;
Fleisch umklammert Eis.
Klares Bersten
zerbrechender Tränen.
Nun sehe ich dich
hinter mir stehen:
stets beobachtest du,
stets wartest du,
niemals bist du zufrieden.

Ich umhülle mein Herz,
seine schutzlose Sanftheit
vom Eise bewacht.

Woran mochte Tiller gedacht haben, als er gerade dieses Gedicht ausgesucht hatte? War es das, was ich tat – mein Herz mit einer Festung aus Eis umgeben, die immer kälter und härter wurde, bis ich eines Tages wirklich wie Kurj geworden war?

Ich knallte das Buch zu. Nein. Ich war nicht Kurj. Ich würde nicht werden wie er.

Oder?

Ich hatte nicht die Kraft dazu, mich mit diesem Albtraum auseinander zu setzen. Obwohl es auf Diesha erst Mittag war, war ich erschöpft. Der Flug hatte meine innere Uhr durcheinander gebracht.

Ich verließ das Wohnzimmer und ging an den Ort, den ich meinen ›Hort der Erinnerungen‹ nannte – einen Flur, an dessen Wänden Holoschirme angebracht waren. Während ich diesen Flur hinunterging, aktivierten meine Schritte verborgene Laser, die über die Schirme tanzten, sodass Holos erschienen. Sie zeigten mir Ansichten der Landschaft, in der das Haus meines Vaters stand: Berge, deren schneebedeckte Kuppen im Sonnenlicht blau schimmerten und sich wie das Rückgrat eines Riesen gegen den Himmel abzeichneten; Felder, deren silbergrünes Gras sich Kilometer um Kilometer unter der riesigen Himmelskuppel dahinzogen; Wälder, deren Bäume breit und stämmig in der hohen Schwerkraft wuchsen, ihr Laub bildete einen Baldachin, durch den das Sonnenlicht auf dem Boden ein Muster aus hellen und schattigen Flecken bildete.

Mein Zuhause.

Dann war ich am Ende des Flurs angekommen, und die Holos hinter mir verschwanden – sie lösten sich auf, nachdem ich an ihnen vorbeigegangen war. Ich berührte ein Tastfeld an der Wand, und die Tür, die zu meinem Schlafzimmer führte, öffnete sich.

Nur Sekunden, nachdem ich mich ins Bett gelegt hatte, war ich schon fest eingeschlafen.

»Es tut mir Leid«, sagte die Krankenschwester. »Sekundär Blackstone ist nicht hier.«

Sie ›stand‹ auf dem Podest in meiner Holokabine. Hinter ihr konnte ich die Holoschirme erkennen, die die Kabine ringförmig umgaben, und die Glasfaserkabel, die diese letztendlich mit meinem Computer verbanden. Ich saß auf einem sehr viel kleineren Podium, auf dem mein Körper von Laserstrahlen abgetastet wurde; Interferenzmuster entstanden, die mein Computer dann an ihren übertrug. Auf diese Weise produzierte ihre Holokabine ein ebenso detailliertes Abbild von mir wie die meine von ihr.

Ich hatte jedoch in keiner Weise das Bedürfnis, mir ihr Abbild genau anzuschauen, ob es nun detailliert war oder nicht. Sie sah einfach viel zu niedlich aus. Was wollte Rex bloß mit so einer hübschen Krankenschwester.

»Wissen Sie vielleicht, wann er zurück sein wird?«, fragte ich.

»Tut mir Leid, das weiß ich nicht.« Sie lächelte. »Er ist in den Park gegangen. Soll ich ihm ausrichten, dass Sie angerufen haben?«

Und wenn er mich gar nicht sehen wollte? Wenn er in Wirklichkeit jetzt gerade bei ihr war, sie aber gebeten hatte, mir etwas anderes auszurichten? Ach verdammt! Damit kam ich doch auch nicht weiter. »Ja. Sagen Sie ihm, Soz hätte angerufen, und dass ich hier wie üblich in meinem Apartment erreichbar sei.«

»Okay. Mach' ich. Tschüss!«

Tschüss? *Tschüss?* Was war denn heutzutage mit den jungen Leuten los, dass sie so etwas wie ›Tschüss‹ sagten? Was ist denn mit anständigen skolianischen Ausdrücken nicht in Ordnung, wie zum Beispiel ›Es war mir eine Freude, mit Ihnen zu sprechen, Ma'am‹? ›Tschüss‹ war ein Erdenwort, verdammt noch mal. Die junge Leute wussten einfach ihre eigene Kultur nicht zu würdigen. Was wollte Rex bloß mit so einer Krankenschwester?

Die Konsole piepte und zog meine Aufmerksamkeit auf ein blaues Licht, das nun in einer Ecke aufleuchtete. Als ich das leuchtende Tastfeld berührte, drang eine vertraute Stimme aus dem Lautsprecher. »Ich grüße dich, Soz.«

Mein Puls beschleunigte sich. »Rex?«

»Blüte hat mich angepiepst, weil du angerufen hast.«

»Blüte?«

»Meine Krankenschwester.«

Passte, dass die einen Namen wie ›Blüte‹ hatte. »Bist du bei ihr?«

»Nein, ich bin im Park.«

Im Park. Aber in welchem? Es stimmte zwar, dass es auf Diesha nicht viele gab. Wasser war zu kostbar, um es dafür zu verschwenden, unwesentliche Pflanzen wachsen zu lassen, deswegen war nicht jedem Vorort ein Park gestattet. Aber es gab neunzehn Vororte mit Park, und damit gab es neunzehn Möglichkeiten, wo er sein konnte. Vielleicht wollte er nicht, dass ich erfuhr, wo er genau war.

»Soz?«, fragte Rex. »Bist du noch da?«

Ich errötete. »Ja.«

»Wann bist du angekommen?«

»Gestern. Ich bin gekommen, weil ...« Weil was? Meine offizielle Legende lautete, dass ich hierher gekommen war, um ihn zu besuchen. »Ich habe mich gefragt ... ich meine, ich weiß, dass ich lange weg war ...«

Rex' Stimme klang jetzt ein wenig entspannter. »Es kam mir vor, als seien es mehr als fünf Monate gewesen.«

»Ich hab' mich nur gefragt ... na ja, wie es dir geht.«

»Besser.«

»Das freut mich.« Was würde er wohl dazu sagen, wenn ich ihn fragte, ob ich ihn besuchen dürfe?

»Soz ...?«

»Ja?«

»Vielleicht möchtest du ja – ich bin gegenüber im Park 15. Falls du vorbeikommen möchtest.« Schnell fügte er hinzu: »Wenn du zu viel zu tun hast, verstehe ich das natürlich.«

Ich schloss die Augen, einen Moment lang war ich so erleichtert, dass ich nicht antworten konnte. Dann sagte ich: »Ja. Ich würde dich gerne sehen.«

Es war heiß im Park 15, glühend heiß. Breite, hartbetongepflasterte Wege teilten Rasenstücke, die fast vertrocknet aussahen. Als ich auf dem Laufband durch den Park glitt, schritten Uniformierte an mir vorbei; ihre Augen waren durch verspiegelte Visoren geschützt.

Rex war genau an der Stelle, die er mir beschrieben hatte; er saß im Schatten eines Kaktusbaums. Ich verließ das Laufband und ging quer über den Rasen auf ihn zu; unter meinen Stiefeln knirschte das, was einmal Gras gewesen war. Er wirkte so entspannt und so gesund. Das einzige Anzeichen, dass irgendetwas anders war als sonst, war ein silbriges Netz, das seinen Körper von der Hüfte abwärts umgab wie eine Hose, die aus metallenem Garn gewebt worden war.

Er beobachtete aufmerksam die Laufbänder und die

Rasenstücke, um nach mir Ausschau zu halten. Als er mich sah, hob er die Hand. Ich winkte zurück, und er legte seine Hand an den Stamm des Kaktusbaums. Dann zog er sie ruckartig zurück, und ich spürte den Einstich des Dorns, als hätte ich ihn mir selbst in die Handfläche gestochen. Er versuchte es noch einmal, diesmal schaffte er es, sein Gewicht gegen den Baum zu lehnen, ohne dass ihm wieder ein Missgeschick passierte.

Und dann stand er auf.

Ich blieb erstaunt stehen und starrte ihn mit offenem Mund an. Dann ging ich wieder los, die letzten Meter, die uns trennten, rannte ich fast.

Er nickte mir zu, als ich fast vor ihm stand. »Soz.«

»Du stehst ja!«

Sein Gesicht entspannte sich zu einem Lächeln. »Sieht so aus.«

»Wie?« Nein, das klang zu blöd! »Ich meine ... ich dachte ...«

Er drehte sich um und wies mit seiner freien Hand auf eine Stelle unterhalb seiner Lendenwirbel. Ich schaute genauer hin und sah ein Psi-Fon, das an dem Netz angebracht war. Dessen Stecker war in sein Rückgrat eingestöpselt.

»Das ist schon oberhalb der beschädigten Abschnitte«, erklärte Rex. »Führt zu Glasfaserkabeln, die zu meinem Gehirn führen.«

Ich betrachtete den Stecker genauer. »Die Ärzte haben gesagt, es könne dir schaden, wenn sie noch mehr Veränderungen an deinem biomechanischen Netzwerk vornehmen würden.«

»Ein Risiko hat bestanden, ja. Aber ich habe mich trotzdem dafür entschieden, weil es ein so einfacher Eingriff war. Sie brauchten nur die Kabel zu reparieren und ein Stückchen höher in meinem Rückgrat eine neue Buchse zu züchten. Ich hab' Glück gehabt. Es hat funktioniert.«

Er klopfte auf eine kleine, scheibenförmige Ausbuchtung, die auf Hüfthöhe in die Metallfasern eingewirkt schien. »Wenn der Chip darauf ein Signal meines Hirns empfängt, leitet er das an das Netz hier weiter.« Er tat steifbeinig einen Schritt, mit dem er sich von dem Kaktusbaum entfernte und streckte die Arme aus. »Dann bewegt sich das Netz und nimmt mich so einfach mit.«

»Du kannst gehen!« Ich konnte meine Freude nicht bändigen.

Er grinste, tat noch einen ruckartigen Schritt – und taumelte seitwärts. Ich versuchte, ihn am Arm festzuhalten, doch er stieß mich von sich und stützte sich auf einem Knie ab; sein Gesicht verkrampfte sich vor – was? Wut? Schmerz? Frustration?

Langsam, vorsichtig, stand er wieder auf. Einen Augenblick lang, als er immer noch nichts sagte, glaubte ich schon, ich hätte ihn so gekränkt, dass er mich jetzt nicht mehr sehen wollte. Dann atmete er angestrengt aus. »Eigentlich sollten die Bewegungen viel weicher sein. Aber ich muss noch lernen, damit richtig umzugehen.«

»Das wirst du bestimmt in Null Komma Nichts unter Kontrolle haben!«, sagte ich.

»Das hoffe ich.«

Dann blieben wir stehen und schauten einander an. »Wie war's hier so?«, fragte ich dann in genau dem Augenblick, als Rex fragte: »Wie war's auf Forshires?«

Wir lachten beide – ein kurzer, fast explosiver Laut, der schnell erstarb. Dann antwortete ich: »Ganz gut«, während er »ganz okay«, sagte.

Diesmal fühlte sich mein Lachen viel natürlicher an. »Meine Mutter hat mich besucht.«

Er lächelte. »Das muss ja alle um dich herum gewaltig aufgewirbelt haben.«

Wieder lachte ich, ich erinnerte mich daran, wie Jarith reagiert hatte – und versuchte sofort, diese Erinnerung zu blockieren. Aber es war zu spät. Jariths Gesicht war mir schon durch den Kopf gegangen.

»Das ist in Ordnung, Soz«, sagte Rex ganz ruhig.

»Wir haben uns auf Wiedersehen gesagt.« Ich sprach viel zu schnell. »Er ist auf Forshires geblieben.«

»Du brauchst dich nicht zu entschuldigen.«

»Rex ...« Rex, was? Warum musste ich, wenn es um Worte ging, so dumm und so ungeschickt sein?

»Sollen wir spazieren gehen?«, fragte Rex.

Beinahe hätte ich gefragt: *Kannst du das denn?* Aber ich hielt mich zurück, bevor die Worte hervorgesprudelt waren. »Ja.«

Er machte einen Schritt, sein Bein ging ruckartig vorwärts. Pause. Noch einen Schritt. Ich ging neben ihm und schaute immer wieder auf dieses Metallnetz hinab. Es zog sich um sein rechtes Bein zusammen, beförderte es nach vorne, zog sich dann um sein linkes Bein zusammen und bewegte es ebenfalls nach vorne. »Das sieht bequemer aus als mechanische Beine.«

»Ist aber nicht so leistungsfähig. Ich hab drüber nachgedacht, ob ich nicht doch Mechanik nehmen sollte.«

Ich versuchte mir vorzustellen, wie er aussehen würde, wenn seine Beine von externer Biomechanik umgeben wären. Auf diese Weise hätte er seine Beine ähnlich benutzen können wie jetzt mit diesem Metallnetz. »Und warum hast du dich dagegen entschieden?«

»Ich weiß es nicht genau.« Er machte einen weiteren Schritt. »Mein Körper ist schon so vollgestopft mit biomechanischen Systemen. Jetzt auch noch außen etwas anzubringen, kam mir irgendwie falsch vor.«

»Ein biosynthetisches Wunderwerk.«

»Was?«

»So hat mich mal jemand genannt. Lieber wär es mir gewesen, wenn er es gelassen hätte.«

Rex nickte. »Ja.« Er deutete auf eine Bank, die etwa

zehn Meter von uns entfernt stand. »Wollen wir uns setzen?«

»Einverstanden.«

Wir brauchten ein paar Minuten, um zu der Bank zu gelangen. Als wir sie schließlich erreicht hatten, ließ Rex sich darauf beinahe fallen. »Ich wusste nicht, dass bloß zu *Gehen* einem so viel Energie rauben kann.«

Ich musste lächeln. »Na ja, irgendwo muss die ganze Energie ja hin.«

Als ich das gesagt hatte, wäre ich am liebsten im Boden versunken. Es war ein alter Witz, den wir schon hunderte Male gemacht hatten – eine Anspielung auf seine vielen Freundinnen. Es war mir herausgerutscht, ohne dass ich darüber nachgedacht hatte. Alle Götter, war ich ein Trampel! In dieser Situation hier hätte ich ihm auch ein Schild um die Ohren hauen können, auf dem stand: *Schaut mal, wie unsensibel ich bin!*

Sei dir da nur nicht so sicher, Soz. Rex grinste. *Ich habe viel mehr Energie, als du denkst.*

Ich blinzelte ihn an, es freute mich, dass er so offen mit mir darüber sprach, doch es war mir peinlich, was er von mir empfangen hatte. *Lauscht du etwa?*

Es ist schwer, nicht zuzuhören, wenn du mich so anschreist.

Ich lief rot an. *Ich hab' dich nicht angeschrieen.*

Oh doch, das hast du. Mit voller Lautstärke.

Pah! Ich warf ihm einen finsteren Blick zu. *Du bist so streitlustig wie immer.*

Er lachte. *Das sagt meine Krankenschwester auch immer.*

»Meinst du Fräulein Blüte?«

»›Fräulein‹? Was bedeutet das?«

»Das ist ein altmodisches Erdenwort.« Schließlich war Blüte ja diejenige, die so gerne Erdenworte benutzte. »Es bezieht sich auf den Ehestand einer Frau.« Ich sah ihn aus dem Augenwinkel an. »Respektive dessen Abwesenheit.«

»Wenn du es wissen willst, dann frag doch einfach.«

»Ich will nur … ich möchte nicht neugierig sein. Es geht mich ja auch gar nichts an.«

»Würde es für unsere Freundschaft einen Unterschied machen?«

Ja, verdammt noch mal. Nein, das war nicht fair. Warum sollte er keine Geliebte haben? Darum. Warum wollte er sie, aber nicht mich?

Rex betrachtete mein Gesicht. »Soz … mit ihr werde ich im Moment fertig. Mit ihr kann ich umgehen.«

Wie bei Jarith. Nach langem Schweigen sagte ich: »Ich verstehe.« Dann schnaubte ich. »Aber kann sie nichts gegen diesen furchtbaren Namen unternehmen?«

»Mir gefällt er.«

»Das passt.«

Er lachte. »Immer noch die alte Soz.«

Trotz allem, was in mir vorging, lächelte ich. »Wahrscheinlich schon.« Aber ich war nicht mehr ›die alte Soz‹. Forshires hatte alles verändert.

Den Rest des Nachmittags verbrachten wir im Park; wir saßen dort, gingen ein Stück, redeten miteinander. Keiner von uns beiden erwähnte Jarith oder Blüte oder Delos. Irgendwann würden wir über all das reden. Jetzt war es genug, wieder in den Genuss seiner Kameradschaft zu kommen.

Es war schon spät, als ich nach Hause kam. Das Wohnzimmer lag im Dunkeln, doch in dem Moment, als sich die Tür öffnete, wusste ich, dass jemand in der Wohnung auf mich wartete. Meine Hand glitt zum Gürtel meines Overalls, in dem ich einen Nadelwerfer verstreckt trug.

»Licht an«, befahl ich.

Die Lampen an den Wänden und an der Decke flammten auf, und ich konnte meinen Besucher erkennen: Kurj stand im Türrahmen, die Arme verschränkt, mit geschützten Augen blickte er mich an.

Ich schloss die Tür. »Herr.«

»Warum hast du Charissa die Heiratsgenehmigung bewilligt?«, fragte Kurj.

Das brachte mich aus dem Konzept. Ich hatte jetzt Heimlichkeiten und vorsichtige Angriffsmanöver erwartet. Nicht einfach nur ein ›Warum‹?

»Niemand hätte diesem Mädchen jemals eine Heiratsgenehmigung erteilt«, erklärte ich. »Es sei denn, die Bewilligung käme von einem von uns.«

»Einem vom wem?«

»Den Rhon.«

Er zuckte mit den Schultern. »Sie hätte zu mir kommen können. Ich hätte mich darum gekümmert.«

»Wenn man bedenkt, in welchem ... Verhältnis sie vorher zu dir gestanden hat, hatte sie wohl nicht das Gefühl, dich darum bitten zu können.«

»Aber was versprichst du dir davon, ihr zu helfen?«

Ich mir versprechen? »Gar nichts.«

»Wer ist Tiller Smith?«

»Er hat in der Polizeiwache auf Delos gearbeitet. Er war derjenige, der unseren ersten Bericht über Qox aufgenommen hat.«

»Und?«

Und *was?* Wonach suchte er denn? »Das war's.«

Kurj hob die Augenbrauen. »Warum hat dein Spinal-Knoten dann wegen eines Buches, das er dir gegeben hat, einen Marker gesetzt und diesem Gedankenprozess den Vorrang gegeben, als du dich eigentlich darauf vorbereitet hast, über Tams in die Schlacht zu gehen?«

Was machte er denn – über alles, was ich tat, Buch führen? »Es war ein Gedichtband. Er hat mich darüber nachdenken lassen, welche Wirkung Kämpfe auf mich haben.«

Einen Augenblick stand er schweigend da, wie eine Maschine, die eine frisch erhaltene Information erst verarbeiten, analysieren, einordnen muss. »Das erklärt nicht, warum du seine Mentorin am Institut geworden bist.«

»Hätte ich das nicht getan, hätten sie ihn dort bei lebendigem Leib aufgefressen.«

»Wahrscheinlich. Ich verstehe, welchen Vorteil er davon hat. Aber nicht den Vorteil, den du davon hast.«

»Ich weiß nicht, worauf du hinaus willst.« Um ehrlich zu sein, wusste ich ganz genau, worauf er hinaus wollte. Aber das machte mich ärgerlich. Und ich beabsichtigte nicht , das zuzugeben. Was war denn so schlimm daran, dass ich keinen Vorteil davon haben würde, wenn ich Tiller oder Charissa half?

Kurj ging zu dem Bücherregal und zog *Verses on a Windowpane* hervor. Wie von selbst blätterte sich das Buch genau auf den Seiten auf, auf denen es gewöhnlich aufgeschlagen wurde, genau dort, wo der Kontrollabschnitt aus den Arkaden als Lesezeichen steckte. Während Kurj dort stand und las, konnte ich fast hören, wie er die Worte in seinem Hirn einordnete: *stets beobachtest du, stets wartest du, niemals bist du zufrieden.*

»Derartige Lyrik würde mich dazu veranlassen, ihn möglichst weit weg zu schicken«, sagte er trocken.

Ein Scherz? Hatte Kurj einen Scherz gemacht? Nein, das konnte nicht sein. Aber warum eigentlich nicht?
Es konnte schon sein, das tief in ihm doch Sinn für Humor verborgen war.

Ich lächelte sicherheitshalber. »Die Worte dort begeistern mich jetzt auch nicht gerade.«

Er stellte das Buch in das Regal zurück. »Aber du hast ihm trotzdem geholfen.«

»Ja.«

»Hat er dich zufrieden gestellt?«

»Falls du damit meinst, ob ich mit ihm im Bett war, lautet die Antwort ›Nein‹.«

»Wolltest Du?«

»Nein.«

Kurj runzelte die Stirn. »Ich nehme an, dass er dich auch nicht irgendwie in der Hand hat.«

»Natürlich nicht!«

»Und Charissa?«

Ich starrte ihn an. »Ich habe dieses Mädchen noch nie gesehen, von dem einen Mal im Krankenhaus abgesehen.«

»Du musst die Menschen nicht sehen, damit sie Einfluss auf dein Leben nehmen können.«

»Du suchst da nach etwas, das es nicht gibt. Ich habe ihnen geholfen, weil mir danach war. Ich hatte keinen anderen Grund.«

Ganz ruhig sagte Kurj: »Dann bist du eine Närrin.«

»So sehe ich das nicht.«

»Warum?«

Das Gespräch wurde immer sonderbarer. Es gab mir das Gefühl von einem Vorstellungsgespräch, es fühlte sich überhaupt nicht so an, als würde ich für meine Handlungen zur Rede gestellt. »Mir ist auch kein Nachteil daraus erwachsen. Alles in allem ist es besser, wenn die Bürgerschaft so zufrieden wie möglich mit ihrem Leben ist. Dadurch wird sie produktiver.«

»Es ist nicht deine Aufgabe, für das individuelle Glück eines jeden imperialen Bürgers zu sorgen.«

»Das waren Situationen, in denen ich etwas bewirken konnte, ohne dadurch Unannehmlichkeiten davonzutragen.«

»Tiller Smith ist kein imperialer Bürger«, sagte Kurj. »Es ergibt sich nicht nur kein Vorteil daraus, ihn auszubilden, es könnte uns daraus sogar ein Nachteil erwachsen. Er wird das Wissen mit zu den Verbandlern nehmen.«

»Nicht, wenn wir ihm einen Grund bieten, hier zu

bleiben. Dann können *wir* sein Talent nutzen, und nicht die Verbandler.« Die sowieso nicht wüssten, was sie damit anfangen sollten.

Kurj sah mich nachdenklich an. »Also gut.«

Ich wartete, aber mehr sagte er nicht. Das war es. Keine Ermahnung, ich solle mich aus seinem Privatleben heraushalten, kein Verweis, kein gar nichts. Stattdessen ging er zu einem Sessel hinüber und setzte sich. Dann bedeutete er mir, mich auf das Sofa zu setzen.

Wie befohlen setzte ich mich. Kurj wandte mir seinen Kopf zu, doch seine Innenlider blieben über seinen Augen geschlossen, wie goldene, undurchsichtige Schutzschilde. Er wartete, schwieg, taxierte mich, sagte kein Wort. Ich rutschte auf meinen Sitz hin und her. Was ging hier vor?

Ich will kein Risiko eingehen, dachte Kurj.

Beinahe wäre ich wieder aufgesprungen. Seine Gedanken waren bemerkenswert klar und kräftig – es ließ darauf schließen, dass er sich ausgiebig auf dieses lautlose Gespräch vorbereitet hatte. Aber warum?

Aus Sicherheitsgründen, antwortete Kurj.

Er hatte schon die besten Sicherheitskräfte des Imperialats. Was gab es über Tiller Smith und Charissa Deirdre zu sagen, das so heikel war, dass es nur in einem Psi-Link von Angesicht zu Angesicht besprochen werden konnte?

Es hat nichts mit den beiden zu tun, erklärte Kurj.

Vor meinem geistigen Auge ließ ich ein Bild entstehen: Helda, die mir die Nachricht überbrachte, nach Diesha zurückzukehren.

Ja, dachte Kurj.

Was ist los?

Er machte eine Pause. *Wir haben einen Gast.*

Das ergab keinen Sinn. Ich wusste bereits, dass er derzeit alleine im Palast residierte.

Nicht diese Sorte Gast. Seine Gedanken hatten einen ungewöhnlichen Beigeschmack, es fühlte sich fast an wie Triumph.

Wer?, fragte ich.

Das Lächeln, das sich auf seinem Gesicht abzeichnete, erinnerte mich an einen Scharfrichter, den seine Arbeit mit einer grausigen Befriedigung erfüllte. Dann zeigte er mir ein Bild unseres Gastes – Jaibriol Qox.

Meine erste Reaktion war ein Reflex, den ich in meinen Spinal-Knoten kodiert hatte – ein Programm, das immer dann ausgeführt werden sollte, wenn ich Jaibriols Namen hörte. Mein Verstand initiierte eine Verhaltensweise, die all meine Reaktionen verbarg; dabei wurden sie auf eine Art und Weise selektiv blockiert, die möglichst unauffällig gewählt war. Doch meine Gedanken rasten wild umher: Wie hatten sie Jaibriol gefangen genommen, wo war er, was wussten sie? Selbst mit fast heißlaufendem Knoten konnte ich die Intensität meiner Gefühle nicht verbergen.

Statt also meine Reaktionen unterdrücken zu wollen, ordnete ich sie im Geiste um, weshalb nur der Situation vermeintlich angemessene in Bereichen waren, auf die Kurj zugreifen konnte. *Der Highton-Erbe ist hier?*, fragte ich. *Im Hauptquartier?*

Kurj beobachtete mich, interpretierte, ordnete ein. *Ja. Jetzt haben wir ihn.*

Aber wie?

Er war an Bord eines Schiffes, ganz allein, kein einziges Solo und kein einziges Geleitschiff bei ihm; er reiste mit mehrfach billionenfacher LG. Kurj beugte sich vor. *Einer unserer Supraluminal-Wachposten hat das Schiff registriert und über das Netz eine Nachricht abgeschickt. Das Sechste Geschwader hat ihn in Stasis versetzt und hierher geschleppt.*

Ich starrte ihn an. *Was hatte Jaibriol Qox alleine da draußen zu suchen – ohne eine einzige Wache?*

Das wissen wir nicht. Er hat uns nichts erzählt. Die Schutzschilde vor Kurjs Augen glitzerten. *Noch nicht.*

Ich wollte mir nicht vorstellen, was man Jaibriol im Verhör antat. Ich war schon an dem Ort gewesen, in den sie erst noch eindringen wollten; in jener Nacht auf Delos, als Jaibriol und ich verschmolzen, hatte er mich die innersten Bereiche seines Denkens betreten lassen. Ich wusste das, was die Verhörleiter bald herausfinden würden, wenn sie es nicht bereits erfahren hatten: Der Highton-Erbe war durch Blocks geschützt, die stärker als die eines Jagernauts waren. Für mich hatte er auf Delos diese Verteidigungssysteme fallen lassen. Aber wenn sie ähnlich waren wie meine eigenen Blocks, würde unter Zwang die Konditionierung greifen, und das würde ihn davon abhalten, diese Schutzwälle fallen zu lassen, selbst wenn er es wollte.

Ich hatte versucht, zu vergessen, warum ich diese Blocks so leicht hatte durchdringen können, hatte versucht, die Sehnsucht in seiner Stimme zu vergessen, das Gefühl zu vergessen, in seinen Armen zu liegen. Aber ich brauchte nur einmal daran zu denken, schon wollte ich ihn wiederhaben. Gleich zu gleich gesellt sich gern. Ich erinnerte mich an ihn, und mein Puls raste. Obwohl er der Highton-Erbe war, obwohl er zu einem Viertel ein Aristo war. Ich wollte einen Rhon-Gefährten. Ich wollte *ihn.* Verdammt. Verdammt!

Kurj beobachtete mich. *Was ist los?*

Vorsicht. Jetzt wurde es gefährlich. *Ich musste gerade an meine letzte Begegnung mit einem Highton denken.*

Tarque.

Ich antwortete nicht, und er fragte nicht nach. So gingen wir immer miteinander um, wenn es um Tarque ging. Die nächste Frage formulierte ich sehr vorsichtig. *Warum so viel Heimlichkeit? Den Highton-Erben zu fangen ist doch ein Triumph. Das der Öffentlichkeit kund zu tun wird die Widerstandskraft der Händler brechen und unsere Kampfmoral unermesslich steigern.*

Ich glaube nicht an einen Glückstreffer, dachte Kurj. *Es könnte eine Falle sein. Solange wir nicht mehr wissen, beabsichtige ich nicht, ein Risiko einzugehen.*

Das Motiv dieses Fluges war in der Tat interessant. Was hatte Jaibriol vorgehabt, dass er mit dieser Geschwindigkeit allein durch den Raum jagte, ohne jeglichen Schutz? War er verrückt? Abgesehen von Skol-Net hätte niemand ihn finden können. Und selbst mit dem Netz konnten wir von Glück reden, ihn gefunden zu haben. Mit der Geschwindigkeit, mit der er unterwegs gewesen war, hätte er subjektiv Jahre unterwegs sein können, und für uns wäre nur ein Sekundenbruchteil vergangen. So schnell, wie er war, hätte er genauso gut sein ganzes Leben gelebt haben und an Altersschwäche gestorben sein können, bevor jemand auch nur gemerkt hätte, dass er verschwunden war.

Und dann begriff ich. Genau das war es, was Jaibriol vorgehabt hatte. Er hatte sich umbringen wollen. Nur, dass es nicht geklappt hatte. Das Skol-Net hatte ihn eingefangen, wie einen Leuchtfalter in einem Netz.

In den Bereichen meines Verstandes, auf die Kurj leichter zugreifen konnte, formte ich eine Frage: *Was habt ihr bisher aus Qox herausbekommen?*

Nichts. Ich konnte spüren, dass Kurj vor Frustration kochte. Er reagiert, als hätte er ein biomechanisches Netzwerk in seinem Körper, das darauf programmiert ist, ihm zu helfen, im Falle einer Befragung Widerstand zu leisten. *Aber wir haben keine Spur eines solchen Netzwerkes gefunden. Sein einziges Implantat ist eine Cybersperre in seinem Gehirn.*

Sie waren so dicht dran. *Was hast du jetzt vor?*

Einen Verhörleiter finden, der seine Konditionierung brechen kann.

Wusste er denn nicht, was das bedeutete? Jaibriols Verstand war darauf konditioniert, im Falle eines auf ihn ausgeübten Zwanges alle Neuralprozesse zu unterdrücken, die es ihm ermöglichten, seine Emotionen und seine Gedanken anderen mitzuteilen. In Extremfällen – wie einer Befragung – würde das zu einer Reaktion führen, die es ihm unmöglich machen würde, überhaupt zu kommunizieren, noch nicht einmal verbal. Ich kannte diese Form der Konditionierung, weil ich selbst auf die gleiche Weise konditioniert war. Mein biomechanisches Netzwerk gestattete mir allerdings, das Ausmaß dieser Konditionierung zu kontrollieren; ich konnte es darauf programmieren, jede geistige Ausbildung, die ich erhalten hatte, sei es Psi, sei es eine andere, zu verstärken oder zu unterdrücken. Aber ich bezweifelte, dass Jaibriol irgendeinen Einfluss auf seine Konditionierung ausüben konnte. Er *konnte* denen, die ihn verhörten, nicht einmal antworten, wenn er es gewollt hätte.

Diese Konditionierung zu brechen, funktionierte wie in der Kriegsführung: Man brauchte diesen einen speziellen Rammbock, der stärker war als die Stadtmauern, in Jaibriols Fall also einen Jagernaut mit größerer geistiger Stärke. Kurj konnte das schaffen, aber seine rohe, ungeschliffene Kraft würde Jaibriols Verstand zerstören, eben wie der Rammbock, der die ganze Festung dem Erdboden gleichmacht, statt nur das Tor einzuschlagen. Mein Bruder Althor war da geschickter, doch ich bezweifelte, dass er geschickt genug sein würde. Meine Tante besaß ein Höchstmaß an Finesse, die allemal ausreichen würde, doch ihr fehlte die nötige Kraft. Obwohl mein Vater vermutlich stark und geschickt genug war, fehlte ihm die spezielle militärische Ausbildung, die man benötigte, um diese Form der Befragung durchzuführen. Keiner in unserer Familie hatte die, von Kurj, meinem Bruder Althor und meiner Tante abgesehen.

Und mir.

Ich zwang mich innerlich zur Ruhe. *Warum hast du mich hierher zurückbeordert?*

Kurj beobachtete mich aus seinen geschützten Augen. *Ich habe dir den Fall ›Qox‹ übertragen.*

Du hast andere Verhörleiter, die viel mehr Erfahrung haben.

Keiner von ihnen schafft es, ihn zu brechen. Keiner! Denk mal darüber nach, was das bedeutet.

Er hat einen sehr starken Geist.

Zu stark.

Ich blieb still sitzen, traute mich nicht einmal zu atmen, aus Angst, ich könnte mich verraten.

Das kann nicht sein. Er ist ein Highton.

Trotzdem. Er ist ein Psioniker. Und zwar einer, der stärker ist als unsere Besten.

Ich weiß nicht, wie das möglich sein soll.

Ich auch nicht. Wieder runzelte Kurj die Stirn. *Aber auch ich habe mich mit ihm befasst, Soz. Selbst ich kann ihn nicht brechen.*

Du kannst jeden Verstand brechen.

Nur, indem ich so viel Kraft anwende, dass er danach nur noch dahinvegetieren würde.

Ich wusste nicht, was beunruhigender war: Zu wissen, dass Kurj damit der Wahrheit ziemlich nahe kam, oder dieses Gefühl grausiger Befriedigung, das ich von ihm empfing, als er sich Jaibriol als schreienden Fleischklumpen vorstellte. Es war das erste Mal in meinem Leben, dass ich die ganze Wucht von Kurjs Hass spürte und hoffte inbrünstigst, dass er sich niemals gegen mich entladen würde.

Ich weiß nicht, was du dir vorstellst. Was soll ich denn ausrichten können?

Ich möchte, dass du ihn brichst. Klink dich in seinen Verstand ein. Erzähl mir, was sich darin verbirgt. Kurj erhob sich. *Komm morgen um 06.00 Uhr zu mir in den Palast. Lass es so wirken, als würdest du mir einen persönlichen Besuch abstatten wollen.*

Ich wollte schreien, dass ich nichts dergleichen tun würde. Aber ich stand nur auf. *Ja, Herr.*

Nachdem Kurj gegangen war, ließ ich mich wieder auf das Sofa fallen und verbarg mein Gesicht in den Händen. Dann hob ich wieder den Kopf und fragte mich, ob mein Apartment wohl überwacht würde. Ich wagte nicht, Anzeichen meines inneren Aufruhrs zu zeigen.

Ich verstand, warum Kurj Jaibriols Anwesenheit für einen Trick hielt: Das war der einzige Weg, auf dem Ur Qox Kurj unmittelbar erreichen konnte. Mein Bruder hätte nicht das gleiche Interesse gezeigt, wenn wir jemand anderen als den Erben der Hightons aufgegriffen hätten. Es war ein furchtbarer Gedanke, dass Ur Qox seinen eigenen Sohn diesen Folterungen aussetzen würde, nur weil er hoffte, Jaibriol bekäme auf diese Weise eine Chance, ein Attentat auf Kurj zu verüben. Doch wenn es jemanden gab, dem das zuzutrauen war, so war das der Kaiser der Händler.

Aber ich war mir sicher, dass Qox das nicht getan hatte. Jaibriol war für ihn zu kostbar, und nicht nur wegen seiner Rhon-Gene. Ich war überzeugt davon, dass, auf seine eigene Weise, Qox seinen Sohn liebte. Ich hatte keine Fakten zur Verfügung, die diese Meinung stützten, nur meine Intuition. Aber trotz dieser kaum haltbaren Vermutung glaubte ich es. Ur Qox hätte niemals seinen Sohn auf eine Attentats-Mission geschickt. Die einzige Person, die Jaibriol hatte umbringen wollen, war er selbst gewesen.

Ich stand auf und ging um das Sofa herum. Obwohl die Wand dahinter undurchsichtig erschien, bestand sie in Wirklichkeit aus Doppelglasscheiben. Als ich eine Taste auf dem Tisch drückte, der in der Nähe stand, änderte sich die Polarisation des Glases so, dass ich hindurchschauen konnte. Jetzt stellte ich das Glas so ein, dass ich gerade die Gebäude unter mir erkennen konnte. Flieger glitten durch die Luft, ihre schnittigen Formen waren die einzigen Rundungen in einer Stadt, die nur aus Ecken und Kanten zu bestehen schien. Jenseits der Vororte erstreckte sich eine rote Wüste bis zum Horizont.

Wo hatte Kurj Jaibriol hinbringen lassen? In einen Kerker tief unter der Stadt? Eine Anlage, die in der Wüste vergraben war? Eine abgelegene Basis, die irgendwo auf diesem Planeten war? Ich wusste es nicht. Aber ich wusste, dass er durch die verschiedensten Sicherheitsmaßnahmen geschützt sein würde. Was sollte ich tun? Selbst wenn ich ihn fand, konnte ich ihn nicht zu Ur Qox und Kryx Quaëlen zurückschicken.

Ich konnte tun, was Kurj von mir verlangte, es dabei aber einfacher für Jaibriol machen. Ich konnte ›entdecken‹, dass der Erbe der Hightons wahnsinnig sei oder den Verstand eines kleines Kindes besitze, dass sein Vater ihn verstoßen habe und ihm nichts anderes als Selbstmord geblieben sei. Wenn mein Bruder glaubte, dass wir aus Jaibriol keine brauchbaren Informationen würden herausholen können, dass er nicht einmal in der Lage war, zu verstehen, warum er gefoltert wurde, würde Kurj ihn vermutlich sterben lassen. Der Vorteil, der sich daraus ergab, den Erben der Hightons öffentlich hinrichten zu lassen, würde schwerer wiegen als die persönliche Genugtuung, die Kurj dabei empfinden mochte, ihn am Leben zu lassen, um ihn weiter zu strafen.

Nur, dass ich nicht wollte, dass Jaibriol starb. Ich wollte, dass er lebte. In Freiheit. Zusammen mit mir.

Ich presste meine Hand gegen die Glasscheibe. Die einzige Möglichkeit, die Jaibriol und ich hatten, gemeinsam zu leben, war im Exil. Wie konnte ich darüber auch nur nachdenken? Was Tager gesagt hatte, stimmte: Ich hatte nie um die Verantwortung gebeten, die mein Erbe mit sich brachte. Aber ich wollte den Titel der Imperatorin so sehr, dass ich es fast körperlich spürte. Auf all diese Macht zu verzichten ... na ja, Rex hatte Recht, ich war keine Heilige. Welcher vernünftige Mensch würde auf die Chance verzichten, über ein Imperium zu herrschen?

Jaibriol, *der* würde das tun.

Vielleicht war er ein besserer Mensch als ich. Oder ein weiserer Mensch. Oder ein schwächerer Mensch. Ich wusste es nicht. Aus irgendeinem Grund glaubte Tager, ich sei mehr als das, was ich sah, wenn ich in den Spiegel blickte – mehr als nur eine verbitterte Kriegerin, deren Herz von einer so dicken Eisschicht überzogen war, dass es nichts mehr gab, was sie anderen hätte geben können. Er behandelte mich, als besäße ich einen Wert, der über mein Erbe hinausging und davon unabhängig war. Er brachte mich sogar dazu, zu glauben, dass er vielleicht, nur vielleicht, sogar Recht haben könnte.

Aber ich hörte immer noch die Stimme meiner Mutter, sanft und schmerzerfüllt, als sie über Kurj gesprochen hatte: *Er hat sich verändert. Stück für Stück, Tag für Tag, Jahr für Jahr, Jahrzehnt für Jahrzehnt. Bis ich ihn schließlich ganz verloren hatte.* Wie lange noch, bis sie auch mich verloren hätte?

Nein. *Nein.* Ich musste nicht so enden wie er. Ich konnte Tager hierher bringen lassen, nach Diesha – nein, das wäre das, was Kurj tun würde. Ich würde Tager einladen. Wenn er Forshires nicht würde verlassen wollen, dann würde ich eben zu einem hiesigen Herzschrittmacher gehen. Aber ich hoffte, dass Tager kommen würde. Ihn kannte ich jetzt, und ich vertraute ihm so weit, wie ich einem Herzschrittmacher jemals vertrauen würde.

Und dann gab es noch Rex. Wenn wir genügend Zeit hätten, uns genügend anstrengten, konnten wir vielleicht da weitermachen, wo wir nach Delos aufgehört hatten. Mit Rex an meiner Seite, und Tager, der mich davon abhielt, verrückt zu werden, könnte vielleicht, nur vielleicht, alles wieder gut werden.

Was meine Eltern gefunden hatten – die Möglichkeit, eine Rhon-Gemeinschaft zu schaffen –, das war ein Glückstreffer gewesen, ein Traum, der sich nicht wiederholen ließ. Jaibriol und ich konnten ihn uns niemals gegenseitig erfüllen. Ich konnte nicht mit ihm ins Exil gehen.

Trotzdem. Ich konnte ihn immerhin befreien. Das Problem, wohin er dann gehen sollte, blieb natürlich bestehen. Er konnte nicht die Verbandler um Zuflucht bitten. Niemand würde den Erben der Hightons aufnehmen. Niemand würde ihm glauben, dass er ebenso ein Opfer der Aristos war wie alle anderen.

Es sei denn …

Es sei denn, ich würde für ihn bürgen. Wenn die Behörden auf Delos nicht vor Schreck umfielen, könnte das klappen. Aber erst würde ich Jaibriol nach Delos schaffen müssen, ohne dass ein Veracht auf mich fiel.

Ich schob mir die Ärmel hoch. Es gab viel zu tun.

Kapitel 14

Der Geist des Netzwerks

Dort stand es mitten auf einem Hartbeton-gepflasterten Platz, das Gebäude, das wir nur ›Die Nabe‹ nannten. Es war irreführend schlicht, bloß eine zweigeschossige Konstruktion mit weißen Hartbetonwänden. Gedämpftes Licht aus Strahlern erhellte den Platz auch noch so spät in der Nacht, das Licht wurde vom Pflaster des Platzes und von den Wänden des Gebäudes reflektiert.

Der einzige Eingang war eine schlichte Tür. Als ich meinen Finger auf das Schloss legte, überprüfte ein Scanner meine Fingerabdrücke, dann öffnete sich die Tür, und ich schaute in eine kleine Kabine, die wie eine Luftschleuse aussah. Nur wurde hier keine Luft ein- oder ausgeschleust, sondern Geheimnisse.

Sobald ich diese Kabine betrat, schloss sich die Außentür wieder. Die Wände strahlten gerade genug Licht ab, dass ich ein Psi-Fon erkennen konnte, das an einer Halterung an der Wand neben der Innentür hing. Ich stöpselte den Stecker in mein Handgelenk ein und wartete, während der Computer-Knoten, der damit verbunden war, mein Hirn scannte.

Die Innentür öffnete sich lautlos.

Vor mir erstreckte sich ein Flur, dessen Wände aus Glas bestanden. Auf jeder Seite waren vier Räume zu erkennen, in jedem saß eine Person. TelVers. Sie trugen Ganzkörper-Psi-Fon-Exoskelette – Gebilde, die noch komplexer waren als die, die wir an Bord unserer Jags trugen. Sie bedeckten ihre Träger vollständig von der Hüfte bis zum Kinn, Psi-Fone waren an den Handgelenken, im Rückgrat und im Nacken eingestöpselt. Manche der TelVers trugen dazu noch Helme, die die Augen oder sogar den ganzen Kopf bedeckten. TelVers mussten sich nicht bewegen. Sie mussten nur denken. Die meisten saßen ganz reglos dort, nur ein Mann zu meiner Rechten wiegte mit geschlossenen Augen seinen Oberkörper langsam vor und zurück. Weiter den Gang hinunter hatte sich eine Frau in ihrem Exoskelett zurückgelehnt und betrachtete gleichzeitig mehrere Holos, die über ihrem Kopf in der Luft schwebten.

Auflistung der Sicherheitsmaßnahmen, dachte ich. *Personal, TelVer-Sicherheitskräfte, die Nabe selbst, Datenaufkommen.*

Das Gesicht einer grauhaarigen Frau mit hageren Gesichtszügen entstand vor meiner geistigen Auge. Darunter erschienen statistische Daten: Name, Alter, Sicherheitsstufe, andere relevante Daten aus ihrer IRK-Akte.

Simultane Darstellung, dachte ich.

Das Bild der Frau verkleinerte sich, bis es nur noch ein Achtel meines Mental-Displays ausfüllte. Sieben weitere Bilder tauchten auf, allesamt TelVers, die für die Sicherheit der Nabe zuständig waren. Während ich den Flur hinunterging, verglich mein Spinal-Knoten die Bilder mit den Männern und Frauen, die ich in den Räumen sah, und gab mir weitere statistische Daten. Ich speicherte alles in einer Erinnerungsdatei ab. Obwohl ich mit der ›Doppelbelichtung‹ umzugehen gelernt hatte, die sich ergab, wenn mein Mentaldisplay gleichzeitig Bilder produzierte, während meine Augen auf etwas gerichtet waren, das um mich herum existierte, war es doch desorientierend, die TelVers vor meinem geistigen Auge zu sehen, während ich sie gleichzeitig auf konventionelle Art betrachtete.

Der Flur endete vor einer weiteren Luftschleuse. Ich trat auf die gleiche Weise ein wie zuvor. Als ich diesmal das Psi-Fon einstöpselte, das ich in der Kabine vorfand, verspürte ich in meinem Geist einen metallischen Gedanken.

Name?

Sauscony Valdoria, Primärin.

Absicht?

Ich hielt meinen Verstand so ruhig wie die Oberfläche eines Sees bei Windstille. *Re-Kodierung von T12.*

Die Innentür öffnete sich.

Ich betrat eine kreisförmige Lobby mit weißen Wänden und einem blauen Teppich. Blaue Stühle waren an den Wänden aufgereiht, eigentlich eher Sitzsäcke. In der Mitte des Raumes führte eine Wendeltreppe aus Metall nach oben.

Der Teppich dämpfte meine Schritte, als ich auf die Treppe zuging. Selbst als ich hinaufging, immer im Kreis, war das Geräusch der Sohlen auf dem Metall unerwartet leise. Am Ende der Treppe erwartete mich eine kahle Wand; nur eine Halterung, an der ein Psi-Fon hing, unterbrach die fugenlose Fläche. Ich nahm das Psi-Fon und stöpselte seinen Stecker ein.

Eine neue Stimme drang in meinen Geist ein, kalt und unpersönlich. Es liegen keine Aufzeichnungen vor, dass Ihnen die Anweisung erteilt wurde, Computer-Knoten T12 neu kodieren zu lassen.

Ignorieren und öffnen. Ich stand gelassen dort und nutzte vorprogrammierte Routinen meines biomechanischen Netzwerks, um meine Muskeln davon abzuhalten, sich anzuspannen. Die Lobby unter mir, die weißen Wände, die Treppenstufen – ich wusste, was sich in diesen kahlen Wänden verbarg: Monitore überprüften alles an mir, von meiner Atemfrequenz bis zu meinen Hirnströmen. Jegliche fragwürdige Reaktion meinerseits würde einen Alarm auslösen.

Ein Alarm konnte sogar ausgelöst werden, selbst

wenn die Monitore nicht auf mich ansprachen. Diese Tür öffnete sich nur für Benutzer, die auf der Zugriffsliste standen, die Kurj ihr eingab. Manchmal stand ich darauf, manchmal auch nicht. Mein Spinal-Knoten hatte eine Wahrscheinlichkeit von 76 Prozent errechnet, dass er mich derzeit in die Liste aufgenommen hatte, für den Fall, dass ich im Zuge meiner Vorbereitungen für die Befragung Jaibriols hierher kommen musste. Aber sicher sein konnte ich mir nicht.

Also wartete ich.

Die Wand öffnete sich wie der Verschluss einer Hochgeschwindigkeits-Kamera, dahinter lag ein Tunnel von mehr als einem Meter Länge. Ich bückte mich ein wenig, um eintreten zu können, dann richtete ich mich auf und folgte dem Tunnel bis zu seinem Ende. Dann kam ich in einen weiteren Raum mit weißen Wänden und blauem Teppichboden. Hinter mir schloss sich die Wand fugenlos.

In diesem Raum gab es keine Möbelstücke. Nur Computer. Jeder einzelne stand an einer speziell ausgewählten Stelle, manche isoliert, andere hardwaretechnisch miteinander verbunden. Die Akustik des Raumes dämpfte das Summen der Maschinen ebenso, wie die der Lobby meine Schritte fast verschluckt hatte.

Das Computer-Netzwerk des Imperialen Raumfahrt-Kommandos war auf verschiedene militärische Einrichtungen im ganzen Imperialat verteilt, mit eingebauter Redundanz und zahlreichen Back-Ups, sodass es gegen unerlaubte Eingriffe von außen fast immun war. Hier standen zehn Computer. EM 16 war ein Zylinder aus schwarzem Glasplex, der fast in der Mitte des Raumes stand. Er war zwei Meter hoch, einen Meter breit und seine Wandung etwa fingerdick. In deren Inneren glommen gedämpft Dioden, manche blinkten, manche leuchteten konstant. An der einen Seite des Zylinders war eine Öffnung, ein Zugang, der etwa einen halben Meter breit war. Ich trat hindurch und betrat den Hohlraum, über dem sich ein kuppelförmiges Dach wölbte; eine Bank lief an der Innenseite ringsum entlang. Ich zog meine Stiefel aus, dann streifte ich meinen Overall und meine Unterwäsche ab, sodass ich am ganzen Körper die kühle Luft auf der bloßen Haut spürte. Als ich mich in die Mitte des Zylinders stellte, wurde um mich herum eine Röhre hochgefahren, sie glitt höher und höher, bis sie in der Kuppel über mir einrastete. Die silbrigen Wände dieser Röhre waren gerade lichtdurchlässig genug, um meine Kleidung erkennen zu können, die als dunkles Knäuel auf der Bank lag. Meine Stiefel konnte ich überhaupt nicht ausmachen.

Ein Metallgerüst kam surrend aus dem Boden, legte Metallbänder um meine Knöchel und ließ Psi-Fons in die dortigen Buchsen einschnappen. Als das Gerüst meinen Rumpf erreichte, schloss sich ein Gurt um meine Taille, das zugehörige Psi-Fon rastete in die Buchse unterhalb meiner Lendenwirbel ein. Spangen umfassten meine Handgelenke, und auch dort wurden Psi-Fons eingestöpselt. Das Gerüst stieg noch höher, ein Metallreifen wurde mir um den Hals gelegt, von dem aus ein Psi-Fon in die Buchse unterhalb meines Hirnstamms eingesteckt wurde.

Ich versuchte, das lebhafte Bild zu verdrängen, das mir durch den Kopf ging: Ich war hier gefangen, reglos und nackt in einer Röhre, die nicht mehr Platz bot als ein Sarg. Ich durfte meine Angst nicht zeigen. Jeder, der einen guten Grund hatte, sich in EM 16 einzuklinken, brauchte sich nicht davon beunruhigen zu lassen, dass die Geräte so aussahen, als seien sie dafür gedacht, Eindringlinge festzuhalten. EM 16 würde sich nur weigern, mich wieder freizulassen, nachdem ich fertig wäre, sollte ich ihm einen Grund liefern, misstrauisch zu werden.

Dann schwand der Raum, der mich umgab, aus meinem Bewusstsein. Langsam drang ich in EM 16 ein, glitt die Potenzialberge und -täler des Psiberspace entlang, wie ein Geist, der über eine virtuelle Landschaft schwebt.

System-Privilegien, dachte EM 16.

Ich atmete aus. Es hatte geklappt. Das Risiko, das ich eingegangen war, hierher zu kommen, hatte sich ausbezahlt. Es gab nur zwei Möglichkeiten, für das Skol-Net System-Privilegien zu erhalten. Die eine war, ein Mitglied der Triade zu sein. Die andere war, durch die Nabe in das Netz einzusteigen.

Ich umgab mein Denken mit einer Sicherheitstarnung und hielt mentale Funkstille im Netz, was etwa völligem Stillstehen entsprach. Dieses Mal nahm ich das Netz als Gitter aus durchscheinenden Fasern wahr, dazwischen irisierende Funken, deren Farben das ganze Spektrum des sichtbaren Lichtes abdeckten, von rot bis violett. Psi-Hardware war zwischen den Quadraten dieses Gitternetzes aufgespannt wie hauchdünner, fein gewebter Stoff; er funkelte immer dann auf, wenn ein User darauf zugriff. Diese Funken waren für die meisten User, einschließlich Kurj, zu schwach, um sie wahrzunehmen. Aber ich sah sie ganz deutlich.

An diesem Abend fühlte ich nicht diese ungeheuren Energiebewegungen im Netz, die Kurj immer hervorrief. Er war jedoch früher hier gewesen; seine Handlungen im Psiberspace hinterließen eindeutig erkennbare Spuren – fast, als habe er eine Unterschrift hinterlassen. Doch jetzt müsste er schlafen, allein in seinem Turm in der Stadt, bewacht von seinen Sicherheitssystemen und seinen Leibwächtern. Maks Behauptung, er hielte sich im Palast auf, musste ein Ablenkungsmanöver sein; solange Kurj nicht mit Jaibriol fertig war, würde er sich nicht weit von seiner Einsatzzentrale entfernen.

Nein, die Gefahr ging hier nicht von Kurj aus. Eine viel feinere ›Unterschrift‹ durchdrang hier das Netz, eine, die immer anwesend war, auch in Zeiten wie diesen, wenn ihr Urheber nicht in das System eingeklinkt war. Meine Tante – das älteste Mitglied der Triade – war hier viel gefährlicher als Kurj. Kurj war wie ein riesiger Schleppnetzfischer, der lautstark den Psiberspace durchquerte und das Skol-Net benutzte, um einzufangen, was er einfangen wollte. Mein Vater war der Ozean, der dieses Schiff trug, und er selbst ließ sich von den Wellen treiben. Aber es war meine Tante gewesen, die dieses Netz zu dem weit reichenden Machtgefüge gewoben hatte, das es heute war. Ihre Finesse, die all ihren Handlungen zugrunde lag, hatte das gleiche Ausmaß wie Kurjs Kraft. Hätte ich nicht gewusst, wo ich nach ihren Spuren hätte suchen müssen, hätte ich niemals gewusst, dass sie überhaupt in der Nähe gewesen war.

Sie hatte überall Überwachungsmechanismen etabliert. Fast nichts entging ihrer Aufmerksamkeit. In dem Moment, als EM 16 mich akzeptierte, hatte einer der virtuellen Sicherheitsbeauftragten meiner Tante diese Information bereits aufgefangen und in einem Sicherheits-Cache gespeichert. Ich hatte es sogar geschehen sehen: Das Wort System-Privilegien funkelte in einem Quadrat des Gitternetzes, wie eine Motte, die sich in dem hauchdünnen, fein gewebten Stoff verfangen hatte, dann verschwand es.

Ich konzentrierte mich auf das Quadrat des Gitternetzes, das die Daten über mein Eindringen aufgefangen hatte. Es schwoll an, schien sich zu bewegen, bis es mein Blickfeld ausfüllte, während die Bahnen des Netzes an mir vorbeiflossen, als jagte ich durch einen perlmuttartigen Tunnel aus Rosen-Filamenten. Als ich vor dem Quadrat ›anhielt‹, erkannte ich die abgefangenen Daten in einer der Zellen, aus denen es bestand; sie ›lagen‹

unter einem hauchdünnen Film aus dem feinen Stoff und waren in dieser Speichereinheit gefangen. Ich glitt in die Zelle hinein, achtete darauf, nichts von dieser filmartigen Psi-Hardware aufzuwühlen, die mich träge umspülte wie Seeseide unter Wasser. Dann löschte ich den Inhalt dieser Speichereinheit. Beim Rückweg ging ich so behutsam vor, dass nicht ein einziges Funkeln meine Bewegungen verriet.

Als Nächstes löschte ich alle Aufzeichnungen darüber, dass ich die Nabe überhaupt betreten hatte. Dann rief ich meine Erinnerungsdateien über die TelVers auf und nutzte sie dazu, alle diese TelVers im Netz aufzuspüren. Durch Manipulationen am Gitternetz erzeugte ich bei ihnen falsche Erinnerungen und sorgte so dafür, dass sie vergaßen, was sie gesehen hatten. Es war schwerer, bei TelVers Erinnerungsdaten zu löschen als Daten bei konventionellen Computern, aber ich hatte genügend Erfahrung, so vorzugehen, dass, wenn sie nicht gerade ausdrücklich nach Manipulationen suchten, sie auch nicht auf sie stoßen würden. Hätte meine Tante EM 16 darauf programmiert, alle meine Handlungen zu registrieren, hätte ich mich vermutlich nicht verborgen halten können. Aber sie hatte keinen Grund anzunehmen, ich würde etwas so Unlogisches tun wie etwa in EM 16 herumzuschleichen, und das auch noch mit der Absicht, die Sicherheitssysteme, die Jaibriol Qox bewachten, zu umgehen.

Sauscony?

Ich erstarrte. *Mein Vater?* Was machte der denn hier? Der Farbton des Netzes wurde wärmer, und ich hatte das sonderbare Gefühl, alle Fasern des Netzwerks würden jetzt *lächeln.* Natürlich bewegte sich kein Teil des Netzes auch nur ein Stück, aber das sonderbare Gefühl blieb.

Mein Vater war der Letzte, den ich erwartet hatte. Er

war jetzt zu Hause auf Lyshriol, seinem Heimatplaneten. Er und meine Mutter besuchten die Schar Enkelkinder, die zu vergrößern sie mich stets ermahnten. Ich wäre nie auf die Idee gekommen, dass er sich auf dieser Reise irgendwo ins Netz einklinken würde. Er konnte das nur, indem er den Konsolenraum benutzte, diese einzige völlig unpassende Veränderung, die meine Mutter in seinem uralten, urtümlichen Gehöft vorgenommen hatte. Das war ein Zimmer mit Steinwänden, das im oberen Geschoss des Nordturmes lag. Dieser Raum, der nur über eine grob gefertigte Wendeltreppe erreicht werden konnte, war, bevor meine Mutter gekommen war, dazu genutzt worden, defekte Landwirtschaftsgeräte zu lagern.

Mein Vater hasste diese Konsolen. Obwohl der Psiberspace an sich ihn faszinierte, wollte er mit den Maschinen, die es ihm erst ermöglichten, dort einzutauchen, am liebsten nichts zu tun haben. Er nutzte sie nur, wenn er gar nicht anders konnte, und das konnte bei einem Besuch seiner Enkelkinder doch kaum der Fall sein.

Trotzdem war er definitiv hier. Ich hatte seine Anwesenheit vorher nicht bemerkt, weil er den ganzen Psiberspace ausfüllte – er umgab jede Faser, jeden Film, jeden Funken. Wenn ich es nicht besser gewusst hätte, hätte ich angenommen, er sei hier auf Diesha, direkt über einen der Zentral-Knoten eingeklinkt, über die die Triade das Netz aufrecht erhielten.

Ich verbarg mich vor ihm, umhüllte meine Anwesenheit mit Sicherheitsroutinen wie mit einem tiefschwarzen Mantel. Er suchte nach mir, das Gitternetz kräuselte sich aufgrund seiner Anstrengungen wie ein Fischernetz im Ozean, das von der Dünung geschaukelt wird. Langsam verwandelte sich sein sicheres Gefühl, mich gespürt zu haben, in Zweifel, dann in Verlegenheit, dass ihm ein solcher Fehler unterlaufen konnte. Schließlich konzentrierte er sich auf etwas anderes.

Ich bewegte mich weiter, jetzt vorsichtig, bemüht, ihm aus dem Weg zu gehen, und suchte nach den Daten, die aufzuspüren ich gekommen war. Aber sie tauchten nicht auf. Ich fand keinen Pfad, keine Verbindung, keinen Hinweis auf Informationen, dass wir Jaibriol in unserer Gewalt hatten.

Was ich schließlich entdeckte, war ein Widerspruch. Es war ein Psicon zwischen hunderten anderer, die sich in einem Bereich des Gitternetzes befanden, der für unsere Handelsvereinbarungen mit den Verbandlern zuständig war. Jedes Psicon stand für einen Planeten. Ganz harmlos stand dort zwischen den anderen ein buntes Bildchen einer Erden-Insel – einer Insel namens Delos.

Na ja, das war ja auch vernünftig. Wir benutzten dieses Psicon immer, um den Verbandler-Planeten Delos darzustellen, schließlich war er ja nach dieser Insel auf der Erde benannt worden. Nur, dass wir überhaupt kein Handelsabkommen mit dem Planeten Delos geschlossen hatten. Ich war eine der wenigen, die wussten, dass Kurj die Vereinbarungen aufgehoben hatte, weil er nicht mit der delianischen Politik einverstanden gewesen war, Bürgern des Imperialats Asyl zu gewähren. Er hatte diese Entscheidung geheim gehalten, um die unvermeidliche Kontroverse zu vermeiden, die sich entzünden würde, fände man heraus, dass der Imperator seine Untertanen davon abzuhalten versuchte, dort Zuflucht zu erbitten.

Ich konzentrierte mich auf das Delos-Psicon, und es wurde immer größer, bis ich jedes Detail der Insel erkennen konnte, von den graubraunen Felsen der Küste bis zu den türkisfarbenen Wassern der Ägäis, die den Strand umspülten.

Öffnen, dachte ich.

Die Insel teilte sich in der Mitte und öffnete sich wie eine Flügeltür. Der Geruch von Salz und Seeseide stach mir in die Nase, und im Hintergrund hörte ich Wellen brechen. Ein Display zeigte mir verschienene Psicons, auf deren Funktionen ich zugreifen konnte, während ich mit den Delos-Aufzeichnungen arbeitete.

Ich wandte meine Aufmerksamkeit einer kleinen Schriftrolle zu, die mit einem roten Band verschlossen war. *Dateien auflisten. Nur schriftliche Aufzeichnungen.* Es wäre einfacher gewesen, sich die Aufzeichnungen mit Hilfe eines Zusatzprogramms anzusehen, das deren Inhalte interaktiv simulierte. Aber je mehr Arbeit ich vom Knoten verlangte, desto wahrscheinlicher war es, dass ich die Aufmerksamkeit auf mich lenkte. In EM 16 Dateien zu *lesen,* war etwa, als würde man eine Schlacht mit Schwertern ausfechten, obwohl Schlachtkreuzer verfügbar waren. Aber Schwerter waren weniger auffällig als Schlachtkreuzer, wenn man versuchte, sich zu verstecken.

Das Band verschwand, und das Schriftstück entrollte sich mit dem charakteristischen Rascheln alten Papiers, und mein Gesichtsfeld wurde von einer Liste der verfügbaren Dateien ausgefüllt. Die Liste war im Schriftsatz meiner Tante gesetzt, einem Font mit klarer Linienführung und gerade genügend Verzierungen an den einzelnen Schriftzeichen, um das Auge zu erfreuen. Dann wurde der Font auf die bernsteinfarbenen Schriftzeichen umgestellt, die ich bevorzugte.

Verdammt. EM 16 hätte genauso gut einen Lautsprecher aktivieren können, der dem Nächsten, der diese Datei öffnete, meine Anwesenheit ins Ohr schreien würde. *Schriftart-Wechsel rückgängig machen,* dachte ich.

Die Liste erschien wieder im Font meiner Tante.

Psicon, dachte ich.

Das Display verschwand, und ich ›stand‹ wieder

zwischen den Gitternetzlinien. In der unteren rechten Ecke meines geistigen Panoramas wartete das Insel-Psicon, ein kleiner grüner Punkt leuchtete darauf, der mir verriet, dass es immer noch aktiv war.

Ich zog mich aus dem Netz zurück. Helle, in sich gemusterte Schichten aus Licht schossen an mir vorbei, eine nach der anderen, sie funkelten, schimmerten, wechselten ihre Farbe, ihre Schattierung, ihre Textur. Selbst die Gerüche veränderten sich: metallisch, scharf, süß, beißend.

Schließlich erreichte ich eine der äußeren Schichten – die, zu der ich wollte. Eine Gruppe Stamm-Psicons wartete hier auf mich, jedes stand für eine spezielle Funktion des Programms, das unter der Gitternetz-Oberfläche lief. Ich konzentrierte mich auf das Bild eines Arztes, der ein Laser-Skalpell in der Hand hielt …

Mir wurde schwarz vor meinem geistigen Auge: keine Bilder, keine Worte, keine Laute, keine Gerüche, keine Geschmäcker, keine Texturen. Genauen Speicherungsort angeben, forderte EM 16.

›Delos‹-Psicon, jüngste Schriftsatz-Veränderung, dachte ich.

Eine lange Kette aus Ziffern und Buchstaben erschien, weiß in der Schwärze, die mich umgab. Veränderung spezifizieren.

Das dritte ›A‹ durch ›0‹ ersetzen.

Das A verwandelte sich in die Ziffer 0, sodass alle Aufzeichnungen darüber gelöscht wurden, dass von EM 16 eine Änderung des Fonts vorgenommen worden war, als ich auf die Delos-Daten zugegriffen hatte.

Veränderungen abgeschlossen. Aufzeichnung löschen. Dem Löschbefehl folgte das Passwort, das EM 16 forderte, um die Änderungen wirksam zu machen.

Das Gitternetz tauchte wieder auf. In dem Moment, als EM 16 mich wieder dorthin ›zurückbrachte‹, löschte er auch alle Aufzeichnungen darüber, dass ich seine Erinnerungsdatenbanken manipuliert hatte. Meine Tante hatte diese ›Aufzeichnungen löschen‹-Option als Vorsichtsmaßnahme implementiert, damit sie mit EM 16 in Interaktion treten konnte und all ihre Handlungen trotzdem nicht notwendigerweise Spuren hinterließen. Ich wusste davon, weil sie mich darauf hatte zugreifen lassen, als ich im letzten Jahr die Sicherheitssysteme von EM 16 neu programmiert hatte.

Ich stieg in der Datenhierarchie wieder zu den Handels-Psicons ab. Als ich das Psicon für ›Delos‹ öffnete, hörte ich, wie sich Wellen an einer unsichtbaren Küste brachen. Auf meinen Wangen spürte ich einen kühlen Wind, während sich die Schriftrolle erneut entrollte. Ich blieb ›still‹, las nur die Dateien, die auf der Schriftrolle aufgelistet waren. Doch das Netz wusste, dass ich da war; die Liste wurde genau im richtigen Tempo weitergescrollt, sodass ich immer dann neue Dateien lesen konnte, wenn ich so weit war.

Die Dateien hatten genau den Inhalt, den sie auch ankündigten – Aufzeichnungen über die Handelsvereinbarungen mit Delos. Ich öffnete *V.Minister-S* und fand ein VR-gramm des Wirtschaftsministers der Verbandler, der unseren Wirtschaftsminister davon überzeugen wollte, die Verhandlungen wieder aufzunehmen. Ich schloss die Datei wieder und fuhr fort, die Liste hinunterzuscrollen. Wonach sollte ich suchen? Jede Datei zu öffnen, würde zu lange dauern. Kurj schlief selten mehr als nur ein paar Stunden, und ich musste EM 16 verlassen haben, bevor er aufwachte.

Eine Datei erregte meine Aufmerksamkeit. *Artemis.* Der Name stammte aus der Mythologie der Verbandler. Artemis war eine Göttin, die zusammen mit ihrem Zwillingsbruder Apoll auf der Insel Delos geboren war. Es war ein Name, den hier zu finden völlig zu erwarten gewesen war; schließlich waren das hier ja Daten über den Planeten Delos.

Doch für Kurj hatte Artemis eine besondere Bedeutung, eine, die nur mir bekannt war. Die Mythologie der Erde hatte ihn schon immer fasziniert, vor allem die griechischen Epen: Die *Ilias* und die *Odyssee. Herkules, Medea, Agamemnon. Ödipus.* In meiner Kindheit hatte er mich, während er meine Mutter besuchte, durch die Wälder reiten sehen, die das Haus meines Vaters umgaben: ein vierzehnjähriges Mädchen, dass mit Pfeil und Bogen übte. Später hatte er mir erzählt, dass er diesen Anblick niemals vergessen hatte, das wilde Mädchen mit nackten Beinen, das auf Bäume schoss. Seitdem nannte er mich gelegentlich ›Artemis‹, nach der Göttin der Jagd.

Artemis öffnen, befahl ich.

Die Schriftrolle verschwand, stattdessen erschien ein Holoskript meiner Festnahme auf Delos. Pah. Das war das Letzte, was ich jetzt sehen wollte. *Schließen,* dachte ich.

Geschlossen, antwortete EM 16.

Ich ging weiter die Dateien durch. Aber nichts schien mir fehl am Platze. Schließlich dachte ich: *Delos schließen.*

Delos ge ...

Nein! Stop. Was hatte eine Datei, in der es um meine Festnahme ging, mit den Aufzeichnungen über unsere Handelsvereinbarungen zu tun? Ja, natürlich, wenn ein hochrangiger imperialer Offizier die Regierung von Delos brüskierte, konnte das natürlich alle Verhandlungen stören. Aber das Verhalten – oder Fehlverhalten – war für Kurj nicht von Belang. Und er war äußerst präzise, was seine Dateiverwaltung anging. Er hätte die Datei, in der es um meine Festnahme ging, an der gleichen Stelle gespeichert wie alle anderen seiner Dateien über hochrangige Offiziere, die den Verhandlungen mit den Verbandlern schaden konnten.

Meine Tante musste eine Kopie davon angefertigt haben. Ich hätte verstanden, wenn sie hier einen Vermerk darüber abgelegt hätte. Aber die vollständigen Aufzeichnungen? Wofür denn das?

Artemis öffnen, dachte ich.

Das Holoskript wurde aktiviert und erschuf die Polizeiwache von Delos so lebhaft in meinem Verstand, dass ich mich fühlte, als sei ich dort. Wieder einmal.

Ich ging die ganze beschämende Datei durch. Jedes einzelne Detail war verzeichnet, bis hin zu der Tatsache, das Zabo, mein Schiffscomputer, die Satellitenübertragung des Berichtes über meine Festnahme mitgeschnitten hatte, als die Polizei von Delos sie zum Imperialen Raumfahrt-Kommando übermittelte. Aber das war alles. Die Datei war genau das, was sie auch zu sein vorgab: Ein Bericht über meinen außerplanmäßigen Besuch bei der Verbandler-Polizei auf Delos.

Irgendetwas ließ meinen Geist dennoch nicht ruhen. Eine Kleinigkeit ... Taas? Ja, jetzt erinnerte ich mich wieder. Während Zabo diese Satellitenübertragung in mein Mental-Display einspeiste, waren diese Daten unbeabsichtigter Weise auch auf den Computer von Taas' Schiff übertragen worden. Was war passiert? Taas hatte versucht, die Übertragung abzubrechen, aber – was? Er hatte die falschen Befehle erteilt. Das war es. Er hatte jeden Befehl versucht, der ihm einfiel, um diesen Datenüberlauf abzubrechen, aber keiner hatte funktioniert.

Ich griff auf meinen Spinal-Knoten zu. Die Auflistung der Befehle, die Taas mir aufgezählt hatte, war immer noch gespeichert: *Stop, Abbrechen, Anhalten, Beenden, Verlassen, Tschüss, Systemabbruch, Halt, Datenquelle wechseln, Abschließen, Datentransfer abbrechen und Fluch.* Und ich hatte ihm – *was* geraten? Er sollte es mit ›*Löschen*‹ versuchen. Ja, jetzt erinnerte ich mich wieder. Mit *Löschen* hatte es schließlich funktioniert.

Ich runzelte die Stirn. In dieser Datei hier sollte auch dieser Datenüberlauf erwähnt sein. Aber diese Information war nirgends zu finden. Ich ging die gesamte Aufzeichnung noch einmal durch, wieder jedes Detail, und kam zu demselben Ergebnis. Es gab keinerlei Erwähnung dieses Datenüberlaufs. Ich war hierher gekommen, um Informationen zu finden, und stellte stattdessen fest, das Informationen *fehlten.*

Diese Daten konnten nicht unbeabsichtigt verloren gegangen sein. Alle vier Mitglieder meiner Staffel hatten sie aufgezeichnet, und es fiel mir schwer, zu glauben, alle vier hätten diesen Zwischenfall aus Versehen nicht erwähnt. Aber ich konnte mir auch nicht vorstellen, dass Kurj diesen Teil der Berichte bewusst gelöscht hatte. Gemäß seiner Sicht des Universums war eine solche Auslassung schlampig, und Schlampigkeit versuchte er in einem Maße zu vermeiden, das fast schon an Besessenheit grenzte.

Das musste meine Tante getan haben. Aber warum sollte sie eine derart unwichtige Information löschen? Sie war zu klug, als dass es ihr versehentlich hätte passiert sein können. Sie war einfach zu intelligent dafür, Punkt. Wenn ich versuchte, ihren Denkprozessen zu folgen, hatte ich immer das Gefühl, ich besäße das Hirn einer Nacktschnecke.

Ich schloss die Artemis-Datei und durchsuchte die anderen Delos-Aufzeichnungen, suchte nach irgendetwas, was sich auf Taas bezog. Aber ich fand nichts, was auch nur im Geringsten vielversprechend aussah. Taas. Artemis. Delos. Satellit. Datenüberlauf. Wonach suchte ich eigentlich?

Das *Psicon.* Nachdem Taas den ›Löschen‹-Befehl gegeben hatte, um den Datenüberlauf abzubrechen, hatte er mir ein Bild seines ›Löschen‹-Psicons geschickt, eine dralle Frau, die ihre spärliche Kleidung verschwinden ließ, indem sie sie mit ihrer Farbsprühdose ansprühte. Die dralle Frau *verschwand*, wann immer sie *auftauchte*. Natürlich! Das war es! Was gab es denn für eine bessere Methode, Daten verschwinden zu lassen, als sie selbstlöschend zu speichern? Auf diese Weise wurden die Daten in dem Moment gelöscht, sobald man sie aufrief. Das war genau die Sorte Technik, die meiner Tante gefallen würde.

Jetzt wusste ich, wo sie Jaibriols Dateien gespeichert hatte. Nicht in EM 16. Sie hatte Kurj als Vorsichtsmaßnahme einen Hinweis hinterlassen, für den Fall, dass er nach den Dateien suchen würde. Es war auch ein sehr aussagekräftiger Hinweis: Nur jemand, der wusste, dass hier Informationen fehlten, würde erkennen, dass dieser Hinweis überhaupt existierte. Aber die Information, die ich brauchte, lag auf dem Schlüssel zu der Cybersperre in ihrem Gehirn.

Jeder konnte sich eine Cybersperre in sein Gehirn einpflanzen lassen. Man brauchte dazu kein Psioniker zu sein. Deswegen nannten wir sie ja auch ›Cyber-‹ und nicht ›Psiber-Sperre‹. Der Schlüssel zu meiner Cybersperre lag auf einem Psiber-Chip, einer Karte, auf der sich Kopien von Neuralzellen meines Gehirns befanden. Für die meisten Menschen war ein solcher Chip nutzlos. Niemand außer einem Psioniker konnte ihn aktivieren. Aber wenn ich über den Psiberspace mit ihm Verbindung aufnahm, wurde er zu einem funktionstüchtigen Bestandteil meines Gehirns. Wenn ein andere Psioniker versuchte, darauf zuzugreifen, würde der Chip erkennen, dass nicht ich es war, genauso, wie ich bemerken würde, wenn jemand anderes plötzlich in meinem Verstand zu denken begänne.

Meine Tante hatte diese Psiber-Chips entwickelt, weil es zu riskant war, diese Schlüssel in unsere Gehirne implantieren zu lassen. Eine Kopfverletzung konnte den

Schlüssel oder die Sperre oder beides beschädigen. Trennte man die beiden voneinander, war die Chance verringert, dass das System gerade dann eine Fehlfunktion hatte, wenn man es am dringendsten brauchte. Obwohl es dadurch auf der anderen Seite Fremden einfacher gemacht wurde, den Schlüssel zu stehlen, deckten die Psiber-Chips auch dieses Problem ab. Ein Chip erkannte das Gehirn seines Besitzers – und damit konnte er so eingestellt werden, dass er sich selbst löschte, wenn ein fremder Verstand versuchte, auf ihn zuzugreifen.

Gab es einen besseren Ort für meine Tante, die Informationen aufzubewahren, als auf ihren Psiber-Chips? Sollte jemand versuchen, diese Daten zu stehlen, würde der Chip sich selbst löschen. Außerdem war es auch noch ein geniales Warnsystem, denn wenn ihre Chips gelöscht wurden, löste das einen Alarm in ihrem Spinal-Knoten aus.

Aber wenn ich nicht auf diese Information zugreifen konnte, konnte Kurj das auch nicht. Was hatte es also für einen Sinn, ihm einen Hinweis auf etwas zu hinterlassen, auf das er nicht zugreifen konnte?

Moment. Vielleicht lagen die Daten ja gar nicht auf ihren Chips. Vielleicht hatte sie sie auf *seinen* Chips abgelegt. Aber wie? Die waren doch genauso gründlich geschützt wie ihre eigenen, und auch die würden sich löschen, wenn sie versuchte, darauf zuzugreifen.

Das Skol-Net. Natürlich! Durch das Psi-Link der Triade war sie in ihrer Leistungsfähigkeit gesteigert, und dann konnten Kurj und sie ihr Denken noch vollständiger verschmelzen, als Jaibriol und ich das auf Delos getan hatten. Wenn ihr Denken auf diese Weise so ineinander verschlungen war, als seien sie eins, konnte sie auch auf seine Chips zugreifen. Ich bezweifelte, dass ihm das in umgekehrter Richtung ebenfalls möglich war – dafür bedurfte es viel zu großer Finesse. Nur meine

Tante besaß das notwendige Wissen, die notwendige Geschicklichkeit und den Zugang zur Triade. Sie hatte es wahrscheinlich getan, ohne das Kurj es auch nur bemerkt hatte.

Aber das half mir jetzt auch nicht weiter. Ich konnte mich dem Psi-Link der Triade nicht anschließen. Die gewaltigen Energie-Bewegungen, die in einem Psi-Link entstanden, klinkte man sich dort ein, wuchsen exponentiell mit der Anzahl der daran beteiligten Rhon. Zwei Psioniker, die ein Psi-Link ausformten, stellten keine Gefahr dar. Mit dreien funktionierte es nur, wenn ihre Gehirnstrommuster nicht zu ähnlich geartet waren. Nahm man noch einen vierten dazu, überlud man das ganze Skol-Net in einem riesigen, sternenweiten Kurzschluss.

Ich verstand, warum Kurj Althor und mich fürchtete. Sollte einer von uns jemals versuchen, in seine Fußstapfen zu treten, uns ohne Vorwarnung oder Vorbereitung in das Triaden-Link hineindrängen, würden wir nicht nur ihn, sondern auch alle anderen in diesem Link töten.

Also was nun?

Mir kam ein beunruhigender Gedanke. Was war mit meinen Chips? Kurj besaß Zugriffsrechte dafür. Er behauptete, das sei zu meinem Schutz, aber ich wusste es besser. Er wollte Kontrolle über meine Cybersperre besitzen. Das war eine weitere seiner Vorsichtsmaßnahmen, um die Gefahr zu minimieren, dass sich einer seiner Erben gegen ihn stellte. Deswegen befanden sich auf meinen Psiber-Chips auch Kopien von Neuralzellen, die von *seinen* Gehirnzellen gezüchtet worden waren, um sicherzustellen, dass meine Schlüssel nicht gelöscht wurden, wenn er darauf zugriff.

Angenommen, ich würde mit einem meiner Chips ein Link ausformen und mit dem Stück seines Gehirns verschmelzen, das darauf lag? Würde diese Verschmelzung ausreichen, um einem seiner Chips vorzugaukeln, ich sei er? Ich bezweifelte, dass er meine Einmischung in sein Gehirn überhaupt wahrnehmen würde, es sei denn, er würde zur gleichen Zeit auf genau diesen Chip zugreifen. Und er hatte keinen Grund, dies zu tun, während er schlief.

Aber das Risiko, entdeckt zu werden, war nicht das, was mich am meisten daran störte. Was, wenn ich mich von seinem Denken nicht mehr lösen konnte, wenn ich fertig war? Die Vorstellung, in Kurjs peinlich genau kontrollierter Sichtweise aller Dinge gefangen zu sein, erschreckte mich fast zu Tode.

Ich musste fort von hier, um das in Ruhe durchdenken zu können.

Ich schloss die Delos-Dateien und löschte alle Aufzeichnungen darüber, dass ich in EM 16 gearbeitet hatte. Nachdem ich die Monitore der Nabe so eingestellt hatte, dass sie nicht aufzeichnen würden, wie ich das Gebäude verließ, zog ich mich aus dem Netz zurück. Dann stand ich in der Dunkelheit und wartete darauf, dass der Psi-Fon-Käfig mich freiließ.

Und wartete.

Und wartete.

Schweißperlen traten mir auf die Stirn. Nein, ich durfte keine Angst zeigen. Das, vielmehr als alles, was ich im Netz getan hatte, würde mich verraten.

Die Psi-Fon-Halterungen zogen sich ruckartig von meinem Körper zurück. Die Röhre, die mich umgeben hatte, glitt wieder zurück in den Fußboden und ließ kühle Luft über meine nackte Haut strömen.

Ich atmete tief ein. Dann zog ich meine Kleidung wieder an und ging.

Der Psiber-Chip lag in meiner Hand, ein schlichtes Viereck, das etwa so groß war wie meine Handfläche. Ich saß vor der Konsole in meinem Schlafzimmer und starrte den Chip an. Ihn hier aus dem Safe zu nehmen war einfach gewesen. Aber das war das Äußerste, zu dem ich mich durchringen konnte.

Lebendig. Diese Karte war lebendig. Nano-Medis pflegten die Kopien der Neuralzellen, die darauf lagen, hielten sie bereit, jederzeit mit meinem Gehirn ein Link auszuformen. Ich besaß zehn Chips, zwei im Haus meines Vaters, drei auf Forshires, vier im Hauptquartier und diesen einen hier in meinem Apartment.

Die Konsole wartete. Alles was ich tun musste, war, diese Karte einzuschieben. Mein Spinal-Knoten hatte eine Wahrscheinlichkeit von 94 Prozent errechnet, dass ich mein Denken mit dem Stückchen von Kurjs Gehirn, das auf der Karte lag, verschmelzen konnte – ein Stück Gehirn, das er ironischerweise zu seiner eigenen Sicherheit dort zu hinterlegen gewünscht hatte. Ob mir das nun Zugang zu seinen Chips verschaffte oder nicht, war etwas anderes, aber das würde ich erst herausfinden, wenn ich es versuchte.

Wenn. Wenn ich mich dazu zwingen konnte, es zu tun. Ich starrte die Karte in meiner Hand an. Eine Minute verging. Fünf. Die wenigen kostbaren Stunden, die mir zum Arbeiten blieben, solange Kurj schlief, verrannen.

Zehn Minuten.

Fünfzehn.

Ich atmete tief ein. Dann schob ich die Karte in den Schlitz der Konsole und loggte mich auf meinen persönlichen *Account* ein, dem, den ich für private, nicht für militärische Angelegenheiten nutzte. Zuerst erreichte ich die äußersten Bereiche von Skol-Net, das elektronische Netzwerk, das jeder benutzen durfte. Von dort aus trat ich in den Psiberspace ein.

Mein Verstand erweiterte sich auf die vier Knoten, die den Zivilbereich des Psiber-Nets auf Diesha versorgten. Sie arbeiteten zusammen wie eine große Maschine, schalteten untereinander um, je nachdem, wer gerade zur Verfügung stand, wenn ein User einen Befehl eingab.

Heute startete ich auf ›Alt‹. Die Substruktur des Gitternetzes wirkte schwach und war mattgolden gefärbt. Es gab keine Anzeichen dafür, dass mein Vater sich im Netz aufhielt. Das ganze Skol-Net änderte seinen Charakter, wenn er sich daraus zurückzog, es wirkte weniger kraftvoll. Ich konnte auch nirgends die zierlichen Funken wahrnehmen, die im Netz auftraten, wenn meine Tante in der Nähe war, und auch nicht die ungeheuren Energiebewegungen, die Kurj immer hervorrief. Jetzt fühlte sich ›Alt‹ nur wie ›Alt‹ an, eine der vier einfachen Stimmen, die zusammen sangen, ohne dass eine der Solostimmen der Triade dabei gewesen wären, um die Melodie ein wenig aufzupeppen.

Ich grüße dich, Soz, dachte ›Alt‹.

Ich grüße dich. Stell eine Verbindung zu meinem Psiber-Chip her.

Chip aktiviert.

Ich fühlte gar nichts. Es gab schließlich auch keinen Grund, das zu erwarten, denn der Chip enthielt einen Teil meines eigenen Gehirns. *Kopien der Neuralzellen von Lord Skolia lokalisieren.*

Jetzt antwortete ›Sopran‹: Lokalisiert.

Meine Hirnaktivitäten seinen anpassen.

Versuch der Anpassung, dachte ›Sopran‹.

Ich wartete und schaute zu, wie das Netz flackerte. Es war wunderschön, von einer unheimlichen Schönheit, die jedes Mal anders aussah als zuvor. Das unendliche goldene Netz hing in einer schimmernden Atmosphäre, die eher flüssig als gasförmig wirkte, blassgolden und funkelnd. Es umwogte mich, sanft und sinnlich. Die

Laute der Zivil-Knoten waren sanfter als die der Nabe, liebliche Melodien, die wie Meereswellen dahinplätscherten. Sie rochen nach Zuckermais und Gewürzen.

Sopran?, dachte ich. *Geschieht irgendetwas?*

›Tenor‹ antwortete. Dein Gehirn leistet Widerstand.

Das überraschte mich nicht. Obwohl ich niemals mit Kurj verschmolzen gewesen war, hatte ich genügend Gedanken mit ihm ausgetauscht, um zu wissen, das unsere Denkprozesse grundlegend unterschiedlich waren.

Weiter versuchen, dachte ich.

Ich wartete weiter. Das Gitternetz wies zwar ein wohlgeordnetes quadratisches Muster auf, doch es waren viel zu viele Fehler darin zu erkennen. Ich kannte derartige Brüche. Sie kamen von unzureichend instand gehaltenen Verbindungen und fahrlässigen Usern. Fluktuationen traten auch in der Umgebung der Brüche auf – Farbmassierungen und asymmetrische Lichtverhältnisse. Zivilisten waren ineffizient. Die Organisation unserer militärischen Gitternetze war sehr viel geordneter.

›Tenor‹ brauchte zu lange, ich verlor wertvolle Zeit. *Status des Anpassungs-Vorgangs?*, fragte ich.

›Bass‹ antwortete. Anpassung abgeschlossen.

Abgeschlossen? Wie viel beträgt die prozentuale Differenz zwischen meiner Hirnaktivität und der von Imperator Skolia, gemessen an seinen Neuralzell-Kopien auf meinem Chip?

1.6 Prozent, antwortete ›Bass‹.

Ich spürte nichts. Aber die Tatsache, dass ich keinen Unterschied spürte war kein Beweis dafür, dass auch kein Unterschied existierte. Und eine Diskrepanz von 1.6 Prozent durfte nicht vernachlässigt werden. Es bestand immer noch die Möglichkeit, dass sein Chip gelöscht wurde, wenn ich versuchte, darauf zuzugreifen, und damit würde ein unwiderlegbarer Beweis existieren, dass ich seine Sicherheitsvorkehrungen hatte umgehen wollen.

Ich musste das Risiko überdenken, dass ich einging, um Kurjs Strategie zur Befragung von Qox zu manipulieren. Qox hatte sich viel zu sehr in die Nähe des Hirns von Skol-Net herangewagt. Entkam er, würde er genau die Funktionen ausüben können, die auszuüben er gezeugt worden war. Wenn er Zugriff auf die Nabe erhielte, könnte er das Psi-Link der Triade überladen und so die Triade töten und das Skol-Net lahm legen. Wenn es ihm gelang, das zu bewerkstelligen, ohne sich dabei selbst zu töten, wäre er in der idealen Position, die Funktionen der ermordeten Triademitglieder zu übernehmen. Damit würde er die Kontrolle über das Imperiale Raumfahrt-Kommando erhalten, über Diesha und über das Skol-Net.

Bass, Anpassung abbrechen.

Abgebrochen, meldete ›Bass‹.

Ich zog mich ordnungsgemäß aus dem Netz zurück, stieg durch die verschiedenen Hierarchieebenen, bis ich das Interface des elektronischen Systems erreicht hatte. Nachdem ich auch das verlassen hatte, dachte ich über meinen nächsten Zug nach. Wenn ich jetzt zu Kurj ginge und ihm erzählte, was ich wusste, ging ich das Risiko ein, wegen Verrats hingerichtet zu werden, weil ich die Wahrheit über Qox verschwiegen hatte. Aber Kurj brauchte die Informationen, die ich besaß. Das Beste wäre es, Qox zu verhören, seine Barrieren zu durchbrechen und dann Kurj darüber zu informieren, dass der Erbe der Hightons ein Rhon war. Ich würde ihm das mitteilen, als hätte ich selbst es eben erst erfahren. Auf diese Weise würde ich sowohl mich als auch das Imperialat schützen.

Ich musste natürlich vorsichtig vorgehen, wenn ich Jaibriols Barrieren durchbrach, um sicherzugehen, dass ich ihm keinen Schaden zufügte.

Ich rieb mir die Augen. Die Anstrengung in dieser Nacht hatte mich physisch und mental völlig erschöpft.

Und jetzt stand ich kurz davor, Jaibriols Versuch, sich umzubringen, Wirklichkeit werden zu lassen.

Sich umbringen. *Sich umbringen.* Wie hatte ich das nur vergessen können? Was war denn los mit mir, dass ich dachte, Jaibriol sei hier, um uns alle zu töten?

Ich stand auf, verließ mit großen Schritten den Raum und versuchte, wieder einen klaren Kopf zu bekommen. Während ich das gedacht hatte, war es mir vorgekommen, als sei ich völlig klar gewesen. Und doch kam es mir jetzt so vor, als sei währenddessen ein Fremder in meinem Kopf gewesen. Mein Ziel war es doch, Jaibriol zu *befreien,* nicht ihn an Kurj zu verraten. Wie sollte ich an die Information kommen, die ich brauchte, um Jaibriol zu befreien, wenn der Versuch, diese Information zu erlangen, mich dazu brachte, sie gar nicht mehr haben zu wollen?

Ich nahm mir ein Stück Papier und schrieb darauf: *Das ist nicht dein Verstand. Wenn du darauf hörst, wirst du es bedauern. Hol die Daten.*

Das Korridor-Labyrinth unter dem Gebäudekomplex, in dem die Aufzeichnungen des IRK aufbewahrt wurden, erstreckte sich über Kilometer. Die nüchternen Formen von dessen Architektur und die düstere Beleuchtung, die dort herrschte, hatte dem Labyrinth schon vor langer Zeit den Spitznamen ›die Katakomben‹ eingebracht. Meine Psiber-Chips befanden sich in einem der Tresorräume der Katakomben, der mit einer EI gesichert war, die ›Beta-Scanner‹ genannt wurde. Dieser Beta-Scanner analysierte Retina-Muster, Fingerabdrücke, Stimmmuster, Körpergröße, Körpergewicht, die Biochemie des Körpers, die Skelettstruktur und das Hirnstrommuster. Dieser Tresorraum ließ sich nur von mir und Kurj öffnen, der dort auch einen seiner eigenen Chips aufbewahrte. Er befand sich innerhalb eines weiteren Tresorraumes, der wiederum mit einem Beta-Scanner gesichert war; dieser lag innerhalb eines Raumes, der auch mit einem Beta-Scanner gesichert war, und er konnte nur über einen Flur erreicht werden, der selbstverständlich auch mit einem Beta-Scanner gesichert war. Hier waren die besten Sicherheitsvorkehrungen getroffen worden, die das Imperialat zu bieten hatte. Hier einzubrechen war unmöglich.

Es sei denn, man war zufälligerweise eine der Personen, deren Schutz diese Sicherheitsvorkehrungen dienten.

Jedes einzelne dieser Schlösser ließ sich von mir öffnen. Innerhalb des innersten Tresorraumes fand ich unsere Chips in einer gepolsterten Box, die in einem Regal lag. Ich setzte mich an die Konsole, die an der Wand angebracht war, und schob meine Karte in einen der Psiber-Chip-Schlitze.

Diesmal meldete mir ›Bass‹ eine Diskrepanz von 1.2 Prozent zu Kurj Gehirn. Ich griff nach Kurjs Karte …

… und hielt inne.

Ich stand kurz davor, etwas zu tun, was meine Familie und das Imperialat zerstören konnte. Ich war eine Närrin. Ich hatte rein aus einem Gefühl heraus gehandelt, das meine Fähigkeit, klar zu denken, außer Kraft gesetzt hatte.

Ich warf einen Blick auf das Papier in meiner Hand. *Das ist nicht dein Verstand.*

Nicht korrekt. Die Behauptung, eine Verschmelzung meines Verstandes mit Kurjs würde meinen Verstand in den seinen umwandeln, war nicht präzise. Präziser wäre die Aussage, dass es meine Denkvorgänge verändern würde und ich auf diese Weise Einsichten gewänne, die mir ansonsten verschlossen geblieben wären. Aber mein Verstand gehörte immer noch mir.

Wenn du darauf hörst, wirst du es bedauern.

Nein. Das Einzige, was ich an dieser Vorgehensweise bedauern würde, wäre die Vorgehensweise selbst. Es wurde Zeit, dass ich mit diesem Verrat aufhörte.

Hol die Daten.

Diese Daten waren für mich nicht verfügbar. Meine Tante hatte die Informationen mit der für sie so typischen Genialität geschützt; selbst wenn jemand so weit kam, würde er nicht versuchen weiterzukommen, weil ihm durch den Versuch, die Daten zu erlangen, einleuchtend klar gemacht wurde, warum er die Daten eben nicht erlangen durfte.

Das ist nicht dein Verstand.

Mein Verstand war in letzter Zeit einer immensen Belastung ausgesetzt gewesen. Ich wusste das. Tager hatte mir das in unseren Gesprächen verdeutlicht.

Aber Tager aufzusuchen, war ein Zeichen von Schwäche gewesen.

Nein!

Meine Finger verkrampften sich so fest um die Konsole, dass meine Knöchel weiß hervortraten. Der Zettel wurde zerknüllt, die Ecken ragten aus meiner Faust hervor. Tager aufzusuchen, war *kein* Zeichen von Schwäche gewesen. Mit meinem Verstand stimmte alles. Wenn ich diese Worte auf dieses Stück Papier geschrieben hatte, dann stimmten sie auch.

Ich nahm Kurjs Karte und schob sie in den Schlitz der Konsole. Sein Chip leistete Widerstand – wie ein menschlicher Körper, der ein transplantiertes Organ abstößt. Ich spannte mich an, wartete auf dieses Gefühl der Leere, das sich ergeben musste, wenn die Selbstlöschung der Daten erfolgte.

Stattdessen war ich auf einmal merkwürdig entspannt. Und dann erinnerte ich mich, wo ich Jaibriol finden konnte.

Wieder betrat ich EM 16, genauso wie zuvor, wieder verwischte ich all meine Spuren. Dieses Mal griff ich sofort auf die Substruktur des Gitternetzes zu, die für die Sicherheit verantwortlich war. Ich schaltete auf den Visuellen Modus um, und das Gitternetz verschwand, stattdessen erschien eine Wüstenlandschaft. Im Umkreis von tausenden von Kilometern umgab mich rotes, verdorrtes Land, konturiert von aufragenden Felsbrocken, die wie knochige Finger aus dem Boden ragten. Stachelige, graue Staubbürsten-Gewächse kämpften sich ein Stück aus dem Sand empor. Nur weit im Norden, wo die Ebene in dunstige, schwarze Berge überging, wurde die Landschaft sanfter. Der Himmel über mir war eine blaue Fläche ohne eine einzige Wolke.

Niemand lebte hier. Das IRK nutzte diese Wüste auf andere Weise. Wir hatten sie mit unterirdischen Anlagen durchzogen, dazu gehörte auch Block 3, ein Komplex, der nur wenige Meter zu meiner Rechten lag, verborgen unter der Oberfläche.

Auf Psicon-Größe reduzieren, dachte ich.

Die Wüstenansicht verschwand in den Hintergrund wie eine auf Stoff gemalte Theaterkulisse, wurde kleiner und kleiner, bis sie nur noch ein winziges Bild war, das auf einem der glitzernden Quadrate des Gitternetzes lag.

Ich öffnete die Datei in meinem Spinal-Knoten, in der ich die Informationen über Jaibriol gespeichert hatte. Wachen: Drei Gruppen bewachten seine Zelle, sechs Wachen je Gruppe. Jede Gruppe wusste nur von jeweils einer weiteren Gruppe deren Aufenthaltsort. Ich programmierte EM 16 so um, dass beim nächsten Wachwechsel die Einheiten Eins und Drei voneinander wussten, Einheit Zwei aber nur den eigenen Aufenthaltsort kannte. Dann teilte ich Einheit Zwei für ein anderes Gebiet ein; nun wirkte es so, als gehörten sie einer anderen Einheit an. Dort, wo eigentlich Einheit Zwei eingesetzt sein sollte, klaffte nun ein Loch in dem Sicherheitskäfig, der Jaibriol umgab.

Ich programmierte das Warn- und Verteidigungssystem von Block 3 um, damit zu bestimmten Zeiten bestimmte Daten ignoriert wurden. Die medizinischen Monitore, die Jaibriols Biofunktionen in der Zelle beobachteten, manipulierte ich so, dass sie in genau diesem Augenblick damit begannen, die Biofunktionen der Wache zu kontrollieren, die vor der Cafeteria von Block 3 stand. Die Überwachungskameras wurden so geschaltet, dass sie sich auf die Holografie-Dunkelkammer umstellten, sobald die Medi-Monitore sich auf die Cafeteria konzentrierten. Ich veränderte die Schichteinteilungen und die Arbeitszeiten, um das Personal von bestimmten Bereichen der Anlage und von bestimmten Computern fernzuhalten, und programmierte die Betäubungs-Mausrobots so um, dass sie bestimmte Flure mieden. Dann speiste ich ein Programm ein, das, nur Minuten, nachdem meine Veränderungen in Kraft getreten wären, alle diese Veränderungen wieder rückgängig machen und das System wieder in seinen Urzustand versetzen würde, zugleich alle Aufzeichnungen der von mir vorgenommenen Veränderungen löschen sollte, sich selbst vernichtete und dabei auch die Aufzeichnungen über die von mir vorgenommenen Löschungen.

An diesem Morgen mussten eine ganze Menge Leute ziemlich verwirrt sein.

Kapitel 15

Ketten und Seide

Lautlos setzte ich mit dem Flieger in der Dunkelheit auf. Es stand kein Mond am Himmel, der sein mildes Licht auf die Wüste geworfen hätte, es gab nur das kalte, harte Licht der Sterne – einer Vielzahl von Sternen, die über dem verdorrten Land glitzerten. Ich lief über den felsigen Untergrund auf einen Punkt zu, der wenige Meter von dem Flieger entfernt lag. Dann drückte ich einen Knopf auf dem Transmitter in meinem ledernen Handgelenkschutz.

Eine kreisförmige Felsenplatte von etwa zwei Metern Durchmesser senkte sich ab. Nachdem sie etwa einen Meter hinabgesunken war, schwenkte sie zur Seite und gab den Blick auf eine glatte Metalloberfläche frei – die Sicherheitstür, die zu Block Drei führte. Eine weitere Berührung an meinem Handgelenkschutz, und auch diese Sicherheitstür senkte sich ab, sie versank völlig geräuschlos. Schließlich schwenkte sie schwerfällig zur Seite. Jetzt konnte man erkennen, dass es sich um einen Metallzylinder handelte, der mehr als einen Meter dick war. Darunter konnte ich den Anfang einer metallenen Treppe erkennen, die spiralförmig nach unten in die Dunkelheit führte. Ein runder, steil abfallender Schacht, fast zwei Meter tief, trennte mich von den ersten Stufen der Treppe. Wieder berührte ich meinen Handgelenkschutz. Als Antwort darauf öffnete sich ein vertikaler Spalt in der Wand des Schachtes. Eine Leiter kam zum Vorschein, die zu dem darunter liegenden Treppenhaus führte. Ich kletterte auf den Absatz und stieg, so schnell ich konnte, die Treppenstufen hinunter.

Die Sicherheits-Luftschleuse am Ende der Treppe öffnete sich auf meinen Befehl. Hinter der Innentür blendete mich grelles Licht. Rohrleitungen führten an den Wänden und unter der Decke entlang, riesige Rohre, durch die man hätte hindurchkriechen können, dünnere Rohre, die etwa so dick waren wie mein Arm, winzige Leitungen, die nicht dicker waren als mein Finger. Ich lief den Korridor entlang, meine Stiefel donnerten über den Boden. Die ganze Anlage schien völlig verlassen zu sein. Ich passierte einige der höchstentwickelten Sicherheitssysteme, die das IRK jemals geschaffen hatte, und kein Alarm wurde ausgelöst.

Von meinem biomechanischen Netzwerk in meiner Leistungsfähigkeit gesteigert, brauchte ich weniger als eine Minute, um Jaibriols Zelle zu erreichen. Ich schloss sie mit einem Laser bestückten Einbruchswerkzeug, das ich darauf eingestellt hatte, sich an das Licht-Muster anzupassen, das das Schloss erwartete. Die Tür reagierte sofort darauf, und ich blickte in einen kleinen Raum, an dessen Wand ein Sims verlief.

Ausgestreckt auf diesem Sims lag Jaibriol und schlief. Er war barfuß und trug nur die graue Hose und das kurzärmelige Hemd, das zu der Gefängnisuniform gehörte. Seine Arme waren von Blutergüssen und Striemen bedeckt, und ich erkannte auch Schwielen, die von einer E-Feder stammten, einem Dorn, der Elektroschocks verabreichte. Die Verletzungen an seinen Hand- und Fußgelenken sahen so aus, als stammten sie von Ketten, die die Haut wundgescheuert hatten.

Ich fragte mich, wie die Verhörleiter ihre Methoden rechtfertigten, wenn man bedachte, dass wir viel weniger gewalttätige Techniken kannten, wenn es darum ging, anderen Informationen zu entlocken, als sie anzuketten und zu foltern. Ich bezweifelte nicht, dass die Verhörleiter jedes dieser anderen Mittel einsetzten, das ihnen zur Verfügung stand. Warum dann diese Foltermethoden?

Auf der anderen Seite hatten sie wohl nicht das Gefühl, sich rechtfertigen zu müssen, wenn man bedachte, *wen* sie da befragten. Rache hatte nichts mit Mildtätigkeit zu tun.

Ich lief zu ihm hinüber und rüttelte ihn am Arm. »Jaibriol! Wach auf!«

Er zuckte zusammen. »Nicht weitermachen«, sagte er auf Highton.

Ich packte ihn an den Schultern. »Wach auf!«

Plötzlich setzte sich Jaibriol ruckartig auf und schlug mit der Faust zu; er versetzte mir in der Magengegend einen so heftigen Schlag, dass es mich umwarf.

Ich rappelte mich wieder auf die Füße. »Ich bin's. Sauscony.«

Er stand auf und ballte wieder die Fäuste.

»Jaibriol, ich b …«

»Qox.« Obwohl er genau in meine Richtung sah, blickte er ins Leere. »Qox. Jaibriol Qox.«

»Ich weiß, wer du bist.« Ich griff nach seinem Arm. »Komm schon!«

Er stieß mich so heftig von sich, dass ich rückwärts stolperte und gegen die Wand knallte. Ich zwang mich zur Ruhe, versuchte, nicht daran zu denken, wie uns die Zeit davonlief. Als er den Arm hochriss für den nächsten Schlag, rang ich mir einen leichten Plauderton ab: »Wenn du alle deine potentiellen Freundinnen so begrüßt, musst du ein miserables Liebesleben haben.«

Er hielt inne. »Was?«

»Jaibriol, ich bin's. Sauscony. Von Delos.«

Er starrte mich bloß an, sein Gesicht war völlig ausdruckslos. Ich streckte meine Arme aus, um ihm zu zeigen, dass ich keine Waffen bei mir trug. »Sauscony. Erinnerst du dich? Wir haben uns auf Delos kennen gelernt.«

Er ließ den Arm sinken. »Sauscony?«

»Sauscony Valdoria. Ich habe mich in dein Schlafzimmer reingeschlichen. Und später haben wir uns dann am Hafen getroffen.«

Sein Blick wurde klarer. »Du bist es wirklich! Wie bist du hier reingekommen?«

»Einfach war's nicht. Wir müssen jetzt gehen, und zwar schnell!«

Er wandte den Kopf und sah die offen stehende Tür. Dann rannte er los. Ich sauste ihm hinterher. Er lief dorthin, wohin ich zeigte, seine geschundenen Füße stolperten immer wieder, fast stürzte er, fing sich im letzten Moment, stolperte wieder. Doch er wurde keinen Schritt langsamer.

Innerhalb von Minuten hatten wir den Schacht erreicht. Jaibriol lief die Wendeltreppe hinauf, seine nackten Füße klangen dumpf auf den metallenen Stufen. Er lief bis zum Treppenabsatz und griff nach einer Sprosse der Leiter. Doch als er versuchte, sich hochzuziehen, rutschten seine geschwollenen Hände ab. Er fiel und schlug mit dem Kopf gegen die Leiter, als er zu Boden stürzte. Er landete auf dem Treppenabsatz und blieb mit geschlossenen Augen liegen.

Nein! Ich packte seinen Arm und versuchte, ihn hochzuheben. Doch selbst mit meiner Biomechanik war ich nicht in der Lage, jemanden von seinem Gewicht diese Leiter hinaufzutragen. Es so weit geschafft zu haben, der Freiheit so nah zu sein und dann von dieser verdammten Leiter aufgehalten zu werden – nein! Ich schüttelte ihn, so fest ich konnte. *»Steh auf!«*

Er öffnete die Augen. Wie blind tastete er hinter sich und schloss seine Hand um die unterste Sprosse der Leiter. Dann griff er auch mit der anderen Hand zu, zog sich hoch, kam wieder auf die Füße. Ich hielt ihn an der Taille fest, stützte ihn und konnte ihn ein Stück hochheben.

Wir brauchten eine Minute, um diese Leiter zu überwinden und zum Flieger zu rennen. Falls Jaibriol überhaupt bemerkte, dass die Stacheln der Staubfresser-Kräuter seine Fußsohlen zerstachen, ließ er es sich nicht anmerken. Am Flieger angekommen, warf er sich in die offene Luke und legte sich flach auf das Deck, während ich über ihn hinwegkletterte. Ich schlug die Luke zu und rannte ins Cockpit.

Ich ließ die Maschine über den Wüstensand rollen, auf dem unebenen Boden wurden wir reichlich durchgeschüttelt. Nur das Licht der Sterne wies mir den Weg, als wir abhoben. Wir flogen verdunkelt und lautlos, wie ich es so oft mit dem Jag getan hatte. Jetzt hatte ich kein Mental-Display zur Verfügung, kein Psi-Link, keine Verbindung mit Skol-Net, nur Training und Erfahrung, die mir halfen. Aber das reichte aus. Wie verließen Block 3 und erhoben uns in den Nachthimmel.

Und schließlich, nachdem wir die Anlage weit hinter uns gelassen hatten, wagte auch ich, mich ein wenig zu entspannen. Wir hatten es geschafft. Jaibriol war frei, und bald würden wir den Raumhafen erreicht haben. Ich hatte das Unmögliche geschafft: den Erben der Hightons unter dem erbarmungslosen Blick des IRK entführt.

Ich stellte den Flieger auf Autopilot und drehte mich zu Jaibriol um. Er war im Sitz des Copiloten zusammengesunken und lag so darin, dass sein Kopf an der Lehne ruhte; seine Brust hob und senkte sich bei jedem seiner hastigen Atemzüge.

»Ich habe einen gefälschten ID-Chip für dich«, sagte ich. »Den wirst du am Raumhafen brauchen.« Die einzige Verkleidung, die er benötigte, waren gefärbte Kontaktlinsen, ein Visor und die Haartönung, die ich mitgebracht hatte. Niemand würde auch nur im Traum daran denken, dass der Erbe der Hightons mitten im Raumhafen, im Zentrum des IRK, frei herumlaufen würde.

Er drehte sich um und sah mich an. »Was hast du mit mir vor?«

»Ich bringe dich nach Delos. Dort kannst du die Verbandler um Zuflucht bitten.«

Er lachte rau. »›Zuflucht‹? Die werden mich wegen meiner Kriegsverbrechen anklagen!«

»Was für Kriegsverbrechen?« Ich verzog das Gesicht. »Schlechte Reden zu halten, nachdem Kryx Quaëlen dich unter Drogen gesetzt hat?«

Ruckartig setzte er sich auf. »Woher weißt du, dass er mich unter Drogen gesetzt hat?«

»Das habe ich gleich gemerkt, als ich dich reden hörte.«

»Niemand wird mir glauben.«

»Doch, das werden sie, wenn ich für dich bürge.«

»Und was erwartest du als Gegenleistung?«

»Dass du nicht wieder versuchst, dich umzubringen.«

Er schnaubte. »Spiel keine Spielchen mit mir, Sauscony! Was ist der Preis für diese sogenannte ›Rettung‹?«

Ich sah ihn ernst an. »Dass du, wenn dein Vater stirbt, aus dem Exil zurückkehrst und Kaiser von Eubia wirst.« Das würde nicht einfach werden, aber mit genügend Vorbereitung konnte er es wirklich schaffen. »Und dann versuchst du, mit uns Frieden zu schließen. Ich meine, richtig versuchen. Nicht solche Betrugsmanöver, die dein Vater ›Friedensverhandlungen‹ nennt.«

»Ihr seid doch diejenigen, die ständig Betrugsmanöver vollführen!«

»Hältst du das hier für einen Trick?«

»Ich muss zugeben, dass dein Bruder sich eine brillante Foltermethode hat einfallen lassen«, sagte er kalt. »Den Gefangenen glauben lassen, dass er von einer wunderschönen Frau gerettet und in Sicherheit gebracht wird. Das macht dann die Realität meiner Zelle noch viel schmerzhafter, wenn ich da wieder gelandet sein werde.«

»Das ist nicht wahr.« Selbst wenn ich als Kurjs Agent arbeiten würde, hätte er sich niemals eine solch subtile Methode ausdenken können. Er bevorzugte rohe Gewalt.

Jaibriol zuckte mit den Schultern. »Rohe Gewalt hat nicht funktioniert. Warum es nicht mal mit Subtilität versuchen?«

»Warum sagst du etwas, was du nicht meinst?«

»Wieso? Was ich gesagt habe, stimmt doch, oder?«

»Jaibriol, wenn du wirklich glauben würdest, ich hätte vor, dich reinzulegen, warum hast du dann für mich gerade deine Barrieren fallen lassen, wenn alle deine Verhörleiter, selbst Kurj persönlich, dich nicht dazu zwingen konnten, sie fallen zu lassen?«

Er runzelte die Stirn. »Wovon redest du überhaupt?!«

»Ich habe nichts über ›rohe Gewalt‹ oder ›Subtilität‹ gesagt. Ich habe es nur *gedacht*.«

»Ich habe doch gehört, wie du es gesagt hast.«

»Das hast du in deinem Verstand gehört.«

Wieder schnaubte er. »Klar!«

»Du weißt, dass ich über Kurj nichts *gesagt* habe.«

Schweigen.

Ich versuchte es noch einmal. »Deine Barrieren werden bei Stress aufgebaut, stimmt's? Oder Schmerzen oder Zorn oder Gefahr. In jeder Situation, die dein Denken als bedrohlich empfindet.«

»Das stimmt.«

»Also warum solltest du sie dann in meiner Gegenwart fallen lassen?«

Er sah mich mit einem unergründlichen Gesichtsausdruck an. Dann legte er den Kopf wieder gegen die Lehne und schloss die Augen. Im Licht des Cockpits wirkte sein Gesicht bleich, bleich und abgespannt. Ich betrachtete ihn, doch er schwieg. Schließlich wandte ich mich wieder den Instrumenten zu.

Dann endlich begann Jaibriol zu reden. »Du wirst diejenige sein, die Zuflucht benötigt. Der Imperator wird dich höchstpersönlich hinrichten, wenn er erfährt, was du getan hast.«

Ich warf ihm einen Blick zu. »Ich habe keine Spuren hinterlassen.«

Er drehte sich um und sah mich an. »Es ist völlig unmöglich, alle Spuren zu verwischen, die du hinterlassen haben musst, um mich da rauszuholen.«

»Mein Bruder glaubt, dass deine Gefangennahme von Anfang an geplant war – ein Trick, um dich ins Hauptquartier zu bringen. Er wird glauben, es wären eure Leute gewesen, die dich rausgeholt haben.«

»Das ist aber ziemlich unwahrscheinlich, wenn man die Sicherheitsvorkehrungen bedenkt.«

Ich lächelte. »Es ist auf jeden Fall viel wahrscheinlicher, als mich zu verdächtigen.«

Seine Mundwinkel hoben sich ein ganz kleines Stück. Aber es war trotzdem ein Lächeln. »Das stimmt allerdings.«

»Die Verbandler werden einen Planeten finden, auf den du ins Exil gehen kannst«, sagte ich dann mit viel sanfterer Stimme. »Irgendeine dünn besiedelte Welt, auf der dich niemand erkennen wird. Ein Ort, an dem du bleiben kannst, bis es Zeit für dich ist, zurückzukommen und deinen Platz als Kaiser einzunehmen.«

»Warum glaubst du, dass ich Kaiser werden *will?*«

»Das musst du!«

»Warum?«

Ich verzog wieder das Gesicht. »Weil uns dieser Krieg alle zerstört, deswegen! Ich weiß nicht, wie man ihn ohne dich beenden könnte. Kannst du dir vorstellen, dass dein Vater und mein Bruder jemals Frieden schließen? Ich kann das jedenfalls nicht!«

»Imperator Skolia wird niemals mit mir verhandeln.«

Jaibriols Stimme klang jetzt viel angespannter. »Nach dem, was in den letzten Tagen passiert ist, bezweifle ich, dass ich es jemals wieder ertragen könnte, mit ihm auch nur im selben Raum zu sein.«

»Kurj wird nicht ewig Imperator bleiben.«

»Also willst du, dass ich ins Exil gehe und eines Tages wieder zu den Hightons zurückkehre?«

»Ja.«

»Nein.«

»Jaibriol … es ist doch nicht so, dass ich Bedingungen daran knüpfen würde, dich zu befreien! Aber ich bitte dich darum, wenigstens darüber nachzudenken.« Ich spreizte meine Hände. »Was wird denn passieren, wenn Skolia unter den Armeen deines Vaters fällt oder denen des nächsten Kaisers – oder dem, der danach kommt? Ohne uns werden die Verbandler nicht ein Jahrzehnt gegen euer Militär bestehen können. Ist das wirklich das, was du willst? Eine ganze Galaxis, die von Hightons beherrscht wird?«

»Nein.«

»Dann musst du …«

»Nein.« Er streckte seine Arme vor. »Wenn ich zurückgehe, wartet *das hier* auf mich.«

Die Ärmel seiner Gefängnisuniform bedeckten nur seine Oberarme, der Rest war bloß. Sie waren voller Blutergüsse, dazu Striemen, Schnitte und Verbrennungen, die eindeutig von E-Federn stammten. Blutverkrustete, aufgerissene Haut umgab seine Handgelenke wie hässliche Armreifen. »Meinst du ein Verhör?«

»Nein. Sieh genauer hin!«

Ich betrachtete seinen Arm. Die meisten Wunden waren frisch, doch ich konnte auch ältere erkennen, schmale weiße Linien, wo alte Wunden abgeheilt waren, dazu Narben, die offensichtlich von älteren Schnittwunden stammten. Ich berührte eine Narbe, die bis zu seiner

Handfläche reichte. Sie war viel zu alt, um von Kurjs Verhör zu stammen.

»Ich verstehe das nicht.« Ich schaute zu ihm auf. »Auf Delos hattest du diese Narben noch nicht.«

»Nein. Da hatte ich sie noch nicht.«

»Woher hast du sie?«

Er biss die Zähne zusammen. »Was glaubst du denn, woher ich sie habe?«

»Ich weiß es nicht.«

»Gerade du solltest es aber wissen. Du warst selbst da. Wie hieß er noch gleich? Tarque?«

»Man hat einen *Versorger* aus dir gemacht?«

Sein Lachen klang bitter. »Natürlich nicht. Ich bin der Erbe der Hightons. Niemand würde daran auch nur zu denken wagen, geschweige denn, es versuchen.«

»Das war Quaëlen, stimmt's? Kryx Quaëlen, euer Wirtschaftsminister.«

»Er hat nur das getan, was notwendig war, um mich auf meine Zukunft vorzubereiten.« Jaibriol klang, als knirsche er dabei mit den Zähnen.

»Hat dein Vater ihn denn nicht davon abgehalten?«

»Er wusste nichts davon.« Jaibriol zuckte wieder mit den Schultern. »Mein Vater erträgt meine Anwesenheit nicht. Vielleicht hasst er mich, für all meine Fehler. Ich weiß es nicht. Ich bin mir nicht mehr sicher.«

»Vielleicht wagt er sich nicht in deine Nähe, weil er nicht erträgt, dass er am liebsten seinen eigenen Sohn quälen würde.«

Jaibriol bewegte die Finger, er ballte die Hände zur Faust und öffnete sie wieder. »Er hat mir gesagt, ich dürfe niemals einen Fehler machen, ich dürfe niemals auch nur zögern, wenn dadurch Gefahr bestünde, dass jemand auf meine Unzulänglichkeiten aufmerksam würde. Aber ich kann nicht die ganze Zeit eine abgesicherte Festung sein. Das ist völlig unmöglich!«

Niemand konnte das. Mein Bruder kam diesem ›Ideal‹, sich gegen jeden menschlichen Kontakt zu sperren, näher als jeder andere, den ich kannte, aber auch er hatte seine Bedürfnisse. Und Kurj musste nicht zwischen Hightons leben.

»Könnest du als Kaiser nicht dafür sorgen, dass du unter erträglicheren Bedingungen leben könntest?« Er konnte zum Beispiel als Allererstes Quaëlen loswerden. »Du könntest mit der Kaste der Aufgabenerfüller zusammenarbeiten. Die Armee ... besteht die nicht hauptsächlich aus Aufgabenerfüllern? Da muss es doch wenigstens ein paar Leute geben, denen du trauen kannst!«

»Ich weiß es nicht.« Er lehnte den Kopf wieder gegen den Sitz und starrte das Schott über seinem Kopf an. »Quaëlen ist ein einflussreicher Mann, viel einflussreicher, als ich das als ›der Erbe‹ war. Ihn loszuwerden, könnte sich als schwierig erweisen.« Er sah mich an. »Wir müssen beide nicht an unser Erbe gebunden sein, Sauscony. Komm mit mir! Wir werden einen Ort finden, an dem wir uns nie wieder Sorgen machen müssen – nicht wegen Quaëlen, nicht wegen irgendetwas anderem.«

Komm mit mir. Einfach so. Wirf dein Leben weg, alles, wofür du jemals gearbeitet hast.

Als ich vorhin in meinem Zimmer allein gewesen war, hatte ich genau gewusst, was ich wollte. Jetzt, wo Jaibriol neben mir saß, zerbröckelte all meine Gewissheit. Gleich zu gleich gesellt sich gern. Ich wandte mich ab, wandte mich wieder den Instrumenten zu, war nicht mehr in der Lage, ihn anzusehen. Der Flieger konnte ganz wunderbar auf Autopilot fliegen, die Routinen für dichteren Verkehr wurden aktiviert, als wir uns der Stadt näherten. Noch wenige Minuten, und wir mussten den Raumhafen erreichen.

»Sauscony?«

Ich starrte weiter die Displays der Instrumente an. »Ich kann nicht ins Exil gehen. Ich habe andere Pläne.«

Von da an schwieg er. Stattdessen ließ er vor seinem geistigen Auge ein Bild entstehen: Wir beide, wie wir auf einer Wiese zwischen wehenden Gräsern miteinander schliefen.

»Hör auf damit!« Ich wirbelte zu ihm herum. »Das werden wir niemals haben können!«

»Warum nicht?«

»Du weißt warum!«

Er sah mich ungläubig an. »Du hast nie darum gebeten, eine Erbin des Imperators zu sein. Du musst dafür nicht deine geistige Gesundheit einen Märtyrertod sterben lassen.«

»Halt das nicht für Edelmut! Es liegt überhaupt nichts Edles in meinen Absichten. Ich will Imperatorin werden. Ich will diese Macht!«

»Vielleicht.«

Ich blickte ihn finster an. »Was soll das denn heißen?«

»Du glaubst, du hättest eine Verantwortung. Eine Verantwortung, vor der du nicht davonlaufen kannst.«

»Was ich denke, geht nur mich etwas an.«

»Menschen sind nicht dafür gemacht, eine solche Bürde zu tragen, Sauscony. Wenn du versuchst, dich für jeden einzelnen Skolianer verantwortlich zu fühlen, wird dieser Druck dich umbringen.«

Mein Ärger brach aus mir heraus. »Und deshalb soll ich mit dir davonlaufen und den Rest meines Lebens zwischen Blumen liegend mit dir vögeln?«

Er gab nicht auf. »Dadurch, dass du schlecht machst, was du willst, änderst du nicht, wie sehr du es willst.«

»Ich will mehr als das.«

Der Computer des Fliegers meldete sich zu Wort. »Wir empfangen ein Signal.«

Ich warf einen Blick auf die Instrumente. Dort flammte

ein Licht, von dem ich gehofft hatte, dass es nicht aufflammen würde.

»Was ist los?«, fragte Jaibriol.

»Ich weiß es noch nicht.« Ich schaltete den Neutrino-Kommunikator ein und suchte alle IRK-Frequenzen ab. Schließlich durchschnitt Kurjs Stimme die Luft.

»… südlich der Stadt in einem Flieger der Klassen 4B oder 4C. Alle Fahrzeuge anhalten, auf die diese Beschreibung passt. Ich wiederhole, *alle* Fahrzeuge anhalten, auf die diese Beschreibung passt.«

Nein! Nicht jetzt! Aber die wenigen Sekunden, die ich von Kurjs Nachricht mitangehört hatte, verrieten alles. Er wusste, dass Jaibriol entkommen war. Ein planetenweiter Kordon wurde um Diesha gebildet; jeder Flieger wurde zur Landung aufgefordert, jeder Passagier stand unter Verdacht. Während Kurj Anweisungen herunterratterte, riss ich am Steuerknüppel und schwenkte nach rechts ab, fort vom Raumhafen.

Wir hatten es fast geschafft. Aber ›fast‹ war nicht genug. Wodurch hatten wir uns verraten? Vielleicht einer der virtuellen Sicherheitsbeauftragten meiner Tante im Netz, wie der, der aufgezeichnet hatte, dass ich EM 16 überhaupt betreten hatte? Oder vielleicht eine Wache, die beschlossen hatte, noch einmal außer der Reihe nach Jaibriol zu schauen? Oder hatte ich ein Sicherheitssystem übersehen oder einen Alarm ausgelöst, von dessen Existenz ich nichts wusste? Was auch immer passiert war, es hatte auf jeden Fall all meine Pläne über den Haufen geworfen.

Kurjs Mitteilung ging weiter, jetzt koordinierte er die Suchtrupps. Wenigstens suchten sie nach Händler-Einheiten, nicht nach mir. Wir flogen jetzt über die Vororte hinweg, hatten uns in den Verkehr eingereiht, nur einer unter hunderten von Fliegern, auf die allesamt Kurjs Beschreibung zutraf. Aber ich wusste, wie effizient das

IRK arbeitete. Wenn Kurj erst einmal die Suchmaschinerie in Gang gesetzt hatte, konnte selbst ich ihr nicht entrinnen. Es gab keinen Ort, an den wir hätten flüchten können, um uns aus seinem unerbittlichen Griff zu winden.

Fast keinen.

Ich ließ den Flieger einen engen Kreis beschreiben, unter uns schien sich die Stadt zu drehen, bis wir in Richtung Norden beschleunigten. Nur wenige Augenblicke später lichtete sich das Gewirr aus Gebäuden, zuerst wurden sie von Vororten abgelöst, dann von Wüste.

Ein IRK-Flieger erschien auf meiner Holokarte, passte sich unserem Kurs und unserer Fluggeschwindigkeit an. Knisternd drang eine Stimme aus dem Kommunikator. »Identifizieren Sie sich.«

»Schauen Sie mal auf Ihren Monitor, Meister.«

Er hielt inne. »Es tut mir Leid, Primärin Valdoria. Identifizierung verifiziert. Bitte fliegen Sie weiter, Ma'am.«

»Gehören Sie zum Stadt-Kordon?«

»Ja, Ma'am.«

»Schon was gefunden?«

»Wir glauben, sie werden versuchen, den Raumhafen zu erreichen.«

»Sehr gut. Weitermachen. *Over and out.*«

»Wird gemacht! *Over and out.*«

Zwei weitere Male wurden wir angefunkt, bevor wir die Berge erreichten. Selbst nachdem wir die Gebirgsausläufer bereits hinter uns gelassen hatten, setzte ein Flieger an, uns abzufangen. Ich hatte nicht erwartet, dass Kurj so weit hier draußen Einsatzkräfte verschwenden würde, wenn man bedachte, wie gut dieses Gebiet bereits durch Sicherheitsanlagen geschützt war. Sie schützten das imperiale Anwesen, das einzige Gebäude in einem Gebiet von tausenden von Quadratkilometern. In diesem Augenblick wurden wir von hunderten von

Anlagen beobachtet, die auf Bergspitzen und in Tälern aufgestellt worden waren. Aus niedrigen Umlaufbahnen flogen Satelliten über uns hinweg, einer nach dem anderen; sie folgten einem Schema, das es ihnen ermöglichte, jederzeit das gesamte Gelände unter Kontrolle zu haben.

All das, nur, um einen leeren Palast zu beschützen.

Als wir die Bergspitzen erreichten, die uns wie ein natürlicher Schutzwall umgaben, knisterte mein Kommunikator erneut; diesmal ertönte eine Stimme, die ich für menschlich gehalten hätte, wenn ich es nicht besser wüsste. »Bitte identifizieren Sie sich.«

»ID-Datei wird übermittelt«, sagte ich.

»Seien Sie gegrüßt, Sauscony«, sagte der Computer. »Willkommen zu Hause!«

Sechs Minuten später hatten wir den Palast erreicht. Wir durchquerten die besten Schutzvorrichtungen, die das Imperialat zu bieten hatte, ohne dass wir auch nur ein einziges Mal aufgehalten wurden. Warum hätte man uns auch aufhalten sollen? Schließlich war ich eine derjenigen, zu deren Schutz sie aktiviert worden waren.

Aber selbst hier würden wir uns nicht ewig verstecken können. Früher oder später musste der mächtige Imperator von Skolia nach Hause kommen.

Gegen mein Schlafzimmer im Palast sah mein Apartment auf Forshires schlicht aus. Schon der Türknauf bestand aus massivem Gold, ebenso der Schlüssel, mit dem man die Tür aufschließen konnte – es war einer dieser altmodischen Schlüssel, die man in das Schloss einführen und darin umdrehen musste, um so einen Bolzen zurückzuschieben. Der Raum war in erster Linie blau: die Decke, die Wände, die Teppiche, selbst das Bett, das auf einem Podest stand. Goldenes Filigran umrahmte die Fenster. An den Wänden standen große Vasen, unbezahlbare Kunst einer uralten Zivilisation von einem Planeten, dessen Name mir nicht mehr einfallen wollte. Der Kleiderschrank allein war schon so groß wie ein Wohnzimmer. Darin hingen Kleider, zart, figurbetonend, sehr feminin, die ich irgendwann bestellt und nie getragen hatte.

Manchmal hatte ich das Gefühl, diese Gemächer seien mehr etwas, wovon andere erwarteten, sie müssten mir gefallen, obwohl ich mich gar nicht wohl in ihnen fühlte. Nicht, dass ich die Schönheit der Räume nicht zu würdigen gewusst hätte. Sie gefielen mir heute noch genauso wie an dem Tag, an dem sie fertig gestellt worden waren. Aber ich hatte nie das Gefühl gehabt, dass es wirklich mein Zuhause sei.

Jaibriol humpelte quer durch den Raum und kletterte die Stufen zum Podest hinauf. Als er sich auf das Bett legte, ließ sein Körpergewicht die Seidendecken rascheln.

Ich folgte ihm und setzte mich neben ihn, meinen Zerleger locker in der Hand. Hier war diese Waffe nutzlos. Meine ganze Ausbildung, meine ganzen Jahre der Kampferfahrung – was nutzte mir das jetzt noch? Ja, der leer stehende imperiale Palast war natürlich der letzte Ort, an dem man nach Jaibriol Qox suchen würde. Aber auch der letzte Ort würde irgendwann durchsucht werden.

Ich blickte Jaibriol kurz an. »Es tut mir Leid. Alles, was ich getan habe, war bloß, das Unvermeidliche herauszuzögern.«

Er streckte die Hand aus und berührte den Zerleger. »Auf diese Weise werde ich wenigstes nicht *langsam* sterben.«

»Ich werde dich bestimmt nicht *erschießen.*«

»Selbst, wenn mir ansonsten nichts anderes bleibt, als wieder in die Hände deines Bruders zu fallen? Keiner von uns kann jetzt noch entkommen, Sauscony. Er wird uns beide hinrichten lassen.«

Ich schaute die Waffe an. Dann ließ ich sie zu Boden fallen. Wir hatten es fast geschafft. *Fast.* Hätten wir ein bisschen mehr Zeit gehabt, hätten wir den Planeten verlassen können. Aber ›fast‹ war immer noch zu wenig.

Bäuchlings legte ich mich neben Jaibriol. Die seidene Tagesdecke fühlte sich kühl an meiner Wange an. »Als ich dich in meiner Zelle gesehen habe«, fuhr er mit sanfterer Stimme fort, »dachte ich, das sei wieder einer von diesen Träumen.«

»Träume?«

»Nach dieser Nacht auf Delos, als wir uns getroffen haben … immer, wenn ich einsam war, habe ich davon geträumt, dass du zu mir kämst.«

Also war ich nicht die Einzige, die sich mit der Erinnerung an diese Nacht quälte. Das zu wissen, half wenigstens ein bisschen.

Ich stützte mich auf die Ellenbogen, um sein Gesicht anschauen zu können. Ich hatte ganz vergessen, wie außergewöhnlich gut aussehend er war, vor allem nach den Schönheitsidealen der Hightons. Es hätte mich nicht gewundert, zu erfahren, dass Ur Qox Jaibriol als Kind einem schönheitschirurgischen Eingriff hatte unterziehen lassen. Er hätte alles getan, um seinen Sohn leichter zum Helden der Händler stilisieren zu können. Er hätte alles getan, um die Aufmerksamkeit seiner Untertanen davon abzulenken, dass Jaibriol sich nicht wie ein richtiger Highton zu verhalten in der Lage war.

Jetzt hatte Jaibriol dunkle Ringe um die Augen, sein Haar war zerzaust. Schimmerndes Haar, schwarz und glänzend. Highton-Schwarz. Es war sonderbar, so etwas an jemandem zu sehen, der so ganz anders war als die Hightons. Ich berührte seine Lippen, fuhr mit meiner Fingerspitze erst über seine Oberlippe, dann die Unterlippe. Sie fühlten sich aufgesprungen an. Ausgetrocknet und rissig. Und doch warm. So warm. Rhon-Lippen, warm und voll. Ich ließ meinen Kopf sinken, küsste ihn, meine Lippen auf den seinen …

Jaibriol stieß mich von sich.

Ich lief rot an. Was war bloß los mit mir, dass ich versuchte, einen Mann zu verführen, der gerade erst tagelang brutal gefoltert und verhört worden war – unter der Aufsicht meines eigenen Bruders? »Es tut mir Leid.«

Er sah mich schweigend an. Am anderen Ende des Raumes tickte leise die Standuhr, tick-tack, tick-tack, und verriet mir, wie die Zeit verrann.

Dann legte er mir den Arm um den Hals und zog mein Gesicht wieder näher zu sich heran. Ich konnte ihn riechen, ein moschusartiger Duft, der mich geradezu körperlich durchfuhr, berauschend und männlich. Ich schloss die Augen, als wir uns küssten, ließ meine Lippen lange auf den seinen. Seine Lippen fühlten sich genauso voll an, wie sie ausgesehen hatten, genauso warm, genauso einladend. Doch er lang angespannt unter mir, mehr wie ein Stück Holz denn ein Mann in der Nähe der Frau, die er begehrte.

Ich hob den Kopf. »Was ist los?«

Er stütze sich auf die Ellenbogen »Es liegt nicht an dir. Es liegt an allen.«

»Allen Geliebten?«

»Ja. Nein. Keine Geliebten.«

»Du meinst, du hattest noch nie eine Geliebte?«

»Stimmt«, sagte er mit harter Stimme.

»Aber warum? Ich hätte gedacht, jede Highton-Frau, die alt genug wäre, hätte sich gewünscht, sich dir an den Hals werfen zu dürfen?«

»Ich wollte keine Highton-Geliebte.« Jaibriol verzog das Gesicht. »Hättest du einen Highton als Geliebten haben wollen?«

Ich erschauderte. »Nein.« Jetzt konnte ich ihn fühlen. Seine Barrieren fielen zwar viel langsamer als damals auf Delos, aber dennoch fielen sie. Ich erkannte dieses Gefühl des Alleinseins wieder, das ich in jener Nacht gespürt hatte, als wir uns an den Docks getroffen hatten, im Schutze der finsteren Nacht und dem Rauschen des Meeres. Einsam. Er war einsam, schmerzhaft *einsam*, es schmerzte wie eine Wunde. Die Wunde war jetzt noch tiefer, an den Rändern vernarbt, im Inneren weit offen.

»Hättest du dir nicht eine Versorgerin nehmen können?«, fragte ich.

»Nein.«

»Du hättest ihr ja nicht weh tun müssen.«

»Ich wollte keine.« Er drückte seine Hand gegen meinen Oberkörper, zwischen die Brüste, als wolle er mich von sich fernhalten. »Wenn man jemanden so nah an sich heranlässt, wird man verwundbar.«

»Wie sollte eine Versorgerin dir schaden?«

»Indem sie mich erkennt.«

»Jeder weiß, wer du bist.«

»Nicht so, Sauscony. Indem sie sich in mir wiedererkennt.«

Jetzt verstand ich. »Dass du bist wie sie.«

»Ja.«

»Dann hattest du gar keine Freunde?«

Er verzog das Gesicht. »Da war Quaëlen, mein ›geliebter‹ Mentor.«

»Meinst du Kryx Quaëlen? Den Wirtschaftsminister der Hightons?«

»Er mochte es nicht, wenn ich mich irgendjemandem näherte.« Hass schwang in seiner Stimme mit. »Wenn ich das tat, fand er immer einen Weg, mich zu bestrafen.«

Ich musste schlucken. »Konntest du ihn nicht loswerden?«

»Er ist ein Meister darin, Highton-Intrigen zu spinnen, besser noch als mein Vater.« Seine Stimme brach. »Quaëlen ist völlig leer, wie ein Schlund, der nur darauf wartet, mich zu verschlucken. Sie sind alle so: mein Vater, meine so genannte Mutter, die Kaiserin – alle.«

»Das tut mir Leid.« Alle Götter, klang das abgedroschen.

Er sah mich an, konzentrierte sich, als könne er mich in sich aufsaugen. Dann, ohne Vorwarnung, zog er mich heftig an sich und auf das Bett, legte die Arme um mich, presste seine Lippen auf die meinen. Ich öffnete den Mund ein wenig, und seine Zunge bewegte sich hinein, zuerst vorsichtig suchend, dann forscher, heftiger.

Aber immer noch stimmte etwas nicht. Nicht mit ihm, sondern mit *mir*. Ich wollte mich von ihm losreißen. Was war bloß los mit mir?

Er gab einen Laut von sich, ein leises, erregtes Stöhnen. Dann hörte er auf, mich zu küssen, und sein Mund glitt sanft zu meinem Ohr. »Sauscony. Liebste Sauscony.« Er murmelte mit einer vertrauten Sprachmelodie, ein sanfter Rhythmus, den ich wiedererkannte …

Dann erkannte ich es wieder, hörte, was ich so oft in meinem Verstand gehört hatte – im Kampf: Gedanken, die sich wie Säure über mich ergossen, Gedanken der Aristo-Piloten, mit denen ich mich im Kampf befand: *Stirb, süßer Jagernaut. Stirb.*

Ich setzte mich so ruckartig auf, dass meine Fingernägel die schorfigen Wunden auf seinen Armen aufkratzten. Auch er setzte sich auf, und eine breites Spektrum der Gefühle spiegelte sich auf seinem Gesicht wieder: Überraschung, Verlegenheit, Verwirrung und Begierde, alles in einem. »Was ist los?«

»Nein …« Highton. Highton, *Highton.*

»Sauscony?« Er legte mir die Hände auf die Schultern. »Was ist denn?«

»Ich … es …« Ich atmete tief ein. Natürlich bewegte er sich wie ein Highton, natürlich sprach er wie ein Highton. Er *war* ein Highton. Aber das hatte mit der Kultur zu tun, aus der er stammte. Das hatte *nur* mit der Kultur zu tun, aus der er stammte. *Nur* mit der Kultur. »Ich will … Es … ist nichts.«

»Warum bist du so aufgeregt?«

»Nicht. Es war nichts. Ich bin nur nervös.« Am anderen Ende des Raumes tickte laut die Standuhr.

Jaibriol gab mir einen sanften, ganz sanften Stoß gegen die Schultern. »Lass uns das hier mal ausprobieren.«

»*Was* ausprobieren?«

»Leg dich hin.« Wieder gab er mir einen sanften Stoß. »Ich zeig's dir.«

Misstrauisch drehte ich mich auf den Bauch. Rittlings setzte er sich über meine Hüften, sodass er auf meinem Hinterteil saß und seine Knie sich zu beiden Seiten meiner Taille befanden. Dann begann er, mir den Rücken zu massieren.

Es hatte eine Zeit gegeben, da hätte ich es genießen können, massiert zu werden; da hätte das genau zu dem Ergebnis geführt, das Jaibriol sich erhoffte. Aber jetzt war das nicht mehr so. Tarque hatte mich oft so herumgedreht, genau so, wie Jaibriol das gerade getan hatte, bis ins kleinste Detail der Bewegungen hinein.

Ruhig bleiben, dachte ich. Ganz ruhig bleiben. Er ist nicht Tarque.

Ich legte meinen Kopf auf das Kissen und versuchte, mich zu entspannen. Es fühlte sich gut an. Aber dann hörte er plötzlich auf.

Ich schaute über meine Schulter. »Warum hast du aufgehört?«

»Ich schaue bloß.«

»Auf meinen Hintern? Was ist so interessant an meinem Hintern?«

Jaibriol grinste. »Na ja, vielleicht ist er für dich nicht so interessant.« Er fing an, meine Hüften zu massieren. »Das liegt wohl daran, dass du ihn dir jederzeit ansehen kannst.«

Ach, so ein schönes Lächeln. Ich hatte ganz vergessen, wie dieses Lächeln sein Gesicht erstrahlen lassen konnte. Wenn er lächelte, war er nicht mehr der verbitterte Erbe eines Kaiserreiches. Stattdessen sah er dann so aus, wie er eigentlich aussehen sollte, wenn nicht dieses Erbe sein Leben ruiniert hätte – ein gesunder junger Mann, der seine ersten Erfahrungen mit einer Frau genoss. Ich seufzte und legte meinen Kopf wieder auf die Kissen.

Jaibriol massierte mich weiter, bewegte seine Hände in kräftigen, sinnlichen Kreisen. Langsam, trotz allem, was ich erlebt hatte, entspannte ich mich. Ich gestattete mir, die Augen zu schließen, genoss den Druck seiner Hände, sog seinen moschusartigen, erregenden Duft ein, der mich dazu brachte, mir zu wünschen, er würde mich an ganz anderen Stellen streicheln …

Dann legte er sich auf mich, seine Erektion presste den rauen Stoff seiner Gefängniskleidung gegen mein Hinterteil. Er griff nach meinen Oberschenkeln, mit jeder Hand einen, und spreizte mir die Beine.

Wie Tarque.

Kampf-Modus aktiviert, meldete mein Spinal-Knoten.

»Jaibriol, AUFHÖREN!«

Sofort stützte er sich auf die Hände, so dass ich sein Gewicht nicht mehr spürte. »Was ist los?«

Ich rollte mich auf den Rücken. *Kampf-Modus deaktivieren.*

Kampf-Modus deaktiviert, antwortete der Knoten.

»Sauscony?« Jaibriol war heftig errötet. »Was hab' ich gemacht?«

»Ich … nichts.« *Verdammter* Tarque. Würde ich diese Narben mein ganzes Leben lang spüren müssen?

Nein! Ich hatte nicht Monate mit diesem Herzschrittmacher für nichts und wieder nichts verbracht. Ich würde nicht zulassen, dass Tarque mir das antat. Ich würde nicht zulassen, dass er zurückkam und mein Leben ruinierte – zehn Jahre, nachdem er gestorben war. Jaibriol und mir blieben nur noch ein paar Stunden – Stunden, die viel zu kostbar waren, um sie zu verschwenden.

Ich nahm Jaibriols Gesicht zwischen meine Hände und zog ihn dicht zu mir heran, damit ich ihn küssen konnte. Sein Duft umwehte uns, jetzt noch stärker als zuvor. Männlich. Intensiv. Ich wusste, dass die Rhon andere Pheromone produzierten als andere Menschen, aber da er der erste Rhon war, mit dem ich im Begriff stand zu schlafen, hatte ich noch keine Vorstellung davon, wie heftig die Wirkung sein würde. Sein Duft schwängerte die Luft und führte in meinem Körper zu heftigeren Reaktionen, als ich sie jemals zuvor erlebt hatte.

Jaibriol setzte sich auf und legte seinen Finger zwischen meine Brüste, drückte auf die Magnetnaht, die meinen Overall verschlossen hielt. Als er seine Hand an mir heruntergleiten ließ, öffnete sich der Overall, sofort spürte ich die kühle Luft auf meiner nackten Haut. Als er seine Hände auf meine Brüste legte und mit seinen Daumen meine Brustwarzen streichelte, versteiften sie sich, richteten sich einladend auf.

Vorsichtig zogen wir einander aus; Jaibriol zuckte zusammen, als sein Hemd am Schorf seiner Schnittwunden auf dem Rücken hängen blieb. Er ließ meine Stiefel neben dem Bett zu Boden fallen, ich hörte, wie die Absätze gegen meinen Zerleger prallten. Dann glitten wir unter die seidene Bettdecke, räkelten uns auf dem seidenen Laken, und er legte sich auf mich, nackte Haut auf nackter Haut.

Ich ließ meine Hand nach unten wandern und führte ihn ... da, genau. Als er sich an mir rieb, schloss ich die

Augen und murmelte ihm sanfte, sinnlose Laute ins Ohr. Und schließlich fanden wir uns in einer echten Rhon-Geistesverschmelzung, einer Vereinigung wie der, die uns auf Delos so viel leichter gefallen war. Sie nahm mit unserer Erregung zu, wurde voller, näher, stärker – bis meine Erregung hochschlug, aufbrandete – und sich löste, unerwartet intensiv, zugleich aber auch erfreulich intensiv.

Aber das war nicht das Ende. Jaibriol setzte fort, was wir begonnen hatten, sein Denken und Fühlen ganz mit dem meinen verschmolzen. Ich spürte, wie seine Erregung immer weiter zunahm, selbst nachdem mein Körper sich bereits in einem Orgasmus verausgabt hatte. Doch seine wachsende Erregung hielt mich im Griff, riss uns höher und höher. Sie wuchs so sehr, dass ich es nicht mehr länger aushalten konnte. Aber aufhören konnte ich auch nicht. Wir stiegen höher, höher … und sein Höhepunkt barst aus uns beiden heraus, zerrte an unseren Körpern, riss uns in Verzückung mit sich fort und keiner meiner Gedanken existierte mehr.

Ich wusste nicht, wie lange ich einfach nur so dagelegen hatte, bis ich anfing, unser Zimmer wieder wahrzunehmen. Jaibriol lag auf mir, seine Wange an meiner Wange, sein Atem wurde langsam wieder ruhiger. Sein Schweiß troff von seiner Brust auf meine Arme. Als ich mich rührte, hob er den Kopf, eine Sekunde später fühlte ich, wie seine Lippen sanft meine Lider küssten.

»Das war es wert, so lange zu warten.«

Ich musste lächeln. »Ja, das war es.«

»Was glaubst du, wie lange, bis …«

Ich öffnete die Augen. »Bis Kurj uns findet?«

»Ja.«

»Vielleicht heute Nacht. Wahrscheinlich früher. Wahrscheinlich in ein paar Stunden.« Ich wusste nicht, was Kurj tun würde, wenn er begriff, wie gründlich ich ihn verraten hatte. Schön würde es auf jeden Fall nicht werden, und ich bezweifelte, dass es schnell vorbei sein würde.

»Sauscony.« Jaibriol sah mich ernst an. »Ich will nicht, dass sie dir das antun, was sie mir angetan haben.« Er beugte sich seitlich aus dem Bett – und als er wieder hochkam, hielt er meinen Zerleger in der Hand. Er legte ihn mir zwischen die Brüste und legte sich darauf, die Waffe ein kalter, harter Fremdkörper zwischen uns. Dann griff er nach meinem Finger und legte ihn gegen den Zünder.

Ich starrte ihn an. »Nein.«

»Wir müssen sowieso sterben. Das weißt du auch.« Seine Stimme brach. »Und wir beide wissen, wie es ist, zu leiden und zu leiden und sich zu fragen, wie lange man es wohl noch aushalten kann. So will ich nicht sterben. Auf diese Weise können wir wenigstens mit der Erinnerung an Liebe sterben statt an Schmerzen.«

Ich umklammerte die Waffe. Ich wusste, dass er Recht hatte, aber mein Selbsterhaltungstrieb war zu stark. Ich konnte es nicht.

Er flüsterte mir ins Ohr. »Ich kann ihn nicht abfeuern. Das kannst nur du.«

Ich legte den Sicherungsbügel um und tastete mit dem Finger nach dem Zünder. Nur einmal drücken …

Es klopfte an der Tür.

Ich rollte mich so schnell unter Jaibriol hervor und aus dem Bett heraus, dass die Decke durch die Luft segelte. Jede meiner Bewegungen nur Reflex, griff ich nach Jaibriols Hemd und riss es mir über den Kopf – ich wollte den Wachen nicht in all der Verwundbarkeit eines nackten Körpers gegenübertreten. Dann hob ich den Zerleger und zielte auf die Tür.

Und als sich die Tür öffnete, erschoss ich beinahe meinen eigenen Vater.

Kapitel 16

Das Herz des Netzwerks

Er stand dort und sah mich an, seine veilchenblauen Augen blinzelten hinter seinen Brillengläsern. Er trug eine Brille, weil er den skolianischen Ärzten nicht genügend vertraute, um sie an seinen Augen herumdoktern zu lassen. Sein Haar trug er immer noch lang, wie es bei seinem Volk üblich war, die silber durchwirkten Locken rahmten sein Gesicht ein und streiften seine Schultern. Er war ein gut gebauter Mann, nicht zu groß, nicht zu klein, von atemberaubend gutem Aussehen: Das Volk liebte seine schöne Gestalt, und Kurj fand es nützlich, sich ihrer zu bedienen, um seinem eigenen, rauen Aussehen entgegenzuwirken.

Erst blinzelte er mich erstaunt an. Dann blinzelte er Jaibriol an, der nackt auf dem Betts saß. Schließlich wandte er sich an mich. Er sprach mich in der Sprache seines eigenen Volkes an, und das war die erste Sprache, die ich je gelernt hatte. »Wirst du mich jetzt töten, Sauscony?«

Der Gedanke, was ich beinahe getan hätte, war so bestürzend, dass ich kaum sprechen konnte. Ich ließ die Waffe sinken und legte den Sicherungsbügel wieder um. »Nein. Niemals. Das weißt du doch.«

Er kam zu mir herüber. »Das warst doch du, die ich letzte Nacht im Netz gefühlt habe, oder?«

»Ja. Ich habe mich verborgen gehalten.«

Er hatte immer noch diesen Ausdruck im Gesicht, als wisse er nicht so recht, was er jetzt tun solle. »Ich habe heute eine Nachricht von Kurj erhalten. Er hat mir gesagt, ich solle mich hier im Palast aufhalten, wo es sicherer sei. Er glaubt, Händler-Terroristen seien in dieses Gebiet eingedrungen.« Er schaute Jaibriol an, der jetzt seine Hose anzog. Dann drehte mein Vater sich wieder zu mir um. »Stimmt das?«

»Nein«, sagte ich. »Aber Kurj glaubt, dass es stimmt.«

»Ich verstehe.« Seinem Gesicht war jedoch abzulesen, dass er überhaupt nichts verstand.

Glücklicherweise blieb Jaibriol auf dem Bett; mein Vater hatte schon genug zu verdauen, ohne dass jetzt auch noch der Erbe der Hightons neben ihm stehen musste, der ihn einschüchternd an Körpergröße überragte. Äußerlich zeigte mein Vater fast keine Regung. Er stand nur dort und sah uns an. Aber ich spürte, dass er sich von dieser Situation etwa so erdrückt fühlte wie ein Ringer, der es mit einem viel zu starken Gegner aufgenommen hatte.

Schließlich ergriff er wieder das Wort, diesmal auf Iotisch. Diese Sprache wurde beinahe von niemandem mehr gesprochen, nur Gelehrte und die obersten skolianischen Klassen verwendeten sie noch. Mein Vater hatte diese Sprache erlernt, weil es die Muttersprache meiner Mutter war. Ich nahm an, dass er Jaibriols wegen darauf zurückgriff; ebenso, wie ich Highton erlernt hatte, hatte Jaibriol wahrscheinlich Iotisch gelernt.

»Sauscony.« Er rückte seine Brille zurecht. »Der Mann auf dem Bett sieht aus wie Jaibriol Qox.«

»Er ist es.«

»Der Erbe der Hightons. *Der* Jaibriol Qox.«

»Ja. Genau der.« Ich bezweifelte, dass es noch andere gab.

Er ging zu meinem Bett herüber und sah Jaibriol an, der jetzt seine Hose trug. »Warum haben Sie nackt auf dem Bett meiner Tochter gesessen?« Als Jaibriol den Mund öffnete, sagte mein Vater: »Nein. Das ist egal. Ich glaube nicht, dass ich die Antwort hören möchte.«

Ich ging zu ihm hinüber. »Was hast du jetzt vor?«

»Vorhaben?« Mein Vater sah mich finster an. »Meinst du, *bevor* oder *nachdem* ich einen Herzinfarkt bekommen habe?«

Ich konnte mir ein Lächeln nicht verkneifen. »Vorher, hoffe ich.«

»Das ist nicht komisch, Sauscony.«

Ich musste schlucken. »Nein, wahrscheinlich nicht.«

Er deutet auf Jaibriol. »Bitte erklär mir das hier.«

»Ich habe ihm geholfen zu fliehen. Deswegen glaubt Kurj auch, dass sich Händler-Terroristen auf Diesha befinden.«

»Kurj hat Jaibriol Qox gefangen genommen? Und du hast ihn befreit?«

Ich nickte. »Als der Alarm ausgelöst wurde, war hier der einzige sichere Ort für uns.«

»Der Palast des Imperators.«

»Ja.«

»Und was bitte hat dich dazu bewogen, Jaibriol Qox zu befreien?«

»Berühr seinen Verstand«, sagte ich leise. »Dann wirst du verstehen.«

Er drehte sich nicht einmal um. Doch ich spürte, wie er seine Aufmerksamkeit auf Jaibriol wandte. Obwohl ich mir nicht sicher war, ob Jaibriol bewusst verstand, was hier passierte, reagierte er dennoch; er baute seine Barrieren eher instinktiv als beabsichtigt auf.

Die Stirn meines Vaters legte sich in Falten. Er setzte sich in einen Stuhl an dem Tisch, der neben meinem Bett stand, und schaute weder Jaibriol noch mich an. Er konzentrierte sich stärker ... und Jaibriol blockierte ihn erneut.

Also zog sich mein Vater aus Jaibriols Denken zurück. Aber er versuchte es erneut, jetzt auf eine andere Art und Weise, als wolle er ein scheues lyrinisches Fohlen einfangen. Er übte ein wenig Druck auf Jaibriol aus, erst hier, dann dort, sanften Druck, der so schwach war und so unauffällig wieder nachließ, dass Jaibriol ihn wahrscheinlich gar nicht wahrnahm. Obwohl ich jetzt so eng mit Jaibriol verbunden war, konnte auch ich der Erkundung meines Vaters nicht in allen Einzelheiten folgen.

Aber es funktionierte nicht. Deswegen klinkte sich mein Vater schließlich fragend wieder in meinen Verstand ein, versuchte, Jaibriol über das Link zu erreichen, das ich bereits mit ihm aufgebaut hatte. Bewusst entspannte ich mich und mein Denken, mein Vater ließ sich auf das Link ein …

… und stand so ruckartig auf, dass er seinen Stuhl umwarf. Sofort sprang auch Jaibriol auf und umklammerte den Bettpfosten, als sei er jederzeit bereit, von dem Podest herunterzuspringen und sich zu verteidigen. Ich vermutete, er hatte immer noch nicht gemerkt, dass seine Barrieren durchdrungen worden waren.

Mein Vater starrte ihn an. »Sie sind kein Aristo.«

Jaibriol antwortete in perfektem Iotisch. »Natürlich bin ich ein Aristo.«

»Nein«, widersprach mein Vater. »Sind Sie nicht.«

Jaibriol umklammerte den Bettpfosten noch fester. »Wollen Sie mir damit sagen, Sie halten mich nicht Ihrer ebenbürtig?«

Mein Vater schüttelte den Kopf. »Nein. Ich will Ihnen damit sagen, dass Sie wie ich sind.«

»Jaibriol.« Ich setzte mich neben ihn auf das Bett und legte meine Hand auf seinen Oberschenkel. »Er wird dir nichts tun.«

Jaibriol drehte sich zu mir um, Erschöpfung legte sich über seinen Verstand wie eine Decke. Obwohl er den Bettpfosten noch immer nicht losließ, lockerte er seinen Griff wenigstens so weit, dass die Fingerknöchel nicht mehr weiß hervortraten.

Mein Vater warf mir einen Blick zu. »Weiß Kurj, dass er ein Rhon ist?«

»Noch nicht. Aber wenn er es herausfindet, wird er sich sicher sein, dass Jaibriol gekommen ist, um das Skol-Net zu zerstören.«

Mein Vater drehte sich zu Jaibriol um. »Und? Sind Sie deswegen gekommen?«

»Nein.«

Mein Vater sah ihn nachdenklich an. Dann nickte er. Das war alles. Ein einfaches Nicken. Keine weiteren Fragen. Keine Skepsis. Keine Drohungen. Nichts. Nur ein *Nicken*. Ich konnte es nicht glauben.

Du wärst jetzt nicht mit ihm hier, schon gar nicht auf diese Weise, wenn du ihm nicht vertrauen würdest, dachte mein Vater.

Du verstehst es!, dachte ich. *Du bist wirklich ganz anders als Kurj.*

Das sagt mir deine Mutter auch immer.

»Ich dachte, Mutter und du wolltet euch zu Hause treffen.« Jetzt sprach ich wieder laut, weil mir klar wurde, wie sonderbar Jaibriol unser Schweigen erscheinen musste. »Die Enkelkinder besuchen und all so was.«

Mein Vater schob seine Brille ein Stück höher. »Meine Pläne wurden geändert.«

Das klang gar nicht nach ihm. Wenn er die Wahl hatte, nach Hause zu gehen und bei meiner Mutter zu sein, also die beiden Dinge zu tun, die ihm am liebsten waren, oder nach Diesha zu kommen und sich in der Nähe von Kurj aufzuhalten, konnte ich mir beim besten Willen nicht denken, warum er sich für Kurj entscheiden sollte. »Warum?«

»Ich hatte wieder einen Anfall.«

Was?! Ich sprang vom Bett auf und ging zu ihm hinüber. »Hältst du dich nicht an die ärztlichen Anweisungen?«

»Doch, natürlich. Ich weiß nicht, warum das passiert ist.« Er machte eine Pause. »Um ehrlich zu sei, hatte ich nicht nur einen Anfall. Ich hatte mehrere.«

Mein Puls beschleunigte sich. »Wie viele?«

»Ich weiß es nicht. Ich habe mich … komisch gefühlt. Das Nächste, was ich weiß, ist, dass ich in dem kleinen Krankenhaus aufgewacht bin, das deine Mutter in der Nähe des Dorfes hat bauen lassen. Diese Ärztin, die sie extra von irgendeinem Planeten haben einfliegen lassen, hat ganz schön Aufhebens darum gemacht. Sie hat gesagt, ich hätte eine Reihe klonisch-tonischer Anfälle gehabt, doppelseitig. Sie hat mich hierher geschickt. Ich wollte nicht hierher, aber sie hat darauf bestanden.« Wieder blickte er finster. »Sie hat Kurj kontaktiert, und der hat ein Schiff geschickt, um mich abzuholen.«

Ich nahm seine Hände in meine. »Geht es dir jetzt besser?«

»Ich fühle mich gut. Keiner der Ärzte hat irgendetwas gefunden.«

»Und du weißt nicht, warum du diese Anfälle gehabt hast?«

»Die sind immer dann gekommen, wenn ich gerade aufgewacht bin. Lag wahrscheinlich an den Albträumen, die ich gehabt habe.« Er drückte meine Hände. »Schau mich nicht so besorgt an. Du bist ja genauso schlimm wie diese Ärzte.«

Ich hatte noch nie davon gehört, dass er jemals von einem Albtraum einen epileptischen Anfall gehabt hatte. »Was hast du geträumt?«

»Irgendjemand hat mir Elektroschocks mit einer E-Feder verpasst. Ich konnte ihn nicht aufhalten, weil ich gefesselt war.« Er sah mich mit zusammengekniffenen Augen an. »Das liegt an diesen Maschinen, Sauscony. Bei noch nicht einmal der Hälfte weiß ich auch nur, wie sie *heißen*. Computer und Roboter und all so was.

Die verursachen mir Albträume. Aber das hat nichts zu bedeuten.«

Ich hatte kaum mitbekommen, was er gegen Ende gesagt hatte. Ein Wort war mir in seinem Bericht ganz immens aufgefallen. ›E-Feder‹. »Wer hat dich gefesselt?«

»Ich weiß es nicht.« Er machte eine Handbewegung, um diese Frage abzutun. »Alte Soldaten haben solche Träume.«

Von einer E-Feder?! Ich hätte nicht einmal gedacht, dass er wusste, was das überhaupt war. Er hat einen Grossteil seines Lebens unter Bedingen verbracht, die nach skolianischen Maßstäben als bitterste Armut würden bezeichnet werden müssen. Ich bezweifelte, dass es auf seinem ganzen Heimatplaneten irgendetwas gab, was einer E-Feder auch nur ähnelte.

»Hast du mit Mutter über die E-Feder gesprochen?«, fragte ich.

Er schüttelte den Kopf. »Nein. Das ist doch gar nichts, Sauscony.«

»Von Elektroschocks zu träumen ist *gar nichts?*«

»Ich habe geträumt, ich sei verhört worden.«

Auf dem Bett hinter mir sog Jaibriol scharf die Luft ein.

Irgendwie schaffte ich es, meine Stimme zur Ruhe zu zwingen. »Weißt du noch, warum?«

Mein Vater zuckte mit den Schultern. »Irgendjemand hat mich über die Armeen meines Vaters befragt. Über seine Kriegspläne. Ich weiß nicht, warum ich so etwas träumen sollte. Mein Vater ist gestorben, als ich nur ein paar Monate alt war.« Er rieb sich die Handgelenke, massierte sie an genau den Stellen, an denen bei Jaibriol die Haut bis auf das rohe Fleisch wundgerieben war. »Es ist mir so echt vorgekommen. Es hat sich real angefühlt, selbst als ich aufgewacht war.«

Hatte er sich in Jaibriols Verhör eingelinkt? Wie? Über Kurj? *Über mich?*

Ich kannte Kurj. Wenn er begriff, was ich getan hatte, würde sich sein Hass ebenso gegen mich wie gegen Jaibriol richten. Er würde mich ausgiebig verhören lassen, ebenso als Bestrafung für meinen Verrat als auch um herauszufinden, warum ich es getan hatte. Wenn Jaibriols Folterung meinem Vater schon solche Schmerzen zugefügt hatte, was würden dann passieren, wenn ich im Verhör war? Trotz der Behauptung meines Vaters, diese Anfälle seien ›gar nichts‹ gewesen, wusste ich es besser. Wenn er sich im Epilepsiedauerzustand befand, beidseitige *Grandmal*-Anfälle hatte, und dass, obwohl er sich in Behandlung befand, war er in größerer Gefahr, als er zuzugeben bereit war.

Sauscony. Mein Vater deutete auf Jaibriol. *Willst du wirklich diesen Mann?*

Ich ließ vor meinem geistigen Auge ein Bild meiner Mutter entstehen. *Wie sähe dein Leben ohne sie aus?*

Deine Mutter ist nicht zu einem Viertel eine Highton.

Ist das, was du in Jaibriols Inneren gesehen hast, so ungeheuerlich?

Er atmete aus. *Nein. Ganz im Gegenteil.*

Er wird sich nicht gegen mich wenden.

Mein Vater warf einen kurzen Blick auf Jaibriol, der offensichtlich versuchte, herauszufinden, was wir gerade taten: Wir starrten einander in völligem Schweigen an und vollführten dabei Handbewegungen und legten eine Mimik an den Tag, als seien wir ins Gespräch vertieft.

Dann sagte mein Vater wieder etwas mit normaler Stimme. »Dann müsst ihr beide die Verbandler um Zuflucht bitten.«

Wenn das Leben nur so einfach wäre. »Wir können Diesha nicht verlassen«, sagte ich.

»Könnt ihr euch nicht von einem Piloten eine Maschine hierher fliegen lassen?« Er sah mich nachdenklich an.

»Bringt das Schiff selbst nach Delos. Niemand außer uns dreien würde jemals erfahren, dass du einen Passagier an Bord hattest.«

Wie erklärt man einem Mann, der bei ›Kriegsführung‹ immer noch an Kavallerie und Fußtruppen dachte, einen planetenweiten Kordon? »Wir können jetzt kein Schiff hierher bekommen, nicht ohne Genehmigung von Kurj. Und er würde sie uns keinesfalls erteilen.«

»Wenn ich wieder einen Anfall hätte«, sagte mein Vater, »würde er einen Arzt holen müssen.«

Mein Puls beschleunigte sich. »Meinst du, du wirst noch einen kriegen?«

Er lächelte schwach. »Das ließe sich arrangieren.«

Aha. Auf diese Weise würde tatsächlich jemand hier herauskommen. Wie sehr sich Kurj über seinen Stiefvater auch ärgern mochte, er brauchte ihn trotzdem bei guter Gesundheit. »Aber selbst wenn wir ein Schiff bekommen sollten, würde Kurj uns nur die Genehmigung für einen planetaren Flug erteilen, vielleicht zu einem Krankenhaus auf einem der anderen Kontinente – irgendwohin, wo er es für sicherer hält als hier. Aber er wird niemanden von Diesha abreisen lassen, bis er Jaibriol nicht gefasst hat.«

»Das heißt ja nicht, dass du nicht doch von hier wegfliegen kannst.«

»Ich wüsste nicht wie.«

»Du hast Lord Qox befreit.«

»Das war, bevor das IRK Alarm geschlagen hat. Ich bezweifle, dass jetzt irgendjemand hier weg kommt.«

»Ich habe dich nicht gefragt, ob irgendjemand hier weg kommt. Ich frage dich, ob du es schaffst!«

Ich blinzelte ihn erstaunt an. Zu behaupten, er sei von meiner Berufswahl nicht begeistert gewesen, wäre eine Untertreibung. Ich habe nur selten darüber nachgedacht, ob er vielleicht doch eine ziemlich hohe Meinung von meinen Fähigkeiten haben könnte. »Ich weiß nicht, ob ich das schaffe.«

»Bist du bereit, es zu versuchen?«

»Ja.«

»Gut. Damit ist das entschieden.«

»So einfach ist das nicht.« Als ob irgendetwas von dem, was er vorgeschlagen hatte, auch nur ansatzweise einfach gewesen wäre. »Selbst wenn wir von Diesha weg kommen, werden wir mit Höchstgeschwindigkeit und völlig verzweifelt vor wer weiß wie vielen Kriegsraumern auf der Flucht sein. Sie werden jeden Wachtposten von hier bis Delos alarmieren. Wir werden es niemals bis dahin schaffen.«

Er schob seine Brille zurecht. »Dann müsst ihr schon ein Ziel haben, bevor ihr aufbrecht. Einen Ort, den weder das IRK noch die Händler kennen.«

»Wenn das IRK diesen Ort nicht kennt, wie sollen wir ihn dann finden?«

»Vielleicht, indem wir die Verbandler fragen.«

Wie sollte ich ihm das begreiflich machen? »Wir können niemanden irgendetwas fragen. Alle Kommunikationsleitungen von und nach Diesha sind derzeit blockiert.«

»Dann benutze ich den gesondert gesicherten Kanal.«

»Das kannst du nicht.«

»Warum nicht? So wie ich das verstanden habe, werden Kurjs Sicherheitssysteme nicht melden, wenn ich diesen benutze.«

»Die werden das nicht mal mitbekommen. Ebenso wenig, wie du es erfährst, wenn die beiden anderen Mitglieder der Triade ihre persönlichen Kanäle benutzen. Aber darum geht es nicht. Du darfst diesen Kanal nicht dafür verwenden.«

»Ich wüsste nicht, warum nicht.«

»Vater, du kannst nicht deine Hotline zur Präsidentin

der Verbandler einsetzen, um ein persönliches Problem zu lösen. Die ist doch nur für Krisensituationen gedacht, die die galaktische Stabilität bedrohen.«

»Wenn die unmittelbar bevorstehende Hinrichtung der Erben sowohl der Hightons als auch des Imperialats nicht die galaktische Stabilität bedrohen«, sagte er mit ruhiger Stimme, »dann weiß ich nicht, was es dann tun soll.«

Das ließ mich innehalten. Ich war so vertieft in die ganzen Ereignisse, dass ich nicht einmal dazu gekommen war, darüber nachzudenken, was sie für Auswirkungen haben könnten. Unser beider Hinrichtung würde die Rhon auseinander reißen. Inmitten des dann ausbrechenden Chaos würde ein wütender Ur Qox seine ganzen militärischen Kräfte gegen uns aufbringen, um den Tod seines Sohnes zu rächen, während wir mit internen Streitereien beschäftigt wären. All unsere Bemühungen, die Verbandler davon zu überzeugen, dass die Rhon und die Versammlung eine gerechte Regierung gebildet hatten, nicht eine instabile Tyrannen-Dynastie, wären umsonst gewesen. Wir würden ihre schlimmsten Befürchtungen über uns bestätigen, das bisschen Vertrauen, das sie uns inzwischen entgegenbrachten, völlig vernichten.

Mein Vater deutete auf den Tisch. »Du musst die Verbindung für mich herstellen. Sauscony. Ich weiß nicht, wie das geht.«

Ich setzte mich hin und fragte mich dabei, ob er sich vorstellen konnte, wie widersinnig es uns allen erscheinen musste, dass er derjenige war, der das Netz antrieb und dabei noch nicht einmal wusste, wie man sich einloggte. Er war ein Analphabet, er konnte in der Tat weder schreiben noch lesen und auch nicht mit Computern umgehen. Manchmal verärgerte mich seine Weigerung, etwas zu lernen, manchmal machte sie mir Sorgen, und manchmal wiederum fragte ich mich, ob er vielleicht eine Lernschwäche habe, die zuzugeben er sich weigerte, weil er fürchtete, dann noch unzureichender zu scheinen als er es ohnehin schon im Universum meiner Mutter zu tun glaubte. Der Psiberspace war sein Spielplatz, ein Ort, an dem er nicht lesen oder schreiben musste oder auch nur verstehen, wie Computer funktionierten. Alles, was dort nötig war, war denken.

Ich drückte auf eine Ecke des Tisches, und seine glänzende Oberfläche schwoll in der Mitte an, während ein summendes Geräusch ertönte. Die Oberfläche bildete eine Kugel von etwa einem halben Meter Durchmesser, die dann eine Net-Konsole darstellte. Ein Teil der verbliebenen flachen Oberfläche des Tisches begann zu schimmern, wurde dann durchsichtig und enthüllte einen Holoschirm.

Ich drehte mich zu meinem Vater um. »Ich brauche den Namen und die Sicherheits-Codes für deinen gesicherten Kanal.«

»Der Name des Accounts ist ›Valdor‹. Die Codes bestehen aus den Namen von all euch Kindern, die durch die Sicherheitsdatei der Ebene Vier von EM 16 kodiert wurden.«

Ich nickte, und es gelang mir, so zu tun, als ob das, was er gerade getan hatte – mir die hochgeschätzten Sicherheits-Codes eines Spezial-Accounts im Beisein des Erbes der Hightons zu verraten –, völlig normal sei. Dabei wussten wir beide, dass es in Wirklichkeit Hochverrat war.

Zuerst griff ich auf seinen Standard-Account zu, und von dort aus kreierte ich ein Protokoll, das ihn mit seinem – gesicherten Account verbinden sollte. Es existierten drei dafür zuständige Computer, einer für jedes Mitglied der Triade; jede dieser Maschinen war von den beiden anderen unabhängig. Während ich darauf wartete, dass die Sicherheitsroutinen durchlaufen wurden, hörte ich Schritte. Ich blickte schnell hinter mich und sah, dass Jaibriol hinter mir stand. Aber er versuchte nicht, zu beobachten, was ich gerade tat, wie ich es an seiner Stelle getan hätte. Stattdessen beobachtete er meinen Vater.

Mein Vater schaute ihn stirnrunzelnd an. »Ja?«

»Ich habe mich gerade gefragt, warum Sie Ärzte aufsuchen müssen«, sagte Jaibriol. »Sie sehen so gesund aus.«

»Ich leide an Epilepsie.«

Jaibriol starrte ihn an. »Wie ist das möglich? Es gibt keinen einzigen Hinweis darauf in all unseren Dateien, die wir über Sie angelegt haben.«

»Warum sollte ich das einem von euch erzählen?«

»Ich bin nur überrascht, dass unser Geheimdienst nichts davon erfahren hat.«

Mein Vater schien ihn kaum zu hören. Er konzentrierte sich wieder, erforschte Jaibriols Geist. Dann sprach er, und seine Stimme klang freundlicher. »Meine Familie ist gestorben, als ich noch ein kleines Kind war. Sie sind auf einer Reise durch Steinschlag getötet worden. Da hatte ich meinen ersten Anfall. Die Ärzte glauben, dass mein Verstand sich noch nicht von dem meiner Mutter gelöst hatte, und der Schock ihres Todes hätte mein Hirn geschädigt.«

Ich starrte ihn an. Was hatte ihn dazu bewogen, das zu erzählen? Er sprach nur selten darüber. Wenn die Neuronen in seinem Hirn übermäßig stimuliert wurden, gaben sie elektrische Entladungen in anomaler Anzahl ab, und das führte dazu, dass er ohnmächtig wurde, sein Körper sich versteifte und er krampfartig die Zähne zusammenbiss. Dann lief er blau an und hörte auf zu atmen. Sobald seine Neuronen müde wurden, wurde er am ganzen Körper von Krämpfen geschüttelt, bis auch dieser ermüdete und völlig schlaff wurde. Wenn mein

Vater schließlich wieder aufwachte, war er immer völlig erschöpft und verwirrt.

In meiner Kindheit, als ich das zum ersten Mal erlebt hatte, hatte ich Angst, er würde sterben oder dass die wilden Zuckungen bedeuteten, er habe furchtbare Schmerzen. Später erzählten mir die Ärzte, er würde blau anlaufen, weil die Blutgefäße in seiner Haut sich verengten, damit mehr Blut in sein Hirn strömen könne. Mein Vater sagte, er würde sich nie an diese Anfälle erinnern und schon gar keine Schmerzen empfinden.

Was sie mir nicht erzählten, was ich nicht erfuhr, bis ich älter wurde, war, dass seine Anfälle die schlimmsten waren, die seine Ärzte je gesehen hatten. Die zusätzlichen Neural-Strukturen in seinem Hirn, diese wunderbaren Paras, die ihn zu einem derart begnadeten Telepathen machten, machten ihn zugleich so empfindlich für die neurale Überbeanspruchung, die zu diesen Anfällen führte – es konnte einem das Herz zerreißen. Als seine Paras ausgewachsen waren, in der Adoleszenz, waren seine Anfälle so schlimm geworden, dass er ohne Behandlung an ihrer Intensität und ihrer Häufigkeit wahrscheinlich gestorben wäre. Er hatte bis zu seinem achtzehnten Lebensjahr nur Dank der unermüdlichen Aufmerksamkeit seines Vormundes überlebt. Aber ihnen beiden war klar gewesen, dass er vermutlich niemals zwanzig werden würde.

Meine Mutter brauchte nur einen einzigen dieser Anfälle mitzuerleben, um zu begreifen, dass das, war er für ein ›Geisterleiden‹ hielt, eine Form von Stammhirnepilepsie war. Selbst jetzt, wo er längst wusste, dass Epilepsie ein behandelbares Leiden war, das ihn nicht davon abhielt, ein normales Leben zu führen, sprach er nur mit Mitgliedern der Familie darüber oder mit den wenigen Ärzten, denen zu vertrauen er gelernt hatte. Dass er auch nur irgendetwas davon Jaibriol gegenüber erwähnte, erstaunte mich. Irgendetwas ging zwischen den beiden vor, irgendetwas, dem ich nicht folgen konnte.

»Das ist nicht erblich, Lord Qox«, sagte mein Vater.

»Das würde nichts daran ändern, was ich für Sauscony empfinde«, sagte Jaibriol mit ruhiger Stimme. »Aber wenn sie und ich ins Exil gehen, ist es unwahrscheinlich, dass unsere Kinder auf dieselbe medizinische Versorgung zurückgreifen können, wie Sie sie hier erhalten. Wenn unsere Kinder daran sterben könnten, sollten wir das wissen.«

Verdammt noch mal. Wir standen kurz davor zu sterben, und Jaibriol machte sich Sorgen über unseren nicht vorhandenen Nachwuchs. Es war jedoch ein ernüchternder Gedanke. Unsere Kinder, falls wir den jemals welche haben würden, wären gleichermaßen Rhon und Qox. Nur die Götter wussten, was dieses Geburtsrecht zu bedeuten hatte.

Ein Licht flackerte auf der Konsole auf, zugleich ertönte das Piepsen eines Pagers. Mein Vater warf mir einen kurzen Blick zu. »Steht die – gesicherte Leitung?«

»Nein.« Verdammt! »Das ist Kurj. Er versucht, dich zu erreichen.« Ich aktivierte den Kommunikator, ließ aber den Visuellen Modus deaktiviert. Dann winkte ich meinen Vater herbei und wies auf die BESTÄTIGEN-Taste.

Er berührte sie. »Ja?«

Scharf erklang Kurjs Stimme. »Eldri, hast du Soz gesehen?«

Mein Vater versteifte sich. Sein vollständiger Name lautete ›Eldrinson Althor Valdoria‹. Eldri war ein Spitzname, den er als Kind getragen hatte, und den nur meine Mutter, sein ehemaliger Vormund und Kurj heutzutage noch benutzen. Mein Vater mochte es, wenn meine Mutter ihn so nannte, und es störte ihn auch nicht, wenn sein Vormund das tat. Bei Kurj war das etwas anderes.

Er klang sehr kühl. »Ja, sie ist hier.«

Jaibriol starrte ihn an wie jemand, der gerade miterleben musste, wie er verraten wurde. Doch als er etwas sagen wollte, griff ich schnell nach seinem Handgelenk und schüttelte den Kopf. Die Piloten, die unseren Flieger abgefangen hatten, mussten es bereits berichtet haben. Mein Vater wagte nicht, meine Anwesenheit abzustreiten.

»Gib sie mir«, sagte Kurj.

Ich beugte mich über das Mikrofon. »Ja, Herr?«

»Ich möchte, dass du bei ihm bleibst«, sagte Kurj. »Bis wir Qox gefunden haben.«

Meine Schultern entspannten sich. Aha. Er dachte, ich sei hierher gekommen, um meinen Vater zu beschützen. Das war ein logischer Schluss, oder wäre es zumindest gewesen, wenn ich gewusst hätte, dass mein Vater hier war. Selbst bei den ausgiebigen Sicherheitsvorkehrungen, die im Palast getroffen wurden, war es verständlich, dass Kurj nicht wollte, dass derzeit ein Mitglied der Triade allein war. Hätte mein Vater einen besseren Leibwächter haben können als eine Jagernaut-Primärin, die mehr als nur militärisches Interesse an seiner Sicherheit hatte?

»Ja, Herr«, antwortete ich.

»Gut. *Over and out.*« Kurj kappte die Verbindung so abrupt, wie er sie aufgebaut hatte.

Ich schaute meinen Vater an. »Er schien zu glauben, ich wüsste, dass du hier bist.«

»Wusstest du das denn nicht? Deine Nachricht hat den Palast gestern erreicht.«

Die hatte ich vergessen. »Das war ein Täuschungsmanöver. Ich wollte Kurj wissen lassen, dass ich auf Diesha angekommen sei.«

Er lächelte. »Na ja, ich wollte schon antworten. Ich wollte dir vorschlagen, dass wir zusammen essen könnten, nachdem Kurj diese Bekanntmachung durchgegeben hatte.«

»Was für eine Bekanntmachung?«

»Sauscony, du musst nicht bescheiden sein.«

»Bescheiden weswegen?«

»Hat er noch nicht mir dir gesprochen?«

»Worüber denn?«

Mein Vater atmete hörbar aus. »Das tut mir Leid. Ich hatte angenommen, du wüsstest es.«

Wovon zum Teufel redete er überhaupt? »Ich *wüsste* was?«

»Er hat seine Entscheidung gefällt, was seinen Erben angeht«, sagte mein Vater. »Und der bist du.«

Ich fühlte mich wie eine Magnetschwebebahn, die mit dreihundert Stundenkilometern gegen eine Hartbeton-Wand donnert. »Was?!«

»Du. Kurj hat dich zu seiner Erbin bestimmt.«

»Das glaub ich nicht!«

»Ich habe die Dokumente gesehen. Er hat sie heute Morgen unterzeichnet.«

Ich saß nur da und starrte ihn an. Dann stützte ich meinen Ellenbogen auf den Tisch und lehnte meine Stirn gegen meine Handfläche. Mein Hirn war wie ein trockener Schwamm, an dem das Wasser einfach ablief. Ich konnte seine Worte einfach nicht aufnehmen. Ich konnte das einfach nicht verstehen.

Aber langsam, allmählich, reagierte dieser Schwamm. Stück für Stück begriff ich. Entscheidung. Kurj hatte seine Entscheidung getroffen. Jetzt war der Kampf vorbei. Ich musste nicht mehr gegen meinen Bruder Althor kämpfen. Ich musste nicht mehr jeden Tag aufs Neue befürchten, es könne der Zeitpunkt kommen, an dem wir Kurj die Entscheidung würden abnehmen müssen. Es war vorbei. Ich hatte gewonnen. *Gewonnen.*

Der Zeitpunkt passte. Ich konnte mir keine effektivere

Methode vorstellen, um die Moral der Händler zu schwächen, als Kurj in der gleichen Rede, in der er ankündigte, seinen eigenen Nachfolger gefunden zu haben, erzählen zu lassen, dass er den Erben der Hightons gefangen genommen habe. Dagegen musste Ur Qox' dramatische Bekanntgabe, dass Jaibriol existiere, völlig verblassen.

Außer, dass es jetzt natürlich keine Triumph-Ansprachen mehr geben würde. Nur Vertrauensbruch, Hochverrat und hasserfülltes Toben.

»Ich weiß nicht …« Meine Stimme brach.

Mein Vater setzte sich in den Stuhl neben mir. »Ich weiß, dass ich immer gegen deine Entscheidung war, ins Militär einzutreten. Aber du musst verstehen, dass es einfach schwer für mich war, das zu akzeptieren.«

Ich schüttelte nur den Kopf. Was sollte ich denn sagen? Außerdem hatten er und ich unseren Streit darüber schon lange beigelegt. Oder, um es etwas genauer auszudrücken, wir waren es Leid, darüber zu streiten.

»Sauscony, hör mir zu!« Er griff nach meinem Arm und brachte mich so dazu, ihn anzusehen. »Ich habe dich in den letzten Jahren beobachtet. Ich habe gesehen, was dein Leben dir angetan hat. Was du mit deinem Leben angefangen hast. Du bist nicht Kurj. Und das wirst du auch niemals sein.«

Ich versteifte mich. »Du glaubst also nicht, dass ich diese Aufgabe erfüllen kann?«

»Nein. Das war absolut nicht das, was ich gemeint habe.«

Ich musste mich zwingen, nicht mit den Zähnen zu knirschen. »Was hast du dann gemeint? Dass du glaubst, Althor wäre die bessere Wahl gewesen? Weil er Kurj ähnlicher ist?«

»Wie Kurj zu sein, garantiert wohl kaum, dass man geeignet ist, eine Führungsposition zu übernehmen.«

»Dann weiß ich nicht, was du meinst.«

»Was ich zu sagen versuche, augenscheinlich nicht besonders deutlich, ist, dass ich glaube, Kurj hat sich richtig entschieden.«

Das ließ mich *richtig* innehalten. Beim Volk meines Vaters hatten Frauen nie als Soldaten gekämpft. Seine Kultur war im Ganzen völlig anders als die viel ausgewogenere Kultur des Imperialats. Obwohl ich immer gewusst hatte, dass mein Vater mich ebenso sehr liebte wie meine Brüder, tat er das auf andere Art und Weise. In ihnen sah er die Krieger, in mir die Kuriosität. Das Letzte, was ich von ihm zu hören erwartet hatte, war, dass er mich für eine bessere Wahl als zukünftigen Imperator hielt als meinen Bruder Althor.

Ich wusste nicht, was ich sagen sollte, stattdessen nahm ich ihn in die Arme. Er hielt mich eng an sich gedrückt und lehnte seinen Kopf gegen meine Stirn.

Schließlich löste ich mich von ihm, um ihn ansehen zu können. »Was meinst du damit, du hättest gesehen, was mein Leben mir angetan hat?«

»Es verändert dich. Es hat dich verhärtet.« Er schluckte. »Noch zwanzig Jahre mehr, und ich werde dich nicht mehr wiedererkennen. Ein weiteres Jahrhundert, und was wird dann aus dir geworden sein?«

Ich dachte an das Leben, das ich mir noch gestern vorgestellt hatte: Tag und Nacht von Jagernauts bewacht, oft zusätzlich noch geschützt durch eine Cybersperre, außer wenn ich hierher kam; ständig alles und jeden verdächtigen, selbst Rex, der etwas Besseres verdiente als jeden Tag aufs Neue daran erinnert zu werden, warum er verkrüppelt war, wenn er seine Frau anschaute. Nein, ich wollte nicht, dass es so würde. Aber das gehörte zu der Position – und diese Position wollte ich.

Nur, dass ich diese Position nicht würde einnehmen können. Jetzt nicht mehr.

Mein Vater machte ein verdrießliches Gesicht. »Was denn, du gibst auf? Regenten, die abgesetzt wurden, gehen seit undenklichen Zeiten ins Exil. Du und Lord Qox wären kaum die Ersten, die flüchten und wieder zurückkehren, wenn die Lage für sie deutlich günstiger ist.«

»Wenn wir verschwinden, verschwindet auch unser Anrecht auf unsere Titel.«

Mein Vater atmete hörbar aus. »Ich behaupte ja nicht, dass es leicht sein dürfte zurückzukehren. Aber ihr beide *seid* die rechtmäßigen Erben dieser Positionen. Ihr habt ein Recht darauf, sie einzufordern, nachdem eure Vorgänger gestorben sind.«

Ich sah die Tränen in seinen Augen und hörte die Worte, die er unausgesprochen ließ. Komm zurück. Komm zurück, damit ich weiß, dass du noch lebst.

Auch meine Augen füllten sich mit Tränen. »Du bist ein sehr anständiger Mensch, weißt du das?«

Er wurde rot. »Ich bin ein Hinterwäldler-Bauer von einem Hinterwäldler-Planeten.« Dann deutete er auf die Konsole. »Wenn ich nicht die Präsidentin der Verbandler erreiche, bin ich bald ein tochterloser Hinterwäldler-Bauer.«

Sein Account hatte inzwischen die gesicherte Verbindung hergestellt. Ich überprüfte den Kontakt zur Erde genau, dann schickte ich den Ruf los. Er würde über Tel-Ver-Links geradewegs durch das Skol-Net gehen und einen Nanochip erreichen, der im Körper der Verbandler-Präsidentin implantiert worden war. Die Psiberspace-Verbindung über diese Leitung war so abgesichert, dass die TelVers nicht einmal wissen würden, eine Nachricht übermittelt zu haben.

Ich stand auf und bot meinem Vater den Sitzplatz an. Während er sich hineingleiten ließ, traten Jaibriol und ich einen Schritt von dem Tisch zurück, sodass man uns nicht sehen konnte, wenn die Verbandler-Präsidentin die Bildverbindung aktivierte. Dann stöpselte mein Vater das Psi-Fon in sein Handgelenk.

Knisternd erklang die nüchterne Stimme des Spezial-Kommunikators: »Verbindung aktiv. Nachrichtenübertragung beginnt augenblicklich.«

Ich griff nach Jaibriols Hand. Jetzt ging es um alles. Wenn die Verbandler uns ablehnten, gab es keinen Ort in der Galaxis mehr, an den wir hätten flüchten können.

»Fertig«, sagte mein Vater.

Der Holoschirm des Tisches wurde aufgerichtet, bis er fast senkrecht stand. Ein Bild erschien, Kopf und Schultern einer Frau. Sie wirkte, als sei sie Ende fünfzig, obwohl ich wusste, dass sie über siebzig war. Einige wenige Falten waren in ihrem vornehmen Gesicht zu erkennen, graue Locken umspielten ihre Wangen.

Ich hatte ihr Gesicht schon hunderte Male gesehen, sowohl in den Nachrichten-Übertragungen als auch persönlich. Heute Abend sah sie jedoch verändert aus, müde und erschöpft, als hätte sie geschlafen, als der Spezial-Kommunikator mit ihr Kontakt aufgenommen hatte.

Sie nickte meinem Vater zu. »Lord Valdoria.«

Er nickte ebenfalls. »Präsidentin Calloway.«

Sie sprach Skolianisch und kam sofort zum Wesentlichen. »Was gibt es?«

»Hier sind zwei Personen, die Zuflucht benötigen. Sie müssen an einen Ort gebracht werden, wo niemand sie finden kann; an einen Ort, der sowohl dem Geheimdienst des Imperialats als auch dem der Händler unbekannt ist.« Mein Vater machte eine Pause. »Wenn es irgend möglich ist, sollte der Ort sogar dem Geheimdienst des Planetenverbandes unbekannt sein.«

»Warum?«, fragte Calloway. »Um wen handelt es sich?«

»Die erste Frage lässt sich leichter beantworten als die zweite. Wenn ihnen keine Zuflucht gewährt wird, werden sie hingerichtet.«

»Inwieweit betrifft das die Erde?«

»Wenn diese Hinrichtungen stattfinden, wird unser Krieg mit den Eubianern in drastischer Weise eskalieren.«

Calloway sah ihn nachdenklich an. »Lord Valdoria, Ihnen muss klar sein, dass ich mich nicht in militärische Angelegenheiten einmischen kann, die den Eubianisch-Skolianischen Krieg betreffen. Würde ich das tun, käme das der öffentlichen Erklärung eines Bündnisses zwischen Ihrem und meinem Volk gleich, und ein derartiges Bündnis existiert derzeit nicht.«

»Und Ihnen muss klar sein«, sagte mein Vater, »dass, wenn wir Opfer der Händler werden, Sie die Nächsten sind.«

»Glauben Sie, die Hinrichtung dieser beiden Personen bedrohe das Imperialat in einem derartigen Maße?«

»Ja.«

»Ich muss wissen, um wen es sich handelt.«

»Ich kann Ihnen keine Namen nennen, solange ich nicht ihre Zustimmung habe.«

»Ich kann Ihnen meine Zustimmung nicht geben, bis ich das Problem verstanden habe.«

Einen Augenblick lang schwieg mein Vater. Dann sagte er: »Frau Präsidentin, bevor ich Ihnen mitteilen kann, um wen es sich handelt, brauche ich Ihr Wort, dass sie dieses Gespräch niemandem gegenüber erwähnen werden.«

Jaibriols Hand schloss sich enger um meine. Ebenso wie ich musste er Verhandlungen seiner Regierung mit Calloway beigewohnt haben. Er musste es genau so gut wie ich wissen: Sie hielt ihre Versprechen – deswegen gab sie so selten ein Versprechen. Was, wenn sie jetzt ablehnte, meinem Vater ein Versprechen zu geben? Sobald sie uns sehen würde, wäre ihr klar, dass sie gebeten wurde, sich in etwas einzumischen, was die Rhon auf höchster Ebene auseinander treiben könnte. Woher sollte sie wissen, dass es für sie von Vorteil sein würde, sich auf die Seite meines Vaters zu stellen?

»Sie verlangen da sehr viel«, sagte sie.

»Aus gutem Grund.«

»Und wenn ich dieses Stillschweigen nicht verspreche?«

Er antwortete nicht sofort. Doch ich spürte seinen inneren Aufruhr. Er würde es ihr auf jeden Fall erzählen, auch wenn sie das Versprechen nicht gab. Wenn sie mit dem, was sie dann wusste, Kontakt mit Kurj aufnahm ... nein, das durften wir nicht zulassen! Dann würde er wissen, dass ich nicht die Einzige war, die Hochverrat begangen hatte, und Kurj hatte sehr viel weniger Interesse daran, meinen Vater leben zu lassen als mich.

Vater, nein! dachte ich. *Tu's nicht.*

Er antwortete nicht. Stattdessen wandte er sich wieder an Calloway. »Wenn Sie mir Ihr Wort nicht geben können, könnte es sein, das einige Leute sterben. Mitglieder der Rhon.«

»Und wenn ich mein Wort gebe?«

»Dann wird niemand außer Ihnen und mir davon wissen.«

»Was ist mit den beiden Personen, um die es geht?«

»Die auch. Aber die werden wir an einen Ort schicken, wo niemand sie finden kann.«

Sie sah ihn wachsam an. »Sie verlangen von mir, dass ich mit nur einem Mitglied der Triade einen Pakt schließe – eine Vereinbarung, die Sie vor den anderen geheim zu halten beabsichtigen.«

»Ja.«

»Aber Sie wollen mir nicht erklären, warum, bis ich mich auf diesen Pakt einlasse.«

»Ich muss Sie darum bitten, sich auf mein Urteilsvermögen zu verlassen.«

»Urteilsvermögen und Politik sind selten ein gutes Gespann, Lord Valdoria.«

»Nichtsdestoweniger muss ich Sie bitten, mir zu vertrauen.«

Was auch immer sie denken mochte, sie zeigte keine Regung. Wenn mein Vater durch das Psi-Fon etwas davon aufschnappen konnte, so ließ er es sich nicht einmal andeutungsweise anmerken. Ich bezweifelte, dass sie ihre Barrieren weit genug hatte fallen lassen, als dass er auch nur einen Hauch davon mitbekam. Trotz des ›offiziellen‹ Standpunktes, den die Verbandler gegenüber der Psibernetik vertraten, war ich mir sicher, dass ihre Präsidentin sehr wohl darin ausgebildet worden war, sich vor den Mitgliedern der Rhon zu schützen.

Als die Stille sich hinzog, warf ich einen Blick auf Jaibriol. Schweiß stand ihm auf der Stirn und rann seinen Nacken hinab. Ich fühlte, wie feucht meine eigenen Hände waren, genau dort, wo sie die seinen berührten.

»Also gut«, sagte Calloway. »Ich gebe Ihnen mein Wort.«

Ich stieß ein leises Geräusch aus, kaum hörbar, nur ein schnelles Ausatmen durch die zusammengebissenen Zähne. Die Schultern meines Vaters senkten sich ein Stück; erst jetzt, als er sich sichtlich entspannte, bemerkte ich, wie zusammengekauert er gesessen hatte.

Er winkte uns herbei. Als wir zu der Konsole hinübergingen, trat er uns aus dem Weg. Dann standen Jaibriol und ich vor dem Schirm; ich trug nur das Oberteil der Gefängnis-Kleidung, offensichtlich das Gegenstück zu der Hose, die er als einziges am Leib trug. Dort standen wir, halb nackt, und sahen Präsidentin Calloway an.

Erstaunt klappte ihr der Unterkiefer herunter. »Mein Gott!«

Mein Vater stellte sich neben mich und kam damit wieder in Calloways Blickfeld. »Werden Sie ihnen helfen?«

Sie stieß verblüfft die Luft aus, sodass eine graue Locke vor ihrem Gesicht in Bewegung geriet. »Das verstehe ich nicht.«

»Die beiden glauben, sie seien verliebt«, erklärte mein Vater.

»Ich verstehe das immer noch nicht«, sagte Calloway. »Primärin Valdoria, wollen Sie wirklich mit einem Highton ins Exil gehen?« Sie zögerte. »Würden Sie seine Nähe überhaupt überleben?«

»Er ist kein Highton«, widersprach ich.

»Nicht?« Sie wandte sich an Jaibriol. »Warum um Himmels willen tragen Sie dann den Titel des Erben der Hightons?«

»Ich bin zugleich ein Rhon-Psioniker«, sagte er ruhig.

Calloway hob die Augenbrauen. Es dauerte gut fünf Sekunden, bis sie zu dieser Information bemerkte: »Das muss einiges an Arbeit gekostet haben.« Dann warf sie meinem Vater einen Blick zu. »Mir scheint es, als stelle er lebendig eine sehr viel größere Bedrohung für Sie dar als tot.« Sie verzog das Gesicht. »Für uns alle.«

Mein Vater schüttelte den Kopf. »Was Kaiser Qox von seinem Sohn verlangt, mag sehr wohl etwas sein, was er unmöglich zu geben in der Lage ist, Frau Präsidentin.«

»Sie trauen ihm, weil er ein Rhon ist?«

»Ja.« Er zögerte. »Ich habe einmal von einem Fisch gehört, der von Ihrem Planeten stammt. Um sich fortpflanzen zu können, muss er den Ort erreichen, an dem er ausgebrütet wurde, oder aber auf dem Weg dorthin sterben. Ähnlich ist es mit den Rhon: Sie haben das Bedürfnis, sich mit ihresgleichen zu verbinden, um eine eigene Gemeinschaft zu bilden. Wie auch immer die Hindernisse aussehen mögen, wir kämpfen, bis wir sie überwunden haben.« Er warf mir einen Blick zu, und seine Stimme brach. »Oder sterben bei dem Versuch.«

»Warum können sie nicht aus eigener Kraft nach Delos kommen? Warum wollen Sie, dass ich mich für sie einsetze?«

»Wir können Diesha nicht verlassen«, sagte ich. »Auf dem gesamten Planeten herrscht höchste Alarmstufe.«

Calloway sah mich lange scharf an. Dann wandte sie sich wieder an meinen Vater. »Sie bitten mich darum, zum Mitverschwörer bei etwas zu werden, das unmittelbar die Amtsgewalt des Imperators anficht!«

»Ich bitte Sie darum, eine Krise zu vermeiden, die die Stabilität dreier Regierungen bedroht.«

»Wenn ich Ihnen jetzt helfe und das jemals bekannt wird …« Sie führte den Satz nicht zu Ende.

Mein Vater ging sofort darauf ein. »Meine Tochter ist eine Expertin, was Geheimhaltung angeht. Sie kann jeden Hinweis darauf, dass diese Verhandlungen jemals stattgefunden haben, beseitigen.«

Calloway sah mich genau an. Sie musste wissen, dass er die Wahrheit sagte, was das Löschen von Aufzeichnungen betraf. Ihre Mitarbeiter mussten eine Akte über mich angelegt haben, die ebenso umfangreich war wie unsere Akten über ihre höchsten Offiziere.

Die Präsidentin lehnte sich in ihrem Sessel zurück. Sie stützte den Ellenbogen auf die Armlehne und legte ihr Kinn in ihre Handfläche. Sie sah uns nicht an, während sie nachdachte, starrte nur einen Punkt an, der irgendwo zwischen Jaibriol und mir liegen musste. Das dumpfe Schweigen wurde nur von der tickenden Standuhr unterbrochen. Tick-tack. Tick-tack. Tick-tack. Ich wünschte, dieses unerträgliche Geräusch würde aufhören.

Dann ergriff Calloway wieder das Wort. »Ich werde Ihnen helfen.«

Kapitel 17

Bis zum morgigen Tag

Das Schiff landete auf dem Dach des Palastes, ein Medi-Schnellraumer, der dafür gedacht war, Patienten so schnell wie möglich zu einem Krankenhaus zu bringen. Es landete im Tosen heißer Gase und blies seine Abgasstrahlen über die gesamte Landefläche. Warnleuchten erhellten pulsierend die Nacht, sie blinkten in Rhythmen, die auf das Verteidigungssystem des Palastes eingestellt waren. Das Licht wurde von den umgebenden Berggipfeln zurückgeworfen; es war das Einzige, was daran erinnerte, dass wir uns auf dem Dach eines Palastes befanden, der einsam inmitten der Berge stand, nicht auf einem Raumhafen.

Neben mir standen Jaibriol und mein Vater und schützten ihre Augen vor dem Gleißen. Wir hatten uns hinter einer Schutzwand am anderen Ende des Daches verborgen gehalten. Sobald das Schiff aufgesetzt hatte, lief ich darauf zu, rannte durch den Wind, der meine Jacke peitschte.

Die Luke öffnete sich und Licht strömte heraus. Eine Frau sprang auf das Dach hinab. Sie trug die Uniform eines Medipiloten im Noteinsatz, einen weißen Overall, auf dessen dreieckigem Aufnäher an der linken Schulter das Symbol der Triade zu erkennen war. Ich blieb unmittelbar vor ihr stehen.

Sie verbeugte sich mit dem ganzen Oberkörper. »Primärin Valdoria?«

»Genau«, sagte ich. »Mein Vater ruht gerade.«

»Hatte er erneut Anfälle, seit Sie den ersten gemeldet haben?«

Ich schüttelte den Kopf. »Aber sein Zustand ist derzeit nicht gerade stabil.«

»Ich habe eine Luftkissen-Trage für ihn.«

Bisher waren alle ihre Antworten richtig gewesen. »Wie heißen Sie?«

»Erin O'Neill.«

Das war der Name, den Calloway uns genannt hatte. Auf dem Namensschild an ihrer Uniform stand *Lyra Merzon*. Ein schöner, echt skolianischer Name. Wahrscheinlich besaßen wir eine Akte über Lyra Merzon, in der ihr ganzes Leben verzeichnet war. Und alles darin war falsch. Jedes bisschen. Diese Frau war Erin O'Neill von der Erde. Hätte ich nicht andere Probleme gehabt, um die ich mich kümmern musste, so hätte es mich beunruhigt, dass es den Verbandlern gelungen war, sie so sicher in das ›Hauptquartier‹ einzuschleusen.

»Was hat man Ihnen erzählt?«, fragte ich.

»Dass ich zwei Personen von diesem Planeten wegbringen soll; der Bestimmungsort befindet sich in einer Datei, die Präsidentin Calloway in meinen Schnellraumer hochgeladen hat.«

»Weiß jemand außer Präsidentin Calloway von Ihren Anweisungen?«

»Nein, Ma'am.«

»Ich bin eine der beiden Personen, die Sie mitnehmen werden.«

Sie nickte. »Jawohl, Ma'am.«

»Präsidentin Calloway hat mir gesagt, nach gültigem Gesetz des Planetenverbandes könnten Schiffskapitäne im Raum Hochzeitszeremonien durchführen, die bei Ihrem Volk rechtsgültig sind. Stimmt das?«

Sie blinzelte erstaunt. »Also … ja. Das stimmt.«

»Gut.« Sowohl vor dem Gesetz des Imperialats als auch vor dem Gesetz der Händler wurden Verbandler-Hochzeiten anerkannt. Sollten Jaibriol und ich jemals Kinder haben, würden sie auf diese Weise unser beider rechtmäßige Erben sein. Ich wusste nicht, was das bedeuten konnte, aber zumindest wären sie nicht unehelich.

Ich sprach in den Kommunikator in meinem Handgelenkschutz. »Wir sind so weit.«

Die Lichter auf dem Dach gingen aus, und wir standen im Dunkeln. Der Wind riss an meiner Jacke und ließ O'Neills Uniform an ihrem Körper flattern. Ich drehte mich um und hob die Hand. Während O'Neill sich angestrengt auf dem dunklen Dach umschaute, kamen zwei Personen näher, die man in der Dunkelheit nicht erkennen konnte.

Langsam näherten sie sich uns; die kleinere der beiden Gestalten humpelte etwa so, wie es mein Vater zu tun pflegte, wenn er sich nicht auf seinen Stock stützen konnte. O'Neill blickte mit zusammengekniffenen Augen in die Dunkelheit, doch im blassen Sternenlicht, der einzigen Beleuchtung, konnte sie erst erkennen, um wen es sich handelte, als sie uns erreicht hatten. Jaibriol stellte sich neben mich; er trug Kleidungsstücke, die wir im Palast für ihn zusammengesucht hatten.

O'Neill starrte Jaibriol an. Dann riss sie sich zusammen und verbeugte sich steif, zuerst vor meinem Vater, dann vor Jaibriol.

Ich deutete auf den Schnellraumer. »Steigen wir ein!«

Sie trat zur Seite, damit mein Vater in die abgedunkelte Kabine klettern konnte. Als Nächstes stieg Jaibriol die Stufen hinauf, gefolgt von O'Neill, zuletzt von mir. Kaum dass die Luftschleuse geschlossen war, flammte die Beleuchtung auf und erhellte das Innere der Kabine.

Der Schnellraumer war ähnlich gebaut wie ein Jag, man hatte beim Bau auf Geschwindigkeit und Effizienz geachtet. Die Kabine war mit Ausrüstung nur so vollgestopft: Kisten, deren Beschriftung darauf schließen ließ, dass sie Notausrüstung enthielten, Pakete mit Baumwolltüchern, Nervoplex, Gummi, Zellstoff; metallverstärkte Kanister; dazu kleinere Kisten in Braun, Grau, Grün und Schwarz, gemäß den Etiketten gefüllt mit Arzneimitteln und Computer-Ersatzteilen. Ein Laser-Karabiner war an einem Schott befestigt, daneben hing die Halterung mit der zugehörigen Energiezelle. Ich sah eine *Survival*-Axt, eine Box mit Nadelgranaten, die besser dazu genutzt werden können, Gruben auszuheben, denn als Waffe, und ein Paket mit Messern aus der IRK-Standard-Ausrüstung. Eine Liege war an der Innenwand befestigt, darüber lag das Medi-Netz, jederzeit bereit, sich um einen Patienten zusammenzuziehen.

Jaibriol setzte sich auf die Liege und lehnte sich mit geschlossenen Augen gegen die Innenwand.

Ich setzte mich neben ihn. »Ist alles in Ordnung?«

Er öffnete die Augen. »Bin bloß müde.«

Mein Vater trat an die Liege heran und blickte uns mit gerunzelter Stirn an. Jaibriol wurde rot. Dann griff er nach einem der Kabel, mit dem die Liege in der Wand verankert war und zog sich ruckartig hoch, sodass er wieder aufrecht stand.

Was war das denn? Wieder eines dieser wortlosen Gespräche zwischen Jaibriol und meinem Vater, wie dieses Gespräch über Kinder? Auch ich erhob mich und blickte vom einen zum anderen.

Mein Vater sah Jaibriol finster an. »Bist du bereit, dich in jeder Hinsicht um meine Tochter zu kümmern?«

Ich konnte es einfach nicht glauben. »Verdammt noch mal, Vater!«

Er warf mir einen Blick zu. Dann lief er rot an und wandte sich wieder Jaibriol zu. »Vielleicht war diese Frage nicht recht angebracht.« Einen Augenblick stand er nur dort und kratzte sich am Kinn. Schließlich sagte er: »Bist du nicht ein wenig zu jung für Sauscony?«

Das war ja fast genauso schlimm. Warum fühlten er

und meine Mutter sich eigentlich ständig bemüßigt, Bemerkungen über das Alter der Männer in meinem Leben zu machen?

Aber was auch immer mein Vater mit seinen Fragen bewirken wollte, Jaibriol schien es zu verstehen. »Ich werde alles tun, um sie glücklich zu machen, Sir.«

»Das solltest du auch«, erwiderte mein Vater.

O'Neill stand in der Nähe des Cockpits und beobachtete das Gespräch mit offenem Mund. Als sie sah, dass ich zu ihr hinüberschaute, straffte sie sich noch ein bisschen mehr und schloss den Mund.

Ich drehte mich wieder um und sah, dass mein Vater mich beobachtete. Jetzt sprach er mit sehr viel sanfterer Stimme. »Leb wohl, Tochter.«

Im gleichen Moment, in dem ich meine Arme nach ihm ausstreckte, hob auch er seine Arme, schon kollidierten unsere Hände. Dann hielt er mich in den Armen – in eben jenen Armen, die mich in meiner Kindheit stets beschützt hatten. Ich drückte ihn fest an mich, lehnte meinen Kopf an seine Schulter und schloss die Augen. »Leb wohl, *hushpa.*«

»Mach's gut«, flüsterte er. »Ich liebe dich.«

Eine Träne lief mir über die Wange. »Und ich liebe dich.« Ich nahm den Kopf ein wenig zurück, damit ich ihm ins Gesicht sehen konnte. »Bitte sag Mutter, ich hätte dir gesagt, dass mir Leid tut, was auf Forshires passiert ist. Sag ihr, dass ich sie sehr liebe und wie sehr ich mir wünschte …« Ich musste schlucken. »Wie sehr ich mir wünschte, es würde mir nicht so schwer fallen, es ihr zu sagen.«

Er fuhr sich mit der Handfläche über das Gesicht und verwischte die Tränen. »Ich werd's ihr sagen.«

O'Neill räusperte sich – ein leises Geräusch, fast unhörbar. Als wir zur ihr hinüberschauten, sagte sie: »Es tut mir Leid … aber wir sollten jetzt aufbrechen. Je länger wir hier bleiben, um so größer ist die Gefahr, dass wir entdeckt werden.«

Ich zwang mich zu einem Nicken. Dann gingen mein Vater und ich gemeinsam zur Luftschleuse, blieben vor der Innentür stehen und blickten einander in die Augen. Schließlich berührte er das Tastfeld, mit dem sich die Schleuse öffnen ließ. Die Beleuchtung erlosch, kein Lichtschein drang aus dem Inneren des Schiffes in die Nacht hinaus, als sich die Türen öffneten. Er ließ sich auf das Dach des Gebäudes gleiten, eine Silhouette in der Dunkelheit.

Ich hob die Hand. *Leb wohl.*

Er hob den Arm und winkte mir zu. *Leb wohl, Sauscony.*

Dann schloss ich die Schleusentür.

Als die Lichter wieder aufflammten, wandte ich mich O'Neill zu, die vor dem Sitz des Copiloten wartete. Der Schnellraumer hatte kein richtiges Cockpit, nur einen Bereich im vorderen Teil der Kabine, in dem zwei Sessel standen: einer für den Piloten, einer für den Copiloten.

Sie deutete auf den Pilotensitz. »Man hat mir gesagt, Sie könnten uns durch den Kordon bringe, der den ganzen Planeten umgibt. «

»Ich werde es versuchen.« Ob ich das wirklich konnte, war eine ganz andere Frage.

Sie nickte und ließ sich in den Sitz des Copiloten gleiten. Obwohl man ihrem Gesicht ihre Anspannung nicht ansah, spürte ich ihre Nervosität doch. Sie hatte einen sonderbaren Auftrag erhalten: Man verlangte von ihr, ihr Leben zu riskieren, um genau den Leuten zu helfen, die sie eigentlich hatte ausspionieren sollen. Jaibriol saß wieder auf der Liege und lehnte sich mit geschlossenen Augen gegen ein Schott.

»Jaibriol.« Dann dämpfte ich meine Stimme ein wenig. »Du solltest dich lieber anschnallen.«

Er öffnete die Augen. Dann legte er sich auf die Liege und streckte die Beine aus; er bewegte sich langsam, als ob jede Muskelbewegung ihn schmerze.

O'Neill beugte sich vor und berührte ein Tastfeld am Exoskelett, das wie metallische Blütenblätter meinen Sessel umgab. »Damit wird das Medi-Netz gesteuert.« Sie drückte das Tastfeld, und ein raschelndes Geräusch war aus Richtung der Liege zu hören. Ich drehte mich um und sah, dass ein Medi-Netz sich um Jaibriols Körper legte. Ein dünner Schlauch schlängelte auf seinen Arm zu, drang ein – und Jaibriol riss die Augen auf. Er griff nach dem Schlauch und riss ihn sich wieder heraus.

O'Neill beobachtete ihn über den Bildschirm, der über dem Pilotensitz angebracht war. »Das ist nur Glucoselösung, Lord Qox. Laut Anzeigen unserer Kontrollgeräte an der Medi-Liege sind Sie ernsthaft dehydriert.«

Jaibriol sah sie nachdenklich an. Dann ließ er den Schlauch los. Sobald er das getan hatte, schlängelte der Schlauch sich wieder auf den Arm zu und drang erneut ein. Jaibriol versteifte sich, doch diesmal ließ er es geschehen. Das Medi-Netz reagierte auf seine Anspannung und begann, sanft seinen Körper zu massieren; in einem gleichmäßigen Rhythmus zog es sich zusammen und löste sich wieder.

Als ich in den Pilotensitz glitt, schlossen sich dessen Kokon und Exoskelett um mich herum. Die Psi-Fone stöpselten sich nicht selbstständig ein, doch als ich sie aktivierte, rasteten sie in meinem Nacken und in meinem Rückgrat ein.

Erins Exoskelett schloss sich ebenfalls um sie.

MedLine aufnahmebereit, meldete der Schnellraumer.

Über MedLine auf das Netz zuzugreifen, erschien mir sonderbar und übermäßig formell. Im Gitternetz wimmelte es von Aktivitäten des Kordons, die Linien traten geradezu grell hervor, wie Lichtstrahlen der viel zu hellen Sonne Dieshas. Überall war Kurjs Anwesenheit zu spüren, er war wahrhaftig allgegenwärtig. Unentrinnbar? Ich verbarg mich unter meiner Tarnung.

VR-Psiber-Simulation, dachte ich. *Hohe Umlaufbahn*.

Das Gitternetz verschwand – und ich befand mich mitten im Weltraum. Vor mir hing der Planet Diesha wie eine Kugel aus Türkis und Bernstein, eingehüllt in schmutzige Baumwolle. Ich ›stand‹ in dem Fastvakuum, das hier existierte, so weit vom Planeten entfernt.

Langsam drehte ich mich um die eigene Achse und begutachtete den gesamten Raum. Die Psi-Sim basierte auf den Daten, die die Sensoren von MedLine aufgefangen hatten, um eine so detailgetreue ›Realität‹ zu erschaffen, dass ich das Gefühl hatte, ich sei wirklich *dort*, bewegte mich inmitten des Kordons, konnte ihn analysieren, während er sich bewegte. Auf diese Weise konnte ich die Situation viel besser überschauen, als es mir ohne Psiberspace-Verbindung möglich gewesen wäre – dort wäre ich auf Sichtanzeigen und Bildschirme angewiesen gewesen. Die Anzeige in diesem Modus waren auch besser als das Mental-Display, das ich normalerweise benutzte, wenn ich mich in einem Psiberspace-Linkup befand.

Sichtanzeigen, Mental-Display, Psi-Sim – das waren drei verschiedene Stufen der Sensoren-Auswertung, jede noch effektiver als die vorherige, jede noch anstrengender. Eine Psi-Sim erschöpfte den *User* physisch und psychisch so schnell, dass ich schon nach wenigen Minuten Gefahr laufen würde zusammenzubrechen. Aber um hier herauszukommen, mussten wir jeden Vorteil nutzen, den wir erlangen konnten. Falls wir nicht entkamen … na ja, dann wäre auch egal, in welcher Verfassung ich mich dann gerade befand.

Ein Echoimpuls erschien über dem Horizont von Diesha. Ich konzentrierte mich und raste darauf zu; der

Computer lieferte die für die Simulation erforderlichen Daten schneller, als ein echtes Schiff so nah am Planeten die Strecke hätte zurücklegen können. Der Echoimpuls entpuppte sich als IRK-Schlachtkreuzer, ein massiger Riese, der groß genug war, um eintausend Schnellraumer aufzunehmen und immer noch Platz für weitere Schiffe zu bieten. Schon die Schlünde der Kanonen waren groß genug, dass eine MagBahn hätte hineinfahren können. Eine Schar kleinerer Schiffe umschwirrte den Riesen. Schiffe flogen in die Andockhangars hinein und wieder hinaus; die Hangartore öffneten sich wie riesige Kiefer, deren Aufbauten und gewinkelte Streben wie groteske Metallzähne das Maul umgaben. Die Szenerie war gespenstisch ruhig, die planetare Atmosphäre hier viel zu dünn, um nennenswerte Schallwellen weiterzuleiten.

Ich bewegte mich näher heran, bis der Kreuzer mein ganzes Blickfeld ausfüllte; noch näher, bis ich jede Schramme und jeden Einschuss erkennen konnte. Die Außenhülle wölbte sich über und unter mir wie eine Felswand aus Metall. Noch näher, und ich konnte mit der Hand darüber fahren. Ich wusste, dass ich in Wirklichkeit nur die Innenseite meines Exoskelett-Kokons ertastete, und MedLine alle Daten, die ihr über den Schlachtkreuzer zur Verfügung standen, dazu nutzte, die Gesamtheit der taktilen Wahrnehmungen zu erzeugen, die sich bei Berührung der Außenhülle ergeben mussten. Doch diese raue Oberfläche sah so echt aus und fühlte sich so authentisch an, dass ich hätte schwören können, ich sei wirklich dort.

Ich entfernte mich wieder von dem Schlachtkreuzer und ließ mich auf den Planeten zustürzen. Der Planet: eine Kugel im Weltall, eine gekrümmte Landschaft, eine ebene Landschaft. Ich stürzte durch feuchte Wolken, durchstieß sie, fiel immer weiter auf die Oberfläche zu, bis die schweren Schatten der Berggipfel mich umfingen. Nirgends waren Lichter zu erkennen, abgesehen von dem Tal, in dem der Imperiale Palast wie ein Juwel glitzerte und glänzte.

Ich ›landete‹ auf dem Dach des Palastes ganz in der Nähe des Fliegers, mit dem ich Jaibriol hierher gebracht hatte. Dort auf der Landefläche stand wartend der Schnellraumer. Ich durchstieß die Hülle des Schiffes und kam in die Kabine, wo ich mich selbst im Pilotensitz sah; die Augen geschlossen, mein Körper von dem Exoskelett umhüllt.

Mich selbst dort zu sehen, hatte etwas Unheimliches – als hätte ich eine außerkörperliche Erfahrung. Ich schüttelte den Kopf, und der Kopf der Pilotin bewegte sich hin und her. Ich spürte, dass bei dieser Bewegung meine Wangen das Exoskelett und den Kokon berührten. Mein Haar streifte raschelnd daran entlang – ein Geräusch, das ich sowohl mit meinen eigenen Ohren hörte als auch innerhalb der Simulation.

»Startklar?«, fragte ich. Zu sprechen fühlte sich sonderbar an; wenn ich normalerweise ein Schiff steuerte, befand ich mich in einem Psi-Link, was verbale Kommunikation unnötig machte.

»Klar.« O'Neill beobachtete mich mit gerunzelter Stirn.

»Gibt's ein Problem?«, fragte ich.

»Ich habe noch nie erlebt, das ein Pilot seine Startvorbereitung mit geschlossenen Augen durchführt.«

»Ich bin in einer Psi-Sim.«

»Können Sie wirklich das Cockpit sehen?«

»Das ist besser als ›sehen‹.« Ich konzentrierte mich auf sie, und ein rot leuchtendes, durchscheinendes Display erschien vor meinem geistigen Auge. »Sie sitzen in einer Entfernung von 38,32 Zentimetern von mir und sind in einem Winkel von 23 Grad gedreht, relativ zu der Verbindungslinie zwischen Ihrem Solarplexus und dem Holoschirm unmittelbar vor Ihnen. Eine Strähne Ihres Haares hat sich aus Ihrem Zopf gelöst und hängt neben Ihrem linken Auge.«

O'Neill blinzelte erstaunt, dann strich sie die Haarsträhne hinter ihr Ohr. Ich griff nach dem Steuerknüppel des Schnellraumers, sah ihn in der Sim und fühlte ihn mit meiner Hand. Als ich den Steuerknüppel nach vorne schob, wandte ich meine Konzentration vom Schiff ab und richtete mein geistiges Auge wieder auf die Nacht dort draußen. Die Triebwerke des Schnellraumers, die für planetennahen Flug gedacht waren, flammten auf, und Abgasstrahlen umwogten mich, weiß glühend heiß, während das Dröhnen unseres Starts die Landefläche erzittern ließ. Wir erhoben uns mehrere hundert Meter in die Luft und verharrten schwebend dort; unser Schub kompensierte genau die Schwerkraft.

Sauscony ...

Jaibriol? Wie konnte er sich jetzt mit mir im Psiberspace befinden? Es bestand nicht nur keine Verbindung zwischen ihm und dem Schiff, er hatte noch nicht einmal ein biomechanisches Netzwerk in seinem Körper, das es ihm ermöglichte, ein Link auszuformen.

Kann ... mich nicht von dir lösen.

Dann versuch, zurückzubleiben. Ohne Vorbereitung auf das hier konnte es gut sein, dass am Schluss sein Gehirn gegrillt war.

Zurückbleiben?

Stell dir vor, du wärst Software, die bei MedLine läuft. Mach aus dir ein Hintergrundtask.

Ich spürte ein geistiges Lachen, das seine Erschöpfung ein wenig abschwächte. *Ich werde so leise sein wie eine Knoten-Maus.* Er ließ das Bild eines VR-Handschuhs entstehen, wie er früher gebräuchlich gewesen war. Ein Schwanz erschien an diesem Handschuh, dann zwei wuschelige Ohren, zwei Augen und eine Schnauze. Das Tier lief unter das VR-Gerät.

Ich musste lächeln. Dann dachte ich: *MedLine, Flieger aufnehmen.*

Unsere Backbord-Triebwerke zündeten, und wir bewegten uns über den Flieger, mit dem ich Jaibriol zum Palast gebracht hatte. Heiße Gase versengten die Landefläche, und der Flieger erzitterte im Röhren der Triebwerke. Mit einem knirschenden Klirren wurden metallene Klauen aus dem Bauch des Schnellraumers ausgefahren. Sie schlossen sich um den Flieger, ergriffen ihn wie ein Habicht seine Beute, und zog dann das kleinere Schiff, das von den Metallklauen wie von einem Käfig umgeben war, zur Unterseite des Schnellraumers hinauf.

Flieger aufgenommen, meldete MedLine. Dann: Die Verteidigungssysteme des Palastes bereiten sich darauf vor, auf uns zu feuern.

Was zum Teufel sollte das denn? *Anzeigen.*

Zahlreiche rote Signale erschienen überall in den Bergen – Markierungen, wo sich all die Anlagen befanden, die den Palast bewachten. Einige dieser Signale waren nur kleine rote Schimmer, andere waren wie riesige Feuer. Als ich geistig auf einen dieser Geräteverbunde zuschoss, konnte ich schnell erkennen, dass es sich um eine Batterie von Laserkanonen handelte, die auf uns zuschwenkten; das Grollen ihrer Bewegung zerriss die Stille der Nacht.

Was war denn jetzt los? Ich piepste den Computer an, der für die Sicherheitssysteme des Palastes zuständig war, eine Entwicklungsfähige Intelligenz, die sich selbst ›Zos‹ getauft hatte.

Zos, bitte antworten, dachte ich.

Hier, dachte Zos.

Lass uns abfliegen.

Das darf ich nicht.

Warum nicht?

Es verstößt gegen meine Programmierung.

Was sollte das nun wieder heißen? Ich hatte ihn schließlich selbst programmiert. *Mein Hirnstrommuster verifizieren. Dann Befehl ausführen.*

Ich weiß, wer Sie sind. Kehren Sie zu dem Platz zurück, von dem aus Sie aufgebrochen sind, sonst werde ich Ihren Schnellraumer zerstören.

Ich konnte es einfach nicht glauben. Wie konnte Zos sich einem direkten Befehl von mir widersetzen? Ich war seine Mutter, verdammt noch mal.

Sie haben mich darauf programmiert, Ihre Familie zu beschützen. Jaibriol Qox' Entkommen gefährdet Ihre Familie. Daher verhindere ich sein Entkommen.

Hör mir zu! Wenn Jaibriol und mir nicht die Flucht gelingt, werden vermutlich sehr viele Menschen sterben, ich eingeschlossen. Wenn ich hingerichtet werde, könnte das auch meinen Vater töten. Also hör auf, Schwierigkeiten zu machen, und lass uns durch!

Keine Antwort.

Verdammt! Was machte dieser grässliche Computer bloß? *Zos, bitte antworten.*

Das Grollen der Kanonen verstummte.

Zos?

Sie dürfen abheben.

Ich möchte, dass du alle Aufzeichnungen dieser Kommunikation löscht.

Gelöscht.

Ich richtete mein Augenmerk wieder auf den Computer an Bord des Medi-Schnellraumers. *MedLine, den Kordon anzeigen.*

Ein Gitternetz aus goldenen Linien erschien am Himmel. Kreuzungspunkte markieren Kordon-Schiffe, dachte MedLine.

Das Gitternetz ergab ein Muster aus Quadraten, die auf einer kugelförmigen Oberfläche angeordnet waren, die ganz Diesha umhüllte. Das Muster war absolut perfekt, ein Tribut Kurjs an die kompromisslose Ordnung, die er im Universum sah. An jedem Kreuzungspunkt gab es mindestens einen roten Echoimpuls, an manchen waren es so viele, dass sie zu einer leuchtend roten Glut verschmolzen. Als ich mich auf einen dieser feuerroten Flecken konzentrierte, erkannte ich bei höherer Auflösung, dass es sich um die ›Maxar‹ handelte, einen Schlachtkreuzer mit zahlreichen Begleitschiffen. Der Computer des Schnellraumers überflutete mich mit Daten, einschließlich Meldungen des Nachrichtendienstes, auf die nur jemand mit meiner geradezu astronomischen Sicherheitsstufe Zugriff hatte.

Doch meine Kenntnis des IRK half mir jetzt nicht weiter. Alles, was ich dadurch erfuhr, war, dass es keine Fluchtmöglichkeit gab. Wie sollten wir dort nur vorbeikommen? Diese Schiffe waren bereit, alles und jeden abzuschießen, der auch nur so schien, als wolle er den Kordon durchbrechen.

Also musste das Unvorstellbare getan werden.

MedLine, dachte ich. *Invertieren.*

Befehl wiederholen.

Invertieren. Schalt die Inversions-Antriebe ein und hol uns hier raus.

Das ist unmöglich.

Das ist egal. Mach's einfach.

Um die zur Inversion notwendige Geschwindigkeit zu erreichen, müssen wir uns vom Planeten entfernen und dann beschleunigen. Wenn wir versuchen, uns vom Planeten zu entfernen, werden wir vom Kordon zerstört.

Ich habe nichts von ›Beschleunigen‹ gesagt. Ich habe nur gesagt: ›Invertieren‹.

Um zu invertieren, müssen wir beschleunigen.

Ich hatte keine Ahnung, was passieren würde, wenn wir zu invertieren versuchten, während wir uns hier noch in relativer Ruheposition befanden. Der gesunde Menschenverstand sagte mir, dass wir nicht in der Lage sein würden, den Prozess zu vollenden, und uns deswegen in einem Schwebezustand zwischen dem imaginären und dem realen Universum auflösen würden. Da noch nie jemand das versucht hatte, wusste auch niemand, ob das stimmte oder nicht.

Ich habe eine Nachricht an die Kommandozentrale abgehört, dachte MedLine. Das Schiff, das darauf wartet, uns zum Krankenhaus zu eskortieren, möchte wissen, worauf wir hier warten. Weiterhin möchten sie wissen, warum wir den Flieger angekoppelt haben.

Die Zeit war abgelaufen. *MedLine, invertieren!*

Die Geschwindigkeit reicht nicht au ...

Invertieren, verdammt noch mal! Jetzt!

Antriebe aktiviert.

Dann begann sich alles gegeneinander zu verdrehen.

Übelkeit erfasste mich. Ich fühlte mich, als versuchten meine Eingeweide, sich zu einem Möbiusstreifen zu verdrehen. Die Sterne und die Berge hörten schlagartig auf zu existieren. Nein, das stimmte nicht. Die Berge verschwanden, aber die Sterne waren immer noch da. Sie zerflossen über dem Himmel wie Farbtropfen, die in eine schwarze Flüssigkeit fielen. Dann begriff ich, dass auch die Berge noch da waren, doch auch sie zerflossen über dem Himmel, schwarz auf schwarz. Wir hatten nicht invertiert, wir waren irgendwo zwischen den Universen gefangen.

Ich kehrte in den Schnellraumer zurück, indem ich mich durch den Rumpf sickern ließ. Ich sah mich im Pilotensitz, meine Hände umklammerten die Armlehnen, meine Augen krampfhaft geschlossen. Die Psi-Sim war meine einzige Verbindung zur Realität, und auch an der konnte ich mich kaum festhalten. Wenn ich diese letzte Verbindung zu dem Universum verlor, zu dem wir gehörten, würden wir uns in diesem Jenseits verschmelzender Realitäten auflösen.

Doch die Sim hatte mich zu sehr erschöpft. Ich konnte den Kontakt nicht mehr aufrecht erhalten. Die Kabine um uns herum bewegte sich wellenförmig und begann zu verblassen.

Dann bewegte sich Jaibriol. Er schmolz von der Liege herab, Farbe, die vom Regen verwaschen wurde. Der Infusionsschlauch rutschte mit einem langgezogenen Sauggeräusch aus seinem Arm heraus. Jaibriol durchquerte wie in Zeitlupe die Kabine, sein Gesicht war ein zerlaufender Fleck oberhalb der dunkleren, zerlaufenen Farbflecken seiner Kleidung. Sein Körper verschwamm an den Kanten, dann troff er auf das Deck.

Die Kabine verdrillte sich, der Bug bewegte sich nach Steuerbord, das Heck nach Backbord. Während dieser Verzerrung flossen O'Neill und ich aus unseren Sitzen, unsere Körper tropften über die aufgeweichten Exoskelette. Jaibriols Gesicht und Brust floss zur einen Seite des Schiffes, sein Rücken zur anderen. Die Kabine verzerrte sich weiter, bis ich begriff, dass sie versuchte, sich mit sich selbst zu einem Möbiusstreifen zu vereinigen.

Als Jaibriol neben mir war, tröpfelte seine Brust über die schwarzen Rinnsale, zu denen meine Arme geworden waren. Seine Hand schmolz über den Steuerknüppel, und der Steuerknüppel ergoss sich vorwärts, bis er über die Instrumente spritzte. Ich fühlte mehr, dass die Antriebe zündeten, als dass ich es hörte. Die Beschleunigung klebte uns in unsere Sitze, unsere Körper schwappten umher. Jaibriol schmolz über mein Exoskelett und troff auf das Deck wie der Albtraum eines surrealistischen Malers.

Ich konnte die Psi-Sim nicht mehr aufrecht erhalten.

Ich sickerte durch den Schnellraumer, durchdrang seine Außenhaut, als sei sie ein dünner Film. Nur ein Teil von mir glitt hindurch, doch es reichte aus, um den Albtraum zu sehen, der dort draußen existierte. Das Gitternetz des Kordons war zu einer Wolkenlandschaft triefender goldener Linien und roter verwischter Flecken verkommen.

Schiffe feuerten auf uns, ihre Geschosse und Energiestrahlen flossen nutzlos im All zusammen. Gespenstische, zitternde Laute hallten in meinen Ohren wider. Die Luft glitt wie Öl an mir vorüber, sie roch nach Abgasen.

Wir bewegte uns, jagten auf den Kordon zu. *Med-Liiinnnne,* dachte ich. *Kuuuuurs feeestleeegeeen* … Die Worte schwanden dahin. Ich versuchte es auf andere Weise, indem ich vor meinem geistigen Auge ein freies Feld vor dem deformierten Gitternetz vor uns entstehen ließ. MedLine reagierte, indem wir uns auf diese Öffnung zubewegten. Während wir uns näherten, wurden die goldenen Linien immer breiter und unschärfer, wobei sie die Öffnung immer weiter ausfüllten. Als wir endlich kurz davor waren, sie zu erreichen, war die Öffnung verschwunden. Wir sickerten durch die Goldschicht wie Öl, das von einem Schwamm aufgesogen wurde.

Ich kämpfte mich am Schiff entlang und diffundierte durch den Rumpf. Meine körperliche Form setzte sich in der Kabine wieder zusammen. Ich konnte Jaibriol erkennen, nicht mehr als eine Lache an Deck: Sein Körper war weitflächig über den Boden verlaufen. Über den dunklen Boden. Alles war dunkel. Düster. So … düster … mein Bewusstsein schwand …

… mein Bewusstsein kehrte zurück. Die Daten, die langsam in meinen Verstand rannen, verrieten mir, dass wir gerade aus der Stasis gekommen waren. MedLine hatte den Planeten weit genug hinter sich lassen können, um die Photonen-Triebwerke zu zünden. Der Realteil unserer Geschwindigkeit betrug jetzt sechzig Prozent der Lichtgeschwindigkeit …

… 96 Prozent.

… 99,999999 Prozent. Unsere sich verflüssigende Masse hatte sich um den Faktor 7000 erhöht. Der Antrieb saugte Treibstoff aus einem kosmischen Strahlenfluss, der sowohl im realen als auch im imaginären Raum existierte; seine Dichte war viel höher als der winzige Bruchteil, den wir im Subluminaluniversum wahrnahmen. Der Schnellraumer fraß Treibstoff wie ein unersättlicher Behemoth und schleuderte uns die Götter wussten wohin. Achtzehn Minuten, oder waren es achtzehn Jahrtausende, flossen wir durch das All, schossen an der Grenze der Lichtgeschwindigkeit entlang, versuchten zu invertieren, versuchten es und scheiterten.

Meeeeeeeddddliiii… Unterliiiicht…

Die düstere Kabine wurde ganz schwarz …

Und das sonderbare Verdrehen der Realität gegen sich selbst hörte auf.

Ich schnappte nach Luft, meine plötzlich zurückgewonnene körperliche Festigkeit erschreckte mich. Ich öffnete die Augen und sah grelles Licht. Ich war wieder ganz da. Wir waren nicht ordnungsgemäß aus der Stasis herausgekommen; unsere Beschleunigung lag immer noch oberhalb von einem g. Aber wir waren wieder stabil. *Normal.* Nein, nicht ganz normal. Teile meiner Uniform waren dort fest mit dem Sitz verschmolzen, wo Jaibriol gegen meinen Arm gefallen war, und ich konnte auch erkennen, dass Teile meiner Uniform untrennbar mit meiner Haut verschmolzen waren.

»Jaibriol!«, rief ich mit krächzender Stimme. Ich schlug gegen einen Schalter im Inneren meines Exoskeletts. Es öffnete sich, sodass ich mich umdrehen und über meine Schulter in das Kabineninnere schauen konnte.

Jaibriol lag zusammengesackt auf dem Boden und rutschte bei jeder Bewegung des Schiffes über das Deck. Seine Beine waren ausgestreckt, als liege er auf dem Rücken, doch sein Oberkörper war so gedreht, dass er von der Hüfte aufwärts auf der Seite lag. Sein Arm lag hinter ihm, als wolle er sich vom restlichen Körper losreißen. Jaibriol sah so verdreht aus, als sei er in der Mitte entzweigebrochen.

Ich kämpfte mich aus dem Pilotensitz. Als mir schwindelig wurde, ließ ich mich zwischen dem Sitz und einem Schott zu Boden gleiten. Dann schleppte ich mich zu Jaibriol hinüber. Bitte, lasst ihn nicht tot sein, dachte ich. Oder schrecklich entstellt oder so zugerichtet, dass seine Eingeweide wie ineinander gerührte Farben aussehen, die dann getrocknet sind.

Ich hob den so sonderbar abgewinkelten Arm hinter ihm an und legte ihn näher an seinen Rumpf heran. Jaibriol stöhnte und rollte sich auf den Rücken; sein Körper entspannte sich, und er lag wieder ganz normal dort. Dann öffnete er die Augen. Während wir gemeinsam über das Deck rutschten, richtete er den Blick auf das Schott über sich; doch er schien es nicht wirklich wahrzunehmen. Dann begann er, sich die Arme zu reiben, um seine Muskeln ein wenig zu lockern.

Ich drehte mich, um mich neben ihn zu legen. »Kannst du mich sehen?«

Sein Blick wanderte langsam zu meinem Gesicht. »Ja.«

»Alles in Ordnung?«

»Ich glaube schon.«

»Primärin Valdoria«, sagte MedLine. »Wenn wir weiterhin Treibstoff verbrauchen, werden wir unsere Vorräte sehr bald erschöpft haben.«

»Beschleunigungsvorgang abbrechen«, sagte ich.

Das Summen der Treibwerke veränderte den Klang, und Jaibriol und ich rutschten nicht mehr über das Deck.

Er hob den Kopf, und die Bewegung ließ ihn ein Stück über dem Deck schweben.

Ein Stöhnen erklang vom Sitz des Copiloten. Ich stieß mich vom Deck ab und schwebte zu Erin zurück. Als ich bei meinem eigenen Sitz angekommen war, hüllte sich das Exoskelett um meinen Körper und zog mich näher an den Sitz heran, bis ich ganz festgehalten wurden. O'Neill war von ihrem eigenen Exoskelett umschlossen, ihr Gesicht war bleich, ihre Augen offen.

»Wir haben es geschafft«, sagte sie.

»Das hoffe ich.« Die Holokarten zeigten Ansichten der Raumregion, die wir gerade durchquerten, dazu dreidimensionale Graphen zum Treibstoffverbrauch, zur Flugbahn, Orts- und Zeitangaben …

Ich stieß einen erstaunten Pfiff aus. »Wir sind fast drei Monate in die Zukunft gesprungen.«

Jaibriol schwebte zu uns herüber und umklammerte die Armlehne meines Sitzes. »Das kann nicht sein. Wir waren doch nur ein paar Minuten unterwegs.«

»Wir haben währenddessen nicht invertiert«, erklärte ich. »Ich habe den Schnellraumer wieder zurück in den Realraum fallen lassen. Deswegen haben wir die Zeitdilatation nicht kompensiert.« Ich zögerte. »Sie werden am falschen Ort nach uns suchen. Oder sollte ich sagen: zur falschen Zeit? Sie suchen ›vor drei Monaten‹ nach uns.«

»Das bedeutet, ich habe mich sich seit drei Monaten nicht mehr bei Präsidentin Calloway gemeldet?!«, bemerkte O'Neill und schnitt eine Grimasse. »Sie muss denken, wir seien tot.«

»Hoffen wir, dass alle das denken«, sagte Jaibriol.

»Wir haben drei Monate unseres Lebens verloren. Drei Monate, seit mein Vater seine Aussage gemacht hat: Jaibriol ist in den Palast eingedrungen und hat den Flieger gekapert; voller Verzweiflung muss er versucht haben, die Antriebe auf Inversionsfähigkeit umzustellen. ›Lyra Merzon‹ und ich sind ihm mit dem Schnellraumer gefolgt; dann hat uns der Nachbrenner seiner nicht vollständig funktionstüchtigen Antriebe erwischt – und danach weiß niemand mehr, was mit uns passiert ist.«

»MedLine«, sagte ich. »Flieger abkoppeln.«

Das Knirschen der sich öffnenden Metallklauen ließ das Deck vibrieren. Auf meinen Holodisplays konnte ich sehen, dass der Flieger unter uns entlangflog und seine Geschwindigkeit der unseren anpasste. Ich steuerte die Metallklauen so, dass sie dem Flieger einen leichten Stoß versetzten, damit er ein wenig vorangetrieben wurde und sich so vor den Schnellraumer setzte.

»Detonieren«, sagte ich.

Der Flieger explodierte. Bruchstücke flogen in alle Richtungen, einige kamen direkt auf uns zu und wurden dann davongeschleudert, als sie gegen die verstärkte Außenhülle des Schnellraumers prallten. Bis irgendjemand die Wrackteile entdeckte, waren sie gewiss über einen viel zu großen Bereich auseinander gedriftet; niemand würde mehr erkennen können, dass sich keine Passagiere im Inneren des Schiffes aufgehalten hatten.

Und das war es.

Ich lehnte mich in meinem Sitz zurück und schloss die Augen, denn jetzt, wo der Adrenalinstoß vorbei war, holte mich die Erschöpfung ein.

»Jetzt sollte ich wohl lieber übernehmen«, sagte O'Neill.

Ich brachte ein Nicken zustande. Während O'Neill die Steuerung übernahm, schwebte ich mit Jaibriol zur Liege hinüber. Sobald wir es geschafft hatten, uns richtig darauf zu legen, hüllte uns das Medi-Netz ein und sicherte uns.

Jaibriol und ich schliefen ein wenig, hielten einander im Arm, abwechselnd dösten und wachten wir. O'Neill brachte das Schiff so sanft kurz vor die Inversion, dass ich es kaum bemerkte. Als wir dann endgültig invertierten, drehte sich mir kurz der Magen um, doch diesmal dauerte das Gefühl, in sich verdreht zu werden, nur einen winzigen Augenblick.

Als ich schließlich richtig wach wurde, sah ich O'Neill, die neben unserer Liege schwebte. »Wie geht es Ihnen?«, fragte sie.

»Alles in Ordnung.« Mein Stimme klang immer noch krächzend, aber ich fühlte mich schon viel besser als zuvor. »Wer steuert denn den Schnellraumer?«

»Ich habe den Autopiloten aktiviert. Es wird ein paar Stunden dauern, Schiffszeit meine ich, bis wir unser Ziel erreichen.«

Jaibriol rührte sich. »Wo fliegen wir hin?«

O'Neill hielt sich an einer Ecke der Liege fest und zog sich ein Stück herunter, sodass sie sich mit uns in Augenhöhe befand. »Zu einem Planeten namens Gamma IV.«

»Das ist kein richtiger Name«, sagte ich. »Welches System? Welches Sternbild?«

O'Neill gab mir keine Antwort. Stattdessen sagte sie: »Niemand kennt diesen Planeten, außer uns, Präsidentin Calloway und dem Erkundungs-Robot, der ihn vor vier Standardtagen entdeckt hat ...« Sie hielt inne. »Vor vier Tagen und drei Monaten«, berichtigte sie sich dann. »Präsidentin Calloway hat die Daten des Roboters abgefangen, bevor diese ihr eigentliches Ziel erreicht hatten, deswegen weiß nur sie, dass er etwas gefunden hat. Inzwischen dürfte sie die Aufzeichnungen gelöscht haben.«

Aha. Sie wollte also nicht einmal uns verraten, wo er lag. »Ist dieser Planet bewohnt?« All diese Vorsichtsmaßnahmen würden überhaupt nichts bringen, falls uns jemand erkannte.

»Die einzigen intelligenten Wesen dort sind keine Menschen«, erklärte O'Neill. »Sie sind entfernt humanoid – Nomaden auf der Entwicklungsstufe der Steinzeit. Sie leben mehrere tausend Kilometer südlich von dem Ort, an den ich Sie bringen werde.« Sie legte den Kopf schief. »Dort gibt es einige wunderschöne, wildromantische Gegenden – zum Beispiel die Berge, in denen ich Sie absetzen werde. Aber mehr wissen auch wir nicht. Uns liegen keine Lagevermessungsdaten vor, keine Analysen, wir wissen sonst gar nichts über diesen Planeten.« Mit einer Handbewegung deutete sie auf das Innere des Schiffes. »Ich habe so viel Überlebensausrüstung mitgebracht, wie mir möglich war, ohne Aufsehen zu erregen. Ich habe Ihnen auch einen solargetriebenen Computer mit einer Datenbibliothek organisiert. Aber davon abgesehen sind Sie dort ganz auf sich gestellt.«

Das war eine Untertreibung. Natürlich hatte ich als Jagernaut Überlebenstraining gehabt. Meine biomechanisch gesteigerte Reaktionsgeschwindigkeit, Schnelligkeit und Körperkraft würden uns sicherlich auch behilflich sein, ebenso wie Jaibriols Jugend und seine Intelligenz. Aber es war klar, dass es nicht einfach werden würde. Eine gewisse Logik war dahinter zu erkennen, zumindest aus der Sicht der Verbandler. Gab es eine bessere Möglichkeit, sowohl den Erben der Hightons als auch die Erbin des Imperialats aus allen Schwierigkeiten herauszuhalten, als sie in einer unkartographierten Wildnis auszusetzen, wo wir all unsere Kraft würden dafür aufwenden müssen, uns am Leben zu halten?

Unbeholfen räusperte sich O'Neill. »Wenn Sie es wünschen … könnte ich jetzt die Zeremonie vornehmen.«

»Was für eine Zeremonie?«, fragte ich.

»Die Hochzeit.« Sie zögerte. »Sie hatten danach gefragt …?«

Unter dem Medi-Netz drehte ich mich um und sah Jaibriol ins Gesicht. »Willst du mich heiraten?«

Er lächelte. »Einverstanden.«

O'Neill hatte nicht viel in ihren Computerdateien, abgesehen von den traditionellen skolianischen Zeremonie und dem traditierten Brauch der Hightons, und wir wollten keine der beiden. Dann stolperte ich über eine andere Tradition. Es war eine alte Erdenzeremonie, die sich von den Maya ableitete. Sie fiel mir auf, weil zusammen mit dem Text das Bild einer Frau erschien, das mich an die Holos erinnerte, die ich von meiner Großmutter kannte. Auch sie hatte diese dunkle Hautfarbe, diese großen Augen, und auch sie trug ihr schwarzes Haar in einem üppigen, geflochtenen Zopf, der ihr über den Rücken hing.

Die einzigen rituellen Formeln, die wir zu dieser Zeremonie fanden, waren in Tzotzil verfasst. Da keiner von uns diese Sprache beherrschte und wir nicht wollten, dass während unserer Hochzeit ein Computer ständig übersetzen musste, erfand O'Neill neue rituelle Formeln in Skolianisch, der Sprache, die wir alle verstanden, wobei sie sich bemühte, dem ursprünglichen Sinn so nah wie möglich zu bleiben.

Wir brauchten drei Kerzen, ein Band, dreizehn Münzen und zwei Ringe. Als Ersatz für die Kerzen suchte O'Neill winzige Stablampen aus einem Spind in einem der Schotts. Sie fand auch eine etwa einen Meter lange Schnur, die wir als Band benutzen konnten; eine Hand voll Münzen hatte sie selbst in der Tasche. Die Ringe bereiteten uns die größten Schwierigkeiten. Schließlich nahmen wir zwei Verbundstücke von einer der Stützen der Liege. Eigentlich hätten wir vor einem Altar knien sollen, aber da wir weder über einen Altar noch über Schwerkraft verfügten, improvisierten wir, indem wir eine Schwebeposition über der Liege einnahmen.

O'Neill schaltete die Stablampen ein und reichte jedem von uns eine, die dritte behielt sie. Mir sanfter Stimme begann sie: »Mögen diese Lichter Eure Zukunft stets erhellen.« Dann knotete sie das Ende der Schnur zusammen und legte die so entstandene Schlinge um unser beider Köpfe. »Möge dieses Band Eurer beider Leben verbinden, sodass Ihr es wie eines lebt.« Sie zählte die Münzen ab. »Mögen Eure Seelen sicher beieinander sein.« Sie gab Jaibriol die Münzen und sagte: »Sag ihr: ›Dies, meine Gemahlin, gebe ich dir‹.«

Jaibriol drückte mir die Münzen in die Hand. »Dies, meine Gemahlin, gebe ich dir.« Leise fügte er hinzu: »Das ist alles, was ich habe, und selbst das ist nur geliehen, aber ich gebe es dir von ganzem Herzen.«

Ich hob seine Hand und legte seinen Handrücken sanft gegen meine Wange, dadurch schwebten wir gemeinsam gegen eine Strebe des Schiffes. »Damit machst du mich zu einer reichen Frau.«

O'Neill spähte auf ihre Notizen. »Eigentlich sollten Sie sagen: ›Ich nehme es an, mein Gemahl.‹ Das ist das erste Mal, dass Sie einander ›Gemahl‹ und ›Gemahlin‹ nennen.«

Ich küsste Jaibriols Hand. »Ich nehme es an, mein Gemahl.« Ich warf einen kurzen Blick auf O'Neill. »Gebe ich ihm nichts?«

Wieder spähte sie auf ihre Notizen. »Es sieht nicht so aus, zumindest nicht in dieser Version der Zeremonie. Diese Münzen geben Sie demjenigen, der Sie traut.«

Ich streckte ihr die Münzen entgegen. »Ich danke Ihnen.«

Sie lächelte. »Behalten Sie sie. Als Erinnerung.« Dann zog sie die Ringe aus ihrer Tasche; die Bewegung ließ sie gegen einen Vorratskarton prallen. Sie hob Jaibriols linke Hand, schob einen der Ringe auf seinen Ringfinger. Dann reichte sie ihm den anderen Ring. »Sie dürfen ihn jetzt Ihrer Gemahlin geben.«

Jaibriol steckte mir den Ring auf meinen linken Zeigefinger; dort passte er am besten. Der Ring fühlte sich ungewohnt an – ich trug nur selten Schmuck. Doch es war gut so. Ich würde mich daran gewöhnen.

»Wenn ich eine Priesterin wäre«, sagte O'Neill, »würde ich jetzt eine Messe lesen. Aber da dem nicht so ist …«

»Das verstehen wir«, sagte ich.

»Also gut. Ich glaube, das war es dann.« Sie hakte einen Notizspeicher von ihrem Gürtel los. »Als Captain dieses Schiffes erkläre ich Sie zu Mann und Frau.« Sie streckte mir den kleinen Computer entgegen. »Sie müssen beide noch unterschreiben.«

Ich spannte mich an und klammerte mich an einer Strebe der Liege fest. »Sie wollen eine Aufzeichnung davon machen?«

»Natürlich. Sonst ist es nicht rechtsverbindlich.«

»Wenn eine Aufzeichnung existiert«, sagte Jaibriol, »könnte jemand sie finden.«

»Ich werde sie Präsidentin Calloway aushändigen.« Wieder streckte mir O'Neill den Notizspeicher entgegen. »Es hat ja wenig Sinn, eine Hochzeitszeremonie zu begehen, wenn sie nicht rechtskräftig bindend ist.«

»Für uns ist sie bindend«, sagte Jaibriol. »Und darum geht es doch.«

»Nein. Sie hat Recht.« Ich lächelte matt. »So hat man auch früher Kriege beendet, oder? Einfach die Kinder der kämpfenden Parteien miteinander verheiratet. Und ich denke an unsere Kinder. Falls uns irgendetwas zustößt, könnte das für sie von größerer Bedeutung sein, als wir uns jetzt auch nur vorstellen können.«

Jaibriol warf O'Neill einen Blick zu. »Nur Präsidentin Calloway wird dieses Dokument zu Gesicht bekommen?«

Sie nickte. »Es sei denn, Sie sollten irgendwann einen Grund haben, selbst danach zu fragen.«

Er sah sie nachdenklich an. »Na gut.«

Also unterschrieben wir beide. Und dann waren wir verheiratet.

Jaibriol stand neben mir, und wir beide schauten zu dem Abendhimmel auf. Lange, nachdem O'Neills Schiff zu einem winzigen Lichtfleck zusammengeschrumpft und dann verschwunden war, standen wir immer noch dort, als müssten wir, wenn wir uns nicht bewegten, uns nicht eingestehen, dass wir jetzt allein waren – abgeschnitten vom Rest der Menschheit.

Schließlich seufzte Jaibriol. Er nahm mich bei der Hand und deutete mit dem Kinn auf unsere Höhle in dem Hügel zu unserer Linken. »Wir sollten irgendeine Art Schutzwall errichten.« Dann deutete er auf den dichten Wald, der vor uns lag. »Falls da draußen irgendetwas ist.«

Ich nickte. »Ja. Natürlich.«

Doch nachdem wir in die Höhle getreten waren, schauten wir uns einfach nur um. Das schwache Licht unserer Hand-Leuchten beschien die Felswände und enthüllte, dass diese Höhle nicht größer war als die Kabine des Schnellraumers. Kisten und Fässer, Pakete und Bündel lagen darin aufgestapelt, ebenso der Neutrinotransmitter, den O'Neill uns dagelassen hatte – unsere einzige Verbindung mit dem Rest des Universums, sollten wir jemals beschließen, ihn zu benutzen.

Jaibriol ging zu einem Stapel aus Decken hinüber und hob eine davon auf. »Komm, lass uns 'rausgehen, Sauscony. Nur kurz.«

Der Gedanke, diese dunkle Höhle zu verlassen, sagte mir auch zu. »Einverstanden.« Ich hängte mir den Laser-Karabiner um.

Draußen stellten wir einen elektrischen Schirm auf,

um den Höhleneingang zu sichern. Es war immer noch hell genug, um die Gegend betrachten zu können. Ein Wald aus Bäumen mit weichen Nadeln umgab uns; im Westen nahm er ab, sodass man die versengte Lichtung erkennen konnte, auf der der Schnellraumer gelandet war. Auch im Norden lichtete sich der Wald; von hier aus wirkte es, als liege auch dort eine Lichtung.

Wir gingen gen Norden, gewöhnten uns an das Gelände und erkundeten, so viel wir konnten. Statt auf eine Lichtung traten wir an die Kante eines Kliffs. Waldüberzogene Berge erstreckten sich vor uns, so weit wir sehen konnten, hoch aufragende Gebirge, die steil in Täler führten und sich dann jäh wieder gen Himmel erhoben. Hier und dort waren senkrechte Klippen zu erkennen, ihre nackten Oberflächen ließen weiße Flecken zwischen dem ansonsten undurchbrochenen Grün des Waldes aufschimmern. Über den Bergen ging die Sonne so hell unter, wie ich es noch nie gesehen hatte: rote Feuer, die an den tief über den Bergen hängenden Wolken zu lecken schienen. Senkrecht über uns hatte sich der Himmel verdunkelt, und manchmal blitzte schon ein Stern hervor. Im Osten hing die Sichel eines zerklüfteten Mondes über den Bergspitzen.

»Es ist wunderschön hier«, sagte Jaibriol.

»Ja.« Wunderschön. Wildromantisch. Unentdeckt.

Nachdem wir uns vergewissert hatten, dass uns in diesem Gebiet keine Gefahr drohte, setzten wir uns auf die Felskante des Kliffs, die Decke um uns geschlagen, der Karabiner lag auf unseren Knien. Der Wind strich über unsere Gesichter, während Schatten die Berge verdunkelten. Mehr Sterne erschienen am Himmel, einer nach dem anderen, es wurden Hunderte, dann Tausende.

»Unser Zuhause«, sagte Jaibriol leise.

Ich streichelte seine Wange. Wir hatten so viel verloren; alles, was wir kannten, alle, die wir geliebt hatten. Und obwohl all das passiert war, wusste ich, dass Jaibriol seinen Vater liebte – seinen Vater, den er niemals wiedersehen würde, zumindest nicht, solange dieser noch lebte. Doch im Austausch für all diese Verluste hatten wir die Hoffnung gewonnen, dass vielleicht eines Tages wir oder unsere Kinder nach uns etwas gegen diesen Krieg würden tun können, den wir jetzt, vorerst, hinter uns gelassen hatten. Es gab keine Garantie, keine Versprechen, keine Gewissheit.

Aber es gab Hoffnung.

Jaibriol lehnte seinen Kopf gegen den meinen, und gemeinsam saßen wir dort, warm unter der Decke. Bald würden wir in die Höhle zurückkehren, uns lieben, dann schlafen und Energie für den morgigen Tag sammeln, und für übermorgen, und für die Tage, die dann folgen würden, während wir diesen Planeten kennen lernten und einander; wir mussten nicht nur überleben, sondern für die Zukunft all unsere Wunden ausheilen, damit wir eines Tages diesen Planeten würden wieder verlassen können, um unser Erbe anzutreten.

Doch jetzt saßen wir hier friedlich beieinander und warteten gemeinsam auf den Anbruch der Nacht.

Abwechslungsreich und farbenfroh:
für alle Leser von *Peter Hamilton*.

Samarkand ist eine lebensfeindliche Welt, die terrageformt werden soll. Erste Erfolge stellen sich ein, doch dann geschieht ein katastrophaler Unfall, der jedes menschliche Wesen auf Samarkand tötet.
Ian Cormac, seit dreißig Jahren dauerhaft mit einem galaxisweiten Computersystem vernetzt, wird nach Samarkand geschickt. Dort findet er zwei menschenähnliche Kreaturen, ein Dienerwesen und den sogenannten DRACHEN, eine monströse außerirdische Lebensform – die sich bald als künstliche Intelligenz erweist. Doch wer hat den Drachen erbaut, und zu welchem Zweck?

3-404-23242-9

BASTEI LÜBBE

Für alle Freunde von
David Webers HONOR-HARRINGTON-Reihe

Esmay Suiza hat keine großen Ambitionen: Alles, was sie in der Sternenflotte sucht, ist ein ruhiger Hafen, in dem sie sich geborgen fühlen kann. Die Chancen, dass sie Karriere machen und zur Admiralin aufsteigen wird, sind mehr als gering. Doch eines Tages findet sich Esmay mitten in einer Raumschlacht wieder – und als dienstälteste Offizierin in einer Gruppe Meuterer, die sich gegen ihren verräterischen Captain auflehnt …

ISBN 3-404-23245-3

BASTEI LÜBBE